KB123367

계미통신사
필담의
동아시아적 의미

연세국학총서 **114**

계미통신사 필담의 동아시아적 의미

장진엽

보고사
BOGOSA

책머리에

필자가 통신사 필담창화 자료를 처음으로 접한 것은 2008년 학술진흥재단 토대연구《조선후기 통신사 필담창화집의 수집, 번역 및 데이터베이스 구축》팀에 연구보조원으로 참여하기 시작했을 때였다. 이후 2011년까지 토대연구팀에서 자료 조사와 원문 입력 등의 업무를 수행하였고, 2013년에는 문화재청 연구용역《통신사기록 조사, 번역 및 목록화 연구》에 참여하여 토대연구팀의 성과를 이어받아 자료 목록과 데이터베이스를 검토하였다. 박사를 수료할 때쯤 지도교수인 허경진 선생님이 필담창화집으로 학위논문을 준비해 보라고 권하셨는데, 이때만 해도 이 많은 자료를 어떻게 다루어야 하나 엄두가 나지 않아 선뜻 해보겠다고 나설 수가 없었다. 고민 끝에 계미사행 시기 자료로 대상을 좁히고 창화시를 제외하고 필담만을 살펴보기로 결정하고 나서야 비로소 본격적인 작업에 착수할 수 있었다.

애초에 본 연구가 가능했던 것은 토대연구팀에서 제작한 데이터베이스를 이용할 수 있었기 때문이다. 애써주신 여러 연구원 선생님들과 연구보조원들 덕분이다. 무엇보다도 구지현 선생님의 노고에 힘입은 바 크다. 연구팀에서 정리한 필담 자료 대부분은 구지현 선생님이 개인적으로 수집하신 것들이다. 또한 선생님의 선행연구가 있었기에 필자가 이 분야의 연구에 발을 디딜 수 있게 되었음도 분명하다. 토대연구팀에서 같이 일했던 연구보조원들 중에서 특히 박혜민과 조영심의 도움을 많이 받았다. 문화재청 연구용역 당시에는 탁승규와 정민지가 고생이 많았다.

이 책은 필자의 박사학위논문인『계미통신사 필담 연구』를 다듬은 것이다. 이미 선행연구가 있는데도 불구하고 이 주제를 선택한 것은 박사과정 동안 단편적으로 떠올려왔던 동아시아 문화 교류에 대한 생각들을 발전시키는 데에 가장 풍부한 재료를 제공하는 것이 이 시기의 필담 자료였기 때문이다. 정확히는 필자가 몇 년 동안 통신사 기록을 통해 동아시아 문화 교류의 현장을 '들여다보는' 과정에서 계미통신사 자료(필담과 사행록)가 항상 중심이 되었기 때문이라고 해야 할 것이다. 그래서 단행본을 내면서 제목을 '계미통신사 필담의 동아시아적 의미'로 고쳤다. 연구의 취지를 분명히 밝히고 싶었기 때문이다.

제목 외에도 학위논문과 달라진 부분이 있다. 학위논문에서 자료 소개를 위해 포함시켰던 제2장 예비적 고찰 및 부록으로 실은 해제와 간본 목록을 본서에서는 삭제하였다. 또, 연구사 검토 부분을 축약하고 표와 인용문 일부를 생략하여 분량을 줄였다. 이 과정에서 전체적으로 표현을 바꾸고 달라진 제목과 구성에 따라 문장을 손질했다. 한두 단락 새로운 내용을 추가한 부분이 있는데 각주로 표시하였다. 인용문에서 발견된 오역과 오자도 모두 수정하였다. 전체 논지의 흐름에는 변함이 없다.

통신사 교류의 동아시아적 의미를 논하는 것으로 글을 맺었기 때문에 이 논문은 미완의 연구가 되는 셈이다. 결론에서 계미통신사 교류가 "조·일 양국의 유자(문인) 간 교류라는 실행을 통하여 동아시아 문화공동체 혹은 동아시아의 보편(유교)문명이라는 관념상의 범주를 창출, 혹은 확대해 나가는 과정"이었으며 이는 통신사 교류만의 특징이 아니라 전근대 동아시아 문화 교류 전체 과정의 일부를 구성하는 것이라고 규정하였는데, 고백하자면 이를 구체적으로 증명해 나가는 것은 간단한 일이 아니다. 이러한 결론이 공문구로 끝나지 않으려면 실증적인 연구로 그 내용을 채워가야 할 것인데, 운 좋게 몇몇 동학들의 공감을 얻어 같이 시도해 볼 수 있다면 참으로 좋을 것이다.

필자가 일찌감치 동아시아라는 연구의 화두를 마련할 수 있었던 것은 허경진 선생님의 가르침 덕택이다. 다만 선생님은 항상 문제만 던져주실 뿐 답을 알려주지는 않으셨다. 학위논문을 쓸 때에 도무지 실마리가 풀리지 않아 진도가 안 나갈 때면 선생님 연구실을 찾아가서 30분이고 한 시간이고 푸념을 늘어놓았다. 너무 답답해서 선생님께서 뭐라도 알려주시지 않을까 기대하고 찾아간 것이다. 물론 선생님은 역시나 질문만 하고 속 시원히 답을 일러주지는 않으셨다. 그런데 신기하게도, 그렇게 넋두리라도 하고 오면 뭔가 새로운 아이디어가 떠올라서 다시 글을 이어나갈 수가 있었다. 사실 여전히 정답은 모르겠지만 어찌 됐든 시작은 할 수 있게 되었다. 졸업을 하고보니 다만 두 가지가 걱정이다. 선생님을 잘 배우지 못했을까봐 걱정이고, 혹여나 너무 잘 배우기만 했을까봐 또 걱정이다.

연세대에서 학업을 마치기까지 여러 선생님과 선배들의 은혜를 많이 입었다. 항상 필자를 연구자로서 존중하고 믿어주셨던 박무영 선생님이 계셨기에 든든한 마음으로 공부할 수 있었다. 박애경 선생님은 늘 필자의 부족한 점을 감싸주시고 격려해주셨다. 학문하는 태도에 대해서는 이윤석 선생님께 많이 배웠다. 또, 무악서당에서 김영봉 선생님께 한시를 배웠던 시간이 필자의 공부에 밑거름이 되었다. 긴 시간 동안 가까이서 챙겨준 이상욱, 임미정 선배에게도 고마운 마음이 크다.

본 논문과 관련해서는 특별히 UBC의 허남린 선생님께 감사드린다. 2015년 초에 연세대에서 2주간 집중강의를 하셨는데, 그때 청강생으로 참여하여 동아시아 문화 교류에 대한 흥미로운 관점을 배울 수 있었다. 그리고 하우봉 선생님께서 필자의 논문 심사를 위해 몇 번이나 먼 걸음을 해주셨다. 선생님의 연구를 통해서 배운 것이 헤아릴 수 없이 많은데, 개인적으로 지도까지 받게 되니 무어라 감사할 말이 없다.

미처 언급하지 못한 여러 선·후배 동학들과 친지들에게는 따로 감사의 마음을 표하고자 한다. 다만 너무 가까워서 오히려 마음을 전하기 어려운, 남편 황훈도에게 고맙다는 말을 남기고 싶다. 남편의 격려와 도움이 없었다면 이 책을 끝마치기 어려웠을 것이다.

마지막으로 부족한 연구를 연세국학총서로 출판하게끔 지원해 준 연세대 국학연구원에 깊이 감사드린다. 여러 가지로 도와주신 국학연구원의 박은영 선생님, 편집에 애써주신 보고사의 이경민 선생님께도 거듭 고마움을 전한다.

2017년 9월
장진엽

차례

일러두기

- 본문에서 한자 병기가 필요할 경우 기본적으로 '한글(한자)'의 형식을 따른다. 단, 표에 들어가는 책명과 인명은 한자만으로 표기하며, 참고논문의 제목 및 다른 논문을 인용한 부분은 원 저자가 택한 형식을 그대로 따른다.

- 일본 인명과 지명은 '일본어음(한자)'의 형식, 또는 일본어음만을 사용하여 표기한다. 일본어음은 한국학진흥사업성과포털(http://waks.aks.ac.kr/)에서 제공하는 《조선시대 대일외교 용어사전》을 기준으로 하며, 발음을 확정할 수 없는 경우에는 한자만으로 표기한다. 단, 일본 지명 가운데 관용적으로 한국한자음으로 읽는 사례(예: 대마도)가 있을 시 이를 허용한다. *〈부록2〉 일본 인명표 참조

- 필담 인용문에서 대화 가운데 언급된 일본 인명과 지명은 한국한자음으로 표기한다. 다만 발화자로 등장하는 일본인의 이름은 일본어음으로 표기한다. 번역서를 인용한 경우 해당 책의 표기법을 그대로 따르되, 대화의 발화자 이름은 일본어음으로 바꾸어 표기한다.

- 원문에 사용된 이체자는 모두 정자로 바꾸어 표기하며, 일본식 한자도 한국식 한자로 바꾸어 표기한다.

- 책명이나 작품명은 모두 한국한자음으로 표기한다.

- 원문의 경우 한국고전번역원 표점지침을 따르되 고리점(。) 대신 온점(.)을 사용한다. 고유명사에 대한 밑줄 표시는 생략한다.

- 원문에서 빠진 글자는 빠짐부호(□)로, 자료 상태로 인해 판독이 어려운 글자는 판독불가부호(▨)로 표시한다.

Ⅰ. 들어가는 말

1. 계미통신사 필담 연구의 중요성

본고는 1763년 계미통신사(癸未通信使) 필담창화집(筆談唱和集) 48종을 대상으로 하여 이 시기 통신사 필담의 구체적인 전개 양상을 살펴보고 이를 바탕으로 계미통신사 필담의 동아시아적 의미를 고찰하는 것을 목적으로 한다. 아울러 현전하는 계미통신사 필담창화집 자료의 정확한 목록을 제시하고 동아시아 문화 교류 연구 방면에서 새로운 방법론 및 연구의 시각을 확보하려는 것이기도 하다.

한국에서는 1990년을 전후로 통신사 필담창화 자료를 활용한 문학·문화 연구가 조금씩 이루어지기 시작했다. 이원식(李元植)이 통신사 필담창화집 및 통신사 관련 유묵(遺墨)을 국내 학계에 소개하고 문화 교류의 측면에서 이 자료들을 조명한 것이 이 방면의 대표적인 초기 연구이다.[1] 한국문학 분야에서 통신사 필담창화집을 실제로 문학 및 문화 교류 연구의 대상으로 활용한 것으로는 이혜순의 연구[2]가 선구적이다. 그 후 2000년대 초반까지 개별 필담창화집을 활용한 연구가 간간히 발표되기는 했으나 필담창화 자료 전반에 대한 종합적인

---

1) 이원식(1991a), 『조선통신사』, 민음사; 이원식(1991b), 「朝鮮通信使의 訪日과 文化 交流－使行錄과 筆談唱和集을 中心으로－」, 『모산학보』 2집, 동아인문학회.
2) 이혜순(1996), 『조선 통신사의 문학』, 이화여대출판부.

검토는 이루어지지 않았다. 90년대 초반부터 이원식의 연구 및 『(大系)
朝鮮通信使』3)와 같은 자료집에서 현전하는 필담창화집의 목록을 제
시하고 있었으나, 해외 자료 확보의 어려움과 연구 방법의 부재 등의
이유로 한국 내에서 연구가 쉽게 확대되지 못했던 것으로 보인다.

한국에서 통신사 필담창화집에 대한 종합적인 검토는 구지현에 의
해 처음으로 시도되었다.4) 구지현은 2006년 박사학위논문에서 계미
사행 당시 조선 측 참가자들이 남긴 12종의 사행록과 일본에서 간행·
필사된 29종의 필담창화집의 서술양상을 분석하였다. 이 논문에서는
또한 필담창화에 드러나는 양국 문학 교류의 구체적 양상 및 계미통신
사행의 문학사적 의의에 대해 밝히고 있다. 그 후, 허경진·구지현 등
이 수행한 한국학술진흥재단 토대연구《조선후기 통신사 필담창화집
의 수집, 번역 및 데이터베이스 구축》(2008.7-2011.6)을 통해 필담창화
집 자료에 대한 체계적인 수집과 정리가 이루어졌으며, 이를 바탕으
로 다양한 연구 성과가 산출되었다.5)

2002년부터 2016년까지 한국에서 문학 및 문화 교류 분야에서 주
된 연구대상으로서 필담창화집을 활용한 논문은 필자가 파악한 바로
는 단행본 저서를 제외하고 90편 정도이며,6) 이 가운데 40여 편이 계

---

3) 辛基秀·仲尾宏(1993-1994), 『(大系)朝鮮通信使: 善隣と友好の記錄』1-8卷, 東京:
   明石書店.
4) 구지현(2006학), 「癸未(1763) 通信使 使行文學 硏究」, 연세대 국어국문학과 박사
   학위논문. 이 논문은 단행본 저서(구지현, 2006)로 출판되었으며 2011년에 『통신사
   필담창화집 연구총서1: 1763 계미 통신사 사행문학 연구』(보고사)로 재출간되었다.
   본고에서 이 논문을 인용할 때에는 2006년 단행본의 면수로 표시한다.
5) 이 성과들은 2011-2012년에 《조선후기 통신사 필담창화집 연구총서》1-6권(보고
   사)으로 출판되었다.
6) 통신사 사행문학과 관련된 논문에서 필담창화 자료를 보조적으로 활용한 경우는
   일일이 거론하기 어려울 정도로 많다. 여기서는 통신사 필담창화집을 주된 연구대

미통신사 자료를 대상으로 한 연구이다.[7] 대체로 필담창화집에 나타
나는 양국의 학술·문학 교류의 양상을 밝히는 연구들이며, 이와 함께
의학(醫學) 교류, 출판문화, 복식(服飾), 음악과 공연, 서화(書畫) 교류
등 문화 교류의 제반 분야에 대한 연구도 조금씩 늘어나는 추세이다.
그중에서도 의학 교류에 대한 연구가 특히 활발하여 2005년을 시작으
로 이 주제에 관해 지금까지 25편의 논문이 발표되었다. 의학필담에
관한 논문의 절반가량은 김형태의 연구로, 2010년까지 발표한 6편의
논문이 의학필담 영인 자료와 함께 단행본으로 발간된 바 있다.[8] 최
근에는 한의학 분야에서 통신사 의학필담 전체를 다룬 박사논문[9]이
제출되기도 하였다.

이처럼 필담창화 자료를 대상으로 한 연구는 2000년대 초반 이래로
꾸준히 증가하면서 일방적 기록인 사행록(使行錄)에만 의존하던 기존
의 통신사 문화 교류 연구의 단점을 보완하면서 사행문학 및 교류사
연구의 폭을 넓혀왔다. 그러나 여전히 단편적인 연구의 축적이라는
한계를 벗어나지 못하고 있다는 점 또한 분명하다. 즉, 통신사 필담
전체 혹은 특정 시기의 필담을 일관된 시각에서 종합적으로 분석한
연구는 찾기 어려우며, 이 때문에 양국 필담 교류의 실상과 의의에 대
한 해명이 충분히 이루어지지 못하였다는 것이다. 따라서 본고는 계
미통신사 필담창화 자료를 검토하는 것을 시작으로 이 방면의 연구에

상으로 삼고 있는 논문으로 그 범위를 한정한다.
7) 계미통신사 필담창화집 연구의 목록은 장진엽(2017), 「계미통신사 필담 연구」, 연
　세대 국어국문학과 박사학위논문, 5-12면 참조.
8) 김형태(2011), 『조선후기 통신사 필담창화집 연구총서2: 통신사 의학 관련 필담창
　화집 연구』, 보고사.
9) 김혜일(2016), 「朝鮮通信使 醫學筆談錄에 대한 考察-醫學 文獻, 理論, 疾患을 중심
　으로-」, 경희대 기초한의과학과 박사학위논문.

있어 전체적이고 통합적인 시각을 확보하는 것을 목표로 한다. 열두 차례의 통신사 교류 중 계미사행 시기에 주목하는 이유는 이 시기 통신사 교류가 양적·질적인 측면에서 이전의 어느 시기보다 진전된 모습을 보이고 있기 때문이다.

현재까지 파악된 약 170종의 필담창화 자료 중 48종의 자료가 계미사행 시기에 제작된 것이다. 이때 조선인들과 필담을 나눈 일본인은 500여 명에 이른다. 또, 이 시기에는 정사(正使), 제술관(製述官)과 세 명의 서기(書記)를 비롯하여 군관, 선장, 역관까지 다양한 계층의 인물들이 사행록을 남기고 있다. 사행의 경험을 국내에 공유하려는 의식이 이전 시기에 비해 훨씬 높아진 것이다. 교류의 규모가 커졌으며 그와 함께 교류의 결과물 역시 양적으로 풍성해졌음을 볼 수 있다.[10] 교류 결과물의 양적인 증대는 이 시기 교류에 참여한 인물들의 태도와도 관련이 있다. 이 시기 일본에서는 학문적으로 자신감과 실력을 갖춘 문사들이 대거 등장하였다. 이들은 조선인과의 필담창화에 다투어 참여하면서 자신들의 학문적 기량을 펼쳐 보이고자 하였다. 조선의 문사들 역시 능동적으로 일본의 인재를 탐색하고자 하였다. 또한 일본 정보의 수집에도 적극적이어서 이 시기 사행록에 담긴 다채로운 일본 지식 중 상당 부분이 이러한 필담을 통해 획득한 것이라고 할

---

10) 다만 의학필담의 경우 1748년 무진사행 시기의 자료가 14종으로, 계미사행 시기의 6종에 비해 훨씬 더 많다. 이는 당시 쇼군 도쿠가와 요시무네(德川吉宗)의 명으로 이루어졌던 조선약재 조사와 인삼 국산화 정책으로 인해 관의(官醫)들이 조직적으로 움직였기 때문이다. 구지현(2013), 「1748년 조선 양의(良醫)와 일본 관의(官醫)와의 필담 출현과 서적담화 양상」, 『열상고전연구』 38집, 열상고전연구회, 372면. 교류의 질적 측면에 대해서는 추가적인 검토가 필요하지만 일단 양적인 측면에서는 교류의 쇠퇴가 일어났음이 확인된다. 난학(蘭學)이 발전하면서 서양의학에 대한 기대가 커졌기 때문에 조선 의학에 관한 궁금증이 줄어든 이유도 있을 것으로 짐작된다.

수 있다.

또한 교류의 깊이와 폭에 있어서도 이전 시기에 비해 한층 더 나아
간 모습이 발견된다. 예컨대 부사 서기 원중거(元重擧)는 사행을 떠나
기에 앞서 일본에서 정주학(程朱學)의 가르침을 펼 것을 다짐하며 남옥
(南玉)과 성대중(成大中)에게 이에 동참할 것을 제안하였다.[11] 이는 기
존 연구들에서 성리학만을 고수하는 조선 문사들의 경직성을 보여주
는 대표적인 장면으로 거론되는 예이다. 그러나 다른 시각에서 보면
이는 사행을 떠나기 전에 일본의 학술이나 사상적 풍토에 별다른 관심
을 갖지 않았던 이전 사행원들의 태도에 비해 훨씬 더 능동적인 자세
라고 할 수 있다. 상대국 인물들의 학술적 배경에 관심을 갖고 토론과
논쟁의 화두를 미리 준비해갔다는 것은 이미 수준 있는 교류를 예비한
것이라고 할 수 있다. 계미사행 시기에 학술 토론이 활발히 이루어졌
던 요인 중 하나는 이와 같은 조선 문사들의 능동적인 태도이다.

한편 이 시기 사행록은 사행일기(使行日記) 외에 창수시집(唱酬詩集)
과 일본국지(日本國誌), 기행가사(紀行歌辭)에 이르기까지 다양한 양식
을 포괄하고 있으며, 이는 사행 경험의 의미화 및 해외 정보의 가공방
식이 다변화되었음을 보여준다. 박희병은 통신사행록의 문견록(聞見
錄)의 발전 양상을 검토한 후, 이 시기에 이르러 원중거와 이덕무(李德
懋)의 저술을 통해 비로소 조선에 '일본학(日本學)'이 성립하였다고 평
가하였다.[12] 즉, 이때에 이르러 단순히 여행의 견문을 전달하고 외교
의 전례(典例)를 확립한다는 사행록의 기본 취지를 넘어서서 일본에

---

11) 원중거 지음·김경숙 옮김(2006), 『조선 후기 지식인, 일본과 만나다』(승사록), 소
　　명출판, 351-353면 참조.
12) 박희병(2013), 「조선의 일본학 성립-원중거와 이덕무」, 『한국문화』 61집, 서울대
　　규장각 한국학연구원.

대한 총체적 지식의 제공을 목표로 하는 저작물이 출현한 것이다. 이는 이전 시기까지의 통신사 교류의 성과가 축적된 결과이기도 하지만 18세기 후반 조선 지식인들의 시야가 동아시아 세계로 확대되고 있는 양상을 보여주는 현상이기도 하다. 이 시기의 사행록 제작은 이미 다음 사행을 대비한다는 일차적이며 실용적인 목적을 넘어선 것이었다. 주변 세계에 대한 체계화된 지식의 추구라는 당시의 학적(學的) 분위기의 산물이라고 할 수 있는 것이다. 즉, 계미사행 시기의 교류는 18세기 중반 이후 조선의 학적 지향 및 세계관의 변모와 관련 지어 그 의의를 파악할 필요가 있다.

 이 시기 통신사 교류가 갖는 위와 같은 의의는 계미통신사 필담창화집 연구의 중요성을 다시 한 번 상기시킨다. 이 시기 문화 교류 연구는 필담창화집에 대한 체계적인 검토를 통해 보완될 필요가 있다. 사행록이 저자의 관점에서 가공·정제된 형태의 교류 경험을 담고 있는 자료라면 필담창화집은 실제 교류 현장에서 여러 인물들이 무슨 이야기를 했고 어떠한 태도를 취했는지를 생생하게 보여주는 기록이다. 그러므로 통신사 필담창화집 연구를 통해서 당시 양국인 간 교류의 실제를 온전히 파악할 수 있게 된다. 사행록뿐 아니라 조선과 관련된 일본 측 문헌 기록을 활용할 때에도 실제의 교류가 어떠했는가에 대한 질문이 반드시 선행해야 한다. 가공된 자료들은 저자의 인식과 세계관, 혹은 그 시대의 요구사항을 보여준다는 점에서 의미 있는 자료이지만, 그것들이 기반을 두고 있는 상황 그 자체를 있는 그대로 보여주고 있지는 않기 때문이다. 물론 모든 텍스트가 현실에 대한 주관적 인식의 산물이며 필담창화집에 나타나는 교류의 현장 역시 저자/편자에 의해 재구성된 장면이라고 할 수도 있겠다. 그러나 생산 방식 자체가 '상호적'인 텍스트는 독자로 하여금 상황의 '객관적' 실체에 어느 정도

근접하게끔 이끌어 줄 수는 있다.

물론 필담창화집 역시 편집자의 윤색이나 의도적인 개찬이 전혀 개입하지 않은 자료라고 볼 수는 없다. 책에 실린 필담창화는 양국 문인들의 공동작이지만 그것의 편집과 성책·출판은 일본인들에 의해 일본인 독자를 염두에 두고 이루어지는 일이기 때문이다. 예를 들어 1711년 신묘사행(辛卯使行)에서 아라이 하쿠세키(新井白石)와 세 사신이 나눈 필담이 조선과 일본 양측에 남아 있는데(『강관필담(江關筆談)』과 『좌간필어(坐間筆語)』) 각 자료에 수록된 본문에 미세한 차이가 있다. 심지어 하쿠세키의 서간과 필담으로 알려져 있던 『홍려필담(鴻臚筆談)』은 계미통신사 필담집인 『경개집(傾蓋集)』의 내용을 베낀 위작 텍스트임이 판명나기도 하였다.13) 이러한 우려에 대해 허경진은 "상호 소통의 방식으로 의견을 주고받은 필담집을 1차 사료로 삼을 때에도, 상식을 넘어서는 기록이 보이면 출판과정에서 변개되었는지 검증이 필요하다"고 하였다.14)

그러나 이러한 문제들로 인해 필담창화 텍스트의 현장성이라는 의의가 사라지는 것은 아니다. 일본 사행의 필담창화집은 눈앞에 있는 실제의 필담초(筆談草)를 대본으로 하여 필담의 현장을 재현한 자료이다. 일본 문사들은 하나같이 필담지를 소중히 거두어갔으며 이것은 그대로 필담창화집 제작의 재료가 되었다. 물론 필담을 편집하는 과정에서 글자를 수정하기도 하였고 심하게는 위조된 대화를 삽입하는 경우도 있었다. 그러나 대부분의 필담창화집은 만남이 이루어진 직후

13) 조영심(2016), 「필담창화집 『홍려필담(鴻臚筆談)』에 대하여—위작과 그 의의를 중심으로」, 『열상고전연구』 49집, 열상고전연구회.
14) 허경진(2014), 「필담과 표류기의 현장에서 편집 및 출판까지의 거리」, 『일본사상』 26집, 한국일본사상사학회, 72면.

판각에 넘겨져 한두 달 내로 출판·유통되었으므로 그러한 변개가 있었다 해도 일부에 지나지 않는다. 물론 변개 여부와 무관하게 필담창화집 자료가 교류의 현장을 가감 없이 그대로 재현했다고 상정해서도 안 될 것이다. 실제 이루어진 대화를 담고 있기는 하지만 그것을 둘러싼 정황과 분위기를 비롯한 제반 요소들은 사라지고 텍스트 자체만 남아 있는 것이 필담창화집이기 때문이다. 그러나 한편으로 필담창화집이 지닌 이러한 한계가 그 자체로서 교류의 실제를 파악하는 데 유용한 정보를 제공할 수 있다. 이는 대화의 재현 방식, 실제 필담과 텍스트에 드러난 상황의 거리, 편집자의 의도와 역할 등 텍스트 생산의 요건에 초점을 맞추어 특정 대화가 수록된 맥락을 파악할 수 있다는 뜻에서다. 요컨대 필담창화 자료의 위와 같은 특성을 염두에 두고 신중하게 텍스트에 접근한다면 이 기록들은 통신사 교류의 실체를 파악하는 데 그 어떤 기록보다도 유용하게 활용될 가능성이 있는 것이다.

필담창화집 연구가 중요한 또 하나의 이유는 이 자료들을 통해 당시 교류에 참가한 일본 문사들의 관심사와 태도를 확인할 수 있다는 점이다. 일본인들이 조선인에게 무엇을 질문했는지, 또 자신들에 관해 어떠한 정보를 전달하고자 했는지를 살펴보면 당시 일본 문인들이 통신사 교류에서 무엇을 기대했는지 알 수 있다. 즉, 필담창화집의 대화들은 실제 대화의 현장을 담고 있기 때문에 —물론 앞서 언급했듯이 '재구성된' 현장이지만— 이를 통해 양국인이 교류의 과정에서 상대방의 어떠한 점에 주목했는지, 또 대화 과정에서 어떠한 사고방식의 이동(異同)이 나타나는지 확인할 수 있다. 이러한 부분에 대한 면밀한 검토를 통해 소통/대립, 우호/멸시 등의 이분법적 파악을 넘어서 당시 동아시아 교류에 나타나는 다양한 면모들의 함의를 명확하게 읽어낼 수 있을 것이다. 바로 이러한 점에서 통신사 필담의 분석이 당시

동아시아 문화 교류의 일면을 그려내는 데에 일조할 수 있으며, 그것
이 본고가 도달하고자 하는 지점이다.

2. 연구대상 및 연구방향

본 연구의 주된 연구대상은 계미사행 시기의 필담창화집에 수록된
양국 문인의 필담 및 필담의 대체·보완물로서의 서신이다. 먼저 계미
통신사 필담창화집의 목록을 제시하고자 한다. 목록 작성의 경위는
다음과 같다.

구지현은 박사학위논문에서 이원식이 작성한 목록을 참조하고 이
후 발견된 자료를 추가하여 계미사행 필담창화집을 29종으로 정리하
였다.15) 박사논문을 출판한 단행본 저서에서는 1종을 추가하여 30종
을 제시하였다.16) 이후 허경진·구지현의 주도로 수행된 한국학술진
흥재단 토대연구《조선후기 통신사 필담창화집의 수집, 번역 및 데이
터베이스 구축》(2008.7-2011.6)팀에서 계속해서 필담창화집을 수집하
였는데, 이때 정리된 178종의 자료 중 계미사행 시기의 자료는 35종으
로 집계된다.17) 또, 구지현은 18세기 필담창화집의 양상을 분석한 논

---

15) 구지현(2006학), 95-97면.
16) 구지현(2006), 138-140면.
17) 《조선후기 통신사 필담창화집 번역총서》 1-30(보고사, 2013-2014)의 각 권에 수
록된 허경진, 「조선후기 통신사 필담창화집 번역총서를 간행하면서」에 제시된 목
록 참조. 이 목록은 2013년에 공개되었으나 작성 시기는 2011년 이전이다. 이 목록
에서 계미사행 시기 자료는 120번부터 168번 자료까지 49종이지만 이는 책 수를
기준으로 산정한 것이므로 종별로 보면 35종이 된다. 또한 구지현이 하나로 취급한
『한관창화』와『한관창화속집』,『한관창화별집』을 별개의 종으로 보았고, 구지현의
목록에 3종(『율재탐승초』,『한인창화』,『객관창화』)을 추가하여 합계 35종이 된

문에서 1763년 자료로 간본 23종, 사본 20종을 열거하였다.[18] 한편,
일본 측 연구결과 중에는 다카하시 마사히코(高橋昌彦)의 목록[19]이 상
세한데, 여기에 계미사행 시기 자료 40종[20]의 서지사항이 정리되어
있다.

　이상의 성과들을 종합하여 한국에서 작성된 가장 최근의 필담창화
집 자료 목록은 허경진의 주도로 진행된 문화재청 연구용역《통신사
기록 조사, 번역 및 목록화 연구》(2013.10-2014.1)의 결과보고서[21]에
수록되어 있다. 이 연구에서 정리한 통신사 필담창화집 자료 166종
가운데 계미사행 시기의 자료는 46종이다. 필자는 이 연구용역에 참
여하여 자료 수집과 목록 검토를 수행한 바 있으며, 본 연구에서 제시
하는 필담창화집의 목록 역시 이를 기초로 작성한 것이다.[22]

　것이다.

18) 구지현(2009), 「18세기 필담창화집의 양상과 교류 담당층의 변화」, 『조선통신사
연구』 9호, 조선통신사학회.(구지현, 『통신사 필담창화집의 세계』, 보고사, 2011
및 《조선후기 통신사 필담창화집 번역총서》 1-30권 각 권에 재수록) 여기에는 구지
현(2006) 목록에 포함시켰던 『앙앙여향』과 『기사풍문』이 빠져 있으며, 토대연구팀
의 목록에 없는 자료 12종이 추가되어 있다.

19) 高橋昌彦(2007), 「朝鮮通信使唱和集目錄稿(一)」, 『福岡大學硏究部論集A：人文科學
編』 Vol.6 No.8, 福岡大學硏究推進部, 1-19면; 高橋昌彦(2009), 「朝鮮通信使唱和集目
錄稿(二)」, 『福岡大學硏究部論集A：人文科學編』 Vol.9 No.1, 福岡大學硏究推進部,
1-20면. 계미사행 시기 자료는 2009년 논고에 포함되어 있다.

20) 실제로는 41종의 자료를 소개하고 있으나, 그중 『상한화회가표집(桑韓畫會家彪集)』
은 검토 결과 1748년 자료로 확인된다.

21) 연세대 산학협력단(허경진·김정신·장진엽·탁승규·정민지)(2014), 『통신사기록
조사, 번역 및 목록화 연구』, 문화재청, 10-18면.

22) 문화재청 목록은 토대연구팀 목록에 12종이 추가된 것이다. 그중 10종은 구지현
(2009)에서 언급한 자료이다. 다카하시의 목록에 포함된 『관풍호영』과 『래관소화
사신시집』의 경우 용역 진행 당시 자료를 확보하지 못하였으므로 문화재청 목록에
서는 제외되었다. 그 외 국사편찬위원회 소장의 『한객창화』가 새로 추가되었다. 본
고의 목록은 문화재청 목록 46종에 이후 확보한 자료인 『관풍호영』과 『래관소화사

〈표1〉은 계미통신사 필담창화집의 목록이다. 필담창화가 이루어진 장소와 날짜를 기준으로 순번을 매겼으며, 현재까지 입수한 자료의 소장처를 명시하였다. 권수제(卷首題)와 표제(表題)가 다른 경우 권수제를 자료명으로 삼고 표제는 형태란에 따로 표시했다. 또, 간본의 경우 대부분 저자·편집자와 교감자를 밝히고 있으므로 자료에 명시된 저자사항을 그대로 옮겨 적었다. 사본의 경우 저자나 편자를 따로 표시하지 않은 경우가 많다. 저/편자가 명시되지 않은 자료는 일본 측 필담 참가자를 해당 자료의 1차 편집자로 간주하고 표에 기입하였다.[23] 다른 책의 일부로 편입되어 있는 필담 자료의 경우, 해당 필담의 제목을 자료명으로 삼고 그 자료가 수록된 책의 제목을 별도로 기재하였다. 또, 원본을 직접 확인하지 못한 경우 원본의 소장처를 밝히고 해당 자료를 수록하고 있는 책명을 밝혔다.

〈표1〉 계미통신사 필담창화집 목록

	자료명	확인본 소장처	저·편/교감자	형태
1	泱泱餘響	京都大學附屬圖書館	[龜井魯]	사본 1책 *『龜井南冥·昭陽全集』第1卷, 葦書房(1975) 수록 영인본
2	藍島唱和集	福岡縣立圖書館 櫛田家文書	[櫛田彧]	사본 1책 *『藍島唱和集』(1719)과 합본되어 있음
3	長門癸甲問槎	東京都立中央圖書館	[瀧長愷 등]	간본 4권 4책
4	槎客萍水集	東京都立中央圖書館	[市浦直春 등]	사본 5권 1책 *표제 甲申槎客萍水集
5	牛渚唱和	九州大學	[井潛]	사본 2권 1책

신시집』의 2종을 추가한 것이다.
23) 저/편자의 이름이 자료에 명시되어 있지 않은 경우 [ ]로 묶어 제시한다. 필담 참가자가 여럿일 경우에는 대표 저자 1인의 이름만 밝히고 [~ 등]으로 표시하였다.

6	鴻臚摭華	西尾市 岩瀨文庫	[源文虎]	사본 2권 1책
7	奇事風聞	大阪府立中之島圖書館	[義端]	사본 1책
8	兩好餘話	天里大學圖書館	仙樓先生著/文人茅山衢貞謙士鳴·南浦勝元綽以寬同校	간본 2권 2책
9	觀楓互詠	中野三敏(개인소장)	[山口純實 등]	간본 2권 2책
10	鷄壇嚶鳴	大阪府立中ノ島圖書館	[衢貞謙]24)	사본 (간본과 합본 1책)*제목朝鮮人來朝於津村御場筆語*표제朝鮮人草書日本人眞書筆話
			河內橘菴北山彰世美錄/弟幹世禮·門人木明徵定保校	간본 (사본과 합본 1책)
11	韓客人相筆話	국립중앙도서관	日本相士退甫道人新山退著/弟千之·門人內藤無角校	간본 1책
12	寶曆甲申朝鮮人贈答錄	福井市立圖書館	鳥山崧岳著	사본 1책*표제 寶曆贈答錄
13	問佩集	內閣文庫	日本平安大江資衡稱圭甫著	간본 1책
14	栗齋鴻臚摭筆	東京都立中央圖書館	[源之明]	간본 2권 2책 중 하권*『栗齋探勝草(附錄韓客唱和)』에 수록
15	萍遇錄	靜嘉堂文庫	淡海竺顯常大典撰	사본 2권 1책
16	講餘獨覽	국립중앙도서관	信濃南宮岳著/浪華三浦言君達·高須水谷申公甫輯校	간본 1책*속표지 南宮先生講餘獨覽
17	問槎餘響	국립중앙도서관	伊藤維典伯守輯	간본 2권 2책
18	殊服同調集	東京都立中央圖書館	尾張林文翼子鵬緝錄	간본 1책
19	三世唱和	*원본 미확인	門人源正卿·岡田宜生同校	간본 1책*『名古屋叢書』第15卷 文學編(二), 名古屋市敎育委員會(1962) 수록 활판본
20	河梁雅契	日本國立國會圖書館	平時貫校	간본 1책
21	表海英華	刈谷市立圖書館	國枝守義 校	간본 1책
22	和韓醫話	內閣文庫	張藩山口忠居湛玄著/濃州松浦壽師柳昌校	간본 2권 1책

23	韓人唱和	名古屋市 蓬左文庫	[源秀雲 등]	사본 2책(권수제 각각 韓人唱和, 韓人歸國唱和) *표제 甲申韓人唱和來朝, 甲申韓人唱和歸國
24	縞紵集	福岡大學圖書館	[菅時憲]	사본 2권 1책
		九州大學 松濤文庫		사본 2권 1책
25	來觀小華使臣詩集	清見寺	[主忍 등]	사본 1책
26	青丘傾蓋集	九州大學	(上)駿東清恒子憲編集	간본 1책 (상권)
		東北大學狩野文庫	(下)駿州清恒子憲編集	사본 1책 (하권)
27	鴻臚館詩文稿	九州大學	[滕資哲]	사본 1책 *표제 鴻臚館和韓詩文稿
28	東渡筆談	內閣文庫	日本東渡釋因靜著	간본 1책
29	倭韓醫談	內閣文庫	東都坂上善之編/	간본 2권 1책
		東京都立中央圖書館	同中澤以正校	사본 2권 1책
30	韓館唱和	內閣文庫	[林信言]	사본 3권 3책
31	韓館唱和續集	內閣文庫	[林信有 등]	사본 3권 3책
32	韓館唱和別集	內閣文庫	[德力良弼 등]	사본 1책
33	客館唱和	日本國立國會圖書館	[久保泰亨]	사본 1책
34	歌芝照乘	內閣文庫	[澁井平]	사본 1책
35	桑韓筆語	東京都立中央圖書館	東都官醫山田正珍宗俊編/門人於林憲章子文校	사본 1책 *간본을 필사한 것
36	甲申接槎錄	Harvard-Yenching LIBRARY	東郭源暉非龍著	사본 2권 1책 *표제 接槎錄
37	甲申韓客贈答	祐德稻荷神社	[土田貞仍]	사본 1책
38	韓館應酬錄	福島縣立圖書館	[石宜明]	사본 1책
39	松菴筆語	內閣文庫	[井敏卿]	사본 1책
40	傾蓋唱和錄	日本國立國會圖書館	[邊瑛]	사본 1책 (부분) *『加摸西葛杜加國風説考』에 수록
41	兩東鬪語	內閣文庫	乾　松本良庵識　坤　[橫田準大]	간본 2권 2책
42	傾蓋集	九州大學	東郊平鱗景瑞著	사본 1책
43	東槎餘談	東北大學附屬圖書館	劉維翰文翼輯	간본 2권 1책
44	賓館唱和集	東京大學 史料編纂所	武州平俊卿子彥輯幷書	간본 1책
45	品川一燈	內閣文庫	[澁井平]	사본 1책
46	東游篇	日本國立國會圖書館	那波師曾孝卿錄	간본 1책
47	韓客唱和	국사편찬위원회	[龍芳]	사본 1책 *표제 寶曆信使韓客唱和

48	和韓雙鳴集	九州大學附屬圖書館	권1	*問佩集과 같음	간본 6권 5책	권1	問佩集
			권2	[龍世華 등]		권2	和韓雙鳴集 卷之二
			권3	[芥元澄 등]		권3	芥園問槎
			권4	[嶋村遏・井土周道]		권4	仙水遊戲
			권5	[德雲]		권5	筑前藍島唱和
			권6	[北尾春倫 등]		권6	寶曆十四年甲申正月廿八日國寺唱和・四月三日再會

　　위 48종의 자료와 함께 계미사행 시기의 사행록을 보조적으로 활용
한다. 특히 일본 문사들과의 필담창화 상황이 풍부하게 담겨 있는 남
옥의 『일관기(日觀記)』와 원중거의 『승사록(乘槎錄)』을 주로 참조하였
다. 목록에 제시된 48종의 필담창화집 중 32종 자료에 대한 해제는
신로사25)와 구지현(2006)의 연구에 상세하며, 최근 간행된《조선후기
통신사 필담창화집 번역총서》33-40권에서 12종 자료에 대한 해제를
확인할 수 있다.26) 이상의 연구들에서 자세히 다루지 않았거나 추가
적인 논의가 필요한 11종 자료에 대해서는 필자의 박사논문에서 간략
한 해제를 제공하고 있다.27) 이 논문에서는 또한 계미통신사 필담창

---

24) 자료에는 저자가 명시되어 있지 않으나, 이 책은『양호여화』의 교정자 중 한 명인
　 구 사다카네(衢貞謙)의 필담 원고를 수합한 것으로 확인된다. 장진엽(2017),
　 361-363면 참조.
25) 신로사(2004), 「원중거의『화국지』에 관한 연구: 그의 일본 인식을 중심으로」, 성
　 균관대 한문학과 석사학위논문, 22-35면.
26)《조선후기 통신사 필담창화집 번역총서》33-40권, 보고사, 2017. 각 권 정보는
　 다음과 같다. 『兩東鬪語』(33권), 『長門癸甲問槎 乾上・乾下・坤上』(34권), 『長門癸甲
　 問槎 坤下・三世唱和・殊服同調集』(35권), 『甲申槎客萍水集』(36권), 『韓館唱和』(37
　 권), 『韓館唱和續集 一・二』(38권), 『韓館唱和續集 三・韓館唱和別集・韓館應酬錄』
　 (39권), 『奇事風聞・東渡筆談・南宮先生講餘獨覽』(40권).
27)『관풍호영』, 『조선인래조어진촌어장필어』, 『보력갑신조선인증답록』, 『한인창화』,
　『호저집』, 『래관소화사신시집』, 『청구경개집』, 『홍려관시문고』, 『갑신한객증답』,
　『한객창화』, 『화한쌍명집』의 11종 자료이다. 장진엽(2017), 361-369면 참조.

화집 간본 22종의 목록을 작성하고 발행사항을 정리해 두었다.[28]

다음으로 연구대상의 범위를 확정하기 위하여 이 시기 필담창화집의 구성요소를 검토할 필요가 있다. 통신사 필담창화집의 주된 구성요소는 필담과 창화시, 그리고 필담창화의 연장 혹은 대체물로서의 서신이다. 또, 편자의 의도에 따라 필담과 시문 외에 외교문건의 서식(書式), 그림이나 지도 등의 요소가 포함되기도 하였다. 이러한 요소들은 편자의 의도에 따라 선택적으로 수록되고 서로 다른 방식으로 배치되었다. 자료에 따라서는 필담이 전혀 수록되어 있지 않고 창화시만으로 구성된 것들도 있는데, 이러한 성격의 자료는 본고의 논의 대상에서 제외된다. 아래 〈표2〉는 계미사행 필담창화 자료를 구성요소에 따라 분류한 것이다.[29]

〈표2〉계미통신사 필담창화집의 구성요소별 분류

구성	자료
필담 위주	兩好餘話, 韓客人相筆話, 和韓醫話, 倭韓醫談, 松菴筆語
시문 위주	藍島唱和集, 觀楓互詠, *問佩集, 殊服同調集, *三世唱和, 河梁雅契, 表海英華, *韓人唱和, *來觀小華使臣詩集, 韓館唱和續集, 韓館唱和別集, *甲申韓客贈答, 東游篇, *韓客唱和

---

28) 장진엽(2017), 370-371면 참조.

29) 구지현(2006), 214면에 수록된 표를 바탕으로 작성하였다. 원래 표에서 누락된 『화한의화』를 포함시키고 새 자료를 추가하였다. 변경한 사항은 다음과 같다. 1)본고에서는 서신을 별도의 구성요소로 보지 않았다. 그러므로 서신 위주의 자료로 분류되었던 『강여독람』은 필담과 시문이 모두 실려 있는 자료로 분류하였다. 2)여러 종의 자료를 묶어서 간행한 『화한쌍명집』과 이질적인 성격의 두 자료를 합책한 『계단앵명』은 자료별로 나누어 그 성격을 파악하였다. 3)필담 위주의 자료로 분류되었던 『양동투어』는 문사들과의 창화시 역시 적지 않게 수록하고 있으므로 본고에서는 '필담+시'의 유형으로 분류하였다.

필담+시문	泱泱餘響, 長門癸甲問槎, 槎客萍水集, 牛渚唱和, 鴻臚摭華, 鷄壇嚶鳴, 寶曆甲申朝鮮人贈答錄, 栗齋鴻臚摭筆, 萍遇錄, 講餘獨覽, 問槎餘響, 縞紵集, 青丘傾蓋集, 鴻臚館詩文稿, 東渡筆談, 韓館唱和, 客館唱和, 歌芝照乘, 桑韓筆語, 甲申接槎錄, 韓館應酬錄, 傾蓋唱和錄, 兩東鬪語, 傾蓋集, 東槎餘談, 賓館唱和集, 品川一燈, 朝鮮人來朝於津村御場筆語, 和韓雙鳴集卷之二, 芥園問槎, 仙水遊戲, 筑前藍島唱和, 寶曆十四年甲申正月卄八日本國寺唱和・四月三日再會
기타	*奇事風聞

모두 53종[30)]의 자료 중 필담 위주의 자료가 5종, 시문 위주의 자료가 13종, 필담과 시문이 모두 포함된 자료가 34종이다. '기타'로 분류된 『기사풍문』은 외교문건 6건, 기문(記文) 1편, 창화시 2수, 저자의 감회를 읊은 시 2수로 구성된다. 필담 위주의 자료 5종 가운데서 시를 한 수도 싣지 않은 자료는 『한객인상필화』, 『화한의화』, 『송암필어』의 3종이다. 『양호여화』는 별집에 시를 수록했다고 밝히고 있는데, 그것과 아우르면 결국 시와 필담을 아우른 세 번째 유형에 속하게 된다.[31)] 시문 위주의 자료들은 대체로 명함과 인사말 외에는 필담을 싣고 있지 않다. 그러나 『관풍호영』은 시문 사이사이에 각 인물들이 조선의 문사들과 나눈 간략한 대화를 수록하고 있다. 또, 『동유편』은 시문 뒤에 시와 함께 받은 서(序) 및 척독(尺牘) 몇 편을 붙여 두었다. 그러므로 시문 위주의 자료 일부는 본고의 필담 분석의 대상으로 포괄할 수 있다.[32)]

한편 필담창화집의 구성요소 가운데 '서신'을 어떻게 취급할 것인지

---

30) 『화한쌍명집』(6권 5책)은 권별로 나누었고, 『계단앵명』에서 합책된 사본 『조선인래조어진촌어장필어』를 분리하였다. 또, 『화한쌍명집』 권1은 『문패집』과 동일 자료이므로 여기에서 1종이 줄어든다. 따라서 합계 53종이 된다.

31) 구지현(2006), 216면.

32) 본고의 분석에 활용하지 않은 자료는 〈표2〉에서 *로 표시된 7종의 자료이다.

에 대해서도 언급할 필요가 있다. 필담창화집에는 종종 양국인이 주고받은 서신이 실려 있는데, 이 서신들은 제3자를 통해 전달된 것들도 있고 만난 자리에서 직접 교환한 것들도 있다. 서신은 구어를 대신한다는 기능 외에 고유의 실용적·문학적 기능이 있으므로 필담과는 그 성격이 조금 다르다. 그렇다 하더라도 이때의 서신 교환은 '공동의 문자로써 의사소통을 한다'는 통신사 교류의 기본적인 방식 안에서 파악해야 할 것이다. 다시 말해 통신사 교류에서 활용된 서신은 장소와 시간의 제약을 타파하기 위한 수단이기 이전에 일차적으로 언어가 다른 사람들끼리의 소통을 매개하는 역할을 하고 있는 것이다. 그러므로 필담창화와 서신을 별개의 요소로 다룰 필요는 없다고 본다.[33)]

물론 대개의 경우 서신은 시문 및 필담과 분리되어 필담창화집의 끝부분에 별도로 편집되어 있다. 그러나 이는 시간 순서대로 필담을 편집했기 때문이지 양자의 내용이나 형식에 특별한 차이가 있어서는 아니다. 또, 필담 자리에서 미리 작성해온 서신을 건네고 답서를 요청하기도 하였는데, 이때 이 서신을 필담 중간에 삽입하여 전후의 대화와 자연스럽게 이어지도록 편집하는 경우도 있었다. 이런 경우 내용을 자세히 읽어보지 않으면 그것이 미리 써온 것인지 그 자리에서 작성한 것인지 구별하기 어려우며, 사실상 판별이 불가능한 경우가 더 많다고 할 수 있다. 이러한 점들을 고려하면 통신사 교류에 한해서 서신은 필담창화의 연장으로 보아야 할 것이다. 서신을 통해 시문창화가 이루어진 경우도 있는데 이때에도 서신이라는 수단에 초점을 맞출 필요는 없다고 본다. 즉, 필담창화집에 수록된 서신은 그 내용에 따라

---

33) 물론 서신의 경우 즉석에서 이루어진 필담과 비교하여 자신의 의견을 더욱 상세히 개진할 수 있다는 특징이 있다. 직접 만나지 않고 서신만으로 교류한 기록인 『강여독람』에서 이를 확인할 수 있다.

필담, 혹은 시문에 귀속될 수 있는 것이다.

　요컨대 본고의 연구대상은 계미통신사 필담창화집 48종 자료에 수록된 필담이며, 그 필담은 즉석에서 주고받은 대화는 물론이며 서신으로 교환된 의사소통의 기록까지 포괄하는 것으로 그 범위를 확정할수 있다. 양국 문사가 주고받은 시문은 기본적으로 본고의 연구대상에서 제외되지만 필요에 따라 창화시를 인용하기도 하였다. 또 앞서언급하였듯이 이 시기 사행록을 보조적으로 활용하였으며, 경우에 따라서 이전 시기의 필담창화 자료를 인용한 부분도 있다. 또, 이 시기필담창화집의 서발(序跋)을 중심으로 논의를 진행하기도 하였다. 필담집의 서발은 필담 교류의 연장으로 이해할 수 있으며, 이에 대한 분석을 통해 양국 교류에 관한 당시 일본인들의 인식을 확인할 수 있기때문이다.

　본고의 연구방향은 다음과 같다.

　Ⅱ장과 Ⅲ은 필담 내용에 대한 본격적인 분석이다.

　먼저 Ⅱ장에서는 계미통신사 필담을 화제별로 분류하여 각 화제별대화에서 발견되는 구체적인 교류의 양상을 살펴본다. 예악과 문물제도, 역사와 지리, 언어와 문학, 의학과 의술의 네 개 범주로 나누어해당 주제에 관한 대화에서 각각 어떠한 경향이 나타나는지를 서술하였다. 한편 학술 관련 대화는 단일 주제로서 그 분량이 상당하며 단순한 문답을 넘어 심도 있는 토론과 논쟁으로 이어진 경우가 많았다는점에서 이 시기 교류의 특징적인 면모를 형성한다. 이들은 전체 교류과정에서 두드러지는 하나의 흐름을 형성하므로 Ⅲ장에서 별도로 검토한다.

　Ⅲ장에서는 이 시기 학술 교류의 경과와 그 의의에 대해 논한다. 논의에 앞서 본고에서 계미통신사 학술 교류를 다룰 때 어떠한 관점에서

접근할 것인지를 간략히 서술한다. 1절에서는 남옥, 성대중, 원중거 세 문사를 중심으로 이들이 여정의 각 단계에서 일본의 학술 상황을 탐색하고 그에 대응해 가는 양상을 살펴본다. 이어 2절에서는 토론의 내용을 쟁점별로 분류하여 각각의 논의가 어떻게 진행되었는지 살펴본다. 3절에서는 계미통신사 학술 교류의 의의에 대해 논한다.

　Ⅳ장에서는 이상의 분석을 바탕으로 계미통신사 필담의 동아시아적 의미에 대하여 네 가지 측면에서 고찰한다.

　끝으로 Ⅴ장에서는 본고의 논의를 요약하고 동아시아 문화 교류를 바라보는 필자의 관점을 제시한다.

II. 계미통신사 필담의 화제별 전개 양상

　이원식은 필담창화집과 통신사 사행록을 바탕으로 조선과 일본 문사들의 필담에 등장하는 화제를 열여섯 가지로 정리한 바 있다. 즉, ①과거제도(科擧制度) ②조선(朝鮮諺文) ③관혼상제(冠婚喪祭) ④의사문답(醫事問答) ⑤화조(花鳥) ⑥필묵(筆墨)의 제법(製法) ⑦부사산(富士山)과 금강산(金剛山) 자랑 ⑧의관(衣冠) ⑨관상(觀相) ⑩퇴계주자학(退溪朱子學) ⑪석전(釋奠) ⑫중국사정(中國事情) ⑬여인염치(女人染齒) ⑭생활습속(生活習俗) ⑮서불(西市/福) 동도설(東渡說) ⑯연초(煙草)와 연관(煙管)이다.34) 구지현은 이 주제들이 대략 유학이나 의학 등 학문적 분야와 양국의 제도풍습을 비교하는 것으로 대별되는데, 학문적인 분야를 제외한 나머지 주제들은 이국인들이 만나서 나누는 일반적인 대화의 범위를 벗어나지 않는다고 보았다.35)

　이러한 인식 때문인지 통신사 필담에 관한 기존 연구들 가운데 유학과 의술 외의 주제들에 관해 집중적으로 다루고 있는 논문은 찾아보기 힘들다. 몇몇 연구들을 거론하면 다음과 같다. 먼저 이언진(李彦瑱)의 문학론에 관한 정민과 구지현의 연구36)를 들 수 있다. 또, 금강산

---

34) 이원식(1991b), 30-32면.

35) 구지현(2006), 228-229면.

36) 정민(2003), 「『동사여담』에 실린 이언진의 필담 자료와 그 의미」, 『한국한문학연

과 후지산(富士山) 관련 필담과 창화시에 대해서도 이혜순의 문제 제기[37] 이후 몇 차례 검토가 이루어졌다.[38] 언문[39]과 퇴계주자학[40]에 관련된 필담에 관해서도 몇 편의 연구가 눈에 띈다. 기타 주제들에 대해서는 필담 및 사행록 연구 논문들에서 부분적으로 언급한 정도이다. 필담창화 자료의 분량이 적지 않은 만큼 해당 연구 분야의 특정 주제와 긴밀한 연관이 있는 부분들이 우선적으로 연구대상이 되는 것은 당연하다. 다만 문제는 필담의 상당 부분을 차지하는 각종 화제에 관한 대화들이 종합적으로 검토되지 못함으로써 몇몇 특정한 현상만이 강조되어 필담 교류의 전반적인 실상을 파악하는 데에는 어려움이 있었다는 점이다.

이에 본고에서는 계미통신사 필담에 담긴 대화를 화제별로 분류하여 그 전개 양상을 검토함으로써 이 시기 교류의 전체적인 면모를 파악하고자 한다. 이에 본 장에서는 계미통신사 필담에 반복적으로 등

구』 32집, 한국한문학회; 정민(2011a), 「이언진과 일본문사의 왕세정 관련 필담」, 『동아시아문화연구』 49집, 한양대 동아시아문화연구소; 구지현(2006).

37) 이혜순(1991), 「18세기 한일문사(韓日文士)의 금강산(金剛山)-부사산(富士山)의 우열 논쟁과 그 의미」, 『한국한문학연구』 14집, 한국한문학회.

38) 최근 연구로는 구지현(2014), 「통신사사행(通信使行)에서의 부사산(富士山)시와 일광산(日光山)시의 전개양상(展開樣相)」, 『한국한문학연구』 53집이 있다.

39) 관련 연구로는 장진엽(2015), 「18세기 필담창화집 속의 언문 관련 기록」, 『온지논총』 44집, 온지학회 참조. 이원식(1991b)를 비롯하여 다음 연구들에서 필담집에 실린 반절표 등 언문 관련 기록을 부분적으로 다루고 있다. 김형태(2010), 「筆談을 통한 韓日 醫員 간 소통의 방식-1763년 癸未使行의 필담을 중심으로-」, 『동양고전연구』 41집, 동양고전학회; 김형태(2013), 「1764년 통신사(通信使) 의원필담(醫員筆談)『왜한의담(倭韓醫談)』의 특성 및 문화사적 가치」, 『배달말』 53집, 경상대 배달말학회; 정승혜(2015), 「조선후기 조일 양국의 언어 학습과 문자에 대한 인식」, 『한국실학연구』 29집, 한국실학학회.

40) 최근 연구로는 구지현(2015), 「필담창화집에 보이는 퇴계(退溪) 관련 필담의 의미」, 『서강인문논총』 44집, 서강대 인문과학연구소가 있다.

장하는 대화 주제를 예악과 문물제도, 역사와 지리, 언어와 문학, 의학과 의술의 네 개 범주로 나누어 각 화제별 대화에 나타나는 교류의 양상에 관해 검토하였다. 분석의 대상이 된 필담의 세부 주제로는 의관과 복식, 음악과 악기, 과거제도, 유교식 예법과 관혼상제, 연행노정과 청나라에 대한 정보, 조선과 일본의 지리 정보, 고대사 관련 사적, 조선 언문과 한문 독서법, 학시법과 양국의 작시 경향, 인삼과 본초, 질환과 그 처방, 양국 의학의 경향 등이 있다. 본 장의 분석 결과를 통해 도출할 수 있는 이 시기 교류의 전체적인 특징과 의의는 Ⅲ장의 논의와 아울러 Ⅳ장에서 종합적으로 논한다.

1. 예악과 문물제도

조선의 의관과 복식, 관혼상제, 석전과 문묘 제사, 과거제도 등은 역대 통신사 필담에서 일본인들이 특히 관심을 갖고 질문한 대상이다. 일본과는 다른 조선의 제도와 풍속을 보여주는 것들이기 때문이다. 이 화제들은 모두 유교식 문물제도와 관련 있는 것으로서, 이에 관한 필담들은 동아시아 유교문명 및 자국 문화에 관한 양국 문사들의 사고를 효과적으로 드러내준다는 점에서 주목할 만하다.

예악과 문물제도에 관한 조·일 간의 필담은 기존 연구에서 자주 다루어진 주제는 아니다. 이 주제에 관한 연구로는 허은주의 논문[41]이 있는데, 아라이 하쿠세키(新井白石)가 참여했던 신묘사행의 필담을 대상으로 한 것이다. 또, 최근 소라이학파(徂徠學派) 문인들과 무진(戊

---

41) 허은주(2012), 「동아시아 관복 제도와 근세 조일의 자의식·상호인식─조선의 문명교화론과 일본의 문명자립론─」, 『일본학연구』 35집, 단국대 일본연구소.

辰)·계미통신사의 교류를 다룬 이효원의 논문42)에서 의관문물에 대한 양국 문사의 필담 몇 건을 검토한 바 있다. 그 외에 개별 필담창화집의 내용을 소개하는 논문에서 과거제도나 예제에 관한 대화를 인용한 경우는 있었으나, 이 주제에 대한 본격적인 연구는 찾기 어렵다.

예악과 제도에 관한 필담은 통신사 필담 교류의 전반적인 성격을 파악하기 위해 반드시 검토할 필요가 있다. 유자 간의 만남이라는 양국 필담 교류의 성격상 예악문물에 관한 대화를 통해 유교문명을 둘러싼 양국 문사 간의 이동(異同)이 표면화되었기 때문이다. 또한 매 시기 반복되는 주제인 만큼 이에 관한 분석은 각 시기별 필담 교류의 특징을 추출하는 데에도 활용할 수 있다.

본장에서는 의관과 복식을 비롯하여 음악과 예제, 풍속 등에 관한 양국 문사 간의 필담에서 발견되는 대표적인 양상을 세 가지로 나누어 살펴보았다. 첫 번째는 일본인들이 조선의 예악과 문물제도에 대해 탐구하고 있는 모습이다. 이와 관련된 대화에서 조선 문사들이 어떠한 태도를 취하고 있는지, 일본 문인들의 구체적인 관심사는 무엇이며 그들 행위의 진정한 의도가 무엇인지 등에 대해 논하고자 한다. 두 번째로 일본의 복식과 풍속에 대한 조선인들의 태도 및 그것에 대응하는 일본 문사들의 논리에 대해 알아본다. 마지막으로 일본인들이 조선인과 대등하게, 나아가 더 우월한 위치를 점하기 위해 자국 문화의 어떠한 부분을 내세우고 있는지에 대해 살펴본다.

---

42) 이효원(2017), 「通信使와 徂徠學派의 교류 양상과 그 의미 —文明과 武威의 착종과 충돌, 그리고 소통의 가능성—」, 『한국문화』 77집, 서울대 규장각 한국학연구원.

(1) 조선의 예악과 제도에 관한 탐구

의관(衣冠)

조선의 예악문물 가운데 일본인들이 가장 큰 관심을 보였던 것이 바로 조선 문사들의 의관이다. 일본 문사들은 특히 학사(學士)[43]·서기들이 쓰고 있는 관모(冠帽)에 지대한 관심을 보였다. 관의 명칭이 무엇인지 묻는 경우도 있었고, 와룡관(臥龍冠), 동파관(東坡冠) 등 자신이 알고 있는 관의 명칭을 대면서 그것이 맞는지 확인하는 경우도 있었다. 필담을 하면서 관의 이름을 확인하고, 나중에 필담을 편집하면서 조선 측 인물을 소개할 때 각각 어떤 관을 썼는지 하나하나 밝히기도 하였다. 대체로 필담 자리에서 조선 문사가 쓰고 있던 관과 의복의 명칭을 묻는 일이 많았으나, 하야시 류탄(林龍潭)과 같이 의례에서 삼사(三使) 및 각 관원들이 착용한 의관의 명칭을 물은 인물도 있었다.

조선 문사들이 쓴 관의 제도를 필담집 속에 그림으로 남겨놓은 사례도 있다. 〈그림1〉은 『갑신접사록』에 실린 동파관과 연엽관의 그림이다. 이 책은 에도(江戶)의 국학(國學) 생도 중 한 명이었던 야마기시 조(山岸藏, 호 文淵)가 자신의 필담을 따로 편집한 것이다. 이 그림은 아래 대화에 이어 나온다.

> 분엔(文淵): 족하께서 쓰신 것은 관모(官帽)입니까? 그 이름을 알고 싶습니다.
> 용연(龍淵): 말총 탕건입니다. 관직이 있는 자만 씁니다.
> 분엔: 저번에 쓰셨던 것은 동파관입니까? 다시 보여주십시오.

---

43) '학사(學士)'는 당시 일본인들이 제술관을 지칭할 때 쓰던 표현이다. 본고에서도 같은 뜻으로 사용한다.

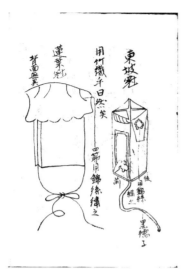

〈그림1〉『갑신접사록』에 수록된
동파관과 연엽관의 제도

용연: 그러지요.
추월, 현천, 퇴석이 쓰신 관은 무엇입니까?
용연: 추월이 쓴 것은 말총관이며 퇴석과 현천은
복건입니다.[44]

분엔은 성대중(호 龍淵)이 쓴 관이 관직을 나타내는 것인지, 그리고 그것의 이름은 무엇인지 묻는다. 그는 또 전날에 썼던 동파관을 다시 보여 달라고 하였다. 현전하는 계미사행 필담집 속에 인물의 도상이 실린『동사여담』과『경개집』,『한객인상필화』외에 관의 제도만을 따로 그려둔 것은 이 자료가 유일하다. 또한 간본이 아닌 사본 자료라서 개인적으로 참조한 것에 불과하다.

그런데 원중거에 의하면 조선인의 의복과 두건의 모양을 본떠 두려고 복건을 구하는 자들이 셀 수 없이 많았다고 한다.[45] 그는 또한 의복을 남겨두기를 청하는 일본 문사들의 요청에 대해 마음으로 사모한 소치라

---

44) 文淵曰: "足下所戴官帽乎? 願聞其名." 龍淵曰: "鬃巾也. 惟有官者着之." 文淵曰: "異日所冠東坡冠乎? 願更示之." 龍淵曰: "然矣." "秋月、玄川、退石所着之冠何?" 龍淵曰: "秋月所着鬃冠, 退石、玄川幅巾." (『갑신접사록』권하, 3월 9일) 이하 계미사행 시기 필담을 인용할 때에는 해당 자료 또는『일관기』와『승사록』을 통해 확인되는 대화 날짜를 표기한다. 날짜가 분명하지 않은 경우는 생략한다. 계미통신사가 대마도 후추(府中)에 도착한 것이 1763년 11월 27일이며, 여정을 마치고 대마도로 돌아온 것이 1764년 6월 13일이다. 즉, 11월과 12월은 1763년, 나머지는 모두 1764년이 되므로 연도는 따로 표시하지 않는다.

45) 원중거 지음·박재금 옮김(2006),『와신상담의 마음으로 일본을 기록하다』(화국지), 소명출판, 304면 참조. 이하『화국지』의 인용문은 모두 이 책을 따른다. 책명은『화국지』로 쓰고 해당 부분이 수록된 면수를 표시한다.

〈그림2〉『계림창화집』에 수록된
고후관 그림

〈그림3〉『동사여담』에 수록된
조동관의 화상

고 파악하였다.46) 이 시기 일본 문사들의 증시와 서(序)에서 조선을
'기봉(箕封)'으로 표현하고 통신사를 만남으로써 비로소 의관문물의 성
대함을 보았다는 말은 어렵지 않게 찾을 수 있다. 즉, 조선의 문사들이
자신들의 의복과 두건에 대해 자부심을 느낄 만했던 것이다. 남옥 역시
『일관기』에서 "저들이 우리의 의관을 보고 흠모하는 마음을 가져서 빌
려다 보고 제도를 상고하는 자도 있다."47)고 하였다. 흠모하는 마음을
가졌다는 것은 조선인들의 판단이지만, 일본인들이 조선의 복식에 '열

---

46) 원중거 지음·김경숙 옮김(2006), 『조선 후기 지식인, 일본과 만나다』(승사록), 소
   명출판, 549면 참조. 이하『승사록』의 인용문은 모두 이 책을 따른다. 책명은『승사
   록』으로 쓰고 해당 부분이 수록된 면수를 표시한다.
47) 남옥 지음·김보경 옮김(2006), 『붓끝으로 부사산 바람을 가르다』(일관기), 소명
   출판, 593면. 이하『일관기』의 인용문은 모두 이 책을 따른다. 책명은『일관기』로
   쓰고 해당 부분이 수록된 면수를 표시한다.

〈경개집(남옥)〉 〈경개집(성대중)〉

〈동사여담(남옥)〉 〈동사여담(성대중)〉

각각 『경개집』(위)과 『동사여담』(아래)에 수록된 남옥과 성대중의 화상. 관의 모양이 자세하다. 남옥은 수염이 덥수룩한 모습으로, 성대중은 수염이 없는 모습으로 그려져 있는데, 이러한 외견상의 특징 역시 일본인들의 주의를 끌었다.

렬한' 관심을 가졌던 것은 분명해 보인다.

한편 복식과 관련하여 가장 많은 질문을 받았던 인물은 정사 반인(伴人)으로 사행에 참여한 조동관(趙東觀)이었다. 일본 문사들은 그가 착용하고 있던 관이 '팔괘관(八卦冠)'인지에 대해 번번이 질문을 던졌다. 그가 쓴 관의 명칭에 대한 질문은 모두 6건[48]으로 확인되는데, 실제로는 이보다 몇 배나 더 많은 질문을 받았을 것이다. 팔괘관은 1711년 신묘사행의 필담창화집인 『계림창화집(鷄林唱和集)』에서 고후관(高厚冠, 또는 高後冠)의 다른 이름으로 제시된 명칭이다. 『계림창화집』 권3에는 연엽관(蓮葉冠), 육자운엽관(六子雲葉冠), 고후관의 도상이 실려 있는데, 고후관에 대하여 '一名八卦冠'이라고 부기해 두었다.(그림2) 일본 문사들이 조동관의 관이 팔괘관인지 재차 물은 것은 이전 사행 기록에서 그 명칭과 그림을 보고서 조동관이 쓴 것(그림3)과 비슷하다고 생각했기 때문이다.[49] 『계림창화집』은 16권 16책으로 구성된 거질의 필담창화집으로, 신묘통신사와의 교류 직후 교토(京都)와 에도에서 간행되어 계미통신사 시기까지도 널리 읽히고 있었다. 그러므로 당시 일본 문사들이 이 책에 수록된 조선 의관에 대한 정보를 숙지하고 있었던 것이다. 같은 시기 『양동창화록(兩東唱和錄)』에도 고후관의 도상이 실려 있다.

조동관의 옷차림이 주목 받은 또 하나의 이유는 그가 옷이나 관모에 있어서 상상관(上上官)의 차림을 하고 있으면서 아무 관직이 없다고

---

48) 『양호여화』, 『사객평수집』(2건), 『한관창화』, 『동사여담』, 『양동투어』.

49) 그런데 『동사여담』에 실린 조동관의 화상(그림3)에 그려진 관모는 앞쪽으로만 늘어뜨린 부분이 있는 민자건(民字巾) 형태로 되어 있으며(박선희(2011), 「18세기 이후 통신사 복식 연구」, 이화여대 의류직물학과 박사학위논문, 168면) 그 무늬 역시 고후관과 동일하지 않다. 조동관은 관의 명칭을 묻는 이들에게 그것이 '고사관(高士冠)' 또는 '고사건(高士巾)'이라고 답했으며, 성대중 또한 조동관이 쓴 것이 '고자건(高子巾)'이라고 하였다. 즉, 그가 쓴 관은 팔괘관이 아니었던 것이다.

말했기 때문이다. 조동관은 정사 조엄(趙曮)의 족질(族姪)로서 사행에 참가한 인물이다. 정사의 친족이므로 지체는 높았으나 관직이 없었다. 필담을 나눌 때는 성명 및 자호와 함께 자신의 관직을 말하는 것이 관례였으나 그는 정사의 반인이라는 것 외에 달리 소개할 말이 없었다. 일본 문사들은 관직을 말하지 않는 조동관의 태도에 의아해 했으며, 심지어 벼슬이 없다고 말해도 믿지 않는 경우도 있었다. 그 때문에 조동관은 일본 문사들 사이에서 '팔괘관을 쓴 사람'으로 지칭되면서 계속해서 관직과 관모에 대한 질문을 받았다.

여기서 알 수 있듯이 복제에 대해 질문한 일본 문사들은 의복 제도와 관제의 연관성에 관심을 갖고 있는 경우가 많았다. 앞서 인용한『갑신접사록』에서 쓰고 있는 관이 '관모(官帽)'인지 묻는 야마기시 조의 질문에 성대중은 '有官者'만이 탕건을 쓴다면서 벼슬과 관모(冠帽)가 관련이 있는 것으로 대답했다. 또, 이마이 쇼안(今井松菴)은 조철에게 갓의 모양이 위계의 고하에 따라 차등이 있는지 물었는데, 조철 역시 차등이 있다고 대답하였다.[50] 그런데 일본 문사들의 입장에서 보면, 조선인들이 분명 관모의 법도와 관품이 관련이 있다고 말했는데 하나씩 살펴보면 실상 그렇지가 않았다. 때로는 서로 다른 관품에 처한 인물들이 같은 형태의 관을 쓰고 비슷한 옷을 입고 있었으며, 같은 직임을 맡은 인물들이 서로 다른 관복을 착용하고 있어 도무지 종잡을 수가 없었다고 해야 할 것이다.

다음 대화에서 요코타 준타(橫田準大, 호 東原)는 성대중이 남옥·김인겸과 다른 관을 쓴 것, 양의(良醫)가 학사·서기와 같은 옷을 입은 것에 의문을 표하고 있다.

---

50)『송암필어』, 3월 6일.

도겐(東原): 그대가 쓰고 있는 것은 무엇입니까?

용연: 폐방에서는 동파관이라고 합니다.

도겐: 추월 군이 쓰신 것은 무엇입니까?

용연: 종관(鬃冠)이라고 합니다.

도겐: 추월, 퇴석 두 분은 같은 관을 썼는데, 두 분 모두 문학이니 진실로 당연합니다. 그대 또한 문관인데 어째서 유독 다른 것인가요?

용연: 저와 추월은 똑같이 우리나라의 문관의 관과 복입니다. 혹 같기도 하고 다르기도 하여 스스로 거리낄 것이 없지요.

도겐: 모암(慕菴: 양의 이좌국) 군과 그대는 모두 관과 복이 같은데, 어째서 다르지 않습니까?

용연: 똑같이 유생이기 때문입니다.

도겐: 의원과 유생이 모두 관직이 같습니까?

용연: 예부터 유의(儒醫)는 많았습니다. 군은 박학하신 분인데 어찌 그것을 모르시고 이러한 질문을 하시는지요?

도겐: 예부터 유의라는 칭호가 있었던 것은 당연히 알고 있는 것이지만 유생은 본디 유생이고 의원은 본디 의원이니 어찌 동료라 하겠습니까? 귀방의 제도는 유생과 의원이 모두 동료입니까?

용연: 의술의 기예를 익히면 의원과 함께 일을 하고, 유자의 술을 익히면 유자와 일을 함께 하는 것입니다. 그러므로 관복 또한 다름이 없을 뿐입니다.

도겐: 제군들의 포복은 대동소이한데, 각각 나누는 명칭이 있습니까?

용연: 모두 도복이라고 칭하며 감히 나누는 바는 없습니다.[51]

---

51) ○東原曰: "君所戴者如何?" ○答曰: "弊邦是曰東坡冠." ○"秋月君所冠如何?" ○答曰: "名曰鬃冠." ○"秋月, 退石二君同冠, 俱是文學, 固當然也. 君亦文官, 何又獨異?" ○"僕與秋月, 同是我邦文官冠服, 或同或異, 自無所妨." ○"慕菴君與君, 俱同冠服, 何以不異也?" ○"同是儒醫故耳." ○"醫亦與儒生, 俱同官耶?" ○"古多儒醫, 君博學者, 豈不知而有此問耶?" ○"古來有儒醫之稱, 雖固知之, 然儒則自儒, 醫則自醫, 豈同僚? 貴邦之制, 儒與醫俱同僚耶?" ○"在醫之技, 與醫同事, 在儒之術, 與儒同事. 故冠服亦無所異耳." ○"諸君袍服, 大同小異, 各有所分之稱? ○同是曰道服, 無敢所別." (『양동투

관복의 등급에 대해 위와 같이 대화가 어긋나고 있었던 이유 중 하나는 조선인들이 관소에서 입고 있던 옷이 관복이 아니라 편복(便服)이었으며52) 실상 편복의 등급이 그리 세밀하지 않았다는 데 있다. 분명히 관복은 관직이나 품계에 따라 차등이 있었고, 상황에 따라 착용해야 할 관대(冠帶)의 종류도 정해져 있었다. 편복도 어느 정도는 등급이 있어서 아무런 구분 없이 원하는 대로 선택할 수는 없었다. 문무에 따라, 관직의 유무에 따라, 사행 내에서의 위치에 따라서도 구별이 있었다. 그러나 그 차이가 품계나 직급에 따라 세세하게 규정되어 있는 것은 아니었다. 예컨대 계미사행 시기에는 평상복을 입을 때 삼사를 제외하고는 와룡관과 정자관(程子冠)을 쓰지 않기로 규정하였다. 학창(鶴氅)과 난삼(欄衫) 역시 삼사에게만 허락되었다. 이는 본래부터 있던 규정이 아니라 이 시기에 특별히 정하여 다른 관원들과 삼사와의 구별을 둔 것이다.53)『일관기』에 "사객(詞客)의 정자관과 난삼과 학창의가 비록 옛 관례이기는 하나, 삼사의 관복과 구별이 없으므로 이제부터는 쓰지 말게 한 것이다."54)라고 나와 있는데, 곧 편복 차림에 대한 규정이 본래는 더 느슨하였다는 의미이다. 계미사행에 이르러 삼사와 차등을 두었으나, 그 아래 수역과 통사, 제술관과 서기, 양의와 의원, 화원과 사자관 및 여러 반인들의 경우 편복 차림으로 그 직임을 구별하기는 어려웠다.

어』坤, 3월 1일)
52) 통신사행은 공식행사 때는 관복을 입고 평상시에는 편복 차림이었다. 박선희(2011), 152면.
53)『승사록』, 55면. 이주영(2008), 「18세기 조선통신사행의 삼사신·상상관·상관의 복식 고찰」,『지역과 역사』23호, 부경역사연구소, 44면 참조.
54)『일관기』, 219면.

　복식을 둘러싸고 어긋난 대화가 반복되었던 또 하나의 이유는 일본 문사들이 신분과 관직의 관계, 과거제도의 작동 방식 등과 관련된 조선의 실정을 자세히 알지 못했다는 데 있었다. 즉, 조동관은 신분이 높으면서도 등제하지 못해 벼슬을 하고 있지 않으며, 수역(首譯)은 비록 양반은 아니지만 그 직임에 의해 높은 품계를 받는다는 사실 등을 알지 못했던 것이다. 이들은 조선이 관품에 따라 엄격한 복식의 규정을 갖추고 있을 것이라 추측하고, 그것에 의거하여 조선인들의 관제에 대해 파악하고자 하였다. 또 반대로 관품을 물음으로써 조선 문사가 착용한 관모의 등급과 의미를 짐작하기도 하였다. 뿐만 아니라 관복이 관직을 나타내주는 옷이라면 신분에 상관없이 직임에 따라 관과 복을 착용할 것이라고 생각한 인물도 있었다.[55] 조선의 관복 제도에 관해 일종의 환상을 품고 있었던 것이다.

　이처럼 일본의 문사들은 구체적으로 관복과 관제의 관계에 대해 알고 싶어 했으나 조선 문사들은 그들에게 정확한 정보를 제공하지 않았다. 조선의 문사들은 그보다는 유자로서 의관을 갖추는 일의 중요함, 그리고 조선이 유복(儒服)을 통해 일상생활에서 중화의 가치를 실현하고 있음을 보이는 데 주력하였다. 다음은 조선의 문사들이 자신들이 유자의 복장을 하고 있음에 대한 자부심을 표출한 예이다. 그런데 이에 반응하는 일본 문사들의 태도에서 한 가지로 묶기 어려운 미묘한 차이점들이 발견된다.

---

55) (일본) 귀방은 비록 하관과 하인일지라도 모두 관과 의복을 착용합니까? 신역을 담당하는 비천한 사람들도 또한 예복이 있습니까? (용연) 하천(下賤)에게 어찌 공복(公服)이 있겠습니까? (일본) 비록 하천이라도 관직이 있으면 의상(衣裳)을 착용하지 않습니까? (용연) 하천이 어찌 관직이 있겠습니까? ["貴邦雖下官輿臺, 皆着冠服乎? 卑賤力役之人, 亦有禮服乎?" "下賤豈有公服." "雖下賤, 有官者不着衣裳乎?" "下賤豈有官."] (『조선인래조어진촌어장필어』)

[1] 류잔(龍山) 물음: 공의 의관은 이름이 무엇입니까?

　　퇴석(退石) 답함: 관은 복건이고, 옷은 도포입니다. 옛 성현이 착용했던 것이지요.

　　류잔 다시 답함: 선왕의 법복(法服)을 입고, 선왕의 덕행을 행하시니 부럽다고 할 만합니다. 다만 그대가 하시는 말씀이 선왕의 법언(法言)인지는 모르겠군요.56)

[2] 아룀(스가쿠(崧岳)): 학사께서 쓰신 관은 그 이름을 무엇이라고 합니까?

　　답함(추월(秋月)): 사마온공이 독락원에서 썼던 관입니다. 온공관(溫公冠)이라고 하지요. 유자들이 씁니다.57)

[3] 센로(仙樓): 의관이 모두 고아하니 대부분 주나라 제도인지요?

　　용연: 주나라 제도는 너무도 오래되어서 반드시 이와 같은지는 모르겠습니다만 중국 성당(盛唐) 때의 중화의 제도라고 하면 분명하지요.58)

[4] 나: 퇴석이 쓰고 있는 두건의 이름은 무엇입니까?

　　용연: 연엽관입니다.

　　나: 매우 아름답습니다. 중국 고대에도 이러한 양식이 있었는지요?

　　용연: 지금 중국인들은 모두 민머리이니 어떻게 관이 있을 수 있겠습니까? 나는 옛 제도를 물었는데 용연은 지금 사람의 일을 가지고 대답했으니 대화가 어긋났다.

---

56) 龍山問: "公衣冠名何?" 退石答: "冠幅巾衣道袍, 乃古聖賢所着." 龍山再答: "服先王之法服, 行先王之德行, 可羨可羨. 唯不知君之所言先王之法言乎." (『문사여향』 권상, 2월 1일)

57) 稟: "學士所戴冠, 其名云何?" 答: "司馬溫公獨樂園中所著冠也. 名溫公冠. 儒者著之." (『보력갑신조선인증답록』)

58) "衣冠皆古雅, 多是周制乎?" (仙樓) "周制則已古矣, 不知其必如此, 而中朝盛唐時華制, 則分明也." (龍淵) (『양호여화』 권상, 1월)

나: 주나라가 동쪽으로 옮겨갔듯이 중화문명이 조선으로 옮겨간 것은 당
연합니다.
용연이 웃었다.59)

김인겸(호 退石)이 자신이 착용한 복건과 도포를 옛 성현이 입었던
것이라고 하자, 이토 류잔(伊東龍山)은 '선왕의 법복'을 입으니 부럽다
고 말한다. "선왕의 법복이 아니면 입지 않고, 선왕의 법언이 아니면
말하지 않으며, 선왕의 덕행이 아니면 행하지 않는다"[非先王之法服,
不敢服, 非先王之法言, 不敢道, 非先王之德行, 不敢行.]는 말은『효경
(孝經)』에 실린 공자의 말이다. 법복을 입고 법행을 행하니 부러우나,
법언은 아닌 것 같다는 류잔의 말이 의미심장하다. 복식의 예스러움
은 인정하나 그것이 당신들의 견해가 다 옳다는 뜻은 아니라는 말이
다. 즉, 조선인들의 의관문물이 옛 것에 기원을 두고 있다는 점은 경
탄할 만하나, 이로 인해 조선인들이 유가적 가치의 체현에 있어 일본
인들에 대하여 우위를 점한다고 볼 수는 없다는 뜻으로 이해된다.
　[2]에서 남옥(호 秋月)은 자신이 쓴 '온공관'이 사마온공이 독락원에
서 썼던 관이라고 말한다. 사마공이『예기(禮記)』에 의거하여 심의(深
衣)를 만들어 독락원에 들어가서 이를 입었는데 주희(朱熹)가 찬을 지
어 '深衣大帶'라는 말로 칭송한 일이 있다.60) 즉, 남옥의 답변은 주희

---

59) 다이텐(大典) 지음·진재교 외 역주(2013),『18세기 일본 지식인 조선을 엿보다:
평우록』, 성균관대학교출판부, 101면. 이하『평우록』의 번역은 모두 이 책을 따른
다. 책명은『평우록』으로 쓰고 해당 번역문이 수록된 면수를 표시한다. 원문 역시
이 책을 따른다. 余曰: "退石子巾名什麼?" 淵曰: "蓮葉冠." 余曰: "尤佳. 未知中華古有
斯製." 淵曰: "華人盡禿頭, 何得有冠?"【余問古製, 而淵答以今人, 謬矣.】余曰: "周之東
遷宜矣." 龍淵笑. (『평우록』 권상, 4월 5일)
60) 허은주(2010), 「유복(儒服)과 유자 의식-하야시 라잔[林羅山]의 경우-」, 『일본언
어문화』 16집, 한국일본언어문화학회, 520-521면.

가 깊이 감탄했던 사마공의 의관을 착용하고 있음에 대한 자부심의 표현인 것이다. [3]과 [4]는 의관의 연원에 대한 문답이다. 의관이 주나라 제도를 따른 것인지에 대한 질문에 성대중은 당제(唐制)를 따른 것이라고 답하였다. 조선 조정은 고려 말에 유행한 몽고풍을 일신하고 명의 복색을 따랐으며, 명의 복식은 당제에 기반을 둔 것이니 조선의 의관 역시 당제를 따른 것이라 해도 틀린 말은 아니다. [4]에서 다이텐(大典)은 연엽관의 아름다움을 칭찬하며 조선이 중화문명을 간직하고 있음을 치켜세우고 있다.

그런데 여기서 센로와 다이텐이 조선의 의관이 중국 고대의 어떤 시기에 근거를 둔 것인지에 관심을 보이고 있는 것에 주목할 필요가 있다. 센로 일행은 조선의 의관복식을 매우 부러워했는데[61] 그것의 연원이 얼마나 깊은지를 알고 싶었던 것이다. 다이텐도 마찬가지였다. 이처럼 조선인들의 의관과 관련하여 일본 문사들이 흥미를 가졌던 또 하나의 주제는 고대문물의 보전 여부였다. 이는 조선인들이 유복의 착용을 통해 일상생활에서 유자의 이념을 실행하고 있음을 강조한 것과는 조금 다른 맥락에서의 접근이다. 마치 육경(六經)에 실린 중국의 고대문물을 탐구하듯이 조선의 예악문물의 연원을 궁구하고 그것이 '고(古)'라는 이상에 얼마나 근접해 있는지를 살피고자 했던 것이다. 이렇게 조선의 의관문물에 대해 '신비화'하는 태도는 그 실체가 자신들의 기대에 미치지 못할 경우 손쉽게 실망이나 멸시로 이어질

---

61) 『양호여화』의 서문에서 가쓰 겐샤쿠(勝元綽)는 "내가 생각하건대 대체로 한인(韓人)들의 음성과 용모는 진실로 중화에 가깝다. 우리가 특히 부러워했던 것은 관복이 우아하고 법도에 맞는 것과 곧바로 글을 읽고 낭송하는데 저절로 뜻이 통하는 것이었으니, 오직 이 두 가지 일이 그러하였다."라고 했다. 또, 오쿠다 모토쓰구(奧田元繼)는 『관풍호영』의 서문을 썼는데 그 글에도 조선인들의 관복(冠服)이 아순(雅馴)하다고 말한 부분이 있다.

가능성을 내포하고 있는 것이기도 했다.

음악

고대문물의 보전 여부를 따지는 일본 문인들의 태도는 조선의 음악
에 관한 대화에서도 종종 발견된다. 일본 문사들은 사행이 행렬 시 연
주하는 고취악(鼓吹樂) 외에 따로 아악이 있는지, 그리고 그것이 얼마
나 고악(古樂)에 가까운지를 질문하곤 하였다. 조선 문사들의 관점에
서 이러한 태도는 예악을 갖춘다는 것의 참된 의미를 이해하지 못한
것으로 비쳤다. 다음은 『승사록』의 기록으로, 원중거가 일본 문사들
과 조선의 음악에 관해 대화를 나눈 일을 전하고 있다.

밤에 승려와 사증(師曾) 무리를 위하여 음악을 처소에서 펼쳤다. 통인
인 진해와 대룡이를 불러 푸른 깁 도포를 입고 마주 서서 춤을 추게 하였
다. 추산장(秋山章)과 서원창(西原彰)도 또한 와서 앉았다. 마치 동정호
에서 하늘의 음악을 듣는 듯이 눈썹을 낮추고 귀를 기울이며 처음부터
끝까지 자세하게 들은 사람은 사증과 추산장이었다. 음악이 끝난 뒤에
두 사람이 먼저 악기의 이름에 대해 물어보기에 모두 대답을 하여 주었
다. 그랬더니 묻기를 "장부(長缶), 해금(嵇琴)은 모두 옛 것이 아닙니다."
라고 하였다. 이에 내가 말하기를 "번음(飜音)과 도곡(度曲)이 율려(律
呂)에 합치되는 것은 고금(古今)의 차이가 있습니다. 악기라는 것은 소리
를 내는 것이라면 모두 가히 어울릴 수가 있습니다."라고 하였다. (…중
략…) 그러자 그가 묻기를 "아까 연주한 것은 고악(古樂)입니까?"라고 하
여 내가 말하기를 "이는 속악(俗樂)입니다. 아악(雅樂)은 팔음(八音) 십
이률(十二律)로 경서(經書)에 보이는 것이 바로 이것입니다."라고 하였
다. 그가 묻기를 "그렇다면 귀국의 음악은 삼대 때와 같습니까?"라고 물
었다. 내가 대답하기를 "그 악기와 그 소리가 삼대와 어찌 다르겠습니

까? 다만 아악 가운데도 또한 고금의 차이가 있으니, 다른 것은 바로 악장(樂章) 가사(歌辭)입니다. 우리나라 세종대왕 때에 해주 땅에서 생산되는 거서(秬黍)로 황종(黃鐘)을 만들어 또한 이루었습니다. 그러므로 사신(詞臣)에게 명하여 악장을 짓게 하여 합치게 하였습니다. 그 가사는 비록 다르지만 소리나 악기는 옛날과 다름이 없습니다."라고 하였더니 사증이 탄식하여 말하기를 "귀국에 한 번 가서 태상(太常: 종묘 의식을 맡은 禮官)이 맡은 음악을 들어 보기는 어려울 것 같습니다."라고 하기에 내가 "그대는 눈앞의 속악도 오히려 헤아리지 못하는데 주나라를 보겠다는 탄식은 또한 우활한 것이 아닌가요?"라고 하였더니 그가 웃으면서 "가르치심을 구하고자 하나 미치지 못합니다. 아까 연주한 음악을 추월학사께서 여민락(與民樂)이라고 일컬으셨습니다. 그 이름을 들으니 바로 고악과 같고, 그 소리를 들으니 즐거우면서도 음란하지 않고[樂而不淫], 슬프기는 하지만 상심하지는 않으며[哀而不悲] 뜻이 통하고 화합하면서도 함축되어 있는 속뜻이 많으니, 이와 같으면서도 오히려 고악에 끼지 않는 것은 어째서입니까?"라고 물었다. (…중략…) 사증이 다시 탄식하며 "예악은 천하를 다스리는 성음의 도리이니 실로 정치와 더불어 주례에 통함이 모두 귀국에 있군요. 저는 오직 바다를 사이에 두고 있어서 부러워하고 우러를 뿐입니다. 악장에 어찌 반드시 금악(今樂)과 고악(古樂)이 있겠습니까. 이를 들으면 사람의 마음을 바람에 나부끼듯 감화시키기에 족하니 저는 노니는 물고기가 먹이를 먹다가 소리에 귀를 기울이는 것과 같은 따름입니다."라고 하였다.[62]

사행은 국서를 전달하고 돌아가던 중 후지가와(富士川)의 범람으로 예상보다 일정을 늦추게 되었다. 이때 미시마(三島)의 문인 아키야마 아키라(秋山章)와 니시하라 아키라(西原彰) 등이 요시와라(吉原)까지 따

---

62) 『승사록』, 392-395면.

라와서 통신사가 떠날 때까지 이틀을 함께 보냈다. 이에 사행에서는 음악을 펼치고 수행한 일본인들도 같이 즐기게 하였다. 연주를 들은 후 아키야마와 나바 로도(那波魯堂)는 조선의 악기에 대해 물었고, 그 중 장부와 혜금이 옛 것이 아님을 지적하였다. 이는 '예악의 나라'로 자처하는 조선의 악기는 고악기의 원형을 간직하고 있으리라는 전제에서 나온 질문이다. 이에 대하여 원중거는 고금의 소리와 악곡이 차이가 있으므로 그에 어울리는 것으로 지금의 악기를 삼는다는 취지의 답변을 하였다. 로도는 또 조선의 음악이 삼대의 음악인지 물었고, 원중거는 아악도 고금의 차이가 있다고 하며 세종대왕이 제정한 악장에 대해 상세히 설명해 준다.

이 대화는 원중거의 관점에서 서술된 것이기 때문에 일본 문사에게 조선 예악의 성대함을 깨닫게 해준 일로 묘사되어 있다. 나바 로도는 악장에 관한 원중거의 설명을 들은 후에 예악이 정치와 더불어 주례에 통한다며 찬탄했다. 그러나 로도를 비롯한 일본 문사들이 정말로 원중거의 말을 납득하였는지는 알 수 없다. 특히 로도가 "악장에 어찌 반드시 금악과 고악이 있겠습니까"라고 한 부분은 사실상 그를 비롯한 일본 문사들이 고악에 상당한 가치 부여를 하고 있음을 반증하는 말로 이해할 수 있다. 『일관기』에 의하면 사행이 음악을 베푼 것은 일본인들이 주악(周樂)을 구경하기 원해서였다고 한다.[63] 즉, 애초에 고악을 보고 싶다고 요청한 것이었음을 알 수 있다.

이날의 기록이 『청구경개집』에도 실려 전한다.

아키야마: 오늘 가까운 데 친족을 방문하러 가느라 안부를 여쭈러 오지

63) 『일관기』, 450면.

못했습니다. 오늘 저녁 이 좋은 시절에 뜻하지 아니하게 대방(大邦)의
아악(雅樂)을 듣게 되었습니다. 이는 어떠한 음악입니까?

추월: 아악이 아니라 속악입니다.

아키야마: 이 음악의 이름은 무엇입니까?

추월: 소고(小鼓), 대고(大鼓), 필률(觱篥), 횡적(橫笛), 혜금(嵇琴)이 있
으니 합하여 이르길 '삼현(三絃)'이라고 합니다.

또 말함: 음악에는 합(合)·산(散)의 마디가 있으니 음악의 법식입니다.
<small>소동 두 사람이 좌우에 섰는데 그 춤추는 모습이 서로 안고 있는 모양이라 외설스
러움이 심하였다. 사상(士常: 西原彰의 字)이 그것을 보고 이것이 무슨 모양이냐고
물었기에 추월의 이러한 답이 있었던 것이다.</small>

아키야먀: 합하면 즐겁고 헤어지면 슬프군요. <small>추월이 기뻐하며 웃고는 여러
사람들에게 전해서 보여주었다. 앉아 있던 사람들이 모두 크게 웃었다.[64]</small>

아키야마는 남옥에게 '대방의 아악'을 보게 되어 감격스럽다고 하였
으나 남옥은 아악이 아니라 속악이라고 답했다. 그 때문인지 이어지
는 대화를 보면 아키야마는 기대와 달리 다소 실망한 듯한 반응을 보
이고 있다. 또, 김인겸이 아키야마에게 조선 음악을 일본 음악과 비교
하면 어떠한지 묻자, 박자와 춤의 형태가 다르다고만 답했을 뿐 딱히
찬사를 보내지도 않았다.[65] 위 『승사록』의 기록에서는 아키야마가
"마치 동정호에서 하늘의 음악을 듣는 듯이" 주의 깊게 음악을 들었다
고 하였는데, 필담에서는 그러한 모습이 발견되지 않는다. 오히려 소

---

64) "今日近出訪族家以缺來候. 今夕是好時節, 偶獲聞大邦之雅樂, 何樂如之." 秋月曰:
"非雅樂也. 乃俗樂耳.""此樂名何." 秋月曰: "有小鼓大鼓觱篥橫笛嵇琴, 合以名之曰三
絃者也." 又曰: "樂有合散之節, 是樂之例也.【小童二人立于左右, 其舞節款作相抱持之
狀, 似猥褻之甚. 士常因問, 是何狀故, 秋月有是答.】"合則樂, 散則悲."【秋月懽然而笑,
傳示之諸子, 滿坐哄然.】(『청구경개집』 권하, 3월 19일)

65) 退石曰: "病中無聊, 方聽樂, 僉君適至, 與之同樂者, 亦可謂異域勝事." 又曰: "與貴國
樂何如?""節奏舞容, 頗不同." (『청구경개집』 권하, 3월 19일)

동(小童)의 대무(對舞)에 관해 외설스럽다고 하는 등 부정적인 시선이
나타난다.

앞의 『승사록』의 기록에서 나바 로도는 조선에 가서 태상의 아악을
듣지 못함을 탄식하였다. 그러면서 아까 연주한 〈여민락(與民樂)〉의
법도를 칭찬하며 그것이 고악에 끼지 못하는 까닭을 물었는데, 이에
원중거는 조선에서 신악(神樂)을 제정한 방식과 그 뜻에 대해 찬찬히
설명해 준다. 남옥 역시 아키야마에게 이 음악은 아악이 아니라 속악
이라고 말해주었다. 조선에서 '아악(雅樂)'은 중국에서 전래된 음악을
가리키는 말이었다. 한반도에서 기원한 음악이나 조선에서 새로 창제
한 음악은 '향악(鄉樂)' 또는 '속악(俗樂)'으로 지칭하며 중국 전래의 음
악과 구별을 두었다. 즉, 조선에서 아악/속악이라는 것은 음악의 용도
에 따른 구분이 아니었으며, 아악을 곧바로 고악이라고 칭하지도 않
았다.66) 그러나 일본 문사들은 그 점을 알지 못하였기에 보다 격조
있는 음악인 아악을 듣지 못함을 아쉬워했던 것이다.

한편 이 시기 필담에는 조선의 음악과 악기에 관한 다양한 문답이
등장하는데, 고악의 보전 여부를 비롯하여 조선의 악곡과 악기, 조선
의 악기와 일본 악기의 공통점과 차이점 등 다양한 관심사를 발견할
수 있다. 그 가운데 세 건의 대화를 인용한다.

> 아룀(분코(文虎)): 대개 성인이 천하를 교화할 때엔 반드시 예악을 우선
> 하니, 역대 모두 예악을 일으켰습니다. 귀국의 예악은 거의 옛 명나라
> 를 뛰어넘으니, 문물의 성대함을 또한 알 수 있습니다. 다행히 사신
> 뗏목이 의젓하게 이곳에 임하셔서 아침저녁으로 출입함에 반드시 음

---

66) 조선에서의 아악과 향악(속악)의 구별에 관해서는 필자의 박사학위논문 심사위원
중 한 분이었던 박애경 교수님께서 지적해 주신 사항이다.

악이 있습니다. 제 부족한 재주로 분변하지 못하겠습니다. 감히 귀국
의 악곡 명칭에 대해 묻습니다.

대답(원중거): 행중에 가지고 온 것은 삼현(三弦)이라고 하는데, 아속과
문무에 모두 사용하여 통용되는 음악으로 여깁니다. 저 아악 같은 것
은 태상에서 관장하는데 그 악기와 도수는 작은 종이에 써서 논하기
어렵습니다. 우리나라의 태상은 장악원이라고 하는데 삼백 인을 두고
날마다 교습합니다.[67]

센로: 삼선(三線)은 본래 유구(琉球)에서 온 것인데 혹자는 완함(阮咸)의
유제(遺制)라고도 합니다. 근래 우리나라 사람들이 갖가지 연주법을
만들어 음란한 음악을 조장하고 있는데, 그 소리를 한번이라도 들으
면 사람들로 하여금 방심(放心)하여 방탕하게 놀며 돌아오는 것을 잊
게 만듭니다. 귀국에도 혹시 이 악기가 전해졌거나 혹은 이와 비슷한
종류의 악기가 있습니까?

화산(花山): 이것은 비파의 변조이니 우리나라의 세속에서도 역시 그것
을 연주합니다. 모양은 그대가 그린 것과는 약간 다릅니다.[68]

다이시쓰(太室): 신라인 우륵(于勒) 및 제자 이문(尼文)이 〈하림(河臨)〉
과 〈눈죽(嫩竹)〉 두 곡조와 185곡 및 〈오(烏)〉, 〈소(蘇)〉, 〈순(鶉)〉 세
곡을 지었다고 합니다. 이 일이 『동국통감』에 보이는데, 지금도 남아
있는 것이 있습니까?

---

67) 栗(文虎): "蓋聖人化天下, 必禮樂爲先, 歷代皆興禮樂. 貴國之禮樂殆踰先明, 而文物
之盛亦可知也. 幸使槎儼然臨此, 其出入朝夕必有樂. 僕不才不可得而辨也. 敢問貴邦樂
名." 復(元仲擧): "行中帶來者名三弦, 參雅俗文武, 以爲通用之樂. 若夫雅樂則太常掌
之. 其器與度, 不可尺紙論也. 我國太常名掌樂院, 有三百人日日敎習."(『홍려척화』 곤
(坤), 1월 22일)

68) "三線本自琉球國來, 或云阮咸遺制也. 近世弊邦人設種種指徽, 以助淫樂, 一聞其聲,
使人生多少放心, 流蕩忘歸. 貴邦或傳此器, 又有類此耶?"(仙樓) "此琵琶變調, 吾俗亦
弄之. 其制少異君所圖."(花山) (『양호여화』 권상, 1월)

퇴석: 지금까지도 전해오고 있습니다.[69]

미나모토는 사행의 음악을 칭송하면서 조선 악곡의 명칭을 알려달라고 하였으며, 센로는 일본 악기의 그림을 보여주며 조선에도 그러한 것이 있는지 물었다. 센로의 문도인 구 사다카네 역시 '척팔'이라는 일본의 악기가 소식(蘇軾)의 〈후적벽부(後赤壁賦)〉에 나오는 퉁소인 듯한데 조선에도 그것이 있는지 물었다.[70] 세 번째 예문의 시부이 다이시쓰(澁井太室)는 『동국통감(東國通鑑)』에 나온 옛 악곡을 거론하고 있다. 이외에 조선인이 방 안에서 거문고를 연주하고 있는 것을 보고서 문을 열고 들어가 악기를 구경한 인물도 있었다.[71] 조선의 예악문물에 관한 찬탄이 간혹 발견되지만 전반적으로 타국의 음악이나 악기의 실체를 확인한다는 목적이 주를 이루고 있다.

대대로 통신사는 조선의 음악을 일본인들에게 보여주는 것으로 그들을 '교화'할 수 있으리라고 생각해 왔다. 또, 일본 문사들 스스로도 조선의 성대한 예악에 감탄했다고 말하곤 하였다.[72] 그런데 이들은

---

69) 太室云: "新羅人于勒及弟子尼文制《河臨》·《嫩竹》二調、百八十五曲及《烏》·《蘇》·《鶉》三曲, 事見于《東國通鑑》, 今有存者歟?" 退石曰: "尙今留傳." (『품천일등』, 3월 11일)

70) "此邦稱尺八者, 空洞無底, 刻其上孔四, 孔一出其背. 竪而吹之, 其口片斷鯨骨貼之, 將吹先以舌舐之. 或曰子瞻《後賦》曰洞簫者是也. 貴邦亦有此吹器邪?" "吾之稱洞簫." (『조선인래조어진촌어장필어』)

71) 강지희 역주(2017), 『韓館唱和續集 三·韓館唱和別集·韓館應酬錄』, 보고사, 249-250면. (『한관응수록』, 2월 25일)

72) 예컨대 다음과 같은 글에 이러한 태도가 두드러지게 나타난다. 무진사행 시기 자료이다.
"(⋯) 그들이 진퇴하고 읍양(揖讓)할 때에는 일찍이 예(禮)에 의거하지 않은 적이 없었으며, 관사에 들어갈 때에는 아악(雅樂)을 연주하여 그 여행 중의 심정을 마음껏 펼쳐보였다. 이에 보불·문장·의상·관면의 아름다움과 종고·관경·금슬·우생의 소리에서 태평시대 문화의 융성을 족히 볼 수 있었으니, 삼대의 다스림도 또한 이런

어느 순간부터 조선의 예악문물을 찬양하는 데 그치지 않고 그것의 연원에 대해 질문하기 시작했다. 그들은 또한 사행이 연주하는 고취악 외에 종묘와 궁중에서 사용하는 아악이 따로 있을 것이라고 생각하였다. 행중의 음악이 기대했던 만큼 '고악'에 가깝지 않았기 때문이다. 창수시에서는 여전히 조선의 예악문물을 찬양하고 있었으나, 그러한 제도를 신비한 어떤 것으로 보지 않고 그 연원과 제작방법 등에 대해 구체적으로 묻고 있는 것이다. 게다가 이러한 질문들은 많은 경우 일본 문물의 우월성을 증명하려는 태도와 결합되어 있었다.(후술)

조선에서는 이전 왕조의 비속한 풍조를 일신하고 주자학을 통치 이념으로 한 새로운 문물제도를 마련한 것을 자랑스럽게 생각했던 반면, 일본의 문사들은 고대문물의 보전 여부를 이상적인 제도의 기준으로 여기고 있었다. 특히 세종이 악장을 만든 것은 창업 초기의 군주가 예악을 제정한 성사(盛事)에 해당하는 일로서, 1748년 이명계(李命啓)는 "우리나라의 음악은 세종대왕 때 고금의 것을 절충하여 하나의 악(樂)으로 완성하였습니다. 그렇기에 요즈음의 음악도 아니고 당나라의 것도 아닙니다."[73]라고 단언한 바 있다. 금악인지 고악인지가 문제가 아니라 국가의 예악을 혁신하여 정비하였다는 데 의의가 있다는 것이다. 『승사록』의 기록 역시 일본 문사에게 그 점을 납득시킨 과정으로 읽을 수 있다. 그러나 필담을 살펴보면 조선 문사들의 그러한 의

것일 뿐이다. 진실로 군자의 도에 뜻을 둔 자라면 한번 그것을 보고 들음에 어찌 기뻐 뛰지 않을 수 있겠는가? 우리 일본은 본디 법도가 없거나 인류와 다른 부류가 아니니, 그것을 보고 들은 후에 그 영향을 받는 것이 더욱 배가되어 예악의 교화를 누리게 된다면, 또한 기쁘지 않겠는가! 또한 즐겁지 않겠는가!"(『선린풍아』 권2. 번역은 강지희 역주(2014), 『善隣風雅·牛窓錄』, 보고사, 154-156면)

73) 答(海皐): "我國風樂, 自世宗大王, 折衷古今, 以成一代之樂. 非今朝非唐."(『홍려경개집』)

도가 항상 성공적으로 전달된 것은 아니었다는 결론을 내릴 수 있다.

예제(禮制)와 풍속

매 시기 통신사 필담집에는 일본 문사들이 조선인들에게 예제에 대해 질문하고 있는 모습이 발견된다. 그중에서도 유교식 관혼상제와 관련된 세부사항을 질의하는 경우가 많다. 서적에서 제시한 예법의 구체적인 실행 방법 또는 조선에서 행해지는 예제의 실제 운영법 등에 관한 것들이다. 계미사행 시기에도 이러한 종류의 필담이 몇 건 발견된다. 아래 두 건의 인용문은 『양호여화』에 실린 대화들이다.

보잔(茅山): 귀국에는 투호례(投壺禮)가 전해지고 있습니까? 그리고 관혼상제는 모두 주제(周制)를 따릅니까?
추월: 투호례가 전해지고 있습니다. 사례(四禮)는 모두 『주례(周禮)』를 따르며 모두 『문공가례(文公家禮)』를 씁니다.[74]

보잔: 귀국에서는 삼년상을 치르며 여막에 기거하는 사람이 상복을 입고서 요역을 하거나 고용살이를 합니까? 아니면 관에서 곡식을 내려줍니까? 또한 그 예는 모두 주제(周制)를 따른 것입니까?
현천(玄川): 비록 상중이라 해도 농사짓는 사람은 농사를 짓고 장사하는 사람은 장사를 합니다. 그러나 그 예를 지키는 것을 예와 같이 할 뿐이지요. 대개 상례는 천자로부터 서인에 이르기까지 공통된 것이므로, 그 절목 또한 위를 따르는 것이 많습니다. 서인들의 경우 거적을 깔고 흙덩이로 베고 이엉을 덮어 스스로 여막살이를 하며, 채소를 먹고 색을 멀리하여 스스로 예를 지킬 따름입니다. 나머지는 미루어 짐작할 수

---

74) "貴邦傳投壺禮, 又冠婚喪祭, 皆遵周制耶?"(茅山) "有投壺. 四禮皆因《周禮》, 而全用 《文公家禮》."(秋月) (『양호여화』 부록)

있을 터이며, 관례·혼례·제례 또한 같습니다. 우리나라는 임금으로
부터 서인에 이르기까지 모두 『가례(家禮)』를 준수할 따름입니다.[75]

보잔(茅山)은 『양호여화』의 주저자인 오쿠다 모토쓰구(奧田元繼)의
문도 구 사다카네(衢貞謙)로, 또 다른 문도인 가쓰 겐샤쿠(勝元綽)와 함
께 이 책을 교정한 인물이다. 『양호여화』 하권 부록에는 보잔이 조선
인들과 나눈 대화가 따로 실려 있다. 그의 필담은 모두 13개 항목 20
개 화제로 이루어져 있는데, 이 가운데 휘(諱), 투호(投壺), 사례(四禮),
상(喪), 석전(釋奠), 묘비제명(墓碑題銘) 여섯 가지가 조선의 예법과 관
련된 것이다. 위 인용문은 그중 투호와 사례, 상에 관한 대화이다. 보
잔은 조선에 투호례가 있는지, 관혼상제는 주나라 제도를 따르는지,
일반 백성이 삼년상을 지낼 때 생계는 어떻게 해결하는지를 묻고 있
다. 특히 투호는 『예기』에서 그 연원을 찾을 수 있으며, 또한 주제(周
制)에 관해 언급하고 있는 것으로 보아 보잔의 관심사 역시 고제(古制)
에 있었음을 짐작할 수 있다. 즉, 조선이 육경에 실려 전하는 고대문
물을 얼마나 보존하고 있는지 궁금했던 것이다. 이에 대해 남옥과 원
중거(호 玄川)는 조선의 예제는 『주자가례』를 따른다는 것으로 답하고
있다.

『주자가례』는 주희가 사대부가의 관혼상제에 쓰이는 예법을 정리한
책으로, 그 바탕은 삼례(三禮)(『예기(禮記)』, 『의례(儀禮)』, 『주례(周禮)』)였
으며 그중에서도 『의례』를 중시한 것으로 알려져 있다.[76] 한편 『예기』

---

75) "貴邦三年喪居倚廬者, 著喪服爲力役備作也? 否則官賜粟乎? 又其禮皆襲周制乎?"(茅
山) "雖喪中, 農者爲農·商者爲商, 但其持禮如禮耳. 大凡喪禮, 是自天子達於庶人者,
故其節目亦多從上, 而言其庶人, 苫塊草覆, 自爲倚閭, 食素斷色, 自爲持禮耳. 餘可類
推, 冠昏祭亦同. 弊邦自君上至庶人, 皆遵《家禮》而已."(玄川) (『양호여화』 부록)

와 『의례』는 조선 사회에 지속적으로 심대한 영향을 미친 서적이다. 조선의 신유학자들은 새 왕조 초기 예(禮)의 입법화 과정에서 『예기』와 『의례』에 수록된 고제에 대한 기술을 거의 절대적인 기준으로 받아들였다. 또한 『주자가례』는 고례의 이데올로기를 실천하기 위한 해설서 격으로서 참조되었다.[77] '예학의 시대'로 불리는 17세기에 수많은 의례 해설서가 출현하는 가운데에도 『가례』는 여전히 기본 지침서의 역할을 하였다.[78] 따라서 조선에서 사례는 모두 주례를 따른다는 말과 『가례』를 쓴다는 진술은 양립할 수 있는 것이었다. 그러나 고례를 당시의 현실에 적용한 하나의 방식이라고 할 만한 『가례』에 대하여, 일본 문사들역시 그것이 고제와 직접 닿아있다고 여겼을지는 알 수 없다.

그런데 삼년상에 관해서 원중거가 답변한 내용에는 한 가지 짚고 넘어갈 부분이 있다. 조선시대에 평민들이 삼년상 기간 동안 부역을 면제받거나 관에서 곡식을 지급받는 등의 일은 없었다. 성종 대에 이르러 사대부가의 삼년상이 보편화된 것과 달리 군사와 서인(庶人)의 삼년상은 오랜 기간 논란이 되었는데, 그 이유는 일반 백성이 삼년상을 피역(避役)의 수단으로 이용할 수 있다는 우려 때문이었다. 결국 『경국대전』에는 "군사와 서인은 백일복으로 하고, 군사가 원하면 삼년상을 허락한다."는 것으로 확정되었다. 이후 중종이 서인의 삼년상을 법으로 규정하자는 논의를 제기하였으나 신료들은 피역의 폐단을 이유로 반대하였다. 이는 기묘사림(己卯士林)조차도 마찬가지였다. 유교적 명분보다 현실의 계급적 이해가 우선이었던 것이다.[79]

76) 彭林(2010), 「『주자가례』와 고례」, 『국학연구』 16집, 한국국학진흥원.
77) 마르티나 도이힐러 지음·이훈상 옮김(2013), 『한국의 유교화 과정: 신유학은 한국 사회를 어떻게 바꾸었나』, 너머북스, 159면.
78) 같은 책, 235면.

원중거의 답변은 서인들은 삼년상을 지낼 처지가 못 된다는 이야기를 스스로 예를 알아서 마음으로 상을 치른다는 식으로 포장하여 말한 것이다. 게다가 이런 실정이라면 신분의 고하에 상관없이 『가례』를 준수한다는 말과는 어긋나게 된다. 남옥 역시 같은 질문을 받았는데 답변은 비슷하다.[80] 다만 남옥은 서인들이 여막살이를 하기는 어려움을 직접적으로 말했던 반면 원중거는 그렇게 하지 않은 것이다. 원중거가 거짓말을 한 것은 아니지만 마치 변명을 하는 듯한 느낌이 없지 않다. 삼년상을 장려하기 위해 관에서 곡식을 내려주는지 묻는 일본 문사에게 조선의 실상을 그대로 말하기가 다소 겸연쩍었던 것이다. 그만큼 이상화된 유교국의 모습을 보이고 싶어 했던 것이다.

다음은 예법의 구체적인 실행 방법에 관한 문답이다. 아카마가세키(赤間關)의 다키 가쿠다이(瀧鶴臺)와 원중거의 필담이다.

또다시 말함(가쿠다이): 기일을 옛날에는 갑자로 하였는데, 사마씨의 진(晉)나라 이후로 일수를 사용하고 있습니다. 일수를 사용하면 그믐날에 죽은 자는 작은 달에는 기일이 없게 되고, 윤달에 죽은 자는 윤달이 없는 해에는 기월이 없게 되니, 옛날을 좇아 바르게 함이 마땅한 것 같습니다. 모르겠습니다만, 귀국의 제도는 어떠합니까?

---

79) 이석규(2013), 「조선후기 三年喪制의 확립과 民의 성장」, 『한국사연구』 161호, 한국사연구회.

80) (일본) 귀국의 삼년상은 여막에 사는 자가 신역을 하거나 고용살이하는 사람일 경우 모두 상복을 입고 그 일을 합니까, 아니면 관에서 곡식을 내려줍니까? 어떻게 의식을 댑니까? 기타 관혼상제도 모두 주제(周制)를 계승하였나요? (추월) 신역을 하는 사람은 여막살이를 하기 어렵습니다. 그러나 또한 스스로 마음을 다하는 도리를 따릅니다. ["貴國三年喪, 居倚廬者, 如力役傭作之人, 皆著喪服, 爲其業乎, 否則官賜粟乎? 何以給衣食者? 他如冠婚喪祭, 皆襲周制歟?" "力役之人, 未易居廬. 然亦自有隨乎盡心之道."] (『조선인래조어진촌어장필어』)

현천: 기일은 일월로 계산합니다. 그믐날에 죽은 자는 달의 크고 작음을
따지지 않고 모두 당월 그믐날로 기일을 삼습니다. 윤달 또한 지금의
달을 좇아 계산하고, 다른 해에 비록 윤달이 든 달을 만나도 또한 윤달
을 버리고 지금의 달을 취합니다. 가령 금년 윤5월 그믐날에 죽은 자
는 다른 해 모두 지금의 5월 그믐날을 기일로 삼습니다. 뒤에 비록
다시 윤달이 든 5월의 해를 만나도 제사는 지금의 5월 그믐날에 행합
니다. 다만 그 윤달 그믐날 또한 음악을 듣지 않고 고기를 먹지 않은
채 저녁이 되어 마치면 됩니다.[81]

　윤달의 기일에 관해 가쿠다이와 대화를 나눈 일은『승사록』에도 실
려 있다.『승사록』의 기록은 더욱 자세하다. 가쿠다이가 원중거의 견해
가 어떤 책을 고구한 것인지 질문하자 원중거는 김장생(金長生)의『상례
비요(喪禮備要)』와『의례문답(儀禮問答)』에 대해 알려준다. 이에 가쿠다
이는『상례비요』를 빌려준다면 베껴 두었다가 나중에 토자(土字)로 간
행하겠다고 말하였다. 그러나 책을 구해주지 못하자 가쿠다이는 동래
에서 사왔으면 하는데 나라에서 금함이 없는지 물었다. 원중거는 "예라
는 것은 하늘을 본받고 땅에서 받은 것으로 천하 공공의 물입니다."라
고 하며 대마도에게 맡겨 왜관에서 매매할 것을 권하였다.[82] 원중거가

---

81) 진영미 역주(2017),『長門癸甲問槎 乾上·乾下·坤上』, 보고사, 147면. 번역 일부
　수정함. 이하『장문계갑문사』권1·2·3의 번역은 모두 이 책을 따른다. 책명은『장
　문계갑문사(1·2·3)』으로 쓰고 해당 번역문이 수록된 면수를 표시한다. 又: "忌日,
　古者以甲子, 司馬晋以來用日數. 用日數, 則晦日死者, 小盡之月無忌日, 閏月死者, 無
　閏之年無忌月, 似宜從古爲正. 不知貴國之制如何." 玄川: "忌日當以日月計. 晦日死者,
　勿論月之大小, 皆以當月晦日爲忌日. 閏月亦從本月數計, 他年雖遇當月之置閏, 亦捨閏
　而取本月. 假如今年閏五月晦日死者, 他年皆以本五月晦日爲忌日, 而後雖更遇五月置閏
　之歲, 祭則行於本五月晦日. 但其閏月晦日, 亦不聽樂不食肉以終當夕耳."(『장문계갑
　문사』권2, 5월 20일)
82)『승사록』, 542-245면.

이 대화를 상세히 기록해 둔 이유는 앞으로 사행을 갈 때에『상례비요』
와 같은 예학서를 지참해야 함을 당부하기 위해서이다. 또한 이 일은
조선인이 일본인에게 예법을 '가르친' 일이기도 했으므로 특필할 가치
가 있었음도 물론이다.

  그런데『장문계갑문사』의 대화는 가쿠다이가 기일의 계산을 일자
가 아닌 갑자로 하였던 고제(古制)를 회복해야 한다는 견해를 제시하
면서 조선의 제도는 어떠한지 묻는 방식으로 되어 있다. 또한『상례비
요』등에 대한 대화는 아예 수록되어 있지 않다. 가쿠다이는 상세한
대화 내용을 모두 제외하고 핵심만을 간략히 수록하여 자신의 질문
의도를 부각하고 있으며, 원중거는 가쿠다이의 문제 제기 부분은 빠
뜨리고 자신이 답변해 준 내용을 위주로 상황을 묘사하고 있음을 볼
수 있다. 또,『승사록』을 보면 이 문제에 관해 몇 차례의 문답이 이루
어졌는데『장문계갑문사』에서는 원중거의 답변 내용을 모두 합해 한
번의 대답으로 구성해 놓고 있다.

  이러한 차이가 생기게 된 이유는 가쿠다이의 처음 발언이 나중에
첨가된 내용이거나, 아니면 원중거가 가쿠다이의 의도에 주의를 기울
이지 않았기 때문에 질문 내용 앞에 적어둔 그의 주장 부분을 기억하
지 못했기 때문이다. 어느 쪽이든 동일한 상황에 대한 양국 문사의 해
석이 달랐다는 것은 분명하다.『승사록』에서 전하고 있는 장면은 원
중거가 가쿠다이의 자문에 응하여 예제의 구체적 사항을 하나하나 알
려줌으로써 일본 문사를 계도(啓導)하고 있는 상황이다. 그러나『장문
계갑문사』의 경우 가쿠다이가 예제에 관한 고증 과정에서 조선의 예
법을 참고하고자 한 일로 나타난다. 앞서 의관 복식의 경우와 마찬가
지로 일본 문사들이 조선의 예제를 탐구하는 목적은 조선 문사들의
생각과 동일하지 않았던 것이다.

관혼상제 외에 석전(釋奠: 공자를 비롯한 유교의 성현에 대한 제사)과 문묘(文廟)에 관한 대화도 확인된다. 구 사다카네는 석전에 어떠한 인물을 배향하는지 여러 차례 질문하며 이에 관한 정보를 수집하였다.[83] 또, 오사카(大坂)에서 만난 야마구치 세이슈(山口西周)가 조선에서 퇴계 이외에 효의(孝義)로 이름난 인물을 알려달라고 청하자, 남옥은 조선에서는 문묘에 오현(五賢)이 배향되었고 또 다섯 명의 효의지사(孝義之士)의 제사를 지낸다고 답하였다.[84] 공자에 대한 제사뿐 아니라 조선의 훌륭한 선비들이 국가적 차원에서 공식적으로 숭앙되고 있음을 보인 것이다.

조선의 문사들에게 석전과 문묘 배향에 관한 일은 조선이 문교를 숭상하는 유교국임을 보여줄 수 있는 효과적인 화제였다. 이에 관한 대화가 『장문계갑문사』에도 실려 있다. 다키 가쿠다이는 성균관 유생들 사이에 조빙과 연향, 책시(策試) 등의 의식을 흉내 내는 놀이[戲]가 있다는 것을 들었다며 지금도 그러한 일이 있는지 물었다. 이에 남옥은 성균관에서 행해지는 석전제와 문묘 제사에 대해 설명하며 가쿠다이가 그러한 의식들을 '놀이'라고 표현한 것이 적절하지 않음을 지적하였다. 가쿠다이가『용재총화』에서 그러한 기록을 보고 의심이 생겨 질문한 것이라고 해명하자 남옥은『용재총화』에 불경한 내용이 많음을 지적한 후, 그래도 마음이 놓이지 않았는지 일본에 전파된 『용재총

---

83) 구 사다카네의 필담인 『양호여화』 부록 및 『조선인래조어진촌어장필어』에 석전에 관한 문답 세 건이 실려 있다. 각각 성대중, 김인겸, 조동관에게 질문한 것이다.
84) 橘(西周): "貴國文獻, 世不乏於人, 而盟主於斯道者, 退溪李氏歟, 抑亦有其人歟? 孝義之士極多, 而至孝大義, 表於東海者爲誰?" 答(秋月): "五賢旣從享文廟, 又有從享五賢孝義之士. 更僕問難筆擧." 橘(西周): "十賢姓名如何." 答(秋月): "寒暄堂、一蠹齋、靜庵、退溪、晦齋、栗谷、牛溪、沙溪、尤庵、東春堂, 是謂十先生."(『관풍호영』 권상, 1월 23일)

화』가 위서(僞書)일지도 모른다고까지 하였다.85) 가쿠다이가 언급한
유생들의 놀이에 관한 일은 실제로 『용재총화』 제9권에 실려 전한다.
아래 네 건의 인용문은 성대중이 일본 문사들과 나눈 필담이다.

> 센로: 매일 새벽에 일어나 깨끗한 물을 길어다가 세수와 양치질을 하고
> 저녁이면 물을 받아 목욕을 하거나 혹 욕실에 들어가 몸의 때를 씻어
> 내는 것이 속습입니다. 귀방 사람들은 꼭 그렇게 하지는 않는 것 같은
> 데 어째서입니까?
> 용연: 폐방에서는 하고 싶을 때 목욕하고 양치질을 하지 반드시 이렇게
> 씻어야 한다는 규칙은 없습니다. 만약 제사가 있으면 다만 양치하고
> 목욕하는 것에만 그치지 않습니다. 그대는 또한 그것이 재계(齋戒)라
> 는 것을 알 수 있을 것입니다.86)

> 센로: 귀국은 일명 청구(靑丘)라 하거나 혹은 소중화(小中華), 동화(東
> 華), 소화(小華)라고 일컬어집니다. 이는 중조(中朝)의 하화(夏華)에
> 상대하여 말하는 것입니까?
> 용연: 우리나라는 예의를 좋아하는 것으로 알려졌기 때문에 중국인들이
> 소중화 혹은 동화라고 지목하였던 것입니다. 청구는 「우공(禹貢)」에
> 서 말한 청주(靑州)입니다.87)

비서(祕書): 일찍이 듣기로는 일기도(壹岐島)에서 동지(冬至)를 맞으셨다

---

85) 『장문계갑문사(1·2·3)』, 53-55면, (『장문계갑문사』 권1, 12월 29일)
86) "每日晨起汲井華頮面嗽口，夕則浴盤湯或入浴室潔膚汚，俗習也. 貴邦人似不必然如
何?"(仙樓) "弊邦隨意灌嗽，未必有如此浴規耳. 當彼有祀事，則不但灌嗽沐浴. 君亦可
念其齋戒也."(龍淵) (『양호여화』 권상, 1월)
87) "貴邦一名靑丘，或稱小中華、東華、小華. 斯對中朝夏華而言之歟?"(仙樓) "我國以好
禮義稱，故中華人目之以小中華或東華耳. 靑丘則《禹貢》所謂靑州也. (…)"(龍淵) (『양호
여화』 권하, 4월)

는데, 모르겠습니다만 오는 도중에 또한 특별한 의례가 있었습니까?

성대중: 비단 동지에만 그러는 것은 아닙니다. 삭망(朔望)에는 망궐례를 합니다. 동지와 정월 초하루에는 으레 하례(賀禮)를 합니다. 그래서 일기도에 갔을 때 동지를 맞은 날, 삼사(三使)가 모두 금관과 조복을 갖춰 입고 높은 산에 올라가 고국을 바라보았고, 일행 가운데 문무 관원을 이끌고 산호(山呼)의 예를 행하였지요. 적간관(赤間關)에서 정월 초하루를 맞았을 때에도 그렇게 했습니다.[88]

나: 귀국의 산천에 '악독(嶽瀆)'이라 칭하며 제사를 지내는 곳이 있습니까?

용연: 명산대천에는 으레 제사를 지냅니다.[89]

첫 번째와 두 번째 인용문은 『양호여화』에 실린 오쿠다 모토쓰구(센로)와의 대화이다. 본래 센로의 질문은 예에 관한 것이 아니었는데 성대중은 조선의 예를 강조하는 것으로 답을 하고 있다. 첫 번째 대화에서 성대중은 재계에 관해 말함으로써 유교적 의례를 정성스럽게 행하는 조선 사대부의 이미지를 전달하고자 하였다. 또 센로는 '소중화'나 '동화'와 같은 표현들의 유래를 물었는데, 이를 조선의 별칭인 '청구'와 병칭하면서 지리적인 의미로 축소하고 있다. 중국과 유사한 문화를 가진 동쪽 나라 정도로 이해한 듯하다. 이에 성대중은 조선은 예의를 중시하므로 중국인들이 그렇게 부른 것이라면서 그 말이 각별한 함의를 지니고 있음을 강조하였다. 계미사행의 학사·서기들은 필담창화

---

88) 강지희 역주(2017), 『韓館唱和』, 보고사, 127-128면. 祕書: "曾聞於壹岐値冬至, 不知行道中亦別有其禮乎." 成大中: "非但冬至, 朔望則有望闕禮, 冬至正朝, 例有賀禮, 故向於岐州遇至日, 三使相皆具金冠朝服, 上高丘望故國, 率一行文武官員, 行山呼之禮. 赤間關遇正朝, 亦如之."(『한관창화』 권2, 3월 2일)

89) 『평우록』, 119면. 余曰: "貴國山川, 有稱嶽稱瀆存祀典者耶?" 淵曰: "名山大川, 例有祀典."(『평우록』 권상, 4월 5일)

중에 종종 자신들을 '소화객(小華客)'으로 지칭하였는데, 일본 문사들은 그것에 담긴 '심오한' 의미를 온전히 이해하지는 못했던 것이다.

세 번째 대화는 에도에서 태학두 부자를 만나 나눈 필담의 일부이다. 비서감 하야시 류탄이 동짓날의 의례에 대하여 물었고, 이에 성대중은 동지뿐 아니라 삭·망에도 망궐례가 있으며 동지 및 정월 초하루에는 하례가 있다고 답했다. 그리고 이키(壹岐)와 아카마가세키에서의 의례에 대해 덧붙여 말했다. 네 번째 다이텐과의 문답은 산천 제사에 관한 것이다. 앞서 말한 목욕재계가 사대부가의 예에 관한 것이라면 류탄과의 대화는 조정의 예, 다이텐과의 문답은 군왕의 예에 관한 것이다. 요컨대 조선에서 조상-자손, 임금-신하, 천지자연-군주 사이의 예가 찬연히 갖추어져 있음을 보인 것이다. 이처럼 세 문사는 일본인들에게 조선은 유교적 의례가 엄격히 행해지고 군주로부터 사서(士庶)에 이르기까지 유교적 예 의식을 내면화한 '예의지국'임을 보이고자 하였다.[90]

그런데 일본인들 중 조선에 유교적 관습과 거리가 먼 '야만적'인 습속이 있는지 묻는 이들도 있었다.

  센로: 사람이 죽으면 승도들의 풍속에 모두 불에 태우는데 이것이 이른

---

90) 다만 이언진의 경우 조선의 풍속에 대해 과장하지 않고 솔직하게 답한 기록이 있다.
  센로: "재가하거나 사통하는 이를 끌어들인 여자는 사대부가 부녀와 동렬에 낄 수 없고 그가 낳은 자식은 평민의 차서에도 들 수 없는 것이 조선의 국속입니다. 그렇습니까?" 운아: "옛날 국속은 과연 그러했습니다. 근세 사람들은 시간이 지남에 따라 양가의 부녀들이 재가를 하거나 사사로이 만나는 일이 또한 적지 않습니다. 다만 요양(遼陽) 한 고을에 이 유풍이 조금 남아있을 뿐이라고 들었습니다." ["凡女子再嫁或鑽撓私淫者, 則士婦不齒, 其所生之子, 亦不列平人之數, 是朝鮮邦俗也. 如何?"(仙樓) "古邦俗果如是. 近世人與時移, 良家婦女旣或再嫁奔妾奸私者, 亦不寡矣. 只聞遼陽一郡, 稍存此遺耳."(雲我)] (『양호여화』 권하, 4월)

바 화장(火葬)이고, 간혹 토장(土葬)이라는 것이 있을 뿐입니다. 조장
(鳥葬)은 들판 가운데 버려두는 것이고, 수장(水葬)은 강물에 가라앉
게 하는 것인데 사라진 풍속입니다. 귀방 또한 그러하겠지만, 혹시 수
장이나 조장이 있습니까?

추월: 이런 법이 어찌 중화에 있겠습니까? 폐방은 소중화로, 이러한 법
은 다시없습니다. 이른바 토장은 화장입니다.[91]

아룀(세이케이(靑桂)): 우리나라에는 비두료(飛頭獠)가 없는데, 귀방에
서 혹 그것을 본 사람이 있습니까?

답(용연): 비두는 서남 오랑캐의 습속입니다. 폐방은 소중화로, 절대로
이런 일이 없습니다.[92]

물음(스가쿠): 남녀가 몰래 정을 통하여 부부가 되고 싶은데 그럴 수가
없어서 부득이 한 곳에서 만나기로 약속하고 같이 죽는 일이 있습니까?

답함(용택): 우리나라는 예의를 중시하여 이런 일은 없습니다.[93]

첫 번째 예문에서 센로는 남옥에게 장례에 관한 일을 묻고 있다.
화장, 토장, 수장, 조장에 대해 언급하며 조선에 수장이나 조장이 남
아 있는지 물었다. 관혼상제에 모두 『주자가례』를 따르며 백성들까지
도 삼년상을 지낸다고 하는 조선에 이러한 '야만적인' 풍토가 있는지
묻는 것조차가 조선 문사들의 입장에서는 당황스러운 일이다. 남옥은

---

91) "人死則僧俗共燒化, 所謂火葬也, 間有土葬者而已. 夫鳥葬則棄之中野, 水葬則沒之江
流者, 絶亡矣. 雖貴邦亦然, 或有水鳥二葬耶?"(仙樓) "此法豈中華所有. 弊邦小中華, 復
沒此事耳. 所謂土葬, 火葬也."(秋月) (『양호여화』권상, 4월)
92) 稟(靑桂): "吾國無飛頭獠. 貴邦或有見之者乎?"答(龍淵): "飛頭是西南夷俗. 弊邦小中
華, 絶無此事耳."(『관풍호영』권상, 4월 6일)
93) 問: "男女密通, 欲爲夫婦而不能也, 不得已而相約一處共死者有之邪?"答: "我邦重禮
義, 無此事."(『보력갑신조선인증답록』)

조선은 소중화이니 그런 일은 절대로 없다며 잘라 말했다. 두 번째 예문은 오사카의 문인 하야시 세이케이(林靑桂)와 성대중의 대화인데, 세이케이의 질문은 더 황당하다. 비두료, 즉 머리가 몸통에서 떨어져서 날아다니는 요괴를 본 사람이 있느냐는 것이다. 비두료는 중국 남방에 있다는 요괴로서『화한삼재도회(和漢三才圖會)』에 그 그림이 실려 있다. 조선은 중국과 접해 있으니 이런 일을 실제로 본 사람이 있을지도 모른다고 생각했던 모양이다. 비두를 '서남이속(西南夷俗)'이라고 표현한 것으로 보면 일종의 습속으로 여긴 것인데 그 이유는 알 수 없다. 어찌되었건 기괴한 오랑캐의 습속을 조선에서 찾고 있다는 사실이 성대중을 당혹케 했음은 분명하다.

세 번째 인용문은 도리야마 스가쿠(鳥山崧岳)가 소동 김용택(金龍宅)과 나눈 필담의 일부이다. 스가쿠는 학사·서기들과 시문창화를 하고 학문, 서예, 의관 등에 대해 이야기를 나누는 한편 김용택과는 일본의 음식과 풍경, 남녀의 외모, 술과 담배 등 일상적인 소재에 관한 대화를 나누었다. 위 인용문에서 스가쿠는 독특하게도 조선에는 남녀의 정사(情死)가 없는지를 묻고 있다. 비록 양국의 문화적 풍토가 상이하다 해도 인간 정서의 어떤 부분은 동일할 것이므로 유사한 일이 벌어질 수도 있지 않을까 궁금했던 듯하다. 그러나 김용택은 그러한 일은 없다고 했으며 그 이유 역시 조선은 '예의를 중시'하기 때문이라고 하였다. 학사·서기들에게 묻기 어려운 속사(俗事)에 관한 일이었기에 소동에게 물은 것인데, 돌아오는 답변은 크게 다르지 않았던 것이다.

과거제도

조선이 갖추고 있는 중화의 예악문물 가운데 빠뜨릴 수 없는 것이 문(文)으로 인재를 발탁하는 제도, 곧 과거제였다. 역대 통신사의 제술

관과 서기들은 일본 문사들에게 국가의 정선(精選)을 거쳐 발탁된 조
선 최고의 문사로 여겨졌다. 그들이 '과거에 급제'한 선비라는 사실이
그러한 인식을 뒷받침해주는 증거였다. 다음 창수시는 그러한 생각이
담긴 전형적인 작품이다.

구름 같은 용절 일동(日東)을 향하니　　　　　　龍節如雲向日東
계림의 많은 선비들 모두 영웅호걸이라네.　　鷄林多士總豪雄
뛰어난 문물은 주나라 전범이요　　　　　　　巍巍文物宗周典
당당한 위의는 대국의 풍도로다.　　　　　　翼翼威儀大國風
궁전에서 한때 과거시험에 이름 올랐고　　　鳳殿一時登試課
기린각에 백 년 동안 이룬 공업 드러나리.　　麟臺百歲見成功
뛰어난 재사라 사명 작성에 능하였고　　　　賢才最耐作辭命
전대의 높은 명성 사해 안에 떨쳤다네.　　　專對高名四海中[94]

　아카마가세키에서 만난 야마네 난메이(山根南溟)가 성대중에게 증정
한 시이다. 조선을 주대(周代)의 문물을 간직한 대국으로, 성대중을 과
거에 합격하여 문(文)으로 이름을 빛낸 이로 묘사하고 있다. 의례적인
칭송의 말이기는 하지만 제술관과 서기들이 일본인들에게 어떠한 이
미지로 비쳤는지를 엿볼 수 있게 하는 글이다.
　일본 문사들에게 과거제는 중국의 서적에 나오는 유교사회의 이상
적 제도로 여겨졌으며 과거에 합격한 자, 그중에서도 장원 급제자의
위광(威光)은 특히 두드러지는 것이었다. 일본에서 통신사 학사·서기
들이 조선을 대표하는 뛰어난 인재라고 믿은 까닭은 이러한 사실과도
관련이 있다. 과거 급제에 대한 찬탄이 가장 두드러졌던 시기는 신묘

---

94) 『장문계갑문사(1·2·3)』, 313-314면. (『장문계갑문사』 권3, 12월 29일)

사행 때였다. 당시 제술관 이현(李礥)은 장원 급제자로 알려졌는데, 그
러한 사실이 특히 일본 문사들의 관심을 끌었다. 1719년 기해사행(己亥
使行)의 신유한(申維翰) 역시 장원 급제 경력이 있었지만 그 사실이 이
현의 경우처럼 많은 관심을 받지는 못한 듯하다. 통신사 시문창화가
거듭되면서 과거에 급제한 문사를 만난다는 놀라움이 예전보다 줄었
다고 할 수 있겠다.

　과거제도의 존재는 문덕(文德)에 바탕을 둔 통치가 이루어지고 있음
을 의미하는 것이었다. 이는 곧 공정한 인재 등용, 즉 실력이 있다면
그에 상응하는 직위를 얻을 수 있다는 뜻이다. 위 시를 지은 야마네
난메이는 자신의 부친 야마네 가요(山根華陽)가 1748년 무진사행 때 학
사·서기들을 만난 일을 언급하고 그들의 안부를 물었는데, 조선은 과
거제가 있어 현사들이 반드시 등용되며 시간이 흘러 그들의 작위도
올라갔을 것이니 그에 대해 상세히 알려달라고 하였다.95) 무진년 당
시 이명계와 이봉환(李鳳煥)은 진사(進士) 신분으로서, 아직 대과에 급
제하지 않은 상태였다. 성대중은 두 사람이 근래 급제하였음을 알려
준다. 우시마도(牛窓)의 곤도 아쓰시(近藤篤)는 무진사행 때에도 조선
인들을 만나 교류했던 인물인데, 그 역시 당시의 제술관과 서기들의
관직이 더욱 높아졌을 것이니 그에 관해 알려달라고 말하였다.96)

　일본 문사들은 또한 과거제의 작동방식에 대해 질문하였다. 이들은
중국의 서적을 통해 과거제도에 관한 개략적인 지식을 갖고 있었는
데, 조선의 문사들에게서 실제의 제도가 어떻게 운영되는지에 대한
구체적인 정보를 얻고자 한 것이다.

---

95) 같은 책, 305-306면. (『장문계갑문사』 권3, 12월 28일)
96) 『갑신사객평수집』, 273면. (『사객평수집』 권4)

[1] 스잔(崇山): 제공들 모두 과거에 뽑혀서 지금의 직책에 있는 것입니까?

용연: 추월은 계유년(1753)에 등제하였는데, 전에는 결성태수를 지냈고, 지금은 비서교리(秘書校理)입니다. 임인년(1722) 생입니다. (…중략…)

스잔: 잘 알겠습니다. 제공들께서 일찍 과거에 급제하셨듯이 귀국의 현로(賢路)가 더욱 열려 있음을 우러러보게 됩니다. 또 여쭙건대, 무기(武技)·방기(方技) 및 동과(童科) 등 여러 시험도 아울러 시행합니까?

용연: 무기와 방기 모두 과거시험을 통해 뽑는 일이 있습니다만 동자는 아직 재목이 되지 않았으니 어찌 갑과에 등용하겠습니까? 다만 교관이 있어 초하루에 고강(考講)하여 그 덕성과 기량을 양성할 뿐입니다.[97]

[2] 센로: 귀방에서 과거를 보아 선비를 뽑는 법은 중국과 같습니까?

화산(華山): 폐방의 과거에는 제술(製述)과 강경(講經) 두 법이 있습니다. 제술은 문장을 지어 성현의 말을 밝히는 것이고, 강경은 사서오경을 숙독하여 외워 읽는 것입니다.[98]

[3] 센로: 감귤로 선비를 뽑는 법에 대해 자세히 듣고 싶습니다.

추월: 우리나라의 제주도에 귤이 많이 나므로 매년 11월에 진공(進貢)하는데, 이때 황감과(黃柑科)를 베풀고 소반에 귤을 가득 담아 유생들에게 내려줍니다.[99]

---

97) 진영미 역주(2017), 『長門癸甲問槎(四)·三世唱和·殊服同調集』, 보고사, 22-23면. 이하 『장문계갑문사』 권4의 번역은 모두 이 책을 따른다. 책명은 『장문계갑문사(4)』로 쓰고 해당 번역문이 수록된 면수를 표시한다. 嵩山: "諸公皆以選擧居今職乎?" 龍淵: "秋月癸酉第, 前經潔城太守, 今帶秘書校理. 壬寅生. (…)" 嵩山: "奉諭. 諸公早登高第, 瞻仰貴邦賢路益開耳." 又問: "武技、方技及童科諸試幷行乎?" 龍淵: "武技、方技皆有科揀, 童子未成材, 焉用科甲? 只有敎官, 月朔考講, 養其德器耳." (『장문계갑문사』권4, 12월 28일)

98) "貴國科文取士之法, 與華同歟?"(仙樓) "弊邦科擧, 有製述講經二法. 製述者, 作文以明聖賢之言者也, 講經者, 熟讀四書五經而誦講者也. (…)"(花山) (『양호여화』 권상)

99) "甘橘取士之法, 請問其詳."(仙樓) "我國濟州多柑, 故每年十一月進貢, 則設黃柑科, 而盛柑於盤, 頒賜儒生."(秋月) (『양호여화』 권하, 4월)

[4] 내가 과거에 관한 일을 묻고자 하였는데, 하자잠(河子潛)이 나에게 어제 현천과 문답한 글을 보여주었다. 이에 내가 말하였다.

　나: 귀국의 과거에 관한 일을 묻고자 하였는데 하자잠이 이미 현천에게 자세히 물어보았더군요. 다만 소시(小試)는 향시(鄕試)이고, 대시(大試)는 성시(省試)입니까? 증광대과(增廣大科)라는 건 무엇을 말하는 것입니까?

　용연: 소시는 물론 향시이고, 또한 경시(京試)도 있습니다. 증광시(增廣試)는 나라에 경사가 있으면 거행하는 것입니다.

　나: 현천께서 말씀하신 것과 합쳐 보니 소화(小華)의 성대함을 드날릴 만합니다.100)

　[1]에서 하타 겐코(秦兼虎, 호 崇山)는 학사·서기들이 모두 과거에 급제하여 관직에 오른 것인지 물었고, 성대중은 자신과 남옥, 원중거가 급제한 해 및 각자 맡은 관직을 알려주었다. 이에 스잔은 조선의 인재 등용 방식을 칭찬하고, 무기·방기·동과에 대해 질문하였다. [2]에서 센로는 조동관(호 華山)에게 조선의 과거제도가 중국과 동일한지를 묻고 있다. 일본의 문사들은 중국의 서적을 통해 과거제에 대한 정보를 얻었다. 『평우록』에 실린 고노 조사이(河野恕齋)와 원중거의 과거 관련 문답에는 『문헌통고(文獻通考)』의 「과거부(科擧部)」에서 동자과(童子科)에 대해 보았다는 언급이 있다.101) 스잔과 센로 역시 중국 서적에서 읽은 과거제도의 운영방식을 조선의 실제 상황과 비교해 보려고 한

---

100) 『평우록』, 122면. 余欲問科擧事, 而河子潛示余以昨與玄川問答語. 於是余曰: "歸國科擧事, 欲以奉問, 河生業已問玄川悉之矣. 但不知小試是鄕試, 大試是省試否. 增廣大科何謂?" 淵曰: "小試固鄕試, 亦有京試, 增廣, 國有慶則設之." 余曰: "倂玄川所說, 足以鳴小華之盛矣." (『평우록』 권상, 4월 6일)
101) 『평우록』, 272-273면.

것이다. 한편 [3]에서 센로는 감제에 관해 질문하고 있다. 신묘년의
제술관 이현이 감과(柑科)에 장원 급제한 사실이 당시 필담집에서 여
러 차례 언급되었는데, 이러한 기록들을 통해서 조선에 감과라는 것
이 있음이 알려졌던 듯하다. 또, 원중거와 고노 조사이의 「과거문답」
에서도 황감과가 언급되었는데, 그 의미에 대해 가타야마 홋카이(片山
北海)와 다이텐이 상의한 내용이 주(註)로 달려 있다.102) 중국에 없는
조선 고유의 제도였기에 그 명칭만으로 어떠한 시험인지 알아차리기
어려웠던 것이다.

[4]는 『평우록』에 실린 과거 관련 필담이다. 『평우록』 하권에는 원중
거가 답을 써준 「하자잠여원현천문답(河子潛與元玄川問答)」 외에 이에
대한 보충으로 성대중이 답한 「여성사집과거문답(與成士執科擧問答)」이
실려 있다. 위 인용문의 질문 외에 다이텐은 추가로 문목(問目)을 만들
어서 성대중에게 맡겼고, 성대중이 하나하나 답변을 써준 것이다. 여
기에는 문과 시험의 종류와 선발의 과정, 시험의 방식과 시제(試題)의
예 등 과거시험의 전반적인 사항이 담겨 있다. 이전 시기 필담집에도
과거제에 관한 설명이 남아 있지만 『평우록』의 기록만큼 상세하지는
못하다. 『평우록』의 「과거문답」에 관해서는 한수희의 연구에서 다룬
바 있다. 이 논문에서는 다이텐이 과거제도에 관심을 가진 것에 대하여
그가 "五山의 승려로서 주자학의 활용방법에 대해 고민했을 것"103)이

---

102) ○인일(人日)·삼일(三日)·칠일(七日)·구일(九日)과, 황감(黃柑)에 실시하는 시
험에서는 모두 수석으로 합격한 사람을 취하여, 식년시 또는 증광시의 전시(殿試)
에 직접 응시할 자격을 줍니다.【편효질(片孝秩)이 말하였다. "『세시기(歲時記)』를
살펴보면, 상원(上元)에는 감을 진상하므로 감절(柑節)이라 하니, 황감은 상원을
말하는 것이겠지요." 내가 대답했다. "여기서 말하는 황감은 구일의 뒤에 있으니,
겨울의 길일인 듯합니다."】(『평우록』, 272면)
103) 한수희(2013), 「『萍遇錄』을 통해 본 朝, 日 學人의 友好와 그 이면」, 『한문학보』

라고 분석하고 있다. 이는 또한 간세이(寬政) 4년(1792년)부터 에도의
쇼헤이자카 가쿠몬조(昌平坂學問所)에서 3년마다 실시되었던 '학문음미
(學文吟味)'라는 시험과도 관련이 있음이 지적된 바 있다.[104] 통신사와
만나 획득한 조선의 정보가 학문적 차원을 넘어 정책적으로 활용되기
도 했던 것이다.

원중거는 『승사록』에서 다이텐이 과거제에 대해 묻기에 "대략 문무
(文武)의 과명(科名)과 과제(科制)를 적어서 답하였다"고 하였고 이후 그
가 문목을 만들어 가져왔다고 하였다. 『승사록』의 기록을 보면 원중
거와 성대중은 무과와 잡과까지 아울러 과거제도의 대략을 설명해 준
듯하다. 그러나 『평우록』의 「과거문답」은 문과 시험을 중심으로 기록
되어 있다. 비록 잡과 방기의 성대함까지 아울러 칭찬하였으나, 문과
취재방식에 대한 정보 외에는 크게 필요하지 않았기에 그 부분에 대한
산삭이 이루어진 듯하다. 『승사록』에는 과거제도의 내용을 정리하는
과정에서 오히려 원중거가 더 감동하고 있는 모습이 나타난다. 조선
이 중화의 제도와 문물을 완비하고 있음에 대해 자랑스러움을 느낀
것이다.[105]

그러나 주지하다시피 조선의 과거제도가 항상 이상적인 방식으로
운영된 것은 아니었다. 뿐만 아니라 과거 급제가 바로 높은 관직으로
이어지는 것도 아니었다. 앞에서 인용한 필담을 보면 야마네 난메이
와 곤도 아쓰시는 이전 사행의 학사·서기들이 지금쯤 높은 벼슬에 올
랐을 것이라고 추측하고 있으나 실제로는 그렇지 않았다. 통신사의

28집, 우리한문학회, 46면.
104) 金文京(2012), 「萍遇錄と兼葭堂雅集圖－17世紀末日朝交流の一側面」, 『동방학』 124집.
한수희(2013), 47면에서 재인용.
105) 『승사록』, 478~479면 참조.

제술관·서기들은 대체로 서얼 가문 출신이었으며, 뛰어난 문재에도 불구하고 대체로 외직이나 한직을 전전하였을 뿐이다. 과거제도가 있다 하더라도 관직 임용에는 신분과 문벌에 따른 차별이 존재했으며, 합격자의 선발 역시 언제나 합리적이고 공정한 것은 아니었다. 계미 사행의 제술관 남옥은 한때 매문(賣文)의 혐의를 받고 유배를 간 적이 있었는데, 그것 역시 과거제의 폐단과 관련이 있는 일이다.

그러나 역대 통신사 필담에서 과거제의 이러한 문제점에 대해서는 한 차례도 거론된 적이 없다.106) 또한 흥미롭게도 학사·서기들이 이른바 '한미한 가문' 출신이라 고위직을 맡을 수 없다는 이야기는 필담 과정에서 단 한 번도 나온 적이 없다. 게다가 서얼에 대한 차별은 중국에는 없는 제도였기에 일본인들이 이 부분에 대해 질문할 일도 없었다. 오히려 제술관·서기들이 현감, 찰방 등의 직임을 맡고 있는 것을 전국에서 인재를 가려 뽑은 증거로 본 경우도 있었다.107)

그런데 계미사행의 필담 중에는 조선의 인재 등용의 사정에 대하여 조선 측 인물이 부정적으로 답변한 예가 있다. 아래 두 인용문은 『양호여화』에 수록된 대화이다.

센로: 귀방에서 과거를 보아 선비를 뽑는 법은 중국과 같습니까?
화산: 폐방의 과거에는 제술(製述)과 강경(講經) 두 법이 있습니다. 제술은 문장을 지어 성현의 말을 밝히는 것이고, 강경은 사서오경을 숙독

---

106) 물론 필자가 미처 자세히 보지 못한 자료들 중에 그런 사례가 있을 수도 있다.
107) 연향 때의 빙사는 성균관의 인재를 택하여 문사에 종사하게 하였다. 이번에 온 학사들은 혹 현감이거나 혹 찰방이며, 성균 진사는 퇴석 한 사람뿐이다. 요컨대 팔도의 인재를 뽑은 것이니 이것이 그 증거이다. [延享之聘, 擇成均之才從文事. 今所來之學士, 或縣監或察訪, 成均進士退石一人耳. 要擇八道之才, 此其證也.] (미야세 류몬(宮瀬龍門), 『동사여담』 서문)

하여 외워 읽는 것입니다. 고법(古法)은 이와 같으나 근세에는 세도 (世道)가 이미 무너지고 사습(士習) 또한 낮아져서 제술은 단지 문장 을 잘 짓는 것만을 숭상하고 강경은 깊은 뜻을 궁구하지 않아 그 이름 만 있을 뿐입니다. 등과한 자들이 전혀 옛 사람에게 미치지 못하니 다 른 나라 사람에게 대답하기 부끄러울 따름입니다.[108)]

센로: 남공, 성공 두 분을 제외하고는 그대를 처음 봅니다. 몇 년 지나지 않아 반드시 장원 급제하시겠군요.

운아(雲我): 기왓장 소리가 어찌 사광(師曠)의 귀를 기울이게 하겠습니 까? 공께서 학사 서기를 보셨으니 누가 가장 훌륭합니까? 사람을 비 교하는 것은 비록 성인의 문하에서 경계한 바이지만 숨기지 말아 주십 시오.

센로: 가을 높으니 달이 빛나고[秋高月輝], 용이 뛰어오르니 못이 신령스 럽습니다.[龍躍淵靈] 각각 장점이 있습니다만 추월은 경서의 뜻에 밝 고 용연은 기묘한 말을 간직하고 있더군요. 살펴보자면 남공이 더 낫 다 하겠습니다.

운아: 두 사람의 공덕을 잘 품평했다 할 만합니다. 그러나 남공은 본디 사부(詞賦)를 잘하며 성공 역시 경전에 능통하니 둘 다 훌륭한 선비입 니다. 천하 만고에 박학하고 경의(經義)에 능통하며 문을 품고 질을 안고서 식견은 왕자(王者)와 패자(覇者)를 포함하고 도(道)는 성인과 현인을 향하는 자는 모두 풀 우거진 언덕과 동산에 있습니다. 『주역 (周易)』에서도 "언덕과 동산을 꾸민다"[賁于丘園](시골의 현자가 발탁 되어 쓰인다는 의미)고 하지 않았습니까? 곧 이것을 이른 말입니다. 귀국에는 이런 사람이 몇이나 됩니까? 또한 하류(下流)의 시정(市井)

---

108) "貴國科文取士之法, 與華同歟?"(仙樓) "弊邦科擧, 有製述講經二法. 製述者, 作文以 明聖賢之言者也, 講經者, 熟讀四書五經而誦講者也. 古法如此, 近世則世道已降、士 習亦卑, 製述лишь尙詞章、講經不究深意, 只有其名而已. 登科者萬不及古之人, 羞向異 邦人答說也."(花山) (『양호여화』 권상)

사이에 있으면서 명예를 따르고 고관 자리를 구하여 높은 봉록을 받는 자들이 그중에 하나도 없습니까?[109]

첫 번째 대화에서 조동관은 명경과 제술의 의미에 대해 설명한 후, 그것은 옛 법일 뿐이며 오늘날은 그 이름만 있고 실질이 없다고 비판하고 있다. 이는 성대중이 「과거문답」에서 명경과에 대하여 그 시험 방식이 매우 엄정하다고 강조한 것[110]과는 상이한 태도이다. 성대중은 또 다이텐이 서민의 자제도 양반가 자제들과 함께 학원(學院)에 입학하여 수업을 받는지 묻자 "태학(太學)의 제도는 모두 옛 법을 따르니, 양반과 서민의 자제를 가리지 않고 생원시와 진사시에 합격한 사람이라면 모두 태학에 들어갑니다. 또 유학(幼學) 20명을 선발한 뒤 하재(下齋)에 거처하게 하여, 초하루와 보름날 강(講)을 하고 절일(節日)에는 시험을 치르니 예법으로 선비를 기르는 제도가 잘 갖추어져 있습니다."[111] 하고 답하였다. 엄정하게 시험을 치러 실력 있는 인재를 선발하고 옛 법에 따라 신분에 차등을 두지 않고 선비를 기른다는 것은 조선이 이상적인 유교국임을 뒷받침하는 증거였다. 그러나 조동관은 등과한 자들이 옛 사람에 한참 미치지 못하므로 타국에 자랑하기에 부끄러울 정도라고 극언하고 있다.

---

109) "除南成二公初見君. 不數年, 必執文章甲科耳."(仙樓) "瓦鳴奚傾師曠之耳. 公見學士書記, 何人最良? 方人雖聖門所戒, 勿諱之."(雲我) "秋高月輝, 龍躍淵靈. 各有所長, 唯月能照經義, 淵猶藏妙言奇語. 夷考之, 果在南子耳."(仙樓) "可謂善品藻二人功德矣. 然南固善詞賦, 成亦通經傳, 皆佳士. 天下萬古, 博學通經, 懷文抱質, 識涵王伯, 道躋聖賢者, 皆在草莽丘圓. 《易》不云乎'貫于丘園', 卽是之謂也. 貴邦如是者有幾? 亦在下流市井間, 循名獵高官享厚錄者, 其中空空也."(雲我) (『양호여화』 권하)

110) 『평우록』, 266면.

111) 같은 책, 266-267면.

두 번째 인용문은 오쿠다 모토쓰구(센로)와 이언진(호 雲我)의 대화
이다. 이언진의 문재가 뛰어남을 알게 된 센로는 그에게 곧 과거에 장
원으로 급제할 것이라는 덕담을 던진다. 그러나 이언진은 이에 사례
하는 대신 기왓장 소리가 사광의 귀를 기울이게 하겠느냐며 냉소하였
다. 이언진은 이미 1759년 역과에 합격하여 사역원주부(司譯院主簿)를
거친 바 있고 계미사행에는 한학(漢學) 압물통사(押物通事)의 직임을 띠
고 수행한 것이었다. 아무리 시를 잘 쓴들 문과에 응시할 형편은 되지
못했던 것이다. 그는 이런 사실을 직접 말하지 않고 위와 같은 자조의
말로 돌려 말하고 있다. 그런데다가 센로에게 학사·서기들에 대한 품
평을 요구하기까지 한다. 이에 센로는 남옥과 성대중 두 사람을 들었
다. 이에 대한 이언진의 답변이 미묘하다. 그는 두 사람 모두 훌륭한
선비라고 칭찬한 후, 본디 뛰어난 자는 초야에 묻혀있다고 하면서 일
본에는 그런 사람이 얼마나 되느냐고 묻는다. 이언진이 남옥과 성대
중 같은 이들을 재능을 인정받아 국가의 발탁을 받은 선비로 여기고
있는지, 별 볼 일 없는 관직을 전전하는 불우의 인재로 보고 있는지는
분명치 않다. 어쨌거나 자신과 같은 중인층은 능력이 있어도 문과에
급제하여 양반들과 자리를 나란히 할 수 없다는 데 대한 비판적인 인
식을 표출하고 있는 것은 분명하다.

조동관이 조선의 인재 등용의 현실에 관해 부정적인 어조를 띠게
된 것 역시 당시 그가 놓인 처지와 관련이 있다. 조동관은 정사의 조카
였고 당시 나이가 쉰 넷이나 되었으나 여전히 유학(幼學)이었다. 그는
사행 내내 일본의 문사들로부터 어떤 관직에 종사하는지 질문을 받았
으니 그러한 문답에 넌더리가 났을 것이다. 그는 자신이 관직이 없다
는 말만 되풀이했을 뿐, 과거에 급제하지 못했다는 말은 한 번도 하지
않았다. 만약 그가 조선의 과거제가 공정하고 법도 있게 운영된다고

말한다면 자신의 무능력을 인정하는 셈이 된다. 과거제 자체는 옛 법을 간직하고 있으나 오늘날에는 그 선발이 명목만 있고 실질은 없다고 해두는 편이 스스로에게도 위안이 되었을 것이다.

물론 학사·서기들이라고 해서 조선의 과거제가 옛날의 법도에 따라 하등의 문제없이 공정하게 운영되고 있다고 생각하지는 않았을 것이다. 이언진의 재주를 알게 된 원중거는 "사람이 이와 같은 재주를 가지고도 머리를 수그리고 역관의 직업에 종사하니 애석하구나."[112] 하고 탄식하였는데, 그것이 제도의 문제임을 그가 깨닫지 못했을 리가 없다. 다만 그들은 과거제가 없는 일본의 유자에 비해 조선은 문장으로 출신(出身)할 길이 열려 있음을 자랑스럽게 생각하였고, 공식적 직함을 띤 사행원으로서 소화(小華)의 이미지를 손상하지 않도록 애썼던 것이다. 또한 아무리 서얼 집안 출신이었다 해도 그들은 양반계급의 일부였으며, 한미한 문사가 자신의 실력으로 임금의 인정을 받게 되었다는 점은 특히 중요한 사실이었다.[113] 문벌이 높은 양반들을 제치고 과거에 급제하여 조그마한 벼슬이나마 얻을 수 있었고 사행원이 되어 임금을 알현하는 영광까지 얻었으니 이들이 과거제를 부정적으로 볼 까닭은 없었다고 할 수 있다.

한편 일본 문사들은 과거제도에 대해 막연한 인상만을 갖고 있을 뿐 운영의 실상에 관해서는 정확히 이해하지 못하고 있었다. 그러므

---

112) 『승사록』, 156면.

113) 진재교는 18세기 통신사 문화 교류의 주역은 삼사(三使)가 아니라 '중간계층'이 었음을 지적하며 여기에는 제술관, 서기, 역관, 의원, 화원, 사자관 등이 포함된다고 하였다. 진재교(2014), 「18세기 조선통신사와 지식·정보의 교류」, 『한국한문학연구』56집, 한국한문학회, 360면. 그러나 필자는 이들을 하나의 계층으로 아우를 수 없다고 본다. 제술관과 서기는 대개 서얼 가문 출신인데 이들은 중간계층이라기보다는 '하급 양반'에 더 가깝다.

로 센로는 이언진의 뛰어난 재주를 보고 그에게 곧 문과에 급제할 것
이라고 한 것이다. 종사관 반인 홍선보(洪善輔) 역시 비슷한 칭찬을 받
았다. 당시 홍선보는 시를 잘하여 학사·서기들의 필담창화 임무를 분
담하고 있었다. 국학 생도들과 홍선보의 창화시는 별도의 필담창화집
으로 편집되기까지 했는데, 이 책에 수록된 야마기시 조의 시에 홍선
보가 언젠가 과거에 급제할 것이라고 읊은 구절이 있다.114) 당시 홍선
보는 한량(閑良), 즉 아직 무과에 급제하지 못한 무인이었다. 시에서는
이러한 정황과 무관하게 그가 문과에 급제할 것이라고 말하고 있다.

한편 위 대화에서 이언진은 센로에게 일본의 인재 등용 방식에 관
해 질문하고 있다. 이에 센로는 병술·국책·치도를 겸비한 자가 벼슬
을 하며, 간혹 학문이 뛰어난 자가 초빙되기도 한다고 답하였다. 그러
나 근래에는 초빙을 기다리며 학문을 닦는 자가 거의 없다고 덧붙였
다.115) 문사를 초빙한다는 말은 사실상 유자가 벼슬에 나아가는 일은
예외적인 일이라는 의미이다. 공교롭게도 조동관 역시 일본의 인재
등용 방법에 대해 일본 문사에게 질문한 적이 있다. 조동관은 자신의
호와 관직을 묻는 비서감 하야시 류탄에게 자신은 정사의 족질이며
관직은 없다고 답하였다. 그러면서 하야시 가문이 높은 문벌임을 들
었다며 존경을 표하였다. 류탄은 조동관의 의복에 대해 질문했고, 이

---

114) 장한 선비 귀밑머리 센 것 어찌 근심스러우랴 / 웅장한 검의 기세 두우 사이에
    차갑구나 / 돌아가는 길 서쪽 하늘엔 오색구름 / 그대 높이 올라 월계수 가지 붙들
    것을 알겠네. [何愁壯士鬢毛斑, 雄劍氣寒牛斗間, 歸路西天雲五色, 知君月桂獨高攀]
    (『한관창화별집』)
115) "弊邦多以軍術國策治道兼備進顯矣. 間有文雅之士, 學廣涵德精密, 可以護社稷之才,
    則王公貴權家, 必延以爲客, 立以爲師, 訪諮國事. 然近世俗弊風薄, 藏器待時者, 竟不
    事王侯, 高尙其事, 誠乏束帛戔戔, 唯爲恨耳."(仙樓) "文武之道, 判然爲二途. 非君孰
    能覼貴邦有此仕進之法."(雲我)

어서 조동관이 일본의 인재 등용 방법에 대해 물었다. 류탄은 일본은 과거제도가 없지만 인재를 신중히 등용하며, 그 기량에 따라서 또는 문벌을 통해 천거하여 일정한 방식이 없다고 답하고 있다.[116)]

　이언진과 조동관이 조선의 인재 등용의 현실을 비판적으로 언급한 것이 독특한 사례였음은 앞에서 지적한 대로이다. 뿐만 아니라 이 두 사람이 나란히 일본의 인재 등용 방식에 대해 묻고 있는 것 역시 주목할 만하다. 일본은 과거제도가 없어 벼슬을 세습하며 유자들은 아무리 실력이 있어도 주의 기실(記室) 정도 이상으로는 출세할 수 없다는 사실은 이전 사행의 기록을 통해 이미 알려져 있었다. 그 때문에 조선의 학사·서기들은 일본 문사들을 만났을 때 과거제도가 없어 재주 있는 문인들이 벼슬에 나아갈 수 없는 데 대한 동정을 표하기도 하였다. 『동사여담』의 미야세 류몬(宮瀬龍門)은 자신은 한나라 황실의 후예로서, 만약 중국에서 태어났다면 조선의 문사들처럼 과거에 급제하여 벼슬을 하고 있었을 것이라고 말하기도 했다. 즉, 유자들끼리의 대화에서 일본의 인재 등용법은 굳이 논할 가치가 없는 화제였던 것이다.

　그러나 조동관과 이언진은 자신들의 처지로 말미암아 조선의 인재 등용법에 대해 비판적 시각을 갖게 되었고 그러한 생각을 일본 문사에게 드러내기도 하였다. 그 과정에서 학사·서기들이 화제에 올리지 않았던 일본의 인재 등용 방식이 화제로 등장하게 되었던 것이다. 자국의 인재 등용법에 문제가 있다면 다른 나라는 어떠한 방식을 사용하고 또 어떠한 문제가 있는지 비교해 볼 필요가 있었을 테니 말이다. 물론 두 사람은 처지가 다른 만큼 질문의 방식도 동일하지 않았다. 이언진

---

116) 花山: "貴國無科擧取士之法, 用人以何路乎?" 龍潭: "我國固無科擧之法. 然用人之道至重, 或擇其器, 或因門閥而擧之, 未有定法."(『한관창화』 권3, 3월 4일)

은 일반 문사에게 초야의 인재에 대해 물었고 조동관은 태학두의 후계자에게 과거제를 대신하고 있는 인재 등용법이 무엇인지 물었다. 이러한 문답이 이루어진 것은 '과거제 : 세습제'의 단순한 대비를 넘어 양국 인재 선발의 실상을 비교해 보려 한 시도로서 평가받을 만하다.

이상에서 알 수 있듯이 일본 문사들은 의관복식, 그리고 국가의 전례나 관혼상제, 과거제와 같이 조선의 예악문물에 관해 열의를 갖고 탐구하였다. 학사·서기들은 이에 성심껏 답변하며 조선이 중화의 문물제도를 완비한 국가이며, 자신들 역시 예의 정신을 체득한 소중화의 선비임을 드러내고자 하였다. 그러나 일본 문인들은 조선인들의 이러한 의도에 주목하기보다는 관복과 관직의 관계, 관모의 정확한 모양 등 구체적인 사항들에 관한 정확한 정보를 얻고자 하였다. 또, 조선이 중국의 옛 제도를 얼마나 간직하고 있는지, 중국의 서적에서 본 유교식 제도들이 실제로 어떤 방식으로 운영되는지에 관해 질문하였다. 특히 고제의 보전 여부에 주목하는 모습은 육경을 중시하고 예악형정을 성인의 도라고 본 소라이학(徂徠學)의 여파를 감지할 수 있는 부분이다. 당시 일본의 유자층 전반에 동아시아 세계의 문물제도, 특히 중화의 제도를 상고한다는 취지에서 이에 대한 구체적인 정보를 수집하는 경향이 있었음을 확인할 수 있다.

한편 일본 문사들은 중화의 제도 외에 중국 변방의 풍속이나 고대의 습속이 조선에 남아 있는 경우는 없는지, 그리고 일본의 민간에 유행하는 현상이 조선에서도 나타나는 일이 없는지 묻기도 했다. 학사·서기들은 이러한 질문에 대하여 조선은 '소중화'이므로 절대로 그런 일이 없다고 딱 잘라 말하였다. 세 문사는 조선이 중국 변방의 한 작은 나라가 아니라 먼 옛날부터 중국의 인정을 받은 어엿한 소중화, 예의의 나라임을 주지시키려고 하였다. 그 일환으로 이들은 예제의 구체

적인 사항들에 대해 조언하고 삶 속에서의 예의 실천을 역설하면서
일본인들에게 예를 가르치는 역할을 자임하였던 것이다. 그러나 조동
관과 이언진은 세 문사와 달리 과거제도에 대해 부정적인 견해를 표하
는 등 이질적인 목소리를 내기도 했다.

(2) 용하변이(用夏變夷)를 둘러싼 상이한 관점의 표출

조선 문사들 역시 일본인의 복식에 관심을 가졌다. 의관을 '문명'의
상징으로 여기는 유가문화의 전통117)을 강하게 체현하고 있던 조선의
사대부들은 타국의 복식을 주의 깊게 관찰하고 그것을 통해 그 지역의
문화적 교양의 정도를 평가하는 습관을 갖고 있었다.118) 각 시기별 통
신사 사행록에는 일본인의 옷차림과 머리 모양에 대한 언급이 반드시
포함되어 있다. 연로 각 지역에서 접한 일본인 구경꾼들에 대한 묘사
역시 옷차림을 중심으로 이루어진다. 특히 대마도주나 이테이안승(以
酊菴僧), 로주(老中)나 쇼군과 같이 공식적으로 만나게 되는 고위급의
일본인에 대해서는 반드시 그 복식을 먼저 상세히 묘사한 다음 몸가짐
에서 드러나는 위의(威儀)에 대해 논한다. 사행 중 만난 일본인 관원(官
員)들과 유사(儒士), 의원, 승려 등의 인물이 각각 그가 속한 계층에 따
라 옷차림과 두발이 어떤지에 대해서도 서술했으며, 만약 어떤 인물
이 같은 신분의 여타 인물들과 다른 복장을 하고 있다면 그 이유에
대해 궁금해 하였다.

---

117) 張佳(2015), 「의관(衣冠)과 인정(認定): 여말선초 대명의관(大明衣冠) 사용 경위
고찰」, 『민족문화연구』 69집, 고려대 민족문화연구원, 312면.
118) 이러한 경향은 연행록, 표해록 등 해외 체험이 담긴 글에서 빈번하게 발견된다.
이에 대한 최근 연구로는 박종천(2015), 「조선 후기 예교(禮敎)적 시선의 변주와
변화」, 『태동고전연구』 35집, 한림대 태동고전연구소가 있다.

조선 문사들은 일본인의 두발 형태와 패검의 습속에 대해 주로 질
문하였는데, 이때 질문의 의도는 일본의 유자들이 자발적으로 유교식
관습을 따를 의향이 있는지를 살펴보는 것이었다. 이는 곧 중화의 제
도를 써서 이적의 습속을 변화시킨다는 '용하변이'를 지향하는 관점이
다. 다음 두 예문은 각각 필담집과 사행록에 실린 원중거와 가메이 난
메이(龜井南溟, 자 道哉)의 대화이다.

　　현천: 신체발부는 수지부모라 하거늘 그대는 어찌하여 수염과 머리털을
　　　　다 깎았습니까?
　　도사이(道哉): 예전 공자께서는 송에 가면 송의 풍속을 따랐고 오월(於
　　　　越)에 가면 오월(於越)의 풍속을 따르셨습니다.
　　현천: 대성인의 일로 망령되이 자신을 증명해서는 안 됩니다.[119]

　　내가 묻기를, "신체발부는 부모에게서 받은 것인데, 그대는 비록 의업
에 종사한다지만 홀로 머리를 기를 수는 없는가요?"라고 하였더니 그가
대답하기를, "부자(夫子)께서 송나라에 계시면 송나라가 되는 것이고,
월에 계시면 월이 되는 것입니다. 우리나라의 풍속이 그러합니다."라고
하였다. 내가 말하기를, "큰 성인을 인용한 것은 실수입니다."라고 하였
다. 그가 대답하기를, "인용은 참으로 잘못되었습니다. 항상 우리를 오
랑캐라 이르는데 만약 그러하다면 천하에 천자가 있다는 것이 그 뜻입니
다. 만약 천하에 지금 천자가 없다면 우리 오랑캐가 무엇을 상하겠습니
까?"라고 하였다.[120]

---

119)　玄川曰: "身體髮膚受之父母, 君何剃除鬚髮?" 道哉曰: "昔孔子宋於宋, 於越於於越."
　　　玄川曰: "大聖人之事, 不可妄自證." (『앙앙여향』, 12월 11일)
120)　『승사록』, 175면.

첫 번째 예문은 가메이 난메이의 필담과 창화시를 엮은『앙앙여향』
에 실린 대화이고, 두 번째 예문은『승사록』에 실린 기록이다. 의사이
자 유자인 난메이가 승려들처럼 삭발한 것에 대해 원중거가 그 이유를
물은 것이다. 난메이는 공자를 인용하여 각국의 풍속을 따르는 것이
합당한 일이라고 답하고 있다. 이에 대해 원중거는 대성인(大聖人)의
일로 자신을 합리화하는 것은 망령된 일이라고 비판한다.『앙앙여향』
의 대화는 여기서 끝난다. 한편『승사록』에서 원중거는 단순히 삭발
의 이유만을 물은 것이 아니라 결단을 내려 홀로 머리를 기를 의향은
없는지 묻고 있다. 이에 대해 난메이는 마찬가지로 공자를 인용하고,
또 '우리나라의 풍속이 그러하다'고 분명히 밝힌다. 원중거의 꾸지람
에 대해서도 우선 실수를 인정한 후, 지금 천하에 천자가 없는데 '오랑
캐'의 풍속을 따르는 것이 무엇이 문제냐고 반박한다.

원중거가 난메이에게 머리를 길러 보라고 권한 이유는 그의 복장이
이미 다른 일본인들과 같지 않다고 느꼈기 때문이다.『일관기』와『승
사록』에 의하면 난메이는 칼도 차지 않았고 '녹색의 긴 옷'을 입었으며
그것이 '처사'의 제도라 말하기도 하고, 자신의 복장을 '명나라 거사'
의 복식이라고 하기도 했다.[121] 원중거는 그가 이미 남들과 다른 복장
을 했다면 두발 형태도 스스로 바꿀 수 있을 것이라고 생각했던 것이
다. 기노시타 준안(木下順庵)이 "나라의 풍속을 변화시키고자 하여 머
리를 깎지 않고 화장(火葬)을 하지 않고 중화국의 제도를 따르고자"[122]
하였던 사실을 떠올렸을 수도 있다. 그러나 난메이는 부득이 습속을
따를 뿐이라는 정도의 대답에 그친 것이 아니라 공자를 근거로 자신의

---

121) 『일관기』, 283면;『승사록』, 173면.
122) 『화국지』, 273면.

복장을 정당화하고 있다.

　그런데 난메이가 『승사록』에 나오는 대화의 뒷부분을 『앙앙여향』에 수록하지 않은 이유는 무엇일까. 우선 생각할 수 있는 것은 난메이의 반박이 실은 조선 문사들의 가치관에 비추어 설명한 것이지 그의 본뜻이 아니었다는 것이다. '항상 우리를 오랑캐라고 일컫는데'라는 전제는 '당신들의 가치관에서 보면'이라는 가정을 담은 표현이다. 굳이 화이(華夷)의 관점에서 본다면 이미 천자가 없고 중화문물이 중국에도 보존되지 않고 있는데 저마다의 습속을 따른들 무슨 거리낄 것이 있겠느냐는 말이다. 대화 내용을 살펴보면 그가 상대를 납득시키기 위해 이러한 가정을 한 것임을 충분히 알 수 있는데도 불구하고, 그는 그것조차도 독자들이 읽지 않기를 바랐던 것이다. 자신의 대답이 혹시 중국을 높이고 일본을 낮추는 것으로 읽히지 않을까 우려했던 듯하다.123)

　공자의 향복(鄕服)은 일찍이 하야시 라잔(林羅山)이 자신의 치발(薙髮)을 합리화하기 위해 인용했던 전거이기도 하다. 그런데 라잔이 중화의 유복에 담긴 가치를 존중한 바탕에서 자신이 습속에 따르는 것을 충(忠)의 실현을 위한 '시중지도(時中之道)'로 본 반면124) 난메이는 이미 중화문물의 기준이 존재하지 않는다고 보았다는 차이가 있다. 이러한 시각은 일단 화이의 분별을 가정하고는 있으나 기본적으로 "대

---

123) 직접적으로는 각 번의 필담을 태학두에게 제출하라는 막부의 지시에 응하기 위해 문제가 될 수 있는 부분에 대한 개작이 이루어진 것으로 보인다. 막부의 어촉서(御觸書)에서는 "적은 학력을 자부하기 위해 다른 나라를 힐책하거나 그 나라를 귀히 여긴다고 하여 자신의 나라를 낮추거나 하는 상황"을 경계하고 있다. 다카하시 마사히코(2011), 「후쿠오카번(福岡藩)과 통신사」, 『동방학지』 153집, 연세대 국학연구원, 37-38면 참조.

124) 허은주(2010), 523-527면.

개 천지 사이에 성인의 도만큼 숭상할 만한 것은 없습니다. 비록 그렇
다하더라도 후세의 유자는 도를 자신의 사유로 여겨, 같은 것은 높이
고 다른 것은 배척하며 중국은 귀하게 여기고 오랑캐는 천시하는데,
이는 고루한 식견으로 천지가 크다는 것을 알지 못한 것입니다."라고
한 다키 가쿠다이의 견해와 통한다고 할 수 있다.

오쿠다 모토쓰구(센로) 역시 일본의 풍습을 따르는 것이 의리에 해
가 되지 않는다고 말하였다.

> 센로: 이 복식의 풍속으로 상하를 지칭함이 부끄러울 따름입니다. 그대
> 들의 의관과 비교하면 어찌 웃음이 나오지 않겠습니까.
> 추월: 이미 그 웃을 만함을 알고 또 좋아할 만함을 안다면 어찌 깊은 골
> 짜기에서 나와 높은 나무로 옮겨가지 않으십니까.
> 센로: 나라의 풍습이 의(義)에 있어 무슨 해가 되겠습니까.125)

센로는 자국의 복식이 부끄럽다고 말하면서도 어째서 풍속을 바꾸
지 않느냐는 남옥의 말에 딱 잘라서 '국습(國習)'을 따름은 무방한 일이
라고 하였다. 부득이 풍속을 따라야 한다는 변명도 아니고 방속을 따
르는 것이 의리에 해가 되지 않는다고 단정적으로 말하고 있는 것이
다. 이쯤 되면 선망의 눈으로 조선인을 바라보면서 그 의관의 제도를
기록해 갔다는 일본 문사들의 진의에 대해 다시 생각해 볼 법도 하다.

이마이 쇼안(今井松菴)은 일본인들의 두발 모양에 대해 그 나름의 이
유가 있음을 역설하기도 하였다. 다음은 한학상통사(漢學上通事) 오대
령(吳大齡, 자 大年)과 쇼안의 대화이다.

---

125) "唯羞此服俗名上下. 自諸君衣冠視之, 豈不發笑."(仙樓) "旣知其可笑, 又知其可悅,
盍出谷遷喬."(秋月) "國習於義何害?"(仙樓) (『양호여화』 권상, 1월)

대년(大年): 귀국 사람들은 모두 삭발을 하는데 그대는 유독 머리카락
을 남겨 두었으니 어째서인가요? 그 까닭을 알고 싶은데 알려주시겠
습니까?

쇼안: 본방의 습속에 의유들은 간혹 삭발하지 않는답니다.

대년: 귀방의 의원들은 모두 대머리에 삭발을 하여 불문(佛門)에 있는
사람들과 똑같은데 어째서인가요? 그대가 유독 두발을 남겨둔 것은
또한 무엇 때문입니까?

쇼안: 의원이 머리를 깎는 것은 본방의 세속에서 그렇게 할 뿐입니다.
저는 어려서 중니의 도를 좋아하여 불문의 사람들과 섞이는 것을 부끄
러워하였으므로 머리를 깎지 않은 것입니다.

대년: 귀국 사람들이 지위가 비록 높더라도 모두 삭발을 하는 것은 무엇
때문인가요?

쇼안: 높고 귀한 사람들이 삭발하는 것은 그 관의 앞은 눕히고 뒤는 우뚝
솟게 하려고 그렇게 하는 것입니다.[126]

쇼안은 가메이 난메이와 마찬가지로 의원이었으나, 삭발은 하지 않
았다. 원중거가 난메이에게 머리를 기르지 않는 이유를 물었던 것과
는 반대로 오대령은 쇼안이 왜 삭발을 하지 않았는지 묻고 있다. 쇼안
은 일본의 풍속에 의유(醫儒)는 가끔 삭발하지 않으며 자신은 공자의
도를 좋아하여 불문에 섞임을 부끄러워하여 머리를 깎지 않았다고 말
한다. 쇼안 역시 난메이처럼 소라이학파의 학자로서 학사·서기들과
몇 차례 학술에 관해 논쟁하였고, 이반룡(李攀龍)과 왕세정(王世貞)을

---

126) 大年曰: "貴國人皆削髮, 而君獨留髮何也? 欲知其故, 示之如何?" 松庵曰: "本邦之
俗, 醫儒或不削髮." 大年曰: "貴邦醫者皆光頭剃髮, 與佛門人同, 是何故? 君獨留髮亦
何故?" 松庵曰: "醫者剃髮, 本邦之俗爲爾. 僕少好仲尼之道, 恥與佛門人混, 故不剃
髮." 大年曰: "貴國人其位雖貴皆削髮, 何故?" 松庵曰: "高貴人削髮者, 欲其冠前俯後
高巍巍然也." (『송암필어』, 3월 7일)

숭상하여 이언진과 그에 대해 토론하기도 했던 인물이다. 쇼안은 특히 성리학이 불교의 개념을 차용하고 있음을 비판하였다. 가메이 난메이와 학문적 지향을 공유하고 있었으나 그 관심사는 동일하지 않았던 것이다. 그로 인해 복식에 있어서도 그 대응방식이 다르게 나타나고 있다.

이 대화에서 쇼안이 하고 싶었던 말은 자신이 삭발하지 않은 것은 (일본 풍속에 문제가 있어서가 아니라) 불승과 구별되기 위해서이며, 고관들이 삭발하는 것은 관의 모양을 잡기 위해서라는 말이다. 즉, 삭발의 풍속은 의관(衣冠)의 법도를 위한 것이라는 말이다. 그런데 이 대화는 사실 위조된 것일 가능성이 크다. 오대령이 하필 쇼안이 말하고 싶은 내용에 대해 순차적으로 질문을 던지고 있다는 것도 의심스러우며, 앞뒤 대화의 흐름과도 어울리지 않는 부분이기 때문이다. 일본의 풍속이 '오랑캐의 습속'이 아님을 해명하기 위해 스스로 질문을 만들고 답을 써넣은 것으로 보는 편이 오히려 더 자연스럽다.

조선 문사들은 또한 일본의 패검 습속에 문제가 있음을 지적하였다.

용연: 저희들은 수중에 바늘 하나도 없지만 만 리 사행 길에 털끝만큼의 근심도 없습니다. 그대들이 쌍검을 차는 것은 진실로 속부(俗夫)의 졸렬한 작태이니 가소롭군요.

센로: 옛날에 이르기를, "남자가 길을 떠날 때 검패(劍佩)를 떼놓지 말고, 멀리 떠날 때에는 활과 화살을 떼어놓지 말라"고 하였습니다. 우리나라가 비록 편벽한 구석에 있지만 무관이 길을 나서게 되면 반드시 활과 화살, 창과 조총을 지니고 갑니다. 그밖에 문관·무관을 나누지 않고 길을 떠날 경우 반드시 검을 휴대합니다. 그대들은 대장부로서 어찌 옛 남자를 배우지 않습니까. 또한 가소롭습니다.[127)]

성대중은 센로에게 일본의 칼 차는 관습이 속부의 졸렬한 자태라며 농담을 건넨다. 센로 역시 지지 않고 옛날의 장부를 본받지 않는 조선인들의 자태가 더 가소롭다며 받아친다. 센로는 조선의 의관복식에 대한 경모를 수차례 표현했던 인물인데, 앞서 두발의 경우와 마찬가지로 칼 차는 습관이 유자의 모습이 아니라는 것에 대한 문제의식이 전혀 없다. 나아가 패검의 습속에 더욱 적극적인 가치를 부여하는 인물도 있었다.

> 물음(원중거): 왜 허리에 칼을 차고 다니시는지요?
>
> 답(분코): 이백 년 전부터 사군자(士君子)가 되려면 반드시 쌍검을 차야만 합니다.
>
> 물음(원중거): 칼을 차는 것의 본의는 남을 죽이려는 것인가요, 아니면 남이 자기를 죽이지 못하게 막으려는 것인가요? 어느 쪽이든 태평 시대의 모양은 아니니 칼을 차지 않아도 상관없을 것 같습니다만, 이것 또한 국법에 명령으로 나와 있는 것인지 모르겠군요.
>
> 답(분코): 명령이 있었으니, 쌍검을 차면 사군자이고 차지 않으면 서인입니다. 나라의 풍속을 바꿀 수가 없으니, 사람들이 혹 국가에 숙손통(叔孫通: 한 고조가 천하를 통일한 후 숙손통을 시켜 예의를 제정하게 함)이 없음이 한스럽다고 합니다. 제가 보기로는 우리나라는 무를 숭상하여 누구든 대비하여 그러한 것입니다. 옛날에 장부라고 칭하였으니, 나라에 진실로 까닭이 있었던 것입니다. 또한 이 때문에 사방 오랑캐가 두려워 복종하고 감히 침범하는 자가 없었습니다. 또 삼대의 군자 또한 칼을 찼으니, 무엇 때문에 저 유약한 형상을 짓겠습니까?[128]

---

127) "僕等手無寸鐵, 行過萬里, 求無毫髮之虞. 君等雙劍, 眞是俗夫拙態, 可笑."(龍淵) "古云男子出行, 不離劍佩, 遠行不離弓矢. 吾國雖僻陋, 如武官出行, 必以弓矢鎗甲及鳥銃隨焉. 其他不分文武, 出行必帶刀鈹. 君等大丈夫, 何不學古男子耶? 亦可笑."(仙樓) (『양호여화』 권하, 4월)

원중거는 전쟁이 그치지 않던 과거에 일신의 안위를 돌보기 위해 생겼던 습관이 관습으로 굳어진 것으로 추측하고서 이것이 태평시대에 어울리는 복식이 아님을 지적하였다. 국법으로 정해 두었느냐는 질문은 법령을 어기는 것이 아니라면 자발적으로 복식을 바꿀 수 있을 것이라는 암시이다. 이에 미나모토는 쌍검을 차야 사군자이며 차지 않으면 서인이라고 답한다. 이백 년 전부터 그러했다는 것은 1588년 도요토미 히데요시(豊臣秀吉)가 전국을 통일한 후 내린 가타나카리(刀 狩り), 즉 도수(칼 사냥)의 령 이후의 관습을 의미하는 것으로 보인다. 이는 사실 칼을 차야 한다는 명령이라기보다 사무라이 외에 칼 차는 것을 금함으로써 백성들을 무장해제한 조치였다. 그 후 오랜 기간 평화가 이어지면서 검을 차는 것이 사무라이 계층의 상징적인 복식으로 자리 잡은 것이다.

그런데 미나모토의 답변은 여기에 그치지 않는다. 숙손통이 없음, 즉 예악을 정비한 인물이 없음을 아쉬워하는 사람이 있다는 전제를 붙이면서도 일본은 무를 숭상하여 누구나 대비를 하는 것이다, 또 그 것이야말로 삼대의 군자가 행했던 것이라고 하였다. 또 그러한 습속의 공효로 사방의 오랑캐가 감히 침범하지 않는다는 것이다. 여기에는 문약(文弱)에 빠진 조선이 청에 신속(臣屬)하게 된 것과는 확연히 다르다는 암시가 느껴진다. 단지 부득이한 습속이라거나, 문무를 겸비한 과거 대장부의 이상에 가깝다는 설명에서 더 나아가 일본의 무위

---

128) 問(元仲擧): "何爲帶牛佩犢?" 答(文虎): "二百年來, 爲士君子者, 必帶雙劍." 問(元仲 擧): "是帶劍本意, 殺他人耶, 抑防人之來殺我耶? 俱非平世之像, 不佩似無妨矣. 未知 此亦國法云著令甲否?" 答(文虎): "令有之, 帶雙劍者爲士君子, 不帶者爲庶人. 國風不 可變也, 人或謂國家無叔孫通可以恨矣. 囫余觀之, 則吾邦尙武備而然, 古稱丈夫, 邦 良有故也. 亦以是四夷畏服, 莫敢襲我者. 且三代君子亦帶劍. 何事彼柔弱之態?"(『홍 려척화』 곤, 1월 22일)

(武威)를 과시한 것이다.

반대로 일본인이 조선인에게 패검의 습속에 대해 물은 기록도 있다.[129] 구 사다카네(보잔)는 성대중에게 조선에 패검의 관습이 있는지, 혹 존비와 관련이 있는지에 대해 물었다. 일본의 관습에 비추어 조선의 상황을 추측한 것이다. 이에 대해 성대중은 패검이 오랑캐의 풍속임을 지적하고, 조선에는 군관이라 해도 그러한 일은 없음을 강조하였다. 이러한 질문이 나온 것 자체가 말도 안 된다는 식의 반응이다. 이 말에는 일본의 패검 습속이 오랑캐의 풍속이라는 뜻이 담겨 있다. 화이의 관점에서 패검 습속을 비판한 것이다. 보잔은 옛날 대장부의 풍속을 거론하며 성대중의 말에 이의를 제기하는데, 앞에서 인용한 센로의 주장과 같다.

조선의 문사들은 또한 유가적 가치관에 비추어 올바른 풍속을 권하는 일도 잊지 않았다. 아래 두 인용문은 혼인에 관한 양국 문사 간의 필담이다.

추월: 그대는 이미 혼인하였을 텐데, 아들이 있습니까?
도사이: 부덕한 제가 어찌 감히 남의 아비가 되겠습니까.
추월: 이미 약관이 지났는데 어찌하여 아내를 두지 않나요. 맹자께서 말씀하시길 '대부가 태어나면 그를 위해 아내를 두고자 함이 부모의 마음이다.'라고 하셨습니다. 아버님께서 재촉하지 않으십니까?
도사이: 우리나라 사람은 대개 스물셋이 넘어야 아내를 얻습니다.
추월: 그대의 혈기가 바야흐로 왕성할 때인데, 즐기고 싶은 마음 때문에

---

129) "弊邦人佩刀於腰間, 貴邦人▨之. 尊卑皆如此歟. 其無官爵者, 不敢帶刀鈹邪." "帶劍者, 非北俗則南風, 吾邦豈有是觀. 君試看吾軍. 豈有一寸鐵乎. 小刀聊備裁紙削簡用耳." "古云'男子出行不離劍佩, 遠行不離弓矢.' 如何." (『조선인래조어진촌어장필어』)

학문을 좋아하는 뜻이 상하지 않게 할 수 있습니까?

도사이: 귀한 집 자제는 마루 끝에 앉지 않는 법이지요.[130]

물음(원중거): 그대는 자식이 있습니까?

답(분코): 저는 아내가 없고 글방 생도 세 명을 기르면서 그들과 함께 천고(千古)의 일을 연마하며 그것을 즐거움으로 여깁니다. 남들이 어리석다하지만 저는 사양치 않습니다.

물음(성대중): 삼십에 아내를 얻지 않았으니 세상 사람들이 도의 고하를 알겠습니다.

또(원중거): 부부는 사람의 큰 윤리입니다. 성인이 이를 따라서 예악을 만드셨으니 그대는 지나치군요. 진실로 한자(韓子: 한유)가 칭한 미장이[圬者] 왕승복(王承福)의 무리입니다. 모름지기 속히 아내를 구하여 인륜을 폐하는 데 이르지 마십시오.

답(분코): 저는 재주가 모자라고 행동도 거칠어서 실로 이른바 천하에서 버려진 재목이니, 어찌 사위로 선택받겠습니까. 한 명의 홀아비를 분수로 여길 뿐입니다.

물음(원중거): 사위를 고를 때에는 어진 이를 구하니, 그대라면 분명 사람들이 자기 딸을 시집보내고 싶어 할 것입니다.

답(분코): 제게는 형도 있고 아우도 있는데 장가들어서 자식이 있으니 혈식이 끊어지지 않았습니다. 제가 어찌 후사를 구하겠습니까. 우리나라 문인 시객들 중 여색을 탐하여 불의한 행동을 하는 자가 종종 있습니다. 저는 그런 것을 매우 싫어합니다. 청컨대 불승의 행동을 닦아서 세상 사람들을 풍자하여 곽외(郭隗)가 되려는 것입니다.

물음(원중거): 선생이 예를 만들었으니 지나친 것과 미치지 못한 것이

---

130) 秋月曰: "君已委禽, 得瑋瓦否." 道哉曰: "不德豈可敢爲人之父." 秋月曰: "已過弱冠, 何不有室. 孟子曰'大夫生而願爲之有室, 父母之心也.' 尊公不以爲急促否." 道哉曰: "吾邦之人, 大槩二十三以上有室." 秋月曰: "君血氣方盛, 能不以嗜欲奪好學之志否." 道哉曰: "千金之子不垂堂."(『앙앙여향』)

모두 잘못입니다. 부디 고집 부리지 마십시오. 남녀가 부부가 되는 것
은 색을 탐하는 말이 아닙니다.
답(분코): 훌륭하신 말씀 감히 받들겠습니다.[131]

두 인용문 모두 조선의 학사·서기들이 일본 문사에게 혼인할 것을
권하는 내용이다. 남옥과 원중거가 각각 가메이 난메이와 미나모토
분코(源文虎)에게 결혼을 권한 것은 두 사람이 유자임에도 불구하고 불
승과 같은 습속을 따를까 우려해서였을 것이다. 난메이는 갓 스물을
넘긴 나이였으니 일본 풍속상 아직 나이가 차지 않았다는 말로 남옥의
충고를 받아넘길 수 있었다. 그러나 미나모토는 서른이 넘었는데 아
내가 없었으며, 처음에는 부득이하여 혼인하지 못한 것처럼 말했다가
나중에는 여색을 탐하는 것을 경계하여 일부러 불승처럼 지낸다고 말
했다. 원중거에 의하면 미나모토는 통신사에게 "정주를 배우고 사모
하여 그 아비의 장례에 모두『문공가례(文公家禮)』를 썼으며 이미 돌을
깎아 문장을 새기어 묘 앞에 세워두었다"[132]고 말하기까지 한 인물인
데도 결혼에 관한 생각이 불교도와 다를 바 없었던 것이다.

앞서 복식 문제에서 그러했던 것처럼 학사·서기들은 일본의 유자
들이 생활방식과 풍속을 일신할 필요가 있다고 생각했다. 아무리 학

---

131) 問(元仲擧): "賢有子耶?" 答(文虎): "僕不娶, 育塾生三人, 相與切劘千古事. 自以爲
娛世, 人以爲癡, 吾所不辭." 問(成大中): "三拾不娶, 世人焉識道高下." 亦(元仲擧):
"夫婦人之大倫也. 聖人因而制禮樂, 賢過矣. 眞韓子所稱王坵者之流. 須速求娶, 無至
廢倫也." 答(文虎): "僕才拙行穢, 實所謂天下棄材, 何中擇婿, 自分一鰥夫耳." 問(元
仲擧): "擇婿以賢才, 如公則人欲嫁女者必也." 答(文虎): "僕有兄有弟, 娶而有子, 血
食不絶也. 僕何求嗣之爲. 吾邦文人詩客耽女色, 有不義之行者, 往往有之. 僕甚惡焉,
請修頭陀之行, 以諷世人, 爲郭隗云." 問(元仲擧): "先生制禮, 過不及皆失. 須勿固執,
男女居室, 不可以耽色語也." 答(文虎): "敢拜善言."(『홍려척화』 곤)
132) 『승사록』, 538-539면.

식이 높고 재주가 뛰어난들 예를 모른다면 유자가 되기에 부족했고, 나아가 일본의 풍속을 바꾸는 데에 모범이 되지 못할 것이었다. 그러므로 학사·서기들이 난메이와 미나모토에게 제때 혼인하기를 권한 것은 일본의 유자들에게 예를 실천하는 방법을 가르친 것이라고 할 수 있다.

특히 원중거는 그러한 소임을 맡고 있음을 자각하고 있었고 『승사록』 전체를 통해 자신의 이러한 역할에 대한 긍지를 표출하였다. 앞서 살펴보았듯이 사행원 각각의 위엄 있는 거동과 의관, 그리고 사행의 의장과 음악 등의 모든 것들이 조선의 예악문물을 타국에 드러내는 수단이 되었다. 원중거가 아쿠타가와 모토스무(芥川元澄)와 와타나베 겐타이(渡邊玄對, 辺瑛)에게 『소학(小學)』의 학습을 권했던 것[133] 역시 일상의 예를 실천하는 첫걸음을 알려준 것이다. 그러나 위 대화에서 보이듯이 이러한 조선 문사들의 우려는 일본인들에게 절실하게 다가오지 않았음을 알 수 있다. 오히려 여러 가지 이유를 들면서 그러한 예를 굳이 따를 필요가 없음을 주장하곤 했다.

남옥, 원중거, 성대중은 각자의 사행록에서 일본이 점차 문풍(文風)으로 향해가고 있음을 특필하였다. 한편으로 그들은 '진정한 문명화'는 문사(文辭)의 화려함으로 이루는 것이 아니라 생활 속의 실천을 통해 가능하다는 생각을 일본인들에게 여러 차례 피력하였다. 원중거가 『소학』의 학습을 권장했던 것이나, 남옥이 문학보다 경술에 힘써야

---

133) 아쿠타가와 모토스무와의 대화는 『승사록』, 356-358면 참조. 와타나베 겐타이와의 대화는 다음과 같다. 稟(玄川): "辺童子已讀幾卷書乎?" 復(瑛): "童子惟學書畫, 未遑文辭, 故所讀書甚寡." 稟(玄川): "書畫雖係文人事, 最怕喪志. 須專意誦習《小學》, 次於經書, 志乎大人之學可也. 聰明難得, 老夫愛君深, 故言亦深, 此紙墨携歸, 告于尊堂." 復(瑛): "深承慈誨, 兼荷嘉惠, 感謝感謝." (『경개창화록』, 2월 29일)

함을 강조한 것도 이러한 사고의 발현이다. 복식의 문제 역시 이것의 연장선상에 있었다. 일본 전체의 복식을 하루아침에 바꿀 수는 없다 해도 그 학식과 재주가 보통이 아닌 난메이와 같은 인물이라면 분연히 떨쳐 일어나 외형을 바꿀 수도 있지 않을까 생각했던 것이다. 또, 끊임없이 조선인들의 의관 제도에 대해 문의하던 일본인들이 자신들의 복식을 돌아보지 않는 것이 의아했을 것이다.

조선의 문사들에게 '용하변이'는 바람직한 관념이었다. 이때 '하(夏)'는 단순히 중국의 것을 말하는 것이 아니라 '중화', 즉 당시의 관점에서 '문명'의 기준을 의미하는 것이다. 즉, 일본의 복식이 중국과 다르기 때문에 문제인 것이 아니라 구체적으로는 유자가 승려와 같이 삭발을 하고 무사와 같이 칼을 차고 다니는 것이 바람직하지 않다는 뜻이다. 조선 문사들은 바지를 입지 않거나 남녀의 옷차림이 유사한 것 등 일본인의 복식 전반에 대해서는 부정적인 평가를 내리고 있지만 필담 과정에서 그것을 문제시한 경우는 없다. 어차피 이들은 아직 교화를 입지 못한 백성들일 뿐이고, 일본은 여전히 신사(神社)가 창궐하는 '미개한' 땅이었기 때문이다. 다만 학사·서기들은 유학을 익히는 일본의 문사들이 좀 더 적극적으로 의복을 개혁해야 한다고 믿었던 듯하다. 그러나 위에서 살펴보았듯이 돌아오는 답변은 조선 문사들의 의도와는 완전히 어긋나는 것들이었다.

용하변이는 조선의 문사들에게 단지 관념이 아니라 실제적인 정책의 방향을 의미하는 것일 수 있었다. 조선은 건국과 함께 원(元)의 풍속을 버리고 명제(明制)를 채택하였고, 명의 멸망 이후 청에 복종하면서도 명의 의관을 고수하고 있었다. 명에 최초로 관복을 요청한 것은 고려 말의 일로서, 반원정책(反元政策)을 추진하던 공민왕과 당시의 유신(儒臣)들이 자발적으로 명의 복식을 도입하고자 했던 것이다. 몇 번

의 곡절 끝에 비로소 명제를 따라 백관의 관복을 정한 것이 우왕 13년
(1387년)의 일이다. 그러나 1년이 채 되지 않아 명과의 관계가 경색되
었고 의관 역시 구제로 복귀하였다. 조선이 들어서면서 명제를 채택
하였으나, 이성계에 대한 명 태조의 불신이 남아 있는 상태였다. 명
태조 승하 이후 조·명 관계는 실질적으로 개선되기 시작했고, 조선의
계속된 요청에 따라 건문제가 정식으로 조선에 면복(冕服)을 하사하게
된다.(1401년)[134] 관복의 문제를 정치적 역관계 속에서 파악한 아라이
하쿠세키 및 아메노모리 호슈의 판단과는 달리(후술) 조선은 명의 책
봉을 받기 훨씬 전부터 스스로 중화문명을 추구함으로써 중국으로부
터 동류(同類)로 인정받고자 끊임없이 노력해왔던 것이다.

　물론 그러한 용하변이의 역사를 일본 문사들이 이해했다 하더라도
그것에 대해 크게 가치 부여를 하지 않았을지도 모른다. 일본의 무가
지배층에게 복식 개혁은 전혀 급선무가 아니었으며, 중화문명을 흠모
하는 일본의 유자들은 그러한 지배층 내의 아주 작은 부분에만 영향을
미칠 수 있을 뿐이었다. 통신사 교류에 참여한 유자들은 하쿠세키와
같이 막부의 중책을 맡고 있지도 않았으며, 아무리 명성이 높다 한들
일개 번유(藩儒)가 되는 것 이상 출세할 길도 없었다. 그들은 단지 개
인적으로 두발의 형태를 바꾸는 등의 아주 작은 실천만이 가능할 뿐이
었다. 또, 겐로쿠(元祿, 1688-1704) 시기를 지나면서 일본은 주자학 내
에서의 여러 변용과 고의학(古義學) 및 소라이학의 출현을 보게 되었
고, 자신들 나름의 화이관을 발전시켜 오고 있었다. 이러한 분위기에
서 옷차림을 바꾸는 것은 단지 개인적인 돌발 행위일 뿐이었으며, 세
간의 존경을 불러일으키기도 어려웠던 것이다. 조선의 복식 제도를

---

134) 명나라 관복의 도입 과정은 張佳(2015) 참조.

상고한다는 것은 오히려 소라이학의 영향으로 고대문물의 탐구와 육경의 학습이 유행이 된 현상과 관련이 있는 것이었다. 즉, 실제의 복식 개혁을 준비하기 위해서는 아니었던 것이다.[135]

물론 조선의 문사들도 정치에 간여하기 힘든 일본 유자들의 처지를 어느 정도 알고 있었다. 그럼에도 불구하고 학사·서기들은 그들이 모범을 보임으로써 진심으로 풍속 개혁에 힘쓸 것을 기대하였다. 뿐만 아니라 이들은 일본 유자들에게 자발적인 개혁의 의지가 있다고 믿고 있었다. 조선의 의관과 유교식 관혼상제에 대해 자문을 구하는 일본 문인들의 모습에서 용하변이의 맹아를 발견했던 것이다. 일본의 문사들이 중화의 남은 문물을 상고한다는 차원에서 조선의 의복 제도를 열심히 관찰했던 것은 사실이다. 다만 필담을 통해 볼 때 이들이 어떤 실천적인 복식 개혁의 필요성을 느꼈다는 증거는 찾기 힘들다. 오히려 나라의 풍속을 따르는 것이 문제가 없다며 조선 문사들의 충고에 반박하는 모습이 더 자주 목격된다. 어떤 이들은 조선의 의관 복식을 칭찬하면서도 그와 동시에 고대문물을 간직하고 오랜 세월 자립해 온 일본의 문화에 대해 말함으로써 중화문물을 앞세운 조선인들과 대등한 위치에 서고자 하였다. 이들은 이른바 중화문물의 성대함에 대한 동경을 갖고 있긴 했으나, 조선인들이 내세우는 예의 정신을 깊이 이해하지는 못하였다. 이들이 용하변이의 가르침에 공명하지 못했던 것

---

135) 이에 대하여 이효원은 "徂徠學이 先王의 禮樂을 道로 삼고 예악의 실현을 목적으로 했기에 徂徠學派가 융성함에 따라 유교적 제도에 대한 관심도 확대되어 간 것으로 보인다. 일본에서는 徂徠學派에 이르러 비로소 제도적 차원에서의 유교화를 고민하게 된 것이다."라고 지적한 바 있다. 이효원(2017), 36~37면. 본고에서는 소라이 당대에 제기되었던 그러한 문제의식이 계미사행 시기에 이르면 제도화에 관한 추동력을 상실하고 단지 고증의 차원에만 머물게 된 것은 아닌가 하는 견해를 제시하고 있는 것이다.

은 어찌 보면 당연한 일이었던 것이다.

(3) 일본의 고대문물에 대한 과시

일본 문사들은 조선의 의관문물의 성대함에 자주 탄복하였으며, 그 상세한 제도를 조사하는 데 열심이었다. 그런데 이와 동시에 일본의 문사들이 자국이 간직한 중화의 요소를 조선인에게 전달하려고 애쓰는 모습이 계미통신사 필담에서 종종 발견된다. 즉, 자신들이 이제 무(武)에서만이 아니라 문(文)에서도 조선에 뒤쳐지지 않는 문명국의 조건을 갖추었다는 자부심이다.

그중 한 가지가 일본이 고대 중국의 의관문물을 간직하고 있다는 주장이다. 아래는 이마이 쇼안과 이명화(李命和, 호 碧霞)의 대화이다.

> 벽하(碧霞): 귀국의 관과 의상의 제도는 어느 때 시작되었으며 무엇을 본받았습니까?
> 쇼안: 우리나라가 처음 화하(華夏)와 통한 것은 주나라가 성했을 때였습니다. 장복의 예법과 관면(冠冕)의 아름다움이 어찌 그 문채에만 있는 것이겠습니까. 이래로 한(漢)·위(魏)·진(晉)·당(唐)에는 통하지 않은 시대가 없었습니다. 이 때문에 본방의 제도에 한·당을 본받은 것이 하나가 아니며 주나라의 유제를 족히 보존한 것도 간혹 있습니다. 다만 풍토가 다르니 응당 물산의 종류가 다른 것이 있을 뿐이지요. 우리 선왕이 예를 제정함에 연유가 없을 수 없으니, 그러므로 고치지 않는 것입니다.
> 벽하: 귀국의 사대부가 평생 관과 의상을 착용하지 않고 견의(肩衣)만을 입는 것은 어째서입니까?
> 쇼안: 귀국의 군관이 평생 전복(戰服)을 입는 것과 같습니다.
> 벽하: 귀국의 제도와 전장 중에 성왕의 예전(禮典)에 어긋나는 것은 어떤 것입니까?

쇼안: 족하께서는 틀렸습니다. 이는 동방의 예일 뿐입니다. 은나라 사람
은 후(冔)를 썼고 하후씨(夏后氏)는 수(收)를 썼습니다. 괴부(蕢桴)와
토고(土鼓)는 이기씨(伊耆氏)의 악기요, 종(鐘)·고(鼓)·관(筦)·경
(磬)은 주나라의 악기입니다. 삼대의 예는 인습하지 않았고 음악도 그
대로 따르지 않았으니, 꼭 주(周)일 필요가 없고 하(夏)와 은(殷)도 아
닙니다. 이 또한 동방의 예일 뿐입니다.[136]

두발에 관한 오대령과의 대화와 마찬가지로 이 대화 역시 위조되었
을 가능성이 농후하다. 이명화의 질문 자체가 상당히 작위적인데, 쇼
안의 답변을 이끌어내기 위해 세 단계의 질문이 의도적으로 안배된
듯한 느낌을 주고 있다. 앞뒤 문맥과도 어울리지 않음은 물론이다.[137]
비록 실제의 대화로 보기는 어렵지만 위 필담은 자국 문물에 관해 일
본 문사가 조선인에게 무엇을 전달하고 싶어 했는지, 그리고 자국의

---

136) 璧霞曰: "貴國冠裳之制, 自何代始, 何所模效耶?" 松庵曰: "吾邦始通華夏也, 其在周
之盛乎. 服章之儀, 冠冕之美, 何其文也. 爾來漢魏晉唐, 無世不通. 是以本邦制度效
漢唐者不一, 而足存周之遺制者, 亦間有之. 唯是土之異, 宜物之殊類. 吾先王制禮, 不
能無因, 故而不改者." 璧霞曰: "貴國士大夫, 平生不著冠裳, 唯服肩衣者, 何故?" 松庵
曰: "猶貴國軍官平生服戰服也." 璧霞曰: "貴國制度典章, 有大背聖王禮典者何?" 松庵
曰: "足下誤矣. 此吾東方之禮爾. 殷人冔, 夏后氏收. 蕢桴、土鼓伊耆氏也, 鐘、鼓、
筦、磬周也. 三代禮不相襲, 樂不相因, 不必是周而非夏殷也. 此亦東方之禮爾."(『송
암필어』, 3월 7일)

137) 조선인들은 일본인들이 칼을 차거나 머리를 자르는 이유를 묻기는 했어도 일본
의 의관에 대해 묻는 일은 거의 없었다. 사실상 별 관심이 없었을 뿐더러 관복이
선왕의 예와 어긋난다는 지적을 먼저 하는 것은 무례한 일이기도 했다. 무엇보다
도 제도의 연원을 묻는 것은 일본인들이 주로 사용하는 질문 방식이다. 한편 이명
화는 차상통사의 직임을 맡고 있던 인물이다. 그의 필담이 남아 있는 자료는 『한
객인상필화』와 『동사여담』인데, 『동사여담』에서는 일본어로 말을 나눈 것이지 필
담을 한 것은 아니다. 『상한필어』에도 위조가 의심되는 대화가 있는데, 그 대화의
상대는 군관과 소동이다. 학사·서기들과의 필담을 통째로 위조한다는 것은 부담
이 되는 일이었지만 어쩌다 한두 번씩 마주치는 인물들의 이름을 빌려 가짜 필담
을 집어넣는 일은 시도해 볼 만한 일이었던 것이다.

독자들에게 어떠한 대화를 보여주고자 했는지를 알려준다는 점에서 흥미로운 사례이다.

일본의 의관에 대하여 쇼안이 강조하는 것은 일본의 의관문물이 주나라로부터 한·위·진·당으로 이어지는 중국 고대의 예법을 본뜬 것이라는 점이다. 고대 중국을 모범으로 하여 '우리 선왕'이 제작한 예가 지금까지 이어져 내려온다는 것이다. 본래 유교에서 '선왕'이라고 하면 고대 유교의 성인을 지칭하는 것인데, 여기서는 일본 고대의 천황을 가리키는 듯한 어감이 없지 않다. 이어지는 질문에서는 일본의 제도 중에 '성왕(聖王)'의 제도와 어긋나는 것이 있는지를 물었는데, '성왕'이라고 하면 고대의 성인 제왕이라는 의미가 분명해진다. 확실히 질문 자체에서 소라이학의 영향이 느껴진다. 쇼안은 삼대의 하·은·주의 예가 달랐듯이 일본 역시 동방의 예를 쓸 뿐이라고 하였다. 일본의 의관 복식에 대한 조선인들의 부정적 시선을 비판하고, 일본의 의관문물이 고대의 법식을 간직하고 있음을 역설한 것이다.

종래 일본의 전통 복식을 중화의 맥락에서 규정하고자 하는 시도는 아라이 하쿠세키가 그 기원이라고 할 수 있다. 하쿠세키는 천황과 공가(公家)에서 전례에 사용하는 의관뿐 아니라 무사의 복식까지도 주나라 제도와 연결 지어 파악하였다. 그는 1711년 조태억(趙泰億)과 필담하던 중 조선의 의관을 보니 겨우 명나라 때의 장복(章服)일 뿐 은나라의 제도를 볼 수는 없었다며 실망을 표하기도 했다. 이는 곧 조선이 의관문물을 갖추었다며 문명국으로 자부하고 있으나 실은 책봉관계에 의해 관복을 사여(賜與) 받은 것에 불과하다는 인식의 표출이다. 또, 조선이 청의 복제를 따르지 않을 수 있었던 것은 조선이 일본과 통교하고 있었기 때문이라고 하였다. 이와 달리 일본은 책봉관계와 무관한 진정한 '선왕의 법복(法服)'을 간직한 나라라는 의식이다.[138]

하쿠세키의 이러한 생각이 18세기 후반에 어떤 방식으로 계승되었는지에 대해서는 추가적인 검토가 필요하지만, 이러한 사고가 계미사행 시기 소라이학파 문인들의 필담에서 그대로 반복되고 있음은 분명히 확인된다.

위 대화에서 쇼안은 이전 시기의 하쿠세키처럼 정연한 논리와 근거139)를 갖추고 있지는 않으며, 일본의 복식이 조선보다 더 우월하다는 결론에는 이르지는 않았다. 그러나 일본 복식에 관한 조선인들의 편견, 즉 일본의 선비들이 의관을 갖추지 않으며 국가의 전장이 중국 고대의 법식에 어긋난다는 인식에 대해서는 충분히 해명하고 있다. 다만 첫 번째 답변에서 중국 고대의 문물을 간직하고 있는 조정의 의관을 말하였는데, 마지막 답변에 이르러서는 현재 일본의 제도와 전장을 말하고 있어 공가를 가리키는지 무가를 가리키는지 분명하지가 않다. 또한 일본의 선비가 견의를 입는 것과 조선의 무관이 전복을 입는 것이 같다고 한 것 역시 적절한 비교라고 하기 어렵다.

필담의 위조까지 시도해야 했던 쇼안의 경우에서 알 수 있듯이 일본인 스스로 자신들의 의관문물을 자랑할 기회를 얻기는 쉽지 않았다. 또한 눈앞에 보이는 무가의 법도는 국습이라는 말 외에 달리 합리화할 방법이 없었다. 이런 문제를 해결하면서 자존감도 잃지 않는 방

138) 이상 복식에 관한 하쿠세키의 견해에 대해서는 허은주(2012) 참조. 아메노모리 호슈 역시 정치적 맥락에서 조선의 관복 제도를 이해하고 있다. 조선은 원조가 중원을 지배했을 때는 원의 복제를 따랐고 명조가 일어난 후에는 명을 따랐는데, 청의 복제를 따르지 않은 것은 호인(胡人)은 기질상 예에 집착하지 않기 때문이라고 하였다. 같은 글, 130-132면.
139) 하쿠세키는 통신사를 만나기 전에 교토에 가서 천황의 의례를 참관하기도 했으며, 현전하지는 않으나 『관복고(冠服考)』를 저술한 바 있다. 또, 『무가관위장속고(武家官位裝束考)』를 저술하였다.

식의 말하기는『동사여담』에서 발견된다. 미야세 류몬은 계미통신사
와 교류할 동안 줄곧 한(漢) 헌제(獻帝)의 후예로 자처하면서 필담을
이어나갔다. 그는 무진사행 시기에도 통신사를 만나서 일본의 음악과
고대의 예악문물, 일본의 학술·문장에 관해 대화를 나누었으며, 그
기록이『홍려경개집(鴻臚傾蓋集)』으로 남아 있다. 그 책에서 류몬은 ‘劉
維翰’이 아닌 ‘宮維翰’이라는 이름을 쓰고 있으며, 일본인으로서 조선
인과 대화를 나누고 있다.

　그러나 계미사행 시기의 류몬은 유씨(劉氏) 성을 가진 중국의 유민
(遺民)으로 자신을 소개하였다. 이를 계기로 일본의 예악문물에 관해
말할 기회를 네 번이나 얻을 수 있었다.『송암필어』에 실린 쇼안과 오
대령, 이명화의 필담이 작위적인 느낌을 주는 것에 반해『동사여담』
속 대화들은 대체로 자연스럽고 개연성이 있다.[140]

[1] 류몬: 제가 비록 한나라 황실의 후예지만 지금 서인(庶人)이 되어서 속수
(束脩)로 입에 풀칠을 하니 자질구레하여 말하기에 부족합니다. 제 선
조가 만약 파천되지 않았다면 저는 중국 땅에서 자라나 혹 과거를 보
아 등제하여 장복을 입고 위엄스러워 마치 공들과 같게 되었을 테지
요. 그러나 지금 일본 땅에 태어나 청나라 사람들의 장복을 쓰지 않고
다행히도 머리를 풀어헤치고 왼쪽으로 옷깃을 여미는 풍속을 면했습
니다. 제가 비록 망국의 후손이지만 홀로 기뻐하는 바입니다.
　용연: 신주(神州)에 대해 눈물 흘림은 지사는 모두 그렇습니다. 폐방은
홀로 의관을 보전하였으니 용문(龍門)께서 한나라를 생각하며 눈물지
으심은 스스로 금할 길 없음이 당연합니다.[141]

---

[140] 물론 류몬이 필담 원문에 첨삭을 가했을 가능성은 있다. 이는 필담창화집 편집
과정에서 빈번하게 일어났을 것이며, 이본이 존재하지 않는 한 그것을 분별해내는
것은 불가능하다.

[2] 류몬: (…중략…) 하물며 이 땅에 태어나서 의복은 나라의 습속을 따랐습
니다. 비록 재주와 학문을 겸비하였으나 과거를 보아 등제할 길이 없
고 황망히 늙어 시골 학구의 무리에 끼게 되었습니다. 다만 정수리에
머리카락을 네모지게 남겨서 머리 뒤쪽 머리카락에만 겨우 비녀 하나
를 얹은 것이 부끄러울 뿐이니, 이래서야 어찌 청나라의 변발과 구별
이 있겠습니까? 당당한 선왕 예악의 나라는 우리 조상이 나신 곳인데
이와 같이 되었으니, 제가 또 무슨 말을 하겠습니까. 제가 일본에서
생장하여 오랑캐 풍속에 섞이지 않은 것은 몰래 기뻐하는 바입니다.
화산: 갖추어 보이신 뜻이 사람으로 하여금 가슴 아픈 생각에 젖게 하시
는군요.
류몬: 만국 가운데 떳떳하게 의관을 쓰는 자는 귀국과 유구뿐입니다.
화산: 폐방은 지금까지 비록 장복을 잃지는 않았으나 청나라에 신하 노
릇함을 면치 못하였으니, 이것이 열사들이 격분하여 원통해 하는 까
닭입니다. 화산이 웃으며 보이고는 쓴 것을 찢어버렸다.
류몬: 우리나라는 구석진 동해에서 우뚝 일어나 다른 나라에 번국으로
칭하지 않았습니다. 천조의 문물제도가 지금까지 땅에 떨어지지 않았
습니다. 해내에 정삭을 펼치니 인황의 복이 하늘과 더불어 무한하고,
삼공과 구경, 백관과 유사가 대대로 녹을 받고 직을 계속하였습니다.
자고로 무신으로서 용맹하여 순리를 거스르던 자들이 무릎을 꿇고 신
하로 칭하며 마치 신과 같이 보았으니, 이는 만국이 미칠 수 있는 바가
아닙니다. 송 태종이 탄식하며 '우리 승 조연(絢然)의 말이 마땅하지
않은가'라고 하였습니다. 제가 비록 중토의 남은 종자이나, 이는 깊이
경외하는 바입니다.[142]

---

141) 龍門曰: "余雖漢室之裔, 於今爲庶餬口束脩, 瑣尾不足言. 吾祖若不播遷, 則余生長
中土, 或科試取第, 章服嚴然, 若公等矣. 然今生于日域, 不用清人之章服, 幸免辮髮左
袵之俗也. 維翰雖亡國之餘, 獨所欣悅." 龍淵曰: "神州流涕, 志士同之. 弊邦獨全衣冠,
龍門思漢之淚, 當不自禁."(『동사여담』 권상, 3월 7일)
142) 龍門曰: "(…) 況生長斯土, 衣裳隨邦俗矣. 雖才學兼備, 試第無路, 棲棲老村學究之列

[3] 류몬: 제 조상이 파천되지 않았다면 저는 청나라 사람들의 머리를 풀어
헤치고 왼쪽으로 옷깃을 여미는 습속을 면치 못하였겠지요. 지금 공
들의 장복을 보니 사조제(謝肇淛)의 말(역주: 조선은 예의의 나라라고
했음)을 깊이 느낌이 있습니다. 우리 천조(天朝)로 말할 것 같으면 예
악과 헌장(憲章)이 옛 제도를 잃지 않았고 공경대부들은 관과 의상이
위엄스러우니 어찌 청나라 사람이 미칠 수 있는 것이겠습니까?

묵재(默齋): 그렇습니다. 조선은 기자의 유풍이 있고 기타 모두 주부자
의 예문(禮文)을 따릅니다.[143]

[4] 또 말함: 제 세계(世系)가 황실에 닿아 있으니 그대와 같은 원류임을 알
겠습니다. 제 선조가 중국을 떠나 동쪽으로 온 지 여러 해가 지났습니
다. 제가 이 땅에서 생장하여 의복과 습속은 나라의 것을 따르지 않을
수 없었습니다. 지금 공들의 관과 의상을 보니 한나라를 그리워하는
마음이 이에 더 깊어집니다. 그러나 중국 땅에서 생장했다면 청나라
사람들의 오랑캐 풍속을 면치 못했을 테니 피차의 시비는 말하고 싶지
않군요. 중국 땅의 일은 실로 개탄스럽습니다. 귀국의 문물은 경탄할
만합니다.

수헌(水軒): 지금 대천지하에 예악문물은 폐방에만 보존되어 있지만, 나
라마다 제도를 달리 하니 무슨 부족함이 있겠습니까. 습속을 따를 뿐

也. 只慚頂髮開塘, 項髮纔堪一簪, 豈與淸人辮髮有辨乎. 堂堂先王禮樂之邦, 吾祖所
出, 然如此矣, 吾亦何言. 吾幸生長日東, 不混胡俗, 此竊所喜也." 華山曰: "具悉示意,
令人有愴恨之思." 龍門曰: "萬國之中常用衣冠者, 貴邦與琉球耳." 華山曰: "弊邦至今
雖不失章服, 未免臣淸, 是烈士激烈, 所以慷慨."【華山笑示之, 而分裂所書.】龍門曰:
"吾邦僻於東海中崛起, 不稱藩於異國. 天朝文物制度, 至今不墜地. 正朔布海內, 人皇
之祚與天無限, 三公九卿百官有司, 世祿續職, 自古武臣驍勇犯順者, 屈膝稱臣, 視之
若神, 是非萬國所及也. 宋太宗嗟嘆吾僧錮然之言則不宜乎. 僕雖中土遺種, 是深所畏
敬矣."(같은 책, 3월 7일)

143) 龍門曰: "僕祖不播遷, 則僕不免淸人被髮左衽也. 今見公等章服, 深有感謝肇淛之言.
若吾天朝, 禮樂憲章不失古制, 公卿大夫冠裳嚴然, 豈淸人所及耶?" 默齋曰: "然矣, 朝
鮮有箕子之遺風. 其他一從朱夫子禮文."(『동사여담』 권하, 3월 10일)

입니다. 다만 공께서는 황실의 후예이신데 이곳 일본 땅에 영락하여 길이 이국의 사람이 되어 버렸으니 전대를 회고하면 반드시 한스러움이 있겠습니다. (…중략…)

류몬: 우리나라의 선왕이 수·당에 사신을 보내고 또 준수한 자를 **뽑아** 그 땅에서 배우게 하였고 그들을 일러 유학생(留學生)이라고 하였습니다. 예악제도는 하나같이 그 제도를 따랐으며 의관문물이 환하게 성대하였습니다. 문무 관료에게 책문을 바치고 과거를 보는 법이 있었으며, 사람에게 재주가 있으면 각자 벼슬에 나아갈 수 있었습니다. 자색 인끈을 드리우고 금인(金印)를 두른 이들을 땅의 티끌을 줍듯이 쉽게 볼 수 있었습니다. 그러므로 천조의 전례를 지금도 고치지 않은 것입니다. (…중략…) 인물과 의상은 고제를 준수하지 않고 진실로 간편함을 따라서 실로 조(趙) 무령왕(武靈王)이 호복을 입은 것과 같이 된 것이 이백 년이니 이것이 지사가 한탄하는 바입니다. 제가 비록 이역의 남은 종자이나, 다행히 조정 사대부의 의관과 의상이 엄연함을 보게 되니 중국 땅의 오랑캐 풍속보다 나음이 월등합니다. 이것이 제가 기**뻐**하는 바입니다.[144]

위 네 건의 인용문은 모두 같은 주제의 필담인데, 대화의 상대자는 각각 다르다. 류몬은 먼저 학사·서기들과의 필담 자리에서 자신의 선

---

144) 又曰: "僕系帝室, 知公同源. 僕祖去中國而東, 經歷幾年. 僕生長斯地, 衣服習俗, 不得不隨於邦也. 今觀公等冠裳, 則懷漢之感寔深矣. 然生長中土, 則不免淸人之胡俗, 彼此一是非, 僕不欲言也. 中土實可慨嘆矣. 貴國文物, 可敬可敬." 水軒曰: "卽令大天之下, 禮樂文物獨存弊邦, 而國各異制, 何歉之有. 從俗而已. 但公以帝室之裔, 落此日域, 長爲異國之人, 追思前代, 必多歉恨." (…) 龍門曰: "吾邦先王遣使隋唐, 又擇俊秀學于其土, 謂之留學生. 禮樂制度一遵其制, 衣冠文物煥乎盛矣. 文武官僚, 有獻策科擧之法, 人之有器也, 各得以進矣. 拖紫帶金, 若俛拾地芥也. 故天朝典禮於今不改. (…) 人物裳衣不遵古制, 苟從簡便, 實如趙武靈之用胡服者, 二百年矣, 是志士所嘆恨矣. 僕雖殊域遺種, 幸觀朝之士大夫冠裳嚴然, 勝中土之胡俗者萬萬矣. 是僕所欣悅也." (같은 책, 3월 10일)

조가 영락하지 않았다면 자신도 중국에 태어나 과거에 등제하고 장복을 입었을 것이라고 말한다. 그러나 이것 역시 과거의 일로, 지금은 청나라가 중원을 차지하였기에 오히려 오랑캐의 복식을 쓰지 않아도 되는 것이 다행이라고 하였다. 이에 대해 성대중과 원중거의 반응은 중원이 오랑캐의 손에 들어간 것에 대해 안타까움을 표한 것에 불과했다. 게다가 성대중은 조선이 홀로 의관을 보전하고 있다는 말까지 덧붙였다. 남옥은 별다른 반응이 없는데, 『일관기』에서 "유유한은 호가 용문이다. 스스로 말하기를 한나라 헌제의 후예로서 오랑캐 가운데에 유락해 있는 것이라고 하는데 어찌 그것을 믿을 수 있겠는가."145)라고 한 것으로 보아 류몬이 중국인이라고 한 말을 그다지 신용하지 않았음을 알 수 있다. 원중거와 성대중 역시 그가 중국인이라는 말에 별다른 반응을 보이지 않고 있다.

그러나 조동관은 한 황실의 후예라는 류몬의 말을 존중하였으며 그가 '천조의 문물제도'에 대해 말할 수 있는 기회까지 제공하고 있다. 류몬의 논리에 따르면 그는 유자의 복식을 하고 있지는 않으나 본질적으로 (즉 혈통상으로) 중화인이므로 애초에 이(夷)에 속하는 조선이나 일본인들과 같은 차원에서 논할 수 없게 된다. 그리고 일본인이 아닌 중국인의 입장에서 조선과 유구가 의관을 간직하고 있음을 칭찬할 수 있게 되는 것이다. 이에 조동관이 조선이 '臣淸'을 면하지 못하고 있음에 대해 강개함을 표출하면서 자연스럽게 일본의 자립에 대하여 논할 수 있게 되었다. 류몬은 일본 문명의 유구함은 만국이 미칠 수 있는 바가 아니며, 이는 '제가 비록 중토의 남은 종자이나' 깊이 경외하는 바라고 하여 자기 주장의 객관성까지 확보하고 있다.

---

145) 『일관기』, 440면.

세 번째 대화는 그 양상이 또 다르다. 홍선보(호 默齋)는 류몬을 정말로 중국인으로 대우해주며 언젠가는 영광을 회복하게 될 것이라고 위로까지 해주었다. 이에 류몬은 이전에 조동관에게 했던 이야기를 간추려서 말하는데 이에 대한 홍선보의 반응이 재미있다. 그는 '吾天朝'가 일본의 조정을 가리킨다는 사실을 알아차리지 못하고 이것을 조선의 예법을 칭찬한 것으로 오인한다. 일본인이 조선을 천조라고 지칭할 리가 없는데도 불구하고 이러한 오해를 한 것은 일본인들이 자신들의 예악헌장이나 공경대부의 의관에 대해 논한다는 것을 상상조차 할수 없었기 때문이다. 류몬은 이에 대해 더 이상의 대화가 필요 없다고여겼는지 기자와 단군의 후예를 물으며 화제를 전환한다.

네 번째 대화는 압물통사 유도홍(劉道弘, 호 水軒)과의 필담이다. 두사람이 동성(同姓)이라고 하여 조동관이 만남을 주선한 것이다. 각자의 집안에 대해 말한 후, 류몬은 곧 의관에 대한 이야기를 꺼낸다. 앞에서 했던 말과 대략 비슷한데, 유도홍은 나라마다 제도가 다르니 그것을 따름은 문제될 것이 없다고 말한다.[146] 몇 마디 말이 오간 후다시 류몬은 일본의 예악문물에 대한 장광설을 편다. 고대 일본이수·당에 사신과 유학생을 보내어 당시의 예악제도를 따랐고 문(文)으로써 인재를 선발하여 의관을 갖춘 고관들이 넘쳐났으며, 조정에서는아직도 고대의 의관을 간직하고 있다는 것이다. 그러나 유도홍이 공무로 자리를 뜨게 되어 더 이상의 대화는 이어지지 못했다.[147]

---

146) 성대중 역시 장복의 모습은 각각 풍토를 따른다고 말하였다.(『양동투어』) 이언진 또한 일본의 도량형에 대해 같은 취지의 말을 한 적이 있다.(『양호여화』) 일본의 문물제도 가운데 조선인들이 문제가 있다고 지적한 것은 주로 상무(尙武)의 풍속이나 신불(神佛)의 숭상과 관련된 것들일 뿐, 일본의 독자적인 제도가 그 자체로 열등하다고 여기지는 않았다. 물론 조선인들이 가진 의관문물에 대한 자부심이 일본에 대한 우월감의 표출로 받아들여질 소지는 충분히 있었다고 생각된다.

『동사여담』에 실린 위 네 건의 대화는 같은 주제에 대하여 서로 다른 조선 문사들이 어떻게 반응했는지를 보여주고 있어서 흥미롭다. 류몬이 계속해서 같은 이야기를 전달하고자 했던 사실도 주목할 만하다. 그는 무진통신사에게도 같은 취지의 이야기를 하였는데 그들의 동의나 찬탄을 전혀 이끌어내지 못했다. 오히려 고려악에 대한 비판과 일본의 학술·문장에 대한 폄하의 반응만 불러왔을 뿐이다. 이 때문에 류몬은 계미통신사를 만나서는 중국인을 자처하기로 마음먹은 것이다. 중화의 몰락에 대하여 조선인들과 공감대를 형성하고 그 바탕에서 존경을 이끌어내려는 전략을 구사한 것이라고 할 수 있다. 그러나 학사·서기들은 그를 중국의 유민으로 대하거나 일본의 고대문물에 관해 찬탄하지 않았다. 단지 명의 멸망에 대한 안타까움에 공감했을 뿐이다.

한편 과거에 등제하지 못해 불만에 차 있던 포의의 선비 조동관은 류몬을 자신과 마찬가지로 영락한 귀인(貴人)으로 여겼는지 어느 정도의 존경과 인정을 보여 주었다. 홍선보의 경우에는 류몬의 발언을 잘 이해하지 못하였다. 예악문물을 간직한 천황의 조정이라는 관념 자체를 떠올릴 수 없었던 것이다. 마지막으로 유도홍의 경우 류몬이 중국의 유민이라는 점에 관해서는 깊은 동정을 표하였으나 의관문물이라는 주제에 관해서는 별다른 관심을 보이지 않았다. 오히려 유도홍은 국속을 따름이 무슨 문제될 것이 있느냐고 말하였다. 따라서 류몬의

---

147) 류몬이 일본의 의관에 대해 유도홍에게 말한 부분은 이후에 삽입된 것일 가능성이 크다. 위의 말은 두 사람의 대화 마지막에 붙어 있고 이에 대한 유도홍의 답변은 없다. 그리고 이어지는 부분에서 유도홍이 다른 조선 사람과 다투는 듯하더니 공무가 있어서 자리를 뜨겠다고 말하는 내용이 나온다. 즉, 위 대화의 뒷부분이 나중에 첨가된 부분이 아니라 하더라도 유도홍이 그것을 읽지 못했을 확률이 높다고 할 수 있다.

위 말은 유도홍을 향한 것이라기보다는 일본 예악문물의 우수함을 해
외에 전달하고 있는 모습을 국내 독자에게 보이기 위한 것이라고 할
수 있다.

두 번째로 일본인들이 자랑한 중화의 고대문물은 조정의 아악(雅樂)
이었다. 앞서 제시했듯이『승사록』에는 일본 문사들이 조선의 음악에
깊이 찬탄했던 일화가 실려 있다. 그러나 실제 필담을 살펴보면 일본
문사들이 자국 음악에 대한 자부심을 표출하고 있는 경우가 더 많다.
물론 속악이 아니라 교토 등 간사이(關西) 지방을 중심으로 전승되었
던 아악, 즉 무악(舞樂, 무가쿠)에 대한 자부심이다.

> 아룀(추월): 승려 인정(因靜)을 아십니까?
>
> 대답(도난(圖南)): 오래 알고 지냈습니다. 인정은 피리를 잘 불고 저는
> 거문고를 잘 하므로 날로 친해졌지요.
>
> 아룀(추월): 그대가 인정과 함께 와서 피리 불고 거문고 타며 제 객수를
> 풀어주십시오.
>
> 대답(도난): 비록 선생께 들려드리고 싶으나 제가 업으로 삼은 바가 아니
> 기에 사양하겠습니다. 우리나라에 전해오는 음악은 모두 수·당 이전
> 의 여러 곡으로 그 악보를 잃지 않았습니다. 〈소우(韶虞)〉, 〈상무(象
> 武)〉, 〈왕소군임하(王昭君臨河)〉 등 여러 곡들이 엄연히 갖추어져 있
> 습니다. 또 전하는 것으로 고려의 악보가 있는데, 그 소리가 매우 사
> 랑스러워 귀방의 기취(騎吹)의 음과는 크게 다릅니다. 생각건대 옛 선
> 성(先聖)의 음악인데 다행히 우리나라에서 잃어버리지 않을 것일 뿐
> 이니, 그대는 부럽지 않으신가요?
>
> 추월: 듣지 못한다니 안타깝고 울적하군요.[148]

---

148) 稟(秋月): "僧因靜知之乎?" 復(圖南): "舊相識. 因靜善笛, 僕能瑟, 故日親." 稟(秋
月): "君與因靜一來, 吹笛吹瑟以解我客愁." 復(圖南): "雖欲令先生聞之, 非僕所業故

류문: 폐방의 성악(聲樂)에는 2부(部)가 있고, 또 신악(神樂)과 풍요(風
    謠)가 있습니다. 하나는 수·당의 유음(遺音)으로, 우리 선왕께서 수·
    당에 사신을 보냈을 때 전래된 것이니 실로 삼대(三代)의 유제이지요.
    하나는 고려가 남긴 악보인데, 곧 귀방의 음악입니다. 제가 자못 성악
    을 좋아하여 고려부에서 쓰는 피리를 가지고 와서 즐길 거리로 삼았는
    데, 귀국 행중의 피리와는 같지 않습니다.
용연: 누구의 물건입니까?
류문: 영관에게서 빌려 왔습니다.
용연: 우리나라의 피리와는 같지 않군요. 그대께서 능히 불 수 있습니까?
류문: 제가 연주하는 것은 수당부의 피리입니다. 이것보다 더 큽니다.
    고려가 남긴 악보는 손을 빨리 놀리고 정교한데, 아직 배우지 않았습
    니다.149)

(일본) 제가 영인(伶人)에게 물어보니 "이 나라의 음악에는 주(周)의 것
    도 있고 한(漢)의 것도 있습니다. 〈오성악(五聖樂)〉【'聖'은 '常'으로도 쓴
    다.]이라는 것은 〈소악(韶樂)〉입니다. 또, 〈추풍악(秋風樂)〉은 〈추풍
    사(鄒風辭)〉입니다. 그 외는 대부분 수·당의 아악이 전해진 것이지
    요. 또 국악(國樂)이 있습니다."라고 했습니다. 귀방에서는 고악을 전
    습(傳習)합니까, 아니면 국악이 있습니까?
(추월) 귀방의 음악은 들어보지 못했지만, 분명 중국의 가사는 없겠지요.
    폐방은 모두 고악을 본받았으며, 또한 속악이 있습니다.150)

辭. 我國所傳之樂, 皆隋唐以前諸曲, 不失其譜. 如《韶虞》、《象武》及《王昭君臨河》諸
曲, 儼然備焉. 又所傳有高麗譜, 其聲甚堪愛, 大異貴邦騎吹之音. 想古先聖之樂, 幸而
不喪我國耳, 顧君夫不健羨乎?" 復(秋月): "不聞, 恨恨悶悶." (『상한필어』, 3월 3일)
149) 龍門曰: "弊邦聲樂有二部, 又有神樂風謠. 一爲隋唐遺音, 是吾先王遣使隋唐而所傳
    來, 實爲三代之遺也. 一爲高麗之遺譜, 卽是貴邦之樂. 余頗有聲樂之好也. 高麗部所
    用之笛, 携來供玩, 與貴國行中之笛不相似." 龍淵曰: "誰人物也?" 龍門曰: "從伶官借
    來." 龍淵曰: "與我邦笛不相似. 君能弄之耶?" 龍門曰: "我所弄者, 隋唐部之笛, 比之
    大也. 高麗遺譜, 繁手精巧, 未傳之." (『동사여담』 권상, 3월 7일)

위 인용문들에서 야마다 세이친(山田正珍, 호 圖南)과 미야세 류몬은 일본의 아악을 구성하는 두 종류의 음악에 대해 언급하고 있다. 하나는 당악(唐樂), 곧 중국에서 전래된 음악이고 또 하나는 고려악, 즉 한반도에 유래를 둔 음악이다. 특히 중국 기원의 아악이 수·당대 이전의 음악을 보존하고 있다는 데에 특별한 자부심을 보이고 있다. 세 번째 인용문에서도 일본이 수·당 이전의 고악을 간직하고 있음을 강조하고 있다. 공가(公家)의 의관·복식과 더불어 조정을 중심으로 계승된 고대의 아악은 일본이 이상적인 예악문물의 담지자임을 증명할 수 있는 훌륭한 보기로 여겨졌다. 무치(武治)와 간소함을 기반으로 한 막부의 통치는 사실상 유교적 예악론에 비추어 볼 때에 왜소하기 그지없었다. 그러므로 막부의 치화(治化)를 강조하는 한편으로 조정의 문덕(文德)이 막부의 위력과 나란히 빛나고 있음을 보이려고 한 것이다.

조선의 문사들이 일본에서 보고들은 음악은 사루가쿠(猿樂) 등의 산악(散樂)으로, 이들의 눈으로 보면 도통 법도가 없는 것이었다. 즉, 조선인들이 일본의 음악에 관심을 가질 만한 계기는 거의 없었던 것이다. 위 예문 중 세 번째 대화에서 구 사다카네는 일본에 남아 있는 고악에 대해 언급하였는데, 이에 대해 남옥은 그 음악을 들어보지는 못하였으나 중국의 가사가 남아 있지는 않을 것이라고 말하고 있다. 즉, 일본인들의 주장을 믿을 만하지 못한 것으로 여긴 것이다. 두 번째 예문에서도 일본에 수·당대의 음악이 남아 있다는 류몬의 말에 성대중은 별다른 반응을 보이지 않고 있다. 사실 피리에 관한 부분만 실제로

---

150) "僕問之伶人曰'本邦之樂, 有周有漢, 其名曰《五聖樂》者【聖或作常】, 《韶樂》也. 又 《秋風樂》, 卽《穐風辭》也. 其他大率傳隋唐雅樂, 亦有國樂'云. 貴邦傳習古樂乎, 抑有 國樂歟." "貴邦之樂未之聞, 必無中國之辭. 弊邦則皆倣古樂, 亦有俗樂." (『조선인래 조어진촌어장필어』)

이루어진 대화이고 일본의 고악을 말한 부분은 나중에 삽입된 구절일 수도 있다. 첫 번째 예문 역시 마찬가지이다. 도난의 말에서 고악 부분을 삭제하고 보면 대화의 흐름이 더 자연스럽다.

요컨대 일본의 음악이라는 것은 조선인들이 전혀 관심을 보이지 않았던 주제였기 때문에 대화중에 그에 관해 언급할 기회를 잡기가 쉽지 않았던 것이다. 간혹 그 이야기를 꺼내더라도 조선인들은 특별한 관심을 보이지 않았다. 실제로 본 적이 없었기 때문이다. 통신사가 일본의 아악, 곧 무악을 구경한 것은 1711년 신묘사행 때의 일로, 아라이 하쿠세키가 실각한 이후로 다시 연회에 아악이 사용된 적은 없었다. 도쿠가와 막부는 수립 초기부터 에도에서 무악 행사를 열었는데, 이는 곧 조정의 권위를 빌어 쇼군 권력을 과시하고자 한 것이었다. 이러한 바탕이 있었기에 하쿠세키가 통신사 접대를 위한 연향에서 일본의 무악을 공연한다는 발상을 실행에 옮길 수 있었던 것이다. 그러나 요시무네(吉宗) 정권에 들어와서는 조정의 권위에 기대어 쇼군 권력을 강화하는 대신 이에야스의 신조(神祖), 즉 도쇼다이곤겐(東照大權現)의 권위를 드러내는 쪽으로 방향을 선회하였다. 이에 따라 교토의 악인(樂人)을 초빙해야 하는 무악에 대한 의존이 점차 줄어들게 되었으며, 통신사 접대에 있어서도 마찬가지였던 것이다.[151]

수·당대의 음악과 함께 일본인들이 자랑스럽게 여긴 아악의 한 종류로 고려악(高麗樂, 고마가쿠)이 있었다. 고려악은 삼국과 고려, 발해 등 한반도에서 고대 일본으로 전해진 음악을 모체로 하여 발달한 궁중악의 한 종류이다. 비록 중국에서 기원한 것은 아니지만 그것이 오래

---

151) 이상 무악과 도쿠가와 막부의 관계에 대해서는 김효진(2014), 「신묘사행의 饗宴과 舞樂-아라이 하쿠세키와 요시무네를 중심으로-」, 『열상고전연구』 41집, 열상고전연구회 참조.

된 만큼 고대 중국의 예악을 보존하고 있다고 여긴 것이다. 그러나 한
반도에서 일어난 음악임에도 불구하고 조선 문사들은 별다른 관심을
보이지 않았다. 류몬의 필담을 보면 그는 고려부의 악기를 보여주며
조선의 지금 악기와 비교하고, 또 삼국의 자손들이 일본에서 악관을
맡는 일이 많음을 이야기하기도 했는데 이에 대해 남옥은 시큰둥한
반응을 보이고 있다. 성대중의 경우도 마찬가지로, 고려악의 명칭을
열거하며 그 뜻을 문의하는 오쿠다 모토쓰구에게 "고려악이 언제 이
곳에 전래되었을까요? 설령 이러한 것들이 있다 하더라도 한때의 속
음(俗音)에 불과합니다."라고 하며 그와 같은 허무맹랑한 곡명에 대해
서는 들어본 적이 없다고 답했다.[152]

　일본인들이 말하는 고려악이란 고려조의 음악이 아니라 한반도 고
대 왕조의 음악이었으나 조선인들에게 그 명칭은 '전조(前朝)의 비리
(鄙俚)한 속음(俗音)'을 상기시킬 뿐이었다. 즉 조선 초에 예악을 정비
하면서 음란한 음악으로서 산삭의 대상이 된 고려의 속요를 떠올리게
하는 명칭이었던 것이다. 고려악을 둘러싼 양국 문인의 이와 같은 대
립은 앞선 무진통신사 필담에서 시작된 것이다.

　　아룀: 귀국의 상세(上世) 고구려 때에 그 음악이 일본에 전해져서 지금까
　　　　지 남아 있습니다. 비록 그러하나 남아 있는 것은 그 소리와 춤일 뿐이
　　　　며, 그것을 일으킨 연유와 곡명의 뜻은 모두 잃어버렸지요. 귀국에는
　　　　지금 그 뜻이 보존되어 있습니까? 따로 곡명을 써서 붙였다.
　　답함: 고려의 여러 악곡명은 모두 선왕의 정음이 아닙니다. 우리 조정에
　　　　서는 남김없이 산정(刪定)하여 하나같이 아곡(雅曲)을 따릅니다. 전대

---

152) "不知高麗樂何時來此耶? 果使有此, 不過一時俗音. 且未聞有此孟浪之樂目, 不敢應
　　耳."(龍淵)(『양호여화』권하, 4월)

의 비리한 곡조는 지금 남아 있는 것이 없습니다. 그러므로 저는 그 뜻을 모두 알지 못합니다. 모두 괴상한 바를 갖추고 있는 것 같군요.

아룀: 정덕(正德: 1711~1715) 때 빙사가 왔을 때에 동도에서 베푼 연악 중에 고려악 몇 곡을 연주하였습니다. 이동곽(李東郭: 이현)이 여러 번 탄상하며 말하기를, "넘실넘실한 대아(大雅)의 소리로다!"라고 하였습니다. 공께서 비리한 음조라고 하신 것은 그것을 듣지 못하였기 때문입니다. 만약 공께 들려드린다면 또한 동곽과 같이 감탄하실 겁니다.

답함: 동곽의 감탄은 절주 사이의 한두 음조를 가지고 논한 것에 불과할 것입니다. 제 말은 그 전체를 아울러 말한 것입니다. 일사일죽(一絲一竹)의 아름다움으로 끝내 대경대법(大經大法)을 가릴 수는 없습니다.153)

○품(稟) 세쓰로(雪樓)

귀국의 악(樂)은 강헌왕(康獻王)이 정한 것입니까? 혹은 명악(明樂)입니까? 정덕(正德)년 빙사가 우리나라에서 전하는 악을 관람했는데, 공께서도 그것을 들으셨겠지요?

○복(復) 제암(濟庵)

우리나라 악제(樂制)는 우리 세종대왕이 박연에게 명하여 처음 만든 것입니다. 〈황풍악(皇風樂)〉, 〈여민락(與民樂)〉을 최고로 칭합니다. 신묘년 사행 때 귀국에서 전하는 악은 모두 고려 때의 미미(靡靡)한 조(調)라고 했습니다.

---

153) ○稟: "貴國上世高句麗之時, 傳其樂於日本, 今而存之. 雖然其所存者, 其聲與舞耳, 所以其興與其曲名之義, 俱失之. 貴國今存其義否?" 別書曲名附上. ○答: "高麗諸樂名, 俱非先王之正音. 我朝盡爲刪定, 一遵雅曲, 前代之俚調, 今無存者, 故僕皆未詳其義. 似皆所怪之具耳." ○稟: "正德中修聘之時, 於東都賜燕樂中, 奏高麗樂數曲. 李東郭屢賞嘆曰: '洋洋乎大雅之音哉!' 而公謂之俚調, 則未得聞之也. 若使公聞之, 亦有東郭之歎耳." ○答: "東郭之歎, 不過以節奏間一二音調論之也. 僕之言, 蓋其體. 一絲一竹之善, 終能掩大經大法也." (『연향오년한인창화집(延享五年韓人唱和集)』)

○품(稟) 세쓰로

우리나라에서 전하는 것에는 〈오상악(五常樂)〉이 있는데, 대개 순(舜)
의 소악(韶樂)입니다. 그 밖에도 수많은 고악이 있는데 모두 3백여 조
(調)입니다. 어찌 다만 고려의 속악뿐이겠습니까?

제암은 웃고서 대답하지 않았다.154)

첫 번째 인용문은 시노 료(篠亮, 호 笠江)라는 인물과 당시의 제술관
박경행(朴敬行)의 대화이다. 두 번째 인용문의 야마미야 세쓰로(山宮雪
樓)는 무로 규소(室鳩巢) 및 오구라 쇼사이(小倉尙齋)에게서 배운 주자학
계열의 문인이다. 두 사람 모두 신묘사행 때의 연향에 관한 일을 거론
하고 있다. 먼저 류코(笠江)는 일본에 고구려 때의 음악이 남아 있다고
하며 그 곡명의 의미에 대해 박경행에게 물었다. 박경행이 고려악을
전조의 속음으로 치부하자, 류코는 신묘사행 때 이현의 말을 근거로
고려악을 옹호하였다. 그러나 박경행은 이현의 말을 부정하면서까지
고려악의 가치를 폄하하고 있다. 두 번째 인용문에서 세쓰로는 조선
의 음악이 태조 때에 새로 제정한 것인지, 아니면 명의 음악을 들여온
것인지 물었다. 그러면서 신묘사행 때의 연악에 대한 일을 언급한다.
이에 이봉환(호 濟庵)은 조선의 악제는 세종이 박연에게 명하여 만들었
다고 하며 그 악곡의 명칭을 소개한다. 또, 신묘사행 때의 음악은 모
두 고려 때의 유약하고 쇠락한 곡조라고 들었다고 답한다.155) 박경행

---

154) 기태완 역주(2014), 『和韓筆談 薰風編』, 보고사, 47면. 번역 일부 수정함. 稟(雪
樓): "貴國樂, 康獻王之所定乎? 或明樂耶? 正德聘使觀我國所傳之樂, 公定聞之." 復
(濟庵): "鄙邦樂制, 我世宗大王令朴堧胎成者也.《皇風樂》、《與民樂》最稱云. 辛卯使
行時貴國所傳之樂, 皆高麗時靡靡之調云爾." 稟(雪樓): "吾邦所傳有《五常樂》, 蓋純之
韶樂也云. 其他鬱有古樂, 凡三百餘調. 豈唯高麗之俗樂而已哉?" 濟庵笑而不答.

155) 조선 측 자료 가운데 고려악에 대해 언급한 것으로는 임수간(任守幹)의 『동사일
기(東槎日記)』와 이익(李瀷)의 『성호사설(星湖僿說)』이 있다. 그러나 고려악이 고

과 이봉환이 고려악에 대하여 이처럼 혹독하게 비판한 것은 혹여나
일본인들이 조선의 음악을 고려악이라는 것과 조금이라도 비슷한 것
으로 여길까봐 염려해서였을 것이다. 이들은 고려악에 대해 이전에
들은 바가 없었으나, 그것에 대해 논하는 것만으로도 중화의 예악문
물을 간직하고 있는 유교국 조선의 이미지에 손상이 갈 것으로 생각한
듯하다.

한편 위 두 인용문을 통해 무진사행 시기까지도 신묘사행의 연악과
관련한 화제가 필담 중에 등장하고 있음을 알 수 있다. 신묘사행 당시
하쿠세키가 음악을 관람하며 삼사와 나눈 필담은 『좌간필어(坐間筆語)』
에 실려 있는데 이 책이 출판된 것은 사행이 끝나고 80년이 지나서였
다. 그러므로 신묘사행의 연악에 관해서는 오히려 당시 널리 읽힌 『계
림창화집』에 실린 다음 대화가 손쉽게 인용될 수 있었다.

물음(간하쿠): 사행 여러분들이 우리 동도(東都)에 왔을 때에 성영(城營)
　　에서 고악을 베풀었다고 들었습니다. 그대 역시 참여하여 보셨겠지
　　요. 제가 근래 그 악곡을 전승하였는데 그 절반이 고려조더군요. 귀국
　　의 성악(聲樂)에 이러한 남은 음악이 있습니까? 전일에 도로에서 우리
　　경윤(京尹)이 국명을 받들어 이 관소를 지나시던 때에 연주한 것은 모
　　두 고취(鼓吹) 잡조(雜調)로서 묘당의 성대한 연회와 같은 경우에는

───────────

려의 속요라거나 전조의 비리한 음조라는 말은 나오지 않는다. 『동사일기』에서는
"푸른 옷 입은 4인이 꽃과 초미를 꽂고 절에 맞춰 춤추되 여유 있는 태도에 음조
(音調)가 화평하니 또한 고려악이라 하며 (…)"라는 식으로 고려악에 대해 긍정적
으로 묘사하였다. (『동사일기』 건(乾), 한국고전종합DB) 한편 『성호사설』에는 "옛
적에는 사람을 일본으로 보내어 글을 가르쳐 주고 악(樂)을 가르쳐 주었는데, 악
은 고려악이라 일컬어 지금까지도 천황궁에서 쓰고 있는데 음률이 많이 변했다."
고 나와 있다. 왜승(倭僧) 현방(玄方)의 말을 기록한 것이다. (이익, 『성호사설』
권9, 「인사문(人事門)」, 한국고전종합DB)

별도로 또 한 부의 무곡이 있습니다. 지난날 동도에서 보았던 것과 같
은 것이겠지요.

> 답(동곽): 전일 광정(廣庭)에서 들은 음악은 사람으로 하여금 맛을 잊게
> 하더군요. 과연 고려의 고악이 유입된 것이었는데, 중국의 음악 또한
> 열 가운데 여덟아홉은 되었습니다. 우리나라는 고악과 속악의 구별이
> 있는데, 고악은 모두 중국에서 전래된 것이고 오로지 고려에서 나온
> 것은 아닙니다.[156]

당시 제술관 이현이 아악을 관람한 후, 마쓰자키 란코쿠(松崎蘭谷,
甘白은 별호)와 나눈 대화이다. 앞의 인용문에서 류코는 이현이 "洋洋乎
大雅之音哉!"라고 감탄했다고 전하고 있어, 이 기록에서 사용한 표현
과는 차이가 있다. 한편 계미사행 필담 중에서 『계림창화집』의 위 대
화를 활용하여 음악을 논한 사례도 있다. 다음은 『홍려관시문고』의
가와다 시테쓰(川田資哲)가 홍선보와 나눈 대화이다.

> 시테쓰: (…중략…) 정덕 중 官○ 사신으로 왔을 때에 성영(城營)에서 고
> 악을 펼쳤습니다. 그 음악의 절반은 고려조(高麗調)였습니다. 이중숙
> (李重叔, 重叔은 이현의 字)이 듣고는 '사람으로 하여금 맛을 잊게 하
> 였다'고 탄식하셨지요. 공들께 들려드리지 못하는 것이 안타깝습니
> 다. 전일 도로에서 세 사신이 출입하실 때 연주한 것은 모두 고취 잡조
> 로서 들을 만한 것이 없었는데, 저 묘당의 성대한 연회 같은 때에는
> 별도로 아악을 연주합니까?

---

156) 問(甘白): "聞諸使君到我東都之日, 城營張古樂, 憶賢亦與觀焉. 僕頃傳承其樂曲, 半
是高麗調也. 貴邦聲樂, 有此等遺韻耶. 前日道路及我京尹奉國命過此舘之日所奏者,
皆是鼓吹雜調, 而如廟堂盛宴, 則又有一部舞曲, 如前日東都所觀者乎." 復(東郭):
"前日廣庭之樂, 令人忘味, 果是高麗古樂之流入者, 而中國之樂亦十居八九矣. 我國有
古樂俗樂之別, 而古樂皆自中國傳來者也, 非專出於高麗也."(『계림창화집』 권5)

묵재: 우리나라에는 고악과 아악의 구별이 있는데, 고악은 중화에서 들
　　어온 것입니다.

시테쓰: 이른바 고악이라는 것은 수·당대의 곡조입니까?

묵재: 송·명의 음악이 열에 여덟아홉은 됩니다.

시테쓰: 송대에 이르러서는 고악이 전해지지 않게 되었음은 앞선 이들이
　　이미 말하였습니다. 우리나라에 전해진 것은 모두 수·당의 아음(雅
　　音)이니 〈계덕(鷄德)〉, 〈오상(五常)〉은 실로 소악(韶樂: 순 임금의 음
　　악)의 유음(遺音)입니다. 고려조라고 칭하는 것 또한 고려의 고악이
　　전입된 것이지 후세의 잡조(雜調)가 아님은 분명합니다.[157]

　이 대화에서 가와다는 신묘사행 때 연악을 펼친 일을 거론하였는
데, 그 내용은 『계림창화집』에서 가져온 것이 분명하다. 신묘년 당시
마쓰자키 란코쿠가 했던 말을 변형하여 조선의 음악에 대해 홍선보에
게 질문을 던졌다. 조선의 음악이 송·명의 음악이라는 홍선보의 말을
듣자 기다렸다는 듯이 이미 그때에는 고악이 민멸되었고 일본에만 고
대의 음악이 남아 있다고 자랑하였다. 그리고 고려악이란 고려의 고
악이 들어온 것이지 후세의 잡조가 아님을 덧붙였다. 고려악에 대한
오해를 바로잡고 싶었던 것이다.

　『동사여담』의 미야세 류몬은 무진사행 때에도 통신사와 만났는데,
그때 이명계와 음악에 관한 대화를 나누었다. 류몬은 그때에도 일본
에 수·당대 이전의 고악이 전해온다는 사실을 강조하고, 또 고려악이

---

157)　資哲: "(…) 正德中官▨來聘時, 城營張古樂, 其樂半是高麗調也. 李重叔聞之有令人忘
　　味之嘆. 恨不使公等聞之. 前日道路及三大使出入時所奏者, 皆是鼓吹雜調而無之聽者.
　　若夫廟堂盛宴, 別有雅樂乎." 默齋: "我邦有古樂雅樂之別, 而古樂自中華流傳者也." 資
　　哲: "所謂古樂隋唐之調乎?" 默齋: "宋明之樂十居八九." 資哲: "至宋古樂不傳, 先輩已云
　　云. 吾邦所傳者, 皆隋唐之雅音, 而如《鷄德》,《五常》則實韶樂之遺音也. 其稱高麗調
　　者, 亦是高麗古樂傳入者, 而非後世雜調也明矣." (『홍려관시문고』, 3월 6일)

라는 것도 있는데 조선이 행진할 때 연주한 것과는 크게 다르더라고 하였다.[158] 이명계는 그것이 음란한 곡조이므로 군자는 부끄러워 입에 올리지도 않는데 하물며 하늘과 조상에 그것을 올리겠느냐며 질문을 막는다.[159] 당시의 조선 문사들이 고려악을 곧바로 고려속요라고 여겼기 때문에 이들과 대화를 나누거나 이후에 그 필담을 본 일본 문사들은 직접 일본의 고악을 들려줄 수 없음을 답답하게 생각하였다. 당시 제술관 이현이 일본의 고악에 대해 긍정적으로 평가한 필담이 남아 있었기 때문에 일본 문사들은 후대의 조선인들이 실제로 무악을 관람한다면 분명히 당시 사람들이 그랬던 것처럼 감탄할 것이라고 확신했던 것이다.

　미야세 류몬은 물론이며 가와다 시테쓰 역시 소라이학파의 문인이다. 야마다 세이친은 절충파·고증파적 성향을 가진 의원이었다. 이들이 고대의 예악문물에 관심을 가진 것은 그러한 학문적 배경과 무관하지 않을 것이다. 기해사행 필담집 중에는 다자이 슌다이(太宰春台)가 고대의 예악문물에 관해 말한 기록도 있다.[160] 한편 무진사행의 기록인 『화한필담훈풍편(和韓筆談薰風編)』의 세쓰로는 무로 규소의 제자로

---

158) 稟: "吾邦所傳禮樂, 漢以來唐六朝之餘也. 故華人稱衣服漢制, 正朔衰禮制度禮典, 宏博略之. 樂家所傳隋唐以前諸曲, 不失其譜, 如《韶虞》·《象武》及《王昭君》·《漁陽》·《摻撾》, 今猶存焉. 遣唐使所傳, 幾乎千曲. 想中土貴邦製一代之樂, 古譜不傳, 古聖先代之樂, 幸而不喪, 蕞爾鄙邦耳.【樂名多略不載此.】又所傳有高麗譜, 比之貴邦騎吹則大異. 吾邦所傳高麗樂不用簫笙, 用鐘鼓笳笛琴箏節之. 吾邦所傳高麗樂, 不知貴邦存否.【高麗諸曲多故略之.】"(『홍려경개집(鴻臚傾蓋集)』)

159) "(…) 況高麗遺譜皆淫聲嫚調, 君子恥之. 吾邦土大夫不置牙頰間, 況用之於天神人鬼耶? 所示諸曲皆非吾邦之所用, 不可答."이에 대해 류몬은 "按海皋所謂高麗譜, 與吾邦所傳之譜, 同異未可知. 彼邦爲一代之風也. 世相變, 彼安知吾邦所傳譜非淫聲嫚調乎? 吾邦所傳之譜, 比之中土之音頗鄙, 何盡言淫聲乎."라고 주를 달고 있다.

160) 고운기 역주(2014), 『客館璀粲集·蓬島遺珠·信陽山人韓館唱和稿』, 보고사, 175-179면. (「奉送朝鮮製述青泉申公序」, 『신양산인한관창화고(信陽山人韓館唱和稿)』)

서 주자학자였다. 즉, 하쿠세키와 같은 학맥이었던 것이다. 학적 바탕
은 달랐으나 예악론에 있어서 하쿠세키와 소라이학파 학자들은 동일
한 인식을 보이고 있다.[161]

　이처럼 일본의 문사들은 조선의 예악문물과 제도에 관해 탐구하는
한편으로 자국 문물의 우수성을 드러내기 위해 노력하였다. 역대 통
신사 기록을 통해 알 수 있듯이 일본은 도로와 건물, 통신사 접대 등에
있어 자국의 부강함을 과시하려는 경향이 있었다. 또한 일본 국내적
으로 통신사는 막부의 무위(武威)에 굴복한 조선인들이 자발적으로 조
공을 바치러 오는 것으로 홍보되기도 하였다.[162] 그러나 양국 문사
간의 교류에 있어서 이러한 일본의 강점, 즉 부강함과 무력을 내세워
자국의 우수성을 증명한다는 것은 쉽게 시도될 수 없었다. 조선인들
의 반감을 사게 될 뿐더러 그러한 것으로 그들의 '인정'을 받을 수는
없기 때문이다.

　따라서 일본 문사들은 동아시아 문명의 표준으로서의 중화라는 가
치에 비추어 바람직한 어떠한 요소를 내보여야 했다. 그것이 천황가
를 중심으로 전승된 수·당대의 음악과 고대의 의관문물이었다. 이것
은 조선인들이 자부하는 중화의 의관복식에 필적할 만한 훌륭한 것이
었다. 현재 유자들의 의관이나 무가의 법식은 부득이 국속을 따르는
것이지만 일본이라는 나라 전체로 보자면 이상적인 고(古)의 가치를
보유하고 있다는 것이다. 이러한 주장은 특히 소라이학파의 문인들을
중심으로 활발히 제기되었다. 이들은 또한 일본에 남아 있는 고경(古

---

161)　이 점은 남성호(2013), 「근세일본의 아악부흥과 아라이 하쿠세키(新井白石)」, 『동
　　　아시아고대학』 31집, 동아시아고대학회, 155면에서도 지적되었다.

162)　이는 기존 연구에서 여러 차례 지적된 바 있다. 대표적으로 로널드 토비 지음·허
　　　은주 옮김(2013), 『일본 근세의 '쇄국'이라는 외교』, 창해, 68-93면 참조.

經) 및 근래 일본 학술의 발전상 역시 자신들이 중화의 중심에 근접하였음을 보여주는 증거라고 생각하였다.

다만 문제는 조선인들이 이러한 일본 문사들의 주장에 크게 관심을 보이지 않았다는 점이다. 사행이 일본에서 조정의 의관이나 무악을 접할 기회가 없었을 뿐더러 고려악 같은 것은 그 명칭만으로도 반감을 가져오는 것이었기 때문이다. 조선 문사들은 일본의 패검이나 체발의 습속에 대해 질문하기는 했어도 의관에 대해 묻는 일은 없었다. 대화의 주제로 거론할 가치를 느끼지 못했기 때문이다. 이 때문에 일본 문사들은 자국의 의관문물에 관해 말할 기회를 잡기가 쉽지 않았다. 그러나 어떻게든 그에 관해 전달하고 싶었으며 그러한 자신의 시도를 국내의 독자들에게 보여줄 필요는 있었다. 그 때문인지 자국의 의관과 예악문물에 대해 논하는 필담 중에는 후일 삽입된 것으로 추정되는 부분이 눈에 띄기도 한다.

2. 역사와 지리

계미통신사 시기에는 총 11종의 사행록이 제작되었는데 그 가운데 『일관기』, 『승사록』, 『일본록(日本錄)』, 『화국지(和國志)』에는 일본의 역사·지리·문화·사회에 관한 견문이 풍부하게 담겨 있다. 그중 『화국지』는 종래 사행록의 한 부분이었던 문견록이 독립하여 일본국지로 발전한 예로서, 그때까지 축적된 일본 관련 지식을 체계적으로 정리한 저작이라고 할 수 있다. 이들 사행록에 수록된 정보의 원천은 크게 세 가지로, 전대 사행의 기록, 중국 및 일본에서 전해진 문헌 자료, 일본 체험을 통해 얻은 견문이 그것이다. 이 가운데 통신사 문견록 제작에 활용된 문헌 자료에 관해서는 기존 연구들에서 어느 정도 밝혀

놓았으며, 일본 체험을 통해 어떤 견문을 얻었는지는 일기의 내용을 통해 확인이 가능하다. 여기에 더해 실제 조선의 문사들이 일본인들과 대화하는 과정에서 어떤 방식으로 정보를 획득하고 있는지를 보여주는 것이 필담창화 자료이다.

그런데 실제 필담을 살펴보면 조선인들이 일본 정보를 탐색한 정황을 집중적으로 보여주는 자료는 많지 않다. 『장문계갑문사』와 『평우록』을 제외하면 대부분의 자료에서 일본의 지리와 제도, 풍속 등에 관한 짤막한 문답이 발견될 뿐이다. 그 이유를 추리해 보면 우선 조선 문사들과 가장 오랫동안 접촉하며 다양한 이야기를 들려준 나바 로도 등의 필담이 남아 있지 않기 때문이며, 둘째로는 필담의 편집자가 일본의 정치나 역사·지리에 관한 문답을 편집 과정에서 누락시켰기 때문일 것이다. 예를 들어 『보력갑신조선인증답록』에는 학사가 일본에 관한 일 몇 가지를 질문했는데 자신이 제대로 답변해 주지 못하자 그가 더 이상 질문하지 않았다는 기록이 있는데, 그 몇 가지 질문이 무엇이었는지는 제시하지 않고 있다. 또, 『홍려척화』에는 고금의 일에 관해 밤늦도록 이야기를 나눴는데 원중거가 그 필담지를 가져가버렸다는 기록이 있다. 『축전남도창화』에도 남옥이 필담지를 가져가서 대화 내용을 기록하지 못했다고 한 부분이 있다. 이 예들은 부득이 싣지 못한 경우이지만, 사실 조선인들에게 자국 정보를 알려준 것이 막부의 눈에 띄거나 국내 독자들에게 알려져 좋을 일은 없었을 것이다.

비록 사정이 이러하긴 하지만 남아 있는 필담에서 조선 문사들이 일본의 지리 정보를 수집하고 있는 정황은 조금이나마 확인할 수 있다. 연로 각 지역의 명승지와 사적, 그리고 전대 사행 기록에 등장한 장소에 대한 문답이 이에 해당한다. 사실상 필담집에 수록된 역사·지리 관련 대화는 조선인들보다는 주로 일본인들의 관심사를 보여주는

경우가 많다. 일본인들은 조선의 지리와 물산에 관해 질문하였는데
이 질문들을 통해 이 시기 일본인들이 어떠한 경로로 조선에 대한 지
식을 획득하였으며, 그 지식의 수준은 어느 정도였는지, 통신사 교류
가 그러한 지식의 축적에 어떠한 역할을 하였는지 등을 확인할 수 있
다. 양국 문사들은 또한 중국 관련 정보를 활발히 교환하였다. 조선의
문사들은 강남과 나가사키에 관한 흥미를 표출하였으며, 일본인들은
북경 관련 정보 및 조·청 관계에 대한 질문을 던졌다. 또, 드물긴 하
지만 동아시아 세계 바깥의 해외 정보에 대한 문답도 발견된다.

이 시기 역사·지리 관련 대화에서 나타나는 또 하나의 양상은 일본
문사들이 조선인들과의 필담을 통해 자국 고대사(古代史)의 증거를 확
보하고자 애쓰는 모습이다. 일본인들은 한반도의 고대 국가의 명칭,
고대 한반도와 일본의 인적 교류, 단군의 사적 등에 관심을 보였다.
또, 18세기 내내 필담의 화제가 되었던 왕인(王仁)의 사적에 대한 문답
도 몇 차례 이루어졌다. 진구황후(神功皇后)가 삼한을 정벌한 증거를
조선인의 입을 통해 확인하려고 한 인물도 있었다.

본 절에서는 이상 두 가지 사항을 중심으로 이 시기 역사·지리 관련
필담의 전개 양상을 검토한다. 양국 문사가 조선과 일본, 그리고 중국
을 비롯한 해외 지리 정보를 교환하는 과정이 어떠한 양상을 보이고
있는지, 그리고 일본 문사들이 고대 한반도와 일본의 교류사를 비롯한
자국 고대사 문제에 어떤 방식으로 접근하고 있는지 살펴본다.

(1) 양국 및 해외 지리 정보의 교환

조·일 양국의 지리 정보

계미통신사의 조선 문사들은 기착지의 명승지나 사적에 관해서 그

지역 문사에게 질문하곤 하였다. 명승지를 물은 것은 사행도 일종의
유람(遊覽)이라는 인식이 있었기 때문이다. 또, 이전 시기 사행록에 등
장하는 장소에 관해 묻거나 여정에서 본 지형·지물 및 건물에 대해
질문하기도 하였다. 조선의 문사들은 이를 통해 기존에 알고 있던 일
본의 지리 정보를 수정하거나 확장할 수 있었다. 이러한 필담들은 앞
시기 사행 기록을 바탕으로 새로운 견문을 추가하고 수정·증보하는
방식으로 형성되는 통신사 문견록의 제작 방식과 관련하여 주목할 만
한 예시들이다.[163]

사행이 관사 밖을 자유롭게 돌아다니는 것은 허용되지 않았으므로
조선인들이 일본 각지의 명승지를 방문하는 데는 어려움이 있었다.
안덕사(安德祠)와 같이 예전 사행에서는 방문했으나 지금은 참관이 허
용되지 않는 곳도 있었다. 비록 관금(官禁)이 엄격하였으나 조선의 문
사들은 기회가 닿는 대로 주변 지형을 관찰하고 명소 관람을 시도하였
다. 아이노시마와 아카마가세키에서 관소 주변을 탐방하였으며, 최천
종(崔天宗) 사건으로 오사카에서 체류할 때에도 간신히 허가를 받아내
서 오사카성을 구경했다. 학사·서기들은 각 지역에서 만난 문사들에
게 그곳의 지형과 지리 정보에 관해 질문하였고 운이 좋으면 그들의
안내를 받기도 하였다.

『승사록』에는 원중거가 지쿠젠주(筑前州)의 문사들에게 그 지역의
산천과 지리에 관해 질문한 일이 실려 있다. 12월 18일에는 시마무라
코(嶋村鼂)와, 20일에는 가메이 난메이와 이 주제에 관해 대화를 나누

---

163) 통신사 문견록의 제작방식에 관해서는 정은영(2014), 「조선후기 통신사행록의
    글쓰기 방식과 일본담론 연구」, 부산대 국어국문학과 박사학위논문; 정훈식
    (2008), 「조선후기 통신사행록 소재 견문록의 전개 양상」, 『한국문학논총』 50집,
    한국문학회 참조.

었다. 21일에는 서쪽 언덕에 올라 일대를 조망한 일이 기록되어 있다. 『앙앙여향』에는 이날 일을 보여주는 필담이 수록되어 있다. 관사 앞에서 우연히 사행을 만난 난메이가 길을 안내하였고, 그의 문도인 조이쓰(城逸)는 필기구를 챙겨서 뒤따라갔다. 이들은 언덕에서 풍경을 조망하며 몸짓과 필담으로 지쿠젠의 산수와 근방의 지리에 관해 대화를 나누었다. 조선의 문사들이 그 지역의 풍경을 관찰할 때에 어떤 방식으로 일본인들의 도움을 받았는지 이 필담을 통해 확인할 수 있다.

학사 일행은 아카마가세키에 도착해서도 마찬가지로 근방을 둘러보고자 하였다. 남옥은 가쿠다이를 만나 안덕사의 고사에 관해 질문하였다. 가쿠다이가 안덕사 시를 내놓자, 남옥은 이전 사행과 달리 안덕사 방문이 금지되어 화운이 어렵다면서 그곳을 방문할 수 있게 주선해 줄 것을 청하였다.[164] 그러나 안덕사 방문은 결국 성사되지 않았다. 아래는 그 이틀 뒤에 이루어진 대화이다.

> 가쿠다이: 구산(龜山)에 올라가 둘러보시면 객수에 조금은 위로가 될 것입니다. 대개 이 나라의 명산과 승지는 다 부도나 신사에 속하니 진실로 공의 말씀과 같습니다. 구산에서 보신 것 중 동북쪽이 저희 고을 땅으로 도원산(陶元山)·파무(巴巫)·건만(乾滿)·주도(珠島)가 있습니다. 동쪽 해안은 곧 풍전주(豊前州)로 문사관(文司關)·준인사(隼人祠)·신라기(新羅碕)·백제야(百濟野)·양류포(揚柳浦)·대리(大里) 등이 있는데 모두 한눈에 들어옵니다. (…중략…)
>
> 현천: (…중략…) 신라와 백제는 모두 저희 나라의 예전 나라를 일컫는데, 그곳을 '기(碕)'나 '야(野)'라고 명명하는 까닭이 있을 테니 상세히 알려주셨으면 합니다. 백마총(白馬塚)은 또 어느 곳에 있는지 함께 알려

---

164) 『장문계갑문사(1·2·3)』, 33~38면. (『장문계갑문사』 권1, 12월 28일)

주십시오. (…중략…)

가쿠다이: 저는 진실로 문장을 짓지 못하며 글로 뜻을 다 펴지 못하여
부끄러움이 더욱 심합니다. 신라기와 백제야는 옛날 삼국이 조공을
바치면서 배를 메어두었던 곳이며, 그 옆에 또 고려항(高麗港)이 있습
니다. 백마총은 저도 어디에 있는지 알지 못합니다.[165]

원중거가 경내를 자유롭게 유람할 수 없는 것에 대해 답답함을 표
하자 가쿠다이가 가메야마(龜山)에서 조망할 수 있는 장소들을 열거하
였는데, 그중에 신라기와 백제야가 포함되어 있었다. 원중거는 두 지
명에 사용된 '기(磯)'와 '야(野)' 자(字)의 의미를 질문하고, 또, 백마총
의 위치를 물었다. 가쿠다이는 신라기, 백제야는 예전 삼국이 조공하
러 왔을 때 배를 메어 둔 곳이라고 하며 그 옆에 고려항이 있다고 답하
였다. 백마총은 알지 못한다고 덧붙였다.

백마총은 일찍이 이경직(李景稷)의 『부상록(扶桑錄)』에 기록된 이래
김세렴(金世濂), 임수간, 신유한, 조명채(曺命采), 조엄의 기록에서 거듭
언급된 장소이다.[166] 이경직은 『연대기(年代記)』를 인용하여 신라 군사
가 아카시(明石)까지 들어온 적이 있으며, 아카마가세키 동쪽에 '백마
분(白馬墳)'이라는 것이 있는데 일본인들이 그곳을 가리켜 신라와 일본

---

165) 같은 책, 66~68면. 鶴臺: "登覽龜山, 足以少慰羈愁也. 凡此邦名山勝地, 多屬浮屠
或神祠, 誠如公之言也. 龜山所覽, 東北本州地, 有陶元山、巴巫、乾滿、珠島, 東岸
則豊前州、文司關、隼人祠、新羅磯、百濟野、揚柳浦、大里皆在一瞬. 凡法令所束,
孰勝鬱悶, 而不敢自恣, 是君子之所以爲君子也. (…)" 玄川: "(…) 新羅、百濟皆弊邦舊
都之稱, 其曰磯、野者, 有命名之由, 詳示之. 白馬塚者, 又在何處, 幷示之. (…)" 鶴
臺: "僕固不文, 不能書以盡意, 慙媿尤深. 新羅磯、百濟野, 往昔三國入貢, 所繫舟處
也, 其側又有高麗港. 白馬塚, 僕亦不知所在."(『장문계갑문사』 권1, 12월 30일)

166) 홍성화(2012), 「通信使行錄에 보이는 古代史 관련 기술 고찰」, 『한일관계사연구』
43집, 한일관계사학회, 269~271면.

이 백마를 잡아 화친한 곳이라고 말했다고 썼다.[167) 신유한은 "왜의 풍속에는 분묘를 만드는 일이 없는데 지금 무덤의 모양을 보니 필시 신라인이 지은 것이다."[倭俗無墳制, 今觀墳樣, 必是羅人所築.]라고 하여 백마총을 실제로 본 것으로 기록하였다. 그러나 다른 이들의 기록은 모두 전해들은 것을 썼을 뿐이다.[168) 원중거는 백마총의 실체에 대해 알아보고자 했으나 가쿠다이 역시 아는 바가 없다고 했다. 『화국지』에서는 이경직의 기록을 인용한 후, 여몽(麗蒙) 연합군의 정벌 때의 일을 잘못 기록한 것으로 의심되지만 고증할 것이 없어 알 수 없다고 적어두었다.[169)

아래 두 건의 인용문 역시 아카마가세키의 사적(史蹟)에 관한 대화이다.

추월: 오성묘(五聖廟)는 어느 곳에 있습니까?
다이로쿠(大麓): 국도(國都)에 있습니다.
추월: 이곳과의 거리가 몇 리나 됩니까?
다이로쿠: 이백리길입니다.[170)

---

167) 日本邈在天東, 四面大海, 外兵不入. 但見其年代記, 其所謂應神之二十二年, 新國兵軍來, 一本則曰新羅兵入明石浦. 石浦距大坂纔百有餘里. 赤間關之東有一丘壟, 倭人指之曰"此是白馬墳. 新羅兵深入日本, 日本人請和解兵, 刑白馬以盟, 埋馬於此故"云. (이경직, 『부상록(扶桑錄)』, 1617년 10월 18일, 한국고전종합DB)
168) 김세렴은 이경직의 기록을 거의 그대로 옮겨 적었다. 한편 임수간은 백제와 화친한 곳이라고 했고 조명채는 고려라고 썼다. 임수간과 조명채는 모두 일본인들이 그 일을 숨겨서 말하기를 꺼린다고도 했다. 조엄은 "언덕 위에 백마분이 있다."라고 써 두었지만 실제로 본 것은 아니다.
169) 『화국지』, 173면.
170) 『장문계갑문사(1·2·3)』, 239면. 秋月: "五聖廟在何處?" 大麓: "在國都." 秋月: "距此幾里?" 大麓: "途程二百里." (『장문계갑문사』 권3, 12월 28일)

용연: 일찍이 귀국의 『삼재도회』를 본 적이 있습니다. 안덕사당에 평씨(平氏)의 오래된 물건을 소장하고 있다고 하던데, 지금도 남아 있습니까?

가쿠다이: 전해 내려오기를, 오래 전에는 의포와 악기 그리고 갑옷과 투구 종류가 있었다고 합니다만, 화재로 어찌 남아있겠습니까? 지금은 오직 어린 임금의 어검(御劍)과 평교경(平教經)의 패도만 남아 있을 뿐입니다.171)

오성묘(五聖廟)는 신유한의 『해유록』에 언급된 곳으로, 오구라 세이사이(小倉省齋)가 당시 나가토주(長門州) 태수에게 건의하여 이곳에 처음으로 세운 상서(庠序)라고 설명하고 있다. 남옥이 이 기록을 떠올리고 그 위치에 대해 질문한 것이다. 두 번째 인용문에서 성대중은 『화한삼재도회』에서 읽은 안덕사 관련 기사의 사실 여부를 가쿠다이에게 질문하고 있다. 가쿠다이는 옛 물건 중 일부만이 전해 온다고 답했고 이후 성대중은 『일본록』에 "사당에는 평씨 가문의 옛날 물건이 있고 벽에는 안토쿠천황이 전쟁에서 패한 모습을 그려놓았다."172)고 기록해 두었다. 가쿠다이를 통해 『삼재도회』의 기록이 어느 정도 사실과 부합한다는 것을 확인했기 때문이다.

다음 두 건의 기록은 미시마와 요시와라에서 있었던 필담이다.

현천: 이두(伊豆)의 읍치는 원래 삼도(三嶋)에 있다는데, 어제 판교를 건

171) 같은 책, 159면. 龍淵: "曾見貴國《三才圖會》有云'安德廟中藏平氏故物', 今尚留在否?" 鶴臺: "相傳古有衣袍、樂器、甲胄之類, 火災烏有? 今唯存幼帝御劍、平教經佩刀耳."(『장문계갑문사』권2, 5월 20일)
172) 성대중 지음·홍학희 옮김(2006), 『부사산 비파호를 날 듯이 건너』(일본록), 소명출판, 161면. 이하 『일본록』의 인용문은 모두 이 책을 따른다. 책명은 『일본록』으로 쓰고 해당 부분이 수록된 면수를 표시한다.

넌 후에 동쪽을 바라보니 누대가 은은히 비치고 있더군요. 그곳이 부
성(府城)입니까?

아키야마: 본주의 군읍은 제후와 낭관의 채지(采地)가 많은데, 고을의
관치(官治)와 뒤섞여 있으며 부성을 세우지 않습니다. 어제 상근령으
로부터 동쪽을 바라보신 것인가요? 아마도 소전원성(小田原城)이 멀
리 운수(雲樹) 간에 비친 것이 아닌가 싶군요. 지나오신 길에는 달리
성치(城治)가 없습니다.[173]

현천: 어제 들어올 때에 길 오른편 수풀 사이로 탑 그림자가 보이던데
이것은 어떤 이름의 절입니까?

시미즈(島津): 공께서 보신 것은 삼도신사(三嶋神祠)일 것입니다.

현천: 이 근처에는 승사(僧寺)가 없습니까?

시미즈: 폐방에서 세운 신도(神道)는 '유일(唯一)'이 있고 '양부(兩部)'가
있습니다. 이른바 유일이라는 것은 순전히 상고(上古)의 신도를 지키
고 석씨를 극력 배척하는 것입니다. 저 양부라고 하는 것은 후세에 신
불을 섞어서 가르침을 세운 것이므로 경각(經閣)을 두고 부도(浮圖)를
설치하니, 삼도신사 같은 것이 곧 이것입니다. 공께서 절이라고 추측
하신 것은 반드시 이런 것이었을 겁니다.

현천: 과연 그런 듯합니다.[174]

원중거는 아키야마 아키라에게 지나온 길에 보았던 건물이 이즈주

---

173) 玄川曰: "伊豆邑治原在此三嶋, 而昨日過板橋後東望, 有樓臺隱映者, 卽府城邪?" "本
州郡邑多諸侯郎官釆地. 與縣官治錯雜, 以不建府城. 日昨從箱嶺東望邪? 疑得非小田
原城遠映雲樹間乎. 行途所經, 他無有城治."(『청구경개집』 권하, 3월 15일)

174) 玄川曰: "昨日入來時, 見路右林樹中露出塔影, 是何名刹?" "公之所見, 果其三嶋神
祠也與." 玄川曰: "此近處無僧寺否?" "弊邦之設神道也. 有唯一者, 有兩部者. 所謂
唯一, 純上古神道之守, 而酷排斥釋氏. 若夫兩部, 則後世混神佛以立敎, 故置經閣設
浮圖焉, 如三嶋神祠卽是. 公之所疑, 必不出於此." 玄川曰: "果如所料."(같은 책,
3월 15일)

(伊豆州) 읍치의 부성인지 물었다. 시미즈 미노루(島津實)에게는 미시마에 오는 길에 탑을 보았다면서 그 탑이 있는 절의 명칭이 무엇인지 물었다. 시미즈는 그것이 미시마신사(三嶋神祠)일 것이라고 하며 일본 신도의 두 종류에 대해 설명해 준다. 두 건 모두 미시마의 문인들과 재회의 인사를 한 직후에 이루어진 문답이다. 길에서 언뜻 본 것을 잊어버리기 전에 바로 질문한 것이다. 조선의 문사들이 이전 사행록 및 관련 서적을 참고하는 외에 어떤 방식으로 일본의 지리 정보를 획득하였는지 보여주는 기록이다.

사행록에 실려 있는 일본의 지리 정보는 연로에 본 것으로 한정되지 않는다. 남옥, 성대중, 원중거의 사행록을 보면 일본과 관련된 중국과 조선의 기록 및 이전 사행록의 내용이 광범위하게 참조되었음을 알 수 있다. 필담은 그러한 정보 수집의 과정에서 보조적 역할을 했다. 특히 나바 로도, 도미노 요시타네(富野義胤), 슈코(周宏) 등 사행을 수행한 일본인들과의 대화를 통해 일본의 사정을 많이 알 수 있었다고 하는데, 이들과의 대화 기록이 남아 있지는 않다. 위에서 인용한 자료들은 대체로 지나온 지역의 지리 정보에 관한 문답으로, 이러한 정보 수집 과정의 일단을 엿볼 수 있게 한다.

일본 문사들 역시 조선의 지리 정보에 관심을 갖고 질문하였다.

> 다이시쓰: 여러분의 시 가운데 나오는 한수(漢水), 한양이라는 것은 귀방의 지명입니까?
> 용연: 한수는 폐방의 국도(國都) 남쪽에 있습니다.[175]

---

175) 太室云: "諸君詩中間有漢水、漢陽, 貴邦地名乎?" 龍淵云: "漢水在弊邦國都南." (『품천일등』, 3월 11일)

시미즈: 귀국 금강산은 일명 장백산입니까?

이탈보(李脫輔): 그렇습니다.

또 말함: 그대는 장백산을 어찌 아십니까?

시미즈: 그대는 보고서 아시지요. 저는 들어서 압니다.[176]

나: 중국의 '강하(江河)'는 본래 정해진 지칭 대상이 있는데, 우리나라에
    서는 통틀어서 천류(川流)라 하고, 혹은 '강(江)', 혹은 '하(河)'라고도
    합니다. 제 생각에는 온당지는 않지만 구별하여 칭할 만한 다른 이
    름이 없습니다. 귀국에는 '한강(漢江)'과 '낙하(洛河)'와 같은 이름이
    있는데, 각기 정해진 방법에 의해서 부르는 것입니까?

용연: 우리나라에는 '하(河)'는 없고 '강(江)'만 있습니다.

나: '낙하'는 어찌 된 것입니까? 제가 잘못 전해들은 것입니까?

용연: 네. 잘못 전해 들으신 것입니다.[177]

첫 번째 예문에서 시부이 다이시쓰는 창화시에 등장하는 한수, 한
양이라는 말이 조선의 지명인지 확인하고 있다. 두 번째 예문에서 시
미즈 미노루는 이탈보라는 인물에게 금강산의 다른 명칭이 장백산인
지 물었고, 이탈보는 그렇다고 답하고는 장백산을 어떻게 아느냐고
되물었다. 금강산은 이전 사행의 필담창화집에 빈번히 등장하는 장소
였기 때문에 많은 일본 문사들이 그 이름을 알고 있었다. 사실 장백산
은 백두산의 다른 이름으로, 금강산을 가리키는 것이 아니라고 답해
야 옳다. 시미즈는 금강산이 백두산의 지맥(地脈)과 이어져 있다고 하

---

176) "貴國金剛山, 一名長白山邪?" 李脫輔曰: "諾." 又曰: "君長白山何知?" "若足下則見
    而知之. 若僕則聞而知之." (『청구경개집』 권하)

177) 『평우록』, 116면. 余曰: "中華江河固有定稱, 弊邦通稱川流, 或爲江, 或爲河. 私心
    未穩, 然無可別稱. 貴國有漢江洛河等名, 亦各配稱否?" 淵曰: "我邦無河, 只有江." 余
    曰: "洛河如何? 其吾謬傳?" 淵曰: "謬傳." (『평우록』 권상, 4월 6일)

는 설명을 어딘가에서 접하고 두 산을 같은 산으로 여긴 것으로 짐작
되지만, 조선인이 그렇다고 답해 준 이유는 알 수 없다.

　세 번째 예문의 다이텐은 중국에서 '江'과 '河'는 각각 지칭하는 바
가 있는데 일본에서는 그 쓰임이 뒤섞여 있음을 지적한 후, '한강'과
'낙하'라는 조선 지명을 언급하며 그 용법에 대해 질문하였다. 성대중
은 조선에는 강(江)만 있고 하(河)는 없다고 하며, 낙하 역시 다이텐이
잘못 들은 것이라고 답해주었다. '낙하'는 임진강을 지칭하는 표현으
로『동문선』,『신증동국여지승람』,『용재총화』등 조선 전기의 서적
에서 그 용례가 확인된다. 이들 서적은 일본에 이미 유입되어 널리 읽
혔으므로 다이텐이 낙하라는 지명을 기억하고 있었던 것이다. 성대중
이 모른다고 한 것으로 보아 18세기 중반 조선에서는 이 표현이 사용
되지 않았음을 알 수 있다.

　다이텐의 경우를 통해 알 수 있듯이 일본 문사들은 조선 전기의 서
적, 또는 중국의 지리지를 통해 조선 지리에 대한 정보를 획득하였다.
이들은 중국 및 조선의 서적에서 읽은 지리 관련 정보의 사실 여부를
확인하거나, 상세하지 못하거나 부정확한 정보에 대한 보충 설명을
요청하였다.

　　아룀(스가쿠):『대명일통지(大明一統志)』의 조선 항목에 북악산(北岳山)
　　　이 있습니다. 그 북악이라는 것은 왕도(王都)의 북쪽에 있습니까?
　　답(추월): 그렇습니다. 한경은 북쪽의 도읍이니 곧 왕도의 진산입니다.[178]

　　아룀(스가쿠): 명나라 동규봉(董圭峰)의 〈조선부(朝鮮賦)〉는 사실과 일

---

178) 稟: "《大明一統志》朝鮮下有北岳山, 其北岳者在王都之北邪?" 答: "然也. 漢京北都
　　　卽王都之鎭山也."(『보력갑신조선인증답록』, 1월 23일)

치합니까?

답(추월): 동씨의 부는 문자는 비록 정교하지 않으나 우리나라의 산천풍
물을 잘 그려냈다 할 만합니다. 어긋나는 것은 없습니다.[179]

첫 번째 인용문은 오사카의 문인 도리야마 스가쿠와 남옥의 대화이
다. 스가쿠가 거론한 기사는 『대명일통지』 권89 외이(外夷) 편의 조선
국(朝鮮國)-산천(山川) 조에 제시된 '북악산(北岳山)' 항목이다. 해당 항
목에는 "한성부의 경계에 있다. 본조(명나라) 초에 조선국왕 이단(李旦:
이성계)이 이 산에 의거하여 도읍을 정했다."[在漢城府境. 本朝初, 朝鮮
國王李旦, 依此山爲都.]라는 설명이 붙어 있다. 산의 이름이 북악이니
도읍의 북쪽에 있는지를 물은 것이다. 스가쿠는 또한 〈조선부〉에 기
록된 조선에 관한 정보가 사실과 부합하는지 물었다. 위 대화를 통해
일본의 문사들이 『대명일통지』 및 〈조선부〉와 같은 명대의 저작을 통
해 조선 지리에 대한 정보를 획득했다는 사실을 확인할 수 있다.

한편 조엄이 오사카에 있을 때에 〈조선부〉 30여 장을 보았다는 기
록[180]이 있는 것으로 보아 이 책은 당시 일본에서 쉽게 구할 수 있었
던 서적 중 하나였던 것으로 보인다. 〈조선부〉는 1488년 조선에 사신
으로 파견되었던 동월(董越)이 쓴 부(賦)로서, 각 구절에 부기한 주석에
당시 조선의 지리와 산천, 풍속과 제도 등에 대한 다양한 정보가 담겨
있다. 〈조선부〉는 조선에서는 1492년 활자본이 간행되었고, 그 후로
부터 16세기 초에 이르기까지 금속활자본 및 목판본으로 간행되어 전

---

179) 稟: "明董圭峰朝鮮事實相當否?"答: "董氏賦文字雖不工, 能述吾邦之山川風物, 無相
違者也."(같은 책, 1월 23일)

180) 〈조선부〉 30여 장을 얻어 보았다. 이는 곧 명나라 사람 학사(學士) 동월(董越)이
우리나라에 사신으로 왕래하면서 지은 것인데, 일본에 흘러들어와 간행된 것이었
다. (조엄, 『해사일기(海槎日記)』 권3, 1764년 1월 24일, 한국고전종합DB)

국에 유통되었다. 또한 이 책은 1530년 편찬된『신증동국여지승람』의
경도상(京都上) 편에 편입되어 읽히기도 하였으며 조선후기에는『지봉
유설』을 비롯한 유서(類書)와 지리·역사서에 인용되어 널리 활용되었
다. 일본판『조선부』는 총 4종이 남아 있는데 그중 최초의 간본은
1711년에 인출된 것으로, 저본은 1531년 남원에서 간행된 목판본이다.
그 후 1711년본과 동일한 판본이 수정·증보되면서 1712, 1717, 1754년
세 차례에 걸쳐 간행된 것으로 확인된다. 모두 교토·오사카 지역의
서점에서 발행한 책이다.[181]

　그런데 첫 번째 인용문에서 스가쿠가 실제로『대명일통지』를 읽고서
조선에 관한 사실을 검증하고자 남옥에게 질문을 했는지는 확실치 않
다. 그보다는 이전의 필담 기록에서 본 내용을 떠올리고 조선인들에게
동일한 질문을 던졌다고 보는 편이 적절하다. 앞에서 인용한 스가쿠의
질문은 "大明一統志朝鮮下有北岳山"이라는 구절로 시작하고 있는데,
이는 1711년 필담집인『조선객관시문고(朝鮮客館詩文稿)』에서 무로 규소
가 홍순연(洪舜衍)에게 던진 질문[182]과 그 표현이 일치한다. 중간의 설
명을 생략하고 있지만 결국 북악산의 위치를 묻고 있는 것도 동일하다.

---

181) 이상『조선부』의 간행과 유통에 관해서는 김소희(2015),「『朝鮮賦』의 한중일 간
　　행과 유통」,『장서각』33집, 한국학중앙연구원 참조.
182) 問(鳩巢): "《大明一統志》朝鮮下有北嶽山, 其下注云 '本朝初, 朝鮮國王李某, 依此山
　　爲都,' 莫是爲漢城府之鎭否? 豈其山在京城北耶? 不然, 其所以名北嶽者如何?" 答(鏡
　　湖): "北嶽卽我國國都之鎭山. 勝國之世, 築城于此, 以爲保障之地. 逮我神祖, 定鼎于
　　此, 以建萬世無窮之基.《明志》所記, 亦不謬悠矣." 問(鳩巢): "北嶽之義如何?" 答(鏡
　　湖): "其義無他. 在北故也."(『조선객관시문고(朝鮮客館詩文稿)-칠가창화집(七家唱
　　和集) 실집(室集)』) 여기서 규소는『일통지』의 설명에 이의를 제기하며 북악이라
　　는 명칭의 의미가 무엇인지 계속해서 묻고 있다. 규소의 정확한 의도는 지금 보아
　　도 알기가 어려운데, 그가 어떤 이유에선지 한성부, 경성 등의 지명에 대해 착오를
　　일으켰던 것으로 생각된다.

『일통지』에 실린 지리 정보에 관한 대화를 이전 시기 필담창화집에서 읽고 이를 다시 조선인과의 대화에 활용한 것이다. 위 필담이 실려 있는 『칠가창화집(七家唱和集)』은 10권 10책으로 이루어진 거질의 필담창화 시리즈로서, 같은 출판업자에 의해 간행된 『계림창화집』과 함께 1763 년 사행에 이르기까지 널리 읽히고 있었던 것이다.

한편 다음 대화는 일본 문사가 조선에서 제작된 지도를 통해 조선 의 지리 정보를 획득하기도 했음을 보여준다.

> 또 말함: 귀국은 333개 군이 있고 동서로 2,373리, 남북으로 1,073리라 는데 맞습니까?
> 퇴석: 363개 군이며 동서 2,000리, 남북 4,200리입니다.
> 쇼안: 부산포에서 한강까지는 몇 리 길입니까?
> 퇴석: 1,500리입니다.[183]

앞서 언급한 『대명일통지』에는 조선의 면적에 대하여 "동서 2천리, 남북 4천리"로 제시하고 있으며, 〈조선부〉에서도 이 수치를 그대로 인용하고 있다. 이는 쇼안이 말한 것보다는 김인겸이 답한 리수(里數) 에 근접한다. 일본에 유통되었음이 분명한 『신증동국여지승람』의 〈팔도총도(八道總圖)〉에는 위와 같은 수치가 적혀 있지 않다. 『화한삼 재도회』에 수록된 〈조선국지도(朝鮮國之圖)〉 역시 중국의 『삼재도회』 에 실린 지도를 전사(傳寫)한 것에 불과하다.[184] 오히려 쇼안은 상당

---

183) 又曰: "貴國三百三十三郡, 東西二千三百七十三里, 南北千七十三里, 信然乎?" 退石 曰: "三百六十三郡, 東西二千里, 南北四千二百里." 松庵曰: "釜山浦距漢江, 幾里程?" 退石曰: "一千五百里." (『송암필어』, 2월 29일)

184) 김영주·이시준(2016), 「에도시대 출판물 속 단군신화: 『화한삼재도회』와 『에혼조 선정벌기』를 중심으로」, 『외국문학연구』 63호, 한국외대 외국문학연구소, 15면.

▲〈그림4〉조선국지도
*출처: www.nfm.go.kr(국립민속박물관)

　　　　　　　〈그림5〉동국지도 ▶
*출처: www.nfm.go.kr(국립민속박물관)

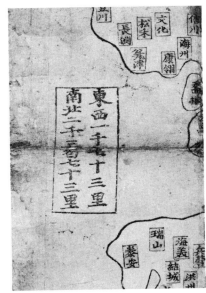
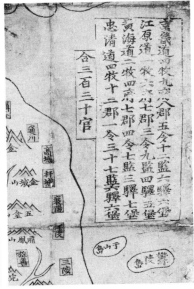

　　〈그림6〉동국지도　　　　　〈그림7〉동국지도
　　(리수 표시 부분)　　　　　(군현 수 표시 부분)

히 구체적인 수치를 제시하고 있어 그가 조선의 지리지나 지도 자료
를 열람한 적이 있음을 짐작케 한다.

쇼안이 언급한 수치는 〈그림4〉 조선국 지도에 기재된 것과 유사하다.
지도의 왼편 상단과 하단에 각각 '東西一千七十三里', '南北二千三百七
十三里'라고 표시되어 있다. 〈그림5〉 동국지도에 기재된 수치 역시 동일
하다.(그림6) 동국지도의 오른편 여백에는 8도의 목(牧)·부(府)·군(郡)·
령(令)·감(監)·역(驛)·보(堡)의 수를 열거하고 '合三百三十官'이라고 집
계해 두었다.(그림7) 조선국 지도에 열거된 고을 수를 계산하면 328개
로, 동국지도와 똑같지는 않다. 쇼안이 제시한 리수는 동서와 남북이
바뀌어 있기는 하지만 수치 자체는 이 두 지도에 나와 있는 것과 일치한
다. 또, 군현의 수를 330이 아니라 333개라고 하여 약간의 차이는 있으
나 거의 비슷하다. 그가 이러한 종류의 조선 지도를 보고 거기에 적힌
수치를 따로 기록해 두었음을 알 수 있다.[185]

한편 위 사례들을 통해 필담창화집 자체가 조선의 지리 정보를 전
달하는 역할을 했다는 것도 알 수 있다. 도리야마 스가쿠가 『칠가창
화집』의 대화를 인용하여 북악산에 대해 질문한 것, 시미즈 미노루
가 금강산과 장백산을 언급한 것 등의 예에서 이를 확인할 수 있다.
무엇보다도 기해사행 필담집 『상한성사여향(桑韓星槎餘響)』과 『남도
고취(藍島鼓吹)』가 확실한 사례를 보여준다. 이 두 책은 권말에 '팔도
총도(八道總圖)'라는 제목의 조선 지도를 수록하고 있다. 전자에는 '平

---

185) 이마이 쇼안은 조선 지도를 소장하고 있었으며 그것을 조선의 학사·서기들에게
    도 말했던 것으로 짐작된다. 『송암필어』에는 쇼안이 학사·서기들을 진찰하는 장
    면이 등장하는데, 여기서 성대중이 "조선 지도를 보면 응당 병이 나을 것입니다."
    라고 말하는 부분이 있다. 갑자기 조선 지도를 언급한 것이 문맥상 어색한데, 쇼안
    이 그전에 지도에 대해 언급했고 성대중이 그것을 보여 달라고 요청한 일이 있었
    다면 그가 이런 말을 왜 했는지 이해할 수 있다.

安書林柳枝軒刊行', 후자에는 '平安書舗柳枝軒藏板'이라는 판권이 표
시되어 있다. 같은 곳에서 발행한 자료로, 두 책에 실린 지도 역시
동일한 것이다. 다음은 〈팔도총도〉를 수록한 경위를 밝힌 서점 주인
이바라기 가타미치(茨城方道)의 글로서, 『상한성사여향』에 수록된 것
이다.

> 내가 시중에서 조선 팔도 지도를 얻어 광 속에 깊이 간직해 온 지 오래
> 되었다. 그 발어(跋語)를 읽어본 즉, "이 지도 한 책은 동국방여승람(東國
> 方輿勝覽)에 근거하여, 털끝 하나 틀리지 않고 그렸다. 일찍이 조선 사람
> 에게 물어보니, '이 지도가 가장 좋다' 하니, 이 책만이 진짜요, 다른 지
> 도는 저 땅의 군현리정(郡縣里程)에 그 차이가 없을 수 없다."고 하였다.
> 내가 이 때문에 진정 이렇게 말한 것이니, 호사(好事)의 일조(一助)가 없
> 을 수 없어, 이 때문에 이 책의 뒤에 붙여, 사방에 공표하는 것이다.
> 경자(庚子) 초봄, 평안성서포(平安城書舗), 유지헌(柳枝軒) 자성방도
> (茨城方道) 씀.[186]

이 글은 1720년 1월에 쓴 것으로, 책의 간행시기 역시 이즈음이었을
것이다. 이 글은 『남도고취』에도 동일하게 실려 있는데, 거기에는 위
글의 '東國方輿勝覽'이 '東國輿地勝覽'으로 수정되어 있다. 그런가 하면
『남도고취』에는 서거정의 「신증동국여지승람서(新增東國輿地勝覽序)」
가 수록되어 있다. 『남도고취』에 실린 두 편의 서문은 그 작성시기가
각각 '庚子之夏', '享保庚子孟夏'로 되어 있는데, 봄에 출간한 『상한성사
여향』의 지도 부분을 증보하여 4월 이후 인쇄한 『남도고취』에 재수록

---

186) 고운기 역주(2014), 『桑韓星槎答響·桑韓星槎餘響』, 보고사, 170면. (『상한성사
여향』)

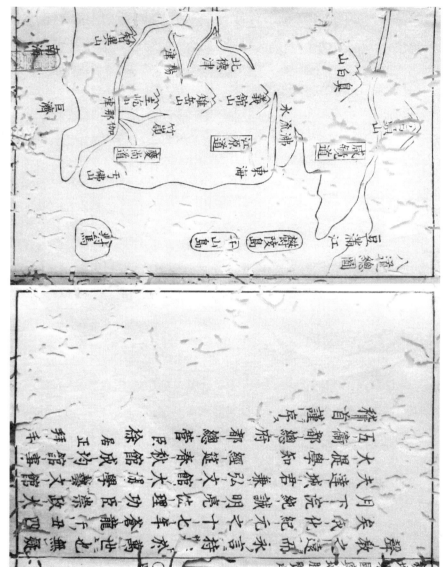

1748년의 필담창화집 「난도고취」에 수록된 〈팔도총도〉의 시각 부분.
오른쪽 면은 서거정의 「신증동국여지승람서」 끝부분이다.

한 것이다. 또, 『동국방여승람』이라는 명칭이 불분명하다는 것을 깨닫
고 정확한 서명으로 고치고 그 책의 서문을 실어 지도의 출처가 분명함
을 강조하였다.

『상한성사여향』과 『남도고취』는 별개의 필담집이며, 각 책의 내용
역시 조선 지도와는 관련이 없는 것이다. 책을 간행한 서점 주인이 자
신이 소장하고 있던 지도를 필담집의 권말에 붙여 같이 인쇄한 것이
다. 몇 달 후에 간행한 또 다른 책에 지도를 재차 수록한 것은 독자들
의 수요가 있었다는 뜻으로 이해할 수 있다. 처음에 지도를 실은 것
역시 통신사 필담창화집 독자의 관심사를 반영한 행위이다. 독자들은
필담창화를 읽으면서 조선인과 일본인의 만남을 간접적으로 체험하
고 '조선'이라는 공간에 대한 호기심, 또는 학적(學的) 관심을 채우고자
했던 것이다. 지도를 첨부한 것은 그러한 요구에 대한 응답이라고 할
수 있다.

일본에서 『조선부』가 간행된 것이 1711년이고 이듬해 1712년에 같은
책이 중간되었던 사실로 미루어 보아 신묘사행을 전후로 하여 조선
지리에 관한 일본 문사들의 관심이 증대하였음을 알 수 있다. 이 『조선부』
는 1754년에도 출간된 바 있으며, 1764년 오사카에서 어렵지 않게 입수할
수 있던 책이었다. 계미사행 시기의 일본 문사들은 18세기 초와 마찬가지
로 『대명일통지』, 〈조선부〉와 같은 명대의 저작을 통해 조선의 지리
정보를 획득하였으며, 『상한성사여향』 등의 필담 자료를 통해 조선 지도
가 유통된 것 이외에 새로운 정보원이 추가되지는 않은 듯하다.[187]
물론 쇼안의 사례와 같이 별도로 조선 지도를 구해 본 인물도 있었을

---

187) 1748년 니와 쇼하쿠(丹羽正伯)가 『여지승람』을 읽었다고 말한 기록이 있는데, (『양
동필어(兩東筆語)』) 그가 조선 약재를 조사를 주도했던 관의였기에 특별히 『신증동
국여지승람』을 열람할 기회가 있었던 것이다.

것이나, 대부분의 일본 문사들이 가진 조선의 지리와 역사에 대한 정보원
은 위에서 언급한 자료들을 비롯하여『동국통감』,『동문선』,『황화집』과
같은 조선 전기의 역사서나 시문선집 등으로 국한되었다. 예를 들어
미야세 류몬은 대동강, 을밀대, 부벽루 등 평양의 명승지를 거론하기도
하였는데,[188] 역시『동문선』에서 읽은 조선인의 시를 통해 알게 된
정보로 짐작된다.

　물론 이러한 서적조차 읽을 기회가 없었던 인물들도 많았을 것이
다. 그런데 필담창화집에 수록된 대화들 중에는 조선의 산천과 물산
에 대한 문답이 포함되어 있었고, 양국 문사의 창수시에는 금강산, 한
양, 한수, 부산, 평양 등 조선의 지명이 등장했다. 또『상한성사여향』
이나『남도고취』와 같이 조선의 지도를 수록한 필담집이 유통되기도
하였다. 즉, 어떤 이들은 이전 시기의 필담창화집을 통해 조선의 지명
을 접하고 조선 지리에 관한 간단한 정보들을 익혔을 것이다.[189] 통신
사의 방문 그 자체가 조선이라는 나라에 대한 관심을 촉발시켰고, 조
선인들과의 만남의 기록인 필담창화집이 조선의 산천과 물산 등에 대
한 기초적인 정보를 제공하는 기능을 담당했던 것이다.

---

188) 龍門曰:“余讀貴邦諸名公之詩, 平壤佳麗, 大同江、乙密臺、浮碧樓、永明寺諸勝, 景
　　致可想. 今對足下, 吾魂縹緲, 若遊其境.”華山曰:“平壤卽前朝國都, 繁華富麗, 則至今有
　　之. 至於風景, 則不如關東也. 所謂關東, 卽江原道也.”(『동사여담』권상, 3월 7일)
189) 계미통신사 필담을 통해 당시의 일본 문사들이 바로 앞 시기인 무진사행의 기록
　　뿐 아니라 신묘·기해사행의 필담집까지 두루 읽고 있었다는 사실을 확인할 수 있
　　다. 특히『계림창화집』,『칠가창화집』,『상한훈지집』을 읽은 것은 계미사행 시기
　　필담을 통해 분명히 알 수 있다.

중국 및 해외 정보

양국의 지리 정보뿐 아니라 중국에 관한 정보 역시 주된 화제의 하나였다. 에도시대 일본은 나가사키(長崎)를 통해 중국과 교역하였으나 북경(北京)의 황실과는 정치적 교류가 없었다. 반대로 조선은 중국과 활발히 사신을 왕래하였기 때문에 북경의 정보는 비교적 쉽게 입수할 수 있었으나, 남경(南京) 등 강남 지역과 관련된 소식은 명의 멸망 이후로 오랫동안 접하기 어려웠다. 이 때문에 양국의 문사들이 만나서 대화할 때 일본인은 북경의 소식을, 조선인은 남경과 관련된 정보에 대해 묻곤 하였다. 다음은 1711년의 기록이다.

> 말함 구담(口談) (창주): 장기(長崎)에는 일 년 동안 당선(唐船)이 얼마나 오며 며칠이나 머뭅니까?
>
> 답하여 말함 구담 (아키타카(明敬)): 장기에는 일 년 동안 7, 80척의 당선이 오는데, 3, 4월 사이에 와서 12월에 중국으로 돌아갑니다. 장기에는 오래된 규칙이 하나 있는데, 일찍 온 것은 일찍 돌아가고 늦게 온 것은 늦게 돌아가지요. 그러므로 12월이 될 때까지 모두 중국으로 돌아갑니다.
>
> 말함 구담 (창주): 장기에서 남경까지, 혹 영파까지, 혹 보타산까지 노정이 얼마나 되는지 모르겠군요.
>
> 답하여 말함 구담 (아키타카): 장기에서 남경까지는 200여 리, 영파까지는 30여 리, 보타산까지는 200여 리의 노정입니다. 그리 먼 것은 아니지요. (…중략…)
>
> 말함 구담 (아키타카): 북경은 큰 지방이니, 다른 곳과 비교하면 똑같지 않겠지요?
>
> 답하여 말함 구담 (창주): 북경은 아주 큰 곳이니 다른 곳과는 매우 다릅니다. 우리 조선에서 북경으로 가는 길에 백사장 하나가 있는데 돌멩

이 하나도 볼 수가 없지요. 그곳은 모두 모래로 되어 있는데, 이 모랫
길을 수십 일을 걸어가야 합니다.190)

　위 대화의 아키타카(明敬)는 오카지마 간잔(岡島冠山)이라는 인물인
데, 나가사키 출신으로 남경 사람을 만날 기회가 많아 중국어를 배웠
다고 하였다. 1711년 당시 린케(林家)의 문도로 에도에서 통신사를 만
났다. 창주는 한학통사 정창주(鄭昌周)로, 당시 60세의 나이로 북경에
네 번 다녀왔다고 하였다. 두 사람은 중국어로 소통이 가능했으므로
필담이 아니라 구담(口談)을 나누었다. 위 대화는 조선-북경, 나가사
키-남경 노정에 관한 대화이다. 두 사람은 다양한 주제에 관해 중국
어로 대화를 나누었으며, 그 가운데는 위 대화에 나온 것처럼 중국 관
련 정보들이 포함되어 있다. 1719년 필담인『객관최찬집(客館璀璨集)』
에도 양국 문사가 만나 중국어로 대화한 일이 실려 있다.191) 이때의
조선 측 인물은 통사가 아니라 서기 장응두(張應斗)였다.
　계미사행 때에도 중국어를 할 줄 아는 일본 문인이 조선 측 한학통
사와 구어로 대화를 나눈 기록이 있다.192) 오대령이 한학상통사라는
말을 들은 이마이 쇼안이 그에게 남경에 다녀온 적이 있는지 물었다.

---

190) 說曰【口談】(昌周): "長崎一年, 來多少唐船, 耽閣幾多日子." 答說曰【口談】(明敬):
　　"長崎一年, 來七八十隻唐船, 三四月間來了. 十二月回唐. 長崎有個舊規矩, 來早的早
　　回去, 來遲的遲回去. 所以直到十二月, 便都回唐去了." 說曰【口談】(昌周): "長崎到南
　　京, 或者到寧波, 或者到普陀山, 不知有多少路程." 答說曰【口談】(明敬): "長崎到南京,
　　有三百餘里路, 到寧波, 有三百來里路, 到普陀山, 有二百餘里路. 沒甚麼遠." (…) 說曰
　　【口談】(明敬): "北京乃大地方, 比別處不同應." 答說曰【口談】(昌周): "北京是大大地
　　方, 比別處差得多. 我朝鮮到北京的道路中, 有個白沙場, 不見一個石子, 在上面盡是
　　沙, 這箇沙上, 整整走幾十天."(『계림창화집』권3)
191) 고운기　역주(2014),　『客館璀粲集·蓬島遺珠·信陽山人韓館唱和稿』,　보고사,
　　26-28면.
192) 『송암필어』, 3월 10일.

오대령이 그렇다고 하자 쇼안은 남경말을 할 줄 아느냐고 물었고, 이
에 오대령이 중국어로 대화를 시작한다. 몇 마디를 주고받은 후에 오
대령이 귀가 잘 들리지 않는다며 다시 필담을 하자고 하여 중국어 대
화는 곧 중지된다.193) 비록 중국어로 대화를 나누기는 했으나, 중국
소식을 교환하지는 않았다.

　이언진 역시 역관으로서 두 차례 중국에 다녀온 경험이 있었다. 다
음 두 인용문은 이언진과 오쿠다 모토쓰구(센로)와의 대화이다.

　센로: 귀국은 북경과 얼마나 떨어져 있습니까? 지난번에 제가 현천을 뵙
　　고 그 대략을 들었는데, 상세한 노정은 아직 모릅니다.
　운아: 4천여 리이며, 산하가 우거져 있고 사람을 찾아볼 수 없는 지대를
　　지납니다.
　센로: 압록강부터 서쪽으로 몇 리가 아득하다고는 들었으나 사람이 없는
　　광야를 지난다고는 들어보지 못하였습니다. 그대의 말은 놀랄 만하군요.
　운아: 제가 예전에 지은 시에서 "천 리가 아득하여 사람 사는 마을 없고,
　　날다람쥐 어지러이 울고 독수리 날아가네."[千里茫茫無聚落, 材鼯亂
　　叫野雕飛.]라 하였으니, 이는 실상을 쓴 것입니다.
　센로: 시가 겨우 두 구인데 끝없는 황무지를 잘 묘사하여 듣는 이로 하여
　　금 소름이 돋게 하는군요. 전체 시를 보여주시면 좋겠습니다.
　운아: 대롱 구멍으로 표범을 엿보다가 아롱진 무늬의 일부분을 본 것에

<hr />

193) 남경에 다녀온 적이 있다는 오대령의 말은 사실이 아니라고 생각된다. 연경에
　　몇 번 다녀왔느냐는 조엄의 질문에 대해 오대령이 "연경에 열 번, 심양에 두 번,
　　봉성에 한 번 갔습니다."[十赴燕京, 兩赴瀋陽, 一赴鳳城矣.]라고 답한 일이『명사
　　록(溟槎錄)』에 실려 있다. 허경진·박은애(2009), 「한학역관 오대령과 이언진의
　　사행기록」,『조선통신사연구』9호, 조선통신사학회, 6면. 그가 남경말을 할 줄 알
　　았는지는 의문이지만, 쇼안과 대화가 통했던 것을 보면 약간 정도는 익힐 기회가
　　있었던 모양이다.

불과합니다. 어찌 전편을 보여드릴 만하겠습니까.[194]

센로: 『연감유함(淵鑑類函)』, 『패문운부(佩文韻府)』, 십삼경(十三經), 이
십일사(二十一史) 등은 서점에서 구하면 반드시 얻을 수 있습니다. 귀
국에도 많이 전해져 있습니까?

운아: 중국에서 사와서 집집마다 수장하여 쌓아 두지요.

센로: 이 몇 가지는 많은 돈을 주지 않으면 사기 어렵습니다. 그런데 집
집마다 쌓여있다니 놀랍군요. 아마 과장해서 말씀하신 것이겠지요.

운아: 우리나라의 학사대부들은 책을 많이 소장하는 것을 아속(雅俗)으
로 여깁니다. 만 권을 채우지 못한 자는 진신(縉紳)들이 동렬에 끼워
주지 않지요. 그러므로 연경의 저자에서 사오는 것이 해마다 낙타 열,
백 마리 짐입니다. 어찌 망령된 말로 현혹하겠습니까?[195]

앞서 센로는 원중거에게 북경과 남경까지의 거리 및 노정에 대해
물은 적이 있는데,[196] 이언진을 만나서 가장 먼저 던진 질문도 이에

---

194) "貴邦與北京相距幾許? 嚮也吾見玄川聞其略, 未識里程之詳."(仙樓) "四千餘里, 而山
河莽然徑無人之境."(雲我) "聞自鴨綠江西數里遼, 未聞涉無人曠野. 君言可訝."(仙樓)
"余嘗有詩曰千里茫茫無聚落, 材颸亂叫野雕飛, 蓋實錄也."(雲我) "詩纔二句, 能能寫
絶漠之廢蕪, 使聞者忽催寒戰. 幸示其全章."(仙樓) "管中窺豹時見一班而已. 何足以示
其全乎."(雲我) (『양호여화』 권하)

195) "《淵鑑類函》、《佩文韻府》、十三經、二十一史等, 需于書肆必得. 貴邦亦多傳之
否?"(仙樓) "自中朝貿來, 家藏而戶蓄之."(雲我) "此數者, 非給數金則難得. 然家藏戶
蓄, 使人咄咄. 亦恐耀言耳."(仙樓) "弊邦學士大夫, 以蓄書多寡爲雅俗. 不滿萬卷者,
縉紳不齒, 故燕市之來者, 歲十百駝. 豈妄言耀人哉?"(雲我) (『양호여화』 권하)

196) 仙樓: "貴邦只通路北京, 而與南京相距邈絶, 其間果幾日程. 歷都邑關山幾許." 玄川
【姓元, 名重擧, 字子才, 玄川其號. 朝鮮國書記室.】: "鴨綠江弊邦西界也. 自此渡遼東
野, 入山海關. 經燕京, 渡河水, 濟水, 淮水, 渡江水而爲金陵. 僕旣未經歷, 若以禹貢
驗之, 則當知經冀靑兗徐而爲楊州矣. 自餘非短紙可悉."(『양호여화』 권상, 1월)
  센로는 또한 남옥에게 중국으로 통하는 뱃길에 대해 묻기도 했다. "諸君數歎恨燕
京極遠, 舟行亦有瞿塘灩澦之難乎?"(仙樓) "不但多風濤漂流之患, 或有經數月而至, 又
有過碁年而不至. 却不如駝馬有行數也."(秋月) (같은 책, 4월)

관한 것이었다. 남옥이 센로에게 이언진을 소개하면서 중국에 오랫동안 머물렀다고 말해주었으므로 그에게서 중국에 관한 정보를 직접 들어보고 싶었던 것이다. 이언진은 노정을 나열하는 대신 자신이 직접 본 요동 벌판의 인상에 대해 들려준다. 한편 두 번째 인용문에서 이언진은 센로에게 매년 북경에서 조선으로 방대한 양의 서적이 유입된다는 사실을 알려주고 있다. 센로는 일본의 서점에 책이 많음을 자랑하였는데 이언진이 도리어 조선에는 그런 책들을 집집마다 쌓아두고 있다고 하여 그를 아연실색케 하였다. 직접 중국에 다녀온 인물의 말이었기에 센로도 수긍하지 않을 수 없었을 것이다. 이어서 센로는 『황화집』을 거론하였는데 이언진은 그 수준이 낮음을 지적하며 더 이상 논하지 않았다.

이언진은 실제 연행 경험이 있었기에 위와 같이 필담 중에 중국에 관한 이야기가 나오는 일이 빈번했다. 『율재홍려척필』에는 "5월 5일 공무로 빈관에 차견되었을 때 당학제사(唐學製事) 이언진이라는 사람을 만나 한참 동안 필담을 나누었다. 당학제사는 이른바 상서(象胥: 역관)라 하는 것으로 화음속어(華音俗語)에 능통하였다. 언진의 자는 우상, 호는 담환으로 북경에 두 번 사행을 다녀왔고 화토(華土)의 사체(事體)를 잘 기억하였다."[197]라는 기록이 있다. 다만 남아 있는 기록이 많지 않아 자세한 내용은 알 수 없다. 또, 이언진은 일본 문사를 통해 남경에서 들어온 서적에 대한 정보를 얻기도 하였다.[198] 조선에서 구할 수 있는 중국 서적은 모두 북경을 통해 유입된 것이었기 때문이다. 비록 체계적

---

197) 五月五日, 以公役見差賓館, 邂逅唐學製事李彦瑱者, 筆語移時. 唐學製事, 所謂象胥者, 善通華音俗語. 盖彦瑱, 字虞裳, 號蜑寰, 再使於北京, 能語華土之事體. (『율재홍려척필』)

198) 관련 대화가 『앙앙여향』에 수록되어 있다. 본고 Ⅲ장 1절 참조.

인 정보 교환이라고 할 수는 없으나 통신사 교류를 통해 '북경-조선-일
본-남경'이라는 정보 전달의 루트가 형성되었음을 볼 수 있다.

　일본 문사들은 연행 노정뿐 아니라 조선과 중국의 접경 지역의 지
리 정보에 관해서도 질문을 던졌다. 예를 들어 다키 가쿠다이는 압록
강의 길이와 폭, 연행 노정, 장백산 및 성경(盛京)의 위치에 대해 물었
다. 그는 또, 황하의 넓이를 책에서 보지 못하였는데 중국인을 만나
직접 물은 후에야 그 상세한 내용을 들을 수 있었다는 말을 덧붙였
다.[199] 외국인과의 필담을 통해 서적에서 얻지 못한 실증적 정보를
획득할 수 있음을 강조한 것이다. 또, 미야세 류몬은 '노아한부(奴兒罕
部)'와 조선의 거리 및 그곳의 풍속에 대해 질문하였는데,[200] 역시 접
경 지역에 관한 정보를 얻고자 한 것이다.

　다음 두 건의 대화는 일본 문사가 조선인에게 북경의 정보를 물은
것이다.

　　(일본) 청 황제의 혁명 이후 지금까지 몇 대가 즉위하였으며, 몇 해나
　　　　지났습니까? 의관과 법률은 모두 명나라 제도를 이어받았습니까?
　　(용연) 의관은 그 나라의 제도를 쓰고, 법도는 황명(皇明)의 옛 것을 따릅
　　　　니다. 숭덕(崇德) 이후 네 명의 황제가 있었으며 연기(年紀)는 121년이
　　　　되었습니다.[201]

---

199) 鴨綠江長廣可得詳乎? 黃河大江, 其廣不見諸書, 問請華人, 始得聞其詳, 故以奉問
　　耳. 承貴國至北京, 道經沙漠, 自長城外入中國, 果爾乎? 行程幾許? 盛京在遼東衛, 中
　　國來往所經由乎? 長白山在咸鏡道乎? 將徼外乎? 與金剛峯接近乎? 其形勝可得詳乎?
　　(『장문계갑문사』 권1, 1월 5일)
200) 龍門曰: "奴兒罕部是淸之所起. 知與貴邦接壤, 遠近邦俗如何?"(『동사여담』 권상,
　　3월 7일)
201) "自淸帝革命, 至今幾帝踐祚, 而經幾星曆耶? 衣冠法律, 皆襲明制耶?""衣冠用其國
　　制, 法度遵皇明之舊. 崇德以後有四帝, 年紀則百二十有一年."(『조선인래조어진촌어

나: 중국 민(閩, 복건성)·월(越, 절강성) 지방은 우리나라 나가사키(長
　崎)와 바다로 접해있어, 중국인들이 해마다 마치 이웃집 드나들 듯 찾
　아옵니다. 그러나 모두 장사치들일 뿐입니다. 귀국의 경우 중국에 조
　공하는 것이 끊이지 않으니, 생각건대 몸소 연(燕, 하북성)·조(趙, 산
　서성) 지방을 둘러보고, 이름이 중국 조정 신하들과 나란히 있으니 아
　마도 중국의 많은 귀인과 군자(君子)들에 대해 잘 아실 것 같습니다.
　국체(國體)는 어떻습니까? 풍속은 어떻습니까? 학술은 어떻습니까?
　명나라 때와 또한 비슷합니까? 오랑캐를 변화시킬 수 있는지요?
용연: 우리나라 사람들은 해마다 중원에 들어가지만 단지 연경(燕京)에
　이를 뿐입니다. 순천(順天: 북경) 이남은 일찍이 한 번도 가본 적이
　없어서 그 풍속과 제도가 어떠한지 자세히 알지 못합니다만, 지금 오
　랑캐가 중화를 변모시키고 있는데 또 무슨 말을 하겠습니까? 군자들
　이 이 때문에 우리 조선에 깊은 관심을 가지는 것입니다.
나: 일찍이 『황화집』을 본 적이 있는데, 명나라 때 서거정(徐居正) 등이
　황명을 받들고 귀국에 들어가 당시의 유명한 사대부들과 더불어 수창
　한 것입니다. 요즘도 이러한 일이 있습니까?
용연: 그것은 명나라 때 성대했던 일로, 지금 어찌 그러한 일이 있겠습니
　까?202)

첫 번째 예문은 청 황실의 연기(年紀) 및 의관과 법제의 기준에 대한
문답으로, 이는 조선 사대부들에게 상식 차원의 정보였을 것이므로

장필어」)
202) 『평우록』, 117면. 余曰: "閩越接海吾長崎, 華人歲至, 猶比隣然. 然皆商賈輩耳. 如貴
　邦朝聘不絶, 相躬歷燕趙, 名際朝班, 其慣識搢紳君子之林矣. 國體如何? 風俗如何? 學
　術如何? 復與明時相若否? 能變夷否?" 淵曰: "我邦人歲入中原, 只至燕京而已. 順天以
　南, 未曾一至, 未審其風俗制度, 而今則用夷變夏矣, 尙何言哉? 君子所以三致意於吾邦
　也." 余曰: "嘗觀皇華集, 乃明時徐居正輩, 銜命入貴邦, 與一時搢紳所唱和也. 不知當今
　亦有斯事否?" 淵曰: "此皇明時盛事也, 今安得有之?"(『평우록』 권상, 4월 6일)

쉽게 답변해 줄 수 있었다. 그러나 두 번째 필담의 다이텐은 보다 상세한 정보를 구하고 있다. 중국의 귀인과 군자, 국체, 풍속, 학술 및 그것들이 명나라와 어떻게 다른지, 오랑캐 풍속을 일신하였는지 등에 관한 질문이다. 즉, 조선은 중국과 직접 교류하고 있으므로 연행 경험이 없다 하더라도 조선 내에 청조의 풍속이나 학술 등에 관한 정보가 활발히 유통되고 있을 것으로 기대한 것이다. 그러나 조선의 사신들 역시 북경 이남의 중국은 체험할 수 없었으며, 게다가 '오랑캐'의 풍속에 별다른 관심을 두지도 않았다. 또한 조선인들이 중국 사행에서 청조의 문인들과 유의미한 학술상의 교류를 시작한 것은 1765년 홍대용의 연행 이후의 일로, 그전까지는 조선 학계에서 청의 학술을 염두에 두는 일이 거의 없었다. 또한 성대중은 중국에 다녀온 적이 없었기 때문에 중국의 풍속과 학술, 인물에 대해서는 물론 이언진의 경우처럼 연행노정의 인상에 관해서도 할 말이 없었다.

그러자 다이텐은 『황화집』을 거론하며 근래에는 이러한 일이 없는지 묻는다. 중국 체험에 제한이 있다면 중국인들이 조선에 들어왔을 때에는 어떤 식으로 교류하는지 듣고자 했던 것이다. 앞서 오쿠다 모토쓰구 역시 이언진과의 대화에서 『황화집』을 언급한 바 있다. 일본인들이 『황화집』, 『조선부(朝鮮賦)』 등 조선 전기의 조·명 관계를 보여주는 서적들을 통해서 조선과 중국 문인 간의 교류를 상상했음을 알 수 있다. 또, 『동문선』도 이미 일본에 전래되어 있었으므로 고려 말과 조선 전기의 외교문자 역시 접할 수 있었다. 그러나 연행록(燕行錄)과 같이 조선후기 청조와의 관계를 보여주는 자료는 일본 내에 거의 전해지지 않았다. 그 때문인지 통신사와 만난 일본인들은 조·청 관계의 실상 및 조선 사대부들의 뿌리 깊은 반청의식과 조선중화주의에 관해서 제대로 알고 있지 못하였다.

다음 세 건의 대화는 중국과 조선의 외교 관계에 대한 문답이다.

야키야마: 일찍이 『명사(明史)』를 보니, 귀국은 해마다 명나라 조정에 조
　　공을 한다고 하더군요. 지금 청조에도 또한 그렇게 합니까?

현천: 천하의 대세가 청으로 기울었으니 어찌 홀로 외람되이 평정되지
　　않겠습니까?

아키야마: 귀국의 도성부터 연경까지는 몇 리나 됩니까?

현천: 우리 경내의 노정을 제외하고 말하면 실제로 4천7백 리 정도입니
　　다. 처음에 3천 리 정도라고 썼다가 지우고 고쳐 썼다.

아키야마: 청국의 지금 임금의 이름과 연호는 건륭(乾隆)입니까?

현천: 관을 거치는 문서에는 과연 청 황제의 명자를 씁니다만, 직접 쓸
　　수는 없습니다. '弘曆' 두 자를 쓰더니 곧 지워버렸다.[203]

센로: 건륭(乾隆)의 연호를 사용하고 그 관정(官政)을 따르고 있으니 귀
　　국의 대왕은 혹 직접 대청(大淸)에 조회합니까?

용연: 관정을 따른 지는 이미 오래되었습니다. 그러나 직접 조회하는 일
　　은 없습니다. 오직 동지(冬至) 때에 서로 사신을 보낼 뿐입니다.[204]

(일본) 공들께서는 적마관(赤馬關)에서 신정(新正)을 맞으셨습니다. 월
　　정(月正)·삭단(朔旦) 및 분지(分至)·절후(節候)와 건두(建斗)·간지
　　(支干)가 두 나라가 똑같지 않습니까? (그런데) 연호는 오히려 건륭(乾
　　隆)이라 칭하는군요.

---

203) "曾閱明史, 貴邦歲貢明廷. 今至淸朝, 亦猶爾邪?" 玄川曰: "天下大勢所歸, 何獨不畏平
　　邪." "從貴邦都城至于燕京, 幾里路?" 玄川曰: "除我境路○言也, 實四千七百里强."【初
　　書三千里强, 塗抹更書.】問: "淸國今上名字年號, 乾隆乎?" 玄川曰: "經官文書, 果用之
　　淸帝名字, 不可直書."【書弘曆二字便抹之.】(『청구경개집』 권하, 3월 15일 또는 16일)

204) "年號用乾隆, 服其官政, 則貴國大王或自朝大淸乎?"(仙樓) "服官政, 旣久矣. 然無自
　　朝之事. 唯南至之時, 互通使者耳."(龍淵) (『양호여화』 권하, 4월)

(추월) 다른 때는 혹 어긋나는데 올해는 마침 일치하더군요. 연호는 청나
　　라의 것을 씁니다.[205]

　　첫 번째 인용문에서 아키야마 아키라는 『명사』를 언급하며 지금 청
조에도 마찬가지로 조공을 가는지 묻고 있다. 단지 조·청 관계에 대
해 물은 것뿐인데 원중거는 그 부득이함을 설명하였다. 아키야마는
이어서 중국 사행의 노정과 청 황제의 연호와 이름을 물었다. 원중거
는 '弘曆' 두 글자를 쓰고 곧바로 지워버렸는데, 청나라에 대한 감정과
는 무관하게 공식적인 사대(事大)의 태도를 보이고 있음을 볼 수 있다.
두 번째 인용문에서 센로는 조선의 국왕이 청나라에 직접 조회하는지
물었다. 그는 조선에 봉건제도가 있는지 묻기도 하였는데, 중국-조선
의 관계에도 주대(周代)의 봉건제의 관습이 남아 있는지 궁금했던 것
이다. 세 번째 인용문의 구 사다카네는 조선의 절후가 일본과 더 가까
운데 어째서 청의 연호를 쓰는지를 묻고 있는데, 그 관점이 매우 독특
하다. 역시 조·청 관계에 대해 제대로 파악하고 있지 못한 것이다.
　　당시 일본의 문사들이 필담 중에 나가사키를 언급하는 경우가 간혹
있었으나 그곳에서의 경험이나 견문을 상세히 전해주는 인물은 없었
다. 아카마가세키의 다키 가쿠다이는 "저는 젊어서부터 학문과 유람
을 좋아하였는데 (…) 서쪽으로는 장기(長崎)에서 노닐면서 해내의 명
승지는 대략 다 보았고 해내의 지명인사와도 거칠게나마 교유하였습
니다. 또 청나라 인물과 네덜란드 등 여러 나라 사람들을 접견하기도
하였습니다."[206]라고 하였는데 구체적인 해외 정보에 대해서는 언급

---

205) "公等迎新正於赤馬關, 月正、朔旦及分至、節候、建斗、支干, 兩邦相適否. 年號猶
　　稱乾隆歟." "他或相舛, 而今歲首適相值. 年號用淸."(『조선인래조어진촌어장필어』)
206) 『장문계갑문사(1·2·3)』, 41면. 鶴臺: "僕自少好學好遊, 而薄宦所羈, 不得逞素志.

하지 않았다. 다만 『조선인래조진촌어장필어』에 서양인이 천문에 능하다는 사실을 전하고 있는 기록이 있다.

> (일본) 제가 전에 감여가(堪輿家)의 말을 들으니, 당요(唐堯) 때에는 동지일이 모 별자리에 있었는데 한대(漢代)에 이르러 모 자리로 다시 옮겨서 궤도가 약간 어긋나게 되었다고 합니다. 홍모인(紅毛人)이 방물을 가지고 우리나라에 조회하러 올 때에 항상 돛대 아래에서 침식을 해결하고 파도 사이에서 자고 일어납니다. 이에 별자리를 알아보고 방향을 분변하므로 천문을 잘 살핍니다. 그들이 추측할 때 쓰는 기구가 우리 동방에 흘러 들어왔는데, 연구함이 정확하여 다시 다른 시대와 비교할 수 없습니다. 또 말하길, "하늘은 왼쪽으로 돌고 일곱 개의 별은 오른쪽으로 돈다."[天左旋, 七曜右行.]고 하며 종종 의마(蟻磨)에 비유합니다. 또 송나라 유자들이 말한 "해와 달이 하늘보다 뒤이다."[日月後于天.]라는 것은, 이치는 그러한데 방법은 어긋납니다. 공들께 명쾌한 분변이 있습니까?
>
> (추월) 저는 천문에는 귀머거리나 장님과 같으니 망령되이 논하고 싶지 않군요.[207]

구 사다카네는 남옥에게 자신이 감여가로부터 들은 서양 천문학의 발달상에 대해 간략히 전해주고 있다. 홍모인(네덜란드인)은 항해에 익

雖然東遊東都、平安、西遊長崎、海內名勝, 粗得經遊, 海內知名, 粗得交遊, 又接見淸國人物、荷蘭諸國人. 今又得邂逅諸君, 何憾之有? 但未得博窮群籍, 爲可憾耳."(『장문계갑문사』권1, 12월 28일)

207) "僕前聞堪輿家之言, 唐堯時冬至日在某宿, 至漢又遷某宿, 躔度相差幾許. 紅毛人貢其方物以朝于吾邦也, 恒寢食檣帆之下, 起臥波濤之際. 乃認星宿以辨方維, 故能審天象. 其推測之器流傳吾東方, 而硏究精確, 非復異時之比也. 又曰'天左旋, 七曜右行.' 往往譬以蟻磨, 且宋儒所謂日月後于天者, 理則然矣, 術則乖矣. 公等有明辨乎." "僕於天文如聾瞽, 不欲妄論."(『조선인래조어진촌어장필어』)

숙하므로 천문을 잘 살피며, 그들의 관측기구 역시 비할 바 없이 정교
하다는 것이다. 또, 전통적인 천문학 견해에 대한 분변을 요청하였는
데, 남옥은 잘 알지 못한다며 답변을 사양하고 있다. 위 대화는『양호
여화』에도 실려 있는데,208) 홍모인의 천문학을 말한 부분을 삭제하고
'또 말하길[又曰]' 이라는 구절을 '星曆家說'로 수정한 후 뒷부분만 남
겨두었다. 상대의 흥미를 끌지 못한 질문이므로 그다지 중요하게 여
기지 않은 듯 하다.

　또, 미야세 류몬이 조동관에게 네덜란드인에 대한 정보를 전달해
준 일이『동사여담』에 실려 전한다.209) 류몬은 조동관에게 자신이 본
네덜란드 사람의 생김새에 대해 말해 주었다. 류몬은 나가사키에는
가보지 못하였다고 했으니 에도나 다른 지역에서 마주친 경험을 말한
것이다. 조동관은 이문(異聞)을 들었으니 기록해 두어야겠다며 흥미를
표한다. 그가 류몬이 써준 필담지를 찢어서 챙기자, 류몬은 또 그림을
그려서 보여주기도 했다. 또, 그 나라와 일본과의 거리를 묻는 조동관
에게 자신이 알고 있는 서양의 정보를 대강 들려준다. 류몬은 지금 이
들이 에도에 와 있다고 말하였는데, 실제로 이때 통신사 일행이 네덜
란드인과 마주치기도 하였다.『일관기』와『승사록』에는 오사카에서
본 네덜란드인의 생김새를 묘사한 기록이 실려 있다.210)

　원중거는『화국지』에서 일본이 아란타(네덜란드)로부터 주즙과 화기
를 배우려 했으나 그렇게 하지 못했던 일을 언급하며 "일본을 제압할
자는 반드시 아란타일 것이니, 아란타가 만약 일본에 대해 뜻을 품는

---

208) "星曆家說天左旋七曜右行, 往往譬以蟻磨. 且宋儒所謂日月後于天者, 理則是矣, 術
　　　則乖矣. 公有明辨乎?"(茅山) "僕於天文如聾瞽, 不敢妄論."(秋月) (『양호여화』부록)
209)『동사여담』권상, 3월 7일.
210)『일관기』, 4월 11일;『승사록』, 4월 16일.

다면 그 우환은 아마도 일본만으로 그치지는 않을 것이다."211)라고 덧
붙였다. 그리고 상세한 내용은 아래의 「아란타」조에 있다고 밝혔으
나, 어찌된 연유인지 해당 부분은 누락되어 있다.212) 일본 문인들은
아란타를 단지 교역의 상대국으로만 묘사했으나, 원중거는 그 너머의
가능성까지 예측했던 것이다. 그러나 계미사행 필담집에서 원중거를
비롯한 조선의 문사들이 아란타 등 서양 세력에 대해 일본인에게 질문
한 기록을 찾아보기는 어렵다. 또한 이 시기 필담과 사행록에서 나가
사키항은 서적과 중화문물의 통로 역할이 부각되었을 뿐, 다가올 시
대의 변화와 관련하여 그 함의가 논의되지는 않았다. 시기상조였던
것이다.

　이상에서 양국 및 해외의 지리 정보에 관한 필담을 살펴보았다. 조
선의 문사들은 이전 사행의 기록을 바탕으로 새롭게 얻은 견문을 보완
하여 문견록을 작성하였는데, 그때에 일본 문사들과의 필담을 적극적
으로 활용하였다. 세 문사는 연로의 명승지와 사적, 이전 사행록에서
읽은 장소에 대한 추가적인 정보를 얻고자 하였으며 기회가 닿는 대로
경내의 명승지를 탐방하기도 하였다. 한편 일본 문사들은 명대 저작
인『대명일통지』,『조선부』를 비롯하여 이전 시기의 필담창화집에서
본 조선의 지리에 대해 질문하였다. 또, 조선 지도를 구해서 본 인물
도 있었다. 1711년 통신사의 방문 이후로 조선의 산천 지리에 대한 관
심이 계속해서 증대하였으며 필담창화집의 유통이 이에 관한 지식을
제공하는 역할을 해왔음을 확인할 수 있다.

---

211)『화국지』, 343면.
212) 하우봉(2015b),「원중거(元重擧)의 한일관계사 인식」,『한일관계사연구』50집,
　　　한일관계사학회, 60면.

한편 양국 문사들은 조선과 일본뿐 아니라 중국 관련 정보 또한 활발히 교환하였다. 조선인들은 강남의 정보를, 그리고 일본인들은 북경 및 조·청 관계에 대한 정보를 구하고자 하였다. 연행 경험이 있는 이언진 같은 인물은 이러한 정보 교환의 매개자 역할을 하기도 했다. 일본인들은 연행 노정, 조선과 중국의 접경 지역의 지리와 풍속, 청나라의 정치와 풍속 등에 대해 질문하였다. 한편 이들은 『동문선』, 『황화집』 등 조선 전기의 저작을 통해 조·명 관계를 짐작할 수 있었으나 조·청 관계에 대해서는 거의 정보가 없었다. 조선의 문사들은 연호와 연기 등 청나라에 대한 기본적인 사항이나 조·청 관계의 대강에 대해서는 말해줄 수 있었으나, 북경의 풍속이나 학술 등에 대해서는 구체적인 정보를 제공하지 못했다. 1765년 홍대용의 연행이 있기까지 조선에서 청은 학술적·문화적인 부분에서 교류의 상대로 여겨지지 않았기 때문이다.

한편 나가사키를 통해 중국의 서적이 대량으로 들어오고 있음에 대해서는 몇 차례 이야기가 되었으나, 중국 너머의 해외 견문에 관한 필담은 거의 발견되지 않는다. 일본 문사가 홍모인의 천문학에 대해 언급한 사례, 서양인의 의복·생김새·언어 등에 대한 간단한 정보를 말한 사례가 있었으나 그 함의에 대한 심도 있는 논의가 이루어지지는 않았다. 동아시아 세계 내부에서의 지식·정보의 교환은 활발히 이루어졌으나 그 너머의 지식 세계는 통신사 교류의 자장 안으로 들어오지 못했던 것이다.

(2) 일본 고대사에 대한 증거의 탐색

일본 문사들은 조선의 문사들에게 증정하는 시와 글 속에서 통신사로 일본에 온 조선인들을 역사나 전설 속 인물에 빗대곤 하였다. 황하

(黃河)의 근원을 찾아서 은하(銀河)에 다녀왔다는 장건(張騫)의 고사와 노(魯)에 사신으로 가서 음악을 품평했다는 오(吳)의 계찰(季札)의 일화 는 가장 빈번하게 활용된 소재였다. 사방을 유람하여 장지(壯志)를 길 렀다는 태사공(太史公)의 이미지 역시 종종 발견된다. 이들 외에 이따 금 등장하는 인물로 백제의 왕인(王仁)이 있다. 다음은 계미사행 시기 의 기록이다.

밤 되자 성에선 젓대소리 들리니	到夜城邊聞玉笛
매화곡 소리에 봄 달이 그윽하네.	曲中梅花春月幽
봄바람에 피리소리 매화 따라 스러지니	春風吹逐梅花落
공연히 잠 깬 객은 눈물 줄줄 흘리네.	空破客夢淚難收
옛날 오래 전 왕인이 이곳에 와서	昔在王仁來此地
제왕 보좌하며 봉래산에서 노닐었다네.	羽翼從帝遊蓬丘
매화 노래 지어 새로 지위 안정시키고	歌題梅花新定位
사직 도와 더욱 임금과 근심 나누었네.	人扶社稷更分憂
공 이루고서야 돌아가 벽려옷 입고	功成初衣歸薜荔
명성 세워도 끝내 봉후되지 않았다네.	名遂長不取封侯
이 분 원래 삼한에서 온 나그네이니	此人元是三韓客
묻노라 그대들은 같은 고향인가.	借問公等同鄉不[213]

　　잠시 저 낭화에서 쉬시게 되면 강남의 매화가 언덕에 가득하여 눈이 들이치듯 꽃이 피어 있을 것입니다. 이에 나부선자(羅浮仙子)가 옅게 화 장을 하여 청려(淸麗)한 향기를 사람들에게 풍기며 지나가는 가빈(嘉賓) 을 맞이하는데 빼어난 용모로 한 차례 웃으면서 아름답게 교태를 부릴

---

213) 최이호 역주(2017), 『奇事風聞・東渡筆談・南宮先生講餘獨覽』, 보고사, 89~90면. (『동도필담』, 2월 22일)

것입니다. 이때를 당해 말에 기댄 채 붓을 휘두르시면 시상이 용출하는 듯하여, 만약 회고의 정이 일어난다면 마땅히 왕인(王仁)에게 노래로 화답하여 천세토록 아름다움을 견줄 수 있을 것입니다.[214]

국풍으로 왕인의 노래에 화답하기 어렵고	國風難和王仁詠
진화로 유독 서복편만 남아있네.	秦火獨餘徐福篇
더욱 동쪽 모야주에 고경이 남아있으니	更有東毛古經在
그대로 인해 다른 나라에 전해졌으면.	憑君欲使異方傳[215]

첫 번째 인용문은 에도의 승려 인세이(因靜)가 학사·서기들에게 준 장편고시의 일부이다. 이 시는 임금을 하직하고 바다를 건너 대마도, 아이노시마, 아카마가세키, 나니와에 이르기까지의 통신사의 여정에 따라 시상을 전개하고 있다. 인용한 부분은 나니와에서 봄을 맞이한 감회를 읊은 대목이다. '나니와성의 봄-매화-매화곡-왕인'으로 이미지가 연결되고 있다. '매화 노래'란 왕인이 지었다고 하는 〈난파진가(難波津歌)〉를 가리킨다. 이 노래는 905년 기노 스라유키(紀貫之) 등이 편찬한 『고금화가집(古今和歌集)』에 수록되어 있으며 왕인을 일본 와카의 창시자라고 전하고 있다.[216] 위 시에서는 또 왕인이 제왕을 도와 사직을 안정시키고 공을 이룬 후에 초야로 돌아갔다고 읊고 있다. 『속일본기(續日本記)』 등의 사서(史書)에는 왕인이 왕실의 정

---

214) 『장문계갑문사(1·2·3)』, 337-338면. 暫憩彼浪華, 則江南梅花滿岸, 侵雪英發. 酒羅浮仙子淡粧, 清麗芳香襲人, 迎嘉賓來過, 而屛顏一笑, 嫣然獻媚. 當此時也, 倚馬揮毫, 藻思如湧, 若能起懷古之情乎. 當賡歌於王仁, 媲美於千歲矣. (『장문계갑문사』 권3, 1월)

215) 같은 책, 123-124면. (『장문계갑문사』 권2, 5월 20일)

216) 하우봉(2015a), 「조선시대 왕인에 대한 인식의 전개와 그 의미」, 『전북사학』 47호, 전북사학회, 82면.

치 고문 역할을 했다는 기술이 포함되어 있는데[217] 위 시에 담긴 왕
인의 사적은 이러한 사서를 기반으로 재구성된 것으로 보인다. 왕명
을 받들고 고향을 떠나 나니와에서 봄을 맞은 통신사 일행을 왕인에
빗댄 것이다. 두 번째 인용문 또한 나니와의 매화에서 〈난파진가〉를
떠올리고, 일본으로 건너와 시를 짓는 조선의 문인들을 왕인에 견주
고 있다.

세 번째 인용문은 다키 가쿠다이가 성대중에게 증정한 시의 일부이
다. 이 시에서는 조선인들의 시를 왕인의 노래에, 자신의 시를 국풍과
같은 소박한 노래에 빗대어 상대를 높이고 있다. 그런데 이 시에서 왕
인의 비유를 활용한 것에는 다소 미묘한 점이 있다. 시에서 가쿠다이
는 일본에만 남아 있는 고경(古經)을 조선에 전하고 싶다는 바람을 표
현하였는데, 이는 과거에 왕인이 일본으로 유교 경전을 가져온 것과
동일선상에서 논할 수 있는 것이다. 비록 문면에 드러나지는 않으나,
일본과 조선이 문화적으로 역전되었다는 자부심이 은연중에 표출되
고 있다.

다음 세 건의 인용문은 계미사행 필담에서 왕인에 대해 언급한 사
례이다.

　　우리나라에 경서가 비로소 널리 퍼지기 시작하였다고 하였는데, 비록
　왕인(王仁)씨로부터 시작하여 이후 천년이 되었지만 근원이 멀고 유파가
　나뉘어져 학자와 문파의 논설이 참으로 무리가 많습니다.[218]

217) 같은 글, 82면.
218) 『장문계갑문사(4)』, 90면. 번역 일부 수정함. 因謂吾邦聖經始敷也, 雖自王仁氏爾
　　後千載, 源遠流分, 家說戶論, 寔繁有徒. (『장문계갑문사』 권4, 5월 21일)

아룀(스가쿠): 천오백 년 전에 백제의 두 유자 전지(腆支)와 왕인(王仁)
　　이 일본에 와서 처음으로 유학을 가르쳤으니, 실로 우리 동방의 문옹
　　(文翁)입니다. 귀국에 그 일에 대해 전해오는 것이 있나요?
답(추월) : 우리나라에는 그 일에 대해 전해온 것이 없습니다. 사(史)에
　　그 이름이 유실되었으니 매우 안타깝군요.[219]

센로: 옛날 백제의 왕인이 우리나라에 와서 입으로 문자를 전해준 일이
　　국사에 상세히 실려 있습니다. 먼 자손이 남아 있습니까?
운아: 이 일은 우리나라에는 다만 소문으로만 전해지고 있을 뿐 사서(史
　　書)에는 실려 있지 않습니다. 그 후손이 있는지 없는지를 어찌 알겠습
　　니까. 안타깝군요.[220]

　　첫 번째 인용문은 아카마가세키의 유자 하타 겐코가 남옥에게 보낸
글 가운데 한 부분으로, 일본의 학문이 왕인에게서 시작된 것으로 서
술하고 있다. 두 번째와 세 번째 필담은 오사카의 문인들과의 대화이
다. 스가쿠는 왕인을 일본에 유학을 가르친 인물로, 센로는 문자를 전
해준 인물로 지목하였다. 스가쿠는 남옥에게 조선에 왕인의 사적이
전해오는지 물었고, 남옥은 남아 있는 사료가 없다고 대답하였다. 센
로의 경우 왕인의 일이 일본의 사서에 실려 있다고 하며 조선에 그
자손이 남아 있는지 물었다. 이언진은 왕인의 일은 소문만 있을 뿐 사
료로 고증할 수 없다고 하였다. 그 소문[耳聞]이라는 것도 다름이 아니
라 통신사 교류를 통해 유입된 전문(傳聞)이었을 뿐, 조선 내에서 구전

---

219) 稟: "千五百年前, 百濟二儒腆支、王仁者來于日本, 始敎儒學, 實吾東方之文翁也.
　　貴國有傳其事者乎?" 答: "我國未嘗傳聞其事也. 史失其名, 可惜可惜. (『보력갑신조
　　선인증답록』, 1월 23일)
220) "古百濟王仁來于弊邦, 口授文字, 詳國史. 猶有雲仍孫子乎?"(仙樓) "此事吾國, 只有
　　耳聞而不史載. 其裔子有亡, 何以識之. 可歎."(雲我) (『양호여화』 권하)

되던 이야기는 아니었다. 조선에서 왕인의 이름을 최초로 기록한 이는 1655년 통신사의 종사관 남용익(南龍翼)이다. 그의 『부상록(扶桑錄)』에는 "을사년에 백제가 왕자 왕인을 보냈다."고 기록되어 있는데, 이는 『해동제국기』에 실린 오진천황(應神天皇) 대의 기사를 수정한 것이다.221) 즉, 실제로 조선 측 문헌에서 왕인의 실재를 증명해 주는 것은 없었던 것이다.

일본에서 왕인의 이름은 『고사기(古事記)』, 『일본서기(日本書紀)』, 『속일본기』와 같은 일본 고대의 사서 및 『회풍조(懷風藻)』, 『고금화가집』 등의 중세 시가집에 실려 전해오다가 에도시대에 이르러 그에 대한 연구가 활발해졌다.222) 이는 곧 김선희의 연구에서 지적된 것처럼 일본에 유학이 발전하면서 일본 유교의 시원(始元)에 대한 관심이 높아졌고, 그 결과 왕인이 선택·발굴된 것임을 시사한다. 교토의 유학자 나미카와 세이쇼(並川誠所)가 1731년 왕인묘를 고증한 일도 이러한 에도시대의 분위기와 관련이 있다.223) 일본의 문사들이 조선의 사료를 통해 왕인의 실재를 증명할 수 있으리라 기대했던 것 역시 이러한 현상과 연관 지어 이해할 수 있다. 자국 학문의 시초를 도래(渡來)한 인물에게서 찾는 것은 근대의 관점으로 보면 이해하기 어려운 일이다. 그러나 조선에서 기자(箕子)가 선진 문명의 상징 역할을 했던 것처럼 에도시대의 유자들 역시 근세의 유교를 아득한 고대의 사적과 연결 지을 필요를 느꼈던 것이다.

그러나 왕인은 『삼국사기』와 『삼국유사』를 비롯하여 조선 측 사료

---

221) 김선희(2011), 「전근대 왕인(王仁) 전승의 형성과 수용」, 『일본문화연구』 39집, 동아시아일본학회, 44-45면.
222) 하우봉(2015), 78면.
223) 김선희(2011), 48면.

에서는 그 이름이 확인되지 않으며 따라서 일본인들의 기대를 충족시켜 줄 수 없었다. 아래 대화와 관련된 상황을 살펴봄으로써 이 점을 확인할 수 있다. 1711년의 필담이다.

> 물음(마사카즈): 일본 응신천황(應神天皇) 재위 시에 백제국의 왕인(王仁)이 조정에 와서 유학의 도를 크게 열었습니다. 황자(皇子) 토도치랑자(菟道稚郎子)가 왕인을 스승으로 삼아 배웠습니다. 그 후 토도와 형 대초료존(大鷦鷯尊)이 서로 선위 받을 것을 양보하니 형제에게 백이와 숙제의 행실이 있었지요. 황자가 훙거했을 때에 대초료존이 슬퍼하기를 그치지 않았습니다. 이때 왕인이 와카(和歌)를 바쳐 즉위를 권하였지요. 이에 대초료존이 즉위하였으니 호를 인덕천황(仁德天皇)이라 한 이가 바로 이 분입니다. 귀국의 사록(史錄) 가운데 왕인의 사적이 있습니까?
>
> 답함(동곽): 우리 동언(東諺)에 전하길, "백제의 왕인이 일본에 들어올 때 『천자문』과 『논어』 한 권을 가지고 와서 많은 선비들을 가르쳐서 일본에 문자가 있게 된 것이 여기에서 비롯하였다."는 등의 말이 있습니다. 백제가 망한 것이 수천 년이 되어 사적이 전하지 않으니 세상에 상고할 방법은 없습니다. 고려 때에 정포은(鄭圃隱) 선생을 보내어 황명(皇明) 태조(太祖)가 황제에 등극하는 것을 경하하였습니다. 포은 선생이 친히 그 창업 초의 예악문물이 빈빈(彬彬)하여 날로 전술(傳述)하는 것을 보았습니다. 그러므로 문집 중에 찬미하는 시가 있습니다.224)

---

224) 問(正數): "日本應神天皇御世, 百濟國王仁來朝, 大闡儒道. 皇子菟道稚郎子師王仁而學之. 其後菟道與兄大鷦鷯尊, 互相讓受禪, 而兄弟有如夷齊之行. 皇子薨去時, 大鷦鷯尊悲哀不已. 于時王仁獻和歌奉勸卽位. 於是大鷦鷯尊卽位, 號仁德天皇是也. 貴國史錄中有王仁事實耶?" 答(東郭): "我東諺傳'百濟王仁入日本時, 携《千字文》及《論語》一卷而來, 敎誨多士, 日本之有文字蓋始於此云云.' 而百濟之亡幾數千載, 史籍不傳, 於世無由考信矣. 高麗時, 送鄭圃隱先生, 賀皇明太祖皇帝登極. 圃隱先生親見其

이 예문에서 오미 마사카즈(尾見正數)는 오진천황(應神天皇) 대에 왕
인이 일본에 와서 유학을 열었으며, 황자 토도치랑자를 가르쳤다고
말하고 있다. 또, 황자가 죽자 왕인이 와카를 지어 그 형이 즉위하도
록 권하였는데 그가 곧 인토쿠천황(仁德天皇)이라고 하였다. 그리고 조
선의 기록에 그 일이 있는지를 물었다. 이에 이현은 '我東諺'에 왕인이
일본에 『천자문』과 『논어』를 가져가서 선비를 가르쳤고 그것이 일본
문자의 시초라는 사실이 전(傳)하고 있다고 답하였다. 그런데 무진사
행 필담집 가운데 야마미야 세쓰로가 이명계(호 海皐)에게 『동언전(東
諺傳)』이란 책의 권수와 작자에 대해 물은 일이 있다.[225] 정덕(正德)년
의 서기가 『동언전』에 왕인의 일이 실려 있다고 말했다는 것이다. 그
가 말한 『동언전』은 위 예문 가운데 이현의 대답을 오역한 것이다. 왕
인의 사적이 조선에 남아 있을지도 모른다는 기대감에서 이러한 오해
가 발생한 것이다.

  그런데 위 마사카즈와 이현의 대화 가운데에는 다소 이해하기 어려
운 부분이 있다. 첫째는 이현이 정확하게 『천자문』과 『논어』라는 책
명을 언급했다는 점이다. 『해동제국기(海東諸國記)』에는 오진천황 때
에 일본에 백제의 왕태자가 왔다고만 기록되어 있으며, 남용익의 『부
상록』에도 단지 왕인이 일본에 갔다는 사실만이 기재되어 있다. 왕인

創業之初禮樂文物彬彬日述. 故其文集中有贊美之詩矣."(『계림창화집』 권12)
225) ○품(稟) 세쓰로(雪樓): "『동언전(東諺傳)』의 권수와 작자는 어떠합니까?" ○복
(復) 해고(海皐): "『동언전(東諺傳)』은 무슨 이름인지 모르겠습니다." ○품(稟) 세
쓰로: "정덕(正德)년의 빙사 서기 군이 우리들에게 답하기를 '『동언전』에 왕인이
일본으로 들어간 일이 실려 있다'고 했습니다." ○복(復) 해고: "이 책은 이항문자
(里巷文字)에 불과할 것입니다. 학사의 무리들이 항상 볼 수 있는 바가 아니기 때
문에 상세히 본적이 없습니다."(『화한필담훈풍편』 권중. 번역은 기태완 역주
(2014), 80-81면)

이 『천자문』과 『논어』를 일본에 가져온 일은 『고사기』에 실려 있는데, 당시 이현이 그 책을 읽었을지는 의문이며 만약 그렇다면 일본의 서적에서 읽었다고 대답하였을 것이다. 게다가 왕인이 일본에 들어갈 때 두 책을 가지고 왔다[百濟王仁入日本時, 携《千字文》及《論語》一卷而來.]는 말은 일본의 관점에서 서술된 것이다. 또, 왕인의 사적이 조선에서 구전되었다는 증거 역시 없다. 이렇게 보면 왕인의 사적에 관한 이현의 대답은 일본 문사에 의해 첨가된 내용일 가능성이 큰 것이다.226)

요컨대 확언하기는 어렵지만 위와 같은 조작이 이루어졌을 가능성은 충분하다고 생각된다. 비록 사료가 남아 있지 않더라도 조선에 그와 관련된 구전이 존재한다면 아예 증거가 없는 것보다는 나을 것이었다. 왕인의 사적을 고증하는 것은 어떤 이들에게는 매우 절실한 문제였던 것이다. 무진사행 필담의 세쓰로 역시 고대사를 고증하는 일에 관심이 있었고, 그래서 『계림창화집』에 실린 마사카즈의 필담을 접한 후 통신사를 만나서 그에 대한 추가 정보를 얻고자 한 것이다. 한편 위 대화들에서 조선의 문사들이 왕인에게 크게 주목하거나 특별한 관심을 보이지 않고 있음도 확인된다.

---

226) 더 이상한 것은 그 뒤에 이어지는 이현의 말이다. 마사카즈의 질문과 무관하게 이현은 고려 말 정몽주가 명나라 태조의 등극식에 참여한 일을 거론하고 있는 것이다. 왜 이러한 말이 있는지는 이어지는 필담을 보면 알 수 있다. 마사카즈는 "듣자하니 홍무(洪武) 말에 중화와 귀국이 단절되어서 영락(永樂) 원년에 이르러서 화의를 맺었다고 하더군요. 지금 귀국은 대청의 세력(歲曆)과 연호를 받습니까? 귀국의 올해 연호는 무엇입니까?"라고 물었고, 이에 이현은 "지금 우리나라는 이미 대청에 복종하여 섬기니 그 연호를 쓰는 것은 물론입니다. 이 때문에 공사의 문서에 모두 '강희(康熙)'를 사용합니다."라고 답하고 있다. 즉, 정몽주에 관한 일은 다음 질문에 관한 답변의 일부였던 것이다. 명 태조 때에도 여전히 고려 및 조선은 중국과 교류하고 있었다는 이야기이다. 이와 같이 대화의 순서가 뒤엉킨 것은 이현의 답변을 따로 작성해서 첨가해 넣는 과정에서 착오가 생긴 결과라고 볼 수 있다.

일본 고대사에 관한 증거를 조선인의 입을 통해 확보하고자 했던 사례는 여기에 그치지 않는다. 계미사행 필담창화집에 실린 다음 두 건의 대화는 『상한필어』에 실린 야마다 세이친(도난)의 필담으로, 진구황후(神功皇后)의 일을 거론하고 있다.

> 아룀 『구사본기(舊事本記)』에 진구황후가 삼한(三韓)을 정벌했을 때 왕문(王門)에 삼
> 지창을 심고 개선했다고 나와 있고, 그것이 아직도 있다는 말을 들은 적이 있다.
> 그래서 질문한 것이다. (도난): 듣자하니 한왕(韓王)의 문에 삼지창을 심
> 었다고 하던데, 크기가 어느 정도 됩니까?
> 대답(용택): 저는 천 리 바깥에 살기 때문에 듣기만 했을 뿐이고 본 적은
> 없습니다.
> 아룀(도난): 그 창이 있다는 것은 절대 의심하지 않는 것이지요?
> 대답(용택): 의심하지 않습니다.[227]
>
> 아룀(도난): 조선의 왕문(王門)에 창을 심었다고 들었는데, 모양이 어떠
> 합니까?
> 대답(춘풍): 세 갈래로 된 물건입니다.[228]

첫 번째 인용문은 도난이 소동 김용택과 나눈 대화이며, 두 번째는 군관 춘풍(春風)이라는 인물과 나눈 대화이다. 도난이 필담 중에 진구황후의 이름을 직접 언급한 것은 아니며, 나중에 필담을 편집할 때 주를 달아 자기 질문의 의도를 설명한 것이다. 용택과 춘풍에게는 단지

---

227) 稟【《舊事本記》, 神功皇后征三韓時, 樹三枝矛於王門而凱旋, 曾聞今猶存焉, 故問
　　之.】(圖南): "聞韓王之門樹三枝之戈, 大幾何?" 復(龍澤): "吾在距千里之外, 聞之而已,
　　未見. 稟(圖南): "其戈之有, 決無疑乎?" 復(龍澤): "無疑." (『상한필어』, 3월 3일)
228) 稟(圖南): "聞朝鮮王門樹矛, 形狀如何?" 復(春風): "三枝之物是也." (같은 책, 3월
　　8일)

왕문(王門)에 삼지창이 있다고 하는데 그것의 크기가 어떠하며 모양은 어떠한지를 물었다. 그러한 물건이 있는지부터 묻지 않고 바로 크기와 모양을 물은 것이다. 용택이 자신은 멀리 떨어져 살기 때문에 듣기만 했지 본 적은 없다고 하자, 도난은 창이 있다는 것은 틀림없는 사실인지 물었다. 용택은 그렇다고 답했다. 또, 춘풍에게는 그 모양이 어떠하냐고 물었고, 춘풍은 그것이 삼지창 모양이라고 답해주었다. 한편 용택과의 필담에서는 '韓王之門', 춘풍과의 필담에서는 '朝鮮王門'으로 그 표현이 바뀌고 있는 것에도 주목할 필요가 있다. 조선왕문이라는 표현은 '삼한을 정벌했을 때 왕문에 창을 심었다.'[征三韓時, 樹三枝矛於王門]는 설명을 통해 정확히 알 수 없는 왕문이라는 장소를 조선의 도성, 즉 한성(漢城)의 입구로 특정하고 있기 때문이다.

　김용택과 춘풍이 말한 삼지창이 무엇을 지칭하는지 알 수 없으며, 실제로 이런 대화가 이루어졌는지도 의심스럽다. 『일본서기』에는 진구황후가 신라를 친 후 자신의 창을 신라왕의 문에 세웠다고 나와 있으므로, 만약 그 창이 실재한다면 그것은 경주의 신라 유적에서 발견되어야 하는 것이다. 『상한필어』에서 김용택과의 대화는 위의 인용문 한 건이 전부이다. 또, 춘풍과는 상당히 긴 대화를 나누었는데, 대화의 흐름과 무관한 위의 문답이 중간에 삽입되어 있다. 신라의 왕문과 조선의 왕문이 같은 위치에 있다는 것도 이상하다. 그러나 일본의 독자들 입장에서는 굳이 따지지 않는 한 이 대화를 의심할 까닭은 없다. 다소 부정확하더라도 이들의 증언은 진구황후의 사적이 조선에 분명히 남아 있다는 방증의 하나가 될 수 있었을 것이다. 게다가 조선인두 사람이 진구황후의 일에 대한 설명을 듣지도 않고서 분명히 왕문에 그러한 물건이 있다고 '증언'해 주었다는 사실이 이 진술의 객관성을 더해주고 있다. 만약 필자의 추측대로 저 대화가 위조된 것이라면 일

본 고대 사료의 진실성을 증명하는 데 통신사 교류가 '이용'된 것이라
고 할 수 있겠다.

　이처럼 일본 문사들이 고대사, 또는 고대 한반도와 일본의 교류사
에 지대한 관심을 표했던 것과 달리 통신사 학사·서기들은 대체로 삼
국이나 고려에 관한 일을 언급하는 것 자체를 꺼리는 경향이 있었
다.[229] 특히 신라와 고려는 불교의 말폐(末弊)로 인해 멸망한 나라라
는 인식이 있었다. 조선의 문사들은 유교가 자리 잡기 전의 조야한 나
라들의 일을 논하는 것이 국체(國體)를 상하게 한다고 여겼던 듯하다.
이는 일본 문사들이 고대 일본이 중국 및 한반도와 교류한 사실을 중
시하는 태도와는 매우 다르다. 『동사여담』의 미야세 류몬도 일본에
삼국의 후손이 많이 남아 있다는 이야기를 했는데, 과거 한반도와 일
본 간의 인적 교류가 활발했던 사실에 의의를 두고 있는 것이다. 그러
나 이에 대해 남옥은 삼국의 자손도 이제는 여느 일본인과 다름이 없
다는 뜻으로 답했을 뿐이다. 또, 류몬이 조선에 남아 있는 일본인들에
대해 묻자 그들이 민간의 백성과 섞여 살고 있으므로 어떤 사람들인지
알 수 없다고 하였다.[230]

　한편 미야세 류몬은 조선에 있는 일본인들에 대한 이야기를 『징비
록(懲毖錄)』에서 보았다고 말한 바 있다. 『징비록』은 에도시대에 널리

---

229) 예컨대 다음과 같은 대화에 그러한 경향이 나타난다.
　　○품(稟) 세쓰로: 신라국은 처음에 거서간(居西干)이라 칭했는데, 귀인(貴人)을
　　부르는 칭호입니다. 또 차차웅(次次雄)이라고 칭한 것은 신(神)으로 삼은 말입니
　　다. 이사금(尼師今)은 치리(齒理)한다는 칭호입니다. 그 밖의 마립간(麻立干) 같은
　　종류는 방언(方言)이 지금 여전히 남아있습니까? ○복(復) 해고: 나씨(羅氏)의 속
　　어(俗語)에 있어서는, 지금 사대부들은 말하는 것을 수치스럽게 여깁니다. 칭하여
　　붙인 것은 서계(書契) 이전입니다. (『화한필담훈풍편』 권중. 번역은 기태완 역주
　　(2014), 79-80면)
230) 『동사여담』 권상, 3월 7일.

읽힌 조선 관련 서적의 하나이다. 『양호여화』의 오쿠다 모토쓰구가
필담 중에 언급한 조선 서적으로는 『징비록』을 비롯하여 『용재총화(慵
齋叢話)』, 『삼한일사(三韓逸史)』, 『지봉유설(芝峯類說)』, 『유원총보(類苑
叢寶)』, 『훈몽자회(訓蒙字會)』 등이 있는데, 이들은 모두 일본의 서점에
서 구할 수 있었던 책이었다. 『동국통감』과 『동문선』도 통신사 필담
에서 자주 거론되었던 서적이다. 특히 『동국통감』은 임진왜란 시기에
일본으로 전래되어 간분(寬文) 7년(1667년) 교토의 쇼하쿠도(松柏堂)에
서 출판된 이래 여러 차례 중간되어 일본 전역에서 널리 읽혔다.[231]
또, 기해사행 때에 『동국통감』과 함께 권근(權近)이 편찬한 『동국사략
(東國史略)』을 언급한 문인도 있었다.[232] 당시 일본인들이 조선 역사
에 대한 정보를 획득했던 경로를 대략 파악할 수 있다.

　특히 『동국통감』의 유통은 한반도의 고대사에 관한 일본인의 관심
을 촉발한 계기가 되었다. 단군 신화가 알려진 것 역시 이 책을 통해서
였다. 단군 신화는 에도시대에 이르러 일본에 본격적으로 소개된 것
으로 추정되며, 그 주요한 매체는 『화한삼재도회』였다. 여기에 실린
단군 관련 기사는 『동국통감』의 내용을 그대로 인용한 것이었다. 단
군신화는 19세기 일본의 전쟁소설 『에혼조선정벌기(繪本朝鮮征伐記)』
의 소재로도 활용되었는데, 이것 역시 『동국통감』에 실린 단군 관련
기사를 바탕으로 살을 붙인 것이다.[233] 한편 권근의 『사략』에서 단군
에 관한 이야기를 읽은 인물도 있었던 것으로 보아 이 책 역시 조선의

---

231)　김영주·이시준(2016), 20-21면.
232)　○품(稟) 세쓰로: 단군은, 『동국통감』에서는 단씨(檀氏)라고 하고, 『동국사략(東
　　　國史略)』에서는 환씨(桓氏)라고 했는데, 어느 것이 옳은지 모르겠습니다. ○복(復)
　　　제암: 단씨가 맞습니다. (『화한필담훈풍편』. 번역은 기태완 역주(2014), 79면)
233)　김영주·이시준(2016), 24면.

고대사에 대한 정보를 제공하는 데 일조했던 것으로 생각된다. 계미
통신사 필담에도 단군의 사적에 관한 문답이 2건 나온다.[234]

 고대사에 대한 일본 문사들의 관심은 그다지 조선인들의 호응을 얻
지 못했다. 그러나 몇몇 문사들은 자신의 필담집에 어떻게든 이 문제
에 관한 대화를 수록하고 싶어 했던 것 같다. 고대사뿐 아니라 조선
불교 등에 대한 질문을 하였다가 답변을 아예 받지 못한 경우도 있었
다. 또, 화제와 무관하게 최천종 사건으로 인해 답신을 받지 못한 일
도 있었다. 그 때문에 답변이 달리지 않은 문목을 그대로 실어놓기도
하였다. 일단 문목을 전달했다면 어쨌든 필담집에 수록하는 것은 문
제가 되지 않는다. 그러나 상대방이 자신이 원하는 질문을 해주지 않
았을 경우에는 어떻게 했을까? 질문이 없는데 준비해 간 답변만을 수
록한다는 것은 아무래도 이상하다. 이마이 쇼안이 일본 의복의 연원
을 설명하기 위해 조선인의 질문 몇 개를 위조하여 실제 필담 가운데
슬쩍 끼워 넣은 일은 앞 절에서 이미 설명하였다. 다음 인용문은 위조
가 아닌 방식으로 그러한 문제를 해결한 사례이다.

 제가 일찍이 귀국의 옛 명칭에 대해 의심나는 것이 있어서 나아가 질
정을 구하고자 하니 가르침을 내려주시길 감히 청합니다.
 조선 남 학사 추월에게 드림
 『후한서(後漢書)』「삼한전(三韓傳)」에서 "한에는 3종이 있는데 하나는
마한(馬韓), 둘은 진한(辰韓), 셋은 변진(弁辰)이다"라고 했습니다. 『의
초육첩(義楚六帖)』에서는 진한(辰韓)을 진한(秦韓)이라 하였습니다. 『진

---

234) 松庵曰: "箕子之胤, 尙有存者者乎?" 龍淵曰: "箕子之胤奉其祀者, 尙有數家." 松庵曰:
 "檀君之祀, 何如?" 龍淵曰: "此吾邦開國之祖, 其祀儼然尙存." (『송암필어』, 2월 29일)
 默齋曰: "然矣. 朝鮮有箕子之遺風, 其他一從朱夫子禮文." 龍門曰: "檀君、箕子之裔
 如何?" 默齋曰: "檀君之胤旣絕, 箕子之裔多存." (『동사여담』 권하, 3월 10일)

서(晉書)』를 살펴보면 변진(弁辰)과 진한(秦韓)은 모두 진한(辰韓)에 속하고 따로 변한(弁韓)이 있으니, 변진과 진한(辰韓)은 모두 변한(弁韓)이 아닙니다. 그렇긴 하나 또 다른 설이 있습니까?

(…중략…)

아룀(추월): '왜(倭)'는 일본의 별명입니다. 『당서(唐書)』에 이르길 "일본은 소국이요 왜는 대국이므로 그 호칭으로 아울러 부른다."고 했는데 정말로 그러합니까?

대답(조메이(長明)): 아닙니다. 모두 당인(唐人)들이 추측한 설일 뿐입니다. 우리나라는 상고 때부터 일본이라고 불렸습니다. 왜라고 일컫는 것은 우리가 칭하는 것이 아닙니다. 운운. 그러므로 두 나라가 아닙니다.

아룀(추월): 귀국은 『수서(隋書)』에 '퇴국(俀國)'이라고 나와 있는데, '俀'는 혹 '倭'의 오자입니까? 아니면 또 '俀'라는 이름이 있습니까?

조메이: 그렇습니다. 베낀 자가 잘못 쓴 것입니다.

같음(추월): 『당서』 열전(列傳)에 "일본은 옛날의 왜노(倭奴)이다", "함형(咸亨) 원년(元年)에 사신을 보냈다", "나중에 중국 음에 제법 익숙해지자 왜라는 이름을 싫어하여 일본으로 국호를 고쳤다." 등의 말을 하고 있습니다. 『일본서기』를 살펴보면 '일본반여언천황(日本磐余彦天皇)', '일본무존(日本武尊)' 등이 있으니 일본이라는 명칭은 본래 있던 것이지 왜를 일본으로 고친 것은 아닙니다. 감히 그 설을 듣고자 합니다. (…중략…)

대답을 청하니 시기가 엄중하다고 하고는 끝내 답해주지 않았다. 위 문항은 내가 물어본 것과 대략 비슷한데 내가 저들을 대신해서 질문을 만들어 본 것이니, 모두 다 바로 중국인들이 잘못 기록한 것을 바로잡은 것이다. 그 나라의 옛 명칭을 정밀히 살핌은 또한 학자의 소임일진저!235)

---

235) "僕嘗於貴國古名有所疑, 故欲就正, 敢請被教. 呈朝鮮南學士秋月. 《後漢書·三韓傳》云'韓有三種: 一曰馬韓; 二曰辰韓; 三曰弁辰.' 《義楚六帖》云'辰韓, 秦韓.' 按《晉

야마모토 조메이(山本長明)는 『후한서』, 『의초육첩』, 『진서』, 『후광
무기(後光武紀)』, 『동국통감』, 『후주서(後周書)』, 『만보전서(萬寶全書)』,
『삼국지(三國志)』 위지(魏志), 『남제서(南齊書)』와 같은 자료들에 나타나
는 옛 삼한 지역의 여러 나라들의 정확한 명칭에 대해 남옥에게 질문
하였다. 그러나 남옥은 '때가 엄중'하다는 이유로 답변하지 않았다. 아
마도 최천종 사건이 있은 후의 대화인 듯하다. 그런데 야마모토의 문
목에 이어 남옥과 성대중이 중국 서적에 나오는 일본의 명칭에 대해
질문한 기록이 실려 있다. 야마모토는 조선 학사·서기들의 질문에 하
나하나 답변을 달고 있는데, 요지는 중국 서적에 실린 내용이 모두 부
정확하고 잘못된 정보라는 것이다. 질문의 방식은 앞에서 야마모토가
학사·서기들에게 물은 것과 거의 비슷하다. 사실 이 대화는 '設問',
즉 실제로 이루어진 대화가 아니라 가정하여 만들어 본 대화이다. 야
마모토는 대화의 끝에 자신이 조선인들을 대신하여 이러한 질문을 만
들고 스스로 답변을 작성했다고 부기해 두었다. 그리고 자기 나라의
옛 명칭을 밝히는 것이 학자의 소임이라며 이러한 대화를 기록해 둔
취지를 밝히고 있다.

야마모토는 여기에서 조선과 일본 모두 중국 사서를 통해 상대방
나라에 대한 정보를 얻는 상황을 문제시하고 있다. 중국인들이 함부

書》, 弁辰、秦韓皆屬於辰韓, 而別有弁韓, 則弁辰、辰韓俱是非弁韓. 雖然, 又更有說
乎?"(…) 稟(秋月): "倭、日本別名也. 而《唐書》云'日本乃小國, 倭大國也, 故冒其號.'
信乎?"復(長明)曰: "非也. 皆唐人意料之說耳. 我國自上古號日本, 謂之倭者, 非我所
稱也云云, 固非二國也." 稟(秋月): "貴國《隨書》作倭國, 倭或倭字之誤乎, 抑又名倭
乎?"(長明)曰: "然. 傳寫之誤耳." 同(秋月): "《唐書·傳》云'日本古倭奴也'云云, '咸亨
元年遣使'云云, '後稍習夏音, 惡倭名, 更號日本.' 按《日本書紀》, 有日本磐余彦天皇日
本武尊等, 則日本之名固有之者, 而非倭改爲日本. 敢請聞其說."(…) 請其復, 則云時
嚴而遂不答. 右件舉似吾所問者, 吾代于彼而設問, 皆正華人之妄者也. 精於其國之古
名, 亦是學者之任歟!"(『개원문사』(『화한쌍명집』 권3))

로 기록해 놓은 것을 그대로 믿을 수 없다는 것이다. 삼한의 옛 명칭을 변증하고자 한 질문을 보면 그가 이 문제에 관해 다양한 자료를 살펴보며 고심하였음을 알 수 있다. 그러나 자국 고대사와 관련된 화제임에도 불구하고 조선의 문사들은 그 문제에 전혀 관심을 보이지 않았다. 그는 또한 '왜'와 '일본'이라는 명칭의 분별에 관해 논하고자 하였으나 그러한 말을 할 기회를 얻지 못했다. 그 때문에 가상의 대화를 만들어 필담집에 포함시킨 것이다.

여기에서 다음의 두 가지 사실이 확인된다. 첫째는 필담집의 편집자는 독자들에게 필담을 통해 특별히 보여주고 싶은 것이 있었으며, 실제 대화를 통해 그것이 실현되지 않았을 때에 위와 같은 방식으로 자신의 의도를 독자에게 전달하기도 하였다는 것이다. 두 번째는 필자의 추측이지만, 야마모토가 위와 같은 방법을 고안해 냄으로써 필담 위조의 유혹을 가까스로 벗어났다는 점이다. '내가 저들을 대신해서 만들어 본 것'이라는 한 문장을 넣지 않았다면 '設問'이 아니라 위조가 되어버리는 것이다. 필담집의 독자들이 무엇을 기대하였고, 저자가 어떠한 방식으로 그러한 기대에 부응하고자 했는지를 확인할 수 있는 대목이다.

18세기의 필담 자료를 통해 일본의 문인들이 일본의 고대사 및 고대 한반도와 일본의 교류사에 각별한 관심을 갖고 있었음을 확인할 수 있다. 특히 왕인에 대한 관심이 높아서, 신묘사행 때부터 조선에 남아 있는 왕인의 사적을 확인하려는 시도가 끊이지 않았다. 이는 에도시대에 유학이 발전하면서 일본 유교의 시원에 대한 관심이 높아졌던 분위기와 관련이 있다. 그러나 조선에는 왕인에 관한 기록이 없었으며 오히려 통신사 교류를 통해 왕인의 존재가 일본에 알려지게 된 상황이었다. 계미통신사 때에도 통신사의 작품을 왕인의 노래에 빗대는 등 그에 관해 언급하는 문사들이 있었으며 왕인의 사적에 대한 탐문 역시 계속되었다.

계미통신사 필담에는 또 진구황후의 사적에 대해 확인하는 문답이 두 건 등장한다. 진구황후가 삼한을 정벌했을 때 왕문에 심고 왔다고 하는 삼지창에 대해 물은 것인데, 조선인의 입을 통해 이에 관한 증거를 확보하고자 한 것이다. 이 두 건의 필담은 일본 문사가 조선의 소동 및 군관과 나눈 문답인데 문맥이나 내용상 위조된 것임이 분명하다. 즉, 일본 고대 사료의 진실성을 증명하기 위해 통신사 교류가 이용된 예인 것이다. 한편 일본인들은『동국통감』등 조선의 사서에서 접한 신라의 음악에 대한 기사, 단군 신화, 평양의 유적 등에 대해 언급하기도 했다. 여러 중국 서적에서 제시한 삼한 및 조선 고대국가의 명칭에 대한 변증을 시도한 인물도 있었다. 그는 또 일본의 옛 명칭에 대해 남옥 및 성대중과의 가상의 대화를 작성해서 자신의 필담에 수록하기도 하였다. 조선인들이 고대사에 대해 충분한 관심을 표하지 않았기 때문에 이와 같은 방법을 고안해냈던 것이다. 통신사 교류에 참가했던 일본의 유자들이 국내의 필담 독자들에게 어떠한 것을 보여주고자 했는지를 확인하게 해 주는 사례이다.

3. 언어와 문학

본 절에서는 언어 및 문학에 관한 양국 문인의 필담을 살펴본다. 먼저 언어·문자에 관한 논의에서 발견되는 주된 특징은 조선 언문 및 양국의 한문 독서법에 대한 화제가 중심이 되고 있다는 점이다. 일본 문인들은 조선인을 중화에 가깝거나 중국인과 비슷한 문화적 배경을 가진 이들로 여기는 동시에 자신들과 마찬가지로 중국어가 아닌 '방언(方

言)'을 쓰는 나라의 사람들이라는 사실도 인지하고 있었다. 이들은 조선 인들도 자신들의 고유문자인 언문(諺文)으로 문자생활을 한다는 것을 알고서 언문의 자체(字體)에 대해 묻거나 언문 글귀를 풀이해 달라고 청하기도 했다. 또한 일본의 문사들은 조선인들이 중국의 문학인 한시를 능숙하게 창작하고 또 한문 문장을 막힘없이 읽고 즉각적으로 이해하는 모습을 보고 경탄하면서 그것이 가능한 이유를 탐구하고자 하였다. 한편 조선의 문사들은 일본의 한문 독서법에 대해 문제를 제기하였으며, 한문의 직독(直讀)을 제창한 오규 소라이의 공적에 주목하기도 하였다.

문학 관련 논의에서는 두 가지 양상이 나타난다. 첫 번째는 이전 시기 필담에서 자주 거론되었던 양국 작시 경향의 비교라는 화제가 자취를 감추고 그 대신 필담창화집의 서발에서 이에 대한 논의가 집중 적으로 이뤄지고 있다는 점이다. 이에 따라 본문에서는 이 시기 필담 창화집 서발문에서 양국의 작시 경향을 언급하고 있는 부분을 대상으 로 그 구체적인 내용을 살펴보았다. 두 번째 양상은 소라이학의 영향 으로 인해 학시법(學詩法) 및 명시(明詩)의 의의에 관한 토론이 이 시기 문학 논의의 주를 이루게 되었다는 점이다. 본문에서는 계미통신사 필담집의 학시법 관련 대화의 양상을 대략적으로 검토하고, 기존 연 구에서 논의된 적이 있는 이언진과 일본 문사 간의 왕세정(王世貞) 문 학 관련 토의에 대해서도 아울러 살펴보고자 한다.

(1) 조선 언문에 대한 관심과 양국 독서법의 비교[236)]

조선 언문에 대한 일본 문사들의 관심이 필담집에 처음으로 나타나

는 것은 1711년 신묘사행 시기이다. 이 시기 필담집에는 언문은 어느 때 누가 만든 것인지, 무엇을 본떠 만든 것인지 등에 대한 질문이 등장한다. 그 후 1719년 기해사행부터 언문이 전왕(前王)이 만든 문자임을 이미 알고서 그 왕이 누구인지 묻거나 언문이 어떤 방식으로 사용되는지 등에 대한 문답이 나타나기 시작했다. 언문자모표(諺文字母表) 또는 반절본문(反切本文)이 처음 등장한 것도 기해사행의 필담창화집이다.237) 1748년 자료에서도 언문에 대한 문답은 등장하지만 반절표가 수록된 자료는 발견되지 않는다. 계미통신사 필담 가운데에는 두 건의 언문자모표(반절본문)가 수록되어 있다.238)

반절표 외에 이 시기 필담집에서 언문의 자체(字體)에 대한 관심이 나타난 부분들을 몇 곳 더 확인할 수 있다. 다음은『문사여향』에 실린 대화이다.

긴코쿠(金谷) 아룀: 귀국의 언문은 세종 장헌왕(莊憲王) 때가 시초라고
  들었습니다. 지금 언문을 기록한 것이 있는데 글자 모양과 편획에 마
  땅히 잘못 쓴 것이 있을 것입니다. 감히 고쳐주시기를 바랍니다.
용연 물음: 누가 쓴 것인가요?
긴코쿠 답: 대추(大湫)가 쓴 것이니, 곧 저의 스승입니다. … 남궁교경(南
  宮喬卿)으로, 대추는 그 분의 호입니다.

---

237) 하나는 기노시타 지츠분(木下實聞)의 요청에 의해 정사 서기 강백이 작성한 것이
  고, 또 하나는 종사 서기 장응두가 이케다 쓰네사다(池田常貞)에게 써 준 것이다.
  각각『객관최찬집』과『화한창화집(和韓唱和集)』에 실려 전한다.
238)『상한필어』와『왜한의담』에 수록되어 있다. 전자는 '學士之僕'이 에도의 의관 야
  마다 세이친(山田正珍)에게 써준 것으로 '五十字和音'이 함께 실려 있다. 후자는
  마찬가지로 에도의 의관이었던 사카가미 요시유키(坂上善之)가 홍선보에게서 들
  은 언문을 기록한 것이다. 두 자료는 각각 김형태(2010) 및 김형태(2013)에서 소개
  한 바 있다.

용연이 붓을 잡고 크게 … 그때 여러 사람들이 … 주는 것이 이어져서 끝내 마치지
못했다.239)

쇼산(勝山) 아룀: 빈객들 중에 글씨를 잘 쓰는 사람의 성자(姓字)가 어떻
게 됩니까?

용연 답: 글씨를 잘 쓰는 이는 조성빈(趙聖賓: 조동관), 홍성원, 이언우
입니다.

쇼산 아룀: 귀국의 언문은 자체(字體)를 잘 모릅니다. 보여주시기 바랍
니다.

용연 답: 언문은 써 보일 겨를이 없군요. 글자가 많기 때문입니다. 저희들은
지금 떠나야 합니다. 평온하게 이야기 나눌 수 없으니 안타깝군요.240)

긴코쿠(金谷)는 성을 이시카와(石川), 이름을 다다시(貞)라고 하는 인
물로, 그가 자신의 스승이라고 밝힌 난구 다이슈(南宮大湫)는 당시 여
러 문인들을 거느린 명망 있는 학자였다. 다이슈는 절충학파로서 남
옥과 서신을 주고받으며 학술 논의를 펼치기도 했던 인물이다. 쇼산
(勝山)은 성이 덴(田), 이름은 다테마쓰(立松)이며 의원이면서 한시에도
능한 인물이었다. 언문 자체를 보여 달라는 쇼산의 요청을 성대중은
시간이 촉박하다는 이유로 거절하고 있다.

긴코쿠는 성대중에게 언문 자획의 교정을 요청한 것 이외에 또 남

---

239) 金谷稟: "聞貴國之諺文, 自世宗莊憲王始. 今記諺文者, 字樣扁畵, 恐當有誤寫. 敢請
改正之." 龍淵問: "何人書之?" 金谷答: "大湫所書, 卽僕師也. 旣▨▨啓文, 南宮喬卿,
大湫其號也."【龍淵把筆, 大▨▨▨, 其時諸子贈▨▨▨相仍, 遂不卒業.】(『문사여향』
권상, 1월 25일)

240) 勝山稟: "賓客中善書法人, 其姓字如何?" 龍淵答: "善書法者, 趙聖賓、洪聖源、李彦
佑." 勝山稟: "貴邦諺文未審字禮. 幸見示." 龍淵答: "諺文未暇書示, 字多故耳. 僕輩今
當發行. 不得穩討可恨."(같은 책, 2월 1일)

옥과 원중거에게 언문 글귀의 풀이를 부탁하기도 했다. 다음은 긴코
쿠가 통신사에게 『문사여향』의 서문을 요청하면서 보낸 서신 중 한
대목이다.

　　남추월에게 아룀(긴코쿠): 청컨대 귀국의 언문을 중화 문자로 풀이해 주
　　　십시오. 글자는 있으나 음이 없으므로 싣지 않는다.
　　원현천께 아룀(긴코쿠): 이것은 귀국의 배가 장문(長門) 항구에 표착했
　　　을 때 싣고 온 책(글)입니다. 귀국의 글자인 것 같은데, 저에게 풀이를
　　　해 주십시오. 음과 뜻을 모두 알 수 없기 때문에 지금 여기에는 싣지 않는다.[241]

　　긴코쿠의 서신에 대한 통신사의 회답에는 여러 조목에 답해드릴 수
없어 죄송하다는 말이 나온다. 결국 언문의 풀이를 듣지 못했으므로
필담집에도 싣지 않았다. 기해사행 자료에는 장응두가 일본 문사가
가져온 삼강행실(三綱行實) 류의 언문 글귀를 풀이해 준 예가 있었으
나[242] 계미사행 시기에는 답을 듣지 못하였다. 이 때문에 긴코쿠가
풀이를 요청한 언문 글귀가 어떤 종류의 것이었는지는 확인할 수 없다.
　　언문 자체를 보여 달라는 요청은 『홍려척화』에도 등장한다.

　　아룀(분코): 청컨대 공께서 종자에게 명하여 귀국의 언문을 써 보여주시
　　　면 좋겠습니다.
　　대답(원중거): 이것이 언문의 단어가 아닙니까? 보아하니 귀국 사람들이
　　　이미 배워서 익혔더군요.

---

241) 櫜南秋月(金谷): "請貴邦諺文, 以中華文字譯之."【有字無音, 故不載錄.】 櫜元玄川
　　(金谷): "此是貴邦之船漂着長門港口之時中所載來書也. 想當貴國之字, 爲我譯之.【音
　　義共不可知, 故今不載于此.】 (『문사여향』 권하, 4월 7일 이후 서신)
242) 『화한창화집』 권하. 장진엽(2015) 106-108면 참조.

답(분코): 제가 단어를 많이 베껴두었습니다. 언문은 뒤에 나오는 소동이 써
준 것인데, 현천이 살펴보고 전해 주었다.[243]

대화가 간략하여 정확한 상황은 알기 어려우나, 미타모토 분코가
기왕에 언문 단어를 수집해 놓고 원중거에게 확인을 청하고 있는 것으
로 보인다. '뒤에 나오는 소동'은 래산동(萊山童)이라는 인물이다. 『홍
려척화』 뒷부분에는 미나모토 분코와 래산동의 대화가 상당 분량 수
록되어 있는데, 언문을 써주었다는 내용은 따로 없다. 또 미나모토가
적어 둔 언문 단어 역시 실려 있지 않다. 일본 문사들이 조선 언문에
호기심을 갖고 그 어휘를 수집해 두려고 했다는 사실 정도만 확인할
수 있다.

다음 두 인용문은 일본 문인이 통신사 일행이 읽고 있던 언문에 관
심을 보이며 그 뜻을 풀이해 달라고 요청한 사례이다.

하나. 중관(中官) 한 사람이 등불 아래에서 언문을 읽고 있었다. 내가
그것을 얻어서 보고는 글을 적어 말하기를, "귀국의 언문입니까?"라고
하였는데, 그 사람이 문자를 알지 못해서 쳐다보기만 하고 아무 말이
없었다. 옆에 있는 사람에게 물었더니, 그 사람이 고개를 끄덕였다. 이
에 내가 그것을 달라는 모양을 하였더니 그 사람이 말하기를 "좋습니
까?"라고 하기에 내가 "좋습니다."라고 하였더니, 그 사람이 그 종이를
주었다.[244]

---

243) 稟(文虎): "請公命從者, 書貴諺文以見惠." 復(元仲擧): "是抑諺文之言耶? 見貴邦人已
學習." 答(文虎): "僕所傳寫多語."【諺文後出小童所書. 玄川閱以傳之.】(『홍려척화』
곤, 1월 22일) *『홍려척화』에는 원중거의 이름이 '重擧'가 아니라 '仲擧'로 되어 있다.
244) 김유경 역주(2017), 『甲申槎客萍水集』, 보고사, 374-375면. 번역 일부 수정함.
이하 『사객평수집』의 번역은 모두 이 책을 따른다. 책명은 『갑신사객평수집』으로
쓰고 해당 번역문이 수록된 면수를 표시한다. 一. 中官一人在燈下見諺文, 余取見

〈묵재에게 장난삼아 줌〉 자리 곁에 어떤 소동이 조선 언문을 쓰고 있었다. 내가
한문으로 풀이해 달라고 하였는데 해주려 하지 않았다. 그래서 이것을 쓴 것이다.

풍류 즐겨 평소에 글 좋아하더니	知是風流雅好文
온 집안이 보면서 그리움 달래겠지.	一堂相見慰離群
기이한 글자 보려고 봄술 가져오리니	試因奇字携春酒
당시의 양자운(揚子雲)과 누가 더 나으리오.245)	孰與當年揚子雲

첫 번째 예는 비젠주(備前州) 국학 서생이었던 가메야마 노리모토(龜
山德基)가 기록한 필담이다. 그는 한문이 통하지 않는 조선 사람에게서
애써 언문을 얻어 갔다. 두 번째 인용문의 시는 국학 생도였던 세키
쇼소(關松窓)가 홍선보에게 써 준 것이다. 한 소동이 조선 언문을 쓰는
것을 보고 신기해하며 뜻풀이를 해달라고 하였으나 소동이 해주지 않
자, 홍선보에게 이런 시를 써준 것이다. 시의 내용으로 볼 때 그 소동
은 언문 편지를 쓰고 있었던 모양이다. 조선 언문을 '기자(奇字)'에 빗
댄 표현이 재미있다.

당시 일본인들이 조선인의 글자 한 구절이라도 얻으면 진귀한 물건
이나 보배를 얻은 것처럼 자랑하고 다녔다는 이야기는 사행록에서 자
주 언급된다. 물론 가메야마는 조선인과 한문으로 능숙하게 필담을
나눌 수 있는 수준이었으므로 글자에 대한 맹목적인 숭상 때문이 아니
라 호기심이나 학문적 관심의 차원에서 언문 글을 받아두었을 것이다.
일본 문사들의 조선 언문에 대한 관심은 17세기 후반 약재(藥材)와 물명
(物名) 조사에서 그 단초가 나타났는데, 18세기 중반에 이르러서는 여기

之, 乃書曰"貴國諺文否?" 其人不解文字, 唯仰視無一語, 問之旁人, 旁人首肯. 余於是
爲乞之之狀, 其人曰"善邪?" 余曰"善哉." 其人乃與之. (『사객평수집』, 1월 13일)
245) 《戱贈默齋》【座側有小童, 書朝鮮諺文. 余請漢譯而不肯, 故有此作.】知是風流雅好
文, 一堂相見慰離群, 試因奇字携春酒, 孰與當年揚子雲. (『한관창화별집』, 2월)

「왜한의담」에 수록된 언문 반절표. 언문의 운용법을 부기해 두었다.

에서 나아가 조선 언문이 박학(博學)의 자료(資料)가 되었음을 짐작할 수 있다. 유학자였던 난구 다이슈가 언문 자체(字體)에 대한 검토를 의뢰한 것에서도 이를 확인할 수 있다. 물론 이 시기 필담집 중 두 건의 반절표가 수록된 책이 의원필담이라는 점에서 여전히 본초학과 언문에 대한 관심이 연결고리를 갖고 있다고 말할 수도 있겠다. 바로 앞 시기 사행의 의학필담인『반형한담(班荊閒談)』에서 초목의 조선어 명칭을 언문으로 기재하고 있는 데서도 이러한 연관성을 확인할 수 있다.246) 그러나 계미사행 시기의 두 필담에는 이 관계가 직접적으로 드러나 있지 않다.『상한필어』에서 언문자모표를 제시하고 '조선의 한자음을 재미삼아 들었다'고 부기해 둔 것으로 볼 때 특수한 실용적 목적 때문에 언문을 기록해 둔 것이 아님을 알 수 있다.

한편 조선 언문에 관한 대화에서 발견되는 또 하나의 경향은 일본 문사들이 자신들의 문자에 비추어 조선 글자를 이해하고 있다는 것이다. 즉 조선의 언문 역시 표음문자이면서 음절글자인 가나(仮名)와 유사할 것이라는 가정이다. 그래서 이들은 언문에 대해 질문할 때 글자가 몇 자(字) 또는 몇 운(韻)이 되는지를 묻곤 했다.『왜한의담』에서는 반절표의 글자를 통틀어 152자라고 기록해 두었는데, 역시 표음문자는 한정된 글자 수를 가질 것이라는 발상에서 나온 것이다.『상한필어』에서 언문반절표와 나란히 '오십자화음(五十字和音)'을 기재하여 양국의 글자를 비교할 수 있게 해 둔 것을 보아도 이를 알 수 있다. 그러나 한글은 음소글자이기 때문에 글자 수를 따질 수는 없다. 조선인들은 그것을 알았기에 딱 잘라서 몇 글자라고 말하는 대신 '몇 행 몇 자'와 같은 식으로 대답하곤 하였다. 조선말을 배운 경험이 없는 일본 문사들이

---

246) 장진엽(2015), 120–122면.

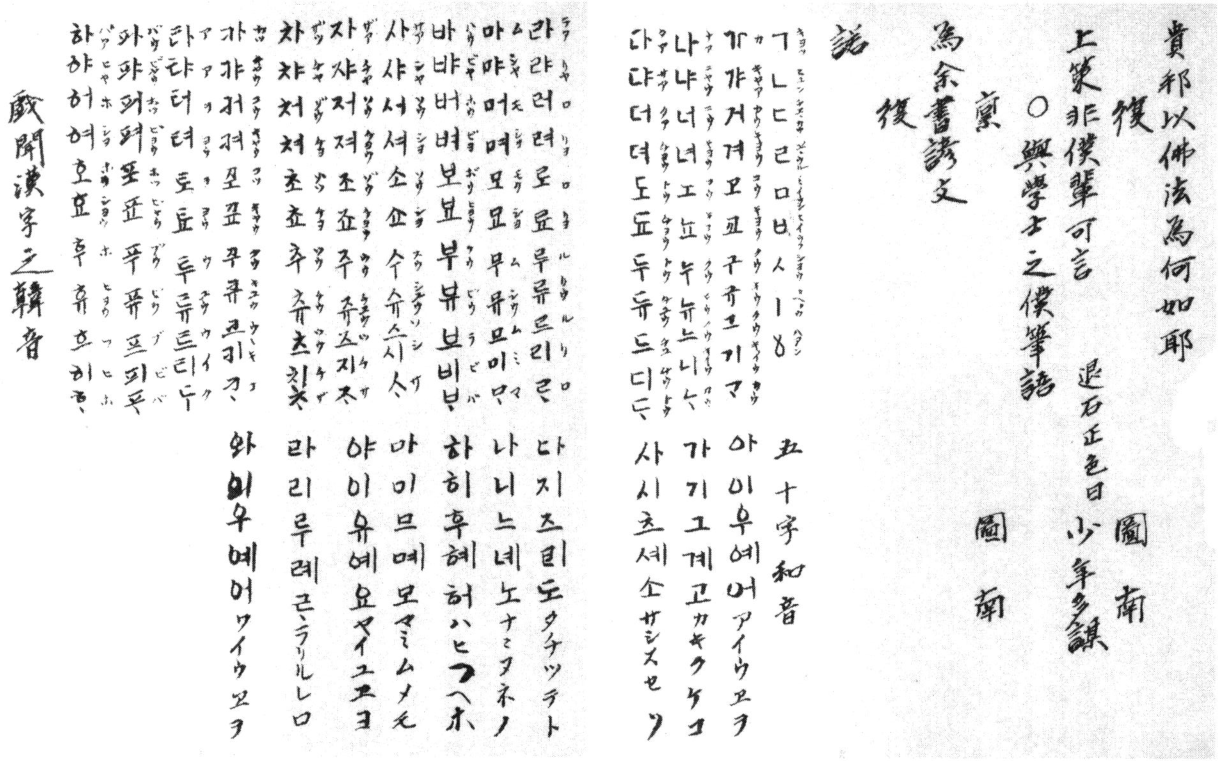

『상한필어』에 수록된 언문 반절표. 이로하의 발음을 언문으로 표기해 놓았다.

이와 같은 조선인의 설명을 듣고 초·중·종성을 결합하여 글자를 운용
하는 방식을 이해할 수 있었을지는 의문이다.

　흔히 반절본문을 통해 언문을 학습했기 때문인지 조선 문인들은 초
성과 중성이 이미 결합된 형태의 언문을 보여주었다. 받침자의 사용
에 대해서 설명한 예도 찾기 힘들다. 다만 『왜한의담』의 반절표에 "정
음(正音)은 13행이고 매 행 11자이다. 따로 9자의 방음(傍音)이 있다.
바로 정음을 쓰기도 하고 방음을 정음에 합쳐 통용하기도 한다."[正音
十三行, 每行十一字. 別有九字傍音. 或直用正音, 或以傍音合於正音通
用焉.]는 설명이 부기되어 있는데, 이것이 언문의 운용법에 대한 유일
한 기록이다. 반절본문은 언문 역시 음절글자일 것이라는 일본인들의
오해를 부추겼을 수도 있다. 다른 한편으로는 실제 사용하는 글자를
보여줌으로써 조선인들의 의도했든 아니든 음절글자에 익숙한 일본
인들이 조선 글자에 쉽게 다가갈 수 있도록 유도했다고 할 수도 있다.

　한편 조선 문사들이 일본의 언어·문자와 관련하여 가장 많이 언급
했던 것은 한문 서적의 독서법에 대한 것이었다. 즉, 일본의 한문 훈
독(訓讀) 습관에 대한 지적이다. 특히 남옥과 성대중은 일본의 서책에
훈점(訓點)이 표시되어 있는 것을 못마땅하게 여겼다. 두 사람은 일본
서적 구입에 적극적이었던 만큼 일본 책의 그러한 특징이 눈에 거슬렸
던 것이다. 다음은 『일관기』의 기록이다.

　　서책 가운데 온전한 경서가 없는 것은 구양공(歐陽公)이 이미 논변한
　바 있다. 대저 옆에다가 그네들의 음을 찍어 놓은 것은 미워할 만하다.
　근세에 중국의 서책이 쏟아져 들어왔기 때문에 왜국의 간행물은 점점 줄
　어들었으니 단지 그들의 문자로 새로 인쇄한 것일 뿐이다.[247]

이 부분은 남옥이 조선에 없는 일본의 서책과 일본에 유입된 조선 서책을 나열하기에 앞서 언급한 것인데, 그는 필담에서도 일본의 서적에 대해 이야기할 때 반드시 요미쿠다시(讀み下し)에 대해 지적하곤 하였다.

아래는 『양호여화』에 실린 대화이다. 이 책에는 조선 언문을 둘러싼 대화들이 몇 차례 등장하는데, 모두 독서법과 관련하여 언문을 화제로 삼은 것이다.

> 추월: 『좌평』은 보지 못했습니다. 서점에서 구하고 싶습니다. 다만 귀국의 책은 글자 옆에 반드시 새발 같은 것을 표시해 두어서 아정(雅正)하지 않더군요. 이러한 표시가 없는 책을 구할 수 있다면 더욱 좋겠습니다.
>
> 센로: 선생이 지적하신 새발은 우리나라 글자인 이려파(伊呂波)인데, 귀국의 언문과 같은 것입니다. 공께서 보고자 하신다면 써서 보여드리지요. 글자 곁에 붙여 써서 그 뜻을 나랏말로 읽기 편하게 한 것인데 진실로 싫어할 만합니다. 저희들은 반드시 중국책을 읽지 부묵(副墨)의 도움을 빌리지 않습니다.
>
> 추월: 알고 싶지 않습니다. 또한 박물(博物)의 한 가지 일인 게지요. 우리 책에 보이는 것처럼 옆에 해자(楷字)로 훈(訓)과 음(音)을 드러내어 이해를 돕는 것 같은 것이 아니겠습니까.
>
> 센로: 통역이 전해주지 않는다면 어찌 그 음을 알 수 있겠습니까.[248]

---

247) 『일관기』, 583면.

248) "《左評》未見, 願得之書肆. 但貴邦書必作鳥足於字傍, 甚不雅. 若得不如此書更好."(秋月) "君斥言鳥足, 則吾國字伊呂波, 猶貴邦諺文也. 公欲視之卽寫示耳. 附字傍, 便國讀其意, 固可惡. 僕等必讀華冊, 未假副墨之助."(仙樓) "不欲識之, 而亦博物之一事. 盍爲我書示旁以楷字著訓音俾知之也."(秋月) "非譯舌傳之, 何能俾知其音?"(仙樓) (『양호여화』 권상, 1월)

남옥이 훈독 표시가 없는 책을 구해 달라고 센로에게 말하자, 그는 그것이 이로하(伊呂波)이며 조선의 언문과 같은 것이라고 대답한다. 즉, 이러한 방속(方俗)의 글자는 일본에만 있는 것이 아니라는 말이다. 그러면서 자신들은 중국책을 직독한다고 하였다. 또, 센로가 이로하를 보여주고자 하자 남옥이 사양하면서 조선 책에서 해자로 훈과 음을 써두는 것과 같지 않겠느냐고 반문한다. 이에 센로는 통역 없이 어떻게 그 음을 알 수 있겠느냐고 답한다.

여기에서 남옥과 센로가 각각 조선 언문과 일본 훈점의 쓰임에 대해 이해하지 못하여 대화가 어긋나고 있음을 확인할 수 있다. 일본 책에 표시된 가에리텐(返り点)과 오쿠리가나(送りがな)는 한자의 음을 기록한 것이 아니므로 그가 남옥의 말을 납득하지 못한 것이다. 한편 남옥은 센로가 '국독(國讀)'에 편하게 한 것이라고 말한 것을 글자의 음을 밝혀놓은 것으로 이해한 듯하다. 읽는 순서를 일본어에 맞춘 것을 그 나라의 한자음으로 읽는 것으로 여긴 것이다. 때문에 남옥은 센로에게 '해자로 훈과 음을 드러내어 이해를 돕는 것'과 같다고 말하였고, 센로는 '통역이 전해주지 않으면 어떻게 그 음을 알겠느냐'고 답한 것이다. 앞에서 인용한 『일관기』의 구절에서도 남옥은 '옆에다가 그네들의 음을 찍어놓은 것'이라고 썼다.

일본 책에 표시된 '새발 같은 것'이 구체적으로 무슨 역할을 하는지에 대해서 조선 문사들이 전혀 몰랐던 것은 아니다. 『일관기』와 『화국지』에는 일본의 한문 훈독법에 대해 예를 들어가며 자세히 설명하고 있다. 훈독 방식의 글 읽기가 왜 필요했는지에 대해서도 듣지 못한 것이 아니었다. 다음은 『평우록』의 기록으로, 다이텐이 성대중에게 요미쿠다시에 대해 설명해 준 부분이다.

우리나라에서 책을 읽고 글을 해독할 때에는 한결같이 화어(和語)로 옆에 풀이하고, 원문의 순서를 바꾸어 읽으면서 간간이 주석을 써넣어, 한 번 읽으면 뜻을 이해하게 되니 이는 책을 읽는 지름길입니다. 다만 지름길이기 때문에 길을 잃는 경우가 적지 않습니다. 그러므로 한문을 배우는 데 쓰는 힘은 중국 사람보다 몇 배를 들이지 않고서는 잘 할 수가 없습니다. 그렇기 때문에 글을 지으려 할 때 걸핏하면 틀리게 되는 것입니다. 생각건대 귀국의 독서하는 법은 중국과 똑같고 다만 읽는 음만 바뀔 뿐입니다. 여러분들께서 막힘없이 필담하시는 것을 보면, 습관이 이미 본성과 같이 되어 저희들과는 크게 다릅니다.[249]

위 글에서 다이텐은 일본의 독서법의 특징과 문제점, 조선의 독서 법의 장점에 대해 찬찬히 설명하고 있다. 다이텐이 설명한 훈독의 방식은 한문 읽기를 학습하는 하나의 '지름길'로서 분명히 한문 독자층의 확대에 기여하였을 것이다. 그러나 조선의 학사·서기들에게 그러한 의의는 크게 중요한 것이 아니었으며, 오히려 일본이 중화와 가까워지는 것을 가로막는 누습(陋習)에 불과했다. 그러므로 자연히 이러한 독서법을 일신한 소라이의 공적에 대해서 거듭 칭송했던 것이다.

한편 앞에 인용한 『양호여화』의 대화에서 센로는 이로하를 써서 보여주겠노라 제안하지만 남옥은 알고 싶지 않다며 사양하였다. 실제로 남옥이 일본의 글자에 대해 전혀 무지했거나 무관심했던 것은 아니다. 그는 『일관기』에 일본어의 어음과 언문(히라가나) 조(條)를 두어 일본어와 일본 글자에 대해 정리해 두기도 하였다. 센로에게 '알고 싶지 않다'

---

249) 『평우록』, 115면. 蓋吾邦讀書解文, 一以和語傍譯, 迴旋其讀, 間有注釋, 所費一呼得之者矣, 蓋捷徑也. 唯其捷徑, 故亦迷途不少. 故用力學文, 非倍蓰中華不能也. 方其下詞, 動有失步. 相貴國讀書, 一如中國, 唯其音訛耳. 觀諸公筆語易易, 習與性成, 大與吾人異矣. (『평우록』 권상, 4월 6일)

고 했던 이로하에 대해서도 한자로 그 음을 밝혀두면서까지 상세히
적어두었다. 또한 남옥은 사행 도중에 일본어에 관심을 갖고 조금씩
익히기도 했다.250)『승사록』에도 원중거가 일본인 가마꾼들과 의사소
통을 하기 위해 짤막한 일본어를 구사한 일화가 등장한다. 원중거 역
시『화국지』에 일본 어음과 글자에 대해 기록해 둔 바 있다. 즉, 남옥
일행이 일본어에 관심을 갖지 않거나 그것을 익히는 것을 부정적으로
본 것은 아님을 알 수 있다. 단지 필담 자리에서 일본 글자에 관심을
보이는 것이 소중화의 이미지를 손상한다고 여긴 것이다.

일본 글자에 대한 이러한 소극적인 태도는 조선 언문에 대한 태도
에서도 유사하게 나타난다. 앞 절에서 인용한 대화들을 보면 조선 측
문사들이 적극적으로 조선 언문에 대해 알려주고 있는 경우는 없으며
긴코쿠가 서신으로 언문 글귀를 풀이해 달라고 요청한 것에 대해서도
답해주지 않았다. 반절본문 역시 홍선보와 정사의 종자가 써 준 것이
지 학사·서기들이 써 준 것이 아니다. 이는 기해사행 자료에 실린 두
건의 언문표가 각각 정사 서기 강백(姜栢)과 종사 서기 장응두에 의해
작성된 것과는 대비된다. 신묘사행의 제술관 이현 역시 일본 문사의
요청에 응해 언문 자체를 하나하나 알려준 일이 있다.251)

위 대화에서 이로하를 언급한 센로는 독서법과 관련하여 조선 언문
의 쓰임새에 대해 질문하기도 하였는데, 이때에도 조선 측 문사들은
소극적 답변으로 일관한다. 다음은 센로와 성대중의 대화이다.

---

250) 아룀(스가쿠): "공들은 때때로 일본어를 말하시는데, 꽤 이해하시는지요?" 이때
추월이 일본어로 스가쿠공(崧岳公)이라고 불렀다. 답(추월): "일본어 열서너 개는
이해하고, 한두 개는 말합니다." [稟: "公等時時言和語, 頗解乎?" 此時秋月以和語呼
崧岳公. 答: "和語十三四解之, 一二言之."] (『보력갑신조선인증답록』)
251)『계림창화집』권5.

센로: 언문은 일명 사토라고 하는데 단지 음독(音讀)만 있고 의훈(義訓)
은 없습니까?

용연: 대략적인 의훈은 있습니다만 다만 방음(方音)일 뿐입니다.

센로: 『훈몽자회』에 그 뜻이 상세하다던데, 아직 그 책을 보지 못하였습
니다. 어떤 사람이 찬집하였는지요?

용연: 이 책은 과연 우리나라 사람이 저술한 것이 맞습니다만, 마침 그
이름을 잊어버려 대답해 드릴 수 없으니 안타깝습니다. 서점에 분명
있을 것입니다.[252]

위 대화에서도 성대중은 센로의 질문을 제대로 이해하지 못하여 빗
나간 대답을 하고 있다. 센로는 언문이 사토라고 불리는 데 착안하여
혹시 한문 훈독에 쓰이는 것은 아닌지 묻고 있는 것이다. 그러나 성대
중은 이를 언문 글자는 음만 표시할 뿐 뜻을 갖고 있지 않는지 묻는
것으로 이해하고, 언문 역시 뜻을 갖고 있지만 조선음일 뿐이라고 답
하였다. 센로가 '사토(辭吐)'라는 표현을 썼으므로 한자 읽기와 관련하
여 언문의 쓰임을 물었음을 알아차릴 수 있었을 것이나 굳이 깊이 들
어가지 않고 간략히 답하고 넘어간다. 성대중은 조선의 한문 독법에
대해 다음과 같은 질문을 받기도 했다.

긴코쿠 물음: 귀국 사람들이 독서할 때에 회환(回還)의 독법이 있다는
것을 들은 적이 있습니다. 원컨대 귀국의 독법으로 읽어주십시오.

용연 답함: 민간에 이러한 독법이 있습니다만 사림(士林)들은 중시하지
않습니다.[253]

---

252) "諺文一名辭吐, 徒有音讀而無義訓乎?"(仙樓) "略有義訓, 然只是方音."(龍淵) "《訓
蒙字會》詳其義, 未見其書. 不知何人所撰."(仙樓) "果是弊邦人所著, 而適忘其名, 不
能奉答可歎. 書肆必當有之."(龍淵) (『양호여화』 권하, 4월)

조선에서는 한문을 그대로 조선식 한자음으로 읽어 내려갔으나 해석에 있어서는 오늘날과 마찬가지로 당시의 조선말로 그 뜻을 풀어서 이해했다. 이 때문에 일찍부터 현토, 구결이 발달했으며 중종 때는 사서(四書)의 언해(諺解)를 반포하는 등 한문 교육에 언문을 적극적으로 활용하기도 했던 것이다. 긴코쿠가 '회환지독(回還之讀)'이라고 표현한 것이 이러한 풀이의 방법 외에 다른 것을 지칭하는 것 같지는 않다. 다만 이 표현은 일본의 훈독 방식과의 유사성을 암시하고 있으므로 정확한 답변을 위해서는 한문의 독법과 풀이 방식이 일본의 그것과는 다름을 명확히 설명할 필요가 있었다. 그러나 이에 대한 성대중의 답변은 어쩐지 석연치 못하다.

조선에 일본과 같이 글자의 순서를 바꿔가며 읽는 방식이 있었다는 증거는 없으니, 아마 성대중이 '민간에 이러한 독법이 있다'고 한 것은 토를 달아 읽는 방법을 떠올리고 한 말인 것 같다. 만약 그렇다면 민간에는 있으나 사림에서는 중시하지 않는다는 답변 역시 실상과 맞지 않는다. '민간'이 글을 배우는 계층 전체를 의미하고 '사림'이 한문을 익숙히 하여 벼슬에 오른 사대부만을 가리킨 것이라면 어느 정도 맞는 말이라고 할 수도 있다. 그러나 사림에 속한 사람들 역시 한문에 익숙해지기 전의 교육 과정에서 현토·구결 및 조선말—훈민정음 창제 이후에는 언문도 함께—을 사용한 의미 풀이 방식을 전혀 활용하지 않을 수는 없었을 것이다. 성대중의 답변을 통해서는 이러한 실상을 알 수 없고, 다만 세속에 사류들이 쓰지 않는 별도의 독서법이 있는 것으로 짐작될 뿐이다. 성대중이 위와 같이 답한 것은 단지 한문을 자연스

---

253) 金谷問: "嘗聞貴國之人讀書有回還之讀, 願以貴國之讀法讀之." 龍淵答: "民間有此讀, 士林不貴之."(『문사여향』권상, 1월 25일)

럽게 읽어내려 가면서 곧바로 의미를 이해하는, 중국인과 동일한 방
식의 글 읽기가 조선에서 이루어지고 있음을 강조하기 위해서였다고
보인다.

그런데 긴코쿠는 이 '회환지독'이라는 것을 어디에서 들었을까? 다
음은 기해사행 필담집 『봉도유주(蓬島遺珠)』에 실려 있는 대화이다. 경
목자(耕牧子)는 강백의 호이다.

> 아룀(겐슈(玄洲)) : 귀국에서 독서할 때의 음은 속간(俗間)의 말과 어떻
> 게 다릅니까?
> 대답(경목자) : 우리나라의 속어는 각각 습속에 따라 같지 않습니다. 육
> 경은 우리나라 언문으로 그 뜻을 풀이하여 어린 아이들을 가르칩니
> 다. 그러나 우리나라 세속의 독서법에는 음으로 읽기[音], 풀이하기
> [釋], 및 토 달아 읽기[吐]가 있습니다. 음은 정경(正經)대로 읽고 풀이
> 는 속어를 따르며 토 역시 속음입니다.[254]

여기서 강백은 조선인이 한문을 읽는 세 가지 방식을 간결하게 설
명해 주고 있다. 한문 서적에 실린 글을 제시된 순서에 따라 그대로
읽되, 풀이는 속어로써 하고, 조선어의 문법에 맞게 속음으로 만든 토
를 달아 읽기도 한다는 것이 그것이다. 이 답변을 통해 일본과 마찬가
지로 중국어의 구어와 문법 구조가 같지 않은 조선인들이 한문을 익혀
능숙하게 글을 쓸 수 있게 되는 과정을 이해할 수 있다. 일본인들과
다른 점은 '음을 정경대로 읽는다'는 것과 경전에 있어서 국가에서 제

---

254) 稟(玄洲):"貴國讀書音, 與俗間語, 異同如何." 復(耕牧子):"吾邦俗語, 各因習俗而
不同. 六經則以吾邦諺文釋其義, 以敎小兒. 然吾國俗讀書之法, 有音 · 釋及吐. 音則
正經, 釋則從俗語, 吐亦俗音耳."(『봉도유주』 전편(前篇))

정한 표준의 현토 방식이 있었다는 것이다. 이는 분명 '회환지독'과는 그 성격이 다르며, 여기서 말한 '세속'이란 글 배우는 사람을 광범하게 칭하는 말일 뿐이다. 강백의 답변에는 조선의 한문 학습에 대한 실상이 담겨 있고, 따라서 조선인이 능숙하게 한문을 사용하기까지 어떤 방법들이 동원되는지에 대한 정보가 포함되어 있다.

1748년에는 회환의 독법이 있는지 묻는 필담이 3건 더 확인된다. 그중에서 조선의 '사토'를 언급한 다음 대화가 주목된다.

> 아룀(세쓰로(雪樓)): 퇴계의 「답정자중서(答鄭子中書)」에 "동인(東人)은 사토를 써서 읽는다"고 나와 있습니다. 귀국의 사토 또한 우리나라처럼 위아래로 순환하며 체(體)를 먼저 새기고 용(用)을 뒤에 새기는 것인지요?
> 대답(구헌): 우리나라의 자음(字音)은 중국과 조금 다를 뿐입니다. 비록 사토가 있지만 다만 한 번에 죽 내려가며 읽으니, 귀방과는 같지 않습니다.[255]

위 대화에서 야마미야 세쓰로는 퇴계의 글에서 조선의 '사토'라는 것을 보았다고 밝히고 있다. 즉, 조선에 사토라는 것이 있다는 정보를 통신사 및 조선 서적을 통해 접한 일본 문사들이 그것이 정확히 어떠한 독법인지, 일본의 독법과 유사한 점이 있는지 알고 싶어 했던 것이다. 강백은 조선의 한문 독법의 방법을 간략하나마 실상에 가깝게 전달해 주었고, 박경행(호 矩軒) 역시 사토가 있으나 한문을 직독하는 것

---

255) 槀(雪樓): "退溪《答鄭子中書》曰'東人以辭吐讀.' 不知貴國之辭吐, 亦如我邦, 上下循環先體後用而讀耶." 復(矩軒): "鄙邦字音稍異漢土而已. 雖有辭吐, 只一直說去, 如貴邦不同."(『화한필담훈풍편』 권상)

임을 말하여 조선의 독법이 일본과는 다름을 분명히 했다.256) 그러나
성대중은 언문에 대해 자세히 말하기를 꺼렸으며, 실상을 전달하는
것보다 한문을 직독·직해하는 '소화객(小華客)'의 이미지를 보이는 데
더 주력하였다.257) 이는 남옥 역시 마찬가지였다.

> 센로: '정(丁)' 한 글자도 알지 못하는 사람이 언문만을 사용해서 천 리의
>   그리운 정을 통할 수 있습니까?
> 추월: 여자와 소인(小人: 평민)은 언문으로 뜻을 전달합니다. 그 외에는
>   모두 옛 문자와 옛 어휘[古字古語]를 사용하지요.
> 센로: 여자와 소인 또한 호가 있습니까?
> 추월: 호는 없고 간혹 성자(姓字)로 칭할 뿐입니다.258)

센로는 한문을 한 글자도 쓰지 않더라도 언문만으로 의사 전달을
할 수가 있는지, 즉 언문이 한문과 무관한 독립적인 문자 체계인지 아

---

256) 박경행의 정확한 답변은 세쓰로의 질문이 상세했기 때문에 가능한 것이었다. 같
   은 시기의 다른 기록에서 조선에도 회환의 독법이 있느냐는 일본 문사의 질문에
   대한 이명계의 답변은 성대중과 완전히 일치한다.
   아룀: 一. 귀국에도 또한 회환전도(回環顚倒)의 독법(讀法)이 있습니까? (…중
   략…) 해고의 답: 一. 회환전도의 독법이 비록 있기는 하나, 군자가 귀하게 여기지
   않습니다. [禀: "一. 貴國亦有回環顚倒之讀法耶?"(…) 海皐答: "一. 回環顚倒之讀法
   雖在之, 君子不之貴也."] (『명해역창화(鳴海驛唱和)』)
257) 그렇다고 해서 성대중이 언문에 대해 부정적 인식을 갖고 있었던 것은 아니다.
   성대중은 훈민정음이 "운음(韻音)에 크게 유익하니, 이 또한 치교일체(治敎一體)"
   라고 말하기도 하였다. 다만 훈민정음의 여러 기능들 중 운음에 유익하다는 점을
   언급한 것을 보면 역시 한문에 대한 보조적 역할을 부각한 것이다. 관련 필담은
   다음과 같다. "諺文是何人所製?"(仙樓) "申叔舟、鄭麟趾等奉旨制作. 大益韻音, 此又
   治敎一體耳."(龍淵) (『양호여화』 권상, 4월)
258) "不識一丁者, 但用諺文, 通千里戀戀耶?"(仙樓) "女子與小人, 以諺通情. 其他皆用古
   字古語耳."(秋月) "女子小人, 亦有號乎?"(仙樓) "無號, 或稱姓字耳."(秋月) (『양호여
   화』 권하, 4월)

니면 위에서 '사토'라고 했듯이 한문 읽기를 돕기 위한 보조적 수단인
지 물은 것이다. 여기서 센로는 한문과 언문의 관계를 물은 것인데 남
옥은 이를 이해하지 못하고 언문의 사용계층에 대한 답을 하였다. 물
론 남옥이 언문에 대한 구체적인 설명을 회피하기 위해서 짐짓 질문에
어긋나는 답을 한 것일 가능성도 있다. 앞서 이로하를 써서 보여주겠
다는 센로의 제안을 물리친 것이나 여기서 사대부들은 '古字古語'를
사용한다고 강조하는 모습에서 남옥 역시 성대중과 마찬가지로 조선
의 언어생활의 실제를 전달하는 것보다 중화에 근접한 모습을 보여주
는 것을 목적으로 하고 있음을 확인할 수 있다. 이는 기해·무진사행
때와는 확실히 다른 태도이다.

> 센로: 글을 구상할 때 귀방 사람들과 비교하면 상대적으로 더 힘이 듭니
> 다. 이것이 우리나라의 폐해입니다.
> 용연: 사람마다 짓는 속도가 달라 삼년에 부(賦) 하나를 짓기도 하고 일
> 곱 걸음에 시 한 수를 짓기도 하지만 그 신묘함을 지극히 하는 것은
> 같습니다. 그대는 어찌 겸사를 하십니까?
> 센로: 겸사가 아닙니다. 토음(土音)과 습속(習俗)이 진실로 그러합니다.
> 용연: 혹 이러한 근심이 있다는 것을 들어본 적이 있습니다. 안타깝군요.259)

일본인들이 한문으로 글을 짓는 것이 어렵다고 하는 센로의 하소연
에 대해 성대중은 사람마다 글 짓는 속도는 다르지만 그것과 완성도는
무관하다고 말한다. 그러자 센로가 그런 이야기가 아니라 '토음'과 '습

---

259) "文章構思, 比貴邦人較加勞, 是吾國弊也."(仙樓) "人各不同趣, 三年作一賦, 或七步
成一詩, 至極其妙一也. 君何謙乎?"(龍淵) "非謙. 土音俗習固然."(仙樓) "旣聞或有此
嘆可惜."(龍淵) (같은 책, 4월)

속'의 문제라고 하였다. 이는 일본어가 중국어와 그 문법 구조가 다르며, 한자를 읽는 방법이 통일되어 있지 않고 일본어 구조에 맞추어 훈독을 하는 습관이 퍼져 있음을 말한 것이다. 이에 대해 성대중은 애석함을 표시할 뿐 어떠한 해결의 실마리도 제공해 주고 있지 않다. 결국 센로는 조선 언문이 한문 읽기에 어떤 도움을 주는지에 대한 정보를 얻어내지 못하였다.

『양호여화』의 서문에서 센로의 문도인 가쓰 겐샤쿠(勝元綽)는 "내가 생각하건대 대체로 한인(韓人)들의 음성과 용모는 진실로 중화에 가깝다. 우리가 특히 부러워했던 것은 관복이 우아하고 법도에 맞는 것과 곧바로 글을 읽고 낭송하는데 저절로 뜻이 통하는 것이었으니, 오직 이 두 가지 일이 그러하였다. (…) 그러나 또한 저들의 토음(土音)은 절로 상하가 관통하니, 비록 붓이 빠르지 않고 말이 정교하지 않더라도 하나같이 우리의 오랜 습속과는 본래 구별됨이 있었다."260)고 하였다. '곧바로 글을 읽고 낭송하는데 저절로 뜻이 통하는 것'은 한문을 읽고 쓰는 것에 능숙한 조선 문사들에 대한 정확한 관찰이다. 그러나 조선인들의 토음이 절로 상하가 관통하여 일본의 오랜 습속과는 다르다고 본 것은 어째서일까. 이들은 혹시 조선의 속어와 중국어가 어순이 동일하다고 오해한 것이 아닐까. 센로와 그의 제자들은 조선인들이 한문을 유창하게 읽고 쓰는 것을 매우 부러워했다. 센로는 그러한 능력이 언문 사용과 어떠한 관련이 있는지 밝히고 싶었던 것 같다. 그러나 그는 조선 측의 소극적인 태도로 이에 대한 자세한 정보를 얻지 못한 채로 필담을 마치게 된다.

---

260) 余竊謂凡韓人音容固近華矣. 吾輩可特羨者, 則冠服雅馴, 直讀朗吟自通文義, 唯此二事爲然. (…) 然亦至彼土音, 自然上下貫通, 則雖或筆不速語不工, 而壹是皆有與吾舊習本自別者矣. (가쓰 겐샤쿠, 『양호여화』 서문)

한편 성대중과 남옥은 앞에서 언급하였듯이 일본의 독서법과 훈점 표시에 비판적이었기에 자연히 그러한 독서법을 일신한 오규 소라이 (荻生徂徠)의 공적에 주목하였다.

> 물음(남옥): 귀국의 책에는 부묵(副墨)이 있어서 아름답지 못하니 저는 싫어합니다.
>
> 답(분코): 구절에 꼬리가 있는 것은 국초부터 그러했으니 저도 또한 싫어합 니다. 근세 물무경(物茂卿: 소라이)이 비루한 습속을 한 번 씻어버렸으 니 유쾌한 일입니다. 이 일 하나만으로도 족히 으뜸이 될 만하지요.[261]

남옥은 여기서도 일본의 훈점에 대한 부정적 인식을 드러내고 있 다. 오사카에 들어오면서 일본 서적의 구입에 대한 열의가 더욱 커졌 고, 자연히 서적에 관한 대화가 많아졌으므로 이러한 비판이 나오게 된 것이다. 조선 문사들이 처음 오사카에 들어온 무렵에는 아직 소라 이의 저서를 입수하기 전이다. 그러다가 연로의 문사들로부터 소라이 가 중국 음으로 직접 글을 읽는 방식을 창도했음을 듣게 된 것이다. 위 대화를 통해 남옥은 학파를 불문하고 소라이의 공적을 칭송하는 이유가 어디에 있는지 알게 되었다고 할 수 있다. 게다가 이후에 만난 문사들 중 이시카와 긴코쿠(石川金谷)와 이마이 쇼안 같은 문사들은 중 국어로 시를 읊어 보이기도 하였으니, 더욱 소라이의 영향을 실감했 을 것이다. 『일관기』에 실린 다음의 기록은 이러한 경험을 반영하고 있다.

---

261) 問(南玉): "貴國之書有副墨, 甚不雅也. 吾惡之." 答(文虎): "句有尾, 國初而然, 吾亦惡 之. 近世物茂卿一洗陋習, 愉快哉. 唯此一事, 足以爲宗焉."(『홍려척화』 곤, 1월 22일)

물쌍백(物雙栢)이 말하기를, "왜인이 글을 읽을 때는 해석만 있고 음
(音)이 없으며 거꾸로 읽는 것으로 음을 삼기 때문에 글이 중국을 따라가
지 못한다. 이런 까닭에 중국 음으로 글 읽는 것을 가르치는 것이다"라고
했다. 대개 나라에서 조공하거나 교빙하지 않으므로 중국 통역을 두지
않는데도 장삿배들이 항상 오기 때문에 능히 중국어를 할 줄 안다. 그러
므로 글 읽는 자들은 대부분 중국 음으로써 하며 지식이 있는 자들은 중
국어에 능하지 않은 이가 드물다.[262]

또, 문사들은 3월 2일 직접 『조래집(徂徠集)』을 구해서 보고 그의 책
에 훈점이 없음을 확인하게 된다. 이후에는 독서법과 관련하여 조선
문사 측에서 먼저 소라이를 언급하기도 하였다. 다음은 『평우록』의
대화이다.

용연이 내 글에 덧붙어 있는 역음(譯音)을 보고 말하였다.
용연: 귀국의 서책은 글자 옆에 모두 역음이 달려 있는데, 이는 단지 한
　　나라에서만 행할 수 있는 것으로 만국에 통행되는 법은 아닙니다. 오
　　직 물무경의 문집만은 역음이 없으니, 이 한 가지 일로도 물무경이 호
　　걸의 선비임을 알 수 있습니다.
나: 이는 다만 초학자에게 보이기 위한 것입니다. 개구리의 꼬리, 알의
　　털과 같은 쓸데없는 것이니 참으로 부끄럽습니다.[263]

서책에 역음을 다는 것이 문제가 되는 이유가 여기에 제시되고 있
다. 남옥은 '아정하지 못하다'[264]는 이유로 훈점을 배척하였으며, 성

---

262) 『일관기』, 606면.
263) 『평우록』, 154면. 龍淵見余文附譯曰: "貴邦書冊, 行傍皆有譯音, 此只可行於一國,
　　非萬國通行之法也. 惟物茂卿文集無譯音, 卽此一事, 可知茂卿之爲豪傑士也." 余曰:
　　"此適爲示初學已. 丁尾卵毛, 誠可羞也."(『평우록』 권상, 5월 3일)

대중은 그러한 표시가 '한 나라에서만 행할 수 있는 것'이며 '만국에 통행되는 법'이 아니라는 근거를 들어 비판하였다. 일본의 훈점은 일본이 변방의 습속을 '굳이 바꾸려고 하지 않는' 태도를 보여주기 때문에 특히나 더 미워할 만한 것이었다. 그러므로 성대중이 일본이 서적 유출을 금하는 것에 대해 비난하면서 "바야흐로 동문(同文)의 다스림을 써서 두 나라가 한 나라와 같은 데다 우호를 닦아 선린에 이르기까지 하였습니다. 그런데 보는 것이 공정하지 못하군요."265)라고 한 것에서도 이와 유사한 인식을 엿볼 수 있다. 그렇기에 소라이가 역음을 없앤 것은 오랑캐가 중화로 나아가는 발판을 만든 것이 된다. 즉, 성대중이 소라이를 '豪傑士'라고 한 것은 단지 재능이 뛰어나다는 뜻만은 아닌 것이다.

본 절에서는 언어와 문자에 관한 양국 문사의 필담을 살펴보았다. 언어에 관한 논의는 조선 언문을 둘러싼 대화들이 주를 이루고 있다. 일본 문사들은 조선 언문의 자체(字體) 및 기원에 대해 질문하였으며, 그에 대한 답변으로 언문반절표를 수록해 놓은 자료도 있다. 언어 문제와 관련하여 양국 문사가 공히 관심을 보인 주제는 한문 서적의 독서법이었다. 일본인들은 조선인들이 한문을 읽어 내려가며 곧바로 뜻을 이해하고, 그에 따라 글을 짓는 속도 역시 빠르다는 점을 부러워하였다. 몇몇 인물들은 조선 언문을 한문 독서법에 어떻게 활용하는지 알고자 했으며, 일본의 훈독법과 조선의 독서법을 비교해 보기도 하였다. 한편 조선의 문사들은 일본의 서적에 표시된 훈점에 대해 비판적으로 보고, 한문의 직독을 주장한 오규 소라이의 공적에 주목하였다.

264) "但貴邦書必作鳥足於字傍, 甚不雅." (『양호여화』 권상, 1월)
265) 方今以同文之治, 二邦如一國, 況修好善隣而至乎. 何見之不公哉. (『한관응수록』)

양국의 문인들은 한문 전적을 통해서 자신들의 문화적 자양분을 획득했다. 동시에 이들은 자국 고유의 언어를 사용하였고 자신들의 고유 문자를 갖고 있었다. 또한 고유 문자의 도움을 받아 한문을 익혔으며, 자국어의 문법 체계에 따라 한문 문체를 변형하여 사용하기도 했다. 그러나 고유 문자의 기원이나 성격, 활용 방법에는 차이가 있었으며 한문에 대한 태도와 거리 역시 달랐다. 계층별, 집단별 문자 사용 양상에서도 차이를 보였다. 일본인들에게 통신사와의 만남은 한문의 권위자인 중화인과의 만남인 동시에 이와 같이 자신들과 유사한 언어적 조건에 처한, 그러나 다른 방식의 언어생활을 택한 이들과의 대화이기도 했다. 조선의 문사들 역시 양국의 공통적인 언어적 조건을 인지하고 있었으며, 그러한 상황 하에서 자신들의 대응방식이 보다 더 '중화'에 가까운 선진적인 것이라고 여겼다. 요컨대 통신사 필담 교류는 이러한 공통적인 언어적 조건들과 이에 대한 양국인의 상이한 대응 방식, 그리고 이를 둘러싼 다양한 관점들이 드러난 장이었다고 할 수 있다.

(2) 양국 작시(作詩) 경향의 비교

조·일 문사의 교류가 시문창화를 중심으로 이루어졌기 때문에 시도(詩道) 및 양국 문사의 작시 경향에 관한 대화가 필담의 화제로 채택되는 것은 자연스러운 일이다. 그런데 이 주제에 관한 대화 역시 시대별로 그 양상을 달리한다. 계미통신사 문학 토론의 배경을 이해하기 위해 먼저 이전 시기 문학 논의의 특징을 간략히 살펴보고자 한다. 아래 두 인용문은 기해사행 때의 필담이다.

다이쇼(退省) 물음: 제가 족하의 시율을 보았더니 당인의 풍모를 얻은 듯합니다. 그러나 세 진사의 시를 보니 송인의 풍모가 많이 있는 듯합니다. 당풍이니 송풍이니 하는 것은 풍운이 크게 다릅니다. 귀국은 시로 과거를 치르는데 시풍이 한결같지 않은 것은 어째서입니까?

학사가 답함: 시음(詩音)이 같지 않다는 일단(一段)의 물음을 받았습니다. 우리나라는 시로 과거를 보지만 조목과 방식에 한정이 없습니다. 당풍인지 송풍인지 내맡겨 두고 다만 잘하는지 못하는지를 취합니다. 이 때문에 풍조가 같지 않고 각자 본받은 것이 있습니다. 저 같은 경우는 실제로 감히 당풍이니 송풍이니 말할 수 없습니다. 다만 부족한 재주를 가지고 공적인 선발에 잘못 응하여 사신을 따라 멀리까지 오게 되었습니다. 억지로 웃음을 지으며 부끄러움을 무릅쓰고 귀국 군자들과 창수하였으나 백 가운데 하나도 마땅치가 않습니다. 누추한 하리파곡(下里巴曲)을 지으려 생각해도 할 수가 없는데 어찌 감히 당인의 풍모를 배울 수 있었겠습니까? 이것은 아마도 성대한 평가의 폐해인 듯하니 저는 감히 받들 수 없습니다. 받들어 답하기에도 부끄러워 얼굴이 붉어집니다.[266]

소헌(嘯軒): 서점에 『맹호연집(孟浩然集)』이 있습니까?

요세쓰(用拙): 그간 간행했던 것이 겨우 2책짜리입니다. 따로 전집이 있다고 들었습니다만 저는 미처 보지 못했습니다. 그대는 양양(襄陽: 맹호연)의 시를 좋아합니까?

---

266) 구지현 역주(2014), 『朝鮮人對詩集 一』, 보고사, 168-169면. 번역 일부 수정함. 退省問: "予見足下詩律, 有似得唐人之風, 而見三進士之詩, 則多似有宋人之風. 曰唐曰宋, 風韻大異哉. 貴國以詩科擧, 風之所向, 何其不一如何." 學士答: "蒙訪詩音不同一段, 我國家以詩設科, 而無條式定限, 任其唐宋, 而但取工拙, 是以風調不同, 各有所師. 若不佞, 實未敢曰唐曰宋, 只以吹竽之濫, 謬膺公選, 至於隨使者遠來. 其强顔冒懇, 與貴邦諸君子相唱酬者, 百無一當意, 求爲下里之陋, 而亦不可得, 何敢與聞於唐人之風乎. 此則恐爲盛鑑之累, 而僕之不堪承者, 慚赧奉答."(『조선인대시집(朝鮮人對詩集)』 권1)

소헌: 맹호연 시는 제가 평소 제일 좋아하는 것입니다.

요세쓰: 그대는 진간재(陳簡齋)의 시를 좋아합니까?

소헌: 간재가 비록 정밀하지만 맹호연에 비하면 현격하게 차이가 나는 정도만이 아닙니다.

요세쓰: 저도 그렇게 여깁니다. 지금 그대의 시를 보니 송인(宋人)의 기상이 조금도 없는 것은 본래 그렇군요.

소헌: 제가 송인의 시를 보지 않는 것은 아닙니다만 평소 힘을 다해 귀의하려는 것은 개원·천보 연간의 공들이 지은 시입니다.

요세쓰: 나 역시 본래 귀의하려는 바가 당인의 시입니다. 다만 적은 것이 괴로워 명나라 칠재자(七才子)의 시로 보충을 하였습니다. 이들에게 당시의 정맥이 있기 때문입니다.267)

위 두 인용문에서 일본 문사들은 송풍과 당풍을 기준으로 조선 문사들의 시를 평하고 있으며, 이에 대해 신유한과 성몽량(成夢良, 호 嘯軒)이 각각 자신이 추구하는 시풍에 대해 설명해 주고 있다. 첫 번째 인용문의 다이쇼(退省)는 당시 태학두였던 하야시 호코(林鳳岡)의 아들 하야시 가쿠켄(林確軒)으로, 1711년과 1719년 두 차례에 걸쳐 통신사와 필담창화를 나눈 인물이다. 그는 기해사행 때 만난 제술관과 세 서기들의 시풍이 각각 다르다고 느끼고 조선에서는 시로 과거시험을 보는데 어째서 시풍의 차이가 생기는지 묻고 있다. 이에 신유한은 조선의

---

267) 김정신·구지현 역주(2014), 『桑韓壎篪 七·八·十』, 보고사, 268-269면. 嘯軒云: "市館中有《孟浩然集》耶?" 用拙云: "此間所弄行纏二冊, 聞別有全集, 余未見. 君好襄陽詩乎?" 嘯軒云: "孟浩然詩, 僕平生最好之矣." 用拙云: "君好陳簡齋詩乎?" 嘯軒云: "簡齋雖精密, 比浩然則不翅天淵矣." 用拙云: "我亦是矣. 今見君詩, 無些宋人氣象固矣." 嘯軒云: "僕非不觀宋人詩, 平生着力依歸者, 開元、天寶諸公之作." 用拙云: "我亦本來所歸依者, 則唐人詩. 但苦少, 故補以明七才子詩. 此是唐詩正脉所有."(『상한훈지집』 권10)

문인들은 각자 숭상하는 바를 따를 뿐으로, 시를 짓는 데 일정한 규식이 없다고 답하였다. 아래의 대화에서 요세쓰는 성몽량의 시에 송나라 사람의 기상이 없다고 칭찬하였으며 이에 두 사람은 당시에 대한 지향을 공유하고 있음을 확인한다.

　요컨대 조선은 과거제도가 있어 시풍이 획일적이고, 문장은 송·원대의 어록체(語錄體)를 배웠으며 시 역시 송시만을 추숭한다는 관념이 일본 문사들 사이에 널리 퍼져 있었던 것이다. 위 대화를 보면 일본 문사가 신유한과 성몽량의 시를 당인에 가깝다는 말로 칭찬하고 있는데, 송풍에 젖어 있다는 것이 조선의 시에 대한 부정적인 평가의 근거였음을 알 수 있다. 그러나 실제 작품을 보니 평소의 관념과 달랐기에 그 이유를 직접 물어본 것이다. 이처럼 기해사행 시기에는 일본 문사가 조선 문사 개개인의 시에서 느껴지는 풍격에 대해 논하기도 하였고, 이에 대해 조선 문사가 자신의 기호를 말하고 조선의 시풍에 대하여 각자 생각하는 바를 개진하기도 하였다.

　또, 두 번째 인용문에서 요세쓰가 명대의 칠자(七子)에 관해서도 언급하고 있음을 볼 수 있다. 이는 곧 소라이학의 영향인데, 같은 시기 소라이의 문도였던 기노시타 란코(木下蘭皐)가 문학에 관한 소라이의 견해를 소개하면서 조선의 작시 경향에 대해 질문하였고, 그에 관해 신유한이 답해 준 기록도 있다.[268] 신유한은 이때 자신은 소라이의 이름을 처음 들었으나 수사(修辭)와 달의(達意)로써 시사(詩史)를 설명한 그의 논법이 뛰어나다고 칭찬하고 조선의 학시 경향에 대해서도 있는 그대로 답변해 주었다. 조선의 문사들 역시 일본의 문예 풍조에

268) 고운기 역주(2014), 『客館璀粲集·蓬島遺珠·信陽山人韓館唱和稿』, 보고사, 51–53면. (『객관최찬집』 후편)

대해 선입견 없이 느껴지는 바를 말하고, 또 조선의 상황에 관해서도
과장하지 않고 실상을 전하고자 했던 것이다.

　그러나 이와 같이 상대국 시풍에 관한 격의 없는 논의는 이후 시기
필담창화집에서는 발견되지 않는다. 조선은 과거시험 때문에 고정된
시풍을 갖고 있다거나 송시만을 추숭하여 시어에 격조가 부족하다는
생각은 무진사행 시기에 이르러 더 확고해진 듯하다. 당시의 필담창
화에 참여했던 미야세 류몬은 조선 문사의 시에 대하여 "당시도 아니
고 명시도 아닌 한 종의 시체였다. 마치 만나고 헤어질 때 나누는 말이
나 귤나무에 매미 울음소리가 나는 것과 같으니 자잘하고 비루하여
싫증날 만한 것이다. 요컨대 저들 나라는 과거 공부에 급급하여 벼슬
하는 첩경으로 삼으니 천 년이 지나도 썩지 않을 뜻은 없다고 해야
옳다."[269]며 혹평하였다. 또한 박경행은 일본 문사에게 "귀국의 시는
자못 얻어서 보았습니다만, 그 폐단은 오직 송시를 공부하지 않는 데
있을 뿐"[270]이라고 하여 조선인들이 송시를 중시한다는 인식을 강화
하는 데 일조하였다.

　조선의 문사들 역시 일본의 시에 대해 부정적인 평가를 내놓았다.
다음은 『홍려경개집』에 실린 이명계의 말이다.

　논하신 바가 크고 굉박(宏博)합니다. 그러나 귀방의 문장과 경술을 대
략 보건대 학문이 정주의 문로를 따르는 자는 겨우 한둘뿐이요, 문장에
구소(歐蘇)의 체재를 얻은 자는 마치 경성(景星: 상서로운 별)이 보이듯

---

269) 讀之則非唐非明, 有一種之體裁焉. 若逢場帆前之數語, 橘花蟬聲之重出, 則瑣俚可
　　厭矣. 要之則彼邦汲汲乎場屋擧業, 爲祿利之捷徑, 無千秋不朽之志矣則可. (『홍려경
　　개집』)
270) 강지희 역주(2014), 『善隣風雅・牛窓錄』, 보고사, 112면. (『선린풍아』 권2)

하더군요. 말씀하신 것으로 본다고 해도 서로 모순되거늘 어찌 한위(漢魏)를 배우고서 원미와 우린을 표준으로 삼은 자가 있겠습니까? 남곽(南郭: 핫토리 난카쿠)의 시문은 이미 숙독하였는데 성병(聲病)과 음율(音律)이 진실로 일동(日東)에서 쉽게 얻을 수 없는 것이었으나 끝내 설루(雪樓: 이반룡)의 잔약한 후예에 불과하니 그대의 말씀은 지나친 것이 아닌가 합니다. 조래(徂徠)의 학문 또한 철 가운데 영금(零金)이라 할 만하고 이등인재(伊藤仁齋) 같은 자 또한 많지 않다고 할 수는 없으나 잡초가 많고 곡식의 싹은 적다고 하지 않을 수 있겠습니까? 창졸간에 여러 말로 분변하기 어려워 대략 이것으로 우러러 답합니다.[271]

『홍려경개집』은 미야세 류몬의 무진사행 시기 필담집이다. 그는 당시의 학사·서기들에게 일본의 문장과 학술에 대해 다음과 같이 설명하고 있다. 일본은 본래 당나라의 예악을 본받았는데 전란으로 예악이 폐지되고 후대에는 송의 책들만 전래되어 "배운 학문은 주돈이·이정(二程)·장재·주희의 것이요, 문장은 한유·유종원·구양수·소식이요, 시는 송·원의 유풍"이었으며 개국 초에도 그러한 폐단이 남아 있었다. 그 후 아라이 하쿠세키와 기온 난카이(祇園南海)가 개원·천보의 시를 지었으나 학술과 문장은 오히려 예전과 같았다. 그런데 오규 소라이가 일어나 복고의 학문을 제창하여 이반룡과 왕세정의 학문을 찬집하고 고문사(古文辭)를 정비하여 좌씨와 사마천을 표준으로 삼았으며 근체시는 성당을, 고시는 한·위·육조를 표준으로 삼았다. 온 나라

---

271) 所論可謂宏博. 然貴邦文章經術略已觀之, 學趨程朱門路者菫一二, 文得歐蘇體裁者如景星. 雖以所論中見之, 自相矛盾, 安有學漢魏而以元美、于鱗爲準者耶? 南郭詩文亦已熟見, 聲病音律誠日東之未易得, 而終歸於雪樓孱裔, 如君之言無乃過乎. 徂徠之學可謂鐵中零金, 而如伊藤仁齋者, 又不爲不多, 得無莠多而苗少乎. 卒乍之間, 不可以多辨, 略此仰答. (『홍려경개집』)

가 그를 숭상하였으며 문하의 제자 중 핫토리 난카쿠(服部南郭)가 특히
뛰어났는데, 주·정·장·주의 책이 폐지되고 당세에 진·한 이전의 글
이 행해지게 된 것이 모두 이 사람 덕분이라는 것이다.

　그런데 이에 대한 이명계의 반응은 고문사나 이·왕 문학에 대한 비
판이 아니다. 그는 본래 일본에 송나라의 학문과 문장이 유행했다는
진술부터 실상과 다른데, 그것을 '극복'하고 한·위를 표준으로 삼고
이·왕을 익힌다는 것이 가능한지에 대해 의문시하였다. 류몬의 논의
자체의 옳고 그름을 떠나 일본 문단 전체의 수준에 대해 의심하고 있
는 것이다. 핫토리 난카쿠 역시 일본에서 뛰어난 사람이라 이를 만하
지만 역시 이반룡의 아류에 머물고 있을 뿐 한·위의 고문을 열었다는
평가가 과장임을 지적하였다. 한편 박경행은 류몬의 시가 아라이 하
쿠세키에 비견된다며 크게 칭찬하기도 했는데, 『홍려경개집』의 서문
을 쓴 석(釋) 懶龍宗이라는 인물은 류몬의 '黃日冲天之勢'를 어찌 그 정
도에 빗댈 수 있겠느냐며 탐탁지 않게 여겼다. 무진통신사 학사·서기
들은 고문사의 폐단을 논할 필요가 없을 만큼 일본 문단의 수준을 낮
게 보았고, 후대 문인들의 특출한 성과라 해도 또한 기존에 조선에 알
려져 있던 일본 시의 연장선상에서 논할 뿐이었다.

　계미사행 시기에 접어들면 그 양상이 또 한번 달라진다. 우선 지적
할 부분은 필담 중에 양국의 작시 경향에 대한 비교가 이루어지지 않
는다는 점이다. 이 주제에 관해 다음과 같은 일본 문사의 문제 제기가
한 차례 발견되기는 한다. 에도의 문인 시부이 다이시쓰가 학사 일행
에게 보낸 서신의 일부이다.

　　시는 풍(風)·조(調)를 위주로 하는데 정취(情趣)가 있는 것을 귀하게
　여깁니다. 그러나 또한 치우친 바가 없지 않으니, 귀방은 풍(風)을 위주

로 하여 정(情)을 다하고 폐방은 조(調)를 위주로 하여 취(趣)를 다하니, 한 쪽은 기이하게 빼어나며 특출함을 발하고 한 쪽은 가지런하게 정돈되어 한가하며 우아합니다. 동쪽과 서쪽 사이에 큰 도랑이 놓인 것이니, 오늘뿐 아니라 통신을 한 이후로 모두 그러하였습니다. 제 말은 아첨하는 것도 아니요, 저희 쪽이 낫다고 여기는 것도 아닙니다. 네 공이 보시기에는 어떠합니까?[272]

다이시쓰는 조선과 일본의 시풍이 서로 다름을 지적하면서 그것이 처음 통신사 교류를 한 이래 지금까지 계속 그러했다고 말하였다. 그는 자신이 어느 한 쪽을 편드는 것이 아니라고 하면서 학사 일행의 의견을 구하였다. 그가 이러한 문제를 거론한 것은 이전 사행에서 당풍과 송풍의 문제, 즉 송풍을 위주로 한 조선 시와 당풍을 숭상하는 일본 시의 우열 문제가 몇 차례 거론된 적이 있었기 때문이다. 다이시쓰가 각 나라의 시에 제각각 장처가 있다고 말한 것은 이러한 논쟁을 염두에 둔 것이다. 그러나 계미사행에서 양국의 시풍에 대한 토론은 주요한 화제가 되지 못하였으며 학사·서기들 역시 이 문제에 별다른 관심을 보이지 않았다. 다이시쓰의 위 질문은 소라이학과 조선의 학술에 대한 질의 뒤에 덧붙어 있던 것인데, 남옥 등은 학문에 대해서만 답변하고 위 질문에 관해서는 언급하지 않았다. 이에 다이시쓰는 이후의 답신에서 학사·서기들은 마땅히 사장과 성률을 중시하지 않을 터이니 나중에 나바 로도를 만나서 질의하겠다고 하였다.

한편 무진사행 시기 문사들과 달리 계미통신사의 학사·서기들은

---

272) "詩主風調而貴有情趣, 然亦不無所偏, 貴邦主風悉情, 弊邦主調極趣, 一則奇挺峻發, 一則整齊閑雅. 是東西大鴻溝, 不啻今日, 自通信以來皆然. 僕言不阿不私. 四公所見如何?"(『품천일등』, 4월 19일 이후 서신)

연로 각지의 일본 문사들의 시 작품의 수준을 주의 깊게 살폈으며 그 가운데 재주 있는 인물을 적지 않게 발견하였다. 이들은 일본 문사 한 명 한 명의 시를 꼼꼼하게 읽고 그에 대해 평을 해주었다. 비록 의례적 인 시문창수로 인한 피로감을 표출하기는 하였으나, 시문을 교환하는 것 자체는 이들에게 중요하고 의미 있는 일이었다. 예컨대 남옥 등 세 사람은 가메이 난메이의 시재를 발견하고 그의 작품을 베껴 가서 타 지역 문사들에게 소개하였는데,273) 이는 난메이가 부탁한 것이 아니 라 조선의 문사들이 자청한 것이었다. 남옥은 밤을 새워가며 오카다 신센(岡田新川)의 시 전편을 읽기도 했다. 시바노 리쓰잔(柴野栗山)에 대 해서도 비록 화답시를 주지는 않았으나 그 시가 뛰어나다는 사실을 사행록에 특기하였다. 또한 각각의 필담창화집에 조선 문사들이 일본 문사의 시에 구체적인 평을 달아준 사례들이 다수 발견된다. 조선 문 사들은 앞서 시부이 다이시쓰의 질문에 대해서는 답하지 않았으나 그 렇다고 해서 일본의 작시 경향에 아예 관심이 없었던 것은 아니다. 다 만 일반적인 논의의 차원이 아니라 개별 문인이나 작품을 평하는 방식 으로 문학 교류가 진행되었던 것이다.

사실상 양국의 작시 경향을 비교한다는 것 자체가 조선인들로서는 떠올릴 수 없는 발상이었다. 조선의 문사들은 통신사 교류가 시작된 이래로 줄곧 일본 문인들의 시를 '평가'하는 입장에 섰으므로 그들이 양국의 시를 대등하게 놓고 비교한다는 것은 생각하기 어렵다. 조선

---

273) 구지현은 이에 대해 "사상적 태도 때문에 양쪽 문사는 상당한 대립을 겪었고, 시론적인 면에서도 표면적으로 대립하였다. 그러나, 시를 감식하는 면에서는 본 질적으로 상통하는 면이 있었다. 이미 독자적인 시론을 구축한 조선이든 아직 언 어 조탁과 모의에 힘쓰고 있던 徂徠學派든, 龜井魯의 시를 평가함으로써 양국의 문학적 공통성을 드러냈다고 할 수 있다."고 평한 바 있다. 구지현(2006), 286면.

시문의 우위는 언급할 필요도 없는 자명한 사실이었던 것이다. 게다가 앞의 인용문들에서도 알 수 있듯이 조선 문사들 가운데 조선에 특정한 시풍이 유행한다고 생각한 경우도 없었다. 그러나 일본의 문사들은 유자층(儒者層)이 넓어지고 한시의 문단이라는 것이 생긴 이후 중국이나 조선과는 구별되는 자신들만의 강점을 찾고자 하였다. 그것이 양국의 작시 경향을 비교하여 일본의 시풍이 더 격조가 높고 뛰어남을 보이는 방식으로 나타나게 된 것이다.274) 그러므로 특정한 시풍이 없다는 조선인들의 대답에도 불구하고 조선의 시풍에 관한 고정관념은 수정되지 않았으며, 시대가 지날수록 이는 당연한 사실로서 받아들여지게 된다. 그 때문에 계미사행 시기에는 양국의 작시 경향에 대한 일본 문사의 질문이 거의 나오지 않게 된 것이다. 조선의 시풍에 대한 이러한 편견은 일본 문사들이 필담창화집 간행 시에 붙인 서발(序跋)에서 그 일단을 확인할 수 있다.

주지하다시피 조선의 문사들은 각자 사행록을 저술하여 일본의 문단과 문인들에 관한 의견을 남겼다. 조선인들의 사행록 저술에 대응하는 행위 중 하나가 일본인들의 필담창화집 편집이다. 사행록이 필사본으로 제작되어 제한된 범위 내에서 유통되었던 것과 달리 필담창화집은 오사카와 교토 및 에도와 같은 도회지에서 출판되어 당대의 문사들에게 널리 읽혔다. 현전하는 계미통신사 필담창화집 48종 가운데 간본은 22종이며 출판을 목적으로 정리한 원고가 사본으로 남아 있는 경우도 있다.275) 간본 자료 전부, 그리고 사본 자료 일부에 서발

---

274) 오규 소라이가 자신의 문도들의 시 및 조선 문사의 시에 대하여 평점을 더하고 서문을 쓴 『문사기상』의 출판 경위를 통해 이러한 경향을 확인할 수 있다. 임채명(2009b), 「『問槎畸賞』의 性格에 대하여-주로 批評者의 視覺을 중심으로-」, 『열상고전연구』 29집, 열상고전연구회 참조.

(序跋)이 붙어 있는데276) 이 서발들에는 통신사 교류를 둘러싼 다양한
언설이 포함되어 있다. 그 가운데 하나가 양국의 문학에 관한 논의들
이다.277)

계미통신사 필담창화집 간본 및 사본 자료의 서발은 모두 56편278)이
며 저자는 46명으로 집계된다. 그중 조선 문사 3명을 제외하면 일본인
은 모두 43명이다. 일본 문사 43명 가운데 26명은 계미사행 당시 통신
사 교류에 참여했던 인물이며, 나머지 18명 중 3명은 이전 시기 통신사
와 만난 경험이 있는 것으로 확인된다. 서발의 작성 시기는 대체로
1764년 3월부터 12월에 걸쳐 있으며 1765년 초에 작성된 것이 3편,
그 이후에 작성된 것이 2편이다.279) 즉, 필담창화집의 서발은 예외적

---

275) 다이텐은 『평우록』을 자신의 문집 『소운서고(小雲棲稿)』의 부록으로 간행할 계
    획을 갖고 있었으나, 끝내 간행하지는 못하였다. 다이텐 지음/진재교·김문경 외
    옮김(2013), 22면. 또한 『경개집』도 여러 사람의 서발문을 받아두는 등 간행을 대
    비한 작업이 이루어졌음을 짐작할 수 있다.
276) 신묘, 기해, 무진통신사 필담창화집 간본에는 더러 서발이 없이 출판된 것도 있
    다. 그러나 계미통신사 필담창화집 간본 자료에는 모두 1편 이상의 서발이 붙어
    있다. 서발의 저자는 ①해당 필담에 참가한 일본 문사 가운데 편집을 맡은 인물
    ②조선 문사(남옥·성대중·원중거) ③당시 통신사 교류에 참가했던 다른 일본 문
    사 ④당시 통신사 교류에 참가하지 않았던 다른 일본 문사로 동시대 또는 후대의
    인물의 네 가지 유형으로 분류할 수 있다.
277) 구지현은 계미통신사 필담창화집 서발문에 나타난 일본 문인의 시문창화 인식에
    대해서 다음과 같이 논한 바 있다. 일본인들이 양국의 시문창화를 문전(文戰)에
    비유하였는데 여기에는 한문 능력을 하나의 기량으로 보는 시각이 깔려 있는 것이
    다. 나아가 일본 문인들은 무(武)와 문(文)을 등치하면서 과거 무력으로 조선을
    굴복시켰던 것처럼 이제는 문으로써 조선 문사들을 제압했다는 인식을 보이고 있
    다. 구지현(2011b), 「1763년 필담창화를 통해 본 조선과 일본의 시문창화 인식 변
    화」, 『동아시아문화연구』 49집, 한양대 동아시아문화연구소, 76~83면. 이 논문에
    서는 『계단앵명』, 『장문계갑문사』, 『동유편』, 『양호여화』, 『강여독람』, 『화한쌍
    명집』, 『빈관창화집』의 서문을 인용하였다.
278) 모두 28종 자료에 서발이 붙어 있는데 간본 21종, 사본 7종이다. 해당 필담이
    다른 책의 일부로 들어가 있는 경우에는 서발이 있더라도 편수에서 제외하였다.

인 경우를 제외하면 통신사 교류가 한창 진행되고 있던 때, 혹은 통신
사가 귀국한 직후 당대 문인들의 인식을 보여주는 글인 것이다. 또한
대부분의 필담창화집이 양국 문사가 주고받은 시문을 수록하고 있기
때문에 문학에 관한 논의가 서발의 중심이 되는 경우가 많다.

　기본적으로 서문은 저자의 훌륭함과 그 책의 가치를 드러낸다는 의
도에서 작성된다. 또, 저자뿐 아니라 그가 속한 문파 및 그의 학술 경
향에 대한 현창이 목적이 되기도 한다. 그런 한편 서문은 해당 책의
1차 독자의 소감이라고 할 수도 있다. 그러므로 서문에 나타난 인식은
두 가지 경우로 나누어 고찰할 필요가 있다. 첫째는 당시 교류에 참가
한 인물이 서문을 지었을 경우로, 이때 해당 필담의 내용과 별도로 자
신의 경험에서 느낀 바를 서문에서 서술할 수 있다. 두 번째는 통신사
교류에 참가하지 않은 인물의 서문인데, 이때 글 속에 담긴 생각은 당
시 일본 문사들 사이에 퍼져 있던 통신사 및 조선의 문학에 관한 일반
적인 인식이라고 간주할 수 있다. 물론 필담에 참여한 문사들 또한 그
러한 일반적인 인식을 공유하고 있었을 것이다. 다만 실제 만남을 통
해 기존의 상식과는 다른 생각을 갖게 된 인물들도 있었으므로 그에
관해서도 주의할 필요가 있다.

　이러한 점을 염두에 두고 필담 서문에 담긴 양국 문학에 관한 논
의[280]를 검토해 보기로 한다. 이 시기 필담창화집의 서문들에서 대체

---

279) 예외적으로 『품천일등』의 경우 1772년과 1784년의 발문이 붙어 있다. 발문의 내
　　용을 통해 저자 자신이 직접 발문을 써주기를 요청했다는 사실을 알 수 있다. 당시
　　에 곧바로 출판하지 못하고 시기를 놓치면 간행이 힘들었다는 사실, 그리고 그런
　　경우 저자의 교유 범위 내에서 사본이 유통되었으며 그러한 일이 통신사 방문 후
　　20년이 지나기까지 계속되기도 했음을 볼 수 있다.

280) 계미통신사 필담창화집 서발의 문학 관련 논의의 구체적 내용에 대해서는 장진엽
　　(2017), 160–166면 〈표5〉 참조. 관련 자료는 『장문계갑문사』, 『양호여화』, 『계단

적으로 발견되는 것은 양국의 시문창화를 필전(筆戰)으로 보고 거기에서 일본 문사들이 '승전'했다는 진술이다. 시문을 교환함으로써 각자의 기량을 드러냈다는 온건한 서술로부터 필담의 저자를 도요토미 히데요시와 진구황후에 빗대어 문사로 조선을 굴복시켰다는 식의 과격한 서술까지 그 어조는 다양하지만 일본 시의 수준이 조선을 앞질렀다는 인식이 드러난다는 점은 동일하다. 조선 시의 수준이 낮은 이유로는 조선의 시는 달의를 위주로 하여 수사를 모른다는 점, 송·원의 시풍에 젖어 개원(開元)·천보(天寶)와 가정(嘉靖)·융경(隆慶)을 배우지 않는다는 점, 토풍(土風)의 구속을 받는다는 점 등이 제시되었다. 빨리 짓기만 할 뿐 전혀 공교함이 없다는 지적도 있다. 일본의 시는 이러한 병폐가 없기 때문에 더 우월하다는 것이다. 이 필담창화집을 보면 그 우열이 자연스럽게 드러날 것이라는 언급도 있다.

요컨대 조선 시가 평담하고 격조가 낮다는 인식이 이 시기 일본 문사들 사이에 널리 퍼져 있었음을 알 수 있다. 이는 조선인들의 시를 수사를 중시하는 당시 일본 문단의 작시 경향과 대비되는 것으로 자리매김하기 위해 창화시에 나타나는 하나의 특성을 특별히 강조한 것이다. 이러한 언설은 필담창화집에 실린 수많은 작품들에 의해 뒷받침되었을 것이다. 남옥 스스로도 부끄러워서 식은땀이 흐를 정도라고 했던 수준의 창화시들이 출판되어 일본 전역에서 널리 읽혔고, 일본 문사들은 그러한 작품들을 조선 시의 일반적인 경향으로 환원하여 이해했던 것이다. 물론 조금만 생각해 보면 누구나 조선 문사들의 난감한 상황을 이해할 수 있었을 것이나 굳이 그럴 필요가 없었다고 할

앵명』, 『한객인상필화』, 『문사여향』, 『수복동조집』, 『하량아계』, 『한관창화속집』, 『경개집』, 『동사여담』, 『빈관창화집』, 『화한쌍명집』의 12종이다.

수 있다. 그보다는 조선인과 시문으로 대결하여 승리를 거두고 온 기
록으로 포장하여 책을 내는 것이 자신의 성가(聲價)를 높이는 데 더 도
움이 되는 일이었을 테니 말이다.

그런데 조선 문사들의 작품뿐 아니라 일본 문사들의 시 역시 마찬
가지의 문제를 안고 있었음도 짐작할 수 있다. 미리 써온 시를 증정하
는 경우도 있었지만 그 자리에서 시문창화를 하는 일도 있었기 때문이
다. 즉석에서 창화가 가능한 인물이라면 그렇지 못한 사람에 비해 작
시 능력이 더 뛰어난 것이다. 그러나 조선 문사들과 마찬가지로 그들
의 작품 역시 평소 수준에 미치지 못할 것임은 당연하다. 『한관창화속
집』의 서문에서 하야시 호코쿠(林鳳谷)가 말한 것이 이것이다.281) 시
간을 정해두고 민첩하게 시를 짓는데 후대의 격조에 관한 논의를 어떻
게 신경 쓰겠냐는 것이다. 책에 실린 국학 생도들의 시 역시 그 수준이
평소에 미치지 못했던 것이다.282) 하야시 호코쿠는 당시 통신사 교류
에 참여한 인물이기에 이렇게 서술한 것이다. 반면 『수복동조집』의
서문을 쓴 百非仁默天이라는 인물은 통신사 교류의 그러한 조건을 금
세 떠올리지 못하고 있다. 그는 창화집 속의 아홉 명의 일본 문사의
시를 평상시 작품과 비교하면 한 등급 아래인 것 같다고 하며 창수시
를 읽은 자신의 소감을 솔직히 토로하고 있다. 그 이유에 대해 조선인
들은 안목이 낮으므로 좋은 작품을 준다 해도 알아보지 못할 것이기

---

281) 대저 팔차(八叉)와 칠보(七步)란 본디 즉시 민첩하게 시를 짓는 재주를 지칭하는
것이니, 초에 눈금을 새기고 동발(銅鉢)을 치는데 어찌 후대의 격조(格調)에 관한
논의를 신경 쓰겠는가. [夫八義七步, 固稱卽時敏捷之才, 刻燭擊鉢, 寧顧後來格調之
論.] (『한관창화속집』권1. 번역은 강지희 역주(2017), 『韓館唱和續集 一·二』, 보
고사, 19-20면)
282) 그러나 하야시 류탄은 같은 책의 서문에서 양국 문사들의 다툼에 조선인들의 간
담이 서늘해졌을 것이라고 쓰고 있다.

때문에 아홉 명의 문사들이 대강 써서 준 것은 아닌가 추측하고 있다.[283] 일본 문사들이 문으로 조선인들을 굴복시켰다는 논리를 펴기 위해서는 그에 걸맞은 결과물이 있어야 하는데 실제 작품의 수준이 기대에 못 미쳤던 것이다.

　지나친 대결의식에 관해 비판하고 있는 글도 있다. 시부이 다이시쓰는 "저들이 어찌 겨룰 만한 것인가? 인정이 아니다."라고 하면서 『경개집』의 사와다 도코(澤田東江)가 조선인들의 마음을 살펴 응대했음을 칭찬하고 있다. 물론 인정이 아니라는 말은 손님을 편히 모시지는 못할망정 그들이 곤경에 빠지게 해서는 안 된다는 뜻일 테니 역시 일본의 우위를 바탕에 깔고 있는 것이다. 보다 적극적으로 조선인의 입장을 헤아리고 있는 인물은 같은 책의 서문을 쓴 기무라 데이칸(木村貞貫)이다. 그는 조선인의 시는 성률이 낮고 격력도 떨어진다고 말하는 사람들이 있는데, 쉬지 않고 화답시를 지어야 하는 그런 상황에서 공교함을 다한다는 것이 불가능한 일임을 지적한다. 그러면서 '우린(于麟)을 배우는 자'들이 그 처지에 놓인다면 과연 그들만큼 해낼 수 있을지를 묻는다.[284] 결국 시문창화 방식 자체가 문제인데, 성대중과 원중거는 『동유편』의 서문에서 직접 그에 관해 거론하기도 하였다.

---

283)　다만 괴이하게도 창화집 속의 아홉 명의 일본 문사들의 시를 평상시와 비교하면 한 등급 아래인 것 같으니, 어찌 합해(蛤蟹: 도마뱀 종류)와 주구(珠龜)가 달의 성하고 쇠함을 함께 할 수 있겠습니까? 아니면 어린아이에게 백금을 보여주어도 박서(搏黍)와 바꿀 수 없다고 하겠습니까? 이는 알 수 없습니다. [獨怪篇中九子之詩比諸平常, 則似下一等, 豈蛤蟹珠龜與月盛衰乎? 抑將爲百金示孩提之童, 而不得易其搏黍乎? 此未可知焉已.] (『수복동조집』, 번역은 진영미 역주(2017), 『長門癸甲問槎坤下・三世唱和・殊服同調集』, 보고사, 212면)

284)　『경개집』 서문에 담긴 인식에 관해서는 구지현(2011a), 「1763년 필담자료를 통해 본 에도에서의 문사 교류–『경개집(傾蓋集)』 서문에 보이는 인식을 중심으로」, 『동방학지』 153집, 연세대 국학연구원 참조.

　나바 로도 역시『문사여향』의 서문에서 밀려드는 일본 문사들을 응
대하기 위해 부득이 행운유수법을 썼다는 남옥의 말과 그런 상황에서
는 누구라도 좋은 작품을 쓰기 어렵다고 한 성대중의 말을 인용하고
있다. 필담집에 실린 작품들이 그들의 본색을 보여주는 것은 아니라
는 뜻이다. 로도는 더 나아가 조선 문사들의 시는 참신함을 중시하므
로 가정·융경의 위체(僞體)를 숭상하는 세속의 무리들과는 구별된다
고 하였다. 즉, 조선 문사들의 시에 대해 평하면서 그것을 통해 국내
의 소라이학파 문인들의 작시 경향을 비판하고 자신의 시론을 펼친
것이다. 이 필담집의 독자들이 결국 일본인들이란 점을 고려할 때 이
서문의 집필 의도는 여기에 있다고 할 수 있다.
　한편 소라이학파 문인들의 뛰어남을 드러내기 위해 조선인들의 실
력에 관해 논한 글도 있다. 아래는『동사여담』서문의 일부이다.

　동곽(東郭: 이현) 이래로 처음으로 추월이 있으니 이는 특별히 한인들
을 칭찬함이 아니요, 또한 우리나라의 문사들이 기운을 내뿜은 것이다.
근래에 한인의 시를 기왓장이나 돌덩이에 빗대는 자들이 있는데 이것은
내가 말한 '키로 쭉정이를 까부르듯이 대강 응대한 것들'이다. 내가 여러
사람들이 창수한 것을 읽어 보니 모두 기왓장이나 자갈 같은 것이어서
골라내지 않으면 풍아(風雅)의 모습을 보기에 적당하지 않았다. 다만 우
리 무리에게 증정한 시 중에는 외워 읊을 만한 것들이 많았으니, 또한
여기에는 유의한 것 같다. 그러하니 한인의 시의 좋고 나쁨은 조화를 이
루고자 한 데 있는 것이다.285)

---

285) 東郭以來始有秋月, 此非特賞韓人, 亦爲吾邦文士吐氣矣. 近者有以韓人之詩比瓦石
　　者, 此吾所謂糠粃簸颺而汎應者也. 吾試誦諸子所唱酬, 盡瓦礫也, 非沙汰之則不當風
　　雅之觀矣. 唯贈吾黨詩, 可諷誦者多, 亦似留意於此也. 然則韓人妍媸要在和者. (미야
　　세 류몬,『동사여담』서문)

　미야세 류몬은 조선인들의 시가 볼 만하지 않은 것은 그들이 상대의 수준을 보고 대충 응대했기 때문으로 보았다. 그러나 그들 시 가운데에 '오당(吾黨)'에게 준 시들은 읊을 만한 것들이 많았다고 하며, 원운(原韻)의 수준에 따라 조선인의 시도 그 수준이 달라진다는 점을 강조했다. 그는 또한 무진통신사보다 계미통신사 학사·서기들을 높이 평가했는데 그것 역시 그들이 상대의 수준을 감식하는 안목이 있음을 강조하기 위해서였다.

　류몬은 서문에서 자신의 시론을 펼치고 있지는 않으나 그가 소라이 학파 문인이라는 것은 그의 필담을 읽은 독자라면 충분히 파악할 수 있는 것이었다. 그러므로 이 서문을 나바 로도의 글과 나란히 놓고 보면 일본 내의 서로 다른 시론이 부딪치고 있는 형국이다. 이 책들은 거의 비슷한 시기에 간행된 것이다. 즉, 필담창화집의 서문들이 일본의 문인들 사이에 문학에 관한 담론을 유통시키는 매체 역할을 한 것으로 해석할 수 있다. 조선 문사들과의 문학 교류가 일본 내 문학 논쟁에서 하나의 전거로 활용된 것이다. 나바 로도와 같이 특정한 시론을 주장하고 있지 않더라도 조선인에게 호평을 받은 작품을 필담창화집으로 엮어 출판함으로써 자신들의 시풍이 해외의 인정을 받았음을 과시할 수 있었다.

　이처럼 필담창화집의 서발문에서 양국 문학에 관한 논의가 집중적으로 이루어진 것 역시 계미통신사 교류의 한 특징이다. 이는 이전 시기보다 간행본의 수가 증가하였고 간본 편집의 양식이 어느 정도 정형화되고 있던 경향과 관련이 있는 현상이다. 특기할 만한 사실은 실제 필담에서 양국의 작시 경향에 관한 대화는 거의 발견되지 않으며 그 대신 일본 독자를 대상으로 한 위와 같은 언설들이 눈에 띄게 증가했다는 점이다. 이들에게 조선의 시풍이 어떠한지에 대해서는 더 이상 질문할 필요가 없는 자명한 사실이 되어버린 것이다. 더 중요한 것은 일본의 국내 독자들에게 자신이나 자기 문파의 우수성이 해외 문인의 공인을 받았음을 증명하는 일이었다.

이상 필담창화집 서발에서 발견되는 문학 관련 논의들은 그동안 축적된 통신사 문학 교류의 결과가 일본 문단 내의 변화와 함께 어떠한 인식의 틀로서 고정되어 가는지를 보여주고 있다. 또한 일본 문인들은 필담집 서문을 통해 특정한 문학론을 펼치거나 자기 문파의 우수성을 드러내기도 하였다. 이 서문들은 일본 문단의 서로 다른 경향들이 경합하는 장(場)의 역할을 한 것인데, 그 수신인은 일본 국내의 독자들이었다. 즉, 통신사와의 문학 교류는 그 자체가 특정한 담론—특히 일본 문교(文敎)의 흥성과 일본 문단의 발전—을 생산하기도 하였고 동시에 일본 문단 내부의 특정 담론—예를 들어 각 학파의 시론에 관한 —의 형성과 유통을 촉진하는 매개체가 되기도 했던 것이다.

(3) 학시법(學詩法)과 명시(明詩)에 관한 의견 대립

계미사행 시기에는 이전 시기 필담에 종종 등장했던 양국의 시풍에 관한 대화는 거의 찾아보기 힘들다. 대신 시도(詩道), 혹은 시론(詩論) 그 자체에 대한 논의가 빈번하게 이루어졌다. 특히 명시(明詩), 즉 이반룡과 왕세정의 문학에 관한 논의가 주된 화제로 등장했다. 명시에 관한 논의는 기해사행의 기노시타 란코, 무진사행의 미야세 류몬 등이 이미 시도했던 것인데, 계미사행 시기에 이르러서 그 저변이 확대된 소라이학파 문인들을 중심으로 전면적으로 제기되는 데 이른다. 이전 시기 필담을 보면 신유한은 소라이의 영향력에 대해 알지 못했기에 특별히 비판하지 않고 자신의 견해를 말했으며, 이명계는 고문사가 유행한다는 류몬의 설명이 일본 문단의 현실과 모순됨을 지적하였

다. 즉, 무진사행 때까지는 소라이학파 문인들이 간혹 자신들의 시론
을 언급하였다 하더라도 그 자체가 토론의 주제로 부각되지는 못하였
던 것이다. 즉, 시도에 관한 논의는 계미사행 시기에 특히 활발해진
것이라고 할 수 있다.

이 시기 필담창화집 및 사행록에 나타난 문학 관련 필담286)은 15건
으로 집계되며, 관련 자료는 『앙앙여향』, 『양호여화』, 『관풍호영』, 『보
력갑신조선인증답록』, 『송암필어』, 『동사여담』, 『청구경개집』, 『품천
일등』, 『승사록』의 9종이다. 명시를 중시하는 일본 문인들의 견해는
학시법에 국한되지 않고 고어(古語)로써 고경(古經)을 탐구한다는 소라
이학의 경학 방법론과 연관되어 거론되는 일이 많았다. 학술과 무관하
게 시에 관해서만 논한 대화 중 단순한 문답을 넘어 상당한 분량의
토론으로 이어진 경우는 요코타 준타와 남옥의 대화, 이마이 쇼안과
성대중의 대화, 그리고 이언진이 이마이 쇼안 및 미야세 류몬과 나눈
대화를 들 수 있다. 모두 에도에서 이루어진 필담이다.

우선 시도 및 학시법에 관한 간단한 문답 세 건을 아래에 인용한다.

> 도사이: 제가 십 년간 시를 배웠는데, 본 것은 두소릉(杜少陵)에 불과합
> 니다. 만약 긴요한 방법이 있다면 보여주시면 좋겠습니다.
> 추월: 두소릉이면 충분합니다. 그 외에 삼당(三唐)의 여러 작품이 있겠
> 지요.287)

> 추강(秋江: 嶋村鬵)이 시도(詩道)에서 힘을 쓰는 방법에 대해 물었다.
> 이에 "당나라 사람들이 비록 바람과 구름과 달과 이슬에서 소재를 가져

---

286) 장진엽(2017), 170-171면 〈표6〉 참조.
287) 道哉曰: "僕學詩十年, 所見不過杜少陵. 若有要津, 幸論示." 秋月曰: "杜少陵足矣.
其餘三唐諸作." (『앙앙여향』, 12월 8일)

왔다 하여도, 눈앞의 경물 가운데 각자가 사물의 실상을 깨달은 것입니다. 요컨대 삼백 편을 숙독하여 비(比)·흥(興)의 남은 뜻을 알고 그러한 뒤에 한당(漢唐) 이하를 차례로 배운다면 벼리만 들어도 요점이 갖춰지듯 순탄할 것입니다."라고 대답하였다. 그랬더니 손을 이마에 대고 "가르치신 뜻을 깊이 알겠습니다."라고 하였다.[288]

아룀(세이케이(青桂)): 저는 무릇 작시는 질실(質實)과 화조(華藻) 양단에 불과하다고 생각합니다. 그 의취(意趣)는 송·원·당·명이 있는데 자신의 뜻에 따라서 취하면 될 뿐이지요. 그 자구(字句)를 얽어 만들 때는 다만 성당(盛唐)의 여러 공을 표준으로 삼습니다. 공들께서는 어떠합니까?

답(추월): 시는 다만 자연스럽게 신묘한 데로 들어가는 것일 뿐이지요. 당시든 송시든 무방하니, 한때의 경치와 형상을 능히 묘사하는 것을 뛰어난 것으로 삼을 뿐입니다.

아룀(세이케이): 그대께서는 주로 무엇을 취해 쓰십니까?

답(추월): 개원·천보 때의 여러 공을 따릅니다.[289]

위 인용문들은 시도에 관한 남옥과 원중거의 생각을 보여준다. 남옥은 당·송시의 구분이 중요한 것이 아니라 '一時景色'을 잘 묘사하는 것이 중요한데, 자신은 성당 때의 시인들을 따른다고 하였다. 또 두보

---

288) 『승사록』, 176면. 번역 일부 수정함. 秋江問余以詩道用力之法. "若以唐人雖取材於風雲月露, 於眼前景物中, 各自有實見得物事. 要之熟讀三百篇, 得比興之餘旨, 然後次及乎漢唐以下, 則順如綱擧領挈." 手額曰: "深識敎意."(원문은 『승사록』, 고려대 육당문고 소장본)

289) 槖(青桂): "我謂凡作詩不過質實華藻兩端. 其意趣則宋·元·唐·明, 隨其志所之取義耳. 及其搆字句, 則只以盛唐諸公爲正的. 公等如何." 答(秋月): "詩只有自然於入爲神妙. 或唐或宋無妨, 能寫一時景色, 以爲勝耳." 槖(青桂): "專君所採用如何." 答(秋月): "開元、天寶諸公."(『관풍호영』 권상, 1월 23일)

를 배웠다는 난메이(도사이)에게 그것으로 충분하며, 그 외 삼당의 여러 시인이 있다고 답하고 있다. 한편 원중거는 삼백 편을 숙독한 후 한·당 이하에 미쳐야 함을 강조하고 있다. 원중거는 니시하라 아키라에게도 "시는 곧 삼백 편이 심오한 것이며 당시는 배울 수 있는 문로입니다."[290]라고 말한 적이 있다. 한편 성대중은 쇼안과의 대화에서 "학시의 법은 모름지기 삼백 편을 으뜸으로 삼고 한·당을 배우는데, 당에서 체재를 취하되 두소릉이 마땅히 종맥이 된다."[291]고 밝혔다. 세 사람의 견해는 기본적으로 대동소이하다.

위 인용문 가운데 네 번째 하야시 세이케이(林靑桂)의 말에서도 알 수 있듯이 대개의 일본 문사들 역시 성당의 시를 종주로 삼고 있었다. 시라는 것은 질실(質實)과 화조(華藻) 양단에 불과하다는 그의 말은 수사와 달의로써 시를 논한 소라이의 견해와 상통하는데, 이 역시 당시 일본 문사들에게 널리 퍼져 있던 생각이었다. 세이케이는 시의 의취는 송·원·당·명이 있으며 무엇을 택해도 무방하다고 말하고 있다. 그 자신의 솔직한 견해인지 조선 문사를 배려해서 한 말인지는 알 수 없으나, 시에 있어 어느 시대의 풍격을 따르는지를 중요하게 여겼던 당시 일본 문단의 분위기를 간접적으로 보여준다.

아래는 일본의 문인 및 왕세정의 문학에 관한 이언진(자 虞裳)과 가메이 난메이의 대화이다.

우상(虞裳): 귀하의 고장에서는 문장에 능한 이로 누구를 으뜸으로 칩니까?
도사이: 꽤 많지요. 하지만 나정옹(蘿亭翁)이 노련하고 숙달되었다고 일컬어집니다.

---

290) 詩則三百篇爲奧, 唐詩可學門路. (『청구경개집』 권하)
291) 學詩之法, 須宗三百篇, 須學漢唐, 取體於唐, 而杜少陵當爲宗脈. (『송암필어』)

우상: 나정(蘿亭)의 문장은 방주(芳洲)나 지헌(芝軒)과는 어떻습니까?

도사이: 방주의 글은 제가 일찍이 한두 편 보았습니다만, 감춘 것이 있어 분명하게 좋고 나쁜 것을 알지 못하겠더군요. 지헌의 저서는 제가 아직 보지 못했습니다.

우상: 왕엄주(王弇州)의 문장을 그대는 어찌 보십니까?

도사이: 이는 명대의 우뚝한 인물로 후인의 모범입니다. 제가 십 년간 뜻을 두어 노력해도 그 무늬 하나도 엿보지 못했으니 어찌 감히 논하겠습니까? 굳이 논하자면 문장이 기구해서 돈후한 맛은 드물더군요.[292]

아이노시마에서는 이언진이 먼저 난메이에게 필담을 청하였고, 그와 더불어 일본의 서적 및 문장에 관해 이야기를 나누었다. 위 대화에서 왕세정을 먼저 거론한 쪽도 이언진이다. 이때만 해도 이언진의 존재가 일본인들 사이에 별로 알려져 있지 않았던 것이다. 그러나 여느 문사들과는 다른 이언진의 취향은 에도에 도착한 이후 급속도로 소라이 학파 문인들의 주목을 받게 되었다.[293] 그리하여 미야타 아키라(宮田明), 이마이 쇼안, 미야세 류몬과 이·왕의 문학을 주제로 토론을 벌이게 된다. 그중 쇼안과의 토론이 『송암필어』에, 류몬과의 토론이 『동사여담』에 실려 전한다.[294]

---

292) 虞裳曰: "貴州能文章者, 何人爲魁" 道哉曰: "不爲不多, 而蘿亭翁稱老鍊熟達矣." 虞裳曰: "蘿亭文章, 與芳洲芝軒如何" 道哉曰: "芳洲文余嘗見一二編, 有諱不明辨工拙. 芝軒之著, 余未見之." 虞裳曰: "王弇州之文, 君以爲如何" 道哉曰: "此是明代翹楚, 後人範圍, 余刻意十年, 未得窺一斑. 敢論之, 則崎嶇而敦厚之色鮮焉." (『앙앙여향』, 12월 8일. 번역은 정민(2011a), 14면)

293) 구지현(2006), 294면.

294) 『동사여담』은 일찍이 강동엽에 의해 국내 학계에 소개되었는데 그때 이언진과의 필담 사실이 함께 소개되었다. 강동엽(1995), 「18세기 한·일 문학 교류와 宮瀨龍門」, 『우리문학연구』 10집, 우리문학회 참조. 그 후 정민(2003) 및 정민(2011a)에서 두 사람의 필담 전문을 번역, 소개하고 그 의의에 관해 자세히 논하였다. 구지

『동사여담』의 미야세 류몬은 무진사행 시기 필담을 거부당했던 경험을 떠올리며 조선 문사들과의 언쟁을 조심스레 피하였다. 그러나 한편으로는 학사·서기들에게 자신의 저술을 건네며 조선에 전해달라고 요청하기도 하였다. 류몬은 나중에야 이언진에 대해 듣게 되고, 그를 찾아가 왕세정의 문학에 관한 대화를 나눈다. 류몬보다 앞서 이언진을 만난 이마이 쇼안도 그가 이·왕의 문학을 좋아한다는 이야기를 듣고 일부러 찾아간 것이다.[295] 이언진이 경술에 관한 토론을 꺼렸기 때문에 이반룡과 왕세정의 문학에 초점을 맞춘 대화가 이루어졌다. 이 토론은 이언진의 입장에서는 문학 방면에 국한된 토론이었으나 일본 문사들에게는 학술 전반의 문제와 관련이 있었다. 그들에게는 '고문사'라는 언어적인 문제가 자신들 학문 방법론의 출발점이 되었기 때문이다. 그러므로 이언진의 문학 토론은 일본 문사들의 입장에서는 학술 토론의 일부였다고 말할 수 있다. 그 때문에 이·왕에 대한 이언진의 견해가 자신들과 다르다는 것을 확인한 뒤에도 여전히 그를 도(道)를 담당할 인물로 추켜세웠던 것이다.

사실상 이언진과 일본 문사들의 문학 논의는 통신사 교류 전 시기를 놓고 보아도 매우 이례적인 것이다. 왕세정을 좋아한다는 것 자체가 당시 조선 문단에서 특이한 일이었고, 일본 문사와 시학에 관해 심도 있는 논의를 펼쳤던 일 역시 이언진이라는 특출한 개인의 역량과 포부에서 비롯한 것이었다. 왕세정에 대한 기호는 이언진이 일본 사

현(2006)에서도 해당 필담의 일부를 인용하고 있다. 『송암필어』에 실린 이언진과 이마이 쇼안의 필담은 구지현(2006)에서 자세히 분석하였다. 따라서 본고에서는 두 필담을 인용하지 않고 그 의의에 관해서만 간략히 서술한다.

295) 두 사람에게 이언진에 대해 알려준 인물은 미야타 아키라로, 그는 이언진에게 소라이의 『학칙(學則)』을 구해 주기도 하였다.

행을 떠나기 전부터 갖고 있던 것으로서, 이는 필담에서도 밝히고 있
듯이 스승 이용휴(李用休)의 문학관과도 관련이 있다.[296] 이언진은 그
러한 자신의 기호(嗜好)를 매개로 해외의 문단에서 자신의 문학적 견
해를 마음껏 펼칠 기회를 잡은 것이다. 한편 에도의 문사들은 이언진
이 왕세정을 좋아한다는 이야기를 듣고 그가 고문사를 추구하는 자신
들의 학술·문장론에 동조하는 인물일 것이라고 기대하였다. 자신들
이 송학을 극복하고 소라이학을 열었던 것처럼 조선에도 그러한 단초
가 생겨나고 있다는 것을 이언진을 통해 증명하고 싶었던 것이다. 자
신들의 사상을 '진보'로 인정하지 않는 조선 문사들의 태도에 적잖이
실망하고 있던 차에 이언진의 등장은 환영할 만한 것이었다.[297]

　그러나 실제 필담의 결과 이언진은 문학과 경술을 구별하여 문학에
관해서만 논하고자 했으며 이반룡은 낮추고 왕세정만을 높이는 등 일
본 문사들과 이·왕 문학에 대한 접근방식이 완전히 다르다는 것이 드
러났다. 이마이 쇼안과의 대화를 통해 이언진의 시론 역시 다른 조선
문사들과 마찬가지로 의고주의를 부정하고 창신(創新)을 중시하는 성
격을 띤다는 것이 확인된다.[298] 미야세 류몬은 대가를 배우되 그것을
넘어서서 자신의 시 세계를 이룩해야 한다는 점에서는 이언진과 의견
을 같이 하였으나, 이·왕의 우열관계 및 왕세정 문학에 대한 평가 부
분에서는 견해 차이를 보였다. 류몬은 『엄주사부고(弇州四部稿)』 속편
에 경도된 이언진에게 정편을 더 중시해야 한다고 조언하기도 하였
다.[299] 결국 이언진은 이른바 고학(古學)의 조선 전래라는 이들의 희

296) 정민(2003), 105-118면.
297) 구지현(2006), 297면.
298) 같은 책, 300면.
299) 정민(2011a), 24-26면.

망사항을 충족시켜 주는 인물이 아니었던 것이다. 그럼에도 불구하고 다른 조선 문사들과의 사이에서 이러한 종류의 문학 논의는 이루어질 수 없었기 때문에 그는 일본인들에게 깊은 인상을 남길 수 있었다. 또 오늘날의 관점으로 보아도 양국 문인 간의 본격적인 문학 논의라는 점에서 주목할 가치가 있다.

학사·서기들도 에도에서 소라이학파 문인들과 시론에 관한 토론을 벌였다. 아래는 요코타 준타와 이마이 쇼안의 필담으로, 각각 남옥, 성대중과의 토론이다.

> 문장과 시문은 비록 시대를 달리하더라도 수사와 달의 두 파가 있을 뿐입니다. 하(夏)·상(商) 때에는 대개 두 파로 나뉘지 않았고 주나라가 유구하여 교화가 크게 행해짐으로부터 명석한 이들이 연이어 나와 꾸밈[文]과 바탕[質]이 고르게 되어 밝게 빛나지 않음이 없었습니다. 이에 수사와 달의 또한 어우러져 빛났는데 점차 나뉘어서 『맹자』·『순자』·『노자』·『열자』는 달의를 가장 중시하고 『좌전』·『국어』·『장자』·『이소』는 수사를 가장 중시하였습니다. (…중략…) 명이 흥기함에 북지(北地) 이자(李子)(이몽양)가 닭의 무리에서 솟구쳐 나와 홀로 앞장서서 고문을 창도하였습니다. 이(李: 이반룡)·왕(王: 왕세정)이 이어서 힘을 떨쳐 팔뚝을 휘두르며 뒤에서 화답하였으니, 수사와 달의가 두 파를 겸비하게 되어 우주를 일신하였으며, 거의 두 사마[兩司馬: 사마천과 사마상여]와 양웅(揚雄)·반고(班固)를 보좌하여 송·원의 폐단을 제거하는 데 힘썼습니다. 이에 문운이 다시 밝게 일어나서 해와 달이 초목에 가득 떠올라 태양을 향하게 하듯이 밝게 옛날로 돌아갔습니다. 이는 곧 세 대가의 공력이니 여기에 힘썼다고 이를 만합니다. 대저 시대와 도가 떨어지고 높아지는 것은 해와 달이 밝음을 교대하고 사시가 번갈아 돌아오는 것과 같아서 쇠하면 성하고 성하면 곧 쇠하게 됩니다. 비록 우리 일본이라 하더라도 또한 그러하지 않음이 없었습니다. 우리나라가 예부터 칭한 바는 대

개 모두 팔대가(八大家)였으니 당·송·원·명은 감히 문체를 가리지 않
았으며 어록 가운데 있는 말을 써서 글을 지은 것이 이미 오래되었습니
다. 그러나 하늘이 명을 내려 한 유사(儒士)를 내었으니 이에 원록(元
祿)·정덕(正德) 연간에 동도(東都)에서 고문사를 일으켰습니다. (…중
략…) 무진신사가 일본에 왔을 때 문학(文學) 구헌(矩軒: 박경행)이 우리
동도를 보고 "이·왕의 문사는 마치 기와 조각을 씹는 것 같아서 우리들
은 감히 두 사람을 취하지 않습니다."라고 하였습니다. 지금 귀방은 문사
에 대해 오직 한·유 두 사람만 중시합니까? 혹 이·왕을 따라 고문을
닦는 사람도 있습니까? 대국에서 이 시대에 칭하는 문사(文辭)에 대해
듣고자 합니다.300)

쇼안: 근체시(近體詩)는 당시만한 것이 없습니다만, 어찌 당 이후에 시가
　　없겠습니까? 명시를 보면 역하(歷下: 이반룡)의 높고 화려함, 오군(吳
　　郡: 왕세정)의 넓고 큼은 나란히 개원·천보의 여러 시인들을 따라잡
　　을 수 있습니다. 그 밖의 분분한 것들은 한때의 작품일 뿐입니다.
용연: 이·왕은 화려하기만 하고 실질이 없으니, 어찌 당시와 견줄 수
　　있겠습니까? 그대는 물무경의 잘못을 배웠군요.
쇼안: 시는 어려운 것인데 선생은 어찌 쉽게 말씀하십니까. 청컨대 제가
　　한번 의견을 말해보겠습니다. (…중략…) 송·원의 제가(諸家)들은 숨

---

300) 文章翰墨, 雖已異世, 脩辭與達意二派而已. 夏商時蓋未分二派, 周有悠久, 自化大
　　行, 明哲輩出, 文與質相均, 莫不彬彬也. 於是脩辭達意亦彬彬, 漸分, 孟·荀·老·列
　　最主達意, 左·國·莊·騷最主脩辭. (…) 明興北地李子蟬脫鷄群, 獨唱古文於前.
　　李·王繼奮力扼腕, 和於後, 脩辭與達意兼二派, 宇宙一新, 殆羽翼于兩司馬·雄·固,
　　懋以除宋元之弊也. 於此文運復煥發, 若日月以升盈卉木以向太陽, 瞭瞭乎復古矣. 是
　　則三家之力, 可謂務焉. 夫以時與道汚隆也, 猶日月代明·四時迭行, 衰卽盛·盛卽衰
　　矣. 雖我日本莫不亦然也. 我邦古來所稱, 大率皆八大家, 唐·宋·元·明亡敢擇體,
　　用語錄中之語爲文者旣久矣. 然天降命出一儒士, 於時元祿正德紀年之間, 振古文辭于
　　東都. (…) 戊辰信使來日本也. 文學矩軒視我東都, 謂'李王文辭若頹嚙瓦礫, 余不敢采
　　二家也.' 今也貴邦之於文辭, 唯在韓柳二家歟? 或又有因李王而脩古文者歟? 冀聞大國
　　之稱于時文辭. (『양동투어』 곤(坤), 3월 9일)

어있는 것을 찾고 기이한 것으로 달려가며 갈피를 잡지 못하고 제멋대로 하며 새롭고 기이한 것을 만들어내기 좋아하여 득의한 듯이 서로 이끌어주었으니 대아(大雅)의 소리가 땅에 떨어진 지 오래되었습니다. 명나라 사람이 이것을 경계로 삼아 모두 옛 문장을 따르고 규구를 바꾸지 않으며 백 대 이전을 스승으로 삼아 옛 현인들과 발자취를 합하였습니다. 말하기를, "옛날에는 독창적인 것만을 중시했고 나는 공교함을 겸하였으니 그것을 모아 크게 이루면 어찌 세상에 이름을 더럽히겠는가?"라고 하였습니다. 이에 북지(北地: 李夢陽)와 신양(信陽: 何景明)이 먼저 용처럼 일어나고 역하와 오군이 뒤에서 봉새처럼 뛰어오르니 서(徐: 徐中行)·오(吳: 吳國倫)·종(宗: 宗臣)·양(梁: 梁有譽)이 비늘을 더위잡고 깃털에 붙어서 한 시대에 가지런히 빛났습니다. 아아! 성대하도다! 그러므로 학시의 법은 명을 따라서 당으로 나아가고 한·위에 노닐어 삼백 편으로 거슬러 올라가는 것이니, 시작할 때에는 법도에 매이고 도중에는 편안해지며 끝내는 자득하게 되는 것입니다. 한·위·당·명을 하지 않음이 없되 한·위도 아니고 당·명도 아니어서 스스로 일가를 이루며, 옛날의 시를 보기를 지금의 시와 같이 하며 국풍(國風)과 아송(雅訟) 무엇인들 짓지 못하겠습니까. 이것을 일러 비슷하게 흉내 내어 변화를 이루었다고 하는 것이며, 이것을 일러 넉넉하여 날로 새로워진다고 하는 것입니다. 우리 무리의 지론은 이와 같은데 높으신 뜻은 어떻습니까?

용연: 지론은 좋습니다만 명시에 물든 습성은 흰 옥의 티라고 하지 않을 수 없군요.[301]

---

301) 松庵曰: "近體之詩唐莫尙, 焉唐以後無詩? 明則歷下之高華、吳郡之博大, 可以並驅開天諸子. 其他翩翩, 一時之撰也." 龍淵曰: "王李華而無實, 烏得與唐詩比? 君爲物茂卿之所誤矣." 松庵曰: "詩難矣, 先生談何容易也. 余請嘗論之. (…) 宋元諸家, 索隱弔詭, 慣焉自态, 好鑄新奇, 沾沾相煦沫, 大雅之音墮地久矣. 明人懲忿如是, 率由舊章, 不易規矩, 追師百世, 合軌前脩. 其言曰'古唯獨造, 我則兼工, 集其大成, 何忝名世?' 於是北地、信陽龍興於前, 歷下、吳郡鳳躍于後, 徐、吳、宗、梁攀鱗附翼, 一時濟濟, 嗚呼! 盛哉! 故學詩之法, 由於明, 之於唐, 游乎漢魏, 溯乎三百篇, 始而拘拘焉, 中而

　요코타 준타(도겐)는 '수사'와 '달의'라는 문학의 두 요소를 언급하고 이반룡과 왕세정에 이르러 수사와 달의를 겸하게 되었으며, 일본 역시 고문사의 출현으로 동일한 과정을 거쳤다고 말하고 있다. 또, 이·왕 문학에 대한 박경행의 비판에 문제를 제기하며 조선 문단에서는 여전히 한·유만을 중시하는지 물었다. 두 번째 인용문은 학시에 있어 당시, 특히 두보의 시를 중시해야 한다는 성대중의 견해에 대한 문제제기에서 비롯한 토론이다. 쇼안은 이·왕의 시가 성당의 여러 시인을 따라잡을 수 있다고 하면서 시사(詩史)에 관한 자신의 견해를 말해보겠다고 하였다. 인용한 부분은 그 가운데 명대 시인의 발흥을 논한 부분이다. 도겐이 수사와 달의의 겸비를 중시한 것과 달리 쇼안은 명시(明詩)가 법도(法度)를 지켜 고시에 방불한 경지에 이르렀음을 강조하고 있다. 그는 이언진과의 토론에서도 참신함보다 법도를 중시하는 관점을 보인 바 있다.

　두 사람의 논의는 소라이학파 문인들의 시론을 구체적으로 보여주고 있는데, 이·왕 문학을 높이는 것은 같지만 그 논점은 동일하지 않다. 학사·서기들 또한 상대가 제기하는 논점에 따라 답변을 달리하였다. 예컨대 대화의 맥락에 따라 한·유를 말하기도 하고 정주를 말하기도 했다.302) 그러나 어떤 경우에든 명시에 대한 비판적 입장을 분

徐徐焉, 終而于于焉. 漢魏唐明, 無不爲也, 而非漢魏、非唐明, 自爲一家也, 而視古之詩猶今之詩乎, 國風、雅頌何所不爲也. 是之謂擬議成變矣, 是之謂富有日新矣. 吾黨持論如是, 高意如何?" 龍淵曰: "持論好矣, 但明詩之染習, 不爲白璧之瑕乎." (『송암필어』, 3월 6일)

302) 아룀(스가쿠): "우리나라에서 문사를 배우는 이는 한(韓)·유(柳)를 스승으로 삼는 일이 많지만 혹 이(李)·왕(王)을 배우기도 합니다. 귀국 또한 이·왕을 배우는 자가 있습니까?" 답(추월): "한·유는 문장의 정종이요, 고금의 대가이니 우리나라는 모두 그들을 배웁니다. 이·왕은 비록 공교로우나 조화(造花)와 같은 것들이 많으니 배우는 자는 마땅히 취사해야 합니다. 우리나라 사람들은 설루(雪樓: 이반

명히 하였다. 또, 이러한 주장이 소라이학의 영향임을 알게 된 후로
상대방에게 '소라이의 잘못을 배운 것'이라고 지적하여 말하곤 하였
다. 학사·서기들은 고문사 자체를 도를 탐구하는 방편으로 여기는 소
라이학의 관점에 비판적이었기에 그것과 밀접한 연관을 갖고 형성된
이들의 시론에 관해서도 똑같이 부정적으로 보았다.

남옥 등 세 문사가 소라이학의 폐해를 언급하며 학술과 문장을 아
울러 논한 것과 달리 이언진은 경술과 문장에 대한 논의를 구별하고자
하였다. 소라이학파 문인들에게 고문사는 곧 도(道)의 문제였으나 그
가 왕세정을 좋아하는 것은 취향이나 기호의 문제였던 것이다. 이언
진 역시 소라이의 학문에 대해서는 다른 조선 문사들처럼 비판적인
입장을 취하고 있었다. 2월에 가와다 시테쓰와 대화를 나눌 때에 이언
진이 소라이의 학문에 대해 '바르지 않다'고 말하고 있는 데서 이를
확인할 수 있다.303) 그러나 3월에 류몬 및 쇼안과 만났을 때에는 경술

룡)를 높이지 않습니다."[槀: "吾國學文辭者, 多師韓柳, 或師李王. 貴邦亦有學李王
者耶?" 答: "韓柳者, 文章之正宗, 古今之大家也, 吾國皆學之. 李王雖工, 多是假花,
學之者當有取捨也. 吾邦之人不尊雪樓."] (『보력갑신조선인증답록』, 1월 23일)

남포: "귀국에서는 오직 주렴계, 정호·정이, 장재, 주자의 가르침을 신봉하여
다른 취향은 없습니다. 그렇지만 문자와 장구를 즐기다 보면 이몽양·하경명·왕
세정·이반룡의 무리가 하는 것을 배우는 이들이 있습니까?" 추월: "이몽양과 이
반룡 두 사람은 문장의 적입니다. 중국과 우리나라에서 과거에 급제한 이들은 모
두 염락관민(濂洛關閩)의 바른 길에만 의지합니다."["貴邦固奉周、程、張、朱之教
而無雜趣. 然及耽文字章句, 則有學李、何、王、李之徒所爲者乎?"(南浦) "二李是文
章之賊也. 中朝又弊邦科文出進者, 一賴洛閩正路."(秋月)] (『양호여화』 부록)

303) 운아: 선생은 물무경을 아십니까? 얼마 전에 그의 문집을 보니, 이 사람 역시
기이한 선비더군요. 문장이 박아(博雅)하여 공경할 만하였습니다. 그러나 학문 한
부분은 참된 법문(法門)이 아니더군요. 그러한 뛰어난 재주로 정도로 들어가 현인
이 되고 군자가 되지 못한 것이 안타깝습니다. [雲我: "先生知物茂卿乎? 頃間見彼
集, 此子亦奇士哉. 文章博雅可敬, 然學問一段, 恐非眞法門. 惜其才之美, 不入正道,
而爲賢人爲君子也."] (『홍려관시문고』, 2월 18일)

에 대해서는 논하고 싶지 않다고 말하였다. 류몬이 통신사와 대화를 이어가기 위해 성리학에 대한 직접적 비판을 삼갔던 것처럼 이언진 역시 왕세정의 문학에 대해 논하기 위해 학술 문제를 거론하지 않은 것으로 이해할 수 있다.304) 결국 이언진은 자신의 의도대로 왕세정의 문학에 관해 일본 문사들과 충분한 대화를 나눌 수 있었다.

이상에서 살펴본 계미사행 시기의 문학 관련 필담은 개별 작품에 대한 품평을 제외하면 시도 및 학시의 방법에 관한 대화, 이반룡 및 왕세정 문학에 관한 토론 등을 주제로 하고 있다. 이 논의들은 대부분 고문사 논의와 연관되어 있으므로 문학 논의인 동시에 학술 논의에도 포함되는 것이 많다. 유자들에게 있어 문(文)과 도(道)는 따로 떼어서 논할 수 없는 것이었으므로 문장에 관한 논의가 학술과 맥이 닿아 있는 것은 당연하다. 그렇기는 하지만 '사장(詞章)'이라고 하여 학문과 독립된 영역으로서의 시문 창작이라는 개념 역시 언제나 있었던 것이다. 그러므로 이 시기 교류에서 문장과 학술 논의가 결합되어 이루어진 점은 분명 독특한 현상이라고 할 수 있다. 이는 소라이학의 방법론에서 말미암은 것인데 일본 문사들의 이러한 관점을 접한 조선의 문사들 역시 문장에 관한 논의를 학술과의 연관 속에서 받아들인 것이다. 이언진만이 유일하게 그러한 논의의 방식을 거부하고 문학 그 자체로 대화의 주제를 한정하고자 했다. 그 결과 통신사 필담 전체에서 찾아보기 힘든, 양국 문사 간의 본격적인 문학 토론이 필담집에 수록되어

---

304) 이언진은 미야세 류몬에게 "국법에 송유(宋儒)와 다르게 경전을 해석하는 걸 엄중하게 단속하는지라 감히 이런 일에 대해서는 말씀드릴 수가 없습니다. 문장에 대해서나 논했으면 합니다."[國法外宋儒而說經者重繩之, 不敢言說此等事. 請論文章.]라고 말하였는데 이것은 학술 논의를 시도하는 미야세 류몬을 막기 위해 짐짓 던진 말로 생각된다. 역관에 불과한 이언진이 경전에 대해 몇 마디 다른 주장을 한다고 해서 그것이 엄중한 처벌의 대상이 될 리 만무하기 때문이다.

전할 수 있게 되었다.

4. 의술과 의학

양국 의원들의 의학 교류는 제술관·서기들이 중심이 된 시문창화 및 필담 교류 못지않게 통신사 교류에서 중요한 비중을 차지한다. 그러나 통신사에 참가한 의원들의 사행록이 남아 있지 않았기 때문에 통신사 필담 자료가 소개되고 나서야 양국 의학 교류의 실체가 드러나게 되었다.

통신사 의학필담에 관한 연구는 한의학 방면에서 선편을 잡았다. 2003년부터 2004년에 걸쳐 한국한의학연구원에서 일본 소재 조선시대 의학 관련 자료를 수집하면서 통신사 의학필담 자료에 대한 연구가 시작된 것이다. 한의학 방면의 초기 연구 중 통신사 의학필담의 목록을 정리하고 전체 필담의 내용을 살펴본 것은 차웅석의 연구(2006)이다. 이 논문은 18세기 통신사 의학 교류 관련 필담 자료 21종을 대상으로 양국 의원의 교류 내용을 검토하였는데, 의안(醫案)을 통한 의학 경험의 교류, 본초와 약재 및 인삼 관련 대화, 침구학의 교류, 의학의 계보와 의서의 연구를 중심으로 교류의 전반적 양상을 서술하였다. 대상 자료 21종 가운데 계미사행 시기 필담은『화한의화』,『왜한의담』,『송암필어』,『양동투어』,『계단앵명』의 5종이다.[305] 의학필담에 관한 최근의 종합적 연구 성과로는 김혜일의 박사논문[306]이 있다. 이 연구는

---

305) 차웅석(2006),「18세기 조선통신사를 통한 한일의학문화교류」,『동의생리병리학지』제20권 6호, 대한동의병리학회.
306) 김혜일(2016).

모두 34종의 의학필담을 다루고 있으며 이 가운데 계미사행 시기의
자료는 위 5종에 『상한필어』를 추가한 6종이 포함되어 있다. 한의학
방면의 연구들307)은 침구학 등 구체적인 한의학 지식을 기초로 필담
내용을 분석하였으며 의학사(醫學史)의 관점에서 양국 교류의 의미를
고찰했다는 데에 그 의의가 있다.

한편 문학·사학 방면의 연구는 주로 해당 자료 속 의원 간 교류에
나타나는 제반 양상을 검토하거나 의학필담집의 자료적 특징을 분석
하는 방식으로 진행되었다. 의학필담 자료의 출판 양상 및 자료들의
전반적인 성격을 검토한 연구로는 허경진(2010)의 논문308)이 있다.
또, 김호(2008a)는 의학 관련 필담집 24종의 내용을 의학 이외의 주제
들까지 포괄하여 전체적으로 살펴보았으며309) 가메이 난메이와 조선
문사들의 교유를 다룬 논문(2008b)에서 『앙앙여향』에 수록된 의학 관
련 필담을 다룬 바 있다. 이후 2009년부터 발표된 김형태의 일련의
연구들310)을 통해 개별 의원필담311)에 대한 논의가 심화되었다. 그중

---

307) 한의학 방면의 연구 가운데 계미사행 시기 자료에 대한 검토가 포함된 논문은
본문에서 언급한 김혜일(2016) 및 차웅석(2006)을 비롯하여 의서 관련 내용을 다
룬 김혜일·정창현·장우창·백유상(2015), 「朝鮮通信使 醫學筆談錄 내용 분석: 醫
書 관련 내용을 중심으로」, 『대한한의학원전학회지』 Vol.28 No.4, 대한한의학원
전학회와 침구학 관련 내용을 다룬 함정식·차웅석·유원준·김남일(2007), 「조선
통신사 사행원과 기록 연구: 18세기 사행록과 의학문답 기록을 중심으로」, 『한국
의사학회지』 Vol.20 No.1, 한국의사학회; 오준호·차웅석(2006), 「18세기 한일 침
구학의 교류-조선통신사 의학문답기록을 중심으로-」, 『Korean Journal of
Acupuncture』 Vol.23 No.2, 대한경락경혈학회가 있다.

308) 허경진(2010), 「조선 의원의 일본 사행과 의학필담집의 출판 양상」, 『의사학』 제
19권 1호(통권 36호), 대한의사학회.

309) 김호(2008a), 「朝鮮後期 通信使와 韓日 醫學 交流 -筆談錄을 중심으로」, 『조선통
신사연구』 6호, 조선통신사학회.

310) 의학필담에 관한 김형태의 연구 가운데 2010년까지 발표된 6편의 논문은 김형태
(2011), 『조선후기 통신사 필담창화집 연구총서2: 통신사 의학 관련 필담창화집

계미사행 시기 자료를 다룬 논문은 네 편으로 확인된다.[312] 또, 구지현(2013)은 무진사행 시기 조선의 양의와 일본 관의(官醫)의 필담이 이루어진 배경을 고찰하고 의서(醫書)에 관한 담화 양상을 살펴봄으로써 이 시기 통신사 교류의 주요한 특징의 하나를 밝혔다. 문학·사학 분야의 연구들은 한의학 분야와 그 성과를 공유하면서 논의의 폭을 확대해 나가고 있다.

이상에서 정리한 것처럼 통신사 의학 교류는 현재 상당히 연구가 진척된 주제이다. 그러므로 본고에서는 기존 연구를 활용하면서 계미사행 시기 의원 간 교류의 특징적인 요소를 부각하는 방식으로 논의를 전개하고자 한다. 먼저 본초 및 처방에 관련된 실용적인 정보의 교환이라는 측면에서 양국의 의학필담을 살펴본다. 다음으로 의학 경향의

연구』(보고사)로 출판되었다.

311) 김형태는 '의학필담' 대신 '의원필담'이라는 용어를 사용하자고 제안한 바 있다. 그 이유로 두 나라의 의원은 각각 문사들과도 필담창화를 나누었다는 점, 필담 내용이 의학뿐 아니라 박물학적 정보를 망라하고 있다는 점, 용어 사용에 있어 필담의 주체인 의원에 초점을 맞출 필요가 있다는 점을 들고 있다. 김형태(2013), 189-190면. 이러한 제안을 수용하면 의원 신분의 인물이 참가한 필담, 또는 그것을 엮은 책을 의원필담으로 지칭할 수 있는데, 이때 의원은 일본의 의원을 가리키는 것이다. 필담 편집의 주체가 일본 의원이며 한 사람의 일본 의원이 조선 의원을 포함하여 여러 명의 조선 문사와 대화를 나누고 있기 때문이다. 또한 이러한 개념 규정에 따르면 의학 관련 대화가 아니더라도 필담의 주체가 의원이면 의원필담이라고 부를 수 있게 된다. 한편 기존의 '의학필담'이라는 용어는 필담의 주체와 상관없이 의학을 주제로 한 필담을 가리키는 용어로 사용할 수 있다. 의학필담의 범주역시 별도의 정의가 필요한데, 본고에서는 의학 이론과 의술뿐 아니라 인삼과 본초 및 의약 관련 물산에 관한 대화까지 모두 의학필담에 속하는 것으로 보았다.

312) 김형태(2010)은『계단앵명』,『상한필어』,『송암필어』를, 김형태(2013)과 김형태(2014b),「의원필담(醫員筆談)에 구현된 18세기 조일(朝日) 의료 풍속의 토포스(topos)적 특성」,『배달말』 55집, 경상대 배달말학회는『왜한의담』을, 김형태(2014a),「의원필담(醫員筆談)『화한의화(和韓醫話)』를 통한 조일(朝日) 의료 풍속의 고찰」,『한국민족문화』 52집, 부산대 한국민족문화연구소는『화한의화』를 다루고 있다.

차이로 인한 상호 대립이 나타나는 부분을 검토한다. 계미사행 필담 창화집 가운데 의원필담으로 분류할 수 있는 것은 앞에서 언급한 6종의 자료에 『앙앙여향』을 추가하여 모두 7종이다. 대부분 양의(良醫) 이좌국(李佐國)과의 대화를 편집한 자료들이다. 그 외에 『양호여화』, 『사객평수집』, 『조선인래조어진촌어장필어』에 수록된 본초 및 의학 관련 문답을 함께 다룬다.

(1) 본초 및 처방에 관한 실용적 정보의 교환

필담창화집 출판이 활발해지기 시작한 1682년부터 본초(약재)는 통신사 필담 교류의 주요한 주제였다. 특히 1748년 무진사행에 막부 관의(官醫)들이 조직적으로 필담에 참여하여 다량의 의학필담집이 제작되었는데, 이 자료들에 본초 관련 대화가 풍부하게 수록되어 있다. 무진사행(10차) 시기 의학필담이 포함된 자료는 모두 14종으로 확인되는데 8차의 5종, 9차의 6종, 11차의 6종과 비교할 때 그 수가 두드러진다. 전체 14종 가운데 순수하게 의학 관련 필담으로 이루어진 자료는 9종이며, 그중 6종이 관의의 필담이다. 이러한 현상은 8대 쇼군 도쿠가와 요시무네(德川吉宗)의 명으로 시행된 30년간의 조선약재 조사 (1721–1751) 및 인삼 국산화 정책과 관련이 있다. 또한 1747년은 『서물유찬(庶物類纂)』의 증보판이 마무리된 해였으므로 이듬해 이루어진 무진사행에서 본초와 물산에 관한 대화가 활발히 이루어진 것이다.[313]

계미사행은 막부에 의한 대규모의 약재조사가 일단락된 이후에 이루어졌기 때문에 직전의 무진사행에 비해 의학필담의 수는 다소 줄어들었다. 그러나 약재, 특히 인삼은 이 시기 필담에서도 여전히 주요한

---

313) 이상 무진사행 시기의 의학필담의 출현 배경에 관해서는 구지현(2013) 참조.

화제였다.[314] 특히 일본의 인삼 자급화 정책과 관련이 있는 대화가 눈에 띈다. 일본은 1728년 닛코(日光)에서 조선인삼의 종자를 재배하는 데에 성공하게 되고, 1738년에는 세업의(世業醫)였던 다무라 란스이(田村藍水)가 막부의 명으로 조선인삼 종자 재배를 담당하게 되었다. 그는 1747년 『조선인삼경작기(朝鮮人蔘耕作記)』를 탈고하였는데 1748년에 이 책의 초판이, 1764년에는 증보판이 간행되었다. 현재 남아 있는 것은 1764년의 중간본으로, 인삼 종자를 얻는 법, 종자 세척과 파종법, 햇빛가리개 설치 방법 등 실제 경험에 기초한 재배의 기술이 자세히 기록되어 있다. 이러한 일련의 성과에 따라 무진·계미사행 시기에는 인삼의 재배와 보관 방법, 제법(製法: 법제술) 관련 질문이 등장하게 된 것이다.[315]

계미사행 시기 필담 중 인삼 관련 대화가 실려 있는 자료는 『왜한의담』, 『상한필어』, 『화한의화』, 『사객평수집』의 4종이다. 조선인삼의 품종, 인삼의 파종·재배법과 법제 방법, 인삼 및 인삼 잎의 주치(主治) 등에 관한 대화이다.[316] 『화한의화』에는 야마구치 다다오키(山口忠居)가 일본에서 재배한 인삼을 가져와 이좌국에게 보여준 일이 나와 있다.(『화한의화』 권하, 4월 29일) 야마구치는 오와리번(尾張藩)의 세업의로

---

314) 18세기 통신사 의학필담에 나타나는 인삼 관련 필담의 전개양상은 차웅석 (2006), 1421–1423면 참조.
315) 차웅석(2006), 1423면; 김혜일(2016), 86면.
316) 계미사행 의학필담 중 인삼 관련 내용은 기존 연구들에서 몇 차례 소개된 바 있다. 김형태(2010)·(2013)·(2014a) 참조. 김혜일(2016)은 8–11차 필담의 인삼 관련 문답 중 인삼의 재배·법제와 관련된 것을 표로 정리하고 10차와 11차 사행의 기록을 소개하였다. 한편 인삼 관련 필담을 발췌·번역하여 소개한 자료집으로 담배인삼공사 중앙연구원 연구용역 결과보고서 『인삼 관련 필담집 연구번역』(2014)이 있다. 이 자료집은 허경진(2017), 『조선후기 통신사 필담창화집 연구총서7: 인삼 관련 필담집 연구번역』(보고사)으로 출판되었다.

서, 고방사대가(古方四大家)의 한 명이자 일본 해부학의 개조(開祖)인
야마와키 도요(山脇東洋)에게서 침구학을 배웠고, 뒷날 나고야(名護屋)
로 돌아와 개업의로 활동했던 인물이다.317) 그는 이좌국에게 오와리
번에서 생산된 인삼을 보여주고 그것의 감별을 요청하였다. 야마구치
는 이좌국에게 품평을 받은 후 스스로 조선인삼을 먹어보고 두 인삼을
비교하였다. 재배한 인삼의 품질을 시험해 보려 한 것이다.

　일본에서는 인삼을 재배한 후 가공을 거쳐 약재로 사용하였다. 그
러므로 일본 의원들은 제대로 된 법제 방법을 알고 싶어 했다. 무진·
계미통신사 필담 교류에서 인삼의 제법에 관한 질문들이 쏟아졌는데,
조선의 의원들은 한결같이 인삼은 따로 제법이 없다고 답하였다. 그
러나 일본 의원들은 분명히 제법이 있을 것이라며 집요하게 답변을
요구하곤 하였다. 『왜한의담』과 『상한필어』에서도 이러한 정황을 확
인할 수 있다.

　『왜한의담』의 사카가미 요시유키(坂上善之)는 바로 다무라 란스이의
아들로, 아버지를 따라 인삼의 재배와 본초 조사에 참여하기도 했
다.318) 그는 조선인삼의 제법이 따로 있을 것이라고 확신하였는데 그
근거로 다음 두 가지 사항을 제시하였다. 첫째는 자신이 직접 조선인
삼을 조사해 본 결과 특별히 빛깔이 아름답고 맛이 담박한 것이 있었
는데 그러한 인삼이 시간이 지나면서 숙성되는 것을 보았다는 것이
다. 그는 이러한 인삼이 법제한 지 얼마 되지 않은 것이라고 짐작했
다. 두 번째 근거는 무진통신사의 양의 조숭수(趙崇壽)가 가와무라 슌
코(河村春恒)에게 인삼 법제술을 전해 주었다는 기록이다.319) 이와 관

317) 김형태(2014a), 6-7면.
318) 김형태(2013), 227면.

련한 대화는 『상한의문답(桑韓醫問答)』에 실려 있는데, 여기서 가와무라 슌코는 조숭수에게 1711년 사행의 양의 기두문(奇斗文)이 자신의 조부의 제자에게 인삼 법제술을 알려 주었다고 말하고 있다. 이에 조숭수가 인삼의 제법을 전해 주었는데 임금에게만 바치고 따로 기록하여 보관해 두었다고 한다.[320] 야마다 세이친(山田正珍) 역시 이좌국에게 인삼의 제법을 알려달라고 집요하게 요구하였다. 그는 조선인삼의 모양이 아름다운 것, 그리고 『본초강목(本草綱目)』에서 인삼 재배법이 따로 있다고 한 것을 들어 분명 인삼의 제조법도 있을 것이라고 주장하였다.[321]

무진사행 시기부터 인삼의 법제에 대한 질문이 등장하는 이유에 대하여 김혜일은 "'일본에서 재배한 조선인삼'이 '수입된 조선인삼'과 같지 않았기 때문에 이를 개량하기 위한 것"[322]이라고 파악하였다. 분명 조선인삼의 종자를 활용하여 재배에 성공하였는데 그 맛이 똑같지가 않았던 것이다. 조선의 의원들은 감초나 꿀을 이용해 인삼을 법제하는 방법은 없으며 단맛이 나는 것은 인삼의 고유한 성질이라고 답하였으나 일본의 의원들은 포기하지 않고 끝까지 매달렸다. 이좌국 역시 인삼은 제법은 물론 파종하는 방법도 없다고 답하였다. 당시 조선의 인삼은 곧 산삼을 뜻하는 것이었기 때문이다.[323] 그러나 『본초강

---

319) 『왜한의담』 권상, 2월 21일.
320) 김혜일(2016), 87-88면.
321) 『상한필어』, 2월 24일.
322) 김혜일(2016), 90면.
323) 실제 조선에서도 야생인삼의 종자를 심어 인삼을 재배하는 방식이 있었다고 추정된다. 안진균(1982), 「인삼재배지역에 관한 지리학적 연구」, 『지역환경』, 64-66면. 차웅석(2006)에서 재인용. 그러나 인삼 재배가 공공연하게 시행된 것은 아니었으며, 조선의 의원은 약초의 재배나 채취에 간여하지 않고 상인에게서 약재

목』에 인삼 재배에 대해 논한 부분이 있고 실제로 인삼의 재배에 성공
했기 때문에 파종하는 방법조차 없다고 하는 조선 의원들의 말은 납득
하기 어려웠다. 그러니 법제에도 분명히 비법이 있으리라 여겼던 것
이다.

『왜한의담』과 『상한필어』에는 결국 이좌국이 인삼 법제술을 알려
주었다고 기록되어 있다. 만약 이것이 사실이라면 조선의 의원들이
인삼 관련사항을 기밀로 여기고 법제하는 법이 없다고 거짓말을 했다
는 것이다. 그래놓고서 결국 인삼 제조법을 실토했다고 하면 이좌국
은 물론 기두문과 조숭수 모두 국법에 저촉되는 행위를 한 셈이 된다.
이러한 일이 일어났을 것 같지는 않다. 따라서 이좌국이 숨기고 있던
인삼 제법을 결국 털어놓았다고 보기는 어려우며, 실제로 특별한 방
법이 없었다고 보는 편이 타당하다.

『승사록』에 실린 인삼 관련 기록이 이러한 정황을 이해하는 데 도
움을 준다. 『승사록』 3월 10일자 일기 뒤에는 24일간 에도에 머물면서
겪은 일에 대한 소회가 기록되어 있는데, 그 가운데 인삼에 관한 일화
가 포함되어 있다.[324] 일본인들이 인삼의 재배법을 알기 위해 끊임없
이 질문을 해왔는데, 조선인들 역시 그 방법을 몰랐으므로 여러 문사
들이 머리를 맞대고 그 방법을 억지로 짜내어 저들의 집요한 질문공세
에 대응했다는 것이다. 여기에서는 인삼의 재배법에 대해 말한 것이

를 받아서 썼기 때문에 자세한 재배 방법에 대해서는 알지 못했을 가능성이 높다.
그러나 『화국지』에서 "들으니 근세에 각처에서 인삼을 심는 사람들이 날로 그 묘
방을 얻고 있는데, 청송 사람 김진명이 재배를 더욱 잘한다고 하였다."고 쓴 것으
로 미루어보면 의원들이 인삼이 재배될 수 있다는 사실을 몰랐을 리는 없다. 또한
정조 대에는 가삼(家蔘)의 재배가 확대되어 1811년 통신사 때에는 예단삼을 가삼
으로 충당하기도 하였다.

324) 『승사록』, 347면.

지만, 법제술에 대한 답변 역시 마찬가지였을 것이다. 조엄은 예단삼
을 마련할 때 상인들이 인삼을 꿀에 담가 그 무게를 속이는 일이 있음
을 개탄하였는데[325] 이는 곧 일본에 가져가는 삼은 가공을 거치지 않
은 것이라는 의미로 이해할 수 있다. 그러나 일본인들이 이를 믿지 않
았으므로 부득이 꾸며낸 방법을 알려준 것이다.

　의원들뿐 아니라 일반 문사들도 인삼에 대한 관심을 표하였다.
아래는 『사객평수집』에 실린 곤도 아쓰시와 남옥의 대화 중 일부
이다.

　인삼 중에 좋은 것은 귀국에서 나는 것 만한 것이 없다는 것은 누구나
아는 사실입니다. 캐서 쓰는 것들은 모두 산중에서 절로 자라는 것입니
까? 아니면 채소를 심는 법과 같이 종자를 심어서 자라는 것입니까? 제
가 『본초강목』에 실린 여러 설을 보니 상당삼(上黨蔘)을 상품(上品)으로
여기는 일이 많았습니다. 그러나 우리나라의 이른바 화삼(華蔘)이란 것
은 몸체가 견실하지 못하고 그 약효도 조선인삼에 크게 미치지 못합니
다. 우리나라의 이른바 화삼이란 것은 다른 곳에서 나는 것이고 상당삼
은 배에 싣고 오지 않는 것일까요? 『본초』에서 말하길 뿌리의 맛이 달다
고 하였는데, 조선인삼 좋은 것과 광동삼은 지금 먹어보면 쓰면서 약간
단맛을 띠고 있습니다. 혹 말하길 그 단맛은 감초즙으로 법제한 것이라
고 하더군요. 『본초』의 설과 지금 맛본 것은 어째서 다른 것입니까? 제
가 계속 궁금하던 것이라 감히 좌우에 질문 드리니 바라건대 가르침을
내려 주십시오.[326]

---

325) 『해사일기』「연화(筵話)」.
326) 人蔘之佳者莫及貴國, 人所共知. 未知其所采用皆自生山中者乎, 抑下種如種菜法而
生者乎? 僕見『木草綱目』中所收諸說, 多以上黨者爲上品, 然我邦所謂華蔘者, 體不堅
實, 其効不及朝鮮蔘遠. 未知我邦所謂華蔘者產于他所者, 而上黨者海舶不載來乎?
《本草》云根味甘, 然朝鮮蔘之佳及廣東蔘者今味之, 苦而小帶甘. 或云"其甘者, 甘草汁

곤도 아쓰시가 질문한 것은 인삼의 파종 가능여부, 중국삼[華蔘]의 품종, 조선삼의 맛에 대한 것이다. 일본인들이 인삼에 대해 갖고 있던 지식은 대개『본초강목』을 통해 얻은 것이었다.『본초』에 실린 인삼의 맛과 지금 맛보는 인삼의 맛이 다르다는 말은 곧 인삼의 법제 방법에 대한 탐문이다. 원중거는『화국지』에서 문목을 가지고 온 자들의 과반수가 인삼 재배에 관한 질문을 하였다고 기록하고 있다.[327] 무진사행 때에는 막부 차원에서 관의들을 동원하여 인삼 관련 정보를 대대적으로 수집하였는데, 계미사행 시기에는 일반 문사 개개인이 인삼에 대한 정보, 특히 인삼 재배법에 대해 조사하고자 했던 것이다.

인삼 외에 약재 및 물산(物産)에 관한 문답도 활발하게 이루어졌다. 특히『왜한의담』에 이와 관련된 대화가 풍부하게 실려 있다. 사카가미 요시유키는 중국에서 들어온 용치(龍齒: 큰 포유동물의 이빨 화석)를 가져와서 이좌국에게 보였으며,『본초강목』,『외과정종(外科正宗)』,『격치론(格致論)』,『보적전서(保赤全書)』등 원·명·청대의 본초서 및 의서에 실린 약재에 관해 질문하였다. 그는 또한 자신의 집에서 전하는 어류도감(魚類圖鑑)을 가져와서 이좌국에게 각각의 명칭을 써달라고 요청하기도 하였다. 이좌국은 자신은 해산물에는 익숙지 못하다며 오히려 그 그림을 잠시 빌려달라고 부탁하였다.

사카가미는 또 다양한 근거를 들어가며『본초』에 실린 용골(龍骨)의 실체에 관한 견해를 펼쳤다. 단순히 약재에 대한 관심을 넘어서 사물의 유래를 변증하는 박물학자의 면모가 두드러지는 부분이다. 그는

制之也.” 未知《本草》所說與今所味何以不同乎. 是僕所蓄疑, 敢質諸左右, 伏希見教. (『사객평수집』권4, 1월 13일)

327)『화국지』, 349면.

또 조선인 추수(秋水: 성명 미상)에게 조선에 목면(木綿: 목화)이 있는지,
또 나무의 높이가 얼마나 되는지 묻기도 했다. 추수가 일본의 목면에
대해 묻자 일본에는 본래 목면이 없고, 근래 교류파(咬留吧: 카루파, 현
재의 자카르타 지역)국에서 들여와 심었는데 열매를 맺지 않았다고 답하
였다. 이 대화는 당시 일본의 해외 교역의 범위뿐 아니라 인삼 외에
목화와 같은 실용 작물의 토착화가 시도되고 있었던 상황을 보여주고
있다. 그는 또 이좌국에게 조선에 화완포(火浣布: 석면)가 있는지 물었
다. 자기 부친이 그것을 만들고자 했으나 성공하지 못했다면서, 홍모
인의 책에 그 방법이 나와 있으나 자세하지 못하여 질문했다고 하였
다. 서양 문물의 도입과 관련하여 주목할 만한 대화이다.[328]

『상한필어』의 야마다 세이친은 『동의보감(東醫寶鑑)』에 실려 있는
약재 이름을 써 와서 그 모양을 알려달라고 청하였다. 송어(松魚), 연
어(鰱魚), 토도사(土桃蛇), 목두채(木頭菜), 가수(檟樹), 남등근(藍藤根)이
라는 명칭을 열거하고, 남등근 아래에 '가ᄉ새 今藍漆 云云'이라는 주
를 부기하였다. 1724년 요시무네의 명으로 호소카와 도안(細川桃庵)이
『동의보감』 원문에 가에리텐과 훈점을 달아 『정정동의보감(訂正東醫寶
鑑)』으로 간행하였는데, 거기에서도 「탕액편(湯液篇)」에 실린 약재의
언문 명칭을 옮겨 썼을 뿐이므로[329] 이 책을 읽은 일본인들이 거기에
실린 본초의 실체에 관해 의문을 가지는 것은 당연했다. 한편 가수(檟
樹: 개오동나무)에 대한 질문은 분명 인삼에 대한 관심에서 나온 것이
다. 『동의보감』에는 고려인이 지었다는 인삼 찬(讚)[330]이 실려 있는

328) 목면 및 화완포와 관련된 대화는 김형태(2013)에서 소개한 바 있다.
329) 가즈이 다시로(田代和生) 지음·정성일 옮김(2005), 『왜관: 조선은 왜 일본사람
들을 가두었을까?』, 논형, 294-295면.
330) 讚曰: "三椏五葉, 背陽向陰. 欲來求我, 檟樹相尋." (『동의보감』 「湯液篇卷之二」)

데, 여기에 '인삼을 찾으려거든 가수 아래를 보라'는 구절이 있기 때문이다. 그는『동의보감』에서 약품의 표제 위에 '唐'이라고 표시한 것이 무슨 뜻인지 묻기도 했다.

야마다 세이친은 또 일본의 장석(長石)과 이석(理石)을 가지고 와서 조선 산물과 차이가 있는지 물었다. 그리고『금궤요략(金匱要略)』과『천금방(千金方)』에 실려 있는 약 처방에 사용된 재료 몇 가지에 대해서 질문했다. 그는 또『삼강행실(三綱行實)』에 나오는 해채(海菜), 미향(米香), 향부자(香附子)에 관해 물었으며, 조선의 대구어(大口魚)를 보고자 하였다. 이처럼『상한필어』에 실린 물산 관련 질문은 조선인에게 직접 묻지 않고서는 얻기 어려운 정보에 관한 것이었다.

일반 유자가 약재와 물산에 관해 질문하는 경우도 있었다. 구 사다카네(보잔)는 조선 의원 세 명 모두와 필담을 나누었는데, 주변에서 볼 수 있는 약재에 대한 간단한 문답이다. 보잔은 이좌국에게 계(桂) 및 계지(桂枝)의 명칭과 분류에 대해,[331] 성호(成灝. 호 尙菴)에게는 '건우환(乾牛丸)'이라는 조선 약재의 효능과 그 처방을 썼다는 '백록(白鹿)'이라는 인물에 대해 질문하였다.[332] 보잔은 조동관에게도 같은 질문을 했다.[333] 이처럼 계미통신사 필담에는 조선 의원과 일반 문사 간의, 그리고 일반 문사들 간의 비전문적인 의술 관련 문답 역시 빈번하게

---

331) "或曰仲景之時未有桂與桂枝之別, 或桂亦桂枝, 桂枝亦桂, 其他諸桂, 互用不定. 然則有精粗而無優劣乎? 如何?"(茅山) "仲景之時無圭別, 則方書豈有圭枝肉圭之方乎? 圭雖一物, 而其功各異, 故以軒岐至神之妙, 亦已詳論. 吾以劣醫, 何敢開口於其間哉."(慕菴) (『양호여화』 부록)

332) "吾邦鬻乾牛丸者, 招牌題曰朝鮮傳來白鹿書. 不知醫何病, 白鹿何時人?"(茅山) "乾牛丸, 今初聞. 白鹿, 亦不知何人. 必非弊邦之製."(尙菴) (같은 책)

333) "吾邦鬻乾牛丸者, 招牌題曰'朝鮮傳來白鹿書.' 不知此方醫何病, 白鹿亦何時人?" "不佞不解醫藥之方. 白鹿亦未聞. 然若是有名聞之人, 則號不知. 醫藥者, 豈不知其名乎." (『조선인래조어진촌어장필어』)

등장한다.

한편 질환의 처방과 관련된 실용적 정보의 교환도 활발하게 이루어 졌다. 이좌국은 일본 의원들이 질환의 치료법에 대해 자문을 구해올 때면 자신이 아는 범위 내에서 상세히 답변해 주었다. 또, 오사카에서 부터 동행했던 도미노 요시타네(자 仲達)와 가까이 지내며 그에게 조선 의 처방전을 전해주기도 하였다.[334] 『승사록』에는 또한 도미노 요시 타네가 이좌국에게 아란타의 의술을 전한 일이 실려 있다.[335] 이좌국 이 후한 값을 주고 아란타의 처방을 사왔다고 하였으니, 그가 도미노 의 영향으로 서양 의학에 관심을 보였던 것은 분명하다. 통신사 교류 를 계기로 조·일 간의 처방전 교환이 이루어졌고, 나아가 서양의 처 방법이 조선에 전해지기도 했던 것이다.

계미통신사 필담에 등장하는 질환으로는 노채(勞瘵: 폐결핵)·전시 (傳尸: 폐병), 두창(痘瘡: 천연두), 사증(痧證), 설저(舌疽) 등이 있다. 일본 의원들은 문목을 준비해 와서 특정한 질환의 증세를 설명하고 그 치료 법을 물어왔다. 또, 고금의 처방서에 나와 있는 치료법의 효능에 대해 질문하거나 자신이 쓰는 처방을 설명하고 그에 관한 이좌국의 견해를 묻기도 했다. 환자를 직접 데리고 와서 진맥을 부탁하는 일도 있었다.

질환과 처방에 관한 대화가 실린 자료는 『화한의화』, 『양동투어』, 『앙앙여향』의 3종이다. 특히 『화한의화』에는 사증, 노채·전시, 두진, 풍 등 다양한 주제의 대화가 담겨 있다. 그중에서 사증에 관한 대화를

---

334) 『승사록』, 346-347면 참조.
335) 그의 아이가 바야흐로 아란타에서 온 사람에게서 몹시 기이한 효과를 보았다. 그러므로 중달이 항상 자신은 아란타의 의술을 배워 바야흐로 나라 안에 일찍 죽 는 사람이 줄었다고 하였다. 사빈이 후한 값을 주고 아란타의 처방법을 사서 왔다. (같은 책, 347면)

살펴보자. 야마구치는 먼저 『사창옥형(痧脹玉衡)』의 내용 검증에 관한 질문을 던지고 그 책에 대한 이좌국의 견해를 물었다. 이어서 두 사람은 사증의 원인과 처방 등에 관해 대화를 나누었는데, 이좌국은 "온역·두진·사의 세 가지 증세는 운기(運氣)에 관계"되며 "군상이화(君相二火)의 해에 생겨나는 것이 많다"는 전제 하에 논의를 이어간다. 운기를 중시하는 것은 통신사 교류에 참여한 조선 의원들의 공통적인 태도로서 『내경(內經)』을 근간으로 한 한국 의학의 전통적 사유를 보여주는 것이다. 반면 일본에서는 『내경』을 위서(僞書)로 보고 운기설을 후대에 보입한 부분으로 간주하는 등 그 타당성을 부정하는 경향이 존재했다.336) 계미사행 시기 필담에서 운기설을 둘러싼 직접적인 대립이 발견되지는 않지만 고방파적 경향에 속하는 의원들이 주류였던 만큼 이들이 이좌국의 견해에 쉽게 동의하지는 않았을 것임을 짐작할 수 있다.

한편 『양동투어』 건(乾)권은 구설병에 대해 집중적으로 다루고 있는데, 이는 저자 마쓰모토 오키나가(松本興長)가 구과 전문의였기 때문이다. 그는 당시 아버지 마쓰모토 요시이치(松本善甫)의 뒤를 이어 막부의 구과(口科) 시의(侍醫)로 재직하고 있었다. 마쓰모토의 필담에서는 기두문과 조숭수의 필담을 언급한 부분이 눈에 띈다. 이전 사행의 필담 기록 중 자신의 분야인 구설병에 관한 부분을 발췌해 두었다가 의문 나는 사항을 양의에게 질문한 것이다. 일본의 의원들이 이전 시기의 의학필담을 어떤 방식으로 활용했는지를 보여주는 사례라고 할 수 있다. 야마구치 다다오키 역시 『상한의담(桑韓醫談)』337)에 실린 기두

---

336) 김혜일(2016), 37면.

337) 『상한의담』은 1713년 교토에서 출판된 기타오 슌포(北尾春圃, 1658-1741)의 필

문의 말을 언급하며 노채·전시에 관한 이야기를 꺼내고 있다.

두창에 관해서도 다양한 질문이 나왔다. 야마구치는 두의 원인과 처방에 관한 자신의 견해와 의문점을 상세하게 적어서 보여주었다. 요코타 준타는 사행 온 조선인들에게 두반이 적음을 지적하며 조선에는 두진이 적은지 궁금해 했다. 또, 치료법에 대해 질문하고『구편쇄언(救偏鎖言)』,『두과건(痘科鍵)』과 같은 명대의 처방서를 언급하였다. 두진에 대한 이좌국의 답변은 다소 소략한 편인데, 그는 자신은 두과(痘科)가 아니라서 이에 관한 전문적인 지식이 부족하다고 하였다.

질환 및 처방 관련 대화에서 양국의 민간요법이 거론되기도 하였다. 야마구치 다다오키는 어른이 두에 걸렸을 때 보이는 이상한 증세에 관해 설명하였다.[338] 어른이 어린아이 형상을 하거나 감정 표현이 격렬해지는 등의 증세가 마치 귀신이 붙은 것 같아서 세속에서는 부적 태운 물을 상처에 부으며 제사를 지내기까지 한다는 것이다. 한편 이좌국은 두진 예방의 특효약을 묻는 야마구치에게 민물 게[溪蟹]를 날 것으로 먹는 방법을 소개하였다. 나중에 야마구치는 '계해'가 무엇을 가리키는지 다시 물었다. 어떤 사물을 의미하는지 정확히 알아두기 위해서였다. 이 대화는 천연두와 관련한 양국의 민간요법을 보여주는 흥미로운 사례이다.[339] 두의 치료약으로 황소 똥을 이용하는 민간요

담집이다. 이 책은 의학 관련 필담만을 편집한 최초의 필담집으로, 의학필담을 상업 출판하려는 저자의 분명한 목표 하에 제작된 책이다. 기타오 슌포는 관의가 아니라 오가키(大垣)의 개업의였는데, 막부의 의원들이 이 책을 구입해 보고 크게 고무되었다. 1748년 간행된『상한의문답』에서도 이 책을 언급하며 필담을 시작하고 있다. 허경진(2010), 149-152면 참조.

338)『화한의화』권하, 4월 29일.
339) 이 대화는 김형태(2014a)에서 양국의 의료풍속을 보여주는 예로서 소개된 바 있다. 그런데 이 논문에서는 "痘中灌符水"를 "두를 앓는 동안에 부적 태운 재를 섞은 물을 억지로 마시게 하고"로 번역하였다. 본고에서는 부적 태운 재를 섞은 물을

법이 언급된 사례도 있다.340)

일본의 민간요법 가운데 역대 통신사 의학필담에 자주 언급된 것으로는 양생(養生)을 위해 뜸을 뜨는 풍속, 임부(妊婦)가 산대(産帶)를 매는 풍속, 온천에서 찜질을 하는 풍속이 있다.341) 이 가운데 계미사행 필담에서는 산대 및 온천에 관한 대화를 찾아볼 수 있다. 다음 두 인용문은 산대에 관한 필담이다.

세이코(西湖): 귀방의 부인들은 임신했을 때 산대를 착용하는 일이 있습니까?
모암(慕菴): 그렇습니다. 폐방에도 그런 일이 있습니다.
세이코: 임신 후 몇 달 째가 되면 산대를 매나요? 이 일은 고서에 근거할 만한 것이 있습니까?
모암: 5-6개월이 되면 띠를 맵니다. 이것은 세속의 처방입니다.342)

보잔: 우리나라의 부인은 임신한 지 다섯 달이 되면 배를 단단하게 동여 맵니다. 이 일은 『해낭편방(奚囊便方)』의 「산대기(産帶記)」에 나와 있는데 그 밖의 다른 곳에서는 본 일이 없습니다. 귀국 또한 이러한 법이 있습니까?
단애(丹崖): 난산(難産)은 모두 부귀하고 봉양(奉養)을 받아 안일(安逸)한 데서 연유하는 것입니다. 그러므로 달생산(達生散)이 호양공주(湖

두가 곪은 상처 위에 붓는 것으로 보았다.
340) 센로: "혹 말하기를 황소의 똥이 두창의 독을 풀어준다고 하던데 어떻습니까?" 모암: "이는 곧 열을 식힌다는 뜻인데 또한 그런 일이 있기도 합니다." ["或云黃牛糞解痘瘡毒, 如何?"(仙樓) "此乃淸熱之意, 亦不無所見."(慕菴)] (『양호여화』 권하)
341) 김혜일(2016), 78-82면.
342) 稟(西湖): "貴邦婦人始妊則有設産帶之事乎?" 復(慕菴): "然, 弊邦有之." 稟(西湖): "妊後幾月而設帶耶? 此事有古書可據否?" 復(慕菴): "五六月始設之, 此乃俗方." (『왜한의담』, 3월 10일)

陽公主)를 위해 만들어진 것이지요. 우리나라의 임부들은 몸을 힘들게 하고 근력을 수고롭게 하며, 오랫동안 앉아 있지 않아 기혈이 운행하여 막히지 않게 하므로 쉽게 해산합니다. 태아를 쪼그라들게 하여 자라지 못하게 할 이유가 없으니 이러한 법은 잘 모르겠군요.[343]

기해사행 때의 양의 권도(權道)는 '조선에서도 여염집에서 간혹 산대를 매는 일이 있으나 태기(胎氣)를 상하게 하므로 사대부가에서는 절대 쓰지 않는다.'고 말하였다. 첫 번째 인용문에서 이좌국(호 慕菴)은 민간에 산대를 매는 풍속이 있다고만 답하고 그에 관한 의견은 밝히지 않았다. 무진사행 때의 조숭수 역시 임부로 하여금 '飮食有節, 起居有常'하게 하여 순산을 도모할 뿐, 태를 동여매어서는 안 된다고 하였다.[344] 오늘날의 표현대로라면 규칙적인 생활과 식이요법으로 임부의 컨디션을 조절하여 순산으로 이어지게 한다는 뜻이다. 남두민(호 丹崖) 역시 난산의 원인이 안일한 생활에 있다고 보고 조선의 임부들은 몸을 자주 움직여 기혈을 운행하게 하므로 난산이 적다고 말하고 있다. 임신과 출산을 둘러싼 양국 의료풍속의 차이를 확인할 수 있다.

일본인들이 조선의 의원을 만났을 때 산대에 관한 일을 물은 것은 자신들의 민간 풍속에 믿을 만한 의학적 근거가 있는지 조사하기 위해서였다. 임부의 착대(着帶)는 의원들이 처방한 것이 아니라 민간에 널리 퍼져 있던 관습이었기 때문이다.[345] 기해사행의 기타오 슌린과 이다

---

343) "弊邦婦人受胎五月, 以繩束其腹甚堅. 此事出《奚囊便方·産帶記》, 其他不經見. 貴邦亦有此法歟?"(茅山) "難産皆由於富貴奉養安逸者, 故達生散爲湖陽公主設也. 我國婦人養胎者, 勞身苦筋無久坐, 運氣不使碍滯, 故易産也. 未有縮胎不長之理, 此則未知也."(丹崖) (『양호여화』 부록)

344) 김혜일(2016), 79-80면.

345) 이러한 관습은 후일 산과의(産科醫) 가가와 겐에츠(賀川玄悅, 1700-1777)에 의해

기요(飯田玄機)는 명대의 의서『해낭편방』에 이 일과 비슷한 방법이 나와 있으니 중국에 이러한 법이 있음을 알겠다고 하면서 조선에도 그러한 관습이 있는지 물었다. 무진사행 때의 니와 쇼하쿠는 청대의 의서인 『산보(産寶)』및 나가사키에서 만난 중국인 의사의 말을 인용하여 그 효험을 증명하고 있다.[346] 앞의 인용문에서 사카가미(호 西湖) 역시 조선에 그런 일이 있는지, 고서에 근거를 둔 것인지 묻고 있다. 두 번째 인용문의 구 사다카네(보잔)는 이전 사행의 의원들이 지목한『해낭편방』을 언급하면서 조선에도 그러한 관습이 있는지 물었다. 상대국과의 비교를 통해 자국 민간 풍속의 타당성을 증험하고자 한 것이다.

아래 대화 역시 의약의 복용과 관련된 일본의 민간 풍속을 그 주제로 하고 있다. 『조선인래조어진촌어장필어』의 한 부분이다.

> (일본) 갓난아이에게는 모두 감련탕(甘連湯)을 주는 것이 폐방의 습속입니다.
>
> (화산) 조선도 그러합니다.
>
> (일본) 본방 사람들은 손주 아이에게 감련탕을 주기도 하고 오향탕(五香湯)을 주기도 하는데, 여러 약을 썹어서 잘게 부수어 작은 삼베 주머니에 담습니다. 그 입구를 묶어서 끓는 탕에 담가 손가락으로 집어서 살살 흔들어 약즙이 스며들게 합니다. 세속에서는 진출(振出)이라고 합니다. 장로옥(張路玉)의 『의통(醫通)』에서 '초열탕(醋熱湯)을 쓴다.'

악습으로 비판받게 된다. 겐에츠는 1765년『산론(産論)』네 권을 간행하여 임신·분만·산후와 관련된 누습을 비판하고 자신의 독창적인 설을 제시하였다. 그중 권4 「진대론(鎭帶論)」에 해당 내용이 실려 있다. 그에 의하면 산대의 관습은 진구황후가 갑옷을 입기 위해 띠를 두른 것을 후세 부인들이 흠모하여 모방한 것이라고 한다. 랴오위췬(廖育群) 저, 박현국·김기욱·이병욱 옮김(2007), 『황한의학(皇漢醫學)을 조망하다』, 청홍, 235-236면.

346) 산대와 관련한 기해·무진사행 때의 필담은 김혜일(2016), 79-80면 참조.

고 하였는데 곧 우리나라의 이른바 진출이란 것이 아닐까요?

(화산) 이 방법은 들어본 적이 없습니다. 그러나 어린아이에게 약을 쓰는 것은 매우 어렵지요. 혹 그 어미가 대신 복용하고 젖을 먹일 때 따라 들어가도록 하기도 합니다. 그러나 어찌 아이가 입으로 직접 마시는 것만 하겠습니까?

(일본) 폐방의 진출을 『의통』의 초열탕과 비교하면 그 방법이 어떠합니까?

(화산) 이런 방법은 없습니다. 그러므로 '진출(振出)'이란 자와 '초(醮)'자의 법도 들어보지 못했습니다.[347]

　　여기에는 일본에서 아이에게 약을 먹이는 방법이 소개되고 있다. 일본 문사와 조선 문사 모두 의원은 아니며 일상에서의 의료 관습에 관해 이야기를 주고받은 것이다. 여기서도 일본 문사는 일본의 민간 풍속이 중국의 의서에 실려 있는 방법과 유사한 것 같다며 상대의 의견을 묻고 있다. 이 책에는 또한 외과 시술에 관한 대화도 담겨 있어 흥미를 끈다.

　　(일본) 우리나라 방속에 이가 빠진 것이 있으면 공인(工人)이 있어 그것을 채워 넣는데 속칭 입치사(入齒師)라고 합니다. 동석(凍石)이나 황양목(黃楊木)으로 만드는데, 위아래가 다 빠진 사람도 그렇게 합니다. 제 고향에 용감장(龍勘葬)이라는 자가 있는데 그 기술이 극히 정교하고 세밀하여 코가 꺼지거나 눈이 먼 사람들에게도 각각 그 형태를 본떠 만들어서 붙여줍니다. 사람들이 쳐다보고서 진짜인지 가짜인지 바로 분변하지 못한다고 합니다. 그러므로 이러한 근심이 있는 자는 그

---

347) "初生子皆與甘連湯, 弊邦習俗耳." "同矣." "本邦人與孫兒甘連湯或五香湯, 使諸藥吹咀零碎, 乃盛之小麻囊. 縛住其口, 浸之沸湯, 以指撮之, 微掉動, 使藥汁滲漏, 俗曰之振出. 張路玉《醫通》曰'醮熱湯用之', 便是吾方所謂振出者歟." "未聞此法. 然於小兒用藥甚難. 或阿母代服從乳道而下之. 然豈如兒口之飮下乎." "弊邦振出與《醫通》醮熱湯, 其法如何." "無此法, 故未嘗聞振出字及醮字之法."(『조선인래조어진촌어장필어』)

기술자에게 청하니, (그를 찾아오는 사람이 많아) 어깨를 부딪치고 발
꿈치가 닿을 정도일 뿐만이 아니지요. 귀방에도 또한 이러한 기술이
있습니까?

(용연) 인물의 성하고 쇠함, 차고 기욺은 본디 천리입니다. 요컨대 스스
로 조심하고 삼가서 다치지 않게 할 뿐이지요. 채워 넣는다면 내가 아
닌 것입니다. 폐방에는 이런 기술이 원래 없습니다.[348]

의원이라기보다는 기술자로서 입치사(入齒師)라는 직종을 소개하고
있다. 오늘날의 의치(義齒)와 의안(義眼) 제작 기술에 해당하는 사례이
다. 조선에도 이러한 기술이 있는지 묻는 말에 성대중은 인간의 생로
병사는 천리에 속하며 다만 조심해서 다치지 않게 할 뿐이라고 답했
다. 조선에는 그러한 기술이 없었던 것이다.

계미사행 필담 중 온천욕에 관한 대화도 한 건 발견된다.[349] 이좌국
과 오쿠다 모토쓰구(센로)의 대화이다. 이좌국이 일본의 온천에 관해
묻자 센로는 일본의 유명한 온천 몇 곳을 열거하였다. 그러나 자신은
의원이 아니라서 효험에 관해 답할 수는 없다고 하였다. 이좌국은 조
선의 유명한 온천 몇 곳을 대고, 풍한(風寒)과 습비(濕痹)의 증상에 유용
하다고 덧붙였다. 풍한은 감기나 오한을, 습비는 관절염과 같은 증상

---

348) "吾方俗牙齒墮缺者, 有工續之, 俗稱入齒師. 以凍石或黃楊木制之, 上下盡脫者亦然.
吾鄕有龍勘葬者, 最極其精緻, 亦爲鼻崩目盲之人, 各制其象形以貼之. 人望之, 未輒
辨眞假云, 故有其患. 而請其工者, 奚翅肩摩踵接. 貴邦亦有此工邪?" "人物衰盛盈虧,
自是天理. 要自謹愼, 無傷而已. 補之則無我也. 弊邦元無是工." (같은 책)

349) "貴邦有湯泉治瘲疾者乎?"(慕菴) "湯泉數十處, 匪短楮所錄畢. 其尤傑然著者, 攝之有
馬、但之城崎、紀之熊野. 此等接壤中州, 趨浴者追逐蹞踵."(仙樓) "何症能愈?"(慕菴)
"僕非醫, 何敢奉答? 貴邦湯泉, 有幾處乎?"(仙樓) "東西兩道名山産石硫黃者, 必有溫
泉涌出. 景山、縢嶺、金川其他十數處, 亦不暇錄示. 皆治風寒、濕痺等之症."(慕菴)
(『양호여화』 권하)

을 뜻한다. 권도와 조숭수는 조선에서는 피부 질환에만 온천욕을 쓴다
고 말했으니[350] 이 대화는 조선에서 온천욕의 활용 범위가 넓어지고
있음을 보여주는 사례라고 할 만하다. 센로와 이좌국은 또 일본과 조
선에서 의원들이 환자를 보러갈 때의 관습을 비교하기도 하였다.[351]

한편 계미사행 필담에는 난학(蘭學)의 등장과 관련된 대화가 한 건
발견된다. 당시 일본 의학계에는 이미 난학의 영향이 확대되고 있었
으나 필담집에서 그러한 상황이 전달된 사례는 아래 대화 외에는 확인
되지 않는다.

　감히 물음(기타야마 쇼(北山彰))
　"우리나라의 어떤 일벌이기 좋아하는 의원이 관형(官刑)을 받아 죽은
자의 배를 갈라 그 장부의 배치와 명수(名數), 빛깔과 윤기를 자세히 살펴
보아 『장지론(藏志論)』한 편을 지었습니다. 그 책에서 말하길, '『내경』에
서 장부가 12개라고 하였는데 지금 검사해 보니 9개의 장이 있음을 알겠
다. 대장만 있고 소장은 보이지 않는다.'라고 하였습니다. 『상서』와 『주
례』, 잡가(雜家)의 책을 이리저리 인용하여 증명하고 『소문』의 이른바
장부의 배치가 오행에 배속된다는 설 같은 것을 배척하였으며, '우리 일
에 마땅한 것은 하나도 없다'고 하였습니다. 귀방에도 또한 이 설이 있습
니까? 그대의 소견은 어떠하십니까?"
　단애가 읽어보고 또 퇴석에게도 보여주었다. 잠시 후 답하였다.
　"귀방의 학자들은 기이한 논의를 말하는 것을 좋아하는군요. 세속에
따로 기이한 장기가 있다는 것은 모르겠군요. 우리나라는 한결같이 헌기

350) 김혜일(2016), 81-82면 참조.
351) "弊邦醫者, 日待病家之招, 東趨西訪, 乘板轎或竹兜. 至粗工庸手, 則步懷藥籠, 共苦
撓雜矣. 貴邦醫者, 亦如此應多方之招乎?"(仙樓) "夫醫者行身, 各自異焉. 不必問之,
蓋意欲宏診欲精. 趨多招則事涉妄謬, 故不必索繁矣. 弊邦地闊, 涉水踰山, 因多乘輿
馬者."(慕菴) (『양호여화』 권하)

(軒岐)의 옛 법칙을 따르며 다시 새로운 설을 구하지 않습니다. 갈라서 아는 것은 어리석은 자들이며 가르지 않고 아는 것은 성인만이 능한 것입니다. 그대는 미혹되지 마십시오."352)

시체를 해부했다는 이야기에 대하여 남두민은 단지 기이한 논의로 치부해 버리고 만다. 그리고 조선은 오직 헌기의 옛 법칙을 따른다고 하면서 『소문』의 장부 배치를 옹호한다. 사실상 대부분의 의학 교류를 담당한 인물은 양의 이좌국이었는데 그가 난학에 관해 일본 의원과 필담한 기록은 남아 있지 않다. 이좌국 역시 위 대화의 남두민과 달리 해부학이라는 '新說'에 적극적인 관심을 표하였을 것 같지는 않다. 그러나 아란타의 의술에 대해 어느 정도 들은 바 있었던 이좌국의 견해를 확인할 수 없다는 점은 다소 아쉬운 부분이다.

이상의 논의를 정리하면 다음과 같다. 이전 시기와 마찬가지로 계미사행 때에도 인삼 및 약재에 관한 정보의 교환이 활발히 이루어졌다. 특히 무진사행 때부터 인삼의 재배법과 법제술에 대한 질문이 등장하게 되는데, 이 시기에 이와 관련한 필담은 4건이 남아 있다. 그러나 『승사록』에서 통신사를 찾은 문사의 과반수가 인삼에 관한 문목을 가져왔다고 한 것으로 보아 이에 대한 관심이 실제로는 더 열렬했음을 알 수 있다. 양의를 비롯한 조선의 문사들은 인삼은 재배할 수 없으며

---

352) 敢問(北山彰): "吾邦有好事之醫, 屠割官刑之死腸, 審視其藏府布置、名數、色澤, 著《藏志論》一篇, 云'內經言府藏爲十二焉, 今已撿之, 知有九枚之藏. 大腸獨在, 不見小腸.' 慢引《尙書》、《周禮》、雜家之書以證之, 如《素問》所謂藏府布置五行配當之說者黜之, 謂'亡一當吾業者.' 貴邦亦有此說耶? 足下所見如何?" 丹崖讀之, 亦示退石, 少之有答: "貴邦學者好吐奇論, 未知其俗別有奇腸乎. 吾邦一準由軒岐舊則, 不復求新說. 割而知之者, 愚者爲也, 不割識之者, 聖者之能也. 君勿惑." (『계단앵명』, 1월 23일) 이 대화는 김형태(2010)에서도 난학과 관련된 사례로 인용되었다.

법제하는 법도 없다고 하였으나, 일본인들은 포기하지 않고 끝까지 추궁하였다. 이좌국이 결국 인삼의 제법을 알려주었다는 기록이 있긴 하지만, 이는 상황을 모면하기 위해 지어낸 것일 가능성이 크다.

본초와 물산에 관한 필담은 특히 사카가미 요시유키의『왜한의담』에 풍부하게 수록되어 있다. 그 가운데 용골의 실체에 관한 변증은 저자의 박물학자적 면모를 여실히 드러내주고 있다. 그러나 조선 측 양의는 약초나 박물학에 능한 인물이 아니었으므로 이러한 류의 대화에 적극적으로 임하지 않았다. 한편『상한의담』의 야마다 세이친은『동의보감』,『삼강행실』에 실려 있는 약재와 물산에 관해 주로 질문했으며 조선의 물산을 직접 보고자 하였다. 실제 조선인을 만나서만 얻을 수 있는 정보를 구했던 것이다.

또한 양국 의원들 간에 처방전을 교환하는 일도 빈번하였다. 이좌국은 도미노 요시타네와 오랜 시간 가까이 지내며 조선의 처방전을 알려주었으며, 그를 통해 아란타의 처방을 구입하기도 하였다. 이 시기 필담에는 노채, 전시, 두창, 사증, 설저 등의 질환에 관한 대화가 수록되어 있다. 일본의 의원들은 문목을 준비해 와서 특정 질환의 증세를 설명하고 그 치료법을 물었다. 또 중국의 의서에 실린 여러 치료법들의 효험에 대해 문의하기도 하였다. 환자를 직접 데리고 와서 진찰을 요청하는 일도 있었다. 이들은 또한 이전 사행의 의학필담에 실린 기두문과 조숭수의 말을 언급하기도 하였는데, 당시 일본 의원들이 이전 시기의 필담집을 어떠한 방식으로 활용하였는지를 보여주는 사례라고 할 수 있다.

한편 양국의 민간요법이 화제로 등장하기도 했다. 일본 의원들은 자신들의 민간 풍속에 의학적 근거가 있는 것인지, 다른 나라에도 그러한 습속이 있는지 등에 관해 조사하고자 하였다. 또한 이 시기 의학

필담에는 화완포의 제작 방법이 홍모인의 책에 나와 있다는 언급, 또 일본의 해부학 저서인 『장지』에 대한 언급이 발견된다. 서양 문물의 도입과 난학에 관련된 화제로서 이전 시기와는 다른 새로운 성격의 지식·정보가 등장하고 있음을 확인할 수 있다. 다만 이러한 종류의 정보들은 조선인들의 관심을 끌지 못하였으며, 일본 측에서도 이러한 분야에 관해 보다 구체적인 정보를 제공하려는 인물은 없었다.

(2) 의학 경향의 차이로 인한 대립

일본에 파견된 조선의 의원들은 임상 위주의 의원이었다. 이들은 『내경(內經)』, 『난경(難經)』, 『상한론(傷寒論)』 등의 고의서(古醫書)를 존신하기는 하였으나 그것들을 직접 탐구하는 데 몰두하지는 않았다. 그보다는 금원사대가(金元四大家)로 합칭되는 유완소(劉完素)·장종정(張從正)·이고(李杲)·주진형(朱震亨)의 저서를 중시하고 이들의 관점을 통해 고대의 의학을 이해하였다.[353] 반면 통신사와 만난 일본의 의원들은 『내경』, 『난경』, 『상한론』의 판본과 주석 문제에 관심이 많았다. 특히 고방파(古方派)에 속하는 의원들에게서 이러한 관심이 두드러지는데, 이미 무진사행 때부터 이러한 고방파는 관의를 중심으로 일본 의학계의 주류를 차지하고 있었다.[354]

다음은 당시 다키 모토노리(多紀元德)의 의숙(醫塾)에서 수학하고 있던 에도의 의원 요코타 준타와 이좌국의 대화이다.

---

353) 아뢺(세이코): "그대 나라 의원들은 어떤 책을 늘 읽습니까?" 대답(모암): "『영추』·『소문』을 늘 읽으며 간간이 유·장·주·이의 책을 봅니다." [稟(西湖): "貴邦醫恒讀何書耶?" 復(慕菴): "常讀《靈》、《素》, 間閱劉、張、朱、李之書。"] (『왜한의담』 권상, 2월 26일)

354) 김혜일(2016), 30-49면 참조.

도겐(東原): 의술의 이치는 제가 논하고 싶었던 바입니다. 그대가 이미 허락하셨으니 평소에 의심스럽던 것들을 들어 질의할 수 있겠군요. 그중 어려운 것은 『소문』과 『영추』, 『난경』이니, 선철들이 이미 가장 이해하기 어려운 것이 많음을 염려한 것들입니다. 제가 오랫동안 대국의 군자에게 나아가 논하고자 하였는데, 지금 하늘이 좋은 인연을 빌려주셔서 다행히 그대를 만나게 되었습니다. 찾던 것을 낱낱이 들어 논의를 올리니 바라건대 감춰진 것을 열어서 탁월한 분변을 더해주신다면 다년간의 의혹을 풀 수 있을 것입니다.

모암: 『소문』과 『영추』, 『난경』은 고인도 어려워했던 것이니 정신을 정밀히 하고 힘을 다하지 않으면 얻을 수가 없습니다. 여행 중에 한가히 논할 수 있는 것이 아니니 우선 내버려 두시지요. 만약 간신히 설명하다가 끝내 이치가 궁해져버리면 함께 억설로 떨어져 버리게 됩니다. 눈앞의 치료술은 크게 논할 만한 것이 있습니다. 논할 것은 오히려 낮은 데에 있으니 그대는 양해하십시오.

도겐: 제가 잘못을 했군요. 고경의 은미한 말 속에 감추어진 뜻은 하루아침에 논할 수 있는 바가 아니지요. 이는 곧 우부(愚夫)가 망령되어 동쪽 집의 구[東家丘: 공자]를 모르는 것과 같습니다.

도겐: 『금궤옥함』 및 『금궤요략』, 『상한론』 등에는 이해하기 어려운 것이 있습니다. 그대는 밝게 살피셨을 테니 분명 적확한 논의가 있으시겠지요?

모암: 역대의 명철이 힘써 풀이한 말이 있으니 저는 그 마땅함을 따를 뿐입니다.

도겐: 저 역시 그 마땅함을 따르지만 그 은미한 뜻에 이르면 고인도 또한 추측하여 판단한 것이 있습니다. 우리나라에 근세에 그것을 가지고 오만하게 구는 무리들이 있는데 또한 천박한 견해일 뿐이라서 감히 취하기에는 충분치 않습니다.

모암: 후세의 말단의 무리들은 대저 모두 실질 없이 화려하기만 합니다. 비록 중하(中夏)라 할지라도 그러한데 하물며 타국은 어떻겠습니까?[355]

　요코타 준타(도겐)는 이좌국에게『내경』과『난경』가운데 어려운 부분에 대해 질의하고자 하였으나 이좌국은 그것이 짧은 시간에 논할 수 있는 것이 아니라며 사양한다. 요코타는 또『금궤옥함』과『금궤요략』,『상한론』에서 이해되지 않는 부분에 대해 논하고자 하였다. 이번에도 이좌국은 자신은 역대 명철들의 풀이를 따를 뿐이라며 그의 청을 물리친다. 요코타는 고인들도 억측으로 판단한 경우가 많았으며 고경에 관한 근세의 분분한 풀이들도 모두 믿을 것이 못된다고 하면서 재론의 필요성을 강조하였다. 며칠 후 두 번째로 객관을 방문했을 때 요코타는 이좌국에게「의문8조(醫問八條)」를 건네었는데, 이 문목에는『소문』의 판본 문제,『내경』의 주석서 등에 대한 논의가 포함되어 있다. 그러나 이좌국은 유·장·주·이를 스승으로 삼을 뿐 함부로 논할 수 없다고 하였다.

　도겐은 이좌국에게 "위로는『영추』·『소문』과『난경』으로부터 아래로『금궤옥함』과『상한론』에 이르기까지 문의(文義)와 이치를 깨달아 알기가 상당히 어려운 부분이 있고, 또 여러 학자들의 주해 또한 본래의 논의와 어긋나는 것이 많다."356)고 말한 바 있다. 한대(漢代)와 그

---

355) ○東原曰: "醫理固僕之所願也. 君旣許之, 則擧生平所疑惑, 可以質之. 中至其爲難, 《素》、《靈》、《難經》, 先哲已所恐最不可得而解者許多也. 僕欲久就大國君子以論之, 今也天借良緣, 幸遇乎君. 枚枚擧其所搜索以上論, 冀闡底蘊以加卓辨, 將能解多年之惑耳." ○慕菴曰: "《素》、《靈》、《難經》, 古人所難, 非心神精密盡力, 未以可得也. 客旅之間, 非等閑之可論, 則姑置焉. 若互難詰, 終窮於理中, 則俱落臆說. 眼前治術, 有大可論者, 論者却在所卑, 君其諒焉." ○東原曰: "僕誤矣. 古經微言之於薀奧, 非一朝一夕所可論. 是則似愚父妄昧, 不識東家丘耳." ○東原曰: "《金匱玉函》、同《要略》、《傷寒論》等, 有間難通曉者. 君也明察定有的確之論?" ○慕菴曰: "曆代名哲務有釋言, 僕從其宜耳." ○東原曰: "僕雖然因其宜, 然至其微義, 古人亦有臆斷. 我國有近世以之傲世輩. 亦唯膚受, 不敢足取耳." ○慕菴曰: "后世未輩, 大抵皆浮華. 雖中夏然, 況他之國乎?"(『양동투어』곤, 3월 1일)

356) 東原曰: "上自《素》、《靈》、《難經》, 下至《傷寒論》、《金匱》等, 文義理緻有頗難通

이전의 의서를 직접 읽고 의미를 탐구하는 것은 정주의 주설을 통하지 않고 육경 고문으로 나아가는 태도와 유사하다. 위 대화에 나오는 '고경미언(古經微言)'이라는 표현 역시 소라이학자들이 유교 경전에 대해 사용한 표현과 동일하다. 요코타는 고어를 통해 고문을 이해한다는 소라이의 방법을 옹호하고 이반룡과 왕세정의 문장을 추종한다고 하여 남옥과 논쟁을 벌이기도 했던 인물이다. 즉, 요코타 준타는 유자로서는 소라이학파였고 의원으로서는 의학 문헌의 연구를 중시하는 고증파(考證派)의 태도를 보이고 있는 것이다.

김호는 일본의 유자들이 의학을 겸하는 경우가 많았으므로 "경학에서의 고학 경향이 의학에서도 고방파로의 발전과 그 궤를 같이하고 있다"[357]고 지적한 바 있는데, 요코타의 경우가 이에 해당한다. 반면 이좌국은 『상한론』 등에 대하여 역대 명철들의 풀이를 따를 뿐이라고 하며 자신의 독자적인 견해를 내세우지 않는다. 고대 의서에 담긴 이론은 금원사대가를 비롯한 대가들의 저술을 통해 이해하는 것이 올바른 방법이라는 것이다. 의서의 판본 문제나 주석서의 우열, 각 구절의 정미한 풀이 등은 조선 의원들이 보기에 급선무가 아니었다. 이들에게 중요한 것은 이미 확립된 의학 이론—즉 금원사대가를 계승한 명대 의학—을 체득하여 실제의 임상에 적용하는 것이었다. 이는 도통(道統) 및 일상에서의 수양을 중시하는 정주학자들의 학문 태도와 유사하다.

무진사행 시기의 관의 니와 쇼하쿠(丹羽正伯)는 당시 일본 의원을

曉者, 且也若諸家註解, 往往亦與本論牴牾. (…)" (같은 책, 3월 5일)

357) 김호(2008b), 「1763년 癸未 通信使와 日本 古學派 儒醫 龜井南冥의 만남-조선인의 눈에 비친 江戸時代 思想界-」, 『조선시대사학보』 47집, 조선시대사학회, 36면. 의학에서의 고방 및 고증의 경향과 유학에서의 고학, 고증학의 경향이 밀접한 연관을 갖고 발전하였음은 랴오위췬의 저서에서도 논의된 적이 있다. 랴오위췬 저, 박현국·김기욱·이병욱 옮김(2007), 136-138면, 289-295면.

'학의(學醫)'와 '방의(方醫)'의 두 부류로 나누어 설명하였는데358) 전자
는 후세파(後世派), 후자는 고방파에 가깝다고 할 수 있다. 계미사행
시기 필담을 남긴 일본의 의원은 대체로 고방파 및 그 뒤를 이은 절충
파·고증파의 경향을 보인다.『상한필어』의 야마다 세이친은 상한론
연구에 치중하였으며 절충파에 기반을 둔 고증파의 대가로 알려져 있
는 인물이다. 그는『영추』「골도(骨度)」의 주석서인『골도변오(骨度辨
誤)』를 지어 이좌국의 서문을 구하기도 하였다. 사카가미 요시유키 역
시 본초학 외에『상한론』의 의미 풀이와 주설의 연구에 조예가 있었음
을『왜한의담』에 실린 필담을 통해 확인할 수 있다. 사카가미가 스스
로 밝힌 독서 경향 역시 고방파의 그것에 가깝다.『화한의화』의 야마
구치 다다오키 또한『상한론』에서 의문 나는 부분을 양의와 토론하고
자 하였다. 두 사람 모두 고방파의 독서 경향을 보이고 있다고 하겠
다. 또한 이 세 사람 모두 본초와 물산에 대한 박물학적 관심을 보이고
있다는 점에서 조선의 의원들과는 다른 성향을 보이고 있다.

한편, 유의(儒醫)로서의 성격이 두드러지는 인물들의 경우도 마찬가

---

358) 우리나라에서 의술을 배우는 자는 두 유파가 있는데, 하나는 학의(學醫)라 하고
하나는 방의(方醫)라고 합니다. 이른바 학의는『소문』과『난경』의 운기설(運氣說)
을 주장하고 육기오행(六氣五行)의 이치를 익혀 전적으로 오장육부에 배속시키며,
약성의 효용 및 칠방(七方)과 십제(十劑)의 설로 이를 보좌합니다. 실제 치료를 할
때에는 전적으로 하간(유완소), 결고(장종정), 동원(이고), 단계(주진형)를 신봉합
니다. 방의는『금궤옥함』과『상한론』을 비조로 삼고『천금』과『외대』에 종사하며,
증상에 대응하는 처방과 약재로 상황에 맞게 치료를 합니다.『소문』과『난경』의
운기설 등의 이치를 보조로 삼으며, 오로지 장중경, 손사막, 왕도, 허숙미, 위역림
을 존숭합니다. [弊邦學醫者有二流, 一謂之學醫, 一謂之方醫. 所謂學醫者, 主張
《素》、《難》運氣之說, 而講六氣五行之理, 專配之五臟六腑, 以藥性之功用及七方十劑
之說爲之佐也, 其施治也, 專信河間、潔古、東垣、丹溪矣. 方醫者, 爲鼻祖《金櫃玉
函》、《傷寒論》, 而從事《千金》、《外臺》, 以對症之方劑應機爲治. 用《素》、《難》運氣
等之理爲之佐, 專崇仲景、思邈、王燾、叔微、亦林.] (『선사필담(仙槎筆談)』권1)
원문은 구지현(2013), 381면에서 재인용.

지였다. 앞에서 언급한 요코타 준타는 의학 문헌의 연구라는 고증파의 경향을 드러내고 있으며, 동시에 고문사를 연마하던 문인이었다. 『앙앙여향』의 가메이 난메이 역시 소라이학파 문인이자 고방파 의원이었다. 『계단앵명』의 기타야마 쇼(北山彰)와 『송암필어』의 이마이 쇼안도 소라이학파 유의였다. 『계단앵명』과 『송암필어』에는 의학 관련 대화가 거의 없어서 필담을 통해 당시 이들의 의술 경향에 대해 알기는 어려우나, 이들이 의학에서도 고방파 혹은 절충파·고증파의 경향을 띠었을 것임은 쉽게 유추할 수 있다. 기타야마 쇼의 경우 야마와키 도요의 저서를 소개하고 있는 것으로 보아 고방의학에 경도되어 있거나 난학에 관심을 가진 인물로 짐작된다.

가메이 난메이는 이좌국을 처음 만난 자리에서 고의방을 회복하려는 이들, 즉 고방파 의원들에 대해 소개하였다.[359] 난메이 역시 토법(吐法)의 대가였던 나가토미 도쿠쇼안(永富獨嘯菴, 1732-1766)에게서 의술을 배웠다. 그는 이좌국에게 고방파 의원들의 저서를 보여주겠다고도 하였다. 같은 날 그가 이언진에게 알려준 일본 서적의 목록 중에는 야마와키 도요의 『의칙(儀則)』과 『장지(藏志)』, 가가와 쇼토쿠(香川修德)의 『약선(藥選)』과 『행여의언(行餘醫言)』, 도쿠쇼안의 『토방고(吐方考)』와 『만유잡기(謾遊雜記)』가 포함되어 있었는데, 모두 고방파 의원들의 저서이다. 난메이는 또 이좌국에게 여러 병증에 효험을 본 처방이 있다면 알려달라고 청하는데, 역시 특효방을 찾는 고방파 의원들의 특색이 나타난다. 이좌국은 진맥을 하고 증세를 살핀 후에야 치료할 수 있다고 하였다. 병증에 접근하는 방식 자체가 다른 것이다.

이러한 차이는 처방과 관련해서 두 사람의 대립을 불러오기도 하였

---

359) 『앙앙여향』, 12월 8일.

다. 다음은 이좌국과 가메이 난메이가 전간(癲癇: 간질)의 치료에 관해
나눈 문답이다.

> 도사이: 전간은 하루에 한 번 혹은 서너 번 발작하는데, 말여뀌와 거머리
> 등을 쓰면 혹 낫는 경우가 있습니다. 그런데 한 달에 한 번이나 두 번
> 발작하는 자는 어떤 약도 효험이 없으니 어째서일까요?
> 모암: 하루에 한 번이나 서너 번 발작하는 것은 곧 양증(陽症)이니, 치료
> 하면 쉽게 효험을 봅니다. 한 달에 두세 번 발작하는 것은 곧 음증(陰
> 症)이니, 치료해도 효과를 보기 어렵습니다. 그러나 맥을 짚어보고 약
> 을 짓는다면 효험이 없을 리가 있겠습니까?
> 도사이: 무엇을 양이라 하고 무엇을 음이라 하는지요?
> 모암: 맥이 빠르고 실하면 양이요, 맥이 느리고 허하면 음입니다.
> 도사이: 그렇다면 하루에 한두 번 발작하는 자는 맥이 반드시 빠르고 실
> 하며, 한 달에 한두 번 발작하는 자는 맥이 반드시 느리고 허하다는
> 말씀이신가요? 실제로 시험해 보니 꼭 그렇지만은 않은 것은 어째서
> 입니까?
> 모암이 언짢은 기색이 있었다.[360]

난메이(도사이)는 이좌국에게서 전간에 효험이 있는 기방(奇方)을 얻
고자 하였다. 발작의 빈도에 따라 치료에 효험이 있기도 하고 없기도
하였으므로, 적확한 처방이 있다면 듣고자 했던 것이다. 그러나 이좌

---

[360] 道哉曰: "癲癇一日一發或三四發者, 用馬蓼、水蛭之類, 或有瘳者. 一月一發二發者,
百藥不見效何故?" 慕菴曰: "一日一發或三四發者, 是乃陽症, 故治之易效. 一月二三發
者乃陰症, 故治之難效. 診脈投劑, 焉有不效之理乎." 道哉曰: "是何以爲陽, 何以爲
陰?" 慕菴曰: "脈數實則爲陽, 脈遲虛則爲陰." 道哉曰: "然則一日一發二發者, 脈必數
實, 一月一二發者, 脈必遲虛之謂乎? 試諸物未必然何也." 慕菴有不悅之色. (같은 책,
12월 8일)

국은 처방을 알려주는 대신 병의 증세를 양증과 음증으로 나누고, 진
맥을 한 후 약을 지으면 반드시 효험이 있을 것이라고 답했다. 난메이
는 양증과 음증이라는 말이 무슨 뜻인지 재차 물었고, 이좌국은 그것
이 맥의 성격에 따른 분류임을 설명했다. 그러나 난메이는 병증의 양
상이 환자의 맥상(脈象)과 직접적인 연관이 없음을 지적하였고, 이좌
국은 더 이상 설명을 이어가지 못했다. 앞의 사례와 마찬가지로 병증
에 관한 접근 방식이 판연히 달랐기 때문에 일어난 대립이다.361)

아래 대화에서도 양국 의원들의 성향 차이로 인한 대립이 나타나고
있다. 『왜한의담』에 실린 이좌국과 사카가미 요시유키의 대화이다.

> 아룀 모암
> 대체로 약의 법제 방법은『본초』에 자세히 실려 있어서 알기 어렵지
> 않고 행하기도 쉽습니다. 그런데 매번 그대 나라 약재를 볼 때마다 법제
> 방법이 지나쳐서 약재가 검게 탈 때까지 볶았거나 누렇게 될 때까지 법
> 제하였으니 이것이 바로 개탄스러운 부분입니다. 무릇 볶거나 법제하는
> 정도가 너무 지나치면 약효가 줄어들거나 흩어져 효과를 얻기가 어려우
> 니 삼가지 않을 수 있겠습니까? 그 이유는 다른 데 있지 않습니다. 그대
> 나라의 의원들을 보면 오로지 문장에만 힘쓰고 실제 상황이 이르는 데에
> 는 힘쓰지 않습니다. 그대는 나이가 젊고 총명한 재주를 겸했으니, 모름
> 지기 유(劉)·장(張)·주(朱)·이(李)에 뜻을 두고 본래의 뜻을 깊이 연구
> 한다면 다행이겠습니다. 또 포제(炮製)의 방법을 정밀히 연구한다면, 세
> 상을 구제하고 백성을 살리는 공이 어찌 작겠습니까?
> 대답 세이코
> 그대께서 우리나라 의원들이 오직 문장에만 힘쓰고 의학과 약의 법제

---

361) 위 인용문을 비롯하여 『앙앙여향』에 실린 의학필담에 관해서는 김호(2008a)에
서 상세히 다룬 바 있다.

를 연구하지 않는다고 말씀하셨습니다. 유·장·주·이에 마음을 집중함
이 마땅하다고 가르침을 내려 주셨으니, 이에 정녕 마음이 합합니다. 그
대의 정의(情誼)를 두터이 우러르겠으니, 어찌 마음에 새겨 금언으로 여
겨 따르지 않겠습니까? 비록 그러하나 지금 제게 보여주신 후박과 같은
것은 그대가 약 가게에서 파는 약을 한번 보고 우리나라 의원들을 싸잡아
꾸짖은 것이니, 아마도 깊이 살피지 않은 잘못일 것입니다. 대체로 약물
의 법제는 『본초』에 모두 실려 있습니다. 그렇다 하더라도 또한 어떠한
병에는 어떠한 약 처방이 필요한 것인 즉 약의 제법은 다만 『본초』의 기록
뿐만이 아니라 각각 그 처방법을 따르는 것입니다. 장사치들이 외치고
다니며 파는 법제한 약을 어떻게 쓸 수 있겠습니까? 가장 의술이 보잘것
없는 의원으로 이른바 눈을 반쯤 뜨거나 눈이 없는 근심을 면하지 못하는
자들을 가려내지 않고 어찌 우리나라 약의 법제가 모두 크게 지나치다고
말할 수 있겠습니까? 저는 평생 「소문(素問)」과 『난경(難經)』은 말할 것도
없고, 장중경(張仲景)·왕숙화(王叔和)·왕도(王燾)·손사막(孫思邈) 등
의 심오한 뜻을 연구하고자 했으나 이르지 못했습니다. 유·장·주·이
네 학자에 이르면, 장중경·왕숙화 등의 끝자락을 따라 이어받은 사람들
입니다. 넓은 지식에 그들을 갖추면 좋겠지만 온전히 그것을 근본으로
삼고자 하지는 않습니다. 감히 존귀한 가르침을 거스르려는 것은 아니나,
감히 속마음을 펼쳐 보이니 죄가 많습니다.[362]

---

362) 稟(慕菴): "夫藥之製法, 詳載《本草》, 知之不難, 行之極易, 而每見貴邦藥財, 有製法
太過, 炒者至於黑, 製者至於黃, 此正慨然處也. 凡炒製太過, 則藥力耗散, 難得功效,
可不愼哉? 此無他, 顧貴邦之醫, 專務於文辭, 不務實地之所致也. 君以妙年兼聰明之
才, 幸須注意於劉、張、朱、李, 深究本旨. 且精究炮製之法, 則其濟世生民之功, 豈
其少哉其少哉." 復(西湖): "公之言曰'本邦醫惟務文辭, 不究醫學及藥製也,'示僕須注
意於劉、張、朱、李. 所敎丁寧克諧, 厚仰足下之情誼, 豈不念從金言乎. 雖然, 如卽
今示僕厚朴, 君一見藥肆之賣藥, 而槪詰本邦之醫者, 恐不深察之誤耳. 凡藥物之製,
《本草》所載爾. 雖備也, 亦從某病而需某方藥, 則藥製不但《本草》之記, 各從其方法者
也. 賈竪所衒賣製藥, 何足用之? 無論其最庸醫所謂不免牛眼無眼之患者, 何得謂本邦
藥製皆太過乎? 僕平生無論《素》、《難》, 欲究張仲景、王叔和、王燾、孫思邈等之蘊
意而未至. 若夫劉、張、朱、李四家, 率襲張、王等之餘裔者, 備之於博覽可也, 全不

앞서 언급했듯이 일본의 의원들은 직접 약재를 취급하거나 약재를 비롯한 물산 전반에 관한 박물학적 지식을 추구하는 경향이 있었다. 또한 유학자들 중에도 약재와 물산에 관한 연구를 전문으로 한 인물이 없지 않았다. 주자학자로 알려진 가이바라 에키켄(貝原益軒)과 그 제자인 다케다 슌안(竹田春庵)363)이 대표적이다. 유자가 의원이 되는 경우가 많았으며 의원으로서 유학적 소양을 갖추고 있는 인물도 적지 않았다. 반면 조선의 의원들은 임상 전문의로서, 약재에 대해서도 처방에 필요한 지식만을 갖추고 있을 뿐 일본 의원들처럼 사물의 유래를 궁구한다는 식으로 접근하지 않았다.

위 대화에서 이좌국은 일본 약재의 법제 방식이 잘못되었다고 하면서 이는 일본의 의원들이 오로지 문사에만 힘쓰고 실제에는 주의를 기울이지 않기 때문이라고 하였다. 이는 유자가 의원을 겸하는 경우가 많아 시문 창작이나 경전 해석에 주력하는 현상을 비판한 것인 동시에 옛 의서의 판본이나 주석 문제 등에 천착하는 태도를 문제 삼은 것이기도 하다. 의원이 이러한 고원(高遠)한 데에 심취해 있다면 실제로 환자의 증상과 체질을 살펴 진찰하고 약을 쓰는 데에는 소홀하기 쉽다는 생각이다. 이에 따라 이좌국은 『본초』에 실려 있는 법제의 기본에 충실할 것, 그리고 유·장·주·이의 저술에 마음을 쏟아 그 본뜻을 익힐 것을 당부하고 있다.

그러나 사카가미는 이좌국의 충고를 받아들이지 않는다. 우선 이좌국이 상인이 법제한 후박 하나를 보고서 일본 의원 전체를 비판하였음

欲本之也. 不敢戾高論, 敢布腹心多罪." (『왜한의담』 권상, 2월 23일)

363) 다케다 슌안과 양의 기두문의 의학필담이 『계림창화집』 권14에 수록되어 있다. 김혜일(2016), 13면. 슌안은 1748년 의학필담집인 『남도고취』의 서문을 쓰기도 하였다.

을 지적하였다. 또, 약의 법제 방법이 『본초』에 모두 실려 있다고 하지만
실제로는 질병에 따라 처방을 달리해야 함을 말하였다. 나아가 상인이
법제한 약재를 쓸 수는 없다며 직접 약재를 다루지 않는 조선 의원들을
은근히 비판하였다.[364] 이어서 자신의 평소 학술의 방향에 대해 밝혔는
데, 『소문』과 『난경』을 비롯하여 장중경·왕숙화·왕도·손사막의 연구
에 주력한다는 것이다. 이는 즉 『상한론』, 『천금방』, 『외대비요』를 중시
한다는 말로서, 고방파 의원의 독서 경향을 분명히 드러내고 있다. 그는
여기에 그치지 않고 유·장·주·이는 결국 『상한론』을 이어받은 학자들
일 뿐이라며 그들의 의의를 폄하하기까지 하였다. 이좌국은 약재에
관해 경솔히 비판한 것에 대해 미안함을 표하였지만 학술에 대해서는
더 이상 논의를 이어가지 않았다.

 이튿날에도 비슷한 논쟁이 일어났다.[365] 이날도 이좌국은 야마다
세이친과 필담을 나누던 중 일본 의원들의 문제점이 '才勝德'에 있다
며 비판을 가한다. 이좌국은 야마다에게도 역시 유·장·주·이의 책
을 숙독할 것을 권하였다. 그러면서 의술의 도는 많이 보는 데에 있지
않으며 하나의 경전을 전공하는 것이 중요하다고 하였다. 학사·서기
들이 일본 유자들의 박람(博覽)을 비판한 것과 마찬가지로, 이좌국 역
시 의원들의 그러한 경향을 문제시하고 있음을 볼 수 있다. 중요한 것
은 '至誠精詳'의 자세라는 것이다. 뿐만 아니라 문사를 닦는 것보다 실
지에 힘쓰라는 조언 역시 일상의 효제충신을 강조한 학사·서기들의

---

364) 야마다 세이친은 이에 관해 보다 직접적인 비판을 가하고 있다. 그는 『천금방』에서
 '의원은 스스로 약재를 캐니, 옛날에 있던 신농(神農)도 의원 노릇을 하며 약재를
 캤다.'고 하였다."[『《千金方》曰'醫自採藥, 昔在神農爲醫而採藥.' 何別有採藥人耶?"]
 면서 따로 채약꾼을 두는 것은 옛 가르침에 위배되는 것이라고 하였다. (『상한필어』,
 2월 26일)
365) 같은 책, 2월 24일.

태도와 동일하다.

　고방파 의원들이 고의서에 관심을 갖고 여러 주석서를 참고한 것은 본래 병증에 적합한 고방(古方)을 탐구하기 위해서였다. 그러나 조선 의원의 관점에서 이는 '재승덕', 곧 사람을 살리는 것보다 재주를 과시하는 데 몰두하는 행위로 비췄던 것이다. 야마다 세이친은 약의 제조에 관한 말은 알려준 대로 하겠다고만 답하였는데, 이는 곧 다른 부분에 관해서는 수용하기 어렵다는 뜻으로 읽힌다. 그러나 고방파나 절충파라고 해서 금원사대가를 완전히 배척하는 것은 아니었고, 조선 의원들 역시 『상한론』의 중요성을 인정하고 있었기에 경학에서와 달리 전면적인 논쟁으로 비화하지는 않았다. 위 두 사례의 경우에 이좌국은 일본 의원들의 학술 자체를 문제시한 것은 아니며 단지 의원의 본령에 충실해야 함을 당부한 것이다.

　그러나 이좌국이 고방의 탐구와 고문헌의 연구를 중시하는 당시 일본 의원들의 학술 경향을 간파하지 못한 것은 아니다. 다음 대화에서 이좌국은 이론과 처방의 관계에 대해 일본 의원에게 문제를 제기하고 있다.

　　모암 아룀: 그대는 평소 치료를 할 때에 오로지 이론서에 근거하십니까, 방서를 위주로 하고자 하십니까?
　　도겐 답함: 이론이란 것은 근본이요, 처방이란 것은 말단이지요. 본말이 가지런히 행해지지 않으면 얻을 수가 없는 것입니다.
　　모암: 확실한 말씀이니 한 마디도 더할 것이 없군요. 비록 그러하나, 제가 생각하기로 이론에 얽매어 선철의 처방을 깨뜨리는 이들이 있으니 그대 역시 이러한 부류인가 하여 이 때문에 시험 삼아 물어본 것입니다.
　　도겐 말함: 그대는 흘겨보지 마십시오. 저는 그러한 부류가 아닙니다. 저 역시 항상 실제를 돌아봅니다. 그대가 보시는 바와 같이 이치의 문

지방 안에서 기거하며 감히 그 역외로 나가려고 하지 않습니다. 대개
지극한 술(術)이 술이 됨은 실로 이치의 밖에서 이치를 다루는 사람이
아니라면 어찌 묘처를 얻겠습니까?
　모암 말함: 이치 가운데 정신을 두고 이치 밖까지 방술이 이르는군요.
　　그대는 실로 뜻을 세우셨으니 묘처를 얻었다고 할 만하군요. 아아! 그
　　대는 의원 중에 그러한 사람입니다.366)

　이좌국이 먼저 요코타 준타에게 어떠한 방서를 주로 보는지 질문하
였고, 이에 요코타는 장중경부터 유·장·주·이를 반복해서 읽고『천
금방』과『외대비요』를 간혹 참조한다고 답했다.『상한론』과 금원사대
가를 중시하는 것은 조선 의원들도 마찬가지였기에 이좌국이 자신도
그와 대략 비슷하다고 하였다. 이어서 요코타는 송대의 방서 두 권을
언급하며 기이한 처방이 많이 담겨 있다고 말한다. 조선에서는 보지
못한 책이었다. 이에 이좌국은 요코타에게 평소 치료를 할 때 이론서
에 근거하는지 처방서에 근거하는지를 물었다. 그가 문제 삼은 것은
‘이론에 얽매어 선철의 처방을 깨뜨리는’ 행동이다. 역대 의술가들의
업적을 통해 후대에 확립된 처방들을 무시하고 고경의 이론을 맹신하
여 기이한 ‘고방’을 찾는 행태에 대한 지적인 것이다.
　위 대화는 이좌국이 요코타에 대한 혐의를 풀고 그를 훌륭한 의원
으로 인정하는 것으로 마무리된다. 그러나 요코타의 답변을 잘 들여

---

366)　○慕菴稟: "君恒行治術, 專據論書耶? 將專方書耶?" ○東原答: "論者本也, 方者末
　　也. 非本末均相行, 未以可得哉!" ○慕菴曰: "確確的論, 不可加一言也. 雖然, 僕私念
　　之, 有拘理論妄破先哲之方者, 君亦斯類. 是以試問之耳." ○東原曰: "君休側目. 僕非
　　其類也. 僕亦恒顧之實, 若君所視, 動屈理局, 無敢得其出閫外. 蓋至術之爲術, 實非其
　　弄理於理外之人, 安得妙處哉?" ○慕菴曰: "置精神於理中, 致方術於理外. 君實用意,
　　可謂得處哉! 嗟! 君者醫中之人也."(『양동투어』곤, 3월 5일)

다보면 두 사람의 견해가 줄곧 어긋나고 있음을 발견할 수 있다. 이론서를 우선하는지 방서를 우선하는지를 묻는 이좌국에게 요코타는 이론이 근본이요, 처방은 말단이니 본말이 가지런해야 한다고 답하고 있다. 즉, 이론이 우선시되어야 한다는 뜻이다. 또, 이치에 얽매어 선철의 처방을 깨뜨리는 것을 우려하는 이좌국의 말에 대하여 요코타는 자신은 감히 이치의 밖으로 나가지 않으며, 지극한 술(術)은 이치 밖에서 그 이치를 마음대로 다루는 사람만이 능히 행할 수 있다고 말하고 있다. 곧 성인만이 묘처를 얻어서 이치의 안팎을 넘나들 수 있다는 말로 이해할 수 있다.367) 언뜻 보기엔 일치된 견해를 도출한 듯하지만 실은 서로 다른 논리를 펴고 있는 것이다.

이날 요코타는 미리 작성해 온 「의문8조」를 이좌국에게 맡기며 답변을 부탁하였다. 위 대화의 바로 앞에 그러한 상황이 제시되어 있다. 아마도 요코타의 문목을 한 번 훑어본 후 위와 같은 문제를 제기한 듯하다. 「의문8조」 가운데 5개가 이좌국이 비판적으로 언급한 문사와 이론에 관한 것이다. 해당 질문은 1)『소문』이 위서(僞書)라는 논의에 대한 견해, 2)『내경』의 여러 주석, 특히 장개빈(張介賓)의 주석에 대한 견해, 3)『영추』「구침론(九鍼論)」에 실린 9침의 방법과 조선의 침법에 대한 문답,368) 4)『금궤옥함』에 나오는 '四百四病'이라는 표현의 유래, 5)『유문사친(儒門事親)』의 저자 문제이다. 침법에 관한 질문 외에는 이좌국이 답변할 수 있는 범위를 넘어선 주제들이었다. 4)의 경우 조선의 침법에 관한 대화가 이루어지긴 하였으나 『영추』의 침법이 조선에 남

---

367) 요코타 준타는 소라이학파 문인이었으므로 이때의 '술(術)'이란 '성인의 도의 술'이라는 표현을 상기시킨다.

368) 『양동투어』에 실린 구침론에 관해서는 김혜일(2016); 함정식 외 3인(2007); 오준호 · 차웅석(2006); 차웅석(2006) 참조.

아 있는지에 대한 요코타의 궁금증은 해결되지 않았다.

물론 양국 의원 간에 의학 이론에 관한 논의가 전혀 없었던 것은 아니다. 『왜한의담』에는 『상한론』에 관한 양국 의원들의 대화가 실려 있다. 사카가미 요시유키는 칠전(七傳)의 법에 관해 이민수(李民秀)와 필담을 주고받았다. 그는 또 『상한론』 구절의 의미에 대하여 이좌국과 논의하였는데, 맥(脉)에 관한 이해가 그 주제였다. 다만 사카가미가 제기한 '전경(傳經)'의 주해 문제에 대해서 이좌국은 별다른 답변을 하지 않았고, 그의 논의가 상세하고 분명하다는 칭찬만 남겼다. 조선의 의원들은 의서에 실려 있는 이론이 화제가 되었을 때, 그것을 어떤 방식으로 이해하고 또 어떻게 임상에 적용할지에 대해서는 막힘없이 대답하였다. 금원사대가의 저술이나 운기론 등 자신들이 전공한 이론과 임상 경험에 따라 논의할 수 있었기 때문이다. 그러나 경서의 판본이나 주석 문제와 같이 박람과 고증을 요하는 논의에 대해서는 답변을 피하고 있다. 양국 의원들의 의학 경향의 차이로 인해 화제의 범위가 제한되었던 것이다.

이상 계미통신사 필담에서 양국 의원 간 대립이 나타난 부분들을 살펴보았다. 당시 통신사와 만난 일본의 의원들은 대체로 고방파, 또는 그 뒤를 이은 절충파·고증파의 성향을 가진 인물들이었다. 이들은 또한 약초 및 물산에 관한 전문적 지식을 추구하는 경향이 있었다. 고경의 주석과 판본 문제를 중시하고 『상한론』 연구를 중심으로 하며 특정 질환에 대한 특효방을 찾는 이들의 의술 경향은 임상 위주의 조선 의원들과는 그 성격을 달리하고 있었다. 이들은 양의에게 고의서의 구절에 대한 토론을 청하거나 바로 임상에 적용할 수 있는 특효방을 구하였다. 그러나 이좌국은 의서에 대한 해석은 금원사대가를 따를 뿐 고서를 직접 연구할 필요는 없다고 보았으며, 기이한 처방을 찾기보다는 환자를 진맥하고 그에 맞는 처방을 해야 함을 강조하였다.

이러한 차이는 몇 차례의 충돌을 가져왔다. 이좌국은 일본 의원들이 문사에 치중하는 행태를 비판하며 유·장·주·이의 저술을 마음에 두고 실제에 힘쓸 것을 당부하였다. 또, 이론에 얽매여 선철의 처방을 깨뜨리는 행태, 즉 기이한 고방을 찾는 경향에 대해서도 비판을 가했다. 다만 조선의 의원들 역시 『내경』과 『상한론』을 중시했고, 일본의 의원들도 금원사대가를 부정하지는 않았기에 이들 간의 의견 차이가 심각한 대립으로 이어지지는 않았다. 그러나 학술에 관한 유자들의 논쟁과 마찬가지로 의원 간 교류에 있어서도 유사한 방식의 대립이 있었음은 분명히 알 수 있다. 일본에서는 이미 무진사행 때부터 고방파 의원들이 관의의 주류를 차지하고 있었는데, 계미통신사에 이르러 이러한 대립이 전면화되었던 것이다.

Ⅲ. 계미통신사 학술 교류의 경과와 의의

Ⅲ장에서는 학술에 관한 필담을 집중적으로 다룬다. 논의에 앞서 본 주제와 관련된 몇 가지 사항에 대해 간략히 검토하고자 한다. 첫 번째는 학술 교류의 범위와 성격의 문제, 두 번째는 계미통신사 학술 교류에 관한 연구사 검토, 세 번째는 이 주제에 접근하기 위해 본고에서 채택한 관점 및 본 장의 서술방향에 대한 설명이다.

먼저 본 장에서 다룰 학술 교류의 범위와 성격은 다음과 같다. 본고의 주된 연구대상은 계미통신사 필담창화집에 실린 필담(서신 포함)이다. 그러므로 본 장의 분석 대상 역시 필담을 통해 확인할 수 있는 부분으로 그 범위가 제한된다. 그러나 대화의 정황을 충분히 이해하기 위해 이 시기 사행록을 아울러 활용하였다. 또한 필담 가운데 어떠한 성격의 대화까지 분석의 대상으로 포괄했는지에 대해서도 언급할 필요가 있다. 예를 들어 직접적인 학술 논의 외에 일본의 문인·학자에 관한 문답, 일본에서 출판된 경전의 주석서에 대한 문답 등 학술 관련 정보를 얻기 위한 대화들이 문제가 된다. 또, 고문사에 관한 논의처럼 문학과 학술 양쪽 모두에 포함되는 화제도 있다.

이런 점들을 염두에 두고 본 장에서는 다음과 같은 기준으로 분석 대상을 설정하였다. 우선 양국의 학술 상황에 관한 대화 및 특정 학술 경향에 관한 의견 개진이 포함된 대화만을 학술 관련 필담으로 분류하

였다. 여기에는 문학 논의도 일부 포함되어 있는데, 특정한 학술 경향
과의 연관 하에서 해당 화제가 제기된 경우이다. 한편 특정한 문인·
학자 및 서적에 관한 대화는 학술 필담의 목록에서는 제외하였다. 이
러한 대화들은 여정에 따른 학술 교류의 전개 양상을 고찰할 때 참조
하였다. 계미통신사의 학술 논의에는 간단한 문답부터 책 한 권 분량
의 토론까지 다양한 규모의 대화가 포함되어 있다.[369]

　다음으로 이 방면의 연구사에 관해 검토할 필요가 있다. 학술에 관
한 양국 문사의 토론은 18세기 초 기해사행(1719년) 때에 그 단초가 보
이며, 무진사행(1748년)에 이르러서 본격화될 조짐이 나타난다.[370] 이
후 계미사행 시기에는 사행 기간 전반에 걸쳐 조일 간의 학술 토론이
전면적으로 이루어지게 되었으며, 이는 통신사 교류와 관련된 기존
연구에서 여러 차례 다루어진 바 있다.[371] 사실 이 방면의 연구야말로

---

369) 본 장에서 인용하는 학술 관련 필담에는 기존 연구들에서 이미 소개된 것들이
　　적지 않게 포함되어 있다. 그러나 논의의 편의상 일일이 언급하지는 않았다.
370) 무진사행 및 그 이전 시기의 학술 교류에 관한 연구로는 구지현(2016), 「1748년
　　조선의 통신사와 동아시아의 지식 유통 양상-일본 학파에 따른 교류 양상을 중심
　　으로-」, 『열상고전연구』 53집, 열상고전연구회; 이경근(2015), 「무진통신사의 학
　　술·문화 교류 연구-홍경해의『수사일록』을 중심으로」, 『고전문학과 교육』 29집,
　　한국고전문학교육학회; 후마 스스무(2008), 「조선통신사의 일본고학 인식」, 『연
　　행사와 통신사』, 신서원; 이혜순(1996), 「18세기 초 한일 문사의 주자학 논의」,
　　『조선통신사의 문학』, 이화여자대학교출판부 참조.
371) 대표적인 연구는 다음과 같다. 이경근(2013), 「계미통신사 필담집에 나타난 '완고한
　　조선'과 '유연한 일본'」, 고일홍 외, 『문명의 교류와 충돌: 문명사의 열여섯 장면』,
　　한길사; 함영대(2011), 「조선후기 韓日學術交流에 대한 一考-그 비대칭성을 중심으
　　로-」, 『한문학보』 24집, 우리한문학회; 김보경(2009), 「계미사행 조선 문사들의
　　江戸 체험과 그 의미」, 『한문학보』 20집, 우리한문학회; 허경진·박순(2009), 「『장문
　　계갑문사(長門癸甲問槎)』를 통해 본 한일 문사의 사상적 차이」, 『일어일문학연구』
　　44집, 대한일어일문학회; 임채명(2009a), 「『長門癸甲問槎』의 筆談을 통해 본 朝日
　　文士의 交流 -주로 程朱學과 古文辭學 議論을 중심으로-」, 『일본학연구』 27집, 단국
　　대 일본연구소; 후마 스스무(2008), 「1764년 조선통신사와 일본의 소라이학」, 『연행

필담창화집이 통신사 문화 교류 연구에 어떻게 기여할 수 있는지를
보여주었다고 할 수 있다. 통신사가 일본에 가서 '선진 문물'을 전수했
다는 것은 통신사 문화 교류에 대한 연구가 시작된 이래 오랜 기간
통념으로 되어 있었다. 이른바 선진 문물이라는 것은 한문과 주자학
으로, 이제 막 유자층이 형성되기 시작한 일본에 수준 높은 한시문을
보여주고 성리학에 대한 자문에 응하면서 일본을 교화(敎化)해 왔다는
의미이다. '교화'라는 표현의 타당성은 차치하고 17세기까지 성리학과
한문 실력의 면에서 조선인들이 일본의 유자를 '가르치는' 입장에 설
수 있었던 것은 사실이다. 그런데 18세기 중반에 이르러 통신사가 만
난 일본 문사들 중 이토 진사이(伊藤仁齋)나 오규 소라이(荻生徂徠)의 견
해를 거론하면서 조선의 학술 경향에 문제를 제기하는 이들이 나타나
기 시작했다.372) 이제 더 이상 조선은 일방적인 문화적 시혜자의 입장
에 설 수 없게 된 것이다. 이러한 실상은 필담창화집 연구를 통해 분명
히 드러나게 되었다.

　그런데 이 주제에 대한 연구가 진척되면서 계미통신사의 문사들이
일본인들의 문제 제기에 수동적으로 대처하면서 경직된 태도로 주자
학을 옹호하고 있는 모습이 부각되기에 이른다. 이에 따라 정약용 등
다음 세대의 학자들이 일본의 고학(古學)을 높이 평가한 것에 대해서

　사와 통신사」, 신서원(개정판: 夫馬進(2015), 『朝鮮燕行使と朝鮮通信使』, 名古屋大學
　出版社); 구지현(2007), 「필담을 통한 한일 문사 교류의 전개 양상-아카마가세키[赤
　間關]를 중심으로」, 『동방학지』 138집, 연세대 국학연구원; 이혜순(1996), 「18세기
　후반 한일 문사의 사상적 대립」, 『조선 통신사의 문학』, 이화여자대학교출판부.
372) 일본 문사들이 소라이에 대해 언급하기 시작한 해는 1711년이며, 이토 진사이의
　이름은 1719년 필담에서 처음 발견된다. 그러나 이때에는 자기 스승의 학문을 소
　개하고 있을 뿐으로, 진사이학이나 소라이학의 견지에서 조선의 학술 풍토를 비판
　하는 일은 일어나지 않았다.

는 그 의의를 크게 부여하는 한편 사행에 참가한 인물들에 대해서는
사상적으로 경직되어 있었다는 식으로 평가 절하하는 경향이 나타났
다. 이는 물론 근거 없는 견해는 아니다. 그러나 이러한 관점은 당시
조선의 지식층이 (외래사상의 충격이 있기 전에 자발적으로) 주자학을 극
복하고 능동적으로 근대를 지향했으면 좋았을 것이라는 현대 연구자
들의 바람이 담겨 있는 것이다. 그런가 하면 계미통신사의 학사·서기
들은 일본의 고학에 대해 관심을 가질 필요를 느끼지 못했으므로 단순
히 이단(異端)으로만 지목하고 그것의 자세한 내용을 알고자 하지 않
았다는 평가도 있었다.[373] 그러나 이들이 일본의 학술에 대해 열의를
갖고 탐구했던 정황이 점차 드러나게 되면서[374] 이러한 평가 역시 충
분한 설득력을 지니지 못하게 되었다.

요컨대 계미통신사 학술 교류의 의의에 대해 학계의 전반적인 동의
를 얻고 있는 결론은 아직 없다고 할 수 있다. 그런 한편 계미통신사가
가져온 일본 정보가 이후의 학자들에게 어떤 식으로 수용되었는지에
대한 연구는 활발히 진행되고 있다. 이 방면의 연구는 당시 동아시아
문화 교류와 관련하여 의미 있는 현상들을 소개함으로써 이 시기 지성
사에서 계미통신사가 어떠한 역할을 수행했는지를 간접적으로 드러
내준다고 하겠다. 그러나 계미통신사 학술 교류 자체에 대해서는 그
평가가 유보되고 있다는 인상을 지울 수 없다. 무엇보다도 현전하는
자료들 중 해당 주제와 관련된 모든 필담을 종합적으로 다룬 연구가
없다. 필담 자료를 폭넓게 활용하고 있다는 점에서 후마 스스무의 연

373) 구지현(2006), 264-265면.
374) 후마 스스무는 계미통신사가 일본의 학술 상황의 변화에 대해 충분히 살펴보지
않고 무턱대고 비판한 것이 아니었으며, 그들이 소라이학에 대해 알기 위해 상당
한 노력을 기울였음을 논증하였다. 후마 스스무(2008) 참조.

구가 비교적 상세하지만, 일본 고학의 이해라는 부분에만 초점을 맞추고 있어 교류의 전체상을 보여주기에는 다소 부족하다. 또한 학술 전파의 방향이 '조선→일본'에서 '일본→조선'으로 전도되어 갔음[375] 을 강조함으로써 한국 내 학자들의 폭넓은 공감을 사지 못하고 있음도 분명하다.

이처럼 다년간의 연구 성과가 축적되고 있음에도 불구하고 양국 교류의 의의에 대해 합의된 결론이 도출되지 못하고 있는 주된 이유 중 하나는 양국 문사 간 교류의 맥락, 즉 당시 각국의 학술 경향의 실상 및 의의에 관한 정설(定說)이 없을 뿐 아니라 그것 자체가 논쟁의 대상이 되고 있기 때문이다. 특히 소라이학(徂徠學)의 번성과 그 뒤를 이은 절충학(折衷學)과 고증학(考證學)의 유행, 간세이 이학의 금(寬政異學の禁)으로 이어지는 일련의 흐름이 근세에서 근대로 이어지는 일본의 학술사에서 어떠한 함의를 갖는가, 그에 앞서 이러한 사상의 변천이 어느 정도로, 어떠한 방식으로 당시의 사회현실과 연관을 갖는가에 대해서는 일본 학계에서도 현재 의견이 분분한 상황이다. 소라이학 및 절충학의 위상에 대해서는 대체로 마루야마(丸山) 테제[376]에 관한 비판적 접근에서 논의가 시도되는 경우가 많으나 기존의 설을 대체할 만한 포괄적인 설명은 출현하지 않고 있다고 한다.[377] 한편 한국 학계에서는 이른바 실학(實學)의 융성과 관련하여 18세기 후반의 중요성에

---

375) 이러한 평가는 당시 통신사 교류에 참가했던 일본 문사들의 주관적인 바람을 그대로 반영한 것이기도 하다.
376) 소라이학이 정치와 윤리를 분리함으로써 유교의 봉건성을 극복하고 근대사상을 준비하였다는 관점이다.
377) 양국 학술 교류 연구에서 나타나는 이러한 문제점은 이효원(2017)에서도 지적한 바 있다.

관해서는 오랜 기간 강조되어 왔으나 그 전후의 시기, 즉 18세기 초·중반 및 19세기의 다양한 문화 현상의 지성사적 의미까지 포괄한 광범위한 설명의 틀이 마련되지는 못한 것 같다.

당시 동아시아 지성사의 전체 구도가 분명하지 않은 상황에서 양국 인사들의 토론이 어떠한 함의를 갖는지를 평가한다는 것은 쉽지 않은 일이다. 게다가 교류를 바라보는 연구자들의 시각 자체에 몇 가지 서로 다른 층위의 시점이 착종되어 있다는 점도 문제이다. 근대의 기준으로 전근대의 문화 현상을 평가한다는 기본적인 난점이 항상 존재할뿐더러 당시 교류에 참가했던 인물들의 인식이 연구자에게 투영되는 일도 종종 발생한다. 그 때문에 자칫하면 양국 문사들의 토론을 과도하게 대결구도로 파악하거나 당시 인물들의 주관적인 바람을 객관적인 실상으로 오인하게 되는 일도 있다. 한국의 연구자들이 조선인들에게, 일본의 연구자들이 에도시대 일본인들의 시각에서 사태를 바라보는 것 —물론 피하기 어려운 것이며 때로는 상황을 이해하기 위해 그러한 방법이 필요한 경우도 있지만— 역시 주의해야 할 부분이다.

물론 기존 연구들에서 시도된 접근법들이 모두 문제가 있다는 것은 아니다. 필자 역시 기존의 연구들과 완전히 다른 해석을 내놓으려는 것은 아니다. 다만 서론에서 언급했듯이 그간 필담창화집 연구가 개별 자료들을 중심으로 단편적으로 이루어지다보니 양국 교류를 해석하는 틀 자체에 대한 검토가 시도되기 어려웠던 것이다. 사실상 앞에서 열거한 문제들이 단번에 해결되기는 어렵다. 사상사의 구도에 대한 정설을 마련한다는 것은 지금까지 그랬던 것처럼 장시간의 논쟁과 합의의 과정을 요하는 작업이며, 그렇게 확립된 정설 역시 계속적인 비판을 통해 거듭 수정을 거치게 될 것이다. 전근대의 문화 현상을 바라보는 시각 또한 개별 연구자의 다양한 시도들 가운데 조금 더 나은 몇 가지가 기존 시각을 서서히 대체해 나가는 방식으로 변화해 갈 것이다. 즉, 어떠한 연구자든 여전히 해결되지 않은 난점을 떠안은 채로 기존의 관점을 재검토하고 새로운 해석·평가를 시도하게 될 수밖에 없다는 말이다.

본고의 일차적인 목표는 계미통신사 필담 교류의 실상을 충분히 전달하는 것이다. 그런데 실상을 설명한다는 것 역시 전체적인 관점을 필요로 하는 일이다. 특정한 문제의식에 따라 자료 해석의 방향이 결정되기 때문이다. 그러므로 본고에서 시도하려는 것은 교류의 실상을 보다 정확하게 그려내기 위해 적절한 분석의 틀을 제시하고 그에 따라 자료들을 배치, 해석하는 작업이다. 그러한 분석의 틀은 다음 세 가지 접근방식으로 요약된다.

첫째, 학술의 흐름이 어느 방향이었는지, 대결이었는지 소통이었는지를 따지기 전에 각 인물들이 실제로 어떠한 의도에서 어떠한 논의를 펼쳤으며, 그 결과 각자가 어떠한 인식을 갖게 되었는지에 대하여 객관적으로 파악하고자 한다. 이때 조선과 일본 양측 참가자의 상황이 달랐음을 염두에 둔다. 즉 조선의 경우 남옥, 성대중, 원중거 세 사람이 중심이 되어 500여 명의 일본 문사를 만난 것이고, 일본의 경우 다양한 인물들이 동일한 조선 사람을 만난 것이다. 이러한 조건에 따라 조선 측 인물들은 다수의 일본인들과의 필담창화를 통해 일본의 학술·문학을 관찰한다는 취지에서 학술 교류에 임하였다. 세 문사는 각각 사행록을 남겨 그러한 평가의 결과를 조선에 전달하였는데, 필담 창화집을 통해 사행록의 기록이 어떠한 과정을 거쳐 형성되었는지, 즉 무엇이 채택되고 무엇이 배제되었는지 확인할 수 있다. 한편 일본 문사들의 경우 그들이 던진 질문의 의도가 무엇이었으며, 그 의도가 어떠한 이유로 관철되거나 좌절되었는지를 주로 살펴본다. 이들은 일본 문단 전체, 또는 자신의 문파를 대표해 발언하기도 하고 자신의 개인적인 소견을 펼치기도 하였다. 어느 쪽이든 그들 발언은 일본 내의 독자들을 의식하고 있는 경우가 많다. 본고에서는 이러한 차이를 염두에 두고 양국 문사들 각각의 발언이 갖는 의미를 고찰하고자 하였다.

둘째, 양국 문사 간의 토론이 조선후기 사상사, 그리고 근세 일본 유학사의 맥락에서 어떠한 의의를 갖는지에 방점을 두고 대화의 함의를 분석하고자 한다. 논의의 과정에서 두 인물 간 토론에 나타나는 사고에 대하여 '근대와의 거리'로써 그 가치를 논하는 오류에 빠지지 않도록 최대한 주의하였다. 또한 양국 문사의 대화를 분석할 때 인물의 발언 내용 그 자체에 대해서도 비판적 거리를 견지하고자 애썼다. 외국인을 향한 발언이라는 점에서 자국의 실상을 과장·왜곡하는 일은 비일비재하며 논자의 말과 당시 사회의 실상이 맞지 않는 경우도 없지 않기 때문이다. 물론 앞에서 언급하였듯이 당시 양국 학술사의 맥락을 고려한다는 것은 쉽지 않다. 그러나 이는 순전히 필자의 역량 문제로, 그러한 접근 자체는 반드시 필요하다고 하겠다.[378]

셋째, 양국 문사 간 학술 교류를 당시 동아시아 문명의 교류사 혹은 동아시아 학술사의 한 국면으로 보고, 그러한 틀 안에서 이들의 사고와 행위의 의미를 해석한다. 이를 위해 다음과 같은 질문을 설정하였다. 조선의 문사들이 일본의 학술·문학에 관심을 갖고 그것을 탐구하고 비평한 이유는 무엇이었는가. 또 일본 문사들이 조선인을 향해 자

---

378) 일본 유학사의 해석에 관해서는 나카무라 슌사쿠(中村春作)와 와타나베 히로시(渡邊浩)의 견해를 주로 참조하였다. 나카무라 슌사쿠 지음·김선희 옮김(2010), 『에도 유교와 근대의 知』, 선인; 와타나베 히로시 지음·박홍규 옮김(2007), 『주자학과 근세일본사회』, 예문서원; 中村春作(2005), 「동아시아의 고학(古學)과 오규 소라이(荻生徂徠)」, 『민족문화논총』 31집, 영남대 민족문화연구소.

국 학술 경향에 대해 설명하고 양국 학술의 다른 점에 관해 문제를
제기한 까닭은 무엇이었는가. 양국 문사들의 이러한 의도는 교류의
과정에 어떠한 영향을 끼쳤으며 그 결과 각자는 어떠한 인식의 변화를
겪었는가. 이러한 질문들에 답하는 과정에서 동아시아 교류사에서 이
들의 토론이 어떤 함의를 갖는지 드러날 것이다.

　본 장에서는 먼저 계미통신사 학술 교류의 전반적인 진행 양상을
사행의 여정에 따라 세 단계로 나누어 살펴본다. 다음으로 학술 토론
의 내용을 쟁점별로 분류하여 각각의 논의가 어떻게 진행되었는지 검
토한다. 세 번째 절에서는 그러한 분석을 바탕으로 계미통신사 학술
교류의 의의에 관해 종합적으로 논한다.

1. 여정에 따른 학술 교류의 전개 과정

(1) 차이의 발견과 탐색

　사행단과 일본 문사들의 본격적인 교류는 아이노시마(藍島)에서 시
작되었다. 사행은 1763년 12월 3일부터 26일까지 22일간 아이노시마
에 유숙하면서 가메이 난메이(龜井南溟) 및 지쿠젠주(筑前州) 서기들과
교유했다. 이어 27일에는 아카마가세키(赤間關)에 도착하여 나흘간 머
무르며 다키 가쿠다이(瀧鶴臺)와 하기번(萩藩) 번유(藩儒)들을 만났다.
아카마가세키를 떠나 해로 여정을 계속하여 이듬해 1764년 1월 13일
우시마도(牛窓)에 도착한다. 그 사이에도 간간히 시문창수가 있었으나
그 수가 많지는 않았다. 우시마도에서는 이노우에 시메이(井上四明)와
곤도 아쓰시(近藤篤)를 비롯한 비젠주(備前州) 유관들을 만나 필담을 나
누었다. 본고에서는 이상 사행 초반의 해로 여정을 학술 교류의 측면에

서 '차이의 발견과 탐색' 단계로 보았다. 이 단계에 속하는 학술 관련 대화는 모두 9건[379]이며, 관련 자료는 『앙앙여향』, 『축전남도창화』, 『장문계갑문사』, 『사객평수집』의 4종이다.

　이 시기를 '차이의 발견과 탐색' 단계로 설정한 까닭은 다음과 같다. 우선 이 기간 동안 학사·서기들이 일본 학술의 서로 다른 경향을 접하게 되었기 때문이다. 지쿠젠주의 세 서기는 주자학 계열의 유자들이었다. 한편 이들과 함께 통신사를 만났던 가메이 난메이는 의원이면서 소라이학파의 신진학자였다. 나가토주에서 만난 다키 가쿠다이는 에도(江戶)에서 세자시독(世子侍讀)으로 있던 소라이학파의 중견학자로서, 이때 특별히 통신사 접대를 위해 자신의 출신 번으로 돌아와 있었다. 함께 만난 하기번 번유들 역시 야마가타 슈난(山縣周南, 1687-1752)의 영향 아래 고문사를 익힌 유자들이었다. 한편 비젠주의 곤도 아쓰시는 1748년에도 통신사와 교류한 적이 있는 주자학 계열의 인물이었으며, 통신사와 여러 차례 시편을 주고받으며 교유한 이노우에 시메이는 양부(養父)인 이노우에 란다이(井上蘭臺)의 영향 아래 절충학자로 성장한 인물이다. 사행단은 오사카(大坂)에 도착한 후로 하루에도 수십 명씩의 문사를 상대해야 했는데, 오사카 도착 전 해로에서 만난 문인들과는 상대적으로 여유로운 분위기에서 대화를 나눌 수 있었다. 덕분에 이 기간 동안 다양한 계열의 학자들을 만나 일본 학술의 대략적인 분위기를 파악할 수 있었던 것이다.[380]

　둘째로, 이 기간 동안 조선의 학사·서기들이 일본 문사들의 실력과 그들의 성향에 대해 적극적으로 탐색하는 모습이 발견된다. 남옥은

---

379) 장진엽(2017), 213-214면 〈표8〉 참조.
380) 해로 각 지역 문인들의 성향에 대해서는 구지현(2006), 176-178면 참조.

새로운 장소에 도착하면 그곳의 문인에게 일본의 뛰어난 문인에 대해
알려 달라고 요청하였다. 성대중은 일본의 학자들과 학맥에 관한 사
항을 집중적으로 조사하였으며 원중거 또한 일본의 학술이 정주를 종
주로 삼고 있는지 확인하고자 하였다. 이언진이 일본의 서적과 문인,
학자들에 대해 일본 문사와 나눈 필담도 있다. 이들은 새로운 인물을
만날 때마다 이전에 만난 문사들의 이름과 그들로부터 들은 정보를
언급하며 일본의 학계와 문단에 대한 지식을 쌓아나갔다. 이 기간 동
안 획득한 정보는 이후에 일본 문사들과 교류할 때 사전 지식으로 기
능했다. 또한 이러한 탐색의 과정에서 일본의 학술·문학의 경향이 조
선과 어떻게 다른지 알게 되었고, 일본 내에 존재하는 다양한 학문적
차이에 대해서도 인지하게 되었다.

먼저 학사 일행은 아이노시마에서 두 개의 경로를 통해 일본의 학술
과 문단에 대한 정보를 획득했다. 하나는 이도 로케이(井土魯坰)를 비롯
한 지쿠젠주 서기들과의 필담이다. 지쿠젠주 서기들은 조선의 학사·
서기들에게 자신들의 스승인 다케다 신안(竹田新庵) 및 그 부친이자 가
이바라 에키켄(貝原益軒)의 학문을 이은 다케다 슌안(竹田春庵,
1661-1745)에 대해 알려주었다.[381] 슌안의 저서인『사서소림(四書疏林)』
이 정주의 주설을 종주로 한다는 이야기를 서신을 통해 듣고서 다음날
남옥이 이 화제를 꺼낸 것이다. 이날의 필담 가운데 남옥이 신안에 대
해 문답한 필담지를 가져갔다는 언급이 있다. 보통의 경우 필담초는
일본 문사들이 모두 거두어갔는데 조선 측에서 그것을 가져갔다는 것
은 그 화제에 특히 관심을 가졌다는 뜻이다. 학사·서기들은 이들과의
대화를 통해 일본 성리학의 현존 학맥에 대한 정보를 얻을 수 있었다.

---

381)『축전남도창화』(『화한창화집』 권5), 12월 12일.

두 번째 경로는 가메이 난메이와의 필담이었다. 남옥은 난메이에게서 그의 스승 나가토미 도쿠쇼안(永富獨嘯菴)에 대한 이야기를 듣고 그를 꼭 만나고 싶다는 의사를 표현한다. 이어서 남옥은 본주(本州)의 문사들에 대한 정보를 구하였고, 난메이는 나가토주의 다키 가쿠다이를 비롯하여 오사카, 교토, 히코네(彦根)의 문인들을 열거하였다.382) 『일관기』 12월 10일 기사에는 남옥이 도쿠쇼안의 『낭어(囊語)』를 읽은 소감이 나와 있는데 기대와 달리 매우 실망스러웠다고 하였다. 그런데 남옥은 이 날 『낭어』를 읽고 소라이가 주창한 학시(學詩)의 방법, 즉 명시(明詩)를 통해 당시(唐詩)로 들어가는 방법이 시론뿐 아니라 경서 해석의 문로가 되었음을 알게 되었다. 또, 난메이에게서 일본에 소라이의 학설이 널리 퍼져 있다는 사실도 듣게 되었다. 원중거도 같은 날 일기에서 "대개 조래라는 자가 본래 명나라 유학자의 육학을 숭상한 주장을 위주로 하였으므로 일본은 정주를 높일 줄 모른다."383)고 썼다.

난메이는 또한 일본의 서적과 문집에 대한 정보를 통신사에게 전해 주었다. 이언진이 난메이에게 남경에서 들어온 서적에 대해 묻자, 나가사키에서 『흠정고금도서전서(欽定古今圖書全書)』를 보았는데 권수가 17,000책이었다고 답하였다. 또, 일본의 기사(奇士)와 기서(奇書)를 묻는 질문에 오사카의 도쿠쇼안, 시마바라부(島原府)의 나가사와 라쿠로(長澤樂浪) 및 두 사람의 저서인 『낭어』와 『왕도내편(王道內編)』을 들었다. 또, 이전 세대 학자의 서적으로 오규 소라이, 이토 진사이, 핫토리 난카쿠, 다자이 슌다이의 저서를 꼽으며 나중에 목록을 써 주겠다고 하였다. 그 외 의서(醫書) 몇 종을 열거하였으나, 이언진이 의학에 대

---

382) 『앙앙여향』, 12월 10일.
383) 『승사록』, 173면.

해서는 잘 모르니 의서의 목록은 필요 없다고 하였다.384)

한편 난메이는 일본에서 누구의 문집이 으뜸이 되느냐는 남옥의 질문에 대해 겐엔(蘐園), 즉 소라이의 문집이 뛰어나다고 답했다. 남옥은 『훤원집(蘐園集)』은 모두 몇 권이며 오사카에 가면 구할 수 있는지 묻는다. 난메이는 훤원의 문집은 모두 20책인데 오사카에 가면 쉽게 구할 수 있다고 답하였다. 이어서 남옥이 도쿠쇼안이 최고라면 굳이 겐엔의 책을 구해 보아야 하는지 묻자, 난메이는 각자 일장일단이 있으니 모두 보는 것이 좋다고 답한다. 곁에 있던 원중거가 난메이에게 도쿠쇼안에게서 학술을 배웠는지 의업을 배웠는지 묻자, 자신이 그에게서 배운 것은 학술과 의업이며 문학은 다이초 겐코(大潮元皓)에게서 배웠음을 밝힌다.385) 『일관기』와 『승사록』을 보면 난메이 스스로 자기 학문의 연원을 밝힌 것처럼 느껴지지만 『앙앙여향』의 대화를 통해 학사 일행이 먼저 질문을 던졌고 그에 대해 난메이가 답해 준 것임을 알 수 있다. 『앙앙여향』이 당시의 필담 내용을 그대로 재현한 자료라고 보기는 힘들지만 학사·서기들이 일본의 학술과 문사들을 탐색하는 데에 적극적이었다는 점은 충분히 짐작할 수 있다.

아카마가세키에 도착하여 학사·서기들은 난메이가 언급한 다키 가쿠다이를 만나서 필담을 나눴다. 세 문사는 가쿠다이에게도 일본의 문인 및 학술에 대해 질문하였다. 성대중은 난메이에게서 들은 도쿠쇼안이 어떤 인물인지 가쿠다이를 통해 재차 확인하고자 하였다. 원중거는 가쿠다이의 문도 및 나가토주의 문사들에 대해 질문하고 그곳의 학풍에 대해 물었다. 또, 가쿠다이가 소라이학에 대해 설명하는 과

---

384) 『앙앙여향』, 12월 8일.
385) 같은 책, 12월 10일.

정에서 주자학자였던 가이바라 에키켄을 언급하였고, 이에 성대중은 아이노시마에서 들은 다케다 슌안에 대해 질문하였다. 이 과정에서 학사·서기들은 소라이학의 내용을 보다 구체적으로 알게 되었다.[386]

사실 성대중은 이미 소라이학의 주요한 개념 중 하나인 성인의 도(道)의 술(術)에 대해 가메이 난메이와 토론을 벌인 적이 있었다. 그러나 난메이는 자신의 주장과 소라이학의 관련성에 대해 언급하지 않았다. 그 때문인지 원중거는 『승사록』에 "구정로는 왕백(王伯: 왕양명)을 논하는 글을 써서 사집에게 변론을 하였"[387]다고만 남기고 있다. 이 것이 『앙앙여향』에 실린 네 통의 편지 외에 또 다른 글을 의미하는 것 같지는 않다. 즉, 이 시점에서 학사·서기들은 소라이학의 구체적 내용에 대해 거의 정보가 없었으며, 난메이의 독특한 주장을 양명학(陽明學)의 영향으로만 여겼던 것이다.

남옥 일행이 사행 기간 동안 소라이학에 대한 지식을 확장해 가는 과정은 후마 스스무의 저서에 상세히 서술되어 있다. 이 논저는 특히 이전까지의 연구에서 간과되었던 점, 즉 그들이 "소라이의 저작을 입수하는 데 매우 열성적"이었고 "세 사람 모두 일본을 떠나기까지 『소라이집』을 숙독하고 있었던" 것을 증명했다.[388] 그런데 세 문사가 단지 소라이학의 탐구에만 열성적이었던 것은 아니었다. 이들은 연로 각 지역에서 만난 문사들에게 일본의 서적과 문사들에 대한 질문을 던졌다. 이러한 탐색은 특히 학술 교류의 첫 단계에 해당하는 해로 여정에서 집중적으로 이루어졌다.

---

386) 관련 대화는 『장문계갑문사(1·2·3)』, 40–46면 참조.
387) 『승사록』, 178면.
388) 후마 스스무(2008), 231면.

비젠주의 우시마도에서도 그러한 정보 탐색이 활발히 이루어졌다. 남옥은 이노우에 시메이에게 먼저 비젠주의 문사에 대하여, 다음으로 오사카과 에도 사이의 인물에 대해 물었다. 그리고 이노우에가 써준 답을 곁에 있던 김인겸과 성대중에게 보여주었다.[389] 먼저 만난 인물들을 통해 곧 도착할 지역의 문사들 중 '사귈 만한' 인물이 누구인지 탐색한 것이다. 일본 문사들은 학사·서기들에게 일본 각 지역 문사들에 대한 정보를 제공하는 동시에 자신의 교유관계를 활용해 조선 문사들과 사행 기간 전체에 걸쳐 관계를 지속하고자 하였다. 이노우에 시메이는 사행이 우시마도를 떠난 후 성대중에게 보낸 서신에서 자신과 친분이 있는 에도의 문인을 언급하며 이들에게 안부를 전해 달라고 하였다.[390]

세 문사는 또한 새로운 문사들을 만나면 이전에 만나거나 들었던 인물들에 대해 언급하였다. 성대중이 아카마가세키와 우시마도에서 나가토미 도쿠쇼안, 하리마 세이켄, 다케다 슌안에 대해 물은 것이나, 원중거가 우시마도에서 다키 가쿠다이에 대해 언급한 것 등이 그러한 예이다. 성대중은 이노우에 시메이의 답변 가운데 '淸絢'이라는 이름을 보고서 그가 『선린풍아(善隣風雅)』의 서문을 쓴 하리마 세이켄(播磨淸絢)인지 확인하기도 했다. 『선린풍아』는 무진사행 때의 창화집으로 12월 20일 난메이가 가져와서 학사·서기들이 열람하였다고 한다. 세이켄은 도쿠쇼안의 『낭어』에 서문을 쓰기도 한 인물이다. 성대중은 특히 도쿠쇼안에 대해 거듭 질문하였는데, 여러 사람의 의견을 통해 이전에 들은 정보의 객관성을 확인하려고 한 것이다.

---

389) 『갑신사객평수집』, 111–112면. (『사객평수집』 권3, 1월 13일)

390) 같은 책, 157–158면. (『사객평수집』 권3, 1월 19일 이후)

이러한 탐색의 과정에서 학사·서기들은 오사카, 교토, 에도의 문사들에 대한 정보를 어느 정도 얻을 수 있었다. 또, 아이노시마, 아카마가세키, 우시마도를 지나면서 일본과 조선의 학술 풍토에 어떤 차이가 있는지 대략적인 인상을 획득하게 되었다. "일본은 정주를 높일 줄 모른다"는 막연한 인식을 보완하는 구체적인 정보를 획득하게 된 것이다. 소라이학의 존재를 알게 되었고, 미야하나마 주자학이 계승되고 있음도 확인하였다. 또, 난메이나 가쿠다이를 만난 후 일본 문사들의 재주와 식견에 대해 재평가하게 되었다. 다음 대화를 통해 해로 여정이 끝나갈 즈음 원중거가 일본의 학술과 문단에 대해 어떠한 인상을 갖게 되었는지 확인할 수 있다.

현천: 일찍이 귀방 사람들은 맑은 기운이 매우 많아 질박(質朴)하고 성신(誠信)한 기풍이 부족하다고 들었습니다만, 지금 축전주로부터 이곳에 이르기까지 많은 선비들을 접하여 보니 중후(重厚)하고 충신(忠信)하여 전에 들은 바와는 크게 다릅니다. 어찌 시대가 옮겨져 바뀜이 있고 기운의 변화가 흘러서 통하게 된 것이 아니겠습니까? 매우 축하드립니다. 다만 대략 기풍(氣風)을 보니, 정주를 알지 못하고 명나라의 유학을 칭송하여 양명학을 위주로 하는군요. 선생은 어떤 이론을 위주로 하십니까?

세이가이(西厓): 공께서 일찍이 폐방 사람이 지극히 질박하고 성신한 기풍이 부족하다고 들으셨다는 말씀을 들으니, 백 년 전에는 센고쿠(戰國) 시대와의 거리가 멀지 않아 공께서 들으신 바와 같았으리라 생각됩니다. 다른 읍은 제가 자세히 모르겠으나 저희 읍은 정주학을 위주로 하니, 참으로 우리 이전 임금이신 열공(烈公)의 은택입니다. 학문의 도리는 다른 것이 없습니다. 거경궁리(居敬窮理)하여 성인에 이르기를 구할 뿐입니다.

현천: 매우 감격스럽습니다. 저는 진실로 이미 그럴 것이라고 생각했습
니다. 대개 정주학은 하늘의 해와 같아 정주를 으뜸으로 삼지 않으면
모두 이단입니다. 제현(諸賢)께서는 더욱 스스로 힘쓰셔서 이설(異說)
에 빠져들지 않도록 하시는 것이 좋겠습니다. 한 사람이라도 그것을
세상에 강론한다면 크게 이로울 것입니다.

현천: 소라이와 독소암을 여러분께서는 알고 계시는지요? 이들은 학문
에 충실한 선비들이지만 그 학설은 애석하게도 순일(純一)하지 못하
다고 생각합니다.

세이가이: 그렇습니다.

현천: 장문주의 농학대와는 교분이 있으신지요? 그 사람됨이 매우 충후
(忠厚)하고 학문 역시 박아(博雅)합니다.

세이가이: 장문주와 이곳은 거리가 매우 멀어 학대와는 교분이 없어 그
사람됨을 자세히 알지 못합니다.

현천: 그의 이름은 장개(長愷)입니다.[391]

세이가이(西厓)는 비전주 문학인 곤도 아쓰시의 호이다. 그는 무진
년에도 조선인들을 만나 창화한 적이 있는 주자학 계열의 문사였다.
원중거는 대화 과정에서 그 시점까지 보고들은 것을 바탕으로 일본의
학술과 문사들에 대해 평가를 내린다. 첫 번째 평가는 이전에 들었던

391) 같은 책, 290-292면. 번역 일부 수정함. 玄川曰: "曾聞貴邦人淸氣太多, 以至質慤
之風乏少云, 今自築前至此多接儒士, 重厚忠信, 大異前聞, 豈時有移易氣化流通耶?
甚賀. 第略見土風, 不識程朱, 好語明儒, 主陸之說, 未知高明見主何論?" 西厓曰: "承
公曾聞敝邦之人, 至質慤之風乏少云, 百年前距戰國不遠, 想當如公之所聞, 如他邑僕
未能詳知, 至敝邑學主程朱, 實我先寡君烈公之餘澤也. 學問之道無他. 居敬窮理, 以
求至聖人而已." 玄川曰: "甚感甚感. 僕固ス疑之. 太抵朱子之學如日中天, 學不宗程朱
皆異端, 諸賢幸益自勉, 無使他說浸淫, 一人講之於世道, 大有利益." 玄川曰: "徂徠、
獨嘯, 僉尊亦知之否? 是想篤學之士, 而其說可惜不純." 西厓曰: "然." 玄川曰: "長門
瀧鶴臺彌八, 尊有雅否? 爲人甚忠厚, 學亦博雅." 西厓曰: "長門距此遼遠, 與鶴臺無
雅, 未詳其爲人." 玄川曰: "其名長愷." (『사객평수집』 권4, 1월 13일)

것과 달리 일본 문사들이 중후하고 충신(忠信)하여 시대의 변화를 느낄 수 있다는 것이다. 즉, 일본에 '학문'과 '문학'이라는 것이 뿌리내리기 시작했다는 인식이다. 또 하나는 일본이 정주를 알지 못하고 양명학을 위주로 한다는 평가이다. 여기서 원중거는 소라이학으로 인해 일본이 이단에 물들었다고 말하지 않고, 일본의 학술 풍조를 먼저 비판한 후에 소라이라는 학자를 아는지 묻고 있다. 또, 소라이학자인 가쿠다이에 대해서 충후하고 박아하다고 칭찬했을 뿐 그의 학맥에 관해서는 거론하지 않았다. 이는 이 시점에서 원중거가 파악한 일본 학술의 경개인데, 남옥과 성대중의 판단 역시 이와 크게 다르지 않았을 것으로 생각된다.

　첫 번째 단계의 필담 및 이에 해당하는 사행록의 기록을 살펴볼 때, 세 문사 모두 일본과 관련된 전반적인 지식·정보의 습득에 적극적이었을 뿐 아니라 학술·문학 방면에 있어서도 특별한 관심을 갖고 탐색을 지속해 나갔음을 알 수 있다. 세 사람 모두 일본에서 박식한 문아(文雅)의 선비를 만나고자 하였으며, 특히 남옥이 이에 관한 기대를 빈번하게 표출하였다. 그는 실력 있는 선비들과의 폭넓은 교유를 원했으며, 그러지 못하는 상황에 대해 안타까움을 드러냈다. 성대중은 일본의 학맥과 문인에 대하여 여러 사람에게 거듭 질문하며 정확한 정보를 얻고자 하였다. 원중거는 일본 학술에 관해 주도적으로 문제를 제기하며 대화에 참여하였다. 이들은 일본을 멸시한 것도 아니었고 대결의식을 보인 것도 아니었으며 단지 당시 그들의 학술과 문단의 실상을 조사하고자 한 것이다. 세 문사 외에 이언진 역시 스스로 일본 문사에게 접근하여 자신의 관심사를 표출하는 등 적극성을 보였다.392)

---

392) 조동관과 김인겸의 경우 교류의 중반 단계에 이르러서 일본의 학술에 관한 대화

한편 일본 문사들 역시 자신들의 학술 견해를 펼치는 데 적극적이어서, 이미 사행의 초반에 세 문사 모두 본격적인 토론을 한 차례씩 경험하였다. 남옥은 정주의 경서 주해 외에 다른 주는 보지 말아야 하는지에 관해 이도 로케이와 의견을 주고받았다. 원중거는 가쿠다이와의 첫 만남에서 정주의 주해에 관해서 의견 대립을 보였다. 성대중과 가메이 난메이가 주고받은 서신은 소라이학의 주된 개념인 성인의 도술(道術)에 대한 논쟁이었다. 가쿠다이는 세 문사에게 서신을 보내 화이의 분별에 대한 자신의 견해를 피력하기도 하였다. 또한 하기번의 번유 하타 겐코(秦兼虎)는 스스로 박학과 문예보다 덕행에 힘쓰겠다고 말하며 조선 문사들의 조언을 구하였는데, 이에 응하는 과정에서 세 문사는 일본의 학술과 문단에 관한 향후 비판의 요지를 일찌감치 마련하게 된다.[393]

(2) 이해의 심화와 논쟁의 전개

통신사 일행은 1764년 1월 21일 오사카에 도착하여 5일을 유숙한다. 교토에는 28일에 도착하여 하루를 머물었으며 육로의 기착지들을 지나 2월 16일 에도에 도착하였다. 에도에서 25일간 머물고 3월 11일 귀로에 오른다. 본고에서는 처음 오사카에 도착한 날부터 에도를 방문하고 오사카로 돌아온 4월 5일까지를 '이해의 심화와 논쟁의 전개'라는 단계로 설정하였다. 학사·서기들은 오사카, 에도 등의 도회지를 거치며 400여 명의 문사들을 만나 필담창화를 나누었다. 이 단계에서

에 약간씩 참여하는 모습이 발견된다. 조엄을 비롯한 세 사신은 태학두를 제외하면 일본인들과 필담을 나누지 않았기 때문에 필담창화집에서 이들의 학술상의 견해를 확인할 수는 없다.

393) 이상의 토론에 관해서는 쟁점별 전개 양상을 서술한 2절에서 상세히 다룬다.

세 문사는 일본 문사들과의 거듭된 대화를 통해 일본의 학술 상황에 대한 이해의 폭을 넓혀가며 그들과 본격적으로 의견을 나누게 된다. 이 단계에 속하는 학술 관련 필담은 모두 39건[394]으로 파악되며, 관련 자료는 『양호여화』, 『홍려척화』, 『보력갑신조선인증답록』, 『조선인래조어진촌어장필어』, 『계단앵명』, 『관풍호영』(이상 오사카), 『강여독람』(서신), 『표해영화』, 『삼세창화』, 『하량아계』(이상 나고야), 『홍려관시문고』, 『송암필어』, 『양동투어』, 『동사여담』(이상 에도), 『경개창화록』(에도 및 시나가와), 『청구경개집』(미시마, 요시와라), 『호저집』(아카사카), 『화한쌍명집(권6)』(교토), 『문사여향』(서신) 및 『승사록』과 『일관기』이다.

　세 문사는 아이노시마와 아카마가세키, 우시마도를 지나면서 일본의 학술과 문인에 대해 탐색하는 한편 일본의 서적을 구해보려고 애썼다. 일본에 서적이 많다는 사실은 이전 사행의 기록을 통해 이미 조선에 알려져 있었다. 신유한은 『해유록』에서 오사카의 서점에 대해 묘사하였으며,[395] 1748년 정사 자제군관이었던 홍경해(洪景海)는 아카마가세키의 시장에서 서점을 본 일에 대한 기록을 남겼다.[396] 성대중

---

394) 장진엽(2017), 223-225면 〈표9〉 참조.
395) 여기(대판)에 또 서점들이 있는데 유지헌(柳枝軒)이니 옥수당(玉樹堂)이니 무어니 하고 써 붙였다. 고금의 제자백가들의 문헌을 마련해 두고 또 그것을 출판도 하여 팔고 있다. 중국 서적과 우리나라 여러 현인들의 문집들도 다 갖추어져 있다. (신유한 씀·김찬순 옮김(2006), 『해유록: 조선 선비 일본을 만나다』, 보리, 145면)
396) 관사 문을 나와 서쪽거리를 향해 갔는데 거리 좌우에 시전이 늘어서 있어서 마치 경성 같았다. 한 곳에 방이 붙어 있는데 '고서물(古書物)'이라고 쓰여 있었다. 다가가서 보니 책시렁에 100여 권질이 쌓여 있었는데 태반이 의서였다. 큰 목판글자로 찍은 『소학』과 큰 글자로 된 『강목(綱目)』 같은 것들이 있고, 또 『도덕경』도 있었는데 임도춘(林道春)이 주해한 것이었다. 임도춘은 일본의 옛날 학사로 일찍이 조용주(趙龍洲: 趙絅)의 문집에서 그와 주고받은 편지를 본 적이 있는데 필시 그 사람일 것이다. [由館門而出, 向西街而行, 通街左右列市廛, 恰似京城. 一處有榜, 書曰古書物.

은 「청천해유록초(靑泉海遊錄鈔)」에 일본에 서적이 많다고 한 기록을
뽑아두기도 하였다.397) 나가사키 무역을 통해 중국의 서적이 대량으
로 유입되고 있다는 전문(傳聞) 역시 조선 문사들의 호기심을 증대시
켰다.

서적 구입의 시도는 조선 문사들이 일본 학술에 대한 이해를 심화
해가는 과정과 관련이 있다. 이들은 일본 학술과 문학의 실상을 일본
에서 펴낸 책을 통해 확인하고자 하였다. 사행 초기 해로에서 남옥은
가메이 난메이에게 일본의 문집 중 어떤 것이 뛰어난지 질문하였고,
그가 소라이의 문집을 거론하자 그것을 오사카에서 구해 볼 수 있는지
물었다. 이언진 역시 난메이에게 일본의 서적 목록을 적어달라고 요
청하였다. 학사·서기들은 오사카에 도착하여 일본 문사들과 필담을
나누면서 서점을 직접 방문하고 싶다는 의사를 거듭 표현하였다.

남옥은 관사의 업무를 담당하고 있던 미나모토 분코(源文虎)에게 오
사카의 서사를 방문하고 싶다며 안내를 부탁하지만 전례(前例)가 없다
는 이유로 거부당한다.398) 또, 오쿠다 모토쓰구가 『유원총보』에 대해
언급하자, 남옥이 오사카의 서점에 가서 기서(奇書)를 보고 싶다는 말
을 꺼낸 일도 있다. 그러나 그 역시 금령이 있다고 하며 거절하였
다.399) 사행원들은 자유롭게 경내를 돌아다닐 수 없었으므로 일본 문

遂就視之, 冊架貯百餘卷帙, 而太半是醫書. 有《小學》大板字如《綱目》大字, 且有《道德
經》而林道春註釋之. 道春卽日本舊日學士, 而曾見趙龍洲集有往復書, 必是其人也.]
(홍경해, 『수사일록(隨槎日錄)』 권상, 1748년 4월 5일, 서울대 규장각 소장본.)
397) 나라 안의 서적이 우리나라에서 간 것이 수백 권이고 남경의 바다 상인들로부터
온 것이 수천 권이며, 고금의 기이한 서적과 백가(百家)의 문집이 시중에서 간행된
것이 우리나라와 비교해 볼 때 다만 10배뿐이 아니다. (『일본록』, 245면)
398) 『홍려척화』 곤, 1월 22일.
399) 『양호여화』 권상, 1월.

사들에게 별도로 안내를 부탁한 것이었지만 결국 서점 방문은 성사되지 못하였다.400) 또 성대중은 일본의 고서를 자랑했던 이시가네 노부아키(石金宣明)에게 일본의 서적 유출 금령이 공정하지 못한 처사라며 비판하기도 하였다.401) 당시 조선에서는 중국 사행을 통해 공적·사적으로 중국의 서적을 들여오곤 했으므로, 통신사행에서도 마찬가지로 서적을 구입하는 데 문제가 없으리라고 생각했던 것이다.

서점 방문이 좌절되자 조선 문사들은 개인적으로 책을 구해 달라고 부탁할 수밖에 없었다. 『일관기』와 『승사록』을 통해 학사·서기들이 슈코(周宏)와 나바 로도를 통해 『조래집』 등을 입수할 수 있었음을 알 수 있다. 로도는 소라이의 문집인 『조래집』과 아라이 하쿠세키가 편찬한 일본 시선집인 『정운집(停雲集)』을 가져왔으며402) 슈코는 『왜한삼재도회(倭漢三才圖會)』를 구해왔다.403) 또, 『일관기』 4월 3일 기사에는 슈코가 남옥을 위해 『사기평림(史記評林)』과 『산해경(山海經)』을 구입해 준 일이 기록되어 있다.404) 원중거는 황간(皇侃)의 『논어의소(論語義疏)』와 공안국이 주(註)한 고문효경(古文孝經)을 보고자 하였다.405)

---

400) 신유한은 오사카의 서점에 대해 기록을 남겼는데, 그가 직접 서점을 방문했는지에 대해서는 알 수 없다. 홍경해의 경우 아카마가세키에서 서점을 직접 방문한 것으로 보인다. 사행은 아카마가세키에 도착하면 아미타사 등 경내를 구경할 수 있었으며 사관 주변을 둘러보는 것 정도는 가능하였다. 그러나 계미사행 때에는 아미타사의 참관조차 금지되어 조선 측에서 불만을 표하기도 하였다.

401) 강지희 역주(2017), 『韓館唱和續集 三·韓館唱和別集·韓館應酬錄』, 보고사, 235-236면. (『한관응수록』, 2월 25일)

402) 『일관기』, 435면.

403) 같은 책, 456면.

404) 같은 책, 464면.

405) 원중거는 오쿠다 모토쓰구와 황간의 『논어의소(論語義疏)』에 관해 대화를 나누던 중에 주희에 대한 태도 문제로 충돌하게 된다. 그러나 일본에 남아 있는 고경에 관해 구 사다카네와 대화를 나누면서 『논어의소』를 한 번 보고 싶다는 의향을 내

또, 남옥과 성대중은 신유한이 언급한 『일도만상(一刀萬象)』을 구하려
고 하였다. 김인겸은 기타야마 쇼에게 『명사(明史)』의 중국판본과 『삼
재도회』 및 『본초강목』의 일본판 구입에 대해 문의하기도 하였다.406)
그러나 이러한 방법으로 책을 구하는 데에는 한계가 있었다.

결국 학사·서기들은 일본에서 출판된 고경(古經)이나 다양한 문집들
을 열람할 수 없었다. 다만 소라이의 저서 일부는 에도에 도착한 이후
간신히 입수할 수 있었고, 이 책들은 세 문사가 일본의 학술을 이해하는
데 도움을 주었다. 성대중에 의하면 그는 소라이의 저서 중 『조래집』과
『변명(辨名)』, 『변도(辨道)』를 입수하였고 『훤원수필(蘐園隨筆)』, 『논어
징(論語徵)』, 『학칙(學則)』은 구해보지 못하였다고 한다.407) 이언진이
『학칙』을 입수한 사실이 『동사여담』에 나와 있는데408) 학사·서기들에
게까지 전해지지는 않았던 모양이다. 또 성대중이 다자이 슌다이의 문
집을 읽고 있었다는 기록409)도 있다. 나바 로도가 남옥의 요청으로
『조래집』을 구입해 준 것은 3월 2일 에도에 체류하고 있을 시기였으며,
며칠 사이에 세 문사가 그 책을 돌려보았던 것으로 확인된다. 이들이
소라이의 저서를 획득한 후 그것을 숙독하였음은 후마 스스무(2008)에
서 증명한 바 있다. 이들은 가메이 난메이와 다키 가쿠다이에게서 소라
이학에 대해 간략히 들은 후 직접 그의 저서를 읽고 일본 학술의 구체적
인 내용을 파악하기 위해 상당한 노력을 기울였던 것이다.

학사·서기들은 또한 탐색 단계에 이어 일본 학맥에 대한 조사를 계

비쳤다.(『조선인래조어진촌어장필어』) 후마 스스무(2008), 237면 참조.

406) 『계단앵명』, 1월 23일.

407) 『장문계갑문사(1·2·3)』, 143-144면. (『장문계갑문사』 권2, 5월 20일)

408) 『동사여담』 권하, 3월 10일.

409) 『상한필어』, 3월 5일.

속하였다. 남옥은 오사카에서 루스 도모노부(留守友信)의 서신을 받은 후 그의 학맥에 대해 미나모토 분코에게 질문했다.[410] 남옥은 또한 소라이의 문도들에 대해서『일관기』에 기록해 두었는데, 이때 오쿠다 모토쓰구와의 필담 기록을 활용하였음이 확인된다. 이언진 역시 가와다 시테쓰(藤資哲)에게 소라이의 제자들 중 이름난 사람이 누구인지 물었다.[411] 성대중은 아카사카(赤坂)의 스가 도키노리(菅時憲)에게 그가 이전에 증정한 시 속에서 자신의 스승으로 언급한 '服夫先生'이 핫토리 난카쿠(服夫南郭)를 지칭하는 것인지 물었다.[412] 또한 성대중은 오사카에 도착해서 혹시 도쿠쇼안이 찾아오지는 않았는지 확인하였으며, 귀로에서 만난 다이텐에게도 그에 관해 질문하였다. 학사·서기들은 각자의 사행록에 일본의 학술과 학맥에 대한 기록을 남겼는데,『해유록』등 이전의 사행기록을 참조하는 한편 위와 같이 필담 과정에서 획득한 정보를 추가하기도 하였다. 즉, 두 번째 단계는 일본 서적의 입수와 학자들에 대한 조사를 통해 일본의 학술 상황에 대한 이해를 심화해 가는 과정이었다고 할 수 있다.

또한 조선의 문사들은 오사카 도착 이후 다양한 성향의 일본 문인들을 만나 필담을 나누었는데, 이 과정 자체가 일본 학술에 대한 이해의 폭을 넓혀가는 과정이었다. 이들은 오사카에서 소라이학을 비판하는 문인들을 만남으로써 일본 내에 이미 소라이에 반대하는 무리들이 왕성하게 일어나고 있음을 목격하였다. 또, 고문사에 힘쓴다고 하는 문인들과의 만남을 통해 일본의 문사들이 경술보다 문장을 우선한다

---

410)『홍려척화』곤, 1월 22일.
411)『홍려관시문고』, 2월 18일.
412)『호저집』권하, 3월 28일.

는 인상을 받게 되었다. 이러한 인식은 그런 상황을 비판하는 다른 일본 문사의 말에 의해 뒷받침되었다. 또, 일본 문사들 역시 일본의 학술사를 서술하고 그것에 관해 자신의 의견을 펼치기도 하는 등 조선인들에게 자국의 학술 상황을 전달하는 데 열성을 보였다. 이들과의 필담은 당시 일본의 학술과 문단 상황에 대한 세 문사의 지식을 넓혀주었다.

한편 이 단계에서 이루어진 필담은 학술에 대한 본격적인 논쟁의 과정을 포함하고 있다. 분명한 것은 학사·서기들이 사행 초기와 사행 이후에 학술에 대한 기본적인 입장, 즉 정주를 숭상하지 않으면 이단이라는 관점을 바꾸지는 않았다는 것이다. 그러나 이들은 일본 문사와의 교류를 통해서 일본의 학술에 대한 지식을 쌓아갔고 그에 의거하여 당시 일본의 학술 상황을 전체적으로 조망할 수 있게 되었다. 사행 초반에 가졌던 막연한 인식, 즉 일본은 명나라 육학(陸學)의 영향을 받아 정주를 존숭할 줄 모른다는 판단은 소라이학에 대한 학습 및 여러 문인들과의 대화를 통해 보다 구체적인 평가로 바뀌어 갔다. 이러한 변모는 일본 문사와의 토론 과정에 반영되었으며, 이 과정은 일본의 학술과 문인에 대해 최종적인 평가를 내릴 때까지 계속되었다. 이 단계에 속하는 학술 논의의 전개 양상을 여정에 따라 간략히 살펴보면 다음과 같다.

통신사 일행은 1월 21일 오사카에 도착하여 본격적으로 일본인들과 필담창화를 나누게 된다. 오사카와 교토를 포함하는 간사이(關西) 지역은 에도와 함께 당시 학문의 중심지였고 반소라이학(反祖徠學)의 거점이 된 지역인 만큼 다양한 성향의 학자들이 활동하고 있었다. 현전하는 필담창화집 자료에서 학사·서기들과 오사카에서 학술 관련 대화를 나눈 인물로는 오쿠다 모토쓰구, 미나모토 분코, 도리야마 스가쿠, 가쓰 겐샤쿠, 기타야마 쇼 등이 있다. 이들 중에는 기타야마 쇼처럼 소라이학파의 학술을 설명한 이도 있었고, 반대로 오쿠다 모토쓰구처럼 소라이학파 문인들이 표절을 일삼는다고 비판한 인물도 있었다. 또, 오사카에서부터 통신사를 수행하며 친밀하게 교류한 나바 로도는 교토 출신의 학자로, 소라이학을 배웠다가 주자학으로 옮겨간 인물이다. 즉, 조선의 학사·서기들은 오사카와 교토를 거치면서 소라이학과 반소라이학을 비롯한 일본 학술의 여러 면모를 확인할 수 있었던 것이다.

교토를 출발하여 에도에 이르기까지의 육로에서도 학술 관련 논의가 이어졌다. 대표적인 예는 남옥과 난구 다이슈(南宮大湫)의 서신 교환이다. 난구 다이슈는 절충학적 경향에 속하는 학자 중 한 명으로, 이때 남옥과 주고받은 서신을 엮어 간행한 책이 『강여독람』이다. 다이슈는 정주의 견해를 존중한다는 전제 하에 정주 학설에 대해 문제를 제기하였다. 남옥은 에도에 도착하여 답신을 보냈고 다이슈가 재차 답서를 보내면서 토론이 진행되었다. 미노주(美濃州) 이마스(今須)에서 만난 문인들은 대개가 난구 다이슈의 제자들이었는데, 그들 중 몇몇은 학사·서기들에게 보내는 편지에 스승의 견해를 인용하기도 하였다. 오와리주(尾張州) 나고야(名護屋)에서도 필담창화가 활발히 이루어졌다. 오와리 문인들의 필담창화집은 주로 시문 위주로 편집되어 필담이 많지 않다. 그러나 그 가운데서도 원중거가 이들에게 정주학에 잠심할 것을 권하는 모습이 몇 차례 발견된다. 또한 원중거는 미시마(三島)에 머물 때 나바 로도와 음양오행설에 관해 토론하기도 하였다.

학술 관련 대화는 에도에서의 기록이 가장 많다. 『동사여담』의 미야세 류몬, 『양동투어』의 요코타 준타, 『송암필어』의 이마이 쇼안이 소라이학파의 인물로서 세 문사와 학술 토론을 벌였다. 이마이 쇼안은 이단을 배척하고 공자의 뜻을 바로 세운다는 사명감을 지닌 유의(儒醫)였으며, 요코타 준타는 고증파의 경향을 보이는 의원으로서 역시 소라이학을 추종하고 있었다. 오즈번(大洲藩) 번주의 서기 가와다 시테쓰 역시 소라이학파 문인으로서 이언진 및 남옥·성대중을 만나 학술에 관한 자신의 견해를 펼쳤다. 즉, 통신사 일행은 에도에서 소라이학파 문인들과의 본격적인 논쟁을 겪어야 했던 것이다. 학사·서기들은 에도에 도착한 이후 이들과의 토론 및 『조래집』 등의 숙독을 통해 소라이학의 실체와 그 영향력을 확인할 수 있었다.

3월 11일 에도를 떠난 통신사 일행은 시나가와(品川)에서 하루를 묵었다. 이후 미시마와 요시와라(吉原), 아카사카, 나고야, 교토를 거쳐 다시 오사카에 돌아오기까지 학술에 관한 대화는 계속되었다. 학사·서기들은 에도에서의 경험을 통해 일본 학술의 문제점을 인식하였는데, 일본인들이 일상의 효제충신을 소홀히 하고 문사에만 몰두하고 있으며 이는 이(李)·왕(王)의 고문사를 따른다고 하며 정주를 헐뜯는 소라이의 영향이라는 것이다. 또한 소라이의 글을 직접 읽고서 그가 뛰어난 재주를 지녔으며 그 문장 또한 훌륭하다고 평가하였다. 한편 성대중은 에도를 떠난 이후에도 소라이학과 관련된 인물들에 관해 조사하는 것을 멈추지 않았다. 소라이학에 대한 비판적 입장과는 별개로 그의 학술과 문인에 대해 관심이 생긴 것이다.

오사카에 머물 동안 각지의 문사들이 서신과 시를 보내왔다. 그러나 4월 7일 최천종 사건이 발생한 이후로는 일절 시문창화를 하지 않았으며, 승려들 외의 일본인들이 통신사를 접견하는 것 역시 금지되었다. 다니 유코(谷雄江)와 이시카와 긴고쿠는 서신을 통해 학술과 관련된 질문을 하였으나 이에 대한 답장은 받지 못하였다. 4월 7일 이후로 학사·서기들이 자주 필담을 나눈 인물은 『평우록』의 다이텐이다.

다이텐은 세 문사와 다양한 주제에 관하여 필담을 나누며 의기투합하였는데, 학술에 관한 토론은 찾아보기 힘들다. 여기까지가 학술 교류의 두 번째 단계이다.

두 번째 단계에서도 세 문사는 일본의 학술과 문단에 대한 탐색을 그치지 않고 있다. 특히 오사카에 도착한 후로는 일본의 서적을 직접 구해보려고 만단으로 애를 썼다. 많은 일본인들이 일본에 서적이 많음을 자랑했고, 그 가운데는 중국에서 산일된 고경이 일본에 남아 있다는 이야기도 있었기 때문이다. 나가사키를 통해 들어온 중국 서적, 일본에서 간행한 문집 및 중국 서적의 번각본도 관심을 끌었다. 그러나 이들은 서점을 방문할 수 없었으며 서적 유출을 금하는 명령 때문인지 조선인들에게 책을 보여주는 인물도 찾아보기 어려웠다. 자신의 문집이나 가장(家藏)하고 있던 이전 시기의 필담창화집을 가져오는 것이 고작이었는데, 그것마저도 증정하는 사람은 거의 없었으며 한 번 빌려주는 정도일 뿐이었다.

이러한 어려움에도 불구하고 세 문사는 소라이의 저작을 입수하여 그것을 직접 읽고 그 학술을 판단하고자 하였다. 일본의 학술 상황을 제대로 이해하기 위해서는 소라이의 저서를 반드시 읽어야 한다고 생각했던 것이다. 문집만으로 부족하여 그의 다른 저작들을 구하고자 했으나 상황이 여의치 않았다. 만약 금령이 없었다면 조선 문사들은 일본의 서책을 될 수 있는 한 많이 구입해 왔을 것이며, 특히 일본에서 간행한 고경이 조선에 곧바로 유입될 수 있었을 것이다. 이른바 서불이 가져온 고경이 일본에 남아있을 것이라는 막연한 믿음이 있었기에 그러한 책의 존재는 조선 내의 지식인들 사이에서 큰 관심을 끌었을 것이 분명하다. 결국 양국의 학술·문학 교류의 활성화를 막은 것은 서적 유출을 금하는 막부의 정책이었고, 이는 통신사 교류의 객관적인 한계에 해당한다고 할 수 있다.

서적을 통한 학술 이해와 병행하여 세 문사들은 필담 교류를 통해 일본 문단의 현 상황이 어떠한지 탐색하였다. 이들이 목격한 당시 일본 문단의 실태는 소라이학의 여파로 수많은 문인들이 문예로 치달리고 있는 상황이었다. 그들은 때로는 이상적인 고도(古道)를 말하고 때로는 고문사(古文辭)를 닦는 일의 중요성을 말하였으며 이·왕의 문학을 마치 도에 들어가는 문로인 것처럼 숭배하고 있었다. 그런 한편 이러한 풍조에 대한 비판 역시 만만치 않아서, 문사에만 치중하거나 육경만을 중시하는 태도를 비판하는 인물도 있었고 소라이학이 표절에 능함을 지적한 인물도 있었다. 그러나 이러한 인물들 역시 정주에 대한 존숭이 부족하였고, 송유(宋儒)의 말 역시 취사할 부분이 있다고 여기는 이가 많았다. 결국 세 문사가 맞닥뜨린 일본 학술의 상황은 소라이학과 반소라이학으로서의 다양한 절충적 경향들이 서로 대립하면서 어우러져 있는 상황이었다고 할 수 있다. 요컨대 두 번째 단계는 세 문사가 독서 및 필담을 통해 이러한 일본의 학술 상황을 분명히 인식하고 그것에 관해 나름의 논리를 세워 자신들의 견해를 표출하면서 일본 문인들과 활발히 의견을 나누는 과정이었다고 정리할 수 있다.

(3) 평가와 정리

사행은 최천종 사건이 있은 뒤로는 다이텐 등 관소 출입을 허가 받은 몇몇 인물들 외에는 접촉하지 않았다. 일본 문사들이 보낸 서신에 답변을 하기는 했지만 화답시는 짓지 않았고 여러 질문들에 대해서도 간략히 답하는 수준에 그쳤다. 그때의 서신들 중 에도의 시부이 다이시쓰(澁井太室)와 학술에 대해 논한 기록이 있는데, 이는 소라이학에 대해 학사·서기들이 최종적으로 공식 입장을 표명한 기록이다. 범인 처벌이

마무리되고 사행이 오사카를 출발한 것은 5월 6일이다. 그 후 아카마가 세키에서 다키 가쿠다이와 재회하여 학술 토론을 벌였으며, 아이노시마에서 지쿠젠주의 서기들을 만나서도 간단한 학술 관련 대화를 나누었다. 이 기록들은 여정을 마친 후 일본 학술에 관한 평가와 정리가 담겨 있다는 점에서 이전 단계의 기록들과 구별된다. 이 단계에 해당하는 기록으로는 7건[413]이 있다. 관련 자료는 『품천일등』, 『장문계갑문사』, 『축전남도창화』, 『동유편』이다.

아래 두 건의 인용문은 『품천일등』에 실린 서신이다. 『일관기』에는 3월 11일 에도의 문사들이 시나가와(品川)까지 따라와 전송하였다고 적혀 있다. 이날의 필담 중 시부이 다이시쓰가 엮은 책이 『품천일등』인데, 여기에는 그 이후 학사·서기들과 주고받은 서신들이 실려 있다. 다음은 그 서신의 일부분이다.

> 이미 들으셨겠지요? 이 나라는 나산(羅山)이 이락(伊洛)의 근원을 탐구한 것으로부터 동애(東涯)가 고학을 창도하고 조래(徂徠)가 고문사를 제창하기까지 저쪽을 그르다하고 이쪽을 옳다하였는데 심하게 배척함은 없었습니다. 듣자하니 귀방은 과거로 선비를 뽑는다고 하니 다만 한 가지 정해진 논의가 있을 것입니다. 호걸로서 이름난 자들에 대해서도 원컨대 한두 명 듣고자 합니다.[414]

> 추월의 답장. 나산이 이락의 근원을 탐구한 것에 대해서는 제가 또한 익히 들어서 감탄하였습니다. 물쌍송(物雙松: 소라이)에 이르러서는 명

---

413) 장진엽(2017), 234면 〈표10〉 참조.

414) 豈其聞之乎. 本邦自羅山究源伊洛, 至東涯唱古學徂徠創古文辭, 非彼是此, 未有抵極, 聞貴邦以課第取士, 惟有一定之論, 及豪杰之名世者, 願得聞一二. (『품천일등』, 3월 11일) 해당 일자는 사행 중반에 속하지만, 내용상 4월 19일 및 5월 5일의 서신과 이어지기 때문에 이 단계에 포함시켜 논한다.

분은 비록 고문을 창도하였다고 하나 성현의 정론에 등을 돌리고 이단의 치우친 말에 빠져서 사람의 심술을 무너뜨리고 사람의 견문을 어그러뜨린 것이 많습니다. 저는 이에 대해 논하느라 붓을 적시고 싶지 않습니다. 또 폐방의 사풍(士風)에 대해 물으셨는데 폐방이 비록 과목(科目)으로 사람을 취한다고 하나 선비들은 모두 육경과 정주가 남긴 책을 종주로 삼으니 감히 성인을 비난하는 논의에 이른 자는 없습니다. 호걸로서 이름난 선비에 대해서라면 이름난 유자들이 연이어 나와 절로 연원이 있으나, 근세에는 비록 옛날과 같지 못하다 해도 또한 어찌 한두 명 거론할 만한 이가 없겠습니까? 다만 그 언론과 학술을 자세히 알려드리지 못하고 한갓 그 이름만을 전한다면 무익한 데로 귀결될까 염려됩니다. 이에 손꼽아 말씀드릴 수가 없는 것입니다.[415]

먼저 다이시쓰가 소라이를 언급하며 조선 학술의 정론(定論)에 대해 질문하였다. 남옥은 이에 대한 답신에서 소라이에 대한 비판적 입장을 분명히 하였다. 이후 4월 19일의 편지에서 다이시쓰는 학사·서기들이 에도에서 『논어징』을 읽었다고 들었기에 그 견해를 물어본 것일 뿐이지 결코 시험해 보려는 뜻은 아니었다고 해명한다. 남옥 일행은 5월 5일의 답장에서 『조래집』을 읽은 소감을 말하며 다시 한 번 거부의 의사를 분명히 하였다. 또, 조선을 대표하는 문인이나 학자에 대해서도 답변을 아꼈다. 연로의 필담 중에도 조선의 문인과 학자에 대한 질문을 몇 차례 받았는데 그때에도 학사·서기들은 자신의 개인적 견

---

415) 秋月答語: "見問羅山之究源伊洛, 僕亦稔聞而嘉歎之. 至於物雙松, 名雖唱古文, 背聖賢正論, 陷異端淫辭, 壞人心術, 膠人見聞者多矣. 愚不欲泚筆論之. 又問弊邦士風, 弊邦雖以科目取人, 士皆宗主六經及程朱遺書, 無敢有涉於非聖之論者. 至若豪傑名世之士, 名儒輩出, 淵源有自, 近世雖不如古, 亦豈無一二可指者乎? 但旣未以其言論學術詳示之, 則徒傳其名, 恐歸無益, 玆不得摟指以告."(『품천일등』, 3월 22일경에 보낸 서신. 4월 19일 도착)

해를 거의 밝히지 않았다.

학사·서기들이 시부이 다이시쓰와 주고받은 두 차례의 서신을 통해 에도에서의 거듭된 토론을 마친 후에 일본의 문사들이 무엇을 기대했는지, 그리고 학사·서기들이 최종적으로 어떤 입장을 취하기로 결정했는지 확인할 수 있다. 다이시쓰는 학문에 대한 조선 문사들의 입장을 이미 알고 있었는데도 다시 한 번 그에 대한 견해를 물은 것이다. '호걸로서 이름난 자들'을 물은 것은 '정주 이외에 다른 학설을 제창한 이는 없느냐'는 의도의 질문이다. 세 문사는 분명 이 서신이 책으로 간행되어 일본 전역에 전해질 것을 예상했을 것이다. 그러므로 여정의 끄트머리에서 자신들의 분명한 학술적 입장을 공표할 필요성을 느꼈던 것이다. 또, 자신들이 소라이의 저서를 숙독했던 사실이 혹시나 '이단'에 동조하는 모습으로 비친 것은 아닌지 염려하였을지도 모른다. 일본의 문사들은 종종 이현이나 박경행 등의 말을 거론하며 조선의 학술에 대해 질문하였고, 학사·서기들은 자신들의 발언이 조선의 문인들을 대표하는 '공적(公的)'인 입장으로 이해될 것임을 충분히 예측할 수 있었을 것이다. 마지막으로 공식적 견해를 밝힌 5월 5일의 서신은 네 사람이 공동 발신인으로 되어 있다.

학사 일행은 5월 20일 아카마가세키에서 다키 가쿠다이와 재회하여 일본의 학술에 대해서 다시 한 번 논의를 주고받았다. 특히 소라이학에 대해 집중적으로 논의하였는데, 세 문사 모두 오규 소라이 개인에 대해서는 그 학술과 문장이 일본에서 독보적인 호걸이라고 평가하고 있다. 또, 소라이가 정주를 비판한 것은 문제이지만 그가 일본의 학술과 문학을 창도한 공로는 인정된다고 하였다. 그러나 소라이에 대한 이러한 평가와는 별개로, 일상의 실천에는 소홀하고 시문에만 몰두하는 현재의 소라이학파 문인들의 풍조에 대해서는 비판으로 일관하였다.

한편 성대중은 아카마가세키에서 일본의 서적을 구하고 싶다는 의사를 또 한 번 내비쳤다. 오사카와 에도에서 책을 구하는 일이 생각만큼 여의치 못했기 때문이다. 일본의 고경에 대해서는 연로에서도 들은 바가 있었으며『조래집』에 실린「칠경맹자고문서(七經孟子古文序)」를 통해서도 그 발간 경위를 알 수 있었을 것이다.416) 그런 데다 다시 만난 날 가쿠다이가 준 시에는 "더욱 동쪽 모야주에 고경 남아 있으니 / 그대로 인해 다른 나라에 전해졌으면"[更有東毛古經在, 憑君欲使異方傳.]이라는 구절이 있었다. 가쿠다이는 이 구절 아래에 아시카가학교(足利學校)의 고경이 근래에 간행된 사실에 대해 부기해 두었다.417) 때문에 성대중은 그 책을 가져갈 수 있을 것이라 기대했던 것이다. 그러나 역시 말뿐으로, 책을 증정 받기는커녕 구경도 하지 못하였다. 성대중은 또한 소라이의 저서 중 아직 보지 못한 것을 구하고자 하였다. 혹여 아카마가세키에서 책을 살 수 있을지 물어보지만 역시 어렵다는 답변이 돌아왔다.418)

성대중은 또한 일본의 학술과 학맥에 대하여 다시 한 번 질문하였다. 기노시타 준안의 문도들부터 각 지역의 명가들에 대해 질문하였고, 그들 외에 또 저명한 학자가 있는지 물었다. 또, 가쿠다이가 소라이의 고제(高弟)라고 소개한 슌다이와 슈난에게 자손이 있는지, 아카마가세키의 번유 구사바 다이로쿠(草場大麓)가 구사바 교케이(草場居敬)의 후손인지 등에 대해 질문하였다. 일본 학술에 대한 기본적인 정보

416) 후마 스스무(2008), 238면.
417)『장문계갑문사(1·2·3)』, 123-125면. (『장문계갑문사』권2, 5월 20일)
418) 같은 책, 142-145면. (『장문계갑문사』권2, 5월 20일)

를 재확인하고, 특히 소라이학파 문인들의 학맥에 대해 자세히 물었
다. 성대중이 『일본록』에 기록한 학술 관련 내용은 매우 간략한데, 그
러한 요약적 진술이 사실 위와 같은 지속적인 조사를 기반으로 이루어
진 것임을 알 수 있다. 특히 아래의 기록은 주목할 만하다.

> 실직청의 호는 구소로, 정주의 학문을 존숭하여 바른 계통, 즉 '정맥'
> 이라고 불렸다. 그러나 그의 문도인 등원명원은 『중용』이 자사가 지은
> 책이 아니라고 하니 스승으로부터 전수 받은 학문이 어떤지 가히 알 수
> 있다.419)

성대중은 가쿠다이와의 대화에서 기노시타 준안과 무로 규소를 '정
맥'이라고 지칭하였으며, 이 글에서도 그 사실을 명시하고 있다. 또
후지와라 아키토(藤原明遠)가 무로 규소의 문도라는 사실을 밝히고 있
는데, 이는 남옥이 그에 대하여 "역시 유정(維貞: 이토 진사이)의 문도로
서 혹세무민했다"고 설명한 것과는 다르다. 후지와라 아키토는 무진
사행 때 조선의 문사들을 만나 『중용』에 대한 논의를 펼쳤는데, 그때
진사이의 문하로 오인되었다.420) 성대중은 일본 문사들과의 만남을
통해 후지와라 아키토가 무로 규소의 문도이며, 이른바 정맥이라고
하는 주자학 계열의 학자들도 사실상 순정한 주자학자가 아님을 인식
하였던 것이다. 또한 성대중은 원중거가 『화국지』에서 다케다 순안
및 그의 아들 신안, 그리고 루스 도모노부를 근래의 주자학자로 거론

---

419) 『일본록』, 165–166면.
420) 성대중은 후지와라 아키토가 무진사행 때 문사들과 만나 대화를 나눈 것에 대해
   알고 있었으며, 그의 후손에 대하여 하야시 노부요시(林信愛)에게 질문하기도 하
   였다. (강지희 역주(2017), 『韓館唱和』, 보고사, 128면)

한 것과 달리 후지와라 아키토에서 서술을 그치고 있다. 지쿠젠주 서기들은 슌안 부자의 학문에 대해 자세히 전달하지 못하였고 남옥과 성대중의 거듭된 요청에도 불구하고 슌안의 저서를 가져오지 않았다. 그러므로 성대중이 이에 대해 언급하지 않은 것이다.

이상 계미통신사 학술 교류를 여정에 따라 세 단계로 나누어 그 특징을 검토하였다. 다음 절에서는 학술 토론의 내용을 쟁점별로 나누어 분석함으로써 교류의 실상을 구체적으로 살펴본다.

2. 학술 토론의 쟁점별 전개 양상

계미사행 시기 학술·사상 논쟁은 많은 경우 정주 성리학과 소라이학의 대립으로 나타난다. 그러나 이 논쟁이 직접적으로 양자 가운데 무엇이 옳은지 토론하는 방식으로 이루어진 것은 아니다. 대개는 양국의 학술과 사상, 문학에 대해 묻고 답하는 과정에서 특정한 쟁점이 부각되었고 이에 관해 각자의 견해를 피력하는 식으로 대화가 진행되었다. 또한 본격적인 토론으로 확대되지 않고 한두 차례의 문답으로 대화가 마무리되는 경우도 많았다. 본 절에서는 이러한 대화들까지 포함하여 학술 및 사상에 관한 논의들이 전개된 양상을 몇 가지 대표적인 쟁점을 중심으로 살펴보고자 한다.

일본 문사들의 경우 소라이학파 및 그것에 비판적인 인물들을 비롯하여 절충학적 경향을 보이거나 정주학을 존신하는 인물들까지 포함하고 있었다. 때로 양국의 문사들이 일본의 학술 경향에 대해 유사한 태도를 보이기도 했으나 그러한 태도의 근거는 양쪽이 동일하지 않았다. 또, 학파를 불문하고 일본 문사들이 공통적으로 견지하고 있는 생각이 발견되기도 한다. 즉, 양국의 학술 교류를 단순히 어떠한 학파들 간의 대립 또는 의기투합으로 뭉뚱그려 보기 어렵다는 것이다. 실제로 양국이 동아시아의 사상·학술, 특히 유학에 대하여 어떠한 점에서 상이한 견해를 갖고 있었는지, 또 그러한 대립의 지점이 당사자들의 상호 이해 및 동아시아 이해에 어떠한 역할을 하였는지에 대해 고찰하기 위해서는 구체적인 논점을 살펴보는 것이 중요하다.

계미사행의 학술 논의에서 발견되는 대표적인 쟁점으로는 다음 세 가지를 꼽을 수 있다. 첫째, 정주(程朱)의 경서 주해에 대한 견해이다. 이는 고문사를 통해 고어를 이해한다는 소라이학의 학문방법론과 직결된 관심사로서 성리학을 고수하는 조선인들에 대한 일본 문사들의 문제 제기이다. 두 번째는 선왕의 도(道)와 박학(博學)의 추구에 관한 논의로서, 일본의 학술 경향과 문단의 풍조에 관한 토론이다. 세 번째는 일본의 학술사(學術史)와 견해의 다양성에 대한 논의이다. 이는 곧 위와 같은 사상적 차이에 대하여 유자는 어떤 태도를 취하는 것이 마땅한가에 대한 양국 문사의 사고를 보여주는 것이다. 이 세 가지 쟁점을 기준으로 계미통신사 학술 논의를 분석함으로써 당시 양국의 문사들이 구체적으로 어떤 부분에서 대립 혹은 동조하고 있는지, 또 이러한 차이가 당시 동아시아의 사상적 지평 속에서 어떠한 의미를 갖는지 추출할 수 있다.

이상의 쟁점들은 한 건의 대화에서 중복하여 등장하기도 한다. 따라서 각 대화에서 특정한 쟁점이 드러난 부분을 절취하여 해당 분석의 자료로 삼았다. 또한 핵심적인 쟁점에 수반되는 부수적인 논의들도 아울러 고찰하였다. 아래에서는 각각의 쟁점을 둘러싸고 양국 문사들의 논의가 어떻게 전개되는지 살펴본다.

(1) 정주(程朱)의 경서 주해와 정주학 비판

지쿠젠주 아이노시마에서 주의 세 서기들 중 한 명인 이도 로케이 (井土魯坰)는 조선의 문사들과 경서의 주해에 관해 다음과 같은 대화를 나누었다.

　화(和) 로케이: 귀국은 사서(四書)를 읽을 때에 주자의 신주를 종주로 한
　　다는 것을 제가 들어서 알고 있습니다. 예전 동곽자(東郭子: 이현)가
　　"사서를 읽을 때 주자의 주를 제외하고 다른 주해를 읽을 필요는 없습
　　니다."라고 말씀하셨지요. 그렇다면 주자의 주를 읽어서 그 뜻을 잘
　　알 수 없는 자는 종신토록 사서를 읽어도 그 뜻을 깨닫지 못하는 일이
　　또한 많을 것입니다. 양자(楊子: 揚雄)가 말하길 '후세에는 허리띠와
　　수건에까지 수를 놓으니 글을 읽기가 어렵다'고 하였는데, 족하께서
　　는 어떻게 생각하십니까?
　한(韓) 용연421): 마땅히 주부자의 설을 위주로 해야 합니다. 그런 뒤에
　　송 선유들의 여러 설을 헤아려 취하고, 다음으로 원·명의 여러 유자
　　들의 설로써 보태어 이루어야 합니다. 그러나 마땅히 주자의 설을
　　위주로 하고 나머지는 객으로 해야지요. 어찌 다른 설을 다 버리겠
　　습니까.422)

---

421) 원문에는 조선 측 답변이 성대중의 말로 되어 있으나 『일관기』 및 『승사록』을
　　볼 때 남옥의 말로 보아야 한다. 로케이가 대화에서 미진한 부분을 해결하기 위해
　　다음날 다시 편지를 써서 성대중에게 편지를 보냈는데(「정용연사백서(呈龍淵師伯
　　書)」), 그 답장 역시 남옥이 쓰고 있다.
422) 和(魯坰): "貴國講明四書, 以朱子新註爲宗, 僕所聞固也. 往年東郭子有言云'讀四書
　　除朱註外不用讀他註解.' 如是則讀朱註未能究其義者, 恐終身讀四書而不得通曉亦儘
　　多矣. 楊子云'後世繡鞶帨, 書不難讀', 足下以爲何如." 韓(龍淵): "當以朱夫子註說爲
　　主. 然後商取宋先儒諸說, 次以元明諸儒說輔翼之. 但當主朱說而客諸說, 豈可盡棄他
　　說." (『축전남도창화』, 12월 10일)

　　이도 로케이는 사서를 읽을 때 주자의 주 외에는 읽을 필요가 없다고 한 이현의 말을 인용하면서 만약 주자의 주해만으로 사서를 이해할 수 없다면 어떻게 해야 하는지 묻는다. 주자의 주를 읽어서 그 뜻을 모르는 자는 죽을 때까지 사서를 이해하지 못할 것이라고 말한 것은 이전 시기 제술관의 말에 이의를 제기한 것이다. 남옥은 주자의 설을 위주로 하되 송·원·명의 여러 학자들의 설을 참고하라고 답한다. 로케이는 다음날 서신을 보내 다시 한 번 이에 대해 논한다.

　　족하께서는 사서를 읽을 때 주자의 신주를 위주로 하고 송·원·명의 여러 유자들의 설로 보충하라고 하셨습니다. 이는 진실로 마땅합니다. 비록 그러나 송·원·명의 여러 유자들의 설 또한 어찌 다 믿을 수 있겠습니까. 높은 자는 선(禪)으로 들어가고 낮은 자는 제자백가의 설로 흘러 들어가, 주자를 절충하지 못하고 곧바로 신비한 경지를 열어 밝히는 데에 이릅니다. 다만 저것이 이것보다 낫다는 것을 누가 알겠습니까.
　　비록 중화(중국)와 일본이 멀리 떨어져 있어 풍속과 기습이 같지 않지만 하늘에서 성을 품부 받아 리(理)가 같음에 이르러서는 사람마다 다름이 있겠습니까. 다만 그중에 현명하고 어리석음의 등급이 있는 것은 사람에게 달린 것이지 지역에 달린 것이겠습니까. 제가 스승으로 받드는 춘암(春庵) 선생이 지으신 『사서소림(四書疏林)』은 송·원·명의 여러 유자들의 주해를 헤아려 채택하고 어긋나는 것은 정주에게 질정하여 우리들로 하여금 기댈 곳이 있게 하였습니다. 지난번에 이패림(李沛霖)이 지은 『이동조변(異同條辨)』을 읽어 보았는데 곧 선생의 저서와 일치하는 것이 있음을 알 수 있었습니다. 하늘에서 품부 받은 사람의 성(性)이 과연 중화와 일본이 멀지 않습니다. 족하께서는 어떻게 생각하시는지요. 가르침을 내려주시기를 엎드려 빕니다.[423]

---

423) 足下謂讀四書以朱子新註爲主, 以宋元明諸儒之說羽翼之. 是固宜然, 雖然宋元明諸

이 서신에서 로케이는 '송·원·명의 여러 유자들의 설을 어떻게 다 믿을 수 있겠는가', 그리고 '하늘에서 품부 받은 성이 중화와 일본이 멀지 않다'라는 두 가지 문제를 제기하고 있다. 그런데 이 질문은 사실 상대의 답변을 구한 것이 아니다. 지난번 대화에서 로케이는 주자의 주석만을 고집했던 이현의 고루함을 비판하였는데 이에 대하여 남옥이 송·원·명의 여러 학자들의 주설을 참조하라고 정정했다. 그러자 로케이가 이 편지를 써서 자신의 스승 다케다 슌안이 『사서소림』을 지어 여러 학설의 타당성을 평가하는 기준을 마련하였으며, 그 수준이 중국 학자의 저서와 견주어도 뒤지지 않음을 강조하고자 한 것이다. 화(華)와 이(夷)의 거리에 대해 말한 것 역시 그러한 자부심을 표출하려는 의도이다.

슌안이 이미 책을 써서 변별했다고 했는데도 남옥은 답신에서 송·원·명의 학자들 중 참고할 만한 인물들을 열거하였다. 또, 여러 주설들이 선이나 제자백가로 흘러들어간다고 한 로케이의 말에 대하여 '허무를 높이고 선을 좋아하는 나라', 즉 불교의 나라에 그와 같이 '이단을 물리치고 도를 지키는 말'이 있음을 칭찬하였다. 로케이는 일본의 학문이 중국과 비견할 만한 수준임을 말한 것인데, 남옥은 마치 '이적이 중화를 사모함'을 기특히 여기는 듯한 태도를 보이고 있다. 또한, 『사서소림』의 존재를 반기면서도 여전히 선(禪)과 육학(陸學)에 대한 경계를 덧붙이는 것을 잊지 않았다. 화이의 거리에 대한 논의 역시

儒之說, 豈可盡信哉. 高者入禪, 卑者流於諸子百家之說, 不能折衷朱子, 直到開明縝密之境也. 徒誰知彼善於此歟. 雖華桑隔越, 風俗氣習不相同, 然至乎稟性於天而理之同者, 人人有殊哉. 第其中有賢愚品級者, 此其由於人而由於地耶. 吾所師承春庵先生所著《四書疏林》, 商採宋元明諸儒註解, 紕繆者質諸程朱, 使僕輩有所馮矣. 頃讀李沛霖所著《異同條辨》, 迺知有與先生所著暗泅合者可見. 人性之稟於天者, 果華桑不相遠焉. 足下以爲何如. 伏冀垂教. (같은 책, 12월 11일)

"하늘이 인재를 낳음에 내외를 두지 않으니 족하께서 중화와 일본이 멀지 않다고 한 것은 진실로 그러합니다. 다만 정미하게 생각하고 힘써 실천하는 데 있을 뿐입니다."[424]라며 문화론적 화이관의 일반론으로 대응하였다. '정미하게 생각하고 실천'한다는 것은 주자학의 체득을 말하는 것으로서, 이는 조선이 스스로 '소중화'로 자부하는 근거의 하나이기도 하다.

남옥과 로케이는 똑같이 정주학자로서 불교나 양명학을 이단으로 취급하고 있으며, 중화와 이적의 기준을 학문의 체득 여부에 두고 있다는 점에서도 동일한 인식을 보인다. 그러나 양측이 갖고 있는 문제 의식은 상이하다. 로케이의 질문에서는 진사이학과 소라이학이 이미 일본 학계를 휩쓸고 간 상황에서 정주학이 무엇을 기준으로 존립의 근거를 세울 수 있을지에 대한 고민이 엿보인다.[425] 송·원·명의 여러 주설들이 선(禪)이나 제자백가의 설로 흘러들어간다는 우려는 성리학의 개념이 불교에 가깝다는 진사이와 소라이의 비판을 의식한 지적이기 때문이다. 그렇다고 해서 로케이가 남옥에게 그러한 고민에 대한 해결책을 구한 것은 아니다. 오히려 그러한 난관을 '극복한' 일본 학문의 우월함을 과시하려는 것이 위 서신의 숨은 의도이다. 주자를 오로지 존신하는 조선의 성리학과 달리 송대 이후 여러 유자들의 오류를 수합, 절충한 일본의 성리학은 이미 유학의 본원지인 중국과 견줄 수 있는 수준의 학술에 도달했다는 것이다. 화이에 대한 언급 역시 그러한 맥락에서 이루어진 것이다. 순안을 중국의 여러 학자들 중 이패

---

424) 天之生材無間內外, 足下所謂華桑不相遠者, 詎不然乎. 惟在精思而力踐之耳. (같은 책, 12월 11일)
425) 김호(2008a), 106면.

림에 비견한 것은 기행사행 필담집인 『상한훈지집(桑韓塤箎集)』에서 성몽량이 이패림을 언급한 것426)과 관련이 있는 듯하다.

위 서신을 주고받은 일은 『일관기』와 『승사록』에서 이도 로케이가 통신사 측에 경서의 주해에 관해 질문한 일로 묘사되어 있다.427) 일본을 '배우는 입장'으로, 조선을 '가르치는 입장'으로 여겼기 때문이다. 조선후기는 이미 호락(湖洛) 논쟁을 거치면서 성리학 논의의 수준이 매우 정교한 단계에 이른 때였으므로 이들에게 일본 성리학의 수준이 그리 높게 보일 리가 없었다.428) 남옥은 일본 주자학의 성취를 인정하는 대신 일본인이 불교적인 학설을 배격할 줄 안다는 점을 칭찬했다. 이때는 남옥이 아직 일본의 유자들과 본격적으로 접촉하지 않았던 시점으로, 유불(儒彿)의 변별에 철저했던 당시 일본 학술의 경향을 감지하지 못하고 있던 때였다. 이 때문에 불교를 배척할 줄 안다는 기본적인 태도를 들어 상대를 칭찬한 것이다.

남옥과 성대중은 로케이에게 『사서소림』을 가져와 달라고 여러 번 요청했으나 로케이는 끝내 책을 가져오지 않았다. 사실상 로케이는 스승의 학문에 대해 상세히 논할 의도가 없었으며, 단지 조선인들에게 자신들의 학문적 성취를 드러내는 것이 주된 목적이었던 듯하다.429) 다케다 슌안은 일찍이 신묘사행 때 이현과 만나 필담을 나누었

---

426) 성몽량이 이토 바이우(伊藤梅宇)의 질문에 대해 답한 글 가운데 "지금 중국에는 패림(霈霖)이라는 사람이 있어 학문으로 명성이 높은데 주자를 존숭할 줄 안다고 합니다."[中國今世聞有霈霖爲名者, 以學名世, 知尊朱子云矣.]라고 한 부분이 있다. (『상한훈지집』 권8) 이토 바이우의 문목이 실려 있지 않아서 어떤 질문에 대한 답변인지는 분명치 않다.

427) 『일관기』, 290면; 『승사록』, 173면.

428) 김호(2008a), 107면.

429) 물론 로케이 일행이 귀로에서 더 이상의 학술 논의를 제기하지 않은 것은 그들이 필담과 시문 창수에 익숙지 못하였다는 데 기인한 것이기도 하다. 이들이 필담을

으며 그 내용은『계림창화집』을 통해 후진들에게 알려져 있었다.[430)]
그러므로 당시의 이현의 식견을 뛰어넘은 것은 물론 조선에 널리 알려
진 당대의 중국인 학자에 방불한 슌안의 업적을 계미통신사에게 확인
시킴으로써 자신의 학파를 비롯, 일본 학술의 발전을 과시하고자 한
것이다.

한편 이도 로케이는 정주학을 배운 유자임에도 불구하고 통신사를
만나 정주의 주해에 이의를 제기하였다. 또한 여러 주해를 헤아려 택
해 주자를 절충했다는 점을 슌안 학문의 우수성으로 내세우고 있다.
『일관기』에는 "정토(井土)가 편지로『대학』의 의심나는 뜻을 물으므로
답해 주었다."[431)]는 기록이 있는데, 이것 역시 주희의 주해에 입각한
해석에 대한 질문이었을 것으로 짐작된다. 주자의 주가 경전의 본래
의도를 제대로 전달하지 못한다는 인식은 당시 일본의 유자들이 학풍
을 불문하고 전반적으로 공유하고 있던 것이었음을 알 수 있다. 그러
나 남옥은 이러한 점에 주목하기보다는 선(禪)의 나라 일본에 '바른 학
맥'이 있음을 높이 평가했다. 로케이의 본의를 깨닫지 못한 것이다.

한편 세 문사는 아이노시마에서 가메이 난메이를 통해 소라이와 도
쿠쇼안에 대해 들었으나 그들이 명나라 시를 높인다는 사실 정도만
파악했을 뿐이다. 이들이 일본인들의 정주 비판의 근거가 무엇인지
알게 된 것은 아카마가세키에서 다키 가쿠다이를 만난 후다. 당시의
일본 유학의 경향에 대해 먼저 질문을 던진 쪽은 원중거이다. 원중거

어려워하여 번번이 일찍 자리를 뜨고자 했으며 가메이 난메이만이 지칠 줄 모르고
필담을 했다는 기록이『승사록』에 남아 있다.
430) 『계림창화집』권14에 다케다 슌안과 이현의 필담이 수록되어 있다. 이혜순
(1996), 165-181면 참조.
431) 『일관기』, 296면.

가 일본의 학술이 정주를 종주로 하는지 묻자, 가쿠다이는 '고어로 고
경을 증명한다'는 소라이학의 기본적인 학문방법론을 제시하였다. 그
러나 원중거는 이러한 방법론의 요체를 이해하지 못하고 그것을 '주해
를 버리고 경전을 읽는 것'으로 받아들인다. 또한 정주의 설에 의심을
갖게 되는 이유를 독서를 정밀하게 하지 않았기 때문으로 치부하고는
그것이 심학(心學)의 폐습이라고 하였다.432) 이 시점에서 원중거는 일
본 유학의 단계를 '정밀한 독서가 이루어지지 않은' 수준이라고 생각
했던 것이다. 소라이학은 주희를 의심한다는 점에서 주희 당시에 그
와 대립했던 육학(陸學)과 유사한 것으로 여겨질 소지가 있었다. 소라
이학에 대한 정보가 부족한 상황에서 원중거는 정주의 주해에 대한
비판을 경전 탐구 자체에 대한 거부와 동일시한 것이다.

　통신사 일행은 1월 21일 오사카에 도착하여 본격적으로 일본 문사
들을 만나게 된다. 오사카와 교토를 포함하는 간사이(關西) 지역은 에
도와 함께 일본 학술과 문학의 중심지로서, 이곳에서 학사・서기들은
다양한 성향의 문인 학자들을 만날 수 있었다. 그런데 학술을 논하는
일본 유자들은 소라이를 신봉하는 인물이거나 비판하는 인물이거나
를 막론하고 정주에 대한 존숭이 부족했다. 예컨대 주자학을 따른다
고 한 미나모토 분코는 소라이가 비록 정주를 비난했으나 공자를 비난
한 적은 없으니 그 역시 유자라고 하며, 나아가 소라이가 '선왕과 공자
의 도'로 자임한 것을 두고 '대호걸'이라고 평하기까지 하였다.433) 비
록 소라이의 설에 찬동하지는 않았지만, 소라이학의 정주 비판에 대

432) 『장문계갑문사(1・2・3)』, 43-33면.
433) 問(南玉): "茂卿亦挑程朱者可惡." 答(文虎): "茂卿雖程朱, 未嘗挑孔子, 則無害爲儒
　　者也. 何惡之有. 以余觀之, 則挑程朱之外, 其說未必善也. 雖然彼已以先王孔子之道
　　爲己任, 可謂大豪杰, 何必以一▨▨." (『홍려척화』 곤, 1월 22일)

해 그다지 거부감을 갖지 않았던 것이다.

　이 점은 소라이학파 문인들을 극렬 비판했던 오쿠다 모토쓰구도 마찬가지였다. 『양호여화』에는 그가 일본 학술에 대해 자신의 견해를 피력한 부분이 있다. 다음은 해당 글의 마지막 부분이다.

　　저 이른바 『동자문』과 두 변(辯), 『논어징』 등이 이미 귀국에 전해져 그 도의 가부를 의론하여 정하였습니까? 아아! 예악의 일은 사서(四書)와 육경(六經), 좌전(左傳)·국어(國語), 반고(班固)·사마천(司馬遷)에 있고, 시문의 업은 한(韓)·유(柳), 구(歐)·소(蘇), 선(選)·소(騷)(『문선(文選)』과 〈이소(離騷)〉), 당(唐)·명(明)에 있다는 것이 불후의 정론이니 이것을 버리고 어디로 가겠습니까. 저는 또한 천 년 뒤에 태어나 왕풍(王風)의 교화를 입어 공들과 같이 높은 벼슬에 계신 분들을 만나 붓을 빌어 한 자리에서 이야기를 나누게 되었습니다. 모두 예악의 남은 경사이니 문장이 이에 힘입은 바가 어찌 가볍다 하겠습니까. 그러나 제가 반드시 고언(古言)을 꺼려하고 송유(宋儒)가 하는 바를 좋아하는 것은 아닙니다. 오직 안타까운 것은 조래의 무리가 서생을 가르치며 입으로는 선진(先秦)을 주창하면서 스스로 하는 바는 가륭(嘉隆) 사가(四家)를 벗어나지 못하였는데, 과연 한 시대의 풍상(風尙)이 어찌 족히 심원한 곳으로 돌아가겠습니까. 저 삼왕과 주공, 공자의 정치가 남긴 자취는 여전히 방책(方策)에 실려 있지 않습니까? 이것이 옛 것이 남긴 아름다움이니, 거슬러 올라가 따른다면 배우는 바에 거의 어긋나지 않을 것입니다.434)

---

434) 彼所謂《童子問》、二辨、《論語徵》等, 旣有傳貴邦議定其道可否邪? 嗚呼! 禮樂之事, 四書、六經、左·國、班·馬, 詩文之業, 韓·柳、歐·蘇、選·騷、唐·明, 卽不朽定論, 棄此何適. 如不佞元繼, 亦生千載之下, 浴王風之化, 得與如公等縉紳先生, 假兎毫交語一堂之上, 咸禮樂餘慶, 文章所被何忽諸! 然吾非必謂忌古言好宋儒所爲也. 唯惜乎徂徠之徒課書生, 口必唱先秦, 而其所自爲則不出嘉隆四家, 果是一代風尙, 豈足深歸也. 彼三王周孔政治之迹, 尙猶非載在方策乎. 斯古之遺美也, 遡洄以從之, 庶幾乎不謬所學也. (『양호여화』 권상, 1월)

'학풍(學風)'이라는 편목 하에 수록된 위 대화는 오쿠다 모토쓰구(센로)의 명함과 증시, 남옥의 인사말에 뒤이어 수록되어 있다. 학사들에게 서(序)를 부탁하기 위해 일본 학술에 대한 자신의 생각을 미리 작성해서 가져온 것이다. 이토 진사이로부터 다자이 슌다이까지 일본 학술의 전개를 설명하면서 소라이학파가 문사에만 치중하고 표절에 능함을 비판한 내용이다. 그런데 센로는 자신이 비록 소라이학에 비판적이지만, 그렇다고 고언(古言)을 싫어하고 송유(宋儒)를 좋아하는 것은 아니라고 말한다. 오히려 그는 '삼왕과 주공, 공자의 정치'를 언급하며 복고적인 지향을 드러내기까지 한다.

남옥은 위 글에 대해 일본에 이처럼 바른 문로가 있으니 다행이라고 하며 진사이와 소라이를 능히 물리친 것을 칭찬하였다. 또, 이때에는 아직 소라이의 저서를 구해 보지 못한 때였는데도 그것을 이미 보았다고 말하였다.[435] 센로가 고학과 소라이학을 비판할 줄 안다는 것에 주목했을 뿐, 송유를 좋아하는 것은 아니라는 언급에 대해서는 크게 문제 삼지 않았다. 남옥이 이 부분을 무심히 지나쳤을 것 같지는 않다. 다만 진사이와 소라이를 배척했다는 사실만으로도 다행한 일이라고 여겼던 것이다. 한편 성대중은 양묵을 멀리할 줄 아는 사람이 성인의 무리이며, 소라이는 일개 문사일 뿐이고 진사이는 일본의 양묵이라는 견해를 밝히고 있다.[436] 사실상 소라이는 크게 경계할 대상이 못 되며 진사이의 고학이야말로 이른바 이단이라는 뜻이다.

한편 『승사록』에는 원중거와 나바 로도가 음양오행설에 대해 토론

---

435) "盛序議論正大, 門戶極平穩. 不料蔥嶺口氣中, 有此融通正門路, 何幸何幸. 藤荻二氏之論, 能刺其病耳, 可謂能辭焉. 諸著則前使已齎去, 一觸鄙眼, 可惡可惡."(秋月)

436) "能言距楊墨者, 聖人之徒也. 徂徠直一文士耳, 伊藤氏眞貴邦之楊墨也. 君能辭而闢之善哉! 亦足以張吾道也. (…)"(龍淵)

한 일화가 실려 있다. 로도는 음양오행설(陰陽五行說)에 대해 이의를 제기했다가 원중거의 질책을 받게 된다. 그는 원중거의 반박을 들은 후에 "이는 곧 물무경이 명나라 유자들의 학설을 얻어 나라 안에 번창시킨 말"이라며 원중거의 말로 인해 구름을 헤치고 하늘을 보게 되었다, 자신은 본래 물씨의 무리가 아니며 이 필담지를 가져가서 다른 사람들을 깨우쳐 주겠다고 말했다고 한다.437) 로도는 주자학자임에도 불구하고 자기도 모르게 주자학적 관점을 비판했던 것이다. 음양오행설에 대한 부정은 주자학적 세계관의 기초에 대해 반론을 제기하는 것과 다름이 없는 것이다.438)

이처럼 이 시기 일본에서는 학파를 불문하고 주자의 주설 및 정주성리학을 상대화하여 다루는 관점이 일반화되어 있었으며, 음양오행설에 대한 의심이나 『중용』 구절에 대한 문제 제기(후술)에서 볼 수 있듯이 그러한 상대화의 정도는 주자학의 기본 전제들을 부정하는 데까지 이르고 있었다. 이 시기 조선의 학계 역시 북인계 남인과 소론을 중심으로 고학풍(古學風)의 학적 분위기가 형성되어 있었고, 이후 18세기 후반에는 청대 고증학의 영향과 함께 일부 학자들 사이에서 박학의 풍조가 대두하는 데에 이르렀다. 그러나 이는 어디까지나 주자의 권위를 인정한 바탕에서 진행된 변화였다. 기본적인 학문의 태도로서 정주의 주설을 완전히 부정하거나 전면적으로 상대화한다는 식의 접근은 조선의 문사들에게는 불온한 것으로 비칠 수밖에 없었다.

일찍이 마루야마 마사오는 "(…) 절충성은 단순히 이른바 절충학파만이 아니고 정도의 차이는 있지만 소라이가쿠 이후의 유학계에 공통되

---

437) 『승사록』, 297면.
438) 이혜순(1996), 326면.

는 경향"439)이라고 지적한 바 있다. 계미통신사가 맞닥뜨린 일본 학계의 분위기는 이와 같은 '절충성', 즉 유학에 대한 일본적인 접근방식이었던 것이다. 그러므로 계미통신사 학술 교류에 대하여 조선의 학사·서기들이 이미 전성기가 지난 소라이학을 뒤늦게 인지하고서 그것과 대립했다는 식으로 설명할 수는 없다. 그들이 맞닥뜨린 것은 18세기 중반 일본 학술계의 실태 바로 그것이었다. 물론 이들이 접촉했던 인물들은 유학에 종사하는 문인 학자에 국한되어 있었으므로 —비록 유학이 학계의 저변을 형성하고 있다고는 하지만— 이들과 만남으로써 일본 학술계의 전모를 파악할 수 있었던 것은 아니지만 말이다.

에도를 방문하고 돌아오는 길에 미시마에서 이루어진 아키야마 아키라(秋山章)와의 필담에서도 유사한 상황이 전개된다.

추월에게 드리는 글
저는 어려서 남몰래 사문(斯文)에 뜻을 두었습니다. 조금 자라서 책상자를 짊어지고 경사(京師: 교토)로 가서 육예와 고문을 전공하고 나서 여러 번 강도(江都: 에도)에 가서 여러 재자(才子)들과 문사(文辭)로써 사귀었습니다. 또 널리 섭렵하기를 탐하여 끝내 깊이 생각하고 경술을 연마하지 못하였으니 무릇 배움에 뿌리가 없었다고 할 것입니다. 육경은

---

439) 마루야마 마사오 지음·김석근 옮김(1995), 『일본정치사상사연구』, 통나무, 267
면. 저자는 이 부분에 이어서 "주자학파에 있어서도 이미 송학의 기저를 이루고
있는 사유방식이 사회적 적합성을 잃어버리고 있는 이상, 근세 초기처럼 순수한
주자학 그 자체에 결코 머물러 있을 수는 없었다."고 서술하고 있다. 그러나 와타
나베 히로시의 연구에 의하면 주자학은 근세 초기에도 결코 일본 사회에 적합한
학문은 아니었으며, 오히려 그 사상의 끝없는 변용을 통해서 일본 사회에 하나의
현실적인 학문으로서 정착해 나갔던 것이다. 와타나베 히로시(2007) 참조. 또한
마루야마 마사오는 절충학이 사상사에 기여한 부분이 거의 없다고 단정하였으나
이후 여러 논자들에 의해 이에 대한 다양한 반론이 제기되었다.

나무에 뿌리가 없고 물에 근원이 없음과 같으며, 글귀를 다듬는 것은 봄
꽃이 다만 심지(心志)를 방탕하게 하고 이목을 현혹하는 것과 같으니 끝
내 세상의 쓰임에 도움이 되는 것이 없습니다. 금세의 학자들은 문사로
일가를 이루고 근본에 뜻을 두는 자가 드무니 진실로 개탄할 일입니다.
들으니 귀국은 오직 정주를 높이고 다른 것은 이단으로 지목한다고 합니
다. 저는 정주가 현자임을 굳게 믿습니다. 그러나 그 논설에 의심할 것
없이 분명한 것은 많지 않습니다. 이에 지금 도를 지니신 분께 나아가
질정하고자 하나, 다만 안타까운 것은 제가 문에 말을 매어두고 수레를
끌고 있는 처지라 제 속마음을 토로하고 안온하게 가르침을 받을 수가
없습니다. 이에 절구 한 수를 드려 그 뜻을 보입니다. 밝게 살펴보시기를
엎드려 바랍니다. 다 펴지 못합니다.

답(추월)

추산자가 다시 시와 서를 증정하고, 또 일동 사람이 문예를 우선시하
고 학문을 뒤로 하며 정주를 배척하고 육왕을 높이는 폐단을 말하였으니
뜻이 있는 선비라고 할 만합니다. 기뻐하며 화답합니다.440)

육경과 고문을 연마했다는 서술로 보아 아키야마 아키라가 고문사를
배운 인물임을 알 수 있다. 그러나 그는 지엽적인 육경 구절 탐구와
문사에 천착하는 당시의 세태에 염증을 느꼈다고 하였다. 문사에 치중하
는 일본 학술 풍조에 대해 비판을 개진했다는 점은 오쿠다 모토쓰구와

---

440) 《與秋月書》 僕韶齪竊有志于斯文也. 稍長而負笈於京師, 專攻六藝古文後, 數遊江
都, 與諸才子以文辭交之. 又貪博涉, 不終能潭思硏精乎經術焉, 而謂凡爲學弗根抵乎.
六經則猶木之無根、水之無源, 擒藻如春華徒溘心志眩耳目, 遂無益世用. 今世學者文
辭成家, 而鮮用志於本原者, 良可慨哉. 聞貴國專尙程朱, 佗指爲異端. 僕篤信程朱之
爲賢者矣. 然而於其論說, 則未能釋然無疑者多矣. 乃今欲就有道而正焉, 只恨僕夫在
門繫僕牽車, 不得吐露鄙衷而安受請教也. 玆呈一絶聊見其意. 伏冀昭察. 不宣. 《復》
(秋月) 秋山子復贈詩及書, 且言日東人先文藝後學誠背程朱右陸王之弊, 可謂爲志之
士. 喜而和之. (『청구경개집』 권하)

동일하지만, 정주에 대한 존신을 분명하게 표하였다는 점에서는 차이가
있다. 물론 이는 조선 문사에게 배척 받지 않기 위해 전제한 말이기는
하다. "정주가 현자임을 굳게 믿는다."고 하면서도 이어서 바로 그 논설
에 의심나는 바가 많다고 했기 때문이다. 이 글은 그 자리에서 이루어진
필담이 아니라 도미노 요시타네를 통해 시와 함께 전달한 서신이기
때문에 남옥이 이 부분을 놓쳤을 리 없다. 그러나 남옥은 주자의 논설
중에 어떤 부분이 문제가 있는지에 대해 반문하는 대신 그가 문사보다
도를 우선시한 점만을 들어서 칭찬하였다. 그러면서 함께 보낸 화답시에
서 "회암(晦庵) 노인의 뜰은 만세의 종통인데/양주(楊朱)의 갈림길을 백가
가 따르네.[晦老門庭萬世宗, 楊朱岐路百家從.]441)라고 하며 주자의 정
통성을 강조하였다.

　정주의 주설에 대한 심도 있는 문제 제기, 그러니까 단순히 정주의
주설에 문제가 있다는 언급이 아니라 구체적으로 어떤 부분이 문제인
지에 대해 논한 인물도 소라이학파가 아니라 절충학파로 분류되는 난
구 다이슈(南宮大湫)였다. 그는 서신을 통해 네 가지 의견을 제기하였
는데 그 첫 번째가 바로 절충적 태도 그 자체에 대한 건의이다.

　　제가 지난번에 당신 나라의 몇 분을 미장(尾張) 성고원(性高院)에서
　만났는데, 그때에 해고(海皐) 이군(李君)이 글을 써서 보여주기를 "그대
　또한 주자의 학문에 반대하는가?" 하였습니다. 제가 처음에는 그 뜻을
　알지 못하고 바로 글을 써서 대답하기를, "대저 요순(堯舜)을 으뜸으로
　삼아 전술하고, 문왕과 무왕을 본받으며, 중니(仲尼)를 스승으로 삼으
　니, 학자는 이것을 본받을 뿐이다."라고 하였더니, 이군이 아무런 대답
　이 없었습니다. (…중략…)

---

441) 『청구경개집』 권상.

　명(明) 정효씨(鄭曉氏)가 말하였다.

　"송유는 우리 도에 공이 매우 많지만 입만 열면 한유가 뒤죽박죽 잡스럽다고 말하고 또 그들의 훈고를 비판하니 아마도 한유에 승복하는 마음이 부족한 것 같다. 송유가 한유에 도움을 받은 것이 열 가운데 일고여덟이다. 지금 모든 경서와 전주가 모두 한유에 미치지 못함이 있다. 송유는 한유를 너무 지나치게 비판했고 근세에는 또 송유를 너무 지나치게 믿는다. 지금 학문을 하는 자는 또 송유를 지나치게 비판한다."

　이에 대해 내가 말하였다.

　"대저 학문은 널리 익히는 것이 귀하니 한 가지 견해만을 고집하고 옮기지 않는 것은 진실로 군자가 할 것이 못됩니다. 병을 치료하는 것으로 비유하자면, 사기(邪氣)가 막혀 있으면 반드시 내려야 합니다. 만약 원기(元氣)가 허(虛)하고 모자라면 다른 증상이 따라서 생기게 되는데, 그렇다고 설사시키기 위해 겁약(劫藥)을 사용하면 도리어 뒤에 병의 원인이 될 뿐입니다. 한 사람의 힘으로 한 사람의 병을 다스리더라도 오히려 이와 같은데 하물며 학문에 있어서이겠습니까."442)

　다이슈는 예전에 자신이 무진통신사와 나눈 대화를 언급하여 글을 시작하고 있다. 당시 이명계가 자신에게 주자에 반대하는 무리인지 물어서 요순과 문무, 공자를 따른다고 답하였더니 그가 아무런 대답도 하지 않았다는 것이다. 주자를 반대한다고 한 것은 아니지만 그렇

---

442) 최이호 역주(2017), 175-178면. 僕往歲會貴邦諸君於尾張性高院時, 海皐李君偶書曰"君亦畔朱之徒與?" 僕始不解其意也. 遽書對之曰"夫祖述堯舜、憲章文武、宗師仲尼, 學生所奉是已." 李君無對焉. (…) 明鄭曉氏曰: "宋儒有功於吾道甚多, 但開口便說漢儒駁雜, 又譏其訓詁, 恐未足以服漢儒之心. 宋儒所資於漢儒者十七八, 只今諸經書傳注, 儘有不及漢儒者, 宋儒譏漢儒太過, 近世又信宋儒太過, 今之講學者, 又譏宋儒太過." 岳云: "凡學貴乎博, 執一不移者, 固君子所不爲也. 譬諸治病, 邪氣結轖, 不得不下之, 若元氣虛損, 則別證從而生, 乃其瀉下之劫藥, 却爲後之病根已. 夫以一人之手, 治一人之病, 尚且如此, 而況於學乎."(『강여독람』, 2월 1일에 남옥이 받은 서신 중)

다고 무조건 추종하는 것은 아니라는 뜻으로 답했기 때문이다. 위 인
용문에서 다이슈는 정효의 말을 인용하여 각 시대의 유자들이 이전
시대의 학문적 성과에 대하여 그 공과를 공정하게 인정하지 않고 우선
비난부터 하는 풍조를 비판하였다. 그리고 학문은 '博'을 귀하게 여기
므로 군자는 한 가지 학설만을 고집하지 않는다는 자신의 견해를 덧붙
였다. 위 인용문은 결론적으로 하나의 설에 치우치는 학문적 태도를
비판하고 있으나, 핵심 의도는 주자를 무조건 추종하는 조선 문사들
의 태도에 문제를 제기하는 것이었다. 이명계와의 대화를 언급하면서
자신은 송유(宋儒)의 의론에 탄복하지만 그래도 의심나는 점이 있다고
하며 논지를 열고 있기 때문이다.[443] 송유가 한유(漢儒)에게서 경서의
훈고에 도움 받은 점이 많음에도 불구하고 그들의 단점에 대해 지나치
게 논박하였다는 것이 비판의 핵심이다.

　위 글에 대한 답신에서 남옥은 한유에게 장점이 있음을 인정하면서
도 송유가 한유를 비판한 데에는 까닭이 있음을 역설하였다. 한유는
훈고에만 힘썼을 뿐 의리의 개창에는 소홀하여 학자들이 실제 학문을
닦는 데에는 도움을 주지 못하였다는 것이다.[444] 그러므로 송유가 한
유를 비판한 것은 정당하며, 정주의 주설을 종주로 삼는 조선 유자들
의 태도 역시 문제가 없다는 것이다. 이에 대하여 다이슈는 남옥이 한
유의 장점을 인정해놓고서 또 다시 비판하는 것이 앞뒤가 맞지 않으
며, 한유가 말하지 않은 것을 가지고 그들을 비판하는 것은 문제가 있

---

443) 제가 매우 천루(淺陋)하여 일찍이 선생과 장자(長者)의 가르침을 듣지 못하였지
　　만, 어려서 독서를 좋아하여 매번 송(宋)의 여러 학자들의 말에 대해서는 무릎을
　　치면서 탄식하지 않은 적이 없었습니다. 그러나 한유(漢儒)들이 매우 잡박(雜駁)
　　하다고 한 말은 제 마음에 편치 않은 점이 있습니다. (위 인용문의 중략 부분. 같은
　　책, 176면)
444) 같은 책, 185-186면.

다며 반론을 폈다. 또, 송유가 한유를 비판한 것은 한 가지의 잘못이
지만 그로 인하여 후학들이 한유의 글을 아예 보지 않게 만들었으므로
그것을 겁약에 비유한 것이라고 하였다.[445]

다이슈는 위 항목 외에 세 가지의 논점을 제기하였는데 실은 그 세
가지 모두가 정주학에 대한 근본적인 문제 제기라고 할 수 있다. 그중
하나가 『서경(書經)』에 나오는 "人心惟危, 道心惟微, 惟精惟一, 允執厥
中."의 해석에 대한 논의이다.[446] 이는 성리학의 중요한 요소 중 하나
인 도통(道統) 개념 및 『중용(中庸)』의 위상과 관련된 것이다. 다이슈는
송대 학자인 황진(黃震)의 말을 인용하여 『서경』의 해당 구절은 천하
를 주고받는 경우의 마음가짐인 것이지 후세에서 말하는 도통의 전수
와는 무관하다고 주장했다. 이러한 그의 비판은 해당 구절을 논한 진
사이나 소라이의 견해와도 통한다.[447]

---

445) 같은 책, 190-191면.
446) 같은 책, 180-182면.
447) 이와 관련된 진사이와 소라이의 견해는 아래 인용문 참조.
　　동자가 물었다. "「중용장구서」에, '요순 이래 성인과 성인이 이어져 성왕·탕왕·
문왕·무왕과 같은 임금과 고요·이윤·부열·주공 단·소공 석 같은 신하가 모두
중(中)으로 도통(道統)의 전함을 이었다'고 했습니다. 어떻게 생각하십니까?" 대답
하였다. "그 말을 『서경』의 여러 글에서 살펴보면 여러 성인의 말에 중을 언급한
것은 거의 없단다. 『논어』「요왈(堯曰)」에 요임금께서 말씀하시기를, '아! 너, 순
아! 하늘의 역수(曆數)가 네 몸에 있으니 진실로 그 중을 잡아라. 온 세상이 곤궁하
면 하늘의 녹이 영원히 끊어질 것이다'라 하셨는데, 순임금 또한 이 말씀으로 우에
게 명해 주셨다고 했지. 이 말에 의거해 보면, 요임금이 순임금에게 명해 주고
순임금이 우에게 명해 준 것은 이 스물두 글자[咨! 爾舜! 天之曆數在爾躬, 允執其
中, 四海困窮, 天祿永終.]를 들어 말씀해 준 것이지, '진실로 그 중을 잡아라' 한
구절만 가지고 명해 주신 게 아님을 알 수 있다. (…중략…) 그러하니 중을 요순
이래 서로 전해 온 심법으로 삼지 않았음은 더욱 명백하지." (이토 진사이 지음·
최경렬 옮김(2013), 『동자문』, 그린비, 161-162면)
　　'允執其中' 같은 것은 천자의 일을 행함을 이른 것이다. 그러므로 '집중'을 임금의
도로 여긴 것이며, 또한 천자의 일을 행하는 것을 칭하여 '집중'이라고 한 것이다.

진사이와 소라이 모두 요가 순에게 당부한 말은 천자로서의 막중한
책임을 말한 것이지 중(中)이나 심법(心法), 나아가 도통의 전수와 같은
것이 아니라고 하였다. 또한 진사이는 『논어고의(論語古義)』에서 '人心
道心, 危微精一'과 같은 어구가 들어있는 대우모(大禹謨) 편이 한대(漢
代)의 위작이라고까지 하였다.448) 모두 정주 성리학에서 『중용』의 위
상, 정확히는 『중용』의 해석에 관한 주희의 권위를 부정한 것이다. 다
이슈의 주장 역시 여기서 크게 벗어나지 않는다. 이러한 주장에 대해
남옥은 요의 '執中'에는 '人心道心, 危微精一'의 뜻이 포함되어 있는 것
이며, 도통의 전수는 천하의 전수 못지않은 큰일이라고 하였다. 또,
다이슈에게 "잡서를 보지 말고 다시 한 부 「중용서(中庸序)」를 가져다
가 몇 개월을 공부"할 것을 주문했다.449) 다이슈는 다시 편지를 보내
남옥의 말은 단지 송유의 뜻을 깊이 신봉한 것일 뿐이며, 『중용』 역시
정자에 의해 현창되어 후세에 도를 전하는 책이 된 것에 불과하다고
하였다.450)

다이슈는 이외에도 효제충신을 근본으로 하는 하학(下學)에 힘쓰지
않고 도체(道體)를 논하고 심학(心學)을 말하는 것, 그리고 인(仁)과 예
(禮)를 제쳐두고 심(心)을 배우는 것에 대해 문제를 제기하였다.451) 전
자에 대해서는 근래 학자들이 고원한 것을 좋아하여 엽등(躐等)의 폐

그렇지 않다면 「요왈(堯曰)」과 「우모(禹謨)」의 문장 뜻이 모두 어긋나게 된다. [如
曰允執其中者, 謂行天子事也, 故以執中爲人君之道, 故亦稱行天子之事爲執中. 不爾,
《堯曰》,《禹謨》, 文意皆不協矣.] (荻生徂徠, 「弁名」, 吉川幸次郎 外編(1973), 『日本
思想大系36: 荻生徂徠』, 岩波書店, 232면)

448) 이토 진사이 지음·최경렬 옮김(2013), 163면.
449) 최이호 역주(2017), 186-187면.
450) 같은 책, 192-193면.
451) 같은 책, 182-184면.

단이 있음을 지적한 주희의 말을, 후자에 대해서는 명의 당백원(唐伯元)이 왕수인의 심학(心學)을 비판한 말을 근거로 들었다. 흥미롭게도 주희 자신의 견해를 인용하여 주자학자들의 병통을 논하고, 양명학 비판의 논리를 가지고 주자학을 비판하고 있다. 다이슈는 "맹자에 나오는 본심(本心), 방심(放心) 또한 후세에서 마음을 일컫는 것과는 같지 않다."고 하였는데, 이것 역시 방심에 관한 진사이의 견해를 연상시킨다. 남옥은 전자에 대하여는 전적으로 동의하였다.[452] 후술하겠지만 조선의 학사·서기들은 주자학이야말로 일상의 효제충신을 실천하는 학문이라고 보았다. 그러므로 다이슈의 비판이 자신들에게 해당하지 않는다고 여긴 것이다.

후자에 대해서는 물론 반박하고 있는데, 성인이 비록 심학 두 글자를 말하지는 않았으나 일상생활의 효제를 말한 것이 실은 그 마음을 보존하게 하려는 것이었다고 하였다. 즉, 앞의 논의에서 요임금의 '執中' 속에 '人心道心, 危微精一'의 뜻이 담겨 있다고 한 것과 같은 논리이다. 그러면서 후세 학자들이 쇄소응대를 소홀히 하고 심학만을 논하는 것은 잘못이지만 심학 그 자체가 잘못된 것은 아니라고 하였다. 다만 마음을 통제하고 보존하여 마땅한 바를 지녀야할 뿐, '마음으로 마음을 보는' 폐단에 빠져서는 안 된다고 덧붙였다. 또, 중요한 것은 '정미하게 분변'하는 것이라고 하였다.[453] 주자학과 양명학의 차이를 구별하는 것, 성리학과 불교가 어떤 점에서 다른지 분변하는 것은 조선의 학사·서기들에게 매우 중요한 일이었다. 그러나 이들이 보기에 일본의 문사들은 주자학을 한다면서 양명학에 경도되고(주해를 경시한

---

452) 같은 책, 186면.
453) 같은 책, 188면.

다는 점에서), 성리학의 개념을 불교 용어와 '혼동'하는 등 하나같이 정
미하게 분변할 줄 몰랐던 것이다.

　난구 다이슈와의 서신 교환은 일본 문사와 조선의 학사·서기들 간
에 이루어진 유학 경전의 해석 및 성리학의 주요 가정에 관한 토론이
었다는 점에서 의의가 있다. 통신사 초기부터 18세기에 이르기까지
일본의 주자학자들은 조선의 문사들에게 학문적으로 자문을 구하는
경우가 많았다. 즉, 학식의 차원에서 대등한 교류라고 보기는 힘들었
다. 한편 18세기 통신사 교류에서 소라이학파의 문사들은 성리학 자
체를 배척하였기 때문에 사실상 경학에 대한 토론은 이루어지기 어려
웠다. 다이슈는 정주의 주해를 통째로 부정하지 않았으며, 이 시기 독
자적인 발전을 이룬 일본 유학의 한 경향을 대표하는 학자로서 조선
문사와 대등한 위치에서 토론을 진행할 수 있었던 것이다. 남옥 역시
그의 문제 제기를 받아들이고 성실히 토론에 임하였다고 할 수 있다.

　그런데 여기서 다이슈가 제기한 문제는 주자학의 근본 전제, 앞에
서 언급한 도통과 『중용』의 위상 및 마음[心]의 문제까지를 포함하고
있다. 송유가 한유를 비판한 것이 지나쳤다는 것은 그래도 한유에 대
한 송유의 우위를 전제한 가운데 제기한 의문이었다. 그러나 『중용』
의 권위에 대한 논의에 이르면 이는 주자학의 바탕을 이루는 중요한
요소 중 하나를 문제 삼은 것이다. 정주를 존중한다는 학자와의 토론
에서 이러한 문제까지 다루게 된 것이다. 따라서 두 사람의 논쟁은 적
어도 정주 성리학의 학문, 또는 사상으로서의 의의를 인정하는 범위
내에서 이루어질 수 있는 토론의 최대치를 보여준다고 하겠다. 다이
슈는 성리학을 부정한 것은 아니었으나, 그의 견해에는 성리학의 굴
레를 던져버리고 '일본적 유학'이라는 하나의 계기를 창출한 진사이학
이나 소라이학의 영향이 분명히 감지된다. 그의 관점은 조선인들에게

'이단'으로 느껴질 정도는 아니었다고 해도 역시 편벽된 견해로 비칠 수밖에 없었다.

소라이학파 문사들 역시 정주의 주설에 문제를 제기하였다. 그러나 난구 다이슈와 같이 정주학의 특정한 해석에 대해 의견을 구한 것이 아니라 소라이학의 방법론에 비추어 정주 주설의 근본적인 문제점을 지적하는 것이 주된 방식이었다.

> 운아: 선생은 물무경을 아십니까? 얼마 전에 그의 문집을 보니, 이 사람 역시 기이한 선비더군요. 문장이 박아(博雅)하여 공경할 만하였습니다. 그러나 학문 한 부분은 참된 법문(法門)이 아니더군요. 그러한 뛰어난 재주로 정도(正道)로 들어가 현인이 되고 군자가 되지 못한 것이 안타깝습니다.
> 시테쓰: 무경은 『논어징』 십여 권을 지었고 그 외에도 저작이 많은데, 송조(宋朝) 여러 선생들의 설과는 크게 다르지요. 제가 생각건대 성인의 도는 지극히 크고 성인의 말씀은 지극히 은미합니다. 비록 여러 선생들이라 해도 어찌 반드시 오류가 없겠습니까? 송의 유자들은 또한 자신의 추측을 가지고 설(說)을 만든 것이 적지 않습니다. 무경이 천 년 뒤에 태어나서 천 년 전의 일을 헤아려 발양(發揚)하고 천명(闡明)하기를 저와 같이 하였으니 어찌 오백명세(五百命世)의 재주가 아니라고 하겠습니까? 그러나 이러한 논설은 짧은 시간에 능히 다 펼 수 있는 것이 아닙니다. 공사를 소홀히 할 수 없어 한가로이 이야기를 나눌 겨를이 없으니 이것이 아쉽군요.454)

---

454) 雲我: "先生知物茂卿乎? 頃間見彼集, 此子亦奇士哉. 文章博雅可敬, 然學問一段, 恐非眞法門. 惜其才之美, 不入正道而爲賢人爲君子也." 資哲: "茂卿有《論語徵》有十卷, 其餘著作亦多. 大異於宋朝諸先生之說. 僕竊謂聖道至頤、聖言至微. 雖諸先生, 安知其必無謬誤也. 且宋儒且自取於其億而爲說者, 亦不爲少也. 茂卿後千載而生, 度千歲之上, 發揚闡明如彼者, 豈可謂非五百命世之才哉. 然如此論說, 非草率之間所能盡也.

이후 십 수 년이 지나서 한 유사가 또 고학(古學)을 창도하여 신안(新
安: 주자)과 이락(伊洛: 정자)을 앞에서 말한 고학을 창도한 자와 같이
거론하며 비난했습니다. 따로 또 설을 세워서 자제들에게만 보여 말하
길, "대저 지금과 옛날은 시대가 다르니 일과 말 역시 다르다. 그 다른
바에 나아가 똑같이 그 설을 세우니, 지금의 말로 옛 말을 보고 옛 말로
지금의 말을 본다면 모두 주리, 격설일 것이다. 과두와 패다는 어떻게
구별할 것인가. 대저 시대에 따라 말이 변하고 말에 따라 도가 변한다.
백세(百世)의 뒤에 처하여서 백세 전의 일을 전하는데 그 일이 말과 더불
어 드러나지 않는다면 어떻게 가능하겠는가?" 이 말이 한 번 나온 뒤로
천하에 이 학문이 풍미하여 정주와 더불어 나란히 하며 지금까지도 쇠하
지 않고 있습니다. (…중략…) 신묘 연간에 귀방의 사신이 우리나라에 왔
을 때 문학 이씨가 우리나라 대판 사람에게 이르길, "조선의 학문은 정주
를 벗어나지 않습니다. 간혹 다른 사람이 식견이 있는 것을 보아도 감히
취하지 않습니다."라고 하였습니다. 지금도 귀국에서는 정주의 설이 오
로지 세상에 유행합니까? 아니면 또 다른 설이 있어서 이때에 성행합니
까? 공께 나아가 학문 교화의 지니신 바를 자세히 듣고 싶습니다.[455]

첫 번째 인용문은 일행이 에도에 도착한 지 이틀째 되던 2월 18일의
대화이다. 이언진은 이때 이미 소라이의 문집을 보았던 듯하다. 소라
이에 대한 그의 평은 문장은 박아(博雅)하나 학문이 바르지 않다는 것

公事靡鹽, 不暇閑話, 此爲可恨."(『홍려관시문고』, 2월 18일)

455) 自此之後十數年, 一儒士又唱古學, 則擧其新安伊洛與前之所謂唱古學者, 俱爲之膚
受. 別又立說, 專示子弟曰: "夫今古異時, 事與辭亦異. 就其所異, 均立其說, 以今言視
古言, 以古言視今言, 均之朱離鴂舌. 科斗貝多何擇哉? 夫世載言以遷, 言載道以遷, 處
百世之下, 傳百世之上, 則非其事與辭揮之. 何可以得也?" 自斯言一出, 天下風靡此學,
與新安伊洛比肩, 迄今不衰矣. (…) 辛卯年間, 貴邦聘使來我國時, 文學李氏視我大阪
人曰: "朝鮮之學, 不出程朱, 間視他之有識見, 所敢不取也." 方今貴國, 程朱之說專行
于世耶? 抑又有異說以盛于時耶? 請詳就公開學化之所有. (『양동투어』 곤, 3월 9일)

이다. 이에 대해 가와다 시테쓰는 송유들이 성인의 말을 풀이할 때 자기 뜻으로 추측한 것이 많은데, 소라이가 고경의 본뜻을 탐구하여 성인의 도를 밝게 드러냈다고 말한다. 이 대화에서 가와다가 거론한 정주 주설의 문제점은 소라이가 지적했듯이 당대의 말로써 고어를 풀이하여 경전의 본뜻을 제대로 밝혀내지 못했다는 점이다. 앞서 가쿠다이 역시 이 문제를 언급하였다.

두 번째 인용문은 의원 요코타 준타가 남옥에게 일본 학술의 전개를 설명하고 조선의 학풍에 대해 질문한 글의 일부이다. 요코타는 일본에서 정주학이 관학이 되어 번창하게 된 일과 진사이학과 소라이학이 출현하여 학계를 풍미하게 된 유래를 서술하였다. 위 필담은 소라이학의 방법론을 설명한 부분으로, 그가 인용한 소라이의 말은 『학칙(學則)』의 일부분을 취하여 재배열한 것이다. 요코타는 이 질문에서 본인은 의술을 닦기 위해 유학 서적을 읽을 수밖에 없었는데, 때에 따라 정주를 따르기도 하고 고학을 따르기도 하면서 글의 이치를 밝혀왔다고 덧붙였다. 그러나 뒤이은 질문에서 이(李)·왕(王)의 고문사를 발견한 소라이를 칭송하고 자신도 그것을 따라 고문을 익혀왔다고 하며 자신의 학문 성향을 드러냈다. 위 인용문에서도 소라이학의 방법론을 자세히 설명하면서 우회적으로 정주의 주해 방식을 비판하고 있다.

그렇다면 조선의 학사·서기들은 위와 같은 소라이학자들의 정주 비판에 어떻게 대응하였던가. 앞에서 인용한 대로 가쿠다이에게서 처음 그 방법론에 대해서 들은 원중거는 그것을 '주해를 보지 않고 경서를 읽는 것'으로 받아들이고 심학의 폐습과 연결 지어 이해하였다. 이렇게 보면 정밀하게 독서하지 않고 자기의 견해만을 앞세운다는 식의 비판이 가능하다. 또, 명나라 사람에 대한 신봉이나 주희에 대한 비판이 그것들을 육학과 가깝게 보이게 했다. 그러나 이들은 에도에 도착

한 뒤로 소라이의 저서를 입수하였으며 세 사람 모두 그것을 숙독하였
다. 따라서 책을 입수했다고 한 3월 초 이후에 이들은 소라이학이 양
명학과는 다름을 충분히 인지하였을 것이다.

  사실 지금의 말로 옛 말을 풀이한 것이 정주의 오류라는 소라이학
파 문인들의 주장에 대해서 학사·서기들은 어떠한 구체적인 반박도
한 적이 없으며, 귀국 후의 기록에도 이 문제에 대해 언급하지 않았
다. 세 사람이 소라이의 저서를 숙독했음이 분명한데도 그들의 사행
기록에 그의 학술에 대해서 정곡을 찌르지 못하고 겉도는 설명과 비판
만을 남겨 두었던 것이다. 이에 대해 후마 스스무는 "애초에 '고언'·
'금언'이라는 소라이학의 방법론은 분명히 주자의 그것과 저촉하는 것
이었기 때문에 이러한 '이단' 학설을 상세하게 소개하는 것 자체가 큰
문제였다. 나아가서는 이를 말하는 것은 주자의 방법론에 대하여 스
스로 의문을 표명하는 셈이 될지도 모르는 일이었다. 스스로가 '이단'
이라고 잘못 규정되지 않기 위해서는, 소라이의 논법을 깨뜨릴 수 있
는 논법을 스스로 제시해야만 했다."[456]라고 분석하고 있다. 즉, 이들
이 나중까지도 "소라이에 대한 결정적인 반격의 논리를 여전히 구축
하지 못하였던 것"[457]이 이들이 소라이 학설의 자세한 내용을 조선
내에 소개할 수 없었던 이유라는 것이다.

  이러한 후마 스스무의 분석은 분명 타당성을 지닌다. 그러나 실제
필담 자리에서 남옥 일행이 토론을 회피하기만 했던 것은 아니다. 위
요코타 준타의 말에 대한 남옥의 대답은 이미 소라이학이 무엇인지
인지한 시점에서 정주 비판에 대해 이들이 대응한 방식의 하나를 보여

---

456) 후마 스스무(2008), 252면.
457) 같은 책, 257면.

준다. 남옥은 "정주가 나오지 않았다면 공맹의 도가 어두워졌을 것이고, 공맹의 도가 어두워지면 사람과 금수가 거의 뒤섞이게 될 것입니다. 어찌 감히 한두 가지 천박한 견해를 가지고 그 사이에서 비난을 하겠습니까?"[458]라고 답한다. 여기서 '한두 가지의 천박한 견해'라는 것은 경서의 주해가 고경의 본뜻에 맞는다거나 맞지 않는다거나, 당시의 말로 옛 말을 보았다거나 하는 '중요치 않은' 지적들을 가리키는 말로 이해된다. 정주의 경전 주해는 바로 사도(斯道)의 현창을 위한 것이니 그 의도가 중요하다, 몇 가지 오류를 가지고 그 거룩한 의도를 폄하해서 되겠는가. "정주를 비판하는 것은 이단이다"라는 말은 동어반복처럼 들리지만 실은 이러한 뜻을 담고 있는 것이다.

소라이학에서 문제 삼은 것은 학문의 방법론뿐만이 아니었다. 앞서 가쿠다이가 제시한 소라이학의 두 가지 특징은 고언으로 고경을 본다는 것, 그리고 정주학을 불가적인 유학이라는 이유로 배척한다는 것이었다. 일본 문사들은 후자, 즉 정주학과 불교의 개념이 지닌 친연성에 대해서도 문제를 제기하였다. 가와다 시테쓰와 이마이 쇼안은 모두 주자학의 주요 개념들이 불교의 그것과 이름만 다를 뿐 그 함의는 동일하다는 주장을 펼쳤다. 가와다는 송유들이 억측으로 경서를 풀이하여 성인의 옛 가르침에서 멀어졌음을 비판한 후, 소라이의 견해를 인용하며 성리학의 불교적 요소를 거론하였다. 그러면서 조선은 정주학만을 신봉하는 것으로 알고 있는데, 근래에도 여전히 (소라이와 같은) 탁견을 가진 사람이 없는지를 물었다.[459] 사실상 주자학을 신봉하는

---

458) 夫程朱不出, 則孔孟之道晦, 孔孟之道晦, 則人獸幾乎雜糅矣. 庸敢以一二膚淺之見, 疵議於其間乎?(『양동투어』곤, 3월 9일)

459) 吾方近世有一儒, 發揚闡明大開千古之蘊. 大氐謂"宋時禪學盛行, 其渠魁者, 自聖自智稱尊王公前, 橫行一世. 儒者莫之能抗, 心私羨之而風習所漸, 其所見亦類之, 故曰

조선 유자들의 식견이 낮음을 지적한 것이다. 한편 쇼안은 자신이 어려서부터 주자학의 저서들을 숙독하였는데 우연히 불교의 서적을 읽고 그 용어가 비슷함에 의혹을 품게 되었다면서 그것을 밝게 분변해 달라고 요청하였다.[460]

가와다의 경우에는 학사·서기들로부터 답변을 듣지 못했다. 남옥은 그의 질문을 보고 아무 말도 하지 않았으며, 곁에 있던 성대중이 그를 대신하여 완곡하게 답변을 거절하였다. 남옥이 '정주를 비판하는 것은 이단이다'라는 말조차 하지 않은 것은 가와다가 직접적으로 정주를 비난하고 조선 학술을 폄하하는 등 예의를 잃은 태도를 보였기 때문일 것이다. 한편 이마이 쇼안의 문제 제기에 대하여 남옥은 다음과 같은 반론을 폈다. 이어지는 쇼안의 재반론을 같이 인용한다.

추월: 주신 말씀이 대체로 뜻을 얻었습니다. 다만 석씨(釋氏)의 비슷함을 받들어 합해 오도(吾道)의 참되고 바름을 증명하기 바란다면 이것

性曰心, 彼法所尙. 懿然貫通, 卽彼頓悟, 遂以孔子一貫曾子唯唯, 爲如拈華微笑, 豈不兒戱乎. 自是以往, 天理人欲卽眞如, 無明理氣卽空假二諦, 天道人道卽法身應身, 聖賢卽如來菩薩, 持敬卽坐禪, 知行卽解行, 其名儒而其實佛, 陽排而陰學之, 要之不能出彼範圍中, 悲哉!"嘗聞貴國宗程朱之訓, 不貴異說. 近世又有卓識之人, 而有見于此乎. 聊吐所蘊, 伏而乞敎正. (『홍려관시문고』, 3월 4일)

460) 僕自幼習讀程朱之書. 然思之不精, 問之不審, 不免有疑焉. 夫疑也者信之由也, 不有大疑, 何有大信? (…) 僕嘗從某生, 受四書, 《小學》, 《學的》, 《近思錄》, 旁讀《學庸或問》、文集、《語類》等. 日夜孜孜乎義理之學, 鑽仰程朱, 排斥佛老者有年矣. 偶讀釋氏《喩伽》、《唯識論》等, 其言有大類吾儒者, 中心甚不安, 千慮百思, 不得其所以然之理, 竊有所疑焉. 天理、人欲、持敬、格物, 不是朱子大用心乎? 此四者, 釋氏已發之, 唯命名不同耳. 天理所謂法爾之理也, 釋氏謂法爾之理, 不生不滅, 事事物物莫不有之. 無賢愚無凡聖, 其理一也, 朱子之言不亦然乎? 人欲卽根本煩惱, 持敬卽行住坐臥不忘勤愼. 格物卽一切智智. 本然之性卽阿賴乎識, 氣質之性卽摩那識, 虛靈不昧卽大圓鏡智, 人欲淨盡卽無垢識, 天理流行卽眞性發現, 省察卽念念持戒, 未發之中卽無間斷識. 如是之類, 不可枚擧, 此其尤者也. (『송암필어』, 3월 6일)

은 금·은·동·철을 뒤섞어 하나의 그릇으로 만드는 것입니다. 예부터 불교도가 불교가 유교에 합한다고 말한 경우는 있었지만, 유자로서 성도(聖道)가 불교에 합한다고 말한 경우가 있었습니까? 이로써 옳고 그름이 확연함을 알 수 있습니다. 그대가 이것을 끌어다가 저것을 비유함은 종을 가지고 주인을 증명함을 면치 못한 것입니다. 해와 별처럼 밝게 보여주는 것은 별도로 다른 방법이 없습니다. 오직 궁리거경(窮理居敬) 네 글자가 요체이니, 위로 통하고 아래로도 통하는 것은 단지 이것뿐입니다. 그대는 또 『이정전서(二程全書)』와 『주자대전(朱子大全)』을 되풀이해 읽는 것이 좋겠습니다.

쇼안: 우리 도는 천하를 편안하게 하는 도이고 불교는 마음을 다스리는 도이니, 어찌 얼음과 숯, 물과 불처럼 상반되지 않겠습니까? 그런데 정주와 여러 노선생들은 오직 심학(心學)의 설을 주창하여 석씨와 비슷하지 않은 것이 거의 없습니다. 저는 금·은·동·철을 뒤섞어 그릇 하나로 만든 것이 아니라 금·은·동·철을 나누어 다른 그릇으로 만들려는 것입니다. 그러므로 정주의 말씀이 석씨와 비슷한 것을 의심했을 뿐입니다. 지경궁리 네 자는 가장 부도(浮屠)와 비슷합니다. 대개 학문을 하는 도는 육경과 선진의 글을 자세히 닦고 제자백가의 설을 두루 읽는 것이니 그 뒤에 중니의 도가 불을 보듯 밝아지는 것입니다. 그렇게 하지 않으면 그 설이 비록 고묘하고 정미하나 억측으로 헤아린 망령된 설이므로 믿기에 부족할 뿐입니다.461)

---

461) 秋月曰: "來說大體得之. 但幸若捏合釋氏之似, 以證吾道之眞正, 是攪金銀銅鐵爲一器. 從古釋家以佛敎謂合於儒敎者有之, 儒家以聖道謂合於佛敎者有之乎? 此可唯見邪正之確然. 君之引此喩彼, 未免以奴證主. 揭示日星, 別無他法, 唯窮理居敬四字是要法, 徹上徹下, 只此而已. 君且熟讀《二程全書》、《朱子大全》可也." 松庵曰: "吾道者, 安天下之道也, 佛敎者, 治心之道也, 豈不水炭、水火之相反乎? 而程朱諸老先生, 專唱心學之說, 其不類釋氏者幾希矣. 僕非攪金銀銅鐵爲一器, 欲分金銀銅鐵爲別器也, 故疑程朱之言類釋氏耳. 持敬窮理四字, 最近似浮屠也. 蓋爲學之道, 精修六經先秦之文, 旁通諸子百家之說, 而後仲尼之道明如觀火矣. 不然, 其說雖高妙精微, 臆度妄說, 不足信耳." (같은 책, 3월 6일)

여기서는 주자학에 대한 서로 다른 견해가 대립하고 있는 동시에 불교에 접근하는 상이한 방식 또한 문제가 되고 있다. 조선후기의 사대부들은 대체로 불교에 유화적이었다. 이미 조선 초에 성리학이 국가이념으로 자리 잡으면서 불교는 조선 사회에서 극히 제한적인 영향력만을 행사해왔기 때문이다. 특히 16세기 이후로 사대부들의 생활문화에 유교식 가례(家禮)가 뿌리내리고 사림(士林)의 향촌 지배력이 강화됨에 따라 불교와 관련된 의식과 생활문화는 단지 주변적인 위치에만 머물게 되었다. 이에 반해 일본에서는 17세기 중반부터 데라우케(寺請) 제도를 통해 민(民)을 관리하였으며, 도쿠가와 시대 내내 불교식 예법이 일상적으로 이루어지고 있었다. 조선에서 유자와 불자는 외양과 삶의 방식, 사회적 영향력 등에서 확연히 구별되었다. 반면 불교가 중심이 되던 사회에서 바야흐로 신흥 학문이었던 유학을 자발적으로 자신의 업(業)으로 삼은 일본 유자들은 본래 일본에서 문(文)을 담당했던 불승들과 자신을 구별 지을 필요가 있었다.

이러한 상황에서 진사이학과 소라이학은 유학이라는 '외래학문'을 일본사회에 적응시킨 결과물이었고[462], 그 과정에서 '불교와의 거리두기'라는 계기는 필수적인 것이 아니었을까. 그런데 문인 학자 계층이 상당한 정도로 성장한 18세기 중후반에 이르러서도 여전히 일본사회가 '유교적'이라고 볼 여지는 없었다. 불승처럼 보이는 것이 싫어서 의사이면서도 머리를 길렀던 쇼안은 막부 초기의 유자들과 마찬가지로 여전히 유자 고유의 정체성을 확립하기 위해 고심해야 했던 것이다.

그런데 쇼안이 정주학의 여러 개념이 불교와 비슷하다고 여긴 것에 대해서 남옥은 크게 개의치 않고 있다. 남옥에게는 다만 비교의 방식

---

462) 와타나베 히로시(2007), 242-244면 참조.

이 문제였다. 유교가 불교에 합치하는 것이 아니라 불교가 유교에 합치한다고 보는 것이 문제를 올바르게 다루는 방식이라는 것이다. 이러한 태도는 학사 일행이 일본의 불승을 대할 때에도 비슷하게 드러난다. 승려를 칭찬할 때에 겉으로는 불승이지만 그 마음은 유자라고 하기도 하고[463] 명리(名利)를 추구하는 속승(俗僧)이 아니라는 점을 높이 사기도 한다.[464] 즉, 불교를 유학의 하위 사상으로 여기고 있으며 불승의 경우에는 속세와 거리를 둔 초월적인 태도, 즉 방외인(方外人)의 면모를 보일 때에 한하여 그를 인정하는 것이다. 조선의 문사들은 자신은 어디까지나 유자이며 조선의 사대부들은 불교와 무관하다며 선을 긋고 있기는 하지만 불교와 불승 자체에 대해 부정하지 않았으며 그럴 필요도 없었다. 결국 앞서 난구 다이슈에게 말했던 것처럼 '정미하게 분변'하는 것이 중요하며, 개념이나 이론상의 유사점은 문제될 것이 없다고 생각했던 것이다.

후술하겠지만 쇼안은 중국과 일본의 유학사를 이단 극복의 역사로 보았을 만큼 유학과 다른 사상의 구별에 주력했던 인물이다. 그에게 성인의 도를 밝힌다는 것은 여러 잡박한 사상으로부터 유학 고유의 도를 바로세우는 것이었다. 비록 명시적으로 말하지는 않았으나 그는 최종적으로 성인의 도를 불교라는 이단에서 떼어낸 것이 바로 소라이학, 즉 일본 유학계의 업적이라고 여겼다. 학사·서기들은 정주학을 정학으로, 그 외의 학문을 '이단'으로 규정하였다. 그런데 쇼안은 불교를 '이단'으로, 그리고 성리학이 그것에서 벗어나지 못하였다고 하여 도리어 조선의 학문을 '이단적'인 것으로 규정하고 있다. 남옥은 처음

---

463) 원중거가 『동도필담』의 인세이(因靜)를 칭찬한 일이 대표적이다.
464) 『평우록』의 다이텐에 대한 조선 학사·서기들의 평가이다.

에 아이노시마에서 "허무를 높이고 선을 좋아하는 나라"에 "이단을 물리치고 도를 지키는 말"이 있음을 칭찬했는데, 여기에 이르러 도리어 이단에 물든 학문에 종사한다는 공격을 받게 된 것이다.

국가 관료로서의 자기 수양의 학문인 성리학은 개인적으로 학문을 닦아서 일가(一家)를 이루어야 하는 일본의 유자층에게는 공허하게 마음을 닦는 학문으로 여겨질 수밖에 없었을 것이다. 크든 작든 중앙이나 향촌에서 관직을 맡거나 지주의 일원으로 존재했던 조선 사대부들과 달리 일본의 유자들에게 수신(修身)과 지경(持敬)이란 선교의 수행(修行)과 다를 바 없는 것이었다. 이는 일본의 주자학 수용 과정에서 계속해서 문제가 되었던 부분이었으며, 진사이학과 소라이학 역시 이와 같은 '적합성'의 문제를 해결하는 과정에서 배태된 것이다. 이전 시기까지의 통신사 교류에서는 양국 문사들 간에 전면적인 학술 논쟁이 이루어지지 못했으며, 따라서 양자 간의 차이 역시 분명히 드러나지 않았다. 계미통신사 시기에 들어와 이러한 차이로 인한 견해의 대립이 비로소 표면화된 것이다.

이처럼 오사카에서부터 에도에 이르기까지 육로의 각 지역에서 학사·서기들은 정주학 비판의 목소리와 마주쳐야 했다. 대부분의 일본 문사들은 이전 시기의 필담창화집을 통해 조선인들이 정주학을 신봉하며 일본의 학술을 순정하지 못한 것으로 보고 있음을 알고 있었다. 그들은 필담을 계속 이어가기 위해서 상대의 기분을 상하게 할 수도 있는 충돌은 되도록 피하고자 하였으나 기회를 보아 조심스럽게 자신의 견해를 펼치곤 하였다. 학사·서기들은 이들과의 토론을 통해서, 그리고 독서를 통해서 소라이학에 대한 지식을 습득하였다. 그리하여 여정이 마무리되는 단계에서 학사·서기들은 다시 가쿠다이를 만나 마지막으로 소라이학에 대한 토론을 벌이게 된다. 아래는 가쿠다이의 말이다.

조래의 학문은 고어(古語)로 고경(古經)을 풀이한 것이라 불을 보듯 명확합니다. 주자의 명덕(明德)에 대한 해석은 『시경』『좌전』과 부합하지 않고, 인(仁)을 심덕(心德)이라 하며 전언(專言), 편언(偏言)의 항목을 두었으니 그 설이 관중(管仲)에 이르면 군색해집니다. 옛날에는 시서예악을 사교(四敎)와 사술(四術)이라 하여 사군자(士君子)가 배우는 것은 이것뿐이었습니다. 어찌 본연기질, 존양성찰, 주일무적 등의 여러 가지 조목이 있었겠습니까? 성인의 도는 하늘을 공경하는 것을 근본으로 삼았고 조래의 가르침도 또한 그러합니다. 하늘을 공경하고 예를 지키는 것 이외에 어찌 별도로 마음을 지키고 실천하는 법이 있겠습니까? 모든 것이 이와 같은 종류인데 이야기를 길게 한다고 어찌 다 말할 수 있겠습니까? 이것이 제가 정주에게 의구심을 갖는 까닭입니다.[465]

여기서 가쿠다이는 지난번 만남에서와 달리 정주학을 소라이학과 대비하며 그 문제점을 하나하나 비판하고 있다. 이에 학사·서기들은 소라이의 장점만을 취하고 단점은 버려야 한다는 말로 가쿠다이를 설득하지만, 그는 "그(소라이)의 가르침이 선왕 공자의 도와 어긋나는 곳을 명확히 들추어내지 못하였으니, 이것이 제가 묵묵히 찬동할 수 없는 이유입니다."라고 하며 승복하지 않았다. 여기서 가쿠다이는 조선의 학사·서기들이 '소라이가 왜 틀렸는지'를 증명하지 않았음을 지적하고 있는데, 이는 후마 스스무(2008)에서 밝힌 바와 같다.

이상에서 양국 문사들의 학술 논의 중 정주학 비판을 둘러싼 논쟁

---

465) 『장문계갑문사(1·2·3)』, 152-153면. 번역 일부 수정함. 徂徠之學, 以古言解古經, 明如觀火. 如朱子明德解, 與《詩》,《左傳》不合, 仁爲心德, 有專言, 偏言之目, 其說至菅仲而窘矣. 古者詩書禮樂, 謂之四敎, 四術, 士君子之所學是已, 豈有本然氣質, 存養省察, 主一無適等種種之目乎? 聖人之道, 敬天爲本, 徂徠之敎亦然. 敬天守禮之外, 豈別有操存實踐之法乎? 諸如此類, 更僕何盡? 是僕之所以有疑於程朱也. (『장문계갑문사』 권2, 5월 20일)

들을 살펴보았다. 일본 문사들의 문제 제기는 정주의 주설만으로는
사서를 온전히 이해할 수 없다는 의견부터 송학의 개념들이 불교에서
빌려온 망령된 설이라는 주장에 이르기까지 그 비판의 강도에 있어
편차를 보이고 있다. 그러나 대체적으로 일본 문사들은 정주의 주설
을 상대화하여 인식하는 태도를 보여준다. 이는 정주학자이거나 소라
이학자이거나를 막론하고 이 시기 일본 학술의 공통적인 경향이었다.
주자학의 구체적인 내용에 관한 토론은 송대의 신주(新註) 역시 버려
서는 안 된다고 생각한 절충학자 난구 다이슈와의 사이에서 비로소
이루어졌는데, 이 토론에서도 주자학의 근간을 이루는 개념들이 문제
시되었다. 뿐만 아니라 일본의 학술 풍조를 강하게 비판하는 유자들
조차도 정주를 특별히 더 높이는 것이 아니었다. 즉, 정주 비판과 관
련된 논쟁을 통해 볼 때 조·일 간의 학술 교류는 특정 학파 간의 대립
이라기보다는 이러한 광범위한 학술 경향의 차이가 표면화된 장이었
다고 할 수 있다.

　물론 소라이학파 학자들과의 의견 대립은 양국 문사들의 차이를 더
분명하게 보여준다. 소라이학파 유자들은 송유들이 금언(今言)으로 고
언을 보았으므로 성인의 본뜻을 제대로 풀이할 수 없었으며, 또한 주
자학의 기본 개념들이 불교에서 유래한 것이라며 직접적으로 주자학
을 공격하였다. 조선의 학사·서기들은 고문사의 학문방법론에 대해
구체적으로 반박하는 대신 정주를 비판하는 것은 이단임을 거듭 강조
하였다. 사실 이들이 소라이 방법론의 타당성에 대해서 어떻게 생각
했는지 알려주는 기록은 없다. 다만 학사·서기들은 일본인들이 거듭
논했던 정주 주설의 오류들에 대해서 굳이 파고들려고 하지 않았다는
것, 또 비록 몇 가지 오류가 있다 하더라도 공맹의 도를 밝힌 주자의
거룩한 의도를 폄하해서는 안 된다는 점을 분명히 했을 뿐이다. 또 하

나의 문제였던 불교와의 유사성에 대해서는 조선 측에서는 그리 심각하게 받아들이지 않았던 것 같다. 이 문제에서도 남옥은 단지 불교에 대한 유교의 우위를 주장하며, 양자를 '정미하게 분변'할 것을 강조하였다. 불교와 유교의 변별은 이 시기 조선의 사대부들에게 그다지 중요한 과제가 아니었던 것이다.

(2) 선왕의 도와 박학의 추구

"공자의 도는 선왕의 도이다. 선왕의 도는 천하를 편안하게 하는 도이다."[孔子之道, 先王之道也. 先王之道, 安天下之道也.]라는 것은 소라이학의 토대를 이루는 기본적인 명제들 중 하나이다. 유학에서 추구하는 도(道)는 천지자연의 도가 아니라 역대의 선왕들이 심력을 기울여 '만들어낸 것'[作爲]으로, 예악형정(禮樂刑政)이 바로 그것이다. 예악형정을 떠나 따로 도라는 것이 있는 것이 아니다. 선왕의 도는 옛날에 도술(道術)이라고 하였다. 그 가르침은 배우는 자들이 날로 그 덕을 이루어가면서도 스스로 알지 못하게 하였으니 이것이 이른바 술(術)이라는 것이다. 시서(詩書)와 예악(禮樂)이 바로 그것이다. 공문(孔門)에서 중시한 인(仁)이란 바로 이러한 선왕의 도를 체득하는 것이다. 예악의 가르침을 통해 군자는 그 덕을 완성하고 소인은 그 풍속을 이룬다.[466] 이상이 '선왕의 도'와 그것을 실현하는 수단으로서의 시서예악 '사술(四術)'에 대한 오규 소라이의 견해이다.

남옥 일행이 일본에 도착하여 가장 처음 맞닥뜨린 소라이학의 도전은 바로 도술(道術)에 관한 것이었다. 논쟁을 제기한 이는 가메이 난메이이며, 수신인은 성대중이다.

---

466) 荻生徂徠, 「弁道」, 吉川幸次郎 外編(1973), 200-208면 참조.

 대저 지극한 이치는 형체가 없고 지극한 도도 이와 같으니, 가져다가 자임하여 천하를 위하고 국가를 위하고 남을 위하고 자신을 위합니다. 일과 물건은 자취가 없어 헤아리기 어려운 것이 있고, 때와 형세는 일정함이 없어 부득이한 것이 있습니다. 그러므로 아무런 방책 없이 기다린다면 말이 궁해지고 행동도 어그러지게 됩니다.

 옛적 공자께서 자하(子瑕)를 가르쳐 위(衛)와 통하였는데, 공자(公子) 하(瑕)가 어찌 가르칠 만한 자였겠습니까. 시세가 부득이해서였습니다. 노자는 예를 안다고 주나라에 이름이 났는데도 무위(無爲)를 말하기를 좋아하였습니다. 이는 음양이 있는 것과 같으니 도를 체득한 사람은 진실로 그러합니다. 탕왕이 걸을 치고 무왕이 주를 벤 것 같은 것은 신하가 임금을 시해하였으니 도에 있어 어떠하였습니까. 백이가 수양산에서 굶어죽으며 무왕을 원수로 삼았는데, 이미 성인을 원수로 삼았는데도 공자께서 현인이라 칭하고 맹자는 성인이라 칭하였습니다. 성공께서는 심히 되지 못한 말이라고 여기셨지요. 저는 백이를 죽음으로써 도를 도운 자로 여깁니다. 큰일에 처하여 작은 것을 잊고 도를 체득하여 제 몸을 잊었으니 사군자의 직분이 그러합니다. 노자는 예를 알았으나 말하지 않았으니 도를 돕는 술(術)입니다. 노자는 '용과 같다'고 하지 않았습니까. 공자는 무(無)를 알았으나 말씀이 있었으니 남을 이끄는 술입니다. 공자도 '용과 같다'고 하겠습니다. 그러므로 그 행동이 능히 용과 같을 수 있었고 나중에 도를 얻어서 군자가 되었고 이룸이 있는 자[有爲者]가 된 것입니다.467)

---

467) 夫至理無形, 至道一如, 取而任之, 爲天下、爲國家、爲人、爲身. 有事與物無跡而不可測者矣, 有時與勢無定而不得已者矣. 故不以無方待之, 則言窮行戾. 昔孔子誘子瑕通衛. 公子瑕豈可誘者, 時勢之不得已也. 老子以知禮名于周, 而喜言無爲, 是似有陰陽, 體道之人固然. 若夫湯王征桀、武王伐紂, 以臣弑君, 於道爲何. 伯夷餓死首陽, 以武王爲仇, 旣仇於聖人, 而孔子稱賢, 孟子稱聖. 成公爲甚無謂, 余則以爲伯夷以死佐道者也. 處大忘小, 體道忘身, 士君子之職爲然矣. 老子知禮不言, 卽佐道之術也. 老子其猶龍耶. 孔子知無言有, 卽導人之術也. 孔子其猶龍耶, 故其行得能猶龍, 而后爲得道, 爲君子、爲有爲者矣. (「上龍淵成公」, 『龜井南冥・昭陽全集』卷1, 葦書房有限會

난메이가 어려움에 처한 자신의 지인에게 보낸 글 중에 "양(陽)으로 는 남들에게 용납되고자 하고 음(陰)으로는 도를 체득할 것이며, 양으 로는 사랑스러운 벗을 사랑하고 음으로는 두려운 벗을 두려워하라." [陽欲容于人, 陰欲體于道, 陽愛愛友, 陰畏畏友]라는 구절이 있었는데, 이에 대해 성대중은 "사군자는 표리가 마땅히 한결같아야 하거늘 어 찌 음양을 쓸 수 있단 말인가"[士君子, 表裏當如一, 豈可陰陽用乎.]라 고 평하였다. 이 서신은 난메이가 자신의 글을 보여준 후 그것에 대한 성대중의 이러한 의견을 듣고, 그에 대해 반론을 펼친 글이다.

본래 난메이가 제기한 음양표리(陰陽表裏)의 논리는 유자의 현실대 처 방식에 관한 것이었다. 사물과 시세는 예측이 어렵고 일정하지 않 기 때문에 상황에 맞는 방책(方策)이 필요하다는 것이다. 위 서신에서 그는 옛 성현의 행적을 인용하여 논의의 축을 '성인의 도'라는 개념으 로 옮기고 있다. 그는 노자, 공자, 백이를 인용하며 그들이 모두 '의식 적으로' 도를 돕기 위한 술(術)을 구사했다고 주장한다. 노자는 예(禮) 를 알았으나 무위(無爲)를 주장했고 공자는 무(無)를 알았으나 말로써 남을 이끌었다. 또, 공자는 시세가 부득이하여 부덕(不德)한 인물인 공 자 하와 사귀기도 하였다. 한편 백이는 성인이라고 할 수 있는 무왕(武 王)의 잘못을 말하고 스스로는 죽음을 택하여 그 도를 세상에 드러냈 다는 것이다. 이 모든 것들이 바로 도의 술(術)을 보여주며, 이러한 술 을 통해 성인군자들이 세상에 업적을 남길 수 있었다는 논리이다.

다음은 이에 대한 성대중의 반론이다.

저 음양의 설은 성인이 진실로 그것을 말씀하셨습니다. 하늘에는 낮과 밤이 있고 사람에게는 인과 의가 있으니 어찌 음양이 아닌 것이 있겠습니까? 그러나 만약 기이함과 바름, 겉과 속의 술(術)로써 그것을 논한다면 이는 음양을 해치는 것입니다. 음양을 해치게 되면 사람을 해치는 것이 많습니다. 족하가 말씀하신 음양이라는 것은 군자가 일찍이 말했던 것이 아닙니다. 노자의 자웅(雌雄)과 관중(管仲)·상앙(商鞅)의 권모술수는 모두 술(術)입니다. 저 군자의 도는 평상시에는 경(經)이요 발하면 권(權)이 되니, 권이라는 것은 성인도 말씀하기 어려워한 것입니다. 대개 말하길 '떳떳한 도리를 회복한다'[反經]는 것일 뿐이니, 시세(時勢)는 만가지로 일어나지만 도리에는 일정함이 있고 사물은 때에 따라 순응하되 나는 지킴이 있습니다. 만약 세상에 따라서 옮겨 간다면 날로 힘쓰고 때마다 고생해도 한갓 자신만 피곤할 따름입니다. 공자께서 위나라에 가셨을 때 안수유(顔讎由)를 주인 삼으셨으니, 족하는 『맹자』를 읽지 않으셨습니까? 노자에게 음양이 있었다는 것은 믿을 만하거니와 공자에게 어찌 음양이 있었겠습니까? 성인의 마음은 조각조각 쪼개고 깨뜨려서 태양빛이 밝게 비추는 곳을 향하게 하여 천만 사람으로 하여금 분명히 보게 하는 것에 불과하니 만약 한 터럭의 음양표리의 술책이 있다면 어찌 족히 성인이 되겠습니까.468)

천지에는 음양이 있지만 군자의 언행에는 음양이 있을 수 없다는 말이다. 노자와 상앙, 관중 같은 이들은 술을 썼다고 할 수 있지만 성

---

468) 夫陰陽之說, 聖人固言之矣. 天有晝夜, 人有仁義, 何莫非陰陽, 而若以奇正表裏之術論之, 是賊陰陽也, 陰陽賊則賊人多矣. 足下所謂陰陽者, 非君子所嘗言也. 老子之雌雄、管商之權數, 皆是術也. 夫君子之道, 常則經, 發則權, 而權者聖人之所難言也. 蓋曰反經而已, 時勢有萬發, 而道理有一定, 物至順應, 我則有保. 若隨世發移, 則日勞時役, 徒自困耳. 孔子之適衛, 主顔讎由, 足下不讀《孟子》乎. 老子之有陰陽信矣, 孔子豈有陰陽乎. 聖人之心不過片片剖破, 向白日光明處, 使千萬人洞見. 若有一毫陰陽表裏之術, 則烏足爲聖人哉.「復龜井道哉」, 같은 책, 547면)

인군자는 그렇게 하지 않는다. 군자의 도는 평상시에는 경(經)이요 상황에 맞게 권(權)을 행하는 것인데, 권이라는 것은 성인도 쉽게 말하지 못하는 것이다. 사물은 계속해서 변하지만 군자는 떳떳한 도리를 지킬 뿐이다. 요컨대 성인의 마음은 공변된 것으로 모든 사람이 분명히 이를 알 수 있게 하는 것이지, 음양표리의 술책을 쓴다면 그것은 성인이라고 할 수 없다고 하였다. '마음속에 티끌만큼의 사사로움도 없는' 성인의 경지에 대한 서술이다.

　난메이는 다시 한 번 장문의 서신을 보내 성대중의 논의에 반박하였다. 즉, 시서예악은 옛날에 사술이었다, 또 성대중 자신이 바로 그 술 안에 있기에 그 술을 보지 못하는 것이라고 하였다. "그 가르침은 또한 배우는 자들로 하여금 날로 그 앎을 열고 달로 그 덕을 이루면서도 스스로 알지 못하게 하는 것이니 이것이 이른바 술"[469]이라고 한 『변도(辨道)』의 문구를 가져온 것이다. 또한 천하의 일은 계속 변화하는데 오직 도리만을 붙잡고 있는 것은 병은 늘 변하는데 처방이 일정하여 속수무책으로 죽기를 기다리는 것과 같다고 하였다. 여기서도 난메이는 거듭하여 성대중이 의리만 알고 시세와 사물의 변화에는 어둡다고 비판하고 있다. 그러나 성대중은 여전히 "천지가 만물을 낸 까닭과 성인이 만사를 이루는 까닭은 곧음일 따름입니다. 성인이 어찌 술이 있겠습니까."[天地所以生萬物, 聖人之所以成萬事, 直而已矣. 聖人豈有術哉.]라며 주장을 굽히지 않는다. 또, "성인이 사람을 가르치는 것은 조물주가 사물을 만들어내는 것과 같아서 그릇에 따라 이루어주고 본성에 따라 만들어주는 것이지 술이 있어서 다스리는 것이 아닙

---

469) 其教亦使學者, 日開其知、月成其德而不自知焉, 是所謂術也. (吉川幸次郎 外編 (1973), 206면)

니다."[聖人之敎人, 猶化工範物, 因器而成, 因性而化, 非有術御之也.] 라고 하였다.

이 토론에서 난메이는 소라이학의 주된 개념인 도의 술에 대한 주장을 펼치고 있으며, 이에 대해 성대중은 주자학적 관점에서 반박하고 있다. 소라이학과 주자학을 둘러싼 계미사행의 학술 논쟁이 많은 경우 상대 학파의 문제점을 지적하는 방식으로 이루어진 것과 달리 위 사례는 소라이학의 개념을 둘러싼 본격적인 토론이라는 점에서 주목할 만하다. 또한 난메이는 "성인의 도는 천하를 편안하게 하는 도이다"라는 등의 추상적인 명제를 내세우지 않고 모생(某生)의 사례를 논의의 출발점으로 삼고 있다. 에도의 문인들이 소라이의 저서에 있는 말을 그대로 인용하면서 정주를 비판했던 것과는 달리 현실 속에서 이론을 증험하고 있다는 점이 참신하다. 서신을 거듭 주고받으며 애초에 문제가 되었던 모생의 곤경이라는 구체적인 현실로부터 도의 술과 유자의 행동방식이라는 일반적인 주제로 논의가 확장되고 있다. 이러한 논의 방식 역시 이 사례의 독특한 점이다.

난메이가 서생에게 준 글의 원문을 확인할 수는 없지만 모생은 적대적인 주변 상황 때문에 자신의 원칙을 지킬 수 없게 된 처지에 놓인 것으로 보인다. 게다가 당사자는 아직 열다섯밖에 되지 않은 어린 서생이었다. 그러므로 난메이는 그 서생에게 마음속으로는 도를 지키되 겉으로는 주위와 화합하라고 충고하고서 이것을 남을 가르치는 술이라고 여긴 것이다. 그런데 난메이의 위와 같은 소상한 해명에도 불구하고 성대중은 "모생이 처한 어려움이 정말로 족하의 말과 같다면 널리 사랑하고 인자를 가까이하는 도로써 이끄는 것이 마땅하니, 정직한 이와 함께하며 부정한 것을 따르지 말라'고 해야 할 따름입니다. 다만 머뭇거리며 표리의 술로 가르친다면 이것이 어찌 부형이 자제를 가르치는 도이겠습니까?"[470]라며 원칙을 고수하는 태도를 보였다.

난메이는 위 서신들 뒤에 짧은 논평을 덧붙여 두었는데 거기에는 "용연의 두 편의 글로 조선 선비 무리의 더러움을 볼 수 있으니, 극도로 썩어서 군자를 죽은 물건으로 여기고는 만족할 뿐이다."[龍淵二編之書, 足以觀朝鮮儒流之汙矣. 腐朽之極, 以君子爲死物而足焉爾.]라는 혹평이 담겨 있다. 여기에는 자신의 견해를 성대중이 전혀 용납하지 않은 것에 대한 일종의 분개심이 느껴진다. 난메이가 모생에게 '음으로 도를 체득하라'고 한 것으로 보아 모생은 지키고 싶었던 '도'가 있었고 그것이 유자로서의 도임을 짐작할 수 있다. 즉, 일본 사회에서 유자의 행동원칙—그 자체도 조선과는 다른 성격의 것이었겠지만—이 언제나 용납되는 것은 아니었던 것이다.

요컨대 이 사례는 가메이 난메이가 유자로서의 자신의 처신(處身)—모생에 대한 충고로서 표현된—에 대해 해명하기 위해 성인의 도의 술이라는 논리를 동원하여 성대중을 설득하려 했다가 실패한 기록이다. 난메이의 문제 제기에는 일본 사회에서 유자가 처한 현실에 대한, 어떻게 보면 절박하기도 한 고민이 담겨 있었다. 그러나 자신의 행동을 공자에 비견하고 정주학에 얽매인 조선인을 비난하는 등의 방식은 조선 문사들의 공감을 이끌어 내기 어려운 것이었다. 물론 그렇지 않았다 하더라도 성대중이 위와 다른 답변을 하지는 않았을 것으로 생각된다. 난메이의 격앙된 태도와 달리 성대중의 반응은 오히려 여유가 있으며, 사후의 평가 또한 상반된다. 성대중은 오히려 난메이를 식견이 뛰어난 인물로 지목했던 것이다.

---

470) 某所處之難, 信如足下之言, 則尤宜導之以汎愛親仁之道, 正直是與, 無從詭隨而已. 顧乃以依違表裏之術教之. 此豈父兄訓子弟之道乎. (「復道哉足下」, 같은 책, 548면)

그런데 난메이의 혹평을 통해서 반대로 그가 조선인과의 토론에서 무엇을 기대했는지 추측할 수도 있다. 비록 원활히 성사되지는 못했으나 그는 같은 유자로서 각자가 처한 현실의 차이를 공유하고 그 상황에 걸맞은 현실 대응의 논리를 인정받고자 했던 것이다. 그러나 성대중은 원칙만을 고수하며 그의 상황을 이해해 주지 않았다. 성대중이 군자를 사물(死物)로 여긴다는 난메이의 비판은 여기에 기인한다. 위 토론은 '선왕의 도의 술'이라는 소라이학의 개념과 '공평무사(公平無私)한 성인의 도'라는 주자학의 개념이 정면으로 대립한 예이면서, 일본 문사가 조선 문사들과의 토론에서 무엇을 기대했는지 보여주고 있다는 점에서 흥미롭다.

구체적인 현실의 고민에서 출발하여 도의 술이라는 개념에 대한 토의를 이끌어냈던 난메이와 반대로 다키 가쿠다이는 성인의 도라는 개념을 통해서 외부세계를 바라보는 하나의 관점을 제시하였다. 다음은 학사·서기들이 아카마가세키를 떠난 직후에 보낸 가쿠다이의 서신의 일부이다.

> 대개 천지 사이에 성인의 도만큼 숭상할 만한 것은 없습니다. 비록 그렇다하더라도 후세의 유자는 도를 자신의 사유로 여겨, 같은 것은 높이고 다른 것은 배척하며 중국은 귀하게 여기고 오랑캐는 천시하는데, 이는 고루한 식견으로 천지가 크다는 것을 알지 못한 것입니다.
> 귀국과 우리나라는 똑같이 동쪽 끝에 치우쳐 있습니다. 그러나 귀국은 성교가 융성하고 백성들의 덕성이 순후하여, 사학(四學)에서 인재를 양성하고 귀후서(歸厚署)를 설치하며 양로잔치를 베풀어주고 노복 또한 삼년상을 행하도록 허락해주는 일 등을 보면, 비록 덕이 지극했던 옛 세상일지라도 이 정도 수준에 불과할 것입니다. 우리나라는 인정과 풍속이 아름다운데 대개 천성에서 나온 것으로 충신과 의사(義士), 효자와 정부

(貞婦)가 즐비하게 있으며 노비가 충성을 다하고 창기가 절개를 지키는 유형 또한 드물지 않습니다. 저들 중화는 성인의 나라이면서도 그 사람 됨의 간악함이 오랑캐보다 심한 점이 있습니다. 제가 명나라와 청나라의 율법에서 보니, 대개 법률 조항에 실려 있는 것 가운데 간음과 기만과 흉악함의 정도가 심한 것은 모두 우리나라 사람들이 일찍이 알지 못했던 것들입니다. 또 화란(和蘭: 네덜란드)처럼 두 명의 여성을 취하지 않고 나라에 걸식하는 사람이 없는 일 등은 모두 중국이 미칠 수 없는 바입니다. 또한 사목(四目)이라는 인류 교화와 시서예악의 가르침을 입게 된 나라로는 귀국과 우리나라, 유구와 교지(交趾: 현재의 베트남 북부 지역) 등 몇 나라가 있을 뿐입니다.

예로부터 서양과 남만의 선박으로 우리나라 장기(長崎)에 들어온 나라가 백이삼십 국입니다. 또 지구도(地球圖), 곤여전도(坤輿全圖),『직방외기(職方外記)』를 보고서 그것을 명나라와 청나라의『회전(會典)』이나『일통지(一統志)』에서 찾아보면 실려 있지 않은 곳들이 오히려 많습니다. 우주가 크고 나라가 많은 것이 이와 같습니다. 그 나라에는 각자 그 나라의 도가 있어서 나라가 다스려지고 백성이 편안한 것입니다. 인도에는 바라문법이 있어서 불가의 도와 나란히 행해지고 있고, 서양에는 천주교가 있으며, 기타 회회교나 라마법과 같은 것은 여러 나라에 다 있습니다. 작자(作者) 7인은 모두 개국한 임금으로 하늘의 뜻을 계승하여 극(極)을 세운 자들입니다. 이용후생의 도를 세우고 덕을 이뤄주는 도를 세운 것은 모두 하늘을 대신하여 백성을 편안하게 한 것입니다. 나라가 다스려지고 백성이 편안한데 또 다시 무엇을 구하겠습니까? 어찌 반드시 중국만 귀하게 여기고 오랑캐의 가르침은 폐해야 하겠습니까?[471]

---

471)『장문계갑문사(1·2·3)』, 80-82면. 번역 일부 수정함. 凡天地之間, 聖人之道莫
尙焉. 雖然, 後世之儒者, 以道爲己之私有, 以標同伐異, 貴中國賤夷狄爲務, 是其識見
之陋, 不知天地之大者也. 蓋貴邦、吾邦同僻東維, 而貴國聲教之隆民德之醇, 如四學
養人材、設歸厚之署、賜養老之燕, 奴僕亦許行三年之喪, 雖古至德之世, 亦不過如此
已也. 吾邦人情風俗之美, 蓋出於天性, 忠臣、義士、孝子、貞婦比比而有, 奴婢盡

여기서 가쿠다이의 견해는 기본적으로 소라이학의 핵심적 전제를 바탕에 깔고 있다. 성인의 도는 비할 바 없이 큰 것인데 후세 유자들이 그것을 사유(私有)로 하여 학파에 따라 분분하게 다투어왔다는 것, 성인의 도는 천하 백성을 편안하게 하는 도라는 것, 군자의 도는 사람의 재주와 기량을 이루어주어 안민(安民)에 이용하려는 것이라는 진술 등이 그것이다. 그런데 가쿠다이는 여기서 한 걸음 더 나아가 '중화 세계'의 바깥까지 시야에 넣고 있다. 조선과 일본의 풍속이 이미 중국보다 더 나은 것은 물론, 성인의 교화를 입지 못한 서양과 남만 등 여러 나라들도 각자 그 나라의 도에 따라 다스려지고 있다는 것이다. 나라가 다스려지고 백성이 편안하면 그뿐, 그것이 중화의 법이든 오랑캐의 법이든 중요치 않다는 견해이다.

이 서신에서 중화와 이적의 개념은 두 차례에 걸쳐 변용되고 있다. 우선 중국이 중화라면 조선과 일본은 이적이다. 그리고 시서예악의 교화를 입은 나라들로 중국을 비롯하여 조선, 일본, 유구, 베트남을 꼽았다. 오늘날의 이른바 '한자문화권'에 속하는 동아시아 국가들이다. 그 바깥의 세계로 서양, 인도, 남만 등 수많은 나라들이 등장한다. 이 나라들은 성인의 교화를 입지 못한 곳들이며, 중국을 중심으로 한 '중화 세계'의 바깥, 곧 이적의 공간이다. 중화 세계에 속하는 나라들

忠、娼妓死節之類, 亦不鮮矣. 彼中華聖人之國, 而其人之姦惡有甚於蠻夷者. 僕於明淸律而見之, 凡律條所載姦驅兇惡之甚者, 皆吾邦之人所未嘗及知也. 又如和蘭不二色、國無乞食, 皆中國之所不及也. 且夫四目人之化, 詩書禮樂之敎所被及者, 貴邦、吾邦、琉球、交趾諸國已也. 自古西洋南蠻舟舶來吾長崎者百二三十國, 又見地球圖、坤輿、《外記》, 而考諸明淸《會典》、《一統志》, 其所不載者尙多矣. 宇宙之大、邦域之多如此, 而其國各有其國之道, 而國治民安也. 乾毒有婆羅門法, 與釋氏之道幷行, 西洋有天主敎, 其他如回回敎、囉嘛法者, 諸國或皆有之. 夫作者七人皆開國之君也, 繼天立極者也. 立利用厚生之道, 立成德之道, 皆所以代天安民也. 國治民安, 又復何求? 何必中國之獨貴而夷敎之可廢乎? (『장문계갑문사』 권1, 1월 3일)

은 성인의 가르침을 숭상한다는 점에서 서양을 비롯한 바깥 세계와
대비되어 중화에 속하는 곳이 된다. 즉, 세계를 중국을 중심으로 한
동심원적 공간에 배치한 것이다. 그러나 그들의 행동을 살펴보면 중
화와 이적의 우열이 뒤집힌다. 중화 중의 중화인 중국은 그 행실이 조
선과 일본에 비하면 이적과 같고, 이적 중의 이적인 네덜란드는 중화
세계가 미치지 못할 올바른 풍속을 갖고 있다는 것이다. 가쿠다이는
이적이 중화보다 그 행실이 낮다는 지적에 그치지 않고 이적의 가르침
[夷敎]까지 긍정하고 있다는 점에서 주자학뿐 아니라 유교적 세계관
을 완전히 벗어나고 있다. 이 모든 사고의 출발점은 '성인의 도'는 '천
하를 안정시키는 도'라는 전제이다.

  가쿠다이의 견해는 18세기 중반 일본에서 소라이학에 바탕을 둔 견
해가 어떤 단계로까지 나아갈 수 있는지를 보여주는 것이다. 소라이
가 제창한 '선왕의 도'라는 것은 황제로부터 요순을 거쳐 공자로까지
이어지는 중화 세계의 고도(古道)였다. 시서예악이 고대의 사술이었다
는 주장은 레토릭에 머무는 것이 아니었다. 소라이는 실제로 고대 선
왕의 통치술을 배우기 위해 육경 고문을 닦아야 한다고 주장했으며
그 자신 고악(古樂)의 연구에 적극적이기까지 했다.[472] 계미사행 시기
많은 일본 문사들은 자신이 육경을 전공했다고 진술하였으며 고악기
의 연구에도 관심을 기울였다. 그러나 가쿠다이의 위 글에서는 이러
한 선왕의 도조차 상대화되어 있다. 시서예악의 가르침을 입은 나라
들이 아니더라도 각자의 도에 따라 나라가 다스려지기만 하면 결국
그 도달점은 같은 것이다. 이는 나가사키를 통한 해외 지식의 확장이

---

472) 남성호(2014), 「유학자 오규 소라이(荻生徂徠)의 음악관(音樂觀)- '道'와 '和'의 이
    해를 위한 시론-」, 『동아시아고대학』 34집. 동아시아고대학회.

가져온 세계관의 변모라고 볼 수 있는데, '통치의 수단으로서의 도'라
는 개념이 외부세계와의 접촉이라는 객관적인 조건을 만났을 때의 필
연적인 귀결점이기도 하다.

　다음은 이에 대한 학사·서기들의 답신이다.

　별도로 보내주신 서신을 보니, 세속의 유자들이 중국을 귀하게 여기
고 오랑캐를 천시하는 것을 천지 성인의 도와는 다른 소루한 식견이라고
하셨습니다. 이는 족하의 뜻이 크고 안목이 트인 지론으로, 고루한 선비
로 하여금 입을 떡 벌리게 할 만합니다.

　그러나 생각해 보면 천지는 지극히 커서 양을 먼저하고 음을 뒤로하지
않을 수 없고, 성인은 지극히 공변되어 중화를 안으로 하고 오랑캐를 밖
으로 하지 않을 수 없습니다. 혹 중국인데 행실을 오랑캐처럼 한다면 오
랑캐가 되고, 오랑캐인데 중화처럼 변화된다면 중국이 되는 것입니다.
양자운이 '담장 안에 있으면 손을 저어 내쫓고 오랑캐의 나라에 있으면
끌어들여야 한다'고 한 것이 이것입니다. 중국 밖에서 태어났으니 진량
을 사모해도 그렇게 될 수 없습니다.

　중국이 오랑캐처럼 행동하는 것을 가리켜 참으로 중국이 오랑캐만도
못하다고 하고, 오랑캐가 중화처럼 행동하는 것을 가리켜 참으로 오랑캐
가 중국보다 어질다고 하시니 어찌 근본을 헤아려서 끝을 맞춘 말이겠습
니까? 다만 마땅히 평상심으로 공변되게 살펴 시비를 분명히 하면서 내
외를 분별한다면 형세의 국한되는 것을 비록 스스로 뽑아버릴 수는 없어
도 본연으로 나아가는 것은 마땅히 스스로 정할 수 있을 것입니다. 학대
께서는 견식이 매우 뛰어나시니 반드시 깨달은 것이 있을 것입니다.[473]

---

473) 『장문계갑문사(1·2·3)』, 92~93면. 번역 일부 수정함. 答. 別副見諭, 以世儒之貴
中國而賤夷狄, 爲小見陋識, 異於天地聖人之道, 此足下志大眼空之論也, 足令曲士呿
口. 然竊謂天地至大而不能不先陽而後陰, 聖人至公而不能不內華而外夷. 其或中國而
夷其行, 則夷狄之, 夷狄而變於夏, 則中國之. 揚子所謂"在牆則揮, 在狄則進"是也. 苟

답신에서 학사·서기들은 가쿠다이가 벗어나버린 유교적 세계질서 안으로 그 논의를 다시 끌어오고 있다. 비판은 다음의 두 측면에서 이루어진다. 먼저 교화의 (지역적) 원천으로서의 중국과 중화에 대한 긍정이다. 이러한 '기준'이 있어야 문명의 지표로서 '중화에 가까워진다'는 논리가 의미를 갖게 된다. 천주교나 회회교(이슬람) 등의 가르침까지 다 긍정하고 보면 '그 행동이 중화와 가깝다'는 평가의 기준조차 무의미해지고 말 것이다. "천하가 다스려지고 백성이 편안하다"는 진술에는 사실 '어떻게 다스려지는지'에 대한 형용이 빠져 있다. 유학자들에게 중화로 일컬어지는 고래(古來)의 문명이라는 척도 없이 '치세(治世)'를 논하는 것은 불가능한 일이었다. 예컨대 전쟁이 일어나지 않고 국가 재정이 넉넉하면 잘 다스려지는 것이라고 할 수 있는가? 그보다는 백성이 예의와 염치를 알고 마음으로 통치자에게 복종하는 것이야말로 잘 다스려지는 것이다.474) 그런데 그러한 '예의'와 '염치'라는 개념 자체가 유학의 범위를 벗어나서 정의될 수 없는 것이다. 이적이 '중화처럼' 보인다고 해서 그들이 예의와 염치를 갖추고 있다고 보기는 힘들다. 겉으로는 비슷해 보여도 마음 깊이 성인의 가르침을 체득하고 있는 것이 아니기 때문이다. 결국 가쿠다이의 말은 유학이라는 테두리 내에서는 전혀 납득할 수 없는, 광대하기는 하지만 내실 없는 주장이

其生在中國之外, 慕陳良而不可得. 指中國之夷行者, 曰是眞中國之不如夷狄, 指夷狄之華行者, 曰是眞夷狄之賢於中國, 豈揣本齊末之言哉? 但當平心公察, 明是非而辨內外, 形勢之所局者, 雖不得自拔, 趣向之本然者, 當有以自定. 鶴臺見識超邁, 必有犁然者矣. (『장문계갑문사』 권1, 1월 5일)

474) 잘 다스려진다는 것의 기준은 지역과 시대, 그리고 문화에 따라 다를 수 있다. 이는 와타나베 히로시(2016), 「화이(華夷)와 무위(武威)-'평화' 지속의 어려움에 대하여-」, 『개념과 소통』 17호, 한림대 한림과학원, 18-19면에서 제시하고 있는 관점과 상통하는 것이다.

었던 것이다. 두 번째는 가쿠다이의 논리 전개 방식에 대한 비판이다. 가쿠다이는 중국의 여러 면모 중에 오랑캐보다 못한 것을 가리켜서 중국을 이적이라 하고, 이적의 여러 면모 중 조금 나은 것을 들어 중화보다 낫다고 하였으니 비교의 방식이 타당하지 않다는 것이다.

이상 두 건의 토론은 성인의 도, 혹은 선왕의 도라는 개념을 둘러싸고 소라이학과 주자학의 관점이 충돌한 예이다. 사실 가쿠다이의 경우 스스로는 소라이학의 주장을 논의를 바탕으로 삼았다고 하나 그 결론은 유교 자체의 상대화로 나아가고 있어서 다른 일본 문인들의 인식과도 상당한 거리를 보여준다. 조선 문사들도 지적했다시피 이러한 광대한 논의는 평범한 선비들의 입을 딱 벌어지게 만들 만한 것으로서, 이 시기 필담에서 이러한 정도의 인식의 확장을 보여준 인물은 찾아보기 힘들다.

실제로 다른 일본 문사들의 필담에서 널리 발견되는 논의는 여전히 '선왕의 도', '고도(古道)' 등 유교의 개념을 중심으로 한 것들이다. 또한 오사카와 에도의 문사들 사이에서 학파를 불문하고 소라이학파 학자들이 즐겨 쓰는 위와 같은 개념을 거론하는 일이 종종 있었다. 소라이학파를 비판한 오쿠다 모토쓰구도 "저 삼왕과 주공, 공자의 정치가 남긴 자취는 여전히 방책(方策)에 실려 있지 않습니까? 이것이 옛 것이 남긴 아름다움이니, 거슬러 올라가 따른다면 배우는 바에 거의 어긋나지 않을 것입니다."라고 말하였으며, 난구 다이슈 역시 남옥에게 "오로지 고도를 회복하는 것"으로 마음을 삼으라고 말한 바 있다.[475] 주자학을 신봉한다고 밝힌 미나모토 분코도 소라이에 대하여 "그가

---

475) 『강여독람』의 서문에서 난구 다이슈는 '고학(古學)'에 종사하는 자로 지칭되고 있다. 고학이라는 용어가 유학의 대칭(代稱)으로 사용되고 있던 정황을 엿볼 수 있다.

이미 선왕과 공자의 도로써 자기의 임무를 삼았으니" 대호걸이라고 언급하였다. 계미사행 시기는 소라이학이 이미 그 전성기를 지나 쇠퇴하고 있던 때였으나, 이는 곧 소라이학의 여파가 일반 문인들 사이에 광범위하게 영향을 미치고 있던 시기임을 뜻하기도 한다. 고도를 추구한다는 것은 그것을 담지하고 있는 고경(古經)을 직접 읽는다는 뜻이다. 그렇다면 여러 주해들은 경서의 의미를 이해하는 데 참조 자료가 될 뿐이며, 박람을 통해 시야를 넓히는 것이 훌륭한 학자가 갖추어야 할 조건이 된다.

이에 따라 일본의 문사들은 자신의 박학 이력에 대하여 상세히 밝히곤 하였다. 이마이 쇼안은 남옥에게 자신의 학문 이력을 설명하면서, 어려서부터 육경과 공맹을 읽었고, 진·한 제자(諸子)들과 한·당·송의 여러 학설을 두루 읽었으며 병법 등 잡기까지도 섭렵했다고 하였다.476) 그가 이러한 자신의 이력을 나열한 까닭은 자신이 육경과 공맹을 읽고서 선왕·공자의 도를 알았으며, 한·당·송의 글을 읽고 공자의 도가 희미해졌음을 깨달았다는 사실을 강조하기 위해서이다. 한편 요코타 준타는 자신은 의원으로서 문인들의 박학을 따를 수는 없지만 의학을 터득하기 위하여 육경과 제자백가를 읽지 않을 수 없었다고 하였다.477) 아키야마 아키라는 자신이 육예와 고문을 전공하였는데 '널리 섭렵하기를 탐하여' 깊이 생각하지 못하였다며 자신의 학문 이력을 반성한 바 있다.478) 니시하라 아키라(西原彰) 역시 자신은 육경과 제자백가를 두루 읽었다고 밝혔다.479)

---

476) 『송암필어』, 3월 6일.
477) 『양동투어』 곤, 3월 9일.
478) 『청구경개집』 권하.
479) 같은 책.

　계속된 교류를 통해 세 사람은 일본 문사들의 박학이 곧 정주의 주설을 학문의 문로로 삼지 않는 경향으로 이어진다는 것을 알게 되었다. 그리하여 난구 다이슈의 서신에 대한 답변에서 남옥은 "잡서를 보지 말고「중용서(中庸序)」를 가져다가 수개월을 공부"하라고 말하였다. 그의 해박함이 오히려 '편파적인' 견해를 불러왔다고 여긴 것이다. 여기서 잡서는 한·당·송·명 제가들의 글을 지칭한다. 그런데 이후에 만난 인물들의 독서는 그 범위가 더욱 넓었다. 대개는 육경에서 출발하여 제자백가의 글을 읽었다고 했으나, 병법과 천문, 역법 등 각종 기예에 관한 서적들을 언급하는 인물도 있었다. 학사·서기들은 일본인들이 문예와 수사에만 천착하고 학문의 도, 즉 일상의 효제충신을 소홀히 한다고 비판하였는데 이는 바로 이러한 박학의 추구와도 관련이 있었다.

　박학의 추구는 정주의 상대화와 함께 당시 일본 학술의 주요한 경향이었으며, 이에 따라 양국 문사들 간 학술 토론의 주된 쟁점을 형성했다. 학문의 목적이 다르고, 따라서 그 방법 역시 달랐던 것이다. 학사·서기들이 보기에 박학 그 자체가 문제였다기보다는 이른바 잡서(雜書)를 섭렵함으로써 사서를 소홀히 하고 정주의 글을 숙독하지 못하는 것이 잘못이었다. 그러므로 세 문사는 사서를 위주로 한 올바른 독서법에 대해 충고하였다. 박학을 숭상하는 것과 함께 문사에 치중하는 경향 역시 일본 학술의 주된 문제점으로 인식되었다. 이들은 이러한 일본 문단의 문제점을 지적하면서 일상의 효제독실에 충실할 것을 당부하였다.

　다음은 쇼안의 박학에 대한 남옥의 비판과 이에 대한 쇼안의 반론이다.

추월: 부자의 도가 일월처럼 걸려서 천지에 걸쳐 있음을 아신다 하니 곧 이 말 한 마디가 '능히 생각하여 성인이 되는[克念作聖]' 문로가 될 수 있습니다. 다만 잡서를 많이 섭렵함은 심술(心術)에 가장 해로우니, 바로 정자(程子)가 이른바 "대군의 기병이 너무 멀리 나가면 돌아오지 못한다."는 것입니다. 절대 두루 보지 말고 오직 사서(四書)를 거듭하여 익숙해지도록 읽어야 합니다.

쇼안: 삼가 큰 가르침을 받았으니 감사한 마음을 어찌 다 보이겠습니까. 비록 그러하나 도라는 것은 천하를 안정시키는 도이며 제자백가는 그러한 도가 분열된 것이니, 단점을 없애고 장점을 모으면 국가의 쓰임에 도움이 되지 않는 것이 없습니다. 그것이 제가 잡서를 섭렵한 까닭입니다. 또 학문의 도는 비이(飛耳)와 장목(長目)으로 박문약례(博文約禮)함을 귀하게 여기니, 성인의 말씀입니다. 자산(子産)은 옛 것을 널리 안 것으로 일컬어졌는데, 요즈음 학자들은 폭넓게 앎에서 말미암지 않고 간략함으로 뛰어오르니 그 때문에 그러한 도를 얻지 못하는 것입니다.[480]

선왕과 공자의 도라는 표현 자체가 주자학자에게 문제시되는 것은 아니었다. 남옥은 쇼안이 공자의 도를 중시한 것을 칭찬한 후, 잡된 책을 섭렵하지 말고 사서를 거듭 읽을 것을 당부하였다. 이에 쇼안은 선왕의 도란 천하를 편안하게 하는 도라는 소라이학의 명제를 거론하며 박학의 쓰임새에 대해 강변하였다. 요즈음 학자들이 박(博)을 추구하지 않아서 도를 얻지 못한다는 것 역시 소라이의 말이다. 쇼안은 소

---

480) 秋月曰: "知夫子之道懸日月而亘天地, 則只此一語便可爲克念作聖之門. 但多涉雜書, 最害心術, 正程子所謂'如大軍之遊騎出太遠而無所止.' 切勿泛觀, 惟益就四書循環而熟之." 松庵曰: "謹領大敎, 感荷曷罄. 雖然, 道也者, 安天下之道也. 諸子百家, 道之裂耳, 去短聚長, 無不供國家之用也. 僕所以多涉雜書矣. 且學問之道貴飛耳長目博文約礼, 聖人之言. 子産博物於古称之, 今之學者不由於博而跳往於約, 所以不得其道也." (『송암필어』, 3월 6일)

라이를 언급하지 않고 자신이 박학을 통해 스스로 그러한 인식에 도달한 것으로 서술하였으며, 남옥 역시 소라이를 직접 비판하지 않고 쇼안의 말에 하나하나 반박하였다.

한편 아키야마 아키라는 남옥에게 학문에 대한 자신의 뜻을 전하고 화답시를 받은 후, 다시 만나서 다음과 같이 필담을 나누었다.

> 추월: 자성(子成: 아키야마의 字)이 배움에 뜻을 둠은 진실로 그러합니다. 다만 일본에 일종의 학문이 조래(徂徠)의 설에 붙들려서 정주를 잘못된 주로 여기고 날마다 쓰는 떳떳한 윤리를 비근하다고 여기니, 이는 불로(佛老)의 실마리여서 그 해로움이 홍수나 맹수보다 심합니다. 배우는 자는 여기에 입각할 수 없으니, 거기에 눈을 붙들어 매면 음란한 소리와 어지러운 색 가운데로 치달려 가면서도 깨달을 수 없게 됩니다. 자성이 뜻하는 바는 어떠한지 모르겠으니, 이를 듣고자 합니다.
> 아키야마: 선왕의 도는 날마다 쓰는 떳떳한 윤리 사이에 밝게 빛나고 있음은 진실로 더 논할 것도 없습니다. 저 조래 또한 선왕의 도를 배운 자로, 어찌 떳떳한 윤리를 비근하다고 여겨 그것을 버리고 저 불로와 같이 하였겠습니까? 다만 문사가 곧 도라고 하는 것을 저는 취하지 않는 것입니다.
> 추월: 문사를 도로 여기는 것은 한공(韓公: 韓愈)부터도 '도학(倒學)'이 됨을 면치 못했는데 하물며 그 이하는 어떠하겠습니까. 자성이 능히 뛰어 넘어 깨달았으니 이를 따라서 위로 올라가 이치를 궁구하고 경을 잡는다면[窮理持敬] 고명(高明)한 데로 나아갈 수 있을 터이니 더욱 힘쓰십시오. 자성의 말을 들으니 너무 기뻐서 그칠 수가 없군요.
> 또 말함: 자성이 이미 큰 뜻을 보였으니, 정주를 높이고 사장을 배척하는 뜻이 진실로 위대합니다. 가업을 잇고 고요함을 지키며 영달을 사양하여 벼슬하지 않으니 마음 또한 아름답습니다. 다만 밤이 깊어 속마음을 다 털어놓지 못함이 아쉽군요.[481]

남옥이 먼저 소라이학을 화제로 꺼내는데, 이는 전날 받은 서신을 통해 아키야마가 소라이학에 비판적인 유자라고 여겼기 때문이다. 남옥은 일본의 유자들이 소라이의 영향으로 일용의 이륜(彝倫)을 경시한다고 지적하고 있는데, 이것이 이 시점에서 그가 생각한 일본 학술의 핵심적인 문제였던 것이다. 그런데 아키야마는 소라이 역시 선왕의 도를 배웠으며 날마다 쓰는 떳떳한 윤리를 버린 적이 없다고 답한다. 그러면서 자신이 비판한 것은 '문사가 도'라는 견해, 즉 고문사를 닦는 데에만 열중하는 당시 문인들의 태도임을 분명히 하였다. 그러나 남옥은 궁리지경(窮理持敬)에 힘쓸 것을 당부하며 아키야마가 정주를 높이고 사장을 배척하는 뜻을 지녔음을 다시 한 번 칭찬하였다.

위의 예에서처럼 학사·서기들은 정주학에 대하여 말할 때 '날마다 쓰는 떳떳한 윤리', '일상의 효제', '효제독실의 학문' 등의 표현을 사용하곤 했다. 일본 문사들이 정주학이 고원한 것을 추구하며 선에 가까운 학문이라고 여겼던 것과는 판이하다. 많은 일본의 유자들이 성인의 도와 고도의 회복을 주장했으나 그것이 실제 일본의 정치와는 별로 관련이 없다는 사실은 양국 문인들 모두 알고 있었다. 요코타 준타는 "예악형정이 우리 일이 아니라면, 그 치국평천하 같은 것은 감히 참여할 수 있는 바가 아닐 것입니다. 오직 참여할 수 있는 것은 효제와

---

481) 秋月曰: "子成有志於學固矣. 但日東一種學膠於徂徠之說, 以程朱爲誣注, 以彝倫日用爲卑近, 是佛老之緒餘, 而害甚於洪水猛獸. 學者不能於此立脚, 牢着眼明, 則駸駸乎淫聲亂色之中而不可悟. 不知子成意向如何, 願聞之." "先王之道, 炳在乎日用彝倫之間也, 固勿論已. 夫徂徠亦學先王之道者, 豈以彝倫爲卑近而蔑棄之, 若夫佛老然耶. 但若謂文辭卽道, 則僕之所不取也." 秋月曰: "以文辭爲道者, 自韓公已不免倒學. 況其下乎. 子成能超然見得, 循是以上, 窮理持敬, 可造高明. 其益勉强. 聞子成之言, 令人失喜不已." 又曰: "子成已見大意, 尊尚程朱、薄斥詞章, 志固偉矣. 承家守靜, 辭榮不仕, 心亦美矣. 但恨夜深不能罄懷竭蘊也."(『청구경개집』권하, 3월 18일)

문의(文義)일 뿐입니다"⁴⁸²⁾라며 솔직히 털어놓기도 하였다. 그는 효제
를 함께 말하였으나 실제 관심사는 고문사 탐구, 즉 시문 창작에 있었
다. 결국 문사에 치중할 수밖에 없는 보통 유자들의 처지를 말한 것이
다. 학사·서기들이 일본 학계에 관해 '정주를 비판하고, 이·왕을 추
종한다'는 식으로 단정했던 것은 이러한 사정과도 관련이 있다.

조선 문사들의 관점에서는 일본의 문인들이 고도의 회복을 탐구한
다는 명목으로 글귀의 해석에 힘쓰고 수사에만 몰두하면서 일상의 윤
리에 관심을 두지 않는 것으로 보였던 것이다. 비록 성인의 도를 추구
한다고 하지만 직접적인 목적은 고문사를 닦는 것 그 자체로 나타났
고, 실제로는 경학의 탐구보다 문사에 치중하는 경향으로 이어졌던
것이 당시 일본 문인들의 실상이었다. 오쿠다 모토쓰구나 아키야마
아키라와 같이 이러한 경향에 대해 비판적 견해를 개진하는 인물도
있었으므로 학사·서기들은 이들을 통해 일본 문단의 문제점을 더욱
분명히 알 수 있었다.

원중거 또한 귀로에서 만난 일본 문인들에게 일본 학문의 병폐에
대해 거론하며 일상의 효제를 실천할 것을 당부하였다. 그는 나고야
의 문인 미나모토 세이케이(源正卿)에게 "우리들의 학문은 다만 우리가
날마다 쓰는 떳떳한 행동의 크고 작은 원칙에 있을 뿐이며, 그 설은
정주(程朱)가 가장 자세합니다."⁴⁸³⁾라고 하였다. 또, 교토에서 만난 기
타오 슌린(北尾春倫)에게는 "젊은이들이 명 말의 부박한 시문의 말폐로
달려가지 않고 효제독실의 학문으로 돌아갈 수 있게끔 책려해 주시길

---

482) 禮樂刑政非我事, 則若其治國平天下非敢所與. 惟於其所與, 孝悌與文義而已. (『양동
투어』곤, 3월 9일)
483) 吾人爲學, 只在吾人日用常行大小之則, 其說極詳於程朱. (『하량아계』, 3월 30일)

간곡하게 바랍니다."484)라고 말했다. 앞서 난구 다이슈는 주희의 말을 인용하여 "성인이 사람들을 가르칠 때 효제충신, 지수, 송습에 불과하였으니 이것이 하학의 근본"인데 "근래 학자들의 병통이 고원한 것을 좋아하는" 것이라고 하였다. 이는 도체(道體)와 심학(心學)을 논하는 성리학을 겨냥한 비판이었다. 그러나 원중거는 성리학이야말로 하학(下學)에 힘쓰는 학문임을 일본 문사들에게 역설하고 있다. 이때 비판의 대상이 되는 것은 문장의 말기(末技)로서, 이는 근본을 잊고 지엽적인 데 몰두하는 행태이다.

앞서 다룬 정주의 주설에 관한 토론은 일본 문사들 측에서 조선의 학술에 문제를 제기한 것이었다. 반면 선왕의 도와 박학의 추구에 대한 논의는 대체로 일본 문단의 풍조에 대해 조선인들이 비판하는 방식으로 전개되었다. 이는 특히 소라이학파 문인들과의 토론에서 두드러졌다. 사행 초반 가메이 난메이와 성대중은 성인의 도에 술이 있을 수 있는지에 대해 논쟁을 벌였다. 이 토론에서 난메이는 일본 유자의 현실 대처 방식에 대한 고민을 소라이학의 논리로써 해결하고자 하였는데, 성대중은 이에 대하여 정주학의 입장에서 비판하였다. 성인의 도에 대한 토론은 가쿠다이와의 서신 교환을 통해서도 이루어졌다. 가쿠다이의 주장은 "성인의 도란 천하를 안정시키는 도"이므로 그 나라가 다스려지기만 한다면 그것이 비록 오랑캐의 가르침이더라도 버릴 필요가 없다는 것이다. 선왕의 도에 대한 소라이학의 개념을 중화 세계의 밖으로까지 적용하여 결국 고대 성인의 도조차도 상대화해버린 것이다. 학사·서기들은 논의의 범위를 다시 유교적 세계질서 안으로

---

484) 幸益策勵少年, 無使奔波於明季膚淺詩文之末弊, 而回向孝悌篤實之學, 區區之望耳.
   (『화한쌍명집』 권6, 4월 3일)

끌어오면서 중화-이적의 질서를 재확인하였다.

　한편 오사카 이후의 육로에서 만난 일본 문인들 중에는 선왕의 도
와 관련하여 '박학의 추구'라는 자신들의 학문 방법에 대해 논하는 이
가 많았다. 성인의 도와 통치의 술을 알기 위해 고경을 널리 읽고 제자
백가를 참조하며 고문을 익혀야 한다는 것이다. 그러한 박학의 추구
는 사서를 중시하는 조선 문사들의 정주학적 관점과는 대립하는 것이
었다. 박학의 추구는 고문사 탐구의 일환이기도 했다. 일본의 유자들
은 현실정치에 관여하기 힘든 만큼 고문사를 익힌다는 명목 아래 자연
히 시문 창작에 몰두하게 되었으며, 학사·서기들은 이러한 점이 일본
학술의 문제라고 여겼다. 때문에 사서와 『소학』을 읽고 일상의 윤리
를 실천하라는 말로 충고하였다. 일본인들에게 성리학은 일상과 유리
된 고원(高遠)한 경지를 탐구하는 학문으로 간주되었으나, 조선인들은
자신들의 학문이 일용의 효제를 중시하는 실천적인 것이라고 생각했
던 것이다.

(3) 일본의 학술사(學術史)와 견해의 다양성

　일본의 문사들은 조선의 학술·문화에 대해 관심을 갖는 동시에 자
국 문단의 상황을 전달하는 데에도 열성적이었다. 몇몇 인물들은 조
선의 학술에 대해 질문하기 전에 자국 학술의 발전 경과에 대해 상세
히 설명하기도 하였다. 한편 양국 문사들이 공유하고 있는 유학 사상
은 본래 중국의 것을 받아들여 변용한 것이므로 자국 학술사에 대한
이해는 자연히 중국의 유학사(儒學史)에 대한 설명을 포함하게 된다.
비록 간략한 서술이기는 하지만 여기에는 당시 일본의 문사들이 일본
의 학술사, 나아가 동아시아의 유학사를 바라보는 관점이 담겨 있다.
조선의 학술 역시 중국과 일본 학술과의 연관성 속에서 파악되었다.

당시 일본인들의 자국 학술에 대한 인식, 특히 조선인들에게 전하고
자 했던 자국 학술의 모습이 어떠한 것이었는지 필담을 통해 살펴보자.

[1] 우리나라는 문학이 번성하여 비록 여염이나 시골이라 해도 때때로
글을 보고 책을 읽는 소리가 들리니, 이는 치교(治教)가 백 대에 이르러
절로 그렇게 된 것입니다.
　5, 60년 전 경사(京師)의 유자인 이등유정(伊藤維貞)은 자가 원좌(原
佐), 호는 인재(仁齋)이고 그 아들 장윤(長胤)은 자는 원장(原藏), 호는
동애(東涯)인데, 모두 뛰어난 재주를 가지고 문의(文義)를 연구하여 사서
(四書)와 주역(周易)의 해설을 다시 썼습니다. 그밖에『동자문(童子問)』,
『어맹자의(語孟字義)』,『경학문형(經學文衡)』등이 모두 송학(宋學)을 배
척하는 것에 힘써 당대의 후진들을 풍미하였으니, 신기한 것을 좋아하고
기이함으로 치달리는 유폐였지요. 그 후 동도(東都)의 유자 적생무경(荻
生茂卿), 호를 조래(徂徠)라고 하는 이가 처음으로 이이(二李)와 왕(王),
하(何) 네 사람의 난삽하고 억지스러워 후인들이 구두를 떼기도 어려운
글을 읽기 시작했습니다. (그리하여) 스스로를 높이고 깃발을 세워 글방
을 열고 '고문사(古文辭)'라 칭하면서,『학칙』,『변도』,『변명』,『논어징』
등의 책을 저술하여 세상의 눈을 현혹하였습니다.485)

[2] 우리 대동(大東)은 신조(神祖: 德川家康)로부터 해내가 하나로 합쳐
져서 백성들이 태평의 교화를 흠뻑 받았습니다. 백 수십 년 간의 봉건제
에 염치의 풍속이 비록 한·당이라 하여도 여기에 조금이라도 더할 것이

---

485) 吾邦文學之熾, 雖閭巷寒鄕, 時聞吾伊占畢之聲, 是治教百世自使然. 五六十年前, 京
師之儒伊藤維楨字原佐號仁齋, 其子長胤字原藏號東崖, 相俱懷俊發之才, 研究文義,
更作四書,《周易》解. 其他《童子問》,《語孟字義》,《經學文衡》等, 皆以排宋學爲務,
而風靡當時晚進, 是好奇馳異之流弊也. 厥後東都之儒荻生茂卿號徂徠者, 始讀二李,
王, 何四子之文, 佶屈强穿後人難得而句乙者. 高自竪標幟開塾社, 稱古文辭, 著《學
則》,《辨道》,《辨名》,《論語徵》等書, 炫耀世眼. (『양호여화』 권상, 1월)

있겠습니까. 국초에 성와(惺窩), 나산(羅山), 활소(活所) 등 몇몇 공들이
이기(理氣)·심성(心性)의 학설을 다스려 "좌우에서 그 도리를 만난다."
(맹자의 말)고 하였습니다. 근래에 또 이등인재(伊藤仁齋), 물조래(物徂
徠)라는 자가 나와서 또한 각자 문호를 세우고 그 소견을 펼쳤습니다.
이 두 사람은 이기의 설을 힘써 배척합니다. 숭상함이 같지 않으니 과연
시대의 운수가 그렇게 만든 것일까요?486)

[3] 우리나라는 옛날에 명경박사가 있어서 강경과 대책에 모두 한당의
옛 법을 따랐다고 합니다. 국가가 떨쳐 일어나고 문명(文命)이 크게 펼쳐
지니 낙양에 성와(惺窩) 선생이 있어 민락(閩洛)의 학문을 앞장서 창도하
여 해내에 풍미하였습니다. 한때 문하에 모여든 선비 가운데 나산(羅山),
활소(活所) 등 여러 공이 있었습니다. 나산은 운수(運數)의 모임에 응하
여 왕업을 보좌하였고, 상서(庠序)를 세움에 대소의 절목에 주(朱) 선생
을 본받지 않음이 없었습니다. 태평한 세월이 백 년을 이어져 글 읽는
소리가 넘실넘실 귀에 가득하게 되었습니다.487)

[4] 고언은 말의 맥락이 반드시 은미한 사이에 있기 때문에 풀이할 수
있는 것도 있고 풀이할 수 없는 것도 있으니, 온전히 그 뜻을 담아서 오
늘날에 전해진 것이 없습니다. 그러므로 대한(大漢) 이래 여러 학자들의
해석이 어지러이 다투어 나와 앞뒤로 식견을 발휘하여 각자 은미한 말을
풀이하여 이치와 경위를 저울질하여 비교했습니다. 그러나 그 윗자리를

---

486) 吾大東, 自神祖混一宇內, 民沐昇平之化. 百數十年封建之制, 廉恥之風, 雖漢唐, 蔑
以加焉於是乎? 國初有惺窩、羅山、活所數公, 治理氣心性之說, 以爲"左右逢其原"矣.
近又有伊藤仁齋、物徂徠者出, 亦各立一門戶, 逞其所見. 此二子者, 勉黜理氣之說.
是崇尙不同歟, 果使時運然乎? (『계단앵명』, 1월 23일)

487) 吾邦昔者有明經博士, 講經對策一仍漢唐之舊云. 國家龍興, 文命大敷, 洛有惺窩先生
者, 首倡閩洛之學, 海內風靡. 一時及門之士, 有若羅山、活所諸公. 羅山應運數之會,
翩戴鴻業, 庠序之設, 大小之節, 莫不宗朱先生. 太平百年, 絃誦之聲洋洋盈耳矣. (『송
암필어』, 3월 6일)

차지할 만큼 뛰어난 것은 없었습니다.

　이 때문에 우리나라 또한 예부터 자취를 달리 하여 그 도를 절충한 자들이 마침내 그 문호를 어지럽게 하였습니다. 저쪽에서는 안국(安國)을 칭하고 이쪽에서는 정원(鄭元)을 제창하며, 하안(何晏)에게서 뜻을 취하기도 하고 정주(程朱)에 힘을 쏟기도 하며, 혹은 육(陸)·양(楊)·왕(王)의 사이에서 연마하기도 하며 각자 식견을 세워 나뉘어 문파를 이루었습니다. 이에 학사대부가 배우는 바를 배척하고 대부분이 또한 당시의 스승을 따라서 저쪽은 이쪽을 버리고 이쪽은 저쪽을 버리며 각자 그 좋아하는 바를 연구하여 공자의 뜻을 달리 하였습니다. 그 가운데 가장 번성한 것으로는 정주학만한 것이 없는데, 이는 국초 이래로 그것이 국학이 되어 세상에 가장 널리 행해져서 오늘날까지 가득하게 된 것입니다. 왕왕 정주에 반대하고 공(孔)·정(鄭)·하(何) 세 사람에게 나아가서 그 식견을 세우고는 고학이라고 칭하며 자제들을 가르치는 자도 있었습니다. 그러나 이들을 정주를 배우는 자들과 비교하면 진실로 커다란 차이가 있었으니 그 반에도 미칠 수가 없었습니다.

　십 수 년 전에 한 유사가 세상에 우뚝 솟아나와 자기의 식견을 크게 세워서 신안과 이락을 배척하고 논박하였으며, 비록 공·정·하 세 학자라 해도 또한 감히 취하지 않았습니다. 스스로 자득한 듯이 고학이라 부르며 일가를 일으키니, 사방에서 점점 감화되어 그 휘하의 무리가 자못 많지 않다고 할 수 없게 되었습니다. 이후 십 수 년이 지나서 한 유사가 또 고학을 창도하여 신안(新安)과 이락(伊洛)을 앞에서 말한 고학을 창도한 자와 같이 거론하며 비난했습니다. (…중략…) 이 말이 한 번 나온 뒤로 천하에 이 학문이 풍미하여 정주와 더불어 나란히 하며 지금까지도 쇠하지 않고 있습니다.[488]

---

488)　古言以語脈必在隱微之間, 有其可解焉者, 有其弗可解焉者, 未全載宜以傳諸今也, 故大漢已來, 諸家釋言紛紛爭出, 發識見於前後, 各闢微言, 而理緻經緯槪而較之, 大抵亡皆有超乘而出其上者也. 是以我國亦自古異軌折衷其道者, 遂惑其門戶. 彼稱安國, 是唱鄭元, 有其就意於何晏, 有其傾注於程朱, 或切磋之陸楊王之間, 各互立識, 分而

[5] 우리나라의 문물이 날로 열려서 준걸들이 날로 일어나고 있습니다. 또 태평한 시대가 오래되어 해내(海內)가 부유하니, 당산(唐山)의 상인들로 비전주 장기에서 무역하는 자들이 헛되이 세월을 보내지 않습니다. 그리하여 진기한 서적들이 종종 우리나라에 전파되므로 우리나라 사람들이 또한 학식이 전대보다 크게 나아졌다고 합니다. (…중략…) 이 때문에 박아한 유자들로 목탁(木鐸)을 다투는 이들이 한 시대에 이어져 나와 그 수가 억(億)에 그치지 않습니다. (…중략…) 이는 모두 지금 시대에 유학으로 일어난 이들입니다. 혹 벼슬에 나아가고 혹은 은거하며, 혹 제후의 스승이 되고 혹은 공경의 벗이 되어 일시에 어우러져 있으니 성대하지 않다고 할 수 있겠습니까. 이들을 제외하고 공들께서 지나온 나라에서 나와서 뵌 이들은 말할 필요가 없고, 나와서 뵙지 않은 자들이 어찌 천, 백일뿐이겠습니까. 다만 제가 아는 사람만 거론하였을 뿐입니다. 지금 양국 통신의 일이 모두 끝났으니 제가 공들을 뵙고 싶으나 그럴 수가 없습니다. 이에 우리나라 치화(治化)가 성대하여 문물이 날로 열리고 준걸이 날로 일어남을 말씀드리니, 공들께서 서쪽으로 돌아가신 후에 사림(詞林)의 이야깃거리로 삼으시길 바랄 뿐입니다.[489]

成其門矣. 於是抵學士大夫所學, 大率亦從時師, 彼則棄此, 此則棄彼, 各硏究其所好, 以異孔子之旨也. 中至其將盛, 無若程朱之學, 是則以國初已來其爲國學, 最行于世也, 迄于今滔滔矣. 往往又反程朱, 就孔鄭何三家, 聊立其識, 則稱之古學, 以有誘子弟者. 然而以此比學程朱者, 誠又迂大逕庭, 不可及其半也. 前是十數年, 一儒士卓出于世, 大立自己之識, 黜駁新安伊洛, 雖孔鄭何三家, 亦不敢取之. 自沾沾乎唱古學以興一家, 四方稍鄕風, 遊其麾下輩, 頗又不爲不多. 自此之後十數年, 一儒士又唱古學, 則擧其新安、伊洛與前之所謂唱古學者, 俱爲之膚受. (…) 自斯言一出, 天下風靡此學, 與新安伊洛比肩, 迄今不衰矣. (『양동투어』 곤, 3월 9일)

489) 吾邦文物日闢, 俊傑日起. 且太平日久, 海內富溢也. 唐山賈人貿易肥長崎者, 無虛歲矣. 以故珍奇之書, 往往傳播吾邦, 是以吾邦之人亦學識大踰越乎前代云. (…) 是以儒雅競以木鐸, 一時其麗不億. (…) 是皆今世以儒學起者, 或出或處, 或爲諸侯之師, 或爲公卿之友, 而旣掩映乎一時, 豈不盛乎? 除之皆公等所經歷之國悉出謁者, 不必言, 至其不出謁者, 何啻仟佰? 是唯擧其所知耳. 方今兩國通信使事旣畢, 僕願接諸公, 不可得也. 於是謂'吾邦治化之盛, 文物日闢, 俊傑日起也', 公等西歸之後, 聊以爲詞林談柄耳. (『문사여향』 권하)

위 기록들은 일본의 학술사에 대한 당시 일본인들의 몇 가지 관점을 보여준다. 먼저 각 글의 대체적인 구성을 살펴보면 서두에서 오늘날 일본에서 문교(文敎)가 융성하게 된 사실을 언급하고 성리학의 도입부터 소라이학이 한 시대를 풍미한 현재까지의 상황을 자신의 평가를 섞어가며 서술하는 방식을 취하고 있다. 일본에 오랜 기간 평화가 지속되어 학술과 문학이 발전할 수 있었음을 제시한 후 이어서 일본에서 유학이 발전한 경위를 서술하는 순서이다. 그리고 이러한 서술을 바탕으로 조선 문사에게 일본 학술에 대한 견해 또는 조선의 학술 상황에 대해 질문하는 것으로 논의를 마무리한다.

[1]의 오쿠다 모토쓰구(센로)는 곧장 진사이의 고학부터 시작하여 소라이학, 그리고 이에 대한 슌다이의 비판이 나오기까지의 경위를 설명하였다. 고학에 대하여 '기이한 것을 좋아하는 유폐'라고 하였으며, 소라이학파에 대해서도 그들이 의고(擬古)를 주로 했다는 것을 초점을 맞추었다. 센로는 소라이학파 문인들이 표절을 일삼는 것에 대해 비판한 후, 조선에 진사이와 소라이의 저서가 유입되어 그에 대한 의론이 정해졌는지에 대해 질문하였다. 앞 절에서 인용했듯이 센로는 이러한 비판에 이어서 자신이 고언을 싫어하는 것이 아니며, 학문의 목적은 고도를 추구하는 것이라는 뜻을 밝혔다. 소라이의 경술 부분을 계승하고 문학적 부분을 비판한 슌다이의 입장과 유사하다. 오쿠다 모토쓰구는 일본 사상사에서 주자학자로 알려져 있으나 여기서는 소라이학 내부의 비판자와 상통하는 견해를 보이고 있다.

그런데 이 시기 필담창화집에서 소라이의 문도로서가 아니라 그의 비판자로서 슌다이를 거론한 것은 센로가 유일하다. 남옥은 『일관기』에 소라이에 대하여 "또『학칙』,『변도』,『변명』,『논어징』을 지었다. 그 문도 복원교(服元喬)[호 남곽(南郭)], 등환도(藤煥圖)[호 동야(東野)], 평현중(平玄中)[호 금화(金華)]은 모두 스승의 학설을 종주로 삼았다. 태재순(太宰純)만이 홀로 물쌍백의 사특함을 배척했다."490)고 썼는데, 이 내용은 센로의 위 글에서 가져온 내용으로 생각된다. 보통 필담지는 일본인들이 가지고 갔으나 위 글은 센로가 학사·서기들에게 서(序)를 써줄 것을 요청하며 증정한 글이기 때문에 남옥이 받아서 간직했던 것이다. 성대중은 다자이 슌다이를 소라이의 문도 중 이름난 문사의 하나로 거론했고,491) 원중거는 소라이의 무리 중에서 그가 "시문이 쌍백에 버금"가며, "비록 문장의 기운은 그 스승에 미치지 못하지만 의론은 비교적 그가 낫다."고 평하였다.492) 성대중이 '춘대문집(春臺文集)'을 읽고 있었다는 기록이 남아 있는데, 원중거 역시 그 책을 보았던 것 같다.

[2]는 오사카의 의원 기타야마 쇼와 김인겸의 대화 중 일부이다. 기타야마 쇼는 다른 인물들보다 특별히 도쿠가와 이에야쓰의 치적을 칭송하였다. 백수십 년간의 봉건제라고 하여 고대가 아닌 에도시대의 교화에 방점을 둔 것이다. 그리고 국초에 후지와라 세이카, 하야시 라잔, 나바 갓쇼가 성리학에 힘썼으며 그 후 진사이와 소라이가 나타나 이기(理氣)의 학설을 배척했음을 간략히 서술하였다. 후술하겠지만 기타야마의 서술의 요점은 일본에서는 각자 숭상하는 바가 다르다는 것이다. 그리고 조선에 대하여 일본과 대등한 문화국으로 인정하면서 조선의 학술 역시 다양한 기호가 있는지 아니면 한 가지 취향뿐인지 물었다. 이어지는 필담을 보면 기타야마는 소라이의 방법론을 옹호하

---

490) 『일관기』, 581면.
491) 『일본록』, 167면.
492) 『화국지』, 275면.

는 문인임을 알 수 있다. 그러나 위 글에서는 단지 시대의 운수에 따라
숭상하는 바가 변천하였다는 식으로 서술하여 특정 학파에 대한 평가
를 배제하고 있다.

한편 [3]의 이마이 쇼안은 도쿠가와 시대의 통치를 칭송한 기타야마
와 달리 공가(公家)의 문교(文敎)에서 일본 문풍의 기원을 찾고 있다.
고대에 명경박사를 둔 것을 문덕이 융성하게 된 시초로 본 것이다. 무
가가 아닌 공가를 언급한 까닭은 곧 자신들이 고도를 숭상한 연원이
깊다는 것을 보이기 위해서이다. 『동사여담』의 미야세 류몬 역시 일
본의 의관문물에 대해 논하며 공가의 법도를 언급한 바 있다. [5]의
이시카와 긴코쿠에게서도 비슷한 인식이 발견된다. 그는 나가사키 무
역을 통해 들어온 서적이 일본의 학식을 진전시켰다고 하였는데, 그
단초는 '선왕시대'부터 중시한 문왕·공자의 도와 효제의 가르침이라
고 하였다. 일본이 받아들인 '중화'가 다름 아닌 주나라 때의 옛 제도
와 한·당의 경전 풀이였다는 인식이다.

그런데 이마이 쇼안은 일본의 학술사에 대해 언급하기에 앞서 중국
유학의 변천사를 다음과 같이 서술하였다.

> 양목(梁木: 공자를 지칭함)이 무너진 이후로 양묵(楊墨)이 길을 막자
> 맹자가 환히 터놓았습니다. 진(秦)은 서적을 불태웠으며 한(漢)에는 노
> 자가 있었고 진(晉)·당(唐)에는 불교가 성행하였는데, 이때를 당하여 고
> 관들이 전주(傳注)와 훈고(訓詁)에 힘쓰느라 매우 지쳤으니 어찌 다른 데
> 까지 미칠 겨를이 있었겠습니까. 동중서, 한퇴지 외에는 시원하게 스스
> 로 일어나서 이 도를 진작시킨 이가 없었던 것입니다. 송나라가 일어남
> 에 이르러 정주와 여러 선생이 나와 이기심성의 설을 창도하여 노불과
> 이단의 학을 배척하여 우주를 일신하였습니다. 상산과 양명 역시 큰 인
> 재가 아니겠습니까마는 생각한 대로 바로 시행한 것은 군자들이 부끄러

워하였습니다. 진백사(陳白沙)와 오정한(吳廷翰)의 무리는 비록 같고 다름이 있으나 주자의 울타리를 벗어나지는 못합니다. 제 소견은 이와 같은데 명공께서는 어떻게 보십니까?[493]

쇼안은 공자의 뜻이 무너진 이후로 양주와 묵적 같은 이단이 성행하였고, 그것을 맹자가 물리쳤다고 하였다. 그러나 이후 분서갱유, 노불의 유행 등으로 경전의 뜻이 어두워져 한·당의 유자들은 전주와 훈고에만 힘을 쏟았으며, 이 때문에 동중서와 한유 외에는 의론을 앞세운 이가 없었다는 것이다. 이후 정주를 비롯한 송유들이 성리학을 창도하여 노불을 배격하였고, 육구연(陸九淵)과 왕수인(王守仁) 역시 뛰어난 인재였으며 명대의 진헌장(陳獻章), 오정한까지도 모두 주자의 범위를 벗어나지 않는다고 하였다. 소라이의 견해와 달리 맹자의 업적을 인정하고 있으며 송대 이후의 학자들에 대해서도 긍정적으로 평가하고 있는데, 이는 그들이 이단 배척에 공이 있다는 한에서다. 이러한 기준은 한나라 유자들에게도 적용되었는데 그들이 경전 훈고에 힘쓴 배경으로 노불의 유행을 거론한 것이 그것이다. 양명학의 영향을 받은 진헌장이나 유심주의(唯心主意)에 반대한 오정한까지 모두 주자의 테두리에 들어간다고 본 것은 주희 이후로 유학사에 획기적인 발전이 없었다는 의미이다.[494]

---

493) 自梁木之壞矣, 楊墨塞路, 孟子闢之廓. 如火于秦、老于漢、佛于晋唐, 當此之時, 搢紳先生傳注訓古, 拮据甚瘏, 豈遑及其他哉? 董仲舒、韓退之之外, 莫有浩然自拔振起斯道乎爾. 逮宋興, 程朱諸先生出, 倡理氣心性之說, 斥佛老異端之學, 宇宙爲之一新矣. 象山、陽明不亦大才乎, 直情徑行, 君子之所恥. 陳白沙、吳廷翰之徒, 雖有異同, 不能出朱子樊籬矣. 僕所見如此, 明公以爲何如?(『송암필어』, 3월 6일)

494) 이에 대하여 남옥은 "여러 설명이 뜻을 얻었습니다. 다만 오(吳)·진(陳)이 주자의 울타리를 벗어날 수 없었다는 말은 틀린 것 같습니다. 이들은 모두 규범에 어긋나고 경전에서 멀어진 학문인데, 어찌 주부자의 문호에 들어갈 수 있겠습니까?"

쇼안은 위 인용문 [3]에서 일본의 학술사를 서술하면서 라잔이 막부에 기용되고 국학에서 성리학을 위주로 했다는 것에서 그쳤다. 그리고 진사이와 소라이를 언급하는 대신 불교를 배척하고자 했던 성리학이 오히려 선학과 가깝다는 자신의 견해를 펼친다. 그는 중국의 학술사를 공자 이후 성행한 이단으로부터 유교의 도를 지켜온 역사로 보았는데, 정주 성리학 이후로 이러한 측면에 별다른 진전이 없었다고 본 것이다. 그러므로 직접 언급하진 않았으나 정주학의 '이단성'을 밝혀내고 고도를 회복한 일본의 유학을 중국 유학사에서 해내지 못한 새로운 단계로의 진입이라고 여기고 있음을 확인할 수 있다.

요코타 준타(도겐)의 서술방식은 다른 이들과 차이가 있다. 인용문 [4]는 고대 경전의 말뜻을 이해하기 힘들다는 것으로 논의를 시작하고 있다. 각 시대별 유자들의 차이를 언급하지 않고 한대(漢代) 이래 모든 경전 주석의 목적을 고어의 해석으로 보았으며, 그들 중 특별히 더 나은 것이 없었다고 하였다. 또한 중국에서 이러한 일이 어느 정도 진행된 후에 일본의 유학사가 시작되었으므로 일본에서는 각자의 기호에 따라 공자의 뜻을 다르게 해석하였다고 보았다. 정주학 역시 다양한 경향 중의 하나였는데 그것이 관학으로 채택되었기에 특히 번성했다고 하였다. 흥미로운 점은 고학이 나오기 전부터 한대의 옛 주석을 중시하는 문파가 성리학자들과 나란히 존재했다고 말한 것이다. 단지 이들이 정주학자들에 비해 학식이 뛰어나지 못했기 때문에 드러나지 않았을 뿐이다. 그러다가 진사이와 소라이가 출현하면서 마침내 한 시대를 풍미하여 정주학과 함께 지금까지 쇠하지 않게 되었다고 하였

[諸說得之. 但吳、陳不能出朱子樊籬者似誤. 是皆畔道離經之學, 豈能入朱夫子門戶?]라고 답하였다.

다. 드디어 고학을 하는 인물들 중에서 정주학자들보다 식견이 뛰어
난 인물이 등장하게 되었다는 의미이다.

  이단 극복의 계기를 중심으로 유학사를 검토한 쇼안과 달리, 도겐
은 중국과 일본의 유학사를 다양한 학적 경향을 가진 학자들이 경전의
참뜻을 알아보는 식견을 가지고 경합한 역사로 보았다.495) 쇼안은 공
자의 도가 어두워졌음을 깨닫고 분연히 이 도에 정진할 것을 다짐했다
고 하였으며, 도겐은 의학을 공부하기 위해 유교 경전을 읽게 되었으
며 자신에게는 문의(文義)를 파악하는 것이 중요하다고 밝힌 바 있다.
각각의 학문의 목적에 따라 일본의 학술사, 그리고 이를 포함한 동아
시아의 유학사를 보는 관점에 위와 같은 차이가 생긴 것이다. 쇼안은
이러한 자신의 관점을 바탕으로 조선의 학사·서기들에게 정주학이
불교에 가까움을 논박하였고, 도겐은 경전 해석에 탁월한 기여를 할
수 있는 고문사 연마의 중요함에 대해 논하였다.

  한편 [5]의 이시카와 긴코쿠는 '일본에 교화가 융성하여 문물이 발
전하고 준걸들이 연이어 나오고 있음을 말씀드리니 서쪽으로 돌아가
서 사람의 이야깃거리로 삼으라'고 하였다. 그는 일본이 고대로부터
효제의 가르침을 본받아 군자국의 면모를 지녔으며, 최근에 특히 학
식이 증대되어 무수한 학자가 배출되었음을 강조하였다. 교토와 에
도, 기타 지역의 학자들 순으로 꼽았는데 교토의 이토 도쇼(伊藤東所),
에도의 소라이와 난카쿠, 이세주에 있는 자신의 스승 난구 다이슈를

---

495) 요코타 준타의 이러한 관점은 고증파 유의로서의 그의 면모를 보여준다. 유학사
    에 관한 그의 해석은 다음 세대의 고증학자인 오타 긴죠(太田錦城, 1765-1825)가
    『구경담(九經談)』에서 논한 것과 유사하다. 오타 긴죠는 유학사의 변천과정을 곧
    경서 해석사의 변천과정으로 보고 있다. 이기원(2012), 「오타 긴죠의 탈소라이학
    -고증학적 방법과 복고」, 『일본학연구』 35집, 단국대 일본연구소, 81면.

비롯하여 당대의 유명 문인들의 이름을 나열하였다.[496] 긴코쿠는 서
로 다른 학풍을 따르고 있는 이들 학자 문인들이 모두 '지금 시대에
유학으로써 일어난 자'라고 하면서, 벼슬을 하거나 산림에 은거하는
등 그들 각자의 자취가 모두 다르지만 한 시대에 어우러져 성대하다고
말하였다. 그가 조선인들에게 보여주고 싶었던 것은 특정 학파 또는
학술적 견해의 우위라기보다는 지금까지 해외에 알려지지 않았던 일
본 학문의 발전상이었던 것이다. 이 편지는 사행이 돌아갈 때에 보낸
글이므로 여기에는 이번의 통신사 교류를 통해 조선인들에게 자신들
의 실력을 어느 정도 보여주었다는 자긍심이 담겨 있다.

　이러한 설명을 바탕으로 각각의 인물이 던진 질문은 상이하다. 센
로는 진사이학과 소라이학에 대한 조선인들의 견해를 물었으며, 긴코
쿠는 답변을 구하지 않고 그러한 일본 학술의 발전상을 조선에 전해
달라고 하였다. 기타야마 도겐은 조선 학술은 오직 정주만 존신하
는지, 근래에 새로운 풍조는 없는지 물었다. 이전 사행의 필담집 등을
통해 조선에서는 오직 정주만을 숭상한다는 것을 알고 있었기 때문이
다. 쇼안은 정주의 학설에 의심나는 바가 있다고 하며 그것에 대한 해
명을 요청했다. 실은 성리학이 이단 배척에 철저하지 못함을 논박하
려는 의도였다. 쇼안은 진사이나 소라이를 언급하지 않고서 성리학
비판의 논지를 폈는데, 이는 곧 스스로 중국과 일본 유학사의 가장 발
전된 논의를 조선인들에게 보이고자 한 것이다.

---

496) 以僕所聞言之，平安有伊藤東所先生嗣家學，龍洲父子、武梅龍、芥丹丘、清北海、
浪萊陰、皆川淇園、林東溟諸公，其他未知者不可僂指．東武有物，服二先生嗣家學，
餘熊耳、松崎篠山、劉龍門、木蓬萊、紀平洲、井太室，諸至其從事乎丹鉛者，又不可
枚擧也．其散在列國者，肥後有玉山秋先生，既矜式其國，又有藤鳳來，已仕唐津．至如
我伊勢國，有僕所師事南宮大湫，又洞津有奧田蘭汀，仕其國．(인용문[5]의 중략 부분)

　그런데 조선인들의 답변에서 나타나는 태도는 조선의 학술은 이러하다고 말하는 것 이상의 단호함을 보이고 있다. 조선의 학술을 설명하는 데 그치지 않고 일본의 학술 풍조에 문제가 있다는 식의 반응을 보이는 경우가 대부분이었던 것이다. 예컨대 '염락관민의 바른 길에만 의지한다.'는 표현은 염락관민이 아니면 바르지 않다는 뜻이며, 오직 주자의 학설만 쓰며 이설은 쓰지 않는다는 말은 일본의 학술이 이단적이라는 의미이다. 조선인들의 이러한 태도는 이미 지난 사행을 통해 알려져 있었다. 난구 다이슈와 미야세 류몬처럼 무진사행의 경험을 떠올리며 조선 문사들과 충돌하지 않기 위해 학술을 논할 때 상당히 조심스러운 태도를 취한 인물들도 있었다. 그러나 이러한 조선 문사들의 성향을 알면서도 일본 문사들은 이전 시기보다 더 발전한 자국의 학술에 자긍심을 갖고 조선인들에게 자신의 학술적 견해를 펼치려는 시도를 멈추지 않았다.

　각각의 일본 문사들은 자국에서 특정한 학술과 문학의 사조를 따르면서 또한 자신만의 견해를 갖고 있었다. 그들 역시 특정한 견해를 둘러싸고 옳고 그름을 논했던 것은 물론이다. 그러나 이들은 일본에서는 다양한 학파가 형성되어 개개인이 각자의 기호에 따라 학문적 입장을 선택하였으며 서로 간에 극렬히 배척하고 다투는 일은 없었다고 말하곤 했다. 즉, 일본에서는 견해의 다양성이 인정되었으며, 조선인과 일본인이 학술에 대해 토론할 때에 굳이 옳고 그름을 다툴 필요는 없다는 뜻이다. 일본의 문사들은 자신의 학술적 견해를 밝힐 때 이러한 전제를 먼저 제시하곤 하였다. 또, 각자가 숭상하는 바는 자신의 마음에 달린 것이니 자신의 입장을 상대에게 강요할 필요가 없다고 말하기도 하였다. 아래는 그러한 관점이 담긴 일본 문사의 필담이다.

[a] 때문에 군자의 도는 기량을 이뤄주고 재주를 완성해주어 백성을 편안하게 하는데 쓰려는 것입니다. 뜻을 얻지 못하였거든 천명을 즐거워하고 편안히 여기며 넉넉히 노닐며 삶을 마치면 되는 것이니 또 다시 무엇을 구하겠습니까? 그러므로 세상에 자기를 믿지 않는 자에게 자신을 믿게끔 하고, 배우기를 좋아하지 않는 자에게 배우기를 좋아하도록 하려는 것은 때를 알지 못하고 형세를 헤아리지 못하는 것입니다. 지금 세상에 그 도를 베풀고자 하여 화기애애한 쟁변으로 남을 이기기를 좋아하는 자는 모두 천지가 큰 것을 알지 못하는 자들입니다.497)

[b] 사람의 마음은 얼굴처럼 서로 같지 않고, 그 숭상하는 바도 반드시 동일하지는 않습니다. 그 같은 것으로부터 보자면 시비(是非)가 없겠지만, 그 다른 것으로부터 보자면 시비가 있을 것입니다. (…중략…) 사람의 마음은 얼굴처럼 숭상하는 바도 다른데, 어찌 그대와 함께 다투기를 좋아하겠습니까? 단지 그 소견을 늘어놓을 뿐입니다.498)

[c] 이 나라는 나산(羅山)이 이락(伊洛)의 근원을 탐구한 것으로부터 동애(東涯)가 고학을 창도하고 조래(徂徠)가 고문사를 제창하기까지 저쪽을 그르다하고 이쪽을 옳다하였는데 심하게 배척함은 없었습니다.499)

[d] 견해를 주장함에 서로 잡박하다고 지적하는 것은 진실로 성덕지사

---

497) 『장문계갑문사(1・2・3)』, 82면. 번역 일부 수정함. 故君子之道, 成器達材, 以供安民之用. 其不得志也, 樂天安命, 優遊卒歲, 又復何求? 故欲使世之不信己者信己, 欲使夫不好學者好學, 不知時不揣勢. 欲施其道於當世, 誾誾爭辨好勝人者, 皆不知天地之大者也. (『장문계갑문사』 권1, 1월 3일)

498) 人心不同如面, 其所崇尙, 未必同一. 自其不異者而見之, 則無是非, 自其異者見之, 則有是非矣. (…) 人心如面, 崇尙亦異, 豈與足下好爭乎? 只陳其所見耳. (『계단앵명』, 1월 23일)

499) 本邦自羅山究源伊洛, 至東涯唱古學徂徠創古文辭, 非彼是此, 未有抵極. (『품천일등』, 3월 11일)

(盛德之士)가 할 일이 아닌데 하물며 같고 다름을 다투는 일에 있어서이겠습니까. 옛날 주자양(朱紫陽)과 육상산(陸象山)이 서로 논변하면서 몇 차례 편지를 왕복했었는데, 주자양이 결국 "각자 들은 것을 존숭하고 각자 아는 것을 행하는 것이 좋겠다."라고 하였으니, 그대도 이 말을 알고 계실 것입니다. 지금 상황이 오히려 이와 같습니다. 비록 그러하나 성인이 사람을 가르칠 때에 저마다 심한 고질병에 따라서 가르치셨고, 바로 주부자(朱夫子)의 말도 "병에 따라 맞는 약을 처방하는 것이 좋겠다."라고 하였으니 어찌 다시 하나하나 꼭 맞기를 따질 필요가 있겠습니까.500)

[a]는 앞 절에서 인용한 다키 가쿠다이의 서신의 일부이다. 그는 '오랑캐의 가르침이라고 해서 버릴 필요가 없다'는 주장을 전개한 후, 위와 같은 말을 덧붙였다. 천하는 크고 넓으므로 한 가지 주장만 옳다고 볼 수 없다는 것이다. 만약 군자가 뜻을 얻지 못하여 세상에 쓰이지 못하였다면 천명으로 알고 받아들이면 되는 것이지, 논쟁을 좋아하여 남을 이기고자 하는 것은 소용없는 일이라고 하였다. 먼저 깨달은 자가 뒤에 오는 자를 일깨워주고 능한 자가 모자란 자를 가르친다는 유학의 기본적인 '교(敎)'의 개념조차 던져버린 것이다. 또, 가쿠다이는 하필이면 왜 소라이를 따르는지에 대한 성대중의 질문에 대하여 '사람에게는 각자 마음이 있다'는 식으로 대답하기도 하였다.501) 그러므로 가쿠다이는 정주학의 주설에 오류가 많다고 지적하면서도 정주만을

---

500) 최이호 역주(2017), 189-190면. 夫主其所見, 互相駁斥, 固非盛德事也, 況爭其同異乎. 昔者朱紫陽、陸象山俱相論辨, 往復者數回, 紫陽遂☒謂"各尊所聞, 各行所知可矣"而止者, 足下所嘗知也. 於今亦尙如此. 雖然, 聖人敎人, 各因其深痼, 乃朱夫子之言亦謂之"因病之藥則可", 豈復問一一脗合乎. (『강여독람』, 2월 21일 이후에 작성, 4월 5일 이후 전달된 서신)

501) 龍淵: "順庵、鳩巢是日東正派, 足下何不取之而取茂卿邪?" 鶴臺: "人各有心." (『장문계갑문사』 권2, 5월 20일)

존신하는 학사·서기들의 태도 그 자체를 비판하지는 않는다.

　물론 가쿠다이가 단순히 기호에 따라 소라이학을 택한 것은 아니다. 아래는 귀로에서 학사·서기들과 다시 만나 나눈 필담의 일부이다.

　　가쿠다이: (…중략…) 제군들의 한 차례 노파심에 제가 감히 감복하지 않을 수 있겠습니까? 오직 허공에 대고 부질없이 조래를 꾸짖을 뿐입니다. 그러나 그의 가르침이 선왕 공자의 도와 서로 어긋나는 곳을 명확하게 들추어내지 못하였으니, 이것이 제가 족하의 뜻에 묵묵히 찬동할 수 없는 이유입니다. 또한 이 지방에는 경서의 뜻으로 선비들을 시험함에 주자의 신주(新注)를 사용하는 등의 제도가 없어서 사군자(士君子)의 학문은 각자 좋아하는 바를 좇고 있습니다. 또한 이 지방은 봉건정치로 삼대와 풍속이 같아 한나라나 당나라에 비길 수 있는 바가 아닙니다. 군신 상하 사이는 은혜와 의리로 서로 결합되어 있어 한 집안의 아비와 자식 사이 같습니다. 이 때문에 도량이 넓어 잘못된 줄 알면서도 받아들여 더럽혀지기 쉬운 희고 깨끗한 살림을 쓰지 않고서도 일본이 크게 다스려지는 것입니다. 자양의 엄격하고 각박한 『강목』은 혹 군현의 세상에서는 쓰일 수 있으나 봉건국가에 시행하기에는 마땅하지 않습니다. 저희들은 대대로 제후국에 벼슬하면서 녹봉을 받고 있어 진실로 나라를 다스리기 위한 등용에 함께할 수 없으니 그것을 말해 무엇 하겠습니까? 이것이 송나라 이후의 학문을 버리고 고학(古學)에 종사하는 이유입니다.

　　추월: 삼대는 봉건제도로 나라를 다스렸고 인도(人道)의 정미함과 효제충신으로 가르침을 삼았으니 그 학문이 어찌 후세와 다르겠습니까? (…중략…)

　　가쿠다이: 높으신 뜻 삼가 받들겠습니다. 물자(物子: 소라이) 또한 효제충신을 벗어나서는 도로 여기지 않았습니다. 또한 제가 앞에서 말씀드렸듯이 진실로 나라가 다스려지고 백성이 편안하다면 다시 무엇을

구하겠습니까? 어찌 반드시 학술의 같고 다름을 논쟁할 필요가 있겠습니까?[502]

가쿠다이는 자신이 고학에 종사하는 이유를 세 가지로 들고 있다. 첫째로 소라이학이 선왕과 공자의 도에 어긋나지 않으며 (즉 정주의 주설에는 문제가 있으며) 둘째로 일본에는 과거제가 없기 때문에 문사들은 자신이 좋아하는 바를 따른다는 것이다. 국가에서 정한 경서 해석의 표준이 없다는 것은 특정한 학설에 대한 강제성이 없다는 뜻이며, 동시에 특정한 해석을 따름으로써 학자들이 얻게 되는 혜택도 없다는 의미이다. 그러므로 앞에서 인용한 요코타 준타의 말처럼 국학에서 주자학을 가르쳤으므로 주자학이 잠시 번성하기는 하였으나, 고학파로서 '식견 있는' 인물이 등장하자마자 그 우열이 뒤집힐 수 있었던 것이다. 셋째로 송대 이후의 학문은 군현제에 걸맞은 것인데 일본은 봉건제이기 때문에 고학이 적합하다는 것이다. 특히 세 번째 이유에 대해 자세히 말하였는데, 성리학이 자리매김하기 어려웠던 일본의 정치·사회적 배경에 대하여 분명히 밝히고 있어서 주목되는 부분이다.

송학(宋學)에서 중국의 사 계급은 의(義)에 따라 출처를 결정하며 학

---

502) 『장문계갑문사(1·2·3)』, 155-157면. 번역 일부 수정함. 鶴臺: "(…) 諸君一片婆心, 僕敢不感佩, 而唯懸空詆呵徂徠已, 而未蒙明拳似其教與先王孔子之道相齟齬處, 是僕之所以不得默契也. 且此方無經義策士用朱子新注等之制, 是以士君子之學各從所好. 且此方封建之治, 與三代同風, 非漢唐之所得與比也. 君臣上下之間恩義相結, 猶家人父子也. 是以納汙含垢, 不用皦皦之察, 而海宇大治矣. 夫紫陽《綱目》之嚴刻, 其或可用諸郡縣之世, 而不宜施諸封建之國也. 僕輩世祿仕諸侯國, 苟不能共治國之用, 其謂之何? 是所以棄宋後之學而從事古學也." 秋月: "三代以封建治國, 而以人道精微、孝弟忠信爲教, 其學問何嘗與後世異乎? (…)" 鶴臺: "高意謹領. 物子亦不外乎孝弟忠信而爲道. 且僕前所謂'苟國治民安, 則復何求?' 何必爭學術之異同乎?"(『장문계갑문사』 권2, 5월 20일)

문을 통해 자기 수양을 하는 독립적 인격의 주체로 상정된다. 일본의 무사 계급은 이들과 그 존재 양상이 상이했다. 과거제가 없었으므로 대부분의 무사들은 국가 경영에 간여할 수 없었을 뿐더러 토지나 상업 자본(중국의 경우)과 같은 생산수단과 결합되어 있는 중국과 조선의 사 (士) 계급과 달리 주군을 떠나서는 생활을 영위하기조차 힘들었다. 도쿠가와 막부의 개창 이후 태평시대가 지속되자 수많은 하급 무사들이 주군의 은택에 힘입어 살아가는 말단 행정관리에 불과한 상황이 고착되었다. 이러한 사 계급의 차이를 비롯하여 정치 사회 생활의 전반적인 면에서 주자학은 도쿠가와 사회에 적합한 학문이 아니었다.[503] 가쿠다이는 바로 이 점을 들어서 자신들이 송학이 아닌 고학에 종사한다고 말하고 있는 것이다.

그런데 가쿠다이는 고학의 어떠한 점을 통치에 활용하는지에 대해서는 말하지 않고 있다. 대신 그는 주자학을 적용하지 않고도 일본이 '크게 다스려지고 있다'고 말한다. 결국 학문과 정치의 분리를 말한 것과 다르지 않다. 소라이학은 본래 정치와 도덕의 분리를 주장한 학문인데, 가쿠다이는 그러한 학문이 성립한 배경에 대해 분명히 밝혀 말한 것이다. 그의 말대로 학문이 정치와 무관한 것이라면 지배집단 내부의 서로 다른 학술 경향은 전혀 문제될 것이 없다. 그러나 남옥은 가쿠다이의 이러한 설명에 수긍하지 않았다. 삼대에도 효제충신으로 사람을 가르쳤을 뿐이니 후세의 학문도 이와 다를 것이 없다는 것이

---

503) 와타나베 히로시(2007) 참조. 즉, 마루야마 마사오의 설명처럼 도쿠가와 시대 초기에 국학으로 채택되어 '성행'했던 주자학이 점차적으로 적합성을 잃어감으로써 그 지위를 상실해간 것이 아니라, 애초에 도쿠가와 사회의 실상과 어긋났던 유학이라는 외래 학문이 진사이학, 소라이학 등의 변용을 거치면서 비로소 일본 사회에 정착하게 되었던 것이다.

다. 이에 가쿠다이는 소라이 역시 효제충신을 벗어나는 것을 도로 여기지는 않았다고 답한다. 난구 다이슈와 아키야마 아키라도 소라이가 효제충신을 벗어나지 않았다고 말하였으나 남옥은 그것을 납득할 수 없었다.504)

　일상생활에서 자신을 성찰하는 것을 성인의 도를 실현하는 첫걸음으로 삼아야 한다는 정주학의 관점에서 학문은 곧 실천궁행을 의미하는 것이었다. 선비는 비록 등용되지 않더라도 자신의 마음을 성찰하고 이단으로부터 정도(正道)를 지켜야 한다. 이는 단지 과거시험에 합격하기 위해서만은 아니었다. 통치 집단 내부의 견고한 동일성은 지배의 대상이 되는 민(民)과 대립하여 양반 계급의 정체성을 규정하는 주요한 요소였다. 따라서 당시 조선의 사대부들에게 통치의 기반이기를 포기한 학문은 더 이상 학문일 수가 없었다. 그 때문에 사실상 정치와 거의 무관한 시문의 창작조차도 심성 수양의 방편으로서 계속해서 합리화해야 했던 것이다. 이러한 관점에서 보면, 학파 간의 다툼은 무의미하며 견해의 다양성을 인정해야 한다는 가쿠다이의 태도는 사실상 학문의 폐기처분을 의미하는 것과 다르지 않다. 그는 이미 주자학이 옳은지 그른지 이상의 것을 말하고 있었던 것이다. 이러한 주장은 학사·서기들의 시각과 완전히 다른 기반에서 나온 것이기 때문에 토론의 쟁점으로 부각되기조차 어려웠다. 때문에 남옥은 단지 소라이학의 문제점만을 반복해서 말할 뿐이었다. 만약 가쿠다이의 말대로 유

504) 비근(卑近)한 윤리의 실천을 중시했던 진사이학이라면 모를까 소라이학은 확실히 일상의 효제충신에 방점을 둔 학문은 아니었다. 소라이는 효제충신이 도의 전부인 것인 양 이야기되어서는 안 된다고 주장하였는데, 이는 주자학자들이 성인이 되는 첫걸음으로서 일상의 효제를 중시한 것에 비하면 분명히 그 의의를 깎아내린 것이라고 할 수 있다.

자들이 정치에 참여하기 힘들다면 일상 속에서 경(敬)을 지키며 잃어
버린 마음을 찾아 성인의 경지에 도달하고자 노력하면 되는 것이다.

다음으로 인용문 [b]는 앞서 인용한 기타야마 쇼의 말이다. 사람의
얼굴이 각각 다른 것처럼 그 숭상하는 바 역시 다를 수 있다는 것이다.
[c]의 시부이 다이시쓰 역시 일본에서는 본래 서로 다른 학술이 병존
해 왔음을 밝히고 있다. 또한 조선의 학술 풍조를 과거시험의 채점 기
준으로서의 정론(定論)으로 여기고 있다. 이는 분명 조선의 실정을 파
악한 말이지만 조선의 사대부들이 성리학에 두고 있는 의의, 즉 사도
(斯道)를 지키는 정학(正學)으로서의 가치에 대해서는 간과한 것이다.
[d]의 다이슈 역시 마찬가지이다. 그는 정주 학설의 개념에 문제를 제
기하여 남옥과 토론을 벌인 후에 위와 같이 말하였다. 결국 각자 견해
가 다르다면 서로 인정하고 내버려 두는 것이 주희의 뜻이기도 하다는
것이다. 주희와 육구연의 논쟁에 대하여 조선의 문사들은 이단을 배
척한 공으로, 일본 문사들은 성과 없는 다툼으로 인식하는 경향이 있
었는데 이러한 차이 역시 양국 문사의 관점과 관련하여 주목되는 부분
이다.

일본의 문사들은 많은 경우 조선인들이 학술에 두는 무게에 대해
이해하지 못하고 정주만을 고수하는 태도에 대해 '시대에 뒤떨어진'
것으로 여겼다. 그들은 줄곧 서로 다른 학술적 견해를 인정해야 한다
는 전제 하에 자신의 주장을 펼쳤다. 이것을 조선의 학풍을 비판하면
서도 조선인들에게 인정을 받고자 하는 이중적 심리로 치부할 수만은
없다. 일본의 문사들은 학술이 다르다고 해서 그것을 '이단(異端)'—이
는 곧 '정로(正路)'로 돌아가야 한다는 당위를 내포하는 표현이다.—으
로 지목하는 조선인들의 태도를 받아들일 수 없었던 것이다.

결국 양국 간의 학술 논의에 충돌을 불러온 근본적인 이유는 이와

같은 학문에 관한 인식의 차이였다. 이러한 인식의 차이는 각각의 사회에서 유교가 차지하는 위상 및 유학자들이 통치에 관여하는 방식에 기인한 것임은 물론이다. 일본 문사들은 정주학만이 옳다는 관점을 변경하지 않는 조선인들에게 자국 학술의 발전상을 인정받기 위해 사람마다 견해가 다를 수 있음을 특히 강조하였다. 그러나 학문에 대한 양국인의 접근방식 자체가 달랐기 때문에 이러한 논리로 조선의 문사들을 설득하기가 쉽지 않았던 것이다.

3. 계미통신사 학술 교류의 의의

이상 이 시기 학술 교류의 경과를 여정에 따라, 그리고 토론의 논점에 따라 정리해 보았다. 계미통신사의 세 문사는 일본에 도착한 이래로 일본의 학술·문단에 대한 탐색을 그치지 않았다. 이들은 이전 통신사의 기록 및 새롭게 입수한 일본 서적을 통해서, 그리고 연로 각 지역 문사들과의 필담을 통해서 일본 학술에 대한 정보를 획득하였다. 이 과정에서 조선 측 문사들이 능동적으로 일본의 학술 상황을 관찰하고 그에 관한 논쟁에 참여하는 모습이 확인된다. 일본 문사들 또한 조선 문사들의 학문 방법에 문제를 제기하는 한편 자국 학술의 발전상을 조선인들에게 전달하는 데에 열심이었다. 이러한 모습들에서 이 시기 학술 교류가 이전 시기와 구별되는 양상을 보이며 계미통신사 교류의 특징적인 면을 형성하고 있음을 확인할 수 있었다.

1절과 2절에서는 학술 교류 과정의 구체적 전개 양상을 서술하였다. 본 절에서는 앞 절의 분석을 바탕으로 이 시기 학술 교류의 의의를 두 측면으로 나누어 살펴보고자 한다. 첫 번째는 당시 일본과 조선 학술사의 맥락을 염두에 둘 때 세 문사의 일본 문단 평가가 어떠한 의미를 갖는지에 대한 분석이다. 두 번째는 계미통신사 학술 교류의 과정에서 발견되는 양국 문사들의 태도가 동아시아 교류사의 측면에서 어떠한 함의를 지니는지에 관한 검토이다.

(1) 일본 학술에 대한 개방적 자세와 객관적인 평가

먼저 이 시기 학술 교류에서 가장 핵심적인 쟁점이 되었던 소라이학에 대하여 세 문사들이 어떻게 인식하였는지에 대해 다시 한번 검토해 볼 필요가 있다. 귀로에 아카마가세키에서 다키 가쿠다이와 나눈 필담에서 이에 대한 실마리를 발견할 수 있다.

성대중은 "무경(茂卿)이 그릇 들게 됨은 바로 재주가 너무 높고 논변이 너무 통쾌하며 식견이 너무 기이하고 학식이 너무 광박함에서 기인한 것"505)이라고 하였다. 후마 스스무도 지적했다시피 이같은 성대중의 말은 사실상 소라이에 대한 찬사이다.506) 남옥 역시 소라이의 글에 대해 "그의 문장의 불꽃은 매우 이글이글 타올라 마멸할 수 없는 기운"507)이 있다고 치켜세웠으며, 소라이가 한문의 직독을 제창한 것을 칭찬하며 그를 '日東之巨手'라고 표현하였다.508) 한편 세 문사는 모두 소라이의 문장과 한문 직독의 보급에 대해서는 칭찬하였으나 고어로 고경을 읽는 학문 방법론에 대하여는 자세히 기록하지 않았다. 그러나 원중거가 "그들의 학문이 비록 몹시 허황되기는 하지만 오히

---

505) 『장문계갑문사(1・2・3)』, 154면. (『장문계갑문사』 권2, 5월 20일)
506) 후마 스스무(2008), 255-256면.
507) 『장문계갑문사(1・2・3)』, 154면. (『장문계갑문사』 권2, 5월 20일)
508) 같은 책, 157면. (『장문계갑문사』 권2, 5월 20일)

려 능히 옛 것을 인용하여 지금을 증명하고 사실을 미루어 마음과 몸
에 적용한다.”고 한 것은 육경과 고언을 중시하고 옛 문물을 탐구하는
소라이학파 문인들의 풍조를 일면 긍정한 것으로 볼 수도 있다.509)

또한 성대중이 소라이학파 학인들에 대하여 상당히 전향적인 태도
를 보이고 있는 것도 주목할 만하다. 성대중은 가쿠다이에게 미야세
류몬과 만난 적이 있는지 물으며, 류몬을 ‘굉유(宏儒)’라고 표현하기도
했다. 류몬은 학사·서기들과 학술 관련 대화를 피하고 단지 심상한
주제에 관해서만 대화를 나누었으므로 성대중의 이러한 평가는 그가
남기고 간 문집을 보고 내린 결론으로 생각된다. 가쿠다이는 류몬과
모르는 사이라고 했으니 성대중의 말이 의례적인 찬사가 아니었음도
분명하다. 성대중은 또한 소라이의 제자인 야마가타 슈난의 글을 보
지 못한 것에 대해서도 아쉬움을 표하였다. 그는 또 난메이의 스승이
라고 한 나가토미 도쿠쇼안에 관해 여러 인물들에게 질문하였으며,
그를 직접 만나기를 고대하였다. 성대중은 아이노시마를 떠난 이후
아카마가세키, 우시마도, 오사카에서 기회가 있을 때마다 도쿠쇼안에
대해 질문하였다. 오사카에서는 그가 만나러 오지 않았는지 미나모토

---

509) 김정신은 이러한 원중거의 견해에 대하여 “인간의 모든 감정과 행동을 예와 의리
명분에 맞추고자 지나치게 관념적이고 高遠한 성리설·인성론을 전개하였던 주자
학에 대한 비판을 전제로 한 의론”이라고 평하였다. 또, 당시 조선에서 주자학을
해체해 나가는 주된 방식은 “주자학을 전면적으로 부정하는 것이 아니라 폭넓은
유학의 흐름 속에서 주자학을 부분적 요소로 상대화하는 것”이었는데 이것이 정제
된 방식으로 나타나지 않고 “반주자학·비주자학의 학문 속에 폭넓고 다양하게,
그러나 느슨하게 모여 있었다.”고 하였다. 즉, 원중거나 성대중은 주자학의 부정
적 측면을 충분히 인식하고 있던 인물들이었으나 통신사절로서의 공적인 입장을
대변해야 했던 점, 또 소라이학의 강성함에 대적하기 위해서 주자학적 관점을 강
조할 수밖에 없었던 측면이 있었다는 것이다. 김정신(2010), 「1763년 계미 통신사
원중거의 일본 인식」, 『조선통신사연구』 11호, 조선통신사학회, 12–13면.

분코를 통해 확인하기도 하였다. 이러한 반복적인 관심의 표출은 그가 소라이 한 명뿐 아니라 여타의 저명한 소라이학파 학자들, 특히 현재 생존해 있는 인물들에 대해서 상당한 호기심을 갖고 있었음을 보여준다.

사실상 성대중은 소라이학에 대해서 맹자와 정주를 비판했다는 것외의 다른 문제점을 지적한 적이 없다. 또한 성대중은 조선에 돌아와 쓴 글에서 가메이 난메이에 대하여 "시문이 모두 **빼어나**고 식견과 깨달음은 더욱 기이하다"[510]라고 고평한 바 있다. 두 사람 사이에 오간 서신을 보면 난메이가 소라이의 학설을 기반으로 자신의 견해를 펼쳤고 이에 대해 성대중이 통렬히 비판하고 있음을 볼 수 있다. 성대중은 이후에 소라이의 저서를 보고 난메이의 견해가 소라이의 학설과 관련이 있음을 분명히 알았을 것이다. 그런데도 그의 식견이 **빼어나**다고 평가한 것은 정주학자로서는 의외이다. 나바 로도와 가메이 난메이에 대해 쓴 글인 「서일본이재자서(書日本二才子事)」는 을유년, 곧 사행이 끝나고 1년 후에 완성한 것이다. 상당한 시간이 지났음에도 불구하고 난메이에 대한 평가가 달라지지 않았던 것이다.

소라이에 대한 성대중의 평가에는 또 한 가지 독특한 점이 있다. 다음은 『일본록』의 기록이다.

> 그러나 무경(茂卿: 소라이) 이후로 일본의 문학이 크게 진작되었다. 이전에 성와등원(惺窩藤原)과 임도춘이 비록 신동이나 거벽으로 일컬어 졌어도 그러나 우리나라 사람들과 창화해 보면 말이 안 되는 것이 많았다. 그런데 지금은 강호 인사들의 시문이 매우 발달하여 예전과 비교할 바가

아니니 참으로 무경이 왕·리의 학문으로써 창도한 것이다. 왕·리가 비록 부화(浮華)하여 알맹이가 없으나 우리나라의 문장도 참으로 그에 힘입은 것이 많았는데 이제 또 동쪽으로 건너가서 그 효과를 바로 보게 되었으니 이른바 진(秦)나라가 하(夏)나라의 음악에 능하게 된 것과 같다. 이후에 사신으로 가는 이들은 반드시 곤경에 처하게 될 것임을 알 수 있다. 그러나 무경은 임도춘의 문도에 속해 있어서 겨우 각 주의 서기로 있다가 죽었다. 문집 15권과 『변도』, 『변명』 3권이 있고 자식은 없으며 그 문도인 강효선(岡孝先), 복자천(服子遷), 태재순(太宰純) 등은 모두 명사이다.[511]

이반룡과 왕세정의 의고주의는 모의와 표절로 지목되면서 조선후기에는 이미 폐기된 시론이었다. 그러므로 이·왕의 문학을 추앙하여 그것을 도에 이르는 방법으로까지 격상시킨 소라이의 견해는 조선 문사들의 입장에서 보면 한참 시대에 뒤떨어진 입론이었던 것이다. 그러므로 남옥과 원중거는 소라이가 한문을 중국음으로 읽고 직독하도록 가르친 것과 스스로 뛰어난 문장으로서 후진에게 모범을 보인 것을 그의 공으로 꼽았을 뿐, 이·왕의 문학을 추앙한 것에 대해서는 혹평하였다. 그러나 성대중은 이와는 조금 다르게 일본인들의 시문이 진보한 것을 소라이가 왕·이의 학으로 창도한 공이라고 지적하고 있다. 문사를 연마하는 수단으로서 수사에 힘쓰는 풍조를 긍정한 것으로, 실제 일본에서 소라이학이 문인 계층의 확대를 촉발한 사실을 제대로 파악하였다고 할 수 있다. 일본의 학자들과는 조금 다른 측면에서 이·왕 문학의 효용에 주목한 것이다. 필담에서는 비록 문사에 치중하는 세태를 비판하였으나, 그러한 단계의 객관적인 의의에 대해서는 인정했다는 것을 위 기록을 통해 알 수 있다.

---

511) 『일본록』, 167면, 번역 일부 수정함.

또한 성대중은 오쿠다 모토쓰구와의 대화에서 진사이를 일본의 양묵(楊墨)으로 지목하고 소라이는 일개 문사일 뿐이라고 적시하였다. 이는 곧 소라이의 학문이 정로(正路)가 아니기는 하지만 그다지 유해한 것은 아니라는 생각이다. 진사이에 대한 성대중의 평가는 신유한의 『해유록』 등 이전 사행의 기록에 의거한 것이기도 하지만, 『동자문』을 직접 읽고 내린 것일 가능성이 높다.[512) 어쨌든 성대중은 남옥과 원중거만큼 소라이의 영향력을 염려하지는 않았던 것 같다. 위 인용문에서 소라이가 '겨우 각 주의 서기로 있다가 죽었다.'고 한 것 역시 소라이의 정치적 영향력이 대단치 않았음을 뜻하는 것이다.[513)

성대중은 물론 원중거 또한 소라이학이 이학(異學)의 단서(端緒)로서 일본의 학술을 그르쳤으나 그것은 충분히 돌이킬 수 있는, 학술 발전의 한 계기에 불과하다는 인식을 보이고 있다. 성대중은 사실상 그 이단성조차도 그리 대단하다고 보지 않은 듯하며, 원중거는 이러한 풍조를 바로잡을 전기(轉機)가 다가오고 있다고 예측하였다. 다음은 이와 관련한 『승사록』의 기록이다.

---

512) 『동자문』은 기해사행 때 이토 바이우(伊藤梅宇)가 성몽량에게 증정하여 조선에 전해졌다고 하는데 (강재언(2005), 『조선통신사의 일본견문록』, 한길사, 270-271면) 그가 바로 성대중의 종조부였다. 무진사행의 이봉환과 홍경해는 사행을 떠나기 전에 『동자문』을 읽고 갔으며, 성대중 역시 이 책을 미리 읽었을 가능성이 높다. 18·19세기 조선에서 진사이의 저작이 널리 읽히고 있었던 정황에 대해서는 김성준(2011), 「18세기 통신사행을 통한 조선 지식인의 일본 古學 인식」, 『동양한문학연구』 32집, 동양한문학회 참조.

513) 이와 달리 원중거는 소라이에 대해 "동무(東武)의 여러 대로부터 특별히 높은 예우를 받았으며, 8주 문필자들의 스승이 되었다. 나라 안에는 또한 쌍백과 더불을 만한 재상과 장수가 없었으니, 그는 의당 나라에서 수레를 마구 몰며 미쳐 날뛰고 방자하게 눈을 치켜뜨고 다녔다."고 기록하고 있다. (『화국지』, 276면)

　그 나라의 총명하고 민첩하며 예리한 재주꾼들이 이미 고문(古文)을 중국의 음으로 읽고, 언어를 문장으로 서술하고, 사실로써 몸과 마음을 증명하고 있다. 그러므로 후에 말로 글을 엮고 글을 통해 도(道)를 깨닫는 사람 가운데 오랑캐를 중화로 변화시키고 제(齊)나라를 노(魯)나라로 변화시키는 사람이 없으리라고 어찌 알겠는가. 지금 장기(長崎)의 책들이 날마다 이르고 나라 안의 문풍이 점점 융성하여지니 만약 재기가 물경(物卿) 같은 사람이 나라 안에 태어난다면 반드시 물경을 돌이켜 정도(正道)로 들어갈 사람이다. 천지에 밝게 빛나는 기운이 바야흐로 우리나라에 융성하고 있다. 어떤 사람은 이 도가 다시 동해를 건너갈까 저어하기도 한다. 아! 이 도는 우리가 독점하여 사사로이 가지는 것이 아니다. 저들과 더불어 공유하더라도 무슨 상함이 있겠는가?[514]

　이러한 평가는 이미 일본 학계에 반소라이학의 물결이 거세다는 것을 목격하였기에 가능했던 것으로, 이후에 전개되는 일본 학술의 흐름을 고려하면 원중거의 예측이 어느 정도 들어맞았음을 알 수 있다. 물론 그의 예측대로 한두 명의 호걸이 출현하여 소라이의 잔재를 일신한 것은 아니었으나, 바로 그 소라이 비판을 통해 형성된 절충학-고증학의 흐름이 일본 학술의 대중화를 촉진하였던 것이다.[515] 에도 말

---

514) 『승사록』, 351면.
515) 이와 관련하여 나카무라 슌사쿠의 다음과 같은 주장을 참고할 만하다.
　　즉 교호(享保, 1716-1736)기 이후의 열광적인 소라이학 체험과, 그에 연이어 일어나는 '반소라이'의 대합창 속에서, 실은 (소라이학 자체라기보다는 오히려) '소라이학 이미지'가 코드화되고, '소라이라는 문제축'이 광범위하게 공유되는 사태가 일어난 것은 아니었을까. 그것이 출판문화의 급속한 발전, 유통과 그에 따른 학문형태의 변용까지 동반하여 새로운 지적 체험으로서 전국으로 확산되어 간 것은 아닐까. 나아가 이러한 '소라이 문제'를 일종의 촉매로 하면서 유학지(儒學知)가 전반적으로 변용되는 과정 가운데서, 일본에서 '지식인' 발생의 모태라고도 할 만한, 이른바 대중적인 유학지가 발생한 것은 아닐까. (나카무라 슌사쿠(2010), 122-123면)

기에 전국에 소독(素讀)이라는 중국 고전문의 읽기 방식이 확대되고 일반적인 교양으로서 경전 학습이 일상화된 사정516)은 위 원중거의 표현을 빌자면 제나라가 노나라가 된 것에 비견할 만하다. 남옥이 영조에게 복명할 때에 조선과 일본이 여전히 중화와 오랑캐만큼의 차이가 난다고 했던 이유 역시 당시 일본에 이러한 독서 문화가 부재함을 알았기 때문이다.

분명한 것은 세 문사들이 일본의 학술, 특히 소라이학에 관하여 폐쇄적인 태도로 비난한 적은 없다는 것이다. 그들이 언급한 소라이학의 문제, 즉 맹자 이후의 현인을 모조리 공격했다는 점, 모의와 표절에 불과한 이·왕의 문학을 도를 구하는 문로로 보았다는 점, (선왕의 도를 예악형정으로 보고) 일상의 효제독실을 중요시하지 않았다는 점 등은 당시 조선 사대부 계급의 의식을 기준으로 할 때 충분히 합당한 비판이다. 즉, 자신들과 다르다고 해서 덮어놓고 부정적으로 본 것이 아니었다는 말이다. 이들의 비판은 그 자신의 세계관에 비추어 정직하고도 적실한 것이었으며, 일정 부분은 소라이학을 비판하는 일본 문인들의 발언에서 그 근거를 찾은 것이기도 하였다.

또한 이러한 비판에 이르기까지 그들은 소라이의 저서를 구해서 숙독하는 등 자발적인 노력을 경주하였다. 이 과정에서 세 문사는 소라이학에 대해 상당한 정도의 지식을 쌓게 되었고 그것에 대한 재평가가 이루어졌음도 물론이다. 몇몇 연구들에서는 조선의 문사들이 자신들과 다른 일본의 학풍에 대하여 덮어놓고 '이단'이라고 매도하였으며 이것이 정주학만을 고수하는 폐쇄적인 태도의 발로라고 평가하고 있다. 그러나 계미사행의 문사들은 이전의 어떤 시기보다 적극적으로

---

516) 같은 책, 103-108면 참조.

일본의 학술을 알고자 하였으며 개방적인 자세로 소라이학의 공과(功過)에 대해 논하였다. 그들은 시종일관 일본의 학술에 대해 존중하는 자세로 그 폐단을 논하였으며 '오랑캐'의 학문으로 치부하거나 논할 가치가 없는 것으로 보지 않았다.[517] 이는 필담에서나 사행록에서나 마찬가지였다.

또한 소라이학은 정주를 비판한 정도에 그친 것이 아니라 성리학의 의의 자체를 부정하는 학문이다. 그러므로 이에 강하게 반발하지 않는다면 정주학자로서의 자기 정체성을 부인하는 것과 다름이 없게 된다. 더구나 정주학은 조선의 국시(國是)였으므로 이는 곧 조선의 국체에 대한 손상으로 이어질 수도 있다. 즉, 세 문사들이 소라이의 정주 비판을 유화적인 자세로 수용한다는 것은 어불성설이며, 그렇게 하지 않았다고 해서 이들이 폐쇄적이었다고 평가할 수는 없다. 이들이 취할 수 있었던 가장 '개방적'이고 '공정한' 자세는 자신들과 다른 일본의 학풍이 다른 어느 곳이 아닌 일본 내에서 어떠한 공효가 있었는지 그들 나름의 관점에서 평가하는 것, 그리고 일본 학술의 실상을 '있는 그대로' 조선에 소개하는 것 두 가지 외의 것일 수는 없었다. 이 가운데 전자는 필담의 과정에서, 그리고 사행록의 저술을 통해 시도되었다고 할 수 있다. 후자의 경우 일본의 서적을 조선에 가져오는 방식으로 실행될 수 있는 것인데, 막부의 금령으로 인해 충분히 실현되기 어려웠던 것이다.

이들의 한계는 소라이를 비난했다는 것에 있는 것이 아니라 오히려

---

517) 이는 바로 직전의 사행에 참여했던 홍경해의 기록과 대비할 때 더욱 분명해진다. 홍경해는 진사이의 학문에 대하여 "외딴 바다의 오랑캐가 우매함에 빠져서 선현을 업신여기고 헐뜯음이 이에 이르렀으니 진실로 가련하다 할 만하다."[絶海蠻兒坐於愚昧, 侮毀前賢至此, 良足良憐.]고 평가하였다. (『수사일록』 권상, 1748년 4월 22일)

소라이학에 대한 비판을 끝까지 밀고 나가지 못한 점에 있다. 예컨대 당시 일본의 대표적인 절충학자 중 한 명인 가타야마 겐잔(片山兼山, 1730-1801)은 소라이의 경서 해석이 자의적이고 철저하지 못함을 지적하면서 자신의 고증학적 방법을 발전시켜 나갔다.518) 이로 미루어 보면 소라이학의 경서 해석 방식을 정면에서 문제 삼으며 오히려 정주의 해석이 더 '유용함'을 주장할 수도 있을 것이며,519) 나아가 일본의 고증학자들처럼 소라이보다 더욱 정확한 경서 해석의 방법을 제시할 수도 있는 것이다. 그러나 계미사행의 학술 교류에서 이러한 방식의 비판은 이루어지지 않았다. 그 첫 번째 이유는 조선 문사들이 결국 소라이의 『논어징』을 입수할 수 없었다는 데 있다.520) 물론 그 책을 보았다 하더라도 일본에 머무는 짧은 시간 동안 경서 구절의 탐구가 원활히 이루어지기는 힘들었을 것이다. 그러나 책이 있었다면 이는 귀국 후에라도 충분히 가능한 작업이다. 뿐만 아니라 일부 해석에 대해서는 그 타당성을 인정할 수도 있었을 것이다. 그러나 소라이의 경서 해석의 실제를 확인할 수 없는 상황에서 이들은 그 문제에 대해 신중하게 접근할 수밖에 없었을 것이다.

---

518) 이기원(2010), 「소라이학에서 고증학으로-가타야마 겐잔의 고증학적 방법-」, 『일본사상』 19호, 한국일본사상사학회.

519) 이는 한유(漢儒)에 대한 송유(宋儒)의 우월함을 주장하는 방식이다. 한유가 비록 훈고에 공이 있으나 송유가 등장함으로써 비로소 의리가 밝아졌다는 것이다. 사실상 이러한 논리는 송학의 경서 해석을 옹호하는 데 언제든지 사용될 수 있는 것이다. 남옥이 난구 다이슈의 문제 제기에 답할 때에도 이러한 논리를 동원하고 있다.

520) 일부 연구에서는 계미통신사가 『논어징』을 읽었으며, 이때 이 책이 조선에 유입된 것으로 서술하고 있으나 필자는 그 증거를 찾지 못하였다. 이 시기 필담창화집과 사행록에서 『논어징』을 보았다는 언급은 찾아볼 수 없다. 세 문사 및 조엄의 사행록에서 『논어징』을 언급하고 있지만 이는 소라이의 대표 저작으로 이 책을 거론한 것일 뿐이다. 정약용의 저술에서 인용한 소라이의 견해 역시 다자이 슌다이의 책에서 재인용한 것이다. 김정희(金正喜)의 장서목록에도 『논어징』은 없다.

두 번째는 소라이학의 방법에 대해 언급하는 자체만으로도 정주 주설의 한계가 노출되는 위험을 감당해야 했으므로 의식적·무의식적으로 조선 사대부들이 이 문제를 회피했다는 것이다. 후마 스스무는 남옥 등이 소라이학에 대해 겉도는 비판만을 반복했던 이유에 대하여 이들이 일본 체재 기간 동안에는 물론 귀국 후 소라이에 대한 논평을 쓸 때까지 "줄곧 소라이에 대한 결정적인 반격의 논리를 여전히 구축하지 못하였던 것"521)이라고 지적하고 있다.522) 그 자체로 부정할 이유가 없는 방법론상의 문제가 그것이 가져올 결과의 위험성 때문에 논의의 대상이 될 수 없었던 것이다.

이처럼 고증학적 방법에 관한 회피, 이것이야말로 계미통신사 학사·서기들의 한계였다고 할 수 있는 바, 이는 실제 소라이학파의 경전 연구의 성과를 확인할 수 없었다는 객관적인 조건과 자신들의 학문적 기반이 공격 받을 것에 대한 염려라는 주관적인 조건의 결합에 기인한 것이다. 1719년『동자문』이 조선에 전해진 이후 진사이에 대해서는 몇 차례 논의가 이루어졌다.523) 그러나 이후 진사이를 비롯해 소

---

521) 후마 스스무(2008), 257면.

522) 이와 함께 후마 스스무는 남옥 등이 실은 소라이에 관해 상당히 긍정적으로 평가하였으나 국법에 저촉될 것을 우려하여 자신들의 소감을 정직하게 전달하지 못했다는 식으로 분석하고 있다. 같은 책, 248-257면 참조. 그러나 비록『장문계갑문사』와 어조의 차이가 있기는 해도 이들은 사행록에서 소라이의 뛰어난 점에 대해 충분히 드러내고 있으며, 소라이가 이단이라는 생각 역시 그들의 솔직한 소감이라고 생각된다. 이들이 아무리 소라이학에 대해 사행록에 기록한 이상으로 '경도되었다'고 할지라도 어떠한 현실적인 계기도 없이 단지 책 몇 권을 읽고서 '그 탁월한 식견'에 매혹되어 자신들의 학문적 기반에 회의를 품게 된다는 것은 상상하기 어려운 일이다.

523) 논의의 대상이 된 것은『동자문』과『어맹자의(語孟字義)』였다. 비교적 이른 시기의 것으로는 김간(金榦)의 글 및 이를 인용한 안정복(安鼎福, 1712-1791)의 기록이 있다. 18세기 후반-19세기 초반의 기록으로는 정동유(鄭東愈, 1744-1808), 송치

라이와 슌다이의 경학에 대한 본격적인 검토는 19세기에 들어와서 비로소 시도될 수 있었다. 즉, 김매순(金邁淳, 1776-1840)과 정약용(丁若鏞, 1762-1836)의 논의인데, 이때 이들이 참조한 책은 슌다이의 『논어고훈외전(論語古訓外傳)』이었다. 소라이 등의 경전 해석을 극력 비판한 김매순과 일정 부분 수용한 정약용의 저술 모두 이 시기 조선에서의 고증학적 방법의 성장을 그 배경으로 하고 있다. 즉, 계미사행 시기는 경서 해석에 고증학적 방법을 적용하는 것에 대한 문제의식—그것에 대한 천착이든 혹은 비판이든—이 조선 사대부들 사이에 확산되기 이전이었던 것이다. 따라서 남옥 등이 소라이학의 방법론에 대해 굳이 언급하지 않았던 것은 고증학적 방법에 대한 관심이 무르익지 않았던 당시 조선 학계의 분위기와 관련이 있다.

한편 세 문사는 소라이학이 일상의 효제충신과 수양에 아무런 도움이 되지 않으며 공허하게 문사에만 치중하는 결과를 가져왔다고 비판하였는데, 이는 실제 일본에서 소라이학이 퇴조하게 된 주된 이유 중 하나이기도 했다. 즉, 기질(氣質)의 성(性)만을 강조하여 윤리가 없다는 것[524]으로, 주자학을 '극복'했다고 하는 일본의 유자들이 다시 주자학으로 돌아간 이유 중의 하나가 여기에 있었다고 할 수 있다. 이것은 일본은 봉건제이므로 통치에 학문을 활용하지 않는다고 한 가쿠다이가 예측하지 못했던 변화이다. 평화시대가 지속되고 민(民)을 '교화'할 이념으로서의 학문이 요구되는 시점이 도래하게 된 것이다.

조선의 문사들이 이러한 일본의 변화상을 정확히 예측하고서 저러

규(宋穉圭, 1759-1838), 홍직필(洪直弼, 1776-1852)의 글이 남아 있다. 김성준(2011), 161-168면 참조.
524) 나카무라 슌사쿠(2010), 134-135면.

한 충고를 한 것은 아니다. 다만 중앙집권의 문치(文治)가 상당한 정도로 발전해 있던 조선 지배계급의 감각으로 자연스럽게 일본 학술의 결정적인 문제점을 간파한 것이라고 보는 편이 맞다. 그러나 계미통신사의 문사들은 천황을 중심으로 일본 정치가 재편될 가능성을 내다보기도 하는 등[525] 일본 정치사의 변동과 관련하여 상당히 객관적인 평가를 내리고 있기도 했다. 즉, 이들이 보기에 일본의 정치제제가 '정상화'할 가능성은 언제든지 있었으며 그렇기에 일본의 학술이 다가올 시대를 대비하여 '올바른' 길을 따르도록 충고할 필요가 있었던 것이다. 물론 조선의 문사들이 상정하고 있는 정상화된 일본 국가의 모습은 명실상부한 '국왕'이 '문(文)'으로써 다스리며 동아시아 각국과 평화롭게 공존하는 방식이었으므로 실제 전개된 역사적 현실과는 다소 거리가 있다. 그러나 중앙집권화된 국가에서 '문'을 갖춘 지배층의 학문이 어떠해야 하는가에 대한 이들의 견해는 학문이 여전히 기예의 하나에 머물러 있던 당시 일본 사회의 '문제'에 대한 적확한 지적이라고 하겠다.

또한 이러한 비평은 당시 소라이학을 비판했던 일본 학자들의 의견을 참조한 것이기도 하였다. 일본 문사들은 자국의 문단에 문예에만 치달리는 풍조 및 육경을 중시하고 박학에 몰두하는 경향이 있음을 말하였으며 때로는 소라이학파 문인이 스스로 그러한 점을 밝혀 말하

---

525) 원중거는 천황의 역년이 만 년이나 되어 민심이 아직 떠나지 않았으므로 만약 에도의 정치가 어지러워진다면 왜황을 끼고 쟁탈을 도모하는 자가 나타날 것이라고 하였다. (『화국지』, 90면) 정은영(2014), 97면. 성대중 역시 관백이 여전히 천황을 두려워하여 서경에 군사를 주둔시켜 감시하고 있음을 지적하였다. (『일본록』, 171면) 정은영(2013), 「『日本錄』에 나타난 對日知識 생성 연구」, 『어문학』122집, 한국어문학회, 478–479면. 일본인들이 자랑스러워했던 만세일계(萬世一系)의 천황의 존재는 그 자체로 중앙집권화의 가능성을 가리키는 것이었다.

기도 하였다.526) 즉, 세 문사는 일본 문단 내부의 관점을 빌려와 그것
을 소라이학 비판의 논거로 삼은 것이다. 물론 그러한 비판을 던진 인
물들이라고 해서 정주학을 신봉하였거나 일상의 실천을 특히 강조한
것은 아니다. 그들 역시 소라이학파 문인들과 마찬가지로 정주의 주
설에 문제가 많다고 여겼으며, 다양한 서적을 참조하여 고도(古道)를
밝혀야 한다고 생각했다. 그러나 세 문사는 그들이 논한 일본 학계의
문제점을 발판으로 해서 일상의 효제충신을 실천해야 한다는 자신들
의 주장을 더 강하게 전개해 나갈 수 있었다. 결국 주장의 귀결점은
달랐으나 일본 내 소라이학 비판의 흐름과 어느 정도까지는 공명하면
서 논의를 진행하고 있음을 볼 수 있다. 양국 문사의 상이한 학술적
관점으로 인해 그 결론은 달라졌으나 일본 문단 내부의 목소리를 참조
함으로써 상당한 정도의 '객관성'을 확보한 것이다.

　계미통신사의 세 문사가 나날이 밀려오는 시문창화 요구를 소화해
가며 단시간에 외국의 학술 풍조를 그 정도로 탐색하고 파악했다는
것은 확실히 대단한 일이다. 그것이 가능했던 것은 이들이 이전 시기
사행과 달리 처음부터 능동적이고 자발적으로 일본의 학술과 학맥에
관해 조사했기 때문이다. 처음 사행을 떠날 때에 이들은 일본 학술에
대해 '정주를 높일 줄 모른다'는 정도의 막연한 인식만을 갖고 있었다.
그러나 연로에서 만난 일본 문사들과의 필담 및 소라이와 슌다이의
저서 등을 통해서 일본 학술에 관한 구체적인 정보를 획득하게 된다.

　이 과정에서 눈에 띄는 것은 세 문사의 개방적인 자세이다. 이들은
일본 문인들과 활발히 필담을 나누며 일본의 학술과 문인에 관한 지식

---

526) 아카마가세키에서 만난 하타 겐코는 세 문사에게 박학과 문예보다 덕행을 앞세
　　우겠다고 말하며 서(序)를 써달라고 하였다. 그는 나가토주의 번사로서 소라이학
　　을 배운 인물이다.

을 넓히고자 하였으며, 덮어놓고 비난하는 대신 그 실체를 알기 위해
진지하게 탐구하였다. 그렇게 얻은 지식을 바탕으로 이들은 소라이학
이 어떠한 학문인지, 그것이 일본 학술에서 어떠한 역할을 하였으며
그 장단점은 무엇인지에 대하여 상당한 정도로 객관적인 평가[527]를
내리고 있다. 이 시기 학술 교류의 여파에 대한 논의는 우선 놓아두고
당시 학술 교류 자체의 특징에 주목한다면 이와 같은 결론을 어렵지
않게 도출할 수 있다.

(2) 동아시아 공동의 지식 장(場)이라는 감각의 형성

계미통신사 학술 교류의 과정을 살펴볼 때 발견되는 또 하나의 흥
미로운 점은 소라이학에 대한 비판적인 입장에도 불구하고 세 문사
모두 소라이학의 학인들을 배척해야 할 인물로 여기지 않고 있다는
것이다. 이는 그 사람의 사상과 인격을 분리하여 생각한다는 오늘날
의 관점과도 다른 것이다. 비록 교유의 과정에 정(情)이라는 요소가
개입하기는 하였으나, 상대방과의 교유를 지속하는 바탕은 어디까지
나 그 사람의 문(文)과 학식이었기 때문이다. 그러므로 이른바 '이단'
의 학문에 종사하는 사람은 이들의 표현대로라면 '담장 밖으로 쫓아버

---

527) '객관적인 평가'라는 표현에 어폐가 있을 수 있다. 학문적·사상적 입장은 본질적
으로 주관적인 것이므로 사실상 객관적인 평가란 있을 수 없는 것이기 때문이다.
여기에서는 세 문사가 소라이학에 대하여 자신들의 호불호와 무관하게 그것이 일
본의 문단에서 어떠한 역할을 했는지에 주목했다는 점, 일본인들의 시각에서 소라
이학이 어떻게 평가되고 있는지를 참조했다는 점, 그리고 실제 일본 학술사의 전
개 양상에 비추어볼 때 어느 정도 타당한 문제 제기를 하고 있다는 점 등에 대하여
'상당한 정도로 객관적인 평가'라고 한 것이다. 어떤 대상에 관한 특정한 입장을
객관적이라고 말하기 위해서는 어떠한 점에서 '객관적'이라는 것인지 밝힐 필요가
있다. 본고에서는 위의 몇 가지 특징을 아울러 객관적이라는 용어로 총칭한 것인
데, 이것 외에 적절한 용어가 없으므로 택한 것이지 반드시 적확한 표현은 아니다.

려야' 하는 대상이지 교유의 상대가 될 수는 없는 것이다. 그러나 조선 문사들의 태도를 보면 주자학자라고 해서 더 친밀하게 여기는 것도 아니고 소라이학자나 불교도라고 해서 멀리했던 것도 아니다.[528]

계미통신사의 문사들이 학파를 달리하는 일본 문인들에 대해서 비판으로 일관하지 않고 그 장점에 대하여 칭찬을 아끼지 않았다는 점은 통신사 관련 최근 연구들에서 몇 차례 지적된 바 있다. 그런데 이러한 현상이 이례적이고 우연한 것이 아니라 당시 조선 문사들의 기본적인 태도에서 비롯한 것임에 주목할 필요가 있다. 특정 인물을 평가하는 기준이 애초에 그 사람의 학문적 입장 그 자체에 있지 않았던 것이다.

특히 귀로에 아카마가세키에서 이루어진 대화들은 세 문사가 일본 문인들과 교류할 때에 기본적으로 어떠한 태도를 견지하고 있었는지를 명확히 보여준다. 남옥은 귀로에서 다키 가쿠다이를 만났을 때 이전에 증정 받았던 와치 도코(和智東郊)의 시를 언급하였다. 처음에는 와치 도코가 보통의 문인인 줄로만 알았는데 나중에 그의 작품을 자세히 보고서 그가 대가임을 알게 된 것이다. 그리고 그 실력에 걸맞은 대우를 하지 못한 것에 대해 사과하였다. 남옥이 일본의 문사들을 대할 때에 가장 중시한 것의 하나가 그 사람의 '문아(文雅)'였던 것이다. 남옥뿐 아니라 원중거와 성대중도 학식이 높고 재주 있는 인물과의 교유를 열망했다. 이들이 특히 아꼈던 나바 로도와 가메이 난메이는 젊은 문사로서 학식과 재주가 출중한 인물이었다. 나바 로도는 소라

---

528) 함영대는 통신사 학술 교류에 관하여 "조선 통신사들은 일본 주자학자들과는 강한 연대감을 가질 수 있었으나 고학파의 학자들과는 필연적으로 부딪칠 수밖에 없었다. 그것은 그 지향의 차이로 인한 것으로 쉽게 화해하기 어려운 근본적인 이질감이었다."고 언급하고 있다. 함영대(2011), 404면. 이는 직전의 무진통신사까지의 교류에 대해서는 합당한 분석이라 하겠으나, 계미사행 시기에 이르러서는 이러한 한계를 이미 뛰어넘고 있음을 볼 수 있다.

이를 배척할 줄 아는 정주학 계열의 문인이었으나 가메이 난메이는 전혀 그렇지 않았다.

또한 세 문사가 학식과 인품에서 최고로 꼽은 인물은 다키 가쿠다이와 다이텐이다. 가쿠다이는 소라이학파의 학자였으며 다이텐은 불승(佛僧)이었다. 지향하는 학문이 서로 다름에도 불구하고 그들을 높이 평가했다기보다는 애초에 학문적 지향 그 자체가 평가의 기준이 되지 않았다고 보는 것이 옳다. 원중거는 일본으로 떠나기 전 정주를 배척하는 인물과는 시문창수를 하지 않겠다고 선언하였으며 실제로 사행 내내 정주를 높이고 『소학』을 권하는 일을 게을리 하지 않았다. 그러나 면전에서 예의를 잃지만 않으면 시문창화를 거절하거나 대화를 중단하지는 않았다. 그 사람이 실제로 어떠한 학문에 종사하는지는 크게 상관이 없었던 것이다. 원중거에게 가쿠다이는 '해외의 중화인'이었고 다이텐은 '지성으로 모화(慕華)하는' 자였기에 이미 '오랑캐 선비'가 아니라 같은 문(文)에 종사하는 동지(同志)였다. 그리고 사행록에서 확인된 바 학사·서기들이 시문창화 자체를 거부한 사례는 다음 세 경우뿐이다. '음사(陰祠)와 총묘(叢墓)로 붓을 더럽힐 수가 없어서,'529) '용사(龍蛇)의 일을 서술한 것은 공경하는 뜻을 많이 잃어버려서,'530) 그리고 '시가 말을 이루지 못하므로'531) 화답하지 않았다는 것이다. 학술적 관점의 이동(異同)과는 전혀 관련이 없는 이유들이다.

---

529) 『일관기』, 266면.
530) 같은 책, 424면. 이는 쇼헤이코(昌平黌)의 문인이자 이후 '간세이 이학의 금(寬政異學の禁)'을 주도했던 시바노 리쓰잔(柴野栗山, 1734-1807)의 율시에 대한 평이다. 이 사건의 의미에 대해서는 구지현(2006)에서 논한 바 있다. 구지현(2006), 273-280면 참조.
531) 『일관기』, 389면.

한편 남옥은 에도의 법식을 따라 미리 선발된 문인들과 여유 있게 시문창수를 하기 바랐다. 남옥은 사행 후 연석(筵席)에서 영조에게 "이전 사행 때는 잘 알지 못하오나 문기(文氣)가 점점 열려서 전보다는 나은 것 같습니다. 그러나 우리나라와 비교한다면 곧 중화와 오랑캐와 같은 차이가 있으니 우열을 논하는 것은 마땅하지 않은 듯합니다."라고 대답하였다. 이는 일본에 대한 멸시나 비하의 발언이 아니라 과거제가 없으며 무치(武治)를 기반으로 한 에도 막부의 기본적인 성격을 지적한 것일 뿐이다. 사실상 이 시기까지도 일본 전체의 한문 교양의 보급 정도가 조선과 동등할 수는 없었다. 전반적인 교양 수준이 낮다 해도 충분히 걸출한 학자가 나올 수 있으며, 그것은 과거제가 없는 덕분이기도 했다. 그가 일본 사행에서 기대한 바는 그러한 학식 있는 문사들과 깊이 있는 교유를 하는 것이었다. 그러므로 재주가 뛰어난 자들이 직책이 없거나 소개를 받지 못해 통신사를 만나러 오지 못함을 몹시 안타까워하였다. 남옥의 이러한 뜻은 『일관기』 곳곳에 나타나며, 일본 문사들과의 필담에서도 종종 발견된다.

이 시기 조선의 문사들은 이전 시기 사행록을 통해서 일본의 학술·문아의 수준이 어느 정도일지 짐작하고 사행에 임하였다. 임술사행(1682년) 이후로 일본에도 사람이 없지 않다는 정도는 알려져 있었으나 역시 아라이 하쿠세키 등 한두 명의 문사 외에는 조선인들의 관심을 끌지 못하였다. 일본인들과의 창화시를 직접 확인하지는 못하였으나, 그들의 한문 능력이 조선에 비해 크게 떨어진다는 것은 분명했다. 학술의 경우 그들이 한때 퇴계를 숭상하였다는 것, 그러나 근래 이토 진사이 등 이단의 출현으로 정주에 대한 존숭이 크게 부족해졌다는 것 정도가 알려져 있었다. 일본에서 유자 계층이 성장하고 점점 그 수준이 나아지고 있다는 점이 알려져 있었기에 남옥 등 세 문사는 그들의 문학과 학술 수준에 어느 정도 기대를 갖고 사행을 떠났다. 처음 필담창화가 이루어진 아이노시마532)에서부터 일본의 문인과 학자에 대해 자세히 묻고 일본의 서적을 구하고자 했던 것을 보면 이들이 사행의 시작부터 일본의 학술과 문단의 상황을 조사한다는 분명한 목표를 갖고 있었음을 알 수 있다.

결과적으로 남옥 등 세 문사는 일본의 학술과 문아에 관해서 상당히 높이 평가했으며, 계미사행 교류를 통해 일본의 유자들을 동아시아의 선진 문명, 다시 말해 '중화'라는 전범을 공유하는 동시대의 지식인으로 인정하게 되었다고 할 수 있다. 비속(卑俗)하지 않고 온아(溫雅)함을 갖춘, 변방의 습속을 벗은 중화의 선비를 일본에서도 만날 수 있었다는 사실은 조선의 문사들에게 신선한 충격이었다. 물론 일본 전체를 보면 조선과 같은 수준으로 한문학적 교양이 광범위하게 보급되어 있지는 못하였다. 과거제가 없는 것이 그 원인 중 하나로 인식되었는데, 이것이 오히려 뛰어난 선비를 배출할 수 있었던 이유로 지목되기도 하였다. 이 시기는 연행사를 통한 조·청 문화 교류가 아직 활발해지기 이전으로, 조선의 선비들이 중국보다 일본에서 먼저 그 동지를 찾았다는 점이 인상적이다. 이는 곧 조선의 사대부들이 더 이상 일본의 학술과 문인들을 역외(域外)의 존재로 보지 않게 되었음을 의미한다.

한편 일본 문사들은 조선인들에게 자국 학술의 발전상을 전달하는 데 주력하였다. 그 과정에서 동아시아 유학사에서 일본 학술이 도달한 선진적 위치를 부각하고자 고심하였다. 이와 관련하여 다음과 같은

---

532) 그 전에 이키(壹崎)에서도 필담창화가 있었지만 본격적인 교류는 아이노시마가 시작이다.

점을 생각해 볼 수 있다. 일본의 문사들은 유학에 있어 '후발주자'로서 뒤늦게 동아시아의 사군자(士君子) 계층에 합류한다는 인식을 갖고 있었다. 그러므로 이들은 최근 일본 학계의 발전을 돌아보고 일종의 '공적인' 자리에서 자신들 학술의 성취를 확인하고 동아시아 문명 내에 일본 지식사회의 좌표를 설정하고자 하는 욕구가 있었던 것이다. 물론 자신들 내부에서 그러한 담론을 생성, 유통시키는 것도 가능하다. 그러나 해외의 인물, 특히 중화로 자처하는 조선인들에게 자신들의 발전상을 보여주고 그들의 인정을 받는다는 것, 나아가 그들보다 우월한 점이 있음을 확인한다는 것은 특별한 의미를 띠는 것이다.

요컨대 이 시기 필담에서 일본 문사들이 (주자학을 비판하지 말라는 막부의 금령에도 불구하고) 기회가 있을 때마다 자국 학술의 우수성을 드러내고자 한 것은 동아시아 세계의 문명의 지표로서 자국 유학의 수준에 대해 점검하는 작업의 일환이었다고 할 수 있다. 물론 일본의 문인들이 통신사 교류를 자신들의 우월성을 증명하는 데 이용하기만 한 것은 아니다. 필담의 과정에서, 그리고 필담창화집의 서발문에서 그들은 해외의 인물과 같은 문으로써 소통한 사실에 관해 특필하였고 조선인들의 뛰어난 점에 대해 감탄하기도 하였다. 멸시의 시선이 있는가하면 우호와 이해의 시선도 있었다.

그러나 조선인을 보는 관점이 긍정적이든 부정적이든 그 바탕에는 공통의 전제가 깔려있다는 점에 주목할 필요가 있다. 즉, 단순히 학술의 우열관계를 넘어서 이 시기 일본의 문인들에게 자국의 학술과 문학을 동아시아의 공동의 지식 장(場) 안에서 파악하는 감각이 생겨나고 있었던 것이다. 계미통신사의 세 문사는 절해(絶海)의 이역(異域)으로 여겨졌던 일본 땅에 문아와 학술이 있음을 발견하였다. 반대로 일본의 유자들은 계미통신사 교류의 과정에서 자신들이 무위(武威)가 아닌 문

(文)으로써 조선인들과 대등한 위치에 설 수 있으며, 나아가 우위를 점할 수도 있다는 점을 확인하고자 하였다. 양자는 서로 상반되는 태도인 것처럼 보이지만 결국 동일한 구심을 향해 나아가게 된다. 즉, 조선 입장에서는 문명의 밖에 있다고 간주되었던 일본을 동아시아 문명권으로 포섭한 것이며, 일본의 유자들로서는 타자의 인정 및 그것을 통한 자기 확신을 거쳐 같은 문명권으로 진입하고 있는 것이다.

필담창화집의 출판은 기본적으로 개인의 명성을 위한 것임은 물론이다. 그런데 계미통신사 학술 필담을 살펴볼 때 이와 같은 유자 집단의 공통의 욕구가 발견되기도 한다. 일본 문사들의 위와 같은 욕구는 통신사와의 만남을 계기로 표출되었으며, 그러한 욕구가 드러나는 과정에서 동아시아 공동의 지식 장이라는 감각이 촉발되고 언어화되었던 것이다. 서적의 교류조차 원활하지 않았던 당시 상황에서 양국의 전면적인 문화 교류는 통신사 교류가 유일했다. 그러한 대규모의 공식적인 인적 접촉은 동아시아 문화 교류의 여러 사례들 가운데서도 독보적이라고 할 수 있다. 이러한 조건이 위와 같은 감각을 창출할 수 있었던 것이며 그것의 주된 매개가 된 것이 바로 양국 간의 학술 토론이었다. 18세기 동아시아 문화 교류의 전체적 그림을 상상해 볼 때 양국 학술 교류에서 발견되는 위와 같은 양상의 함의에 관하여 음미해 볼 필요가 있다.

Ⅳ. 계미통신사 필담의 동아시아적 의미

　조선과 일본의 문사들은 통신사 교류를 통해 무엇을 기대했을까. 그러한 기대는 실제 교류의 과정에서 어떤 방식으로 표출되었고, 또 어떠한 양상으로 전개되었을까. 또, 그러한 교류의 결과 양측은 어떠한 인식상의 변화—기존 인식의 강화를 포함해서—를 경험하게 되었으며, 이러한 결과는 동아시아 교류사의 견지에서 어떠한 의의를 갖는가. 본고에서는 이와 같은 문제에 답하기 위해 계미통신사 필담창화 자료 48종에 수록된 필담을 대상으로 양국 교류의 전개 양상을 살펴보았다. Ⅱ장에서는 계미통신사 필담에 나타나는 대화의 주제를 네 개의 범주로 나누어 그 양상을 검토하였고, 이어 Ⅲ장에서는 이 시기 필담에서 두드러지는 주제인 학술 토론의 전개 양상을 고찰하였다.

　본 장에서는 이상의 분석을 바탕으로 계미통신사 필담 교류의 전반적인 특징과 그것의 의의에 대해 밝히고자 한다. 이는 곧 3장과 4장에서 개별 대화를 검토하며 확인한 사항들을 '동아시아적' 시각에서 재론하려는 것이다.[533] 본고에서 제시하는 계미통신사 필담의 주된 특

---

533) 본 장에서 언급하는 예시들은 대부분 Ⅱ장과 Ⅲ장에서 한 차례 이상 인용한 대화들이다. 그러므로 해당 필담의 원문과 출처에 대해서 따로 각주로 표시하지 않으며, 본 장에서 처음 인용하거나 원문의 대조가 필요한 예문의 경우에만 각주를 달아 원문과 출처를 밝힌다.

성은 동아시아 세계에 대한 지식의 확대, 소통의 코드로서의 중화 표상을 둘러싼 경합, 필담의 속화와 이질적 관점의 혼입, 동아시아 문명 구도의 재편의 네 가지이다. 이 네 가지 특성에 대한 논의는 곧 계미통신사 필담 교류가 동아시아 문명, 혹은 동아시아 문화공동체와 관련하여 어떠한 의의를 지니는지에 대한 탐색을 포함하며, 그러한 탐색의 결과 계미통신사 필담의 동아시아적 의미가 분명히 드러나게 될 것이다.

1. 동아시아 세계에 대한 지식의 확대

통신사 필담창화집에 수록되어 있는 대화는 크게 두 가지 유형으로 나눌 수 있다. 하나는 시문창화와 함께 양국 문사 간 아회(雅會)의 필수 조건으로서의 예의를 차린 정담(情談)이다. 대개의 필담창화는 일본 문사가 시와 함께 통신사의 방문을 축하하고 학사·서기의 재주를 칭송하는 서(序)를 증정하면 이에 대하여 조선 문사가 상대 문사의 글솜씨와 덕망을 칭찬하며 화답시를 건네는 것으로 시작된다. 이러한 대화는 시문을 증정하는 사이사이에 여러 차례 반복되는데, 모두 친교(사교)의 기능을 하는 대화들이다. 또 하나의 유형은 다양한 화제를 둘러싸고 양국 문사 간에 이루어진 문답 및 토론으로, 담화의 정보 전달 기능을 위주로 한 대화이다. 본고에서 분석의 대상으로 삼은 필담은 대체로 후자의 유형에 속하는 것들이며, 이는 곧 '문답을 통한 정보의 교환 과정'으로서의 필담의 성격에 주목한 것이다.

계미통신사 필담 교류의 특징을 파악하기 위해서는 필담을 통해 교환된 정보가 어떠한 성격의 정보인지 확인할 필요가 있다. 이를 통해

양국인이 획득한 정보가 이들의 학지(學知)에 어떠한 영향을 끼쳤는
지, 또 이들의 인식의 지평을 어디까지 넓혀 주었는지 등에 대해 알
수 있기 때문이다. 결론부터 말하면 계미통신사 필담 교류는 다양한
실증적·실용적 정보의 교환을 통해 조선과 일본의 문사들이 동아시
아 세계에 대한 지식 및 인식의 지평을 확대해 가는 과정이라고 할
수 있다. 이는 곧 양국 문사들의 관심사가 조선, 또는 일본이라는 단
일한 대상에 국한되어 있지 않았다는 뜻이다. 또한 상대국에 관한 개
별적인 정보들이 동아시아 세계 전체에 통용되는 지식 체계의 일부를
구성하고 있었다는 뜻이기도 하다.

　양국의 문사들은 상대국의 역사와 지리, 중국과의 관계 및 양국의
교류사에 관한 실증적 정보를 교환하였다. 예를 들어 일본의 문사들
은 명대의 저작인 『대명일통지』, 『조선부』 등에서 읽은 조선의 지리
정보에 대해 묻는 등 문헌에서 얻은 정보의 정확성 여부를 확인하였
다. 조선의 문사들 역시 『화한삼재도회』에 수록된 일본의 지리 정보
에 대해 묻거나 전대의 통신사 사행록에서 언급한 일본의 사적에 관련
된 사항을 재확인하기도 하였다. 중국 관련 대화도 풍부하다. 조선인
들은 나가사키를 통해 유입되는 중국 강남의 서적에 대해 알고자 하였
으며, 일본인들은 북경과 조선의 정치적 관계 및 연행노정, 접경지역
의 지리 정보에 대해 조사하였다. 조·명 관계, 조·청 관계에 대한 문
답도 이루어졌다.

　일본 문인들은 또한 고대 한반도와 일본의 교류사에도 관심을 가졌
다. 특히 왕인(王仁)의 사적은 일본 측 사서에만 남아 있던 것으로, 통
신사 교류를 통해 그 이름이 조선에 알려지게 된 것이다.[534] 계미통

---

534) 왕인 관련 문답의 동아시아적 의미에 대해서는 이혜순(2014), 「조선 통신사 교류

신사 때에도 조선에 왕인 관련 기록이 있는지에 대한 일본인들의 질문
이 이어졌다.『동국통감』등을 통해 알려진 단군신화 및 신라의 우륵
에 대한 문답도 발견된다. 일본 문인들은 또한 고대 삼한 지역과 일본
의 명칭, 고려악, 조선 불교의 연원 등에 대해서도 질문하였다. 이러
한 정보는 그 자체가 동아시아 세계에 대한 지식의 일부라고 할 수
있거니와 상당 부분은 동아시아 삼국의 역사적·현실적 관계와 관련
된 정보들이다. 이렇게 볼 때 양국 문사들이 상대국에 관한 실증적 정
보를 교환하는 행위는 곧 두 나라를 포함하여 전체 동아시아 세계에
대한 지식을 확장해 나가는 과정이라고 할 수 있다.

　한편 약재 및 의술에 관한 실용적 정보의 교환도 활발히 이루어졌
다. 통신사 교류 전반에 걸쳐 조선의 인삼은 일본인들의 주된 관심사
였으며, 일본 내에서 조선인삼 재배에 성공한 이후인 무진·계미사행
때에는 인삼의 재배법과 법제에 관한 질문이 등장하게 되었다. 인삼
외에도 본초서 및 처방서에 실려 있는 약재들의 명칭과 실체, 효능에
대한 문답이 이루어졌다. 또,『동의보감』,『삼강행실』에 등장하는 약
초명에 대한 질문이 나오기도 했는데, 이러한 정보는 조선인에게 직
접 묻지 않고서는 얻기 어려운 것들이었다. 양의 이좌국은 또한 노채,
전시, 사증, 설저 등 여러 질환에 관한 자신의 의견을 들려주었으며,
실제로 환자를 진찰하거나 처방전을 써주기도 하였다. 한편 일본의
의원들은 자신들이 주로 참조하는 의서에 대해 자주 언급하였는데,
그중에는 조선의 의원들이 접하지 못했던 처방서들도 있었다. 이러한
실용적 정보들 역시 동아시아 지식 체계의 일부를 구성하는 요소들이

────────────

의 동아시아적 의미－王仁의 한고조 후예설을 중심으로」, 鄭光·藤本行夫·金文京
共編,『燕行使와 通信使: 燕行·通信使行에 관한 韓中日 三國의 國際 워크숍』, 박문
사 참조.

다. 또, 일본의 의원들은 산대를 매는 풍속과 같은 자국의 민간요법이 중국이나 조선에도 존재하는지, 또 문헌상의 근거가 있는지 등을 조사하기도 하였다. 즉, 자국 내에서 통용되고 있던 기술에 대해 동아시아적인 차원에서 검증하고자 한 것이다.

한편 통신사 교류에 참가한 양국 문사 대부분은 유자였으며 이들이 종사하던 유학은 중국을 종주로 하던 학문이었다. 교류의 중심에 있던 한시 역시 중국에서 기원한 문학의 양식이다. 의학 역시 마찬가지로서, 양국 의원들은 공히 『내경』과 『상한론』에서 출발한 중국 고대의 의학을 익힌 이들이었다. 학술 및 의학 토론의 과정에서 동아시아의 유학이나 의학 전체에 대한 의견 교환이 이루어지기도 했으며, 단지 자국이나 상대국 학술에 관한 견해를 펼친 경우라 해도 각각의 입론은 모두 동아시아라는 더 큰 배경을 염두에 두고 있는 것이다. 전근대 유학자들은 각자의 나라에 서로 다른 문화가 있고 서로 다른 학문이 만개하는 것이 당연하다는 생각을 갖고 있지 않았다. 유학은 천하의 공변된 도를 추구하는 학문이었으며, 유자들은 그러한 도가 실현될 장소로서 중국, 조선, 일본 및 주변 여러 나라를 포함한 하나의 동아시아 세계를 상정하고 있었다. 양국의 문사는 상대국 문사들의 학술 상황에 대해 조사하고 또 이에 관해 토론을 나누었는데, 이것 역시 동아시아의 지식 사회에 대한 인식의 지평을 넓혀가는 과정이었다고 할 수 있다.

그러나 위와 같은 특징은 기실 계미통신사 필담 교류에만 국한된 것은 아니다. 정보의 교환 과정으로서의 필담은 양국의 필담창화가 활발해진 17세기 후반 이후의 통신사 교류 전체에 적용할 수 있는 개념이다. 그런 데다 계미통신사 필담에 등장하는 화제들 가운데 상당 부분이 이전 시기 필담에서 다루어진 것들이다. 즉, 특정한 범주의 화제에 대한 논의가 통신사 교류 전 시기에 걸쳐 반복적으로 등장하면서 시대적 분위기나 참여 인물의 성향에 따라 질문과 답변의 양상을 달리하면서 전개되어 온 것이다. 따라서 정보 교환의 과정으로서 계미통신사 필담이 지니는 특수한 면을 드러내기 위해서는 동일한 범주에 속하는 화제들이 어떠한 방식으로 논의되었으며 세부적인 논점이나 소재가 이전 시기와는 어떠한 차이가 있는지를 구체적으로 살펴볼 필요가 있다.

본고의 분석을 바탕으로 할 때, 정보의 교환과 지식의 축적이라는 면에서 이 시기 필담 교류의 특징적인 면을 논하자면 이러하다. 즉, 이 시기 일본 문사들은 조선의 의관과 복식, 음악, 과거제도, 관혼상제 등 유교식 문물제도에 대해 상당한 열의를 갖고서 탐구하고 있다. 조선의 문사들은 이러한 일본인들의 질문에 답하는 과정에서 조선이 예(禮)의 정신을 체득한 소중화임을 보이고자 하였다. 그러나 일본의 문사들은 조선 문사들에게 예를 배우고자 했다기보다는 동아시아, 그 중에서도 유자들에게 문명의 중심이라는 의미를 띤 '중화'의 제도를 상고한다는 의식이 강했다. 즉, 조선 문사들을 학문이나 예를 가르쳐 주는 문명의 전달자로 본 것이 아니라, 조선인의 외관이나 그들의 풍속, 제도 그 자체가 이들에게 중요한 지식의 하나로서 탐구의 대상이 되었던 것이다. 다시 말해 일본의 유자들에게 조선의 문물제도에 대한 탐구는 동아시아 세계를 구성하는 다양한 문물에 대한 연구, 즉 박물(博物)의 일환이었던 것이다. 물론 이러한 탐구는 이른바 보편문명의 중심을 살펴본다는 취지에서 이루어진 것이었다.

일본의 문사들이 가장 큰 관심을 보였던 것은 조선인들의 의관과 복식이었다. 명나라의 멸망 이후로 천하에 중화의 의관을 간직한 나라는 조선(그리고 유구)이 유일했던 것이다. 일본인들은 또한 조선에서 행해지는 의례(儀禮) 및 예제에 관심을 보였다. 이들은 문(文)의 수준에 대한 평가를 기준으로 선비를 임용하는 제도, 즉 과거시험에 관해서 조목조목 질문하였다. 통신사 행렬을 관찰하고 주악(奏樂)에 사용된 악기에 대해 묻기도 하였다. 일본에서 유교식 관혼상제가 확대되고 있다면서 그것의 구체적인 실행 방법을 둘러싸고 질문을 던지는 일도 잦았다. 『주례(周禮)』에 나와 있는 예법에 관해서도 질의하였다. 석전과 문묘배향에 관한 일도 화제에 올랐다. 어느 것이나 유교식 문물제도에 관한 것으로, 조선인들을 실제로 만나서 문답을 나눔으로써만 획득할 수 있는 정보들이다. 즉, 조선인들은 어느 정도까지는 그들 스스로 자부하였듯이 '중화문물의 담지자'로서 인식되었던 것이 사실이다. 일본의 문사들은 조선인과의 문답을 통해 유교 경전을 비롯한 중국의 서적에서 읽은, 이른바 성인의 예악형정의 실체를 확인하고자 했던 것이다.

18세기 중반의 일본은 이미 유학의 틀을 벗어난 다양한 학술의 흐름이 나타난 시기였다. 그러나 이 시기는 소라이학의 유행 및 반소라이학의 출현을 보면서 한문학·유학적 소양이 일반 문사들 사이에서 널리 퍼져가던 때이기도 하다. 통신사가 만난 일본의 문사들은 기본적으로 한문학적 소양을 갖춘 유자 계층이었다. 그런데 '한문'으로 소통한다는 것은 사실상 '유교'의 언어로써 대화한다는 의미이기도 하다. 이때 논의의 주된 대상은 유교의 예악문물이었다. 이 점은 계미통신사 교류의 특색이기도 한데, 경전 구절에 관한 추상적인 논의보다 의관복식과 같이 구체적인 문물제도에 관한 탐색이 특히 두드러진다는 점이다. 이전 시기에 비해 급증한 학술 관련 대화는 대체로 조선과 일본의 서로 다른 학술 경향에 관한 논의였으며, 유교 경전의 내용에 대한 이론상의 토론은 거의 이루어지지 않았다.

명이 멸망한 이후로 조선만이 중화문물을 간직하고 있다는 생각은 당시 조선 사대부 계급 전체의 정체성을 규정하는 주된 요소의 하나였다. 계미통신사 필담을 통해 볼 때에 일본인들은 그러한 조선인의 자부심—더불어, 이 시기에는 많이 완화되긴 하였으나 기본적으로 갖고 있던 청나라에 대한 적개심—을 깊이 이해하고 있지는 않은 듯하다. 또한 조선인들이 스스로에게 그러했던 것처럼 조선이 중화를 간직하고 있다는 것에 대단한 의미 부여를 하지도 않았다. 그러나 가치 부여의 여부와는 별개로 일본인들 역시 조선을 명조의 유제(遺制)를 간직한 나라, 즉 이제는 사라져버린 옛날 중화의 제도를 보존하고 있는 나라로 인식하고 있었다. 적어도 중국과 국경이 맞붙어 있고 오랜 시간 명나라와 교류하였으며[535] 현재에도 청나라와 사절을 교환하고 있는 것은 분명하므로[536] 중국 문화와의 수수관계가 일본에 비해 훨씬 더 깊고 전면적이라는 것은 확실했다. 그러므로 당시 일본의 유자들에게 있어 통신사는 중화문물의 전달자였으며, 동시에 그들 한 명 한 명의 모습 —외관, 말투, 사상, 행동거지 등— 그 자체가 중화문물의 실제를 보여주는 텍스트였다고 할 수 있다.

　요컨대 일본인들은 조선의 예악문물에 큰 관심을 보였는데, 그것은 '동아시아 문명의 중심으로서의 중화'에 대한 탐구의 일환이었다. 대

---

535) 일본인들은 『대명일통지』, 『동문선』, 『조선부』, 『황화집』 등의 서적을 통해 조선 전기의 조·명 관계를 엿볼 수 있었다. 물론 임진왜란 때의 명의 대규모 출병에 대해서는 누구나 다 알고 있던 사실이기도 하였다.

536) 그러나 조선과 청나라가 어떠한 방식으로 교류하고 있는지에 대해서는 정확히 알고 있지 않았다. 일본 문사들은 조선의 국왕이 청나라 황제에게 조회하러 가는지, 어떠한 루트를 거쳐 북경에 가는지, 『황화집』에 보이는 것과 같은 교류가 지금도 이어지고 있는지 등에 대해 질문하곤 하였다. 질문 가운데에는 청의 현재 연호나 황제의 이름에 대한 것들도 있었다. 사람에 따라 차이는 있었겠지만 청나라에 관한 사항들이 당시 일본 문사들 사이에서 상식 수준은 아니었던 것이다.

부분 유자층에 속했던 일본의 문사들은 조선인들을 통해서 유교의 문물제도에 대한 지식을 얻고자 하였다. 그렇다고 해서 이것이 중국인을 단순히 대체한다는 의미는 아니었다. 조선은 중국에서는 이미 자취를 감춘 의관문물을 간직하고 있는 나라였으며, 오랜 시간 중화의 제도를 사용해 운영되어온 국가였다. 세종이 악장을 창제한 일 같은 것은 조선의 독자적인 사업이었는데, 그런 것들도 탐구의 대상에 포함되어 있었다. 일본 문사들은 서적을 통해서 유교식 문물제도에 대한 지식을 쌓아왔으나, 그러한 제도들이 실제로 어떻게 운영되는지에 관해서는 조선인들로부터 직접 듣지 않고서는 알기 어려웠다. 이런 점에서 통신사와의 교류는 중화문물의 실제를 탐구할 수 있는 최적의 기회였던 것이다.

일본 문사들은 특히 조선의 제도가 고대의 문문을 얼마나 보전하고 있는지에 관심을 보였다. 이러한 경향은 선왕의 예악문물과 육경(六經)의 학습을 중시한 소라이학의 영향이라고 할 수 있다. 조선의 예악문물을 고증한다는 것은 일본에 남아 있는 고대문물과 조선의 그것을 비교하여 본다는 취지도 있었다. 이러한 행위들은 모두 일본의 유자들이 중화라는 코드로 표현되는 동아시아 문명의 중심에 접근하는 방식의 일환이다. 이전 시기 필담에 나타나는 조선의 제도와 문물에 관한 질문들 역시 중화의 문물제도에 대한 관심이 아니라고 보기는 어렵다. 그러나 계미통신사 시기에는 그러한 관심이 필담 교류에 참여한 여러 일본 문사들 사이에서 눈에 띄는 경향으로서 광범위하게 나타나고 있다. 또한 이러한 경향은 양국 문인 간 교류에서 또 하나의 특징적인 양상을 형성하게 되는데, 곧 중화 표상을 둘러싼 경합이라는 양태이다. 이는 다음 절에서 상론한다.

그런데 통신사 필담에서 거론된 화제들 가운데 동아시아 세계 바깥의 소식과 관련된 것들이 전혀 없지는 않았다. 예컨대 신묘사행 때 아라이 하쿠세키가 삼사와의 필담에서 대서양의 여러 나라 및 세계지도에 대해 언급한 일이 있다. 계미통신사 필담에도 이러한 예외적인 대화들이 몇 건 등장한다. 『계단앵명』에서 야마와키 도요의 해부학 저서에 대해 언급한 것, 『왜한의담』에서 홍모인의 책에 화완포(석면)의 제법이 실려 있다고 말한 것, 『조선인래조어진촌어장필어』에서 서양인의 천문학이 뛰어남을 말한 것, 『동사여담』에서 네덜란드 사람의 옷차림과 풍속 등에 대해 말한 것이 그 예이다. 또, 다키 가쿠다이는 학사·서기들에게 쓴 편지에서 해외 여러 나라의 문화가 중국보다 뛰어나며 그들의 가르침 역시 오랑캐의 것이라 해서 폐할 필요는 없다고 주장하였다. 그러나 몇몇 일본 문사들에 의해 제기된 이러한 화제들은 조선인들의 주목을 받지 못하였다. 다른 시기의 필담을 보다 면밀히 살펴볼 필요가 있겠으나, 필담 교류가 가장 왕성했던 계미통신사 교류의 예로 미루어 볼 때 이러한 종류의 '이질적인 정보'들은 18세기 통신사 교류에서 중요한 정보로 취급되지 못했음을 짐작할 수 있다.

2. 소통의 코드로서의 중화(中華) 표상을 둘러싼 경합

조선이 중화의 체현자로서 위의(威儀)를 갖추어 '오랑캐 일본'을 교화한다는 생각은 세 사신 및 학사·서기들은 물론이며 당시 조선의 사대부들이 공통적으로 갖고 있던 생각이었다. 조선의 학사·서기들은 '문(文)'으로써 나라를 빛낸다는 사명을 갖고서 사행에 임한 인물들이며, 그 역할에 걸맞게 중화의 선비로서 예의를 갖춘 진중한 모습을 보이고자 하였다. 앞 절에서 살펴보았듯이 계미통신사 시기에는 특히 조선의 문물제도에 대한 질문이 많았다. 이는 학사·서기들로서도 환영할 만한 것이었다. 그들은 상황이 허락하는 한 조선에서 시행되는 제도와 의례 등에 대하여 성실하게 답변해 주었다. 원중거가 미나모토 분코에게 남겨준 묘도명의 서식, 원중거와 성대중이 각각 고노 조사이와 다이텐에게 써준 과거문답, 원중거가 다키 가쿠다이에게 윤달의 기일에 대해 설명해 준 일 등이 대표적인 예이다. 의관과 복식에 관해서도 하나하나 답변해 주었다. 원중거는 일본인들의 요청대로 옷을 남겨주고 오지 못한 것을 아쉬워하기도 하였다. 학사·서기들 외에 조동관, 홍선보 또한 조선의 의관문물에 대한 자부심을 표출하였다. 문인 계층뿐 아니라 군관이나 소동 등의 인물들도 이러한 자부심을 공유하고 있었다.

또한 학사·서기들은 답변 과정에서 조선의 사대부들이 일상생활 속에서 중화의 가치를 실현하고 있으며, 조선이 중화의 제도를 온전히 실행하고 있는 나라임을 적극적으로 전달하고자 하였다. 예컨대 관모의 명칭을 물었을 때 그 이름만을 말해주는 것이 아니라 '사마온공이 독락원에서 쓴 것', '옛날 성현이 입었던 것'이라는 식으로 그 가치를 부각하는 식이다. 성대중은 과거제도에 관해 설명할 때에 그것이 옛 법을 따라 이상적으로 운영되고 있음을 강조하였고, 원중거는 조선에서는 서인(庶人)들까지도 모두 『주자가례』를 준수한다고 말하였다. 또한 조선의 사대부들은 중국인과 같은 수준의 한문 읽기와 쓰기가 가능하며, 심지어는 어음(語音)조차도 중국과 유사함을 보이고자 하였다. 원중거는 조선이 기자의 교화를 입은 나라라서 성음(聲音)이 중국과 거의 비슷하다고 말하였다.[537] 남옥은 한자를 모르는 사람들이 언문만 가지고 의사소통을 할 수 있느냐는 질문에 대하여 여자와

─────────────

[537] 『장문계갑문사(4)』, 36─37면.

소인만이 언문을 쓰고 그 외에는 모두 '고자(古字)와 고어(古語)'를 사용
한다고 답변하기도 하였다. 이러한 답변들은 완전히 틀린 말은 아니
지만 다소 과장이 섞인 답변들이라고 할 수 있다.

　그런가하면 학사·서기들은 조금이라도 중화의 이미지를 손상할 만
한 화제에 대해서는 자세히 답변하지 않거나 그 의미를 축소하려고
했다. 예컨대 성대중은 조선 언문의 자체를 보여 달라는 요청을 두 차
례나 받았는데, 두 경우 모두 시간이 없다는 이유로 답변을 끝맺지 않
았다. 언문 글귀를 풀이해 달라는 서신에 대해서도 남옥과 원중거 모
두 답을 하지 않았다. 굳이 답해줄 이유를 찾지 못했기 때문이었을 것
이다.[538] 화장(火葬)·조장(鳥葬) 등의 장례법, 비두료(飛頭獠)에 관한
질문에 대해서는 '조선은 소중화'이므로 절대로 그런 일이 없다고 하
였으며, 조선 불교에 관한 질문을 받았을 때에는 유자에게 이런 질문
을 해서는 안 된다며 못을 박았다. 조선에도 패도(佩刀)의 습속이 있는
지, 아니면 (일본처럼) 신분이 낮은 사람은 감히 검을 차지 못하는지를
묻는 질문에 대해 성대중은 그러한 변방의 관습이 조선에 있을 리가
없지 않냐면서 극력 부인하고 있다.

　비록 중화의 제도와 거리가 먼 조선의 풍속에 관한 질문이 한 번씩
등장하기는 하였으나 일본인들의 주된 관심사는 조선에 간직되어 있
는 중화의 예악문물이었다. 그렇다면 이 부분에 관한 대화에는 아무
런 대립이나 어긋남이 없었던 것인지 검토할 필요가 있다. 필담 및 사
행록에서 발견되는 조선 문사들의 의도는 '일본에 예를 가르친다'는
것이었다. 즉, 의관문물과 과거제도, 각종 예제에 관한 정보 전달의

---

538) 계미통신사 필담집에 남아 있는 반절표는 2건인데 하나는 홍선보가, 하나는 '정
　　사의 복(僕)'이 써준 것이다. 래산(萊山)이라는 소동도 일본 문사에게 언문 단어를
　　써준 일이 있다.

궁극적인 목적은 조선인들 스스로 예를 체현하고 있음을 보임으로써 일본인들을 덕(德)으로 감화시킨다는 것이다. 한 마디로 하면 '용하변이(用夏變夷)'이다. 이는 다소 추상적인 목표처럼 들리지만, 만약 일본인들이 조선의 예악문물에 탄복하고 그것을 '모방'하고자 하며 나아가 조선의 문사들이 깊이 체득하고 있는 중화문물의 정수(精髓), 즉 예(禮)의 정신을 이해한다면539) 그 목표는 어느 정도 성취되었다고 평가할 수 있다. 원중거는 『승사록』에서 이러한 자신들의 의도가 꽤 성과를 거둔 것처럼 기술하고 있으나, 필자의 판단으로는 꼭 그렇지만은 않았다는 것이다.

일본 문사들은 조선의 예악문물에 대해 물을 때 그것이 중국 어느 시대의 제도를 본받은 것인지 질문하는 일이 많았다. 조선의 악기를 고대 경전에 나온 악기 및 일본에 있는 고악기와 비교해 보기도 하였다. 또, 단순히 관복의 우아함에 찬탄하는 것이 아니라 관복과 관품이 어떻게 관련이 있는지, 관모의 제도는 관직에 따라 어떻게 달라지는지에 대해 조사하였다. 제례나 상례에 관해서도 그 절차의 세세한 부분에까지 의문을 표시했다. 이들은 일견 조선의 문물을 흠모하며 (현실적 난관만 없다면) 일본의 습속을 버리고 그것을 따르고 싶어 하는 것처럼 보였다. 그러나 막상 일본의 복식을 지적할라치면 국속(國俗)을 따르는 것은 의(義)에 해가 되지 않는다거나, 자고로 대장부는 몸에서 검을 멀리하지 않았다든가 하는 등의 말로 대응했다. 행렬과 의례에 음악을 갖추고 있음을 칭찬했다가도 그 악기가 고악기의 모양과 다름

---

539) 나바 로도가 원중거에게서 세종이 창제한 악장에 대한 설명을 듣고 "예악은 천하를 다스리는 성음의 도리이니 실로 정치와 더불어 주례에 통합이 모두 귀국에 있군요. 저는 오직 바다를 사이에 두고 있어서 부러워하고 우러를 뿐입니다.(…)"라고 말한 일이 이러한 예에 속한다.

을 지적하기도 하였다. 일본인들은 분명 조선인을 중화의 전범으로
여기고 그것을 배우고자 하였다. 그러나 이들은 예를 체득하고 있다
는 조선인들의 자부심을 이해하지 못한 듯하다. 그 '배움'이란 것은
사실상 실행·실천이 아니라 고증 및 지식 축적의 차원에서 논할 만한
것이었다.540) 이는 조선인들이 상정하고 있는 예의 실천을 통한 중화
의 실현이라는 개념과는 완전히 다른 것이다. 조선의 문사들에게 중
요한 것은 '고(古)'라기보다는 '행(行)', 즉 지금 이 자리에서의 실천이
었기 때문이다. 이처럼 양국 문사들은 중화라는 코드를 공유하고 있
었으나 그 지향점은 동일하지 않았다.

계미통신사의 세 문사는 일본인들이 문예에만 힘쓰고 일상의 효제
충신에는 소홀하다고 비판하였는데, 이는 곧 그들이 박식하기만을 추
구하고 예를 알지 못한다는 뜻이기도 하다. 세 문사는 조선의 사대부
들이 유자로서 예의 정신을 깊이 체득하고 있으며, 의관과 복식 및 국
가의 의례와 일상의 예법에서 모두 그러하므로 조선이야말로 중화의
전범이라고 믿었다. 이는 스스로에게도 그러했고 일본인을 향해 증명
할 필요가 없는 자명한 것이었다. 그러나 필담을 통해 볼 때 일본 문사
들은 조선인들의 이러한 사고를 이해하지 못했던 것 같다. 많은 경우
일본인들은 조선인의 학식, 작시능력, 의관과 복식, 그리고 조선의 과
거제와 유교식 예법 등을 근거로 그들 문명의 '수준'을 가늠하였
다.541) 그렇기에 일본인들은 마찬가지의 요소들을 통해 일본이 중화

---

540) 그렇다고 해서 일본 문사들이 그 제도들을 '실행'할 의도가 전혀 없었다는 것은
아니다. 유교식 예법 가운데 상례와 제례 등에서 개인적으로 시도해 볼 수 있는
법식도 없지 않았을 것이다. 근래에 유교식 예법을 실천하는 이들이 늘고 있다는
일본 문사들의 말은 다소 과장이 섞여 있었다 하더라도 역시 완전히 없는 일을
말한 것은 아닐 것이다. 그러나 전체적으로 볼 때 의관문물에 대한 열렬한 관심
같은 것이 반드시 실천을 전제로 한 것이라고 보기는 어렵다.

라는 가치를 실현한 정도에 있어 조선인과 대등한, 또는 더 우월한 위치를 점할 수 있으리라 생각했던 것이다.

계미통신사 필담 교류에서 발견되는 주요한 양상 중 하나는 일본의 문사들이 조선 문사들의 '자부심'에 대항하여 중화문물의 체현 정도에 있어서 자신들 역시 조선에 뒤지지 않으며 어떤 면에서는 더 우월하다는 것을 증명하고자 했다는 점이다. 이는 곧 양국 문사가 서로 간의 소통의 코드로서 활용하고 있던 중화라는 표상을 둘러싸고 경합을 벌인 것으로 이해할 수 있다. 물론 조선의 문사들이 일본인들과의 교류를 대결이나 경합으로 인식했다고 볼 수는 없다. 그들은 어디까지나 중화의 선비로서 일본인들을 평가하는 입장에 서 있었고, 오랑캐인줄로만 알았던 일본이 조선인들과 문(文)으로 대화하고 중화를 지향할 줄 안다는 점을 높이 샀다. 그러나 한편으로는 일본인들의 문이 성장하면서 그들이 조선의 문사들을 무조건 경모하지 않는다는 것도 느끼고 있었다. 그렇기에 계미통신사의 문사들은 이전 시기의 학사·서기들에 비해 '소중화'의 위의를 구현한다는 자신들의 역할을 더욱 충실히 이행하고자 했던 것이다. 즉, 그들이 의식했든 그렇지 않았든 일본 문사와의 교류에서 중화의 전범으로서 조선의 지위가 흔들리지 않도록 노력하고 있었던 것은 분명하다.

한편 일본의 문사들은 자국 문화의 우월함을 증명하기 위해 자타가 공인하는 중화문물의 체현자인 조선에 견줄만한 일본의 강점을 찾아내어야 했다. 그 첫 번째가 학술과 문학의 수준이었다. 일본의 문사들은 이전 시기에 비해 눈에 띄게 발전한 일본의 학술과 문단에 대하여

---

541) 이러한 외적인 요소에서 눈을 돌려 조선 문사들의 깊은 자부심을 이해하고 있던 인물은 나바 로도 뿐이었는데, 그것 역시 남옥과 원중거의 관점에서 서술된 것일 뿐이며 필담이나 그의 개인적인 기록으로 증명되는 것은 아니다.

조선인들의 인정을 받아내고자 하였다. 조선 문사와의 주된 교류 방식은 시문창화였고 그 부분에서 일본인들이 우위를 점하였음이 강조되었다. 또, 조선의 학술을 고루한 것으로 치부하며 일본의 학술이 더욱 선진적인 것임을 주장하였다. 동시에 본래부터 일본에 간직되어 있던 고대문물의 가치를 '재발견'하고서 그것들을 통해 일본이 중화문물의 정수를 간직하고 있음을 보이고자 하였다.

자국 학술과 문학의 우월함을 증명하려는 일본 문사들의 시도는 다음의 두 가지 방식으로 나타난다. 그중 하나는 조선의 학술 경향에 문제를 제기하며 일본 학술이 더욱 선진적임을 강조하는 것이다. 유학사 전체를 이단 극복의 역사로 보고 소라이학을 정주 이후 처음으로 불교를 극복한 사상으로 보는 논의, 이·왕의 문학을 따라 고문사를 익힘으로써 수사와 달의가 처음으로 갖추어졌다는 논의, 송·원·명여러 학자들의 주석이 선(禪)으로 흐르고 주자를 절충하지 못하였는데 일본의 학자가 그것을 분별하여 중국인에 비견할 만한 학술적 성과를 내었다는 것 등은 모두 일본 학술이 동아시아 유학사의 선두를 점하고 있음을 강조하는 언설들이다. 비록 유학이 정착한 지는 오래되지 않았으나 뛰어난 식견을 갖춘 학자들이 등장하여 고도(古道)를 밝혔음을 주장하는 것이다. 중국에서 산일된 고경(古經)이 일본에 존재한다는 사실 또한 이러한 주장을 뒷받침하는 근거로 제시되었다.

또 하나의 방식은 조선인과의 시문창화를 양국 문아의 경합, 혹은 필전(筆戰)이나 문전(文戰)의 과정으로 묘사하고 그것에서 일본이 조선을 압도하였음을 보이는 것이다. 이 방식은 주로 필담창화집의 서문에서 발견되는 것으로, 일본인들 스스로 자국 문학의 우수함을 증명하기 위한 시도라고 하겠다. 반면 이전 시기의 필담에서 발견되던 양국 작시 경향의 비교는 계미사행 시기에는 거의 이루어지지 않고 있다. 더 중요한 것은 일본 문학의 우월함을 증명하는 것이었고, 그것은 조선인과의 필담을 통해서는 성공하기 어려운 시도였다. 그렇기에 필담창화집의 서발을 통해 그러한 담론을 국내에 유포시킨 것이다.

다음으로 후자의 방식에 관해 살펴보자. 일본의 문사들은 조선인을 중화의 표상과 연결 지어 이해하는 동시에 자국의 문화 역시 중화라는 가치와 맥이 닿아 있음을 증명하고자 하였다. 이들이 가장 중시한 가치는 역시 '고(古)'였다. 유교의 이상은 삼대의 지치(至治)에 있었고, 따라서 옛 것일수록 본래의 도(道)와 가깝다는 것이 당시 통신사 교류에 참가한 일본인들이 공유하고 있던 생각이었다.[542] 일본만이 간직하고 있는 고제(古制) 또는 고대문물로서 이들이 내세운 것은 천황 조정의 의관문물, 수·당 이전의 고악 (및 고려악), 진(秦) 이전의 고경의 세 가지이다. 이 세 가지는 조선은 물론이거니와 명·청대의 중국조차도 따라올 수 없는 탁월한 강점인 것이다.

이에 관한 일본 문사들의 논리는 이러하다. 중국은 이미 송대 이후로 고악을 잃어버렸고, 의관복식도 시대를 따라 변천하다가 결국 변발·호복으로 귀착되었다. 고경은 본래 중국에 없던 것인데, 지금 역으로 일본에 남아 있는 고경이 중국으로 전해져 각광을 받기에 이르렀다. 조선의 경우 비록 의관을 갖추고는 있으나 명제(明制)에 불과하고 음악 역시 그 연원이 분명치 않으며 고악기를 간직하고 있지도 않다. 서적 역시 부족한데다 과거시험에 얽매여 주자의 주해만을 중시하는 것이 조선의 풍조이다. 이렇게 볼 때 일본은 중화의 가치를 보존함에 있어 동아시아에서 독보적인 지위를 차지하고 있다는 것이다. 물론

---

542) 이는 물론 소라이학파 문인들에게서 두드러지는 사고이다. 그러나 비단 소라이학파 문인들뿐 아니라 정주학자이거나 절충학자라 해도 고(古)를 중시하는 경향은 마찬가지였다.

이 세 가지를 일목요연하게 조선인에게 제시하면서 일본의 우월함을 주장하고 있지는 않다. 각각의 문사가 이 세 가지 중 하나, 또는 둘 이상을 화제를 거론하며 조선인들의 동의를 구하는 필담이 종종 발견되는데, 필담집의 독자들은 해당 대화를 보면서 자연스럽게 조선과 일본을 비교하면서 위와 같은 논리를 구성해 낼 수 있었을 것이다.

요컨대 일본 문사들은 중화문물의 전달자로 자임하는 조선 문사들의 위상을 어느 정도 인정해 주는 한편 자신들 역시 동아시아 문명의 중심에서 다른 어느 나라와도 비교할 수 없는 탁월한 자질을 갖추고 있음을 주장하였던 것이다. 그 핵심은 '고대문물의 보존'에 있었다. 이러한 주장은 일견 일본의 우월성을 강조한 편협한 논리인 것처럼 보이지만, 실은 유학의 '후발주자'로서 동아시아 문명 내에 자신의 위치를 찾고자 하는 일본 유자들의 고심에서 나온 것이다. 도요토미 히데요시와 진구황후의 무위(武威)는 이후 정한론(征韓論)의 출현에 이르기까지 조선에 대한 일본의 우월감의 근거가 되어 온 소재였으며, 필담집 서문에서도 이를 거론한 사례가 없지 않다.543) 그러나 필담 교류는 유자와 유자의 대화였으며, 문(文)이 아닌 무(武)의 우위를 주장하는 방식으로 상대의 인정을 이끌어낼 수는 없는 것이다. 게다가 통신사 교류의 명목이 도쿠가와 이에야쓰가 도요토미 가(家)를 평정했다는 명분하에 이루어진 만큼 그러한 속내를 대화 과정에서 드러낼 수는 없다. 문(文)을 기준으로, 그리고 동아시아 지식인들의 공통의 언어인 유학의 언어를 사용하여 중화라는 표상과 일본 문화의 접점을 마련하는 방식으로서 자신들의 위상을 드러내어야 했던 것이다. 이러한 방식의

543) 필담집 서문에서는 이들의 무위 그 자체를 말한 것이 아니라 양국 문사의 필전에 있어서 마치 도요토미 히데요시와 진구황후가 조선인들을 굴복시킨 것과 같았다고 서술한 것이다.

자기 확인은 이 시기 일본의 유자들 사이에 어느 정도 확산되어 있던 담론을 바탕으로 했을 것이다. 그러나 통신사 교류를 통하여 이러한 담론이 표면화되고, 또 필담집을 통해 유자들 사이에서 널리 유포되었을 것임도 충분히 짐작이 가능하다.

또한 위 주장 가운데 첫 번째와 두 번째는 무가와는 관련이 없는 조정의 문물, 곧 서경(西京)의 문화와 관련된 것이다. 언뜻 보면 정치적 중심지로서의 위상을 상실한 교토 출신 문인들의 논리로 보이지만 꼭 그런 것은 아니었다.[544] 도쿠가와의 치세를 칭송하는 동시에 조정의 의관문물을 언급하는 경우에서 알 수 있듯이 이는 정치적 의도를 배제하고 오직 문화적인 차원에서만 조정의 문물을 논한 것이었다. 무가의 복장을 고대문물과 연결 지으려는 시도가 없지는 않았으나, 조선인들의 눈으로 그 간솔함을 대번에 확인할 수 있었을 테니 아무래도 쉽지 않은 시도였다. 그리하여 조정의 문물이라는, 이국인에게 보여줄 순 없으나 어쨌든 실재하고 있는 자국 문화의 한 요소를 부각시키는 방법이 고안되었던 것이다. 게다가 신묘사행 때 고악의 연행이 한 차례 이루어졌고 그에 대한 이현의 찬탄이 필담으로 남아 있었기 때문에 자신들의 주장에 충분한 근거가 있다고 여겼다.

한편 일본인들은 고려악이나 왕인 등 고대 한반도와 일본의 교류와 관련된 화제들을 거론하기도 하였는데, 이러한 현상의 의미에 대해서도 검토할 필요가 있다. 고려악은 한반도에서 일본으로 전해진 고악이며 왕인은 일본 문자와 학문의 시초로서 백제에서 건너온 학자이

---

544) 계미통신사 필담을 보면 오히려 에도의 소라이학파 문인들 사이에서 이러한 말이 많이 나왔다. 정치적 의미와 상관없이 조정의 예악문화에 대한 경앙의 풍조가 생겨난 것이다. 이는 쇼군 권력의 강화를 추진하면서 교토의 궁정문화를 적용하려고 했던 아라이 하쿠세키의 태도와 유사하다.

다. 즉, 이 두 가지는 한반도로부터 일본으로의 문화의 이동을 보여주
는 예로서 근대의 관점에서 보자면 일본 측에서 굳이 내세울 만한 이
유가 없는 사실들이다. 그러나 고려악은 일본 문사들에게 고대의 풍
모를 지니고 있는 격조 있는 악곡으로서 조선에서는 이미 사라지고
없는 고대의 문물로 이해되었다. 또, 왕인 역시 일본이 고대의 특정
시점에 학문의 교화를 입었음을 보여주는 역사적인 증거로서 중요하
게 인식되었다. 즉, 왕인은 조선에 기자(箕子)가 있듯이 일본도 그에
상응하는 문명의 상징을 가지고 있음을 증명하는 존재였다.

일본의 우월성에 대한 이러한 언설들에 조선 문사들은 어떻게 반응
하였던가. 사실상 일본의 의관복식 및 고악의 보존 같은 것은 조선인
들의 관심을 끌지 못하였다. 그도 그럴 것이 통신사 여정 중에 조선인
들이 조정의 의관이나 무악을 접할 기회는 전무했기 때문이다. 조선
문사들은 일본의 복식 가운데 패검의 습속이나 두발 형태 등 일본의
방속과 관련된 것들에 대해 질문하였다. 이들의 목적은 일본이라는
나라에 대한 총체적인 정보의 수집에 있었기 때문에 눈에 보이는 전반
적인 사회 풍속과 관습에 관심을 기울이는 것이 당연했다.[545] 게다가
천황의 존재가 이미 참람된 것이고 심지어 실권을 잃고 무의미하게
정권을 유지하고 있으니 그 조정에서 계승하고 있다는 의복이나 의례
등도 모두 실질적 함의가 없는 허울뿐인 제도임이 분명하였다. 세 문
사는 일본 관련 지식을 꼼꼼하게 수집하였는데, 조정의 의관문물이나
음악에 대해 질문한 경우는 없으며 사행록에서도 그에 관해 언급하지
않았다. 미야세 류몬과 홍선보의 대화에서 알 수 있듯이 일본에 대한

---

545) 물론 조선 문사들이 일본의 관복에 대해 전혀 관심을 기울이지 않은 것은 아니
다. 그러나 『일관기』와 『화국지』에 기록된 것은 당연하게도 무가의 관복이다.

지식이 별로 없었던 일반 문사의 경우 '천조(天朝)의 의관문물'이라는 구절에서 일본의 조정을 떠올릴 수조차 없었던 것이다.

그 실체를 확인할 수 없었을 뿐만 아니라 조선 문사들은 시간적으로 오래 된 것이 무조건 더 가치 있는 것이라고 보지도 않았다. 유학은 기본적으로 복고적 지향을 띠고 있으며, 조선인들 역시 자신들의 예제가 주제(周制)에 근거를 두었다는 식으로 이러한 지향을 표출하고 있는 것도 사실이다. 그러나 맹자 이후로 주자가 출현하여 도통을 밝혀놓기 이전까지의 제도나 경서 해석은 정학(正學)으로 가기 전의 준비단계에 불과했다. 이는 한반도의 역사를 바라보는 관점에도 적용되었는데, 고려 말 이색, 정몽주 등의 학자들이 출현하기 전까지는 한반도 역시 불교가 번성하는 오랑캐 땅이었던 것이다. 그런 점에서 조선의 문사들은 고려를 비롯하여 그 이전 왕조에 관해 언급하는 것을 꺼렸다. 물론 이 시기에 이미 『동사강목(東史綱目)』과 같은 고대사 연구의 결과물이 나오기도 하는 등, 조선 내에서는 한반도의 과거 왕조에 대한 학문적 탐구가 없지 않았다. 그러나 중화 이미지의 구현이 무엇보다 중시되었던 통신사 교류에서 한반도의 고대사는 조선 문사들에게 적절한 화제로 간주되지 않았다. 고려 음악과 조선 음악의 단절성이 강조되었으며, 왕인의 사적을 찾을 수 없는 것은 아쉽기는 하지만 크게 문제될 것은 없는 일이었다. 그나마 왕인은 문교(文敎)와 관련된 인물이었기 때문에 통신사 사행록에서 언급될 수 있었고, 그로 인해 조선 내에 그 존재가 조금씩 알려지게 된 것이다.

즉, 일본의 문사들은 다양한 방식으로 자국 문화의 우월성을 입증하고자 하였으나 그러한 의도가 조선인들에게 제대로 전달되지 않았음을 알 수 있다. 세 문사는 자신의 사행록에 일본의 서적이나 학술에 관한 사실적인 정보를 기록해 두었으나 일본이 보유하고 있다는 고대

문물, 즉 조정의 의관복식이나 수·당대의 음악에 대해서는 언급하지 않았다. 필담 과정에서도 이에 대해 찬탄을 표하기보다는 무관심으로 대응했다. 또한 일본의 학술이나 문학이 조선과 중국을 능가하게 되었다는 점에 대해 인정하기는커녕 일본인들이 그러한 주장을 하고 있다는 것조차 알아차리지 못했다. 예를 들어 지쿠젠주 서기이자 주자학 계열의 문사였던 이도 로케이는 스승 다케다 신안의 아버지인 다케다 슌안이 『사서소림』을 지은 것을 중국의 이패림의 성과에 비견하였다. 슌안은 신묘사행 때 이현과 학술 토론을 벌이기도 했던 인물이다. 로케이의 의도는 명백히 일본 학술이 조선을 뛰어넘어 중화에 근접했음을 과시하는 것이었으나 이에 대해 남옥은 허무를 숭상하는 나라에 바른 학문이 있음을 칭찬하였을 뿐이다.

그런데 일본 문사들의 이러한 대결의식에 대해 조선인들이 쉽게 알아차리지 못한 데에는 또 하나 중요한 이유가 있다. 실제 필담의 과정에서 일본인들은 예의 바른 태도로 조선인을 대하였고, 충돌을 불러올 만한 의견 제시는 되도록 삼가는 경향이 있었다. 그 때문에 필담을 편집할 때에 "이 말은 조선인들에게 아첨하기 위해 한 말이다."(『조선인래조어진촌어장필어』) "송나라 유자들의 진부한 이야기는 논하기에 부족하다. 그러므로 다시 학술에 관해 논의하지 않고 다른 것을 물었다."(『보력갑신조선인증답록』)는 식으로 자기가 한 말의 의도를 덧붙여 써두는 일도 생겼다. 이런 식으로 속내를 털어놓지 못하고서 나중에 필담을 편집하면서 자기 의도를 밝히는 것이다. 적당한 기회를 잡지 못해서 하지 못한 말들을 편집 과정에서 추가하기도 하였다. 예를 들어 이마이 쇼안은 일본의 의관문물에 관해 오대령, 이명화와 나눈 대화를 수록하고 있는데, 아무래도 위조된 필담으로 생각된다. 『동사여담』에 실린 일본의 의관에 관한 대화 가운데도 나중에 추가한 것으로 짐작되는 부분이 없지 않다. 『상한필어』에 수록된 진구황후의 사적에 관한 문답은 위조가 아니라고 생각하기 어렵다. 한편 양국의 작시 경향을 비교하며 일본 문학의 우수성을 드러낸 필담창화집의 서발문도 통신사와의 만남이 끝난 후에 국내의 독자들을 대상으로 작성된 글들이다. 즉, 일본 문화의 우월함을 증명하려는 시도의 상당 부분이 필담을 편집하고 유통시키는 단계에서 사후적으로 이루어진 것이라는 뜻이다.

이상의 논의를 정리하면 다음과 같다. 계미통신사 필담 교류의 주된 특성 중 하나는 양국 문사들이 중화 표상의 전유를 둘러싸고 경합을 벌이고 있다는 것이다. 일본의 문사들은 중화의 문물을 탐구한다는 취지에서 조선의 예악문물과 제도에 대해 조사하였는데, 조선 문사들은 그러한 질문에 답변하는 과정에서 자신들이 예의 정신을 체득한 소중화임을 전달하기 위해 애썼다. 이들에게 조선이 중화의 위치를 차지하는 것은 자명한 것이었으며, 일본은 용하변이라는 지향을 갖고 화(華)로 나아가는 도정에 있는 국가였다. 한편 일본은 조선이 유교식 제도를 갖추고 있으며 조선인들의 학술과 문학의 연원이 깊다는 점에서 그들을 중화의 인물로 인정하였다. 그러나 조선인들이 내세우는 예의 정신에 대해서는 거의 이해하지 못하였으며 학식이나 문물제도의 수준으로써 중화에 근접한 정도를 평가하는 태도를 보였다. 그랬기에 이들은 일본의 학술·문학이 눈에 띄게 발전하였고 또 고대 중국의 예악문물을 보존하고 있다는 점에서 자신들이야말로 중화의 정수를 체현하고 있다고 주장할 수 있었던 것이다.

일본인들은 필담의 과정에서 이러한 견해를 내세움으로써 조선인들의 인정을 받고자 하였다. 그러나 많은 경우 예의상의 문제, 또 상대의 무관심 때문에 하고 싶은 말을 다 할 수 없었고 그럴 경우 사후 필담의

편집 과정에서 주기(註記)의 형식으로, 또는 필담의 위조나 첨가라는
방법을 동원하여 그러한 의도를 표출하였다. 또, 필담집의 서발을 활
용하여 국내 독자를 대상으로 이러한 담론을 유포하였다. 고대문물의
보전에 대해 강조하는 것은 특히 소라이학파 문인들의 필담에서 자주
발견되는 태도이다. 그러나 일본에서 문치가 흥성하여 학술과 문학이
조선 및 중국에 뒤처지지 않게 되었다는 인식은 학파를 불문하고 당시
교류에 참여한 일본 문사들 전반에서 발견되는 의식이다. 일본 문화의
우월성에 대한 주장은 필담의 현장에서 그치고 있는 것이 아니라 필담
의 편집과 유통의 과정 전반에 걸쳐 지속적으로 시도되고 있음도 볼
수 있다. 이러한 각각의 시도는 일본 문사 개개인에 의해 개별적으로
이루어진 것이지만 자료 전체를 놓고 보면 당시 일본 문인들의 공동의
의식이나 지향점이 여기에 있었음을 파악할 수 있다.

　이러한 양상과 관련하여 다음 두 인용문은 흥미로운 사례를 제공한
다. 두 글 모두 에도의 국학 생도의 한 명으로서 이 시기 필담 교류에
참여했던 세키 쇼소(關松窓)가 쓴 것이다.

　　저 조선은 비록 꿈틀거리는 동이(東夷)이지만 예의의 나라로 일컬어
　진다. 또 선왕의 유풍이 있어서 그 사대부들이 모두 자못 문아(文雅)하고
　시문을 익숙히 짓는다. 우리 왕실이 성하였을 때 내제후(內諸侯)와 같아
　서 사신을 보내어 공물을 보내고 술직하였으며, 들어와서 숙위(宿衛)한
　자에게 박사를 제수한 일도 있었다. 이로써 보건대 문을 좋아하는 풍조
　는 예부터 그러했던 것이다. 지금 온 자들은 관대와 문물이 또한 볼 만하
　다. 내가 처음에 청나라 사람을 보았는데 모두 가죽옷을 입고 변발을 하
　였으니 또한 좋게 변한 것이 아니었다. (조선과) 비교하면 대유경정인
　것이다.546)

중니가 말씀하시길, "예가 없어지면 재야에서 구한다."고 하였으니 이
말이 정말이구나! 내가 느낌이 없지 않다. 처음에 나는 남경의 장삿배를
살펴보았다. 그 무리 70여 인이 모두 호복에 변발 차림이어서 화풍(華風)
이란 것이 없었다. 이에 장사하는 백성들이니 진실로 당연하며, 그 사대
부들은 반드시 그러하지는 않을 것이라고 생각했다. 물어보니 말하기를,
"지금 세속의 옷차림은 차이가 없어서, (이러한 복식은) 조정에서 시작
된 것입니다. 저 명나라 때의 제도 같은 것은 이미 싹 다 사라지고 다만
그 조복(朝服)의 도식(圖式)에서 볼 수 있을 뿐입니다."라고 하였다. 이
에 내가 주르르 눈물을 흘리며 말하였다. "아아! 주씨의 명나라가 보존되
지 못하고 만이(蠻夷)가 중하를 어지럽힌 뒤로 추악한 달로(韃虜: 韃靼,
타타르)가 복식과 습속을 바꾸어 선왕의 관면(冠冕)과 의대(衣帶)의 나라
를 가죽옷과 좌임(左衽)의 풍속으로 만들어 놓았으니, 그것이 나라답다
고 하겠는가!" 매번 생각이 이에 미칠 때마다 팔을 걷어붙이고 이를 갈지
않은 적이 없었다. 중토(中土)가 이러할진대 하물며 여러 변방의 민족들
은 어떠하겠는가! 이로써 보건대 선왕의 유훈을 따르며 그 장복이 지금
볼 만한 곳은 천지 사이에 다만 우리와 한(韓)뿐이구나. 그러나 우리는
당(唐)을 따르고 저들은 명(明)을 따른다. 모두 인습함이 있어서 보존하
고 있는 것이니, 뛰어나게 무리를 벗어난 것은 이러한 까닭에서다. 대저
한(韓)은 비록 꿈틀거리는 동이(東夷)로서 황복(荒服)의 바깥 구석진 곳
이지만 기자가 제후로 봉해져 그곳에 거하였으니 무슨 누추함이 있겠는
가. 한 번 변하게 한다면 어찌 이른바 중화에 이르게 될 것임을 알겠는
가! 이 때문에 한의 조공사가 왔을 때 우리의 고관과 처사들이 많이들
명함을 보내 만나기를 청하여 객관이 조용한 날이 없었다.547)

---

546) 余謂夫朝鮮雖蠢爾東夷也, 稱爲禮義之國, 且有先王遺風, 故其士大夫亦皆頗文雅, 閑
習辭藻, 我王室之盛, 比內諸侯, 遣使供貢職, 其入宿衛者則拜博士亦有焉. 由是觀之,
好文之風自古以然矣. 今之來者, 冠帶文物, 亦可以觀焉. 余初見淸人, 咸施裘辮髮, 亦
爲不善變矣. 比之大有逕庭也. (「빈관창화집서(賓館唱和集序)」, 『빈관창화집』)

547) 仲尼曰禮失而求之野, 信乎此言! 我不無之感云. 初吾監視南京商舶也. 其徒七十餘人

위 두 편의 글은 중화 표상을 둘러싼 경합의 결과 일본 문인의 인식
이 어디까지 도달할 수 있는지를 보여준다. 언뜻 보기에 조선의 의관
문물을 칭송하는 것이 주제인 듯하나 그 어조가 여타의 필담집 서문과
는 다르다. 이 글은 조선에 대한 직접적인 폄하나 비난이 전혀 없지만
다른 어떤 서문들보다도 조선을 낮추고 있다고 할 수 있다. 중화의 문
명과 관련하여 조선과 일본의 입장이 완전히 전도되어 있기 때문이
다. 조선은 동이이지만 예의와 문화를 안다는 것은 과거 송·명에서
고려 등 한반도의 국가를 칭찬할 때 쓰던 표현과 유사하다. 또, 일본
이 당의 복식을 간직한 나라라는 것을 자명한 사실로서 전제하고, 변
방의 여러 민족 가운데 조선만이 자신들과 함께 뛰어나다고 하였다.
심지어 조선이 일변하면 중화에 이를 수 있다고까지 말하고 있다.

이 글은 조선인의 관점에서는 말이 되지 않는 글인데, '조선'과 '일
본'을 바꿔놓고 보면 상당히 자연스러운 맥락을 갖게 된다. 중화의 몰
락을 슬퍼하고 자국에 보존된 의관문물에 대해 자부심을 느끼며, 일
본을 오랑캐로 취급하면서도 그들이 문으로써 중화에 참여할 것을 격
려하는 것은 일본인을 대하는 조선 사대부의 전형적인 태도와 일치한
다. 세키 쇼소가 이러한 점을 염두에 두고 이 글을 쓴 것인지는 알 수

皆胡服辮髮, 不復有華風矣. 乃謂賈竪氓, 固當然也, 其士大夫則未必同焉. 問之則曰:
"今世之俗服無差等, 施由朝始. 若夫明時之制則旣靡有孑遺, 獨在其朝服圖式觀之而已
矣." 於是我泫然涕出曰: "噫! 朱明失守, 蠻夷猾夏, 而後腥膻韃虜變服易俗, 使先王冠
冕衣帶之國, 變成於旆裘左衽之俗, 則其能國乎! 每思及之, 未嘗不奮袂切齒也. 中土
猶然, 況於諸戎侏𠌯乎! 繇是觀之, 則遵先王之遺訓, 其章服之可觀乎今, 乃在天地間,
唯我與韓有是夫. 然我則以唐, 彼則以明. 皆有因而存焉. 其所以傑然而出類者, 此故
之以. 夫韓雖蠢爾東夷, 僻在荒服外也, 箕子封而居之, 何陋之有. 其教漸衰而尙未墜
于地, 儼然被服儀度, 不如諸夏之亡也. 間有夷夏雜糅不合古典, 則地使之然也. 使其
一變, 則豈知不至所謂華也哉! 是以會於韓貢使來也, 我搢紳處士多通刺請見, 館無虛
日. (「후서(後序)」, 『경개집』)

없다. 그러나 이 시기 일본의 유자들이 상상한 조·일 관계의 궁극적인 귀결점이 어디에 있었는지 이 글을 통해 충분히 상상할 수 있다.

3. 필담의 속화(俗化)와 이질적 관점의 혼입

구지현은 계미통신사 필담창화의 양상으로 다음 네 가지를 거론하였다. 첫째는 일본 문사들 개인의 필담창화 능력이 향상되어 필담의 분량이 많아진 것, 둘째는 한문학·유학이 일본 지식인의 교양으로서 민간에까지 확산되어 필담창화 작가의 계층이 다양해졌다는 것, 셋째는 일본 내에 한시를 연마하는 인물군이 형성되면서 수준 높은 시를 요구하는 인물들이 등장하였다는 것, 넷째는 필담의 내용이 속화(俗化)되었다는 것이다.[548] 이 가운데 네 번째 특성은 이 시기 필담의 내용적인 특성과 관련하여 특히 주목할 만한 부분이다.[549] 이에 관한 구지현의 논의를 인용하면 다음과 같다.

넷째, 필담의 내용이 俗化되는 경향이 보이기 시작한다. 상대의 무례한 태도에 화를 내거나 심지어 물건을 흥정하는 내용까지 필담에 보인다. 일상적인 대화까지 필담에 등장하게 된 것이다. 이는 양국 접촉의 제한이 느슨해지고 만날 수 있는 인물의 범위가 넓어진 데서 원인을 찾을 수 있다. 필담으로 소통이 가능한 일본의 일반 문인들은 제술관 및 서기 외에 軍官, 小童, 通事, 奴子까지 만날 수 있는 조선인과 필담을 시도했고 이 과정에서 간단하고 일상적인 필담이 오갔다. 今井松菴의『松

---

548) 구지현(2009), 25-26면.
549) 계미통신사 필담의 가장 기본적인 특성으로서 속화의 경향에 주목해야 한다는 점은 구지현 교수님께서 필자의 박사학위논문 심사 과정에서 지적해 주신 사항이다.

菴筆語』와 山田正珍의『桑韓筆語』에서 두드러지게 보인다. 이들은 20대 초반의 젊은 의원으로 객관을 돌아다니며 여러 인물들과 필담을 나누고 이를 모두 기록하였다. 여기에서는 우아한 文會를 추구하는 17세기 문인들과 달리 한문이 단순한 소통의 도구로 사용될 뿐이다.[550]

여기서 지적한 것처럼 이 시기에는 제술관과 서기 외에 다양한 계층의 조선인들이 필담에 참여하고 있다. 여기에는 군관, 소동, 통사, 사자관, 화원 등의 인물이 포함된다. 이러한 인물들은 시문창화는 하지 못하고 단지 필담만을 주고받았는데, 그 필담의 내용 역시 문인 간의 우아한 모임이라기보다는 일상적인 대화에 가까운 것이 많다. 예를 들어 위 인용문에서 언급한 자료 외에『홍려관시문고』역시 가와다 시테쓰가 여러 계층의 조선인들과 나눈 대화를 수록하고 있는데, 여기에서 남두민이 안경 구매를 의뢰한 일, 홍선보가 일본의 바둑알을 구하고자 한 것 등 객관에서의 일상적인 교류의 모습을 엿볼 수 있다. 『홍려척화』,『보력갑신조선인증답록』,『동사여담』등의 자료에도 이른바 필담의 속화라고 할 수 있는 현상을 보여주는 대화들이 많다.

문인 계층에 속한 인물들의 필담이라 해도 일상적이고 자잘한 대화가 아예 없는 것이 아니다. 필담을 편집한 일본 문사들이 자질구레한 대화나 우스갯말까지도 그대로 수록하여 만남의 현장을 생생하게 그려내고자 하였기 때문이다.『한관응수록』에는 성대중과 일본 문사가 서로의 외모를 두고 농담을 주고받는 장면이 있으며,『청구경개집』에는 일본 문사가 성대중이 '나이가 가장 젊고 아름다운 용모를 가졌으므로' 그에게 희작(戲作)을 증정했다가 질책을 당한 일이 실려 있

---

550) 같은 글, 26면.

다.551) 양측 인물들 모두 유창한 한문 구사력을 갖고 있었으므로 농담을 건네거나 감정을 직접 표출하는 등 상황에 따라 자유자재로 대화를 이끌어나갈 수 있었다. 즉, 미리 준비된 의례적인 인사말만 주고받는 것이 아니라 구어로 하는 대화에 방불한 필담이 이루어졌던 것이다.

한편 참여 계층의 확대와 이로 인한 필담의 속화는 이 시기 필담에 문사(文辭) 교류를 담당한 학사·서기들의 태도와는 다른 이질적인 관점이 혼입되는 현상을 초래하였다. 앞서 살펴보았듯이 계미통신사의 세 문사는 일본인들과의 필담창화 과정에서 줄곧 조선이 예의 정신을 체득한 소중화임을 보이기 위해 노력하였다. 물론 조선이 예의지국이라는 관념은 소동이나 군관 등을 포함하여 모든 계층의 인물들이 공유하고 있던 것이었다. 그러나 혹여 '이적'과 동렬에 놓일까봐 염려하며 중화로서의 조선의 이미지를 견지하기 위해 애쓰는 태도는 남옥 등 세 문사에게서만 발견된다. 또한 대부분의 필담창화는 이들이 주도하고 있기 때문에 위와 같은 태도는 이 시기 통신사 필담의 주된 특징을 형성하는 것이라고 할 수 있다. 그러나 다양한 인물들이 필담에 참여하면서 이것과 다른 목소리가 등장하기도 하였다.

예를 들어 소동 김용택은 조선에 정사(情死)가 없는지 묻는 일본 문사의 말에 "우리나라는 예의를 중시하므로 이런 일은 없다"고 답한 인물이다. 그런데 그는 조선의 양반에 대해 "저희들은 이런 사람을 심히 두려워합니다. 만약 이 사람들에게 예를 잃으면 때리니 두려워할 만하지요."라고 말하고 있다.552) 양반에 대한 이러한 묘사는 인(仁)으로

---

551) 龍淵曰: "賓主相敬, 不可作戲語."【十九日夜, 復詣館會, 有舞樂之娛. 余有戲呈成公作, 成公年最少而美姿容故也.】"偶作戲語, 聊以慰旅情耳. 非敢褻慢大賢也. 猶諸君之以俗樂娛於今夕也, 不罪是祈."【龍淵點頭而和.】(『청구경개집』 권하)

552) 一人氈笠白衣, 坐學士席. 松庵曰: "斯人何官?" 龍澤曰: "兩班." 松庵曰: "貴國兩班

써 아랫사람을 심복(心服)케 하는 군자의 이미지에 반하는 것으로, 학
사·서기들이었다면 절대 하지 않았을 말이다. 이언진 역시 근래에는
양가의 부녀들이 재가하거나 사통하는 일이 많다고 말한 일이 있다.
홍선보는 대마도주의 연회에서 본 사루가쿠(猿樂) 및 잡기(雜技)에 대
한 흥미를 감추지 않았으며,553) 조동관은 조선의 과거제가 명실상부
하지 못함을 지적하기도 했다. 별다른 주의 없이 자기 생각을 거리낌
없이 말하다 보니 이와 같이 실상을 토로하는 데 이르게 된 것이다.
필담에 참여하는 인물의 범위가 넓어지면서 일어난 일인데, 이러한
점 또한 계미통신사 필담 교류의 한 특징이라고 할 수 있다.

위와 같은 조선 측의 이질적 목소리들은 마찬가지로 조선의 '이적
(夷狄)'으로서의 면모에 주목한 몇몇 일본인들의 시각과 호응한다. 이
시기의 일본 문사들은 대체로 조선인을 중화의 본보기로 여기며 조선
의 예악문물을 통해 중화를 관찰한다는 의도를 갖고 있었다. 그런데
이러한 관점은 그 이면에 정반대의 발상이 전제되어 있는 것이기도
하다. 조선인들이 중화문물의 담지자라는 언설은 그들도 본래는 중화
가 아니라 이적이라는 전제에서 나온 것이기 때문이다. 비록 변방의
이민족이지만 중국과 지리적으로 인접해 있고 기자의 교화를 받았으

之號謂文武官耶? 又先世有兼文武官者, 其子孫僉得稱兩班乎?" 龍澤曰: "弊邦先祖嘗
兼文武官, 累世襲官, 謂之兩班." 龍澤曰: "僕輩甚畏斯人. 若失禮斯人則打可畏."(『송
암필어』, 2월 29일)
553) 시테쓰: "어제 공도 또한 대마주 태수의 저택에 갔습니까? 생각건대 성대한 연회였
을 것이니 어떠한 장관이 있었는지요?" 묵재: "과연 성대한 연회였습니다. 종일
본 것들 중에 풍악과 기무(妓舞)가 볼 만하였습니다. 또 원희(猿戲)가 있었는데,
대략 우리나라와 비슷하지만 가르쳐서 길들인 것이 우리나라보다 낫더군요. 새끼줄
로 움직이던 물건이 무척 기이했습니다."[資哲: "昨公亦赴對州太守之邸乎? 思必盛
宴, 且有何等壯觀?"默齋: "果盛宴矣. 終日諸觀中, 有風樂, 妓舞可觀. 又有猿戲, 略似
吾邦, 但教馴差勝於吾邦, 索頭走物, 甚奇甚奇."]（『홍려관시문고』, 3월 6일)

며 명나라와 오랫동안 교류하면서 중국과 비슷하게 되었다는 생각이다. 결국 중화를 흠모하지만 본디 중화가 아니라는 점에서는 일본과 동일한 것이다. 이러한 생각이 필담 과정에서 직접적으로 표출된 것은 아니다. 그러나 중화가 아닌 조선의 여러 면모에 대해 묻는 질문들 속에 이와 같은 이질적인 관점이 은연중에 드러난다.

예컨대 '노아한부'나 '비두료'에 관한 질문이 그러하다. 이러한 질문에는 조선이 중국과 인접해 있으므로 중국 변방 오랑캐의 사정에 대해서도 잘 알 테고 접경 지역에 오랑캐의 특이한 습속을 가진 사람들이 살고 있을지도 모른다는 생각이 담겨 있다. 조선의 불교에 관한 질문역시 여러 차례 등장하였다. 또 조선 언문의 쓰임새와 '회환지독(回還之讀)'의 독법에 관한 질문은 조선 역시 일본과 마찬가지로 방언(方言)을 쓰는 변방의 민족이라는 사실을 상기시키는 것이었다. 조선인들또한 일본과 마찬가지로 본디 중국의 글인 한문을 쓰는 데에 어려움이 있었을 것이다. 그런데다 언문이라는 방속의 문자도 있다고 하니 그쓰임새가 궁금했던 것이다. 조선인들이 민첩하게 시를 쓰고 필담을구사하는 것에 혀를 내둘렀다는 말은 사실 '중국인도 아닌데' 한문에능숙한 것이 놀랍다는 뜻이다. 요컨대 일본 문사들은 조선인들을 중화의 담지자로 여기는 한편 자기들과 마찬가지로 방언을 쓰며 방속을갖고 있는 변방의 한 민족이라는 점을 염두에 두고 있었던 것이다.

물론 일본 문사들의 이러한 생각은 학사·서기들의 호응을 얻지 못하였기 때문에 원하는 답을 얻지 못하고 대화가 흐지부지하게 끝나는경우가 많았다. 즉, 일본 문사들에 의해 불교, 방속, 방언과 언문 등양자의 '동질성'을 암시하는 화제들이 수차 제기되었으나, 조선의 학사·서기들은 그러한 부분을 군이 논하려고 하지 않았던 것이다. 조선의 문사들은 유교문명의 체현 여부에 있어서 일본인들과 동질감을 느끼기도 했고, 또 우월감을 표출하기도 하였다. 그러나 양국 문화가 비유교적 측면들, 이른바 '비문명(非文明)'을 공유하고 있다는 발상에는 도달하지 못했다. 혹은 그런 생각을 떠올렸다 해도 그러한 관념이 양국 문인 간의 필담에서 표면화되기를 의식적·무의식적으로 원치 않았다고 할 수 있다. 앞서 언급했듯이 이언진, 홍선보, 이래산, 김용택 같은 인물들은 조선의 실상을 사실대로 말하거나 언문을 써주기도 하는 등 위와 같은 일본인들의 질문에 별다른 거부감을 느끼지 않았다. 그러나 이들의 필담은 학사·서기들의 필담에 비하면 그 비중에 있어 부수적인 위치밖에 차지하지 못한다. 그러므로 양국 문화의 비유교적, 혹은 중화가 아닌 변방의 특징을 보여주는 요소들에 관한 대화는 이 시기 필담의 기본적인 흐름에서 하나의 '이질적 요소'로서 나타나게 된다.554)

계미통신사 필담 교류에서도 이전 시기와 마찬가지로 시문창화를 중심으로 문인 간의 격조 있는 모임, 즉 아집(雅集) 혹은 아회(雅會)를 추구하는 경향이 없지 않았다. 그런데 오사카와 에도 같은 곳에서는 수많은 문사들이 창화시를 받기 위해 모여들었고, 조선의 문사들은 밤낮없이 이에 응하느라 제때 침식을 해결하기도 어려운 상황이었다. 밤새워 창화시를 쓰고 필담을 나누다 보니 가마에서 졸기도 하고, 필담을 나누다가 깜빡 잠이 드는 일까지 있었다. 또, 필담 중간에 식사를 들여와 밥을 먹으며 일본 문사를 응대하는 일도 많았다. 일본 문사들은 먼저 화답시를 받기 위해 서로 밀치고 다투기도 했으며, 남의 화답시를 훔쳐가는 일도 있었다. 즉, 몇몇 경우들을 제외하면 우아하고

---

554) 본 단락은 장진엽(2017)에는 없다. 논의의 흐름을 보완하기 위해 본서의 출판에 임해 가필한 부분이다.

한가로운 문인 간의 모임과는 거리가 멀었던 것이다. 실상이 이러하기는 했으나 주고받은 시문과 대화의 내용은 여전히 그러한 아회를 지향하고 있음도 분명하다.

그러나 이 시기에는 이러한 기본적인 성격에 더하여 필담의 속화라는 또 하나의 특징적인 현상이 나타나게 된다. 이 시기 교류에 참가한 일본 문인들은 이전 시기에 비해 월등히 높은 한문 실력을 갖고 있었으며 그 수도 크게 늘어났다. 필담창화에 대한 수요가 폭발적으로 증가하면서 제술관과 서기 이외에 한문 구사가 조금이라도 가능한 조선인들이 객관의 이곳저곳에서 일본인들과 필담을 나누었다. 이에 조선 측에서는 다양한 계층이 필담 교류에 참여하게 되었다. 군관이나 소동 등의 인물들은 시문창화를 하거나 학문적인 이야기를 할 수 없었기 때문에 이들과의 대화는 자연히 일상적인 화제로 채워졌다. 이에 따라 필담 내용 역시 이전 시기와 달리 속화의 경향을 띠게 되었다. 문인들과의 대화에도 이러한 경향이 없지 않은데, 이것 역시 일본인들의 한문 구사력이 높아지면서 구어를 주고받듯이 자연스레 필담을 나눌 수 있게 되었기 때문이다. 시문창화와 함께 의례적인 인사말을 교환하는 단계를 벗어나 구체적인 의사 표현 및 다양한 감정 표출이 가능한 수준에 진입한 것이다.

전반적인 속화의 경향과 함께 이질적인 관점이 등장하고 있음도 주목된다. 소중화의 이미지를 구현하려는 학사·서기들과 달리 조선의 실상을 있는 그대로 말하거나 부정적인 면을 드러낸 인물도 있었던 것이다. 한편 일본 측의 경우에도 조선 역시 일본과 마찬가지로 변방의 한 민족이라는 생각을 드러내는 일이 있었다. 이는 곧 양국 문화가 공유하고 있는 '비문명'적 요소에 대한 관심이다. 그러나 조선의 학사·서기들은 일본인들의 이러한 발상에 공명하지 않았다. 학사·서기들은 조선과 일본이 유교문명의 체현에 있어 어느 정도의 동질성을 획득하게 되었음을 인정하였으나, 비유교적 측면에서 양자가 어떠한 공통점을 갖고 있다는 사실에 대해서는 언급을 꺼렸다. 이러한 경향 역시 계미통신사 필담이 보여주는 이 시기 동아시아 문화 교류의 특징 가운데 하나라고 할 수 있다.

4. 동아시아 문명 구도의 재편

본 절에서는 계미통신사 필담 교류가 양국 지식인이 동아시아 문명이라는 공동의 문화적 장(場)에서 자국 및 상대국 문(文)의 좌표를 설정하는 과정이었음을 보이고자 한다. 이때의 '동아시아 문명'이란 객관적 실체로서의 특정한 문화공동체가 아니라 당시 양국 문사들이 공유하고 있었던 '유학'이라는 언어와 '중화'라는 코드를 거쳐 '인식 상으로 구축(構築)된' 개념상의 공동체를 지칭하는 것이다. 여기서 '문명'이라는 것 역시 당시 동아시아 유자들의 관점에서 규정된 것으로, 실제 동아시아 역사상의 다양한 문화적 요소를 아우르는 것은 아니며 어디까지나 유교 지식인의 관점에서 정의된 문명을 뜻하는 것이다. 이들에게 문(文)이라는 것은 시문 창작 능력을 비롯하여 한문과 유학 전반의 수준을 통해 알 수 있는 문명의 척도를 의미했다. 즉, 본고에서 사용하는 동아시아 문명이라는 용어는 어디까지나 당대적 관념을 지칭하는 표현으로서, 단순히 '문명권'을 가리키는 것이 아니라 '우월함'이라는 가치 기준을 포함하고 있는 개념인 것이다.

남옥, 성대중, 원중거 세 문사는 계미통신사 필담 교류를 통해 본래 오랑캐로 인식하고 있던 일본에 '문아한 선비', 곧 '중화의 선비'가 나올 수 있음을 발견하였다. 이러한 인물들과의 교유를 계기로 세 문사는 문명세계의 바깥이라고 여겼던 일본의 한 부분을 동아시아 문명 내부로 끌어들이고 있다. 한편 일본은 필담의 과정에서 조선인들에게 자국 학술의 발전상을 과시하였으며, 필담창화집의 서발을 통해 시문 창작에 있어서도 일본이 조선을 크게 앞질렀음을 주장하였다. 이는 일본이 무(武)가 아닌 문으로써 동아시아 문명의 중심에 근접하게 되었다는 담론이다. 그 양태는 다르지만 양국 문사 모두 계미통신사 교류를 통해 그때까지의 관념 속에 있던 동아시아 문명의 구도를 재편하게 된 것이다.

먼저 일본 문사들의 경우를 검토해 보자. 앞에서 살펴보았듯이 계미통신사 필담 교류에서 양국 문사들이 중화 표상을 둘러싸고 그것을 전유하기 위해 경합을 벌이기도 하고, 중화의 내포를 각자의 입장에서 해석함으로써 상대국 문사들과 동등한 혹은 우월한 위치를 확보하려고 애쓰기도 하는 모습을 발견할 수 있다. 조선 문사들은 소중화로 자처하면서 의관문물 및 학술·문아의 면에서 자신들이 중화의 담지자임을 보이고자 하였으며, 특히 중화문물을 체현한 존재로서 일본에 예를 가르친다는 의식이 강하였다. 한편 일본 문사들은 조선인들을 중화의 인물로 여기면서도 그 의의를 의관문물 등 몇 가지 제도의 측면에 한정하면서 일본이야말로 다른 나라가 따라올 수 없는 중화의 정수를 간직하고 있다고 자부하였다. 중국에서조차 이미 사라져버린 고대문물을 보존하고 있으며 학술과 문학에 있어서도 동아시아 학술사에서 가장 발전된 단계에 진입했다는 것이 그 근거이다.555)

---

555) 중화의 표상을 전유하려는 이러한 시도는 명의 멸망 이후 동아시아 각국에서 공통적으로 발견되는 것이다. 민족과 문화 개념이 일치했던 마지막 왕조였던 명이 사라진 이후 빈칸이 된 중화의 자리를 무엇으로 채울 것인지가 문제였다. 청나라

　그런데 이와 같은 자기 확인의 논리는 상대를 배제하고서 성립하는 것은 아니다. 경합이라는 방식은 상대를 완전히 무시한 상태에서는 이루어질 수 없는 것이며, 이들 경합의 목적 역시 단순히 승부를 가리는 것이 아니라 설득을 통해 상대방의 인정을 얻어내는 것이기 때문이다. 일본 문사들에게 조선인들의 인정은 특히 중요하였는데, 그것은 외부인—이자 일정한 권위를 가진 자들—의 공인을 통해 자신들 주장의 정당성이 증명될 수 있었기 때문이다. 그러한 공인을 통해 일본의 문사들은 동아시아 문명이라는 더 큰 테두리 안에서 자신들의 위치를 확인할 수 있게 된다. 그 때문에 일본인들은 조선인들에게 일본 학술의 발전상을 소상히 전달하였으며, 그들의 비판에 맞서서 서로 다른 견해라고 해서 배척해서는 안 됨을 주장했던 것이다. 또, 필담집의 서발에서 조선인이 일본 문사의 실력에 감탄을 금치 못했다거나 그 재주에 맞서지 못했다는 식으로 상황을 과장하기도 했다. 조선인의 인정을 받았다는 사실은 개인적인 명성에도 도움이 되는 것이었다. 그러나 일본의 학술·문화의 뛰어남에 대해 조선인의 동의를 구하려는 시도는 개인적 욕구를 넘어 일본 유자들의 집단적인 자의식과 연관 지어 발생한 것이라고 할 수 있다.

　어째서 이러한 시도가 필요했을까? 일본의 경우 외래학문으로서 유교를 받아들이고 그것을 자기화한 특수한 계층이 형성된 것이 이백 년이 되지 않았으며, 진사이와 소라이의 출현으로 일본화한 유교가

의 경우 황제를 중심으로 문화 개념으로서의 중화가 천명되었다. 조선은 본래부터 소중화로 자부하고 있었는데, 이제 명이 사라졌으니 천하에서 조선이 유일한 중화라고 주장하였다. 이것은 전란 이후 민(民)에 대한 지배력의 회복을 위한 사족계급의 의식의 단결을 가져왔다. 일본의 경우 유학을 수용하는 과정에서 경전상의 화이(華夷) 논리를 어떻게 수용할지가 문제가 되었고, 그 과정에서 중화 개념에 대한 변용이 이루어지게 되었다.

성공적으로 정착한 후로 채 백 년도 지나지 않은 상황이었다. 그러므로 일본의 유자층은 새로이 진입한 동아시아 문명 속에서 각국의 유자들이 공유하고 있는 공동의 코드를 자국의 입장에서 어떻게 다루어야할 것인지, 그것을 어떻게 변용하고 자기화함으로써 그것에 참여할수 있을지 모색해야만 했다.556) 이때에 조선이라는 타자(他者)와의 만남은 이러한 모색의 방향에 일정한 영향을 미쳤으며, 의도했든 아니든 이러한 필요성이 이 시기 양국 교류의 성격을 규정하게 되었던 것이다. 그런 점에서 통신사 교류는 일본의 유자들에게 동아시아 문명내에 자국 유교문화의 좌표를 설정하는 과정이었다고 할 수 있다.

또한 양국 문사 간의 학술 토론은 양측이 공유하고 있는 공자의 도에 도달하는 방식의 경합이었다. 조선의 문사들은 자신들이 이미 그것에 도달하는 바른 길을 따르고 있다고 확신하고 후진을 가르친다는입장에서 일본인들에게 조언하였다. 반면 일본은 자신들이 중국과 조선을 이미 따라잡고 동아시아 학술사의 한 획을 그었다고 생각하였다. 그러나 일본인들 스스로 그렇게 믿고 있는 것으로는 불충분했으며 반드시 외부의 공인이 필요하였다. 막부의 금령에도 불구하고 계속해서 정주학을 비판하고 일본의 학술에 대해 논하며, 학술에 있어다양성을 존중해야 함을 피력하였던 것은 이 때문이다. 비록 조선인들의 호응을 얻지는 못하였으나 그들과 대등하게 논쟁하고 당당히 자신의 주장을 펼치는 모습을 필담창화집에 수록하여 유통시킴으로써유자층 내에서 그러한 담론을 유포·강화할 수 있었다. 이 모든 것들은 동아시아 유학사의 구도 속에 자국 학술의 위치를 확립하고자 하는

---

556) 이 문제는 일본이 성리학을 수용하고 변용해 가는 과정 속에서 다양한 방식으로 제기되었다. 와타나베 히로시(2007) 참조.

시도이다.

한편 조선의 학사·서기들은 문(文)으로써 사명(使命)을 받든다는 책임감을 갖고서 교류에 임한 인물들이었다. 이들은 교류 과정에서 일본 문아의 수준에 관한 탐색을 그치지 않았다. 조선의 문사들은 일본 전체로 보면 여전히 신도(神道)와 불교가 성하여 유교국이 되기에는 한참 멀었고 문학 역시 조금 나아지긴 했으나 조선과 대등하다고 할 수 있는 수준에는 미치지 못하다고 생각하였다. 그러나 탁월한 인물들이 연이어 나와 '혼돈'을 뚫었고[557] 교유할 만한 걸출한 문인들도 적지 않았다. 이미 아라이 하쿠세키 이후로 '일본에도 뛰어난 인물이 없지 않다'는 인식이 조선 내에 생겨났으나, 그러한 인물의 출현은 어디까지나 우연한 현상으로 여겨졌다. 그러나 계미통신사 교류를 통해 일본의 학술과 문단이 어느 정도 규모를 갖추고 수준 있는 유자들을 배출하고 있으며, 그들이 만나지 못한 인물들 가운데에도 뛰어난 학식과 재주를 가진 사람이 적지 않다는 것을 알게 되었다. 이에 세 문사는 교류의 과정에서 일본을 '오랑캐'가 아닌 교류와 소통의 대상으로서 공동의 문명권 내로 포섭하게 된다. 즉, 이전까지 조선의 사대부들이 상정하고 있던 동아시아 문명의 구도를 재편성하게 된 것이다. 청나라와의 본격적인 문화 교류가 시작되기 전 계미통신사를 통해 일본에서 이러한 작업이 먼저 시도되었다는 것은 특히 중요하다.

세 문사가 이와 같은 인식의 전환에 도달하게 된 경위를 살펴보자.

---

557) 이것은 남옥이 말한 소라이의 공로이다. 소라이는 비록 정주를 비판한 죄가 있으나 훈독을 비판하고 한문의 직독을 주장하였으며 뛰어난 문장력으로 후진을 격려한 공로가 있었다. 훈점 표시는 학사·서기들이 여러 차례 비판한 것인데 그 이유는 그것이 만국에 통용될 수 있는 법이 아니라는 것이었다. 그런 점에서 소라이는 일본이 중화로 나아가는 기틀을 만든 '호걸의 선비'로 인식되었다.

조선의 학사·서기들이 일본의 문학과 학술의 수준에 대해 열의를 갖고 탐구했던 사실은 필담을 통해 분명히 드러난다. 세 문사는 각 지역의 이름난 문사들을 조사하고 그들을 만나려고 하였으며, 일본의 서적을 구해보고 일본 문사 개인의 시문집을 열람하기도 하였다. 또, 여러 문인들과 시문을 주고받으며 그 시의 수준 및 그 사람의 학식을 살펴보았고 이들과 여러 차례 학술에 관한 토론을 벌였다. 즉, 의례적으로 이루어졌던 시문창화의 과정에서도 뛰어난 재주를 가진 인물을 찾는 데 주의를 기울였으며 그런 인물들을 발견하면 적극적으로 필담을 나누며 사귐을 이어나가고자 하였다. 또, 자국 학술의 수준을 알리려는 일본 문인들의 토론에 응하면서 상대의 학식과 학문의 수준을 탐색하였다. 이 모든 과정에서 조선의 세 문사가 지향하고 있었던 것은 '중화의 선비', 다른 말로 '문아(文雅)'를 갖춘 선비들과의 폭넓은 교유였다.

문아를 갖춘 선비라는 것은 동아시아의 선진 문명으로서의 한문학적 소양을 체득하여 중국, 조선, 일본 등의 지역의 특색을 뛰어넘어 중화라는 보편적 가치를 체현하고 있는 인물이다. 즉 조선의 선비들과 마찬가지로 한문을 자유자재로 읽고 쓰며, 폭넓고 깊이 있는 독서를 통해 유교적 소양을 충분히 길러서 (옷차림을 제외하면)[558] 그 언행과 저술이 중국인에 방불한 것을 말한다. 이는 또한 사상이나 학술의 경향과 직접적 관련이 있는 것은 아니다. 조선의 문사들은 소라이학의 정주 공격, 그리고 이(李)·왕(王) 문학의 추숭에 대하여 비판했지만 소라이학에 종사하는 문인들 개개인에 대해서는 어떠한 편견도 갖지

---

[558] 조선의 문사들에게 일본의 의관복식은 일본이라는 나라 전체의 문명의 수준을 가늠하는 지표가 되었다. 그렇긴 해도 일본인 하나하나의 경우 복식에서 국속을 따름은 자연스러운 일이라고 여겼다.

않았다. 불승(佛僧)에 대해서도 마찬가지였다.

이는 곧 조선 문사들이 상대의 학식을 평가할 때 중시한 것이 학문의 방향이 아니라 일종의 '폭과 깊이'였음을 의미한다. 가쿠다이는 이단의 학문에 종사하는 자였지만 그 박식함과 충후함은 존경을 불러일으킬 만하였다. 원중거는 가쿠다이를 가리켜 '해외의 중화인'이라고 평하였다. 한편 정도(正道)의 학문을 보여준 루스 도모노부 같은 인물에 대해서 남옥은 '제법 바르나 비루하다'는 한 줄의 평가만을 남겼을 뿐이다. 또, 원중거에 의하면 다이텐은 '명리(名利)를 추구하는 속승(俗僧)'이 아니라 '지성으로 모화하는 자', 즉 중화문물의 가치를 깊이 이해하고 있는 사람이었기에 경탄할 만하였다. 세 문사는 정도의 선비가 아니라 '문아의 선비'를, 도학군자(道學君子)가 아니라 '중화인(中華人)'을 찾고 있었던 것이다.

이들은 각자의 사행록에 문아의 선비로 일컬을 만한 인물들을 열거해 두었다. 또, 귀로의 필담에서 자신들이 만난 일본 문사들에 대해 평하기도 하였다. 여기에는 시문에 뛰어난 인물, 박학하고 재기 있는 인물, 문장이 고상하고 식견이 높은 인물, 풍류가 있는 인물 등 다양한 유형의 문사들이 포함된다. 세 문사 모두에게서 가장 높은 평가를 받은 인물은 다키 가쿠다이와 다이텐이었다. 또 세 사람 모두 재주와 식견을 갖춘 젊은 문인으로서 가메이 난메이와 나바 로도를 특별히 아꼈다. 기무라 겐카도(木村蒹葭堂)의 풍류, 호소아이 한사이(細合半齋)와 이노우에 시메이의 재주도 학사·서기들에게 깊은 인상을 남겼다. 남옥은 『일관기』에서 시바노 리쓰잔(柴野栗山)의 시를 첫 번째로 꼽기도 했다. 그는 또 오카다 신센(岡田新川)의 시 전편을 읽기 위해 밤을 새웠다. 남옥은 또한 와치 도코(和智東郊)의 시를 보고 그를 만나보지 못한 것을 아쉬워했다. 성대중은 미야세 류몬을 높이 평가했으며, 나가토미 도쿠쇼안을 만나기를 고대하였다. 이들 모두 학문적 배경도 다르고 성향도 달랐으나 한 시대의 걸출함을 공유하고 있는 '문아의 선비'였다. 성대중이 겐카도에게 부탁하여 받아온 〈겸가아집도(兼葭雅集圖)〉는 이러한 탐색의 결과를 담아온 기념품인 셈이다.559)

　사실 세 문사가 '문아의 선비'라는 표현을 직접 사용하고 있는 것은 아니다. 이들이 개개의 일본 문사를 설명하는 표현은 한 가지가 아니다. 본고에서는 그러한 다양한 표현들을 포괄할 수 있는 말로서 '문아의 선비'라는 개념을 제시하고자 한다. 이 표현 역시 두 가지 이상의 의미로 이해될 수 있다. 하나는 문사(文辭)와 학문에 있어서 격조가 있고 박식하다는 의미이며, 또 하나는 학문과 인품, 거동 등 모든 면에서 '중화의 이상을 체현하고 있는 선비'라는 뜻이다. 이 가운데 후자는 문아라는 단어에 본래 포함되어 있는 의미는 아니다. 그러나 '문아'560)라는 개념이 '중화'의 요건으로서 언급되는 경우가 적지 않으며 이에 따라 '문아의 선비'를 '중화의 선비'로 바꾸어 이해해도 문제가 없으리라 생각된다.561) 앞에서 인용한 원중거의 말, 즉 '해외의 중화

---

559) 高橋博巳(2009) 및 高橋博巳(2007)에서 〈겸가아집도〉를 둘러싼 양국 문인의 사귐에 관해 소개하고 있다. 〈겸가아집도〉의 제작 경위는 이 시기 필담집인 『평우록』에 자세하다.

560) '文雅'라는 단어는 『한어대사전(漢語大詞典)』에서 다음 세 가지 뜻으로 설명하고 있다. 1)溫文爾雅, 講禮儀而不粗鄙 2)猶文教 3)文才 ; 文士. 또한 이 단어는 문사(文辭) 또는 시어(詩語)라는 말과 동일하게 쓰이는 경우가 많다.

561) 문아 개념이 중화 표상과 일정하게 연관되어 있음을 보여주는 대표적인 예는 다음과 같다. 즉, 특정한 인물의 자질이나 특정 지역의 문화가 얼마나 중화/문명에 가까운지를 보여주는 척도로서의 함의를 갖는 개념인 것이다. (출처는 모두 한국고전종합DB)

　○ 특진관(特進官) 한형윤(韓亨允)이 아뢰기를, "근년 이래로 사습(士習)이 성리(性理)의 학문을 핑계 삼아 사장(詞章)의 아름다움을 숭상하지 않으니, 매우 그릅니다. 우리나라는 중국과 언어가 같지 않은데도 존중받는 까닭은 문아(文雅)하기가 중국보

인', '지성으로 모화하는 자'라는 표현이 후자와 유사한 개념이다.

계미통신사 교류는 이들에게 이러한 문인의 발견, 즉 일본에 존재하는 '문아의 발견'이라는 성과를 안겨주었다. 이때의 문아라는 것은 일반적 의미의 문사를 뜻하는 것은 아니다. 남옥이 기록해 둔 '수창제인' 명단은 모두 515명의 일본 문사를 포함하고 있지만 이들 모두 문아의 선비에 들 수 있는 것은 아니다. 예를 들어 의원 야마다 세이친이나 가토후의 기실 가와다 시테쓰 같은 인물들은 상당히 흥미로운 필담

다 못하지 않기 때문입니다. 이것이 말단의 기예이기는 하나, 우리나라 사람으로서는 버릴 수 없는 것입니다."(『중종실록』, 중종 15년 경진(1520년) 9월 29일)

○ 주문과 자문을 진헌할 때 이부 시랑 임난지(任蘭枝)가 예부의 관원을 대신했는데, 비록 붉은 털모자[紅毛帽子: 청나라 사람의 복식]를 쓰고 있었지만 문아(文雅)함과 개결(介潔)함은 가려지지 않기에 물어보니, 역시 강남 사람이었다. (황재(黃梓), 『갑인연행별록(甲寅燕行別錄)』권2 문견별록)

○ 김종직이 북경에 가는 사람을 전송하며 적은 서문에 이르기를, "고려에서는 김부식, 박인량, 김근, 이자량의 무리가 송나라에 들어가 문아(文雅)함으로 번갈아 이름을 날려 사람들이 소화(小華)라 칭송하였다. 민지, 정가신 또한 원나라 세조에게 칭찬을 받았으며 익재 선정은 크게 중국 사대부의 추중을 받았다. 누가 해외(海外)의 구석진 곳이라서 인물이 없다고 하겠는가.'하였다. (이유원(李裕元), 『임하필기(林下筆記)』권18 문헌지장편(文獻指掌編))

○ 황조(皇朝)가 성대하매 황제의 조정으로 오는 먼 변경의 사신들이 길에 줄을 이었는데, 그중에서도 오직 고려만이 문아(文雅)를 숭상해서 화풍(華風)에 점차 물들어, 기교의 정밀함에 이르러서도 다른 나라에 비할 바가 아니었다. (한치윤(韓致奫), 『해동역사(海東繹史)』권46 예문지(藝文志)5 그림[畫])

○ 우리나라는 천성이 중화(中華)를 사모하고 스스로 문아(文雅)함을 가까이 한다. 비록 요금(遼金) 때문에 길이 막혀 간혹 물길과 뱃길이 끊겼으나 송나라 사행은 그만두지 않았으니, 문물이 산출되는 곳을 아꼈기 때문이다. (김윤식(金允植), 『운양집(雲養集)』권10 담연재기(澹硯齋記) 경술(1910년))

○ 육진(六鎭)은 외지고 비속하여 예전에는 문아(文雅)의 풍속이 없었는데, 공이 향촌(鄕村)의 자제들을 부지런히 쉬지 않고 가르치니, 이로 말미암아 사람들이 모두 흥기하고 권면하여 비로소 시서예악의 가르침과 효제충신의 도리를 알게 되었다. 세상에서는 공이 교육시킨 공효라고들 한다. (정여창(鄭汝昌), 『일두집(一蠹集)』권3 부록 찬술)

자료를 남기고 있지만 그들이 학사·서기들의 인정을 받았는지의 여부는 알 수 없다. 즉, 그 식견과 취향에 있어서 지극히 상층의 문인들만이 문아의 선비로 일컬어질 수 있는 것이다.

이전 시기 통신사 교류에서도 뛰어난 인물이 없지 않았지만 그러한 일군의 문인이 존재한다는 사실이 조선 문사들에게 포착되고 그것에 특별한 의의가 부여된 것은 계미통신사 교류가 최초였다. 특히『일관기』와『승사록』전체에는 조선의 문사들이 일본에 가서 문(文)으로 나라를 빛내어 소중화로서의 위의(威儀)를 드러내고 왔다는 자부심, 그리고 일본의 여러 학자 문인들과 중화인으로서 교류를 나누고 온 것에 대한 특별한 감동이 담겨 있다. 이들은 동아시아 문명의 중심으로서의 중화라는 표상을 일본의 지식인들과 공유할 수 있음을 통신사행을 통해 발견한 것이다. 이것이 중요한 이유는 문아의 발견이라는 결과가 일본 문명에 대한 재인식과 이에 따른 동아시아 문명 구도의 재편으로 이어지기 때문이다.

여러 차례 언급하였다시피 이 시기 학사·서기들이 획득한 이러한 관념은 우연히 얻어진 것이 아니라 그들이 적극적·자발적으로 일본의 문단을 탐색한 결과였다. 또한 그러한 인식상의 전환은 단지 일본 사행을 경험했기 때문이 아니라 일본 문인들과의 지속적인 필담창화가 있었기 때문에 가능한 것이었다. 이 점은 정사 조엄과 세 문사의 경우를 비교해 볼 때 분명히 드러난다. 조엄의『해사일기』에는 일본 학술의 연원부터 이번 사행에서 본 인물들까지를 대략적으로 기술해 둔 부분562)이 있는데, 이 부분은 조엄이 사행 중에 실제로 보고들은 내용이 아니다. 해당 부분을 살펴보면『화국지』의「학문지인(學問之人)」,「이

---

562)『해사일기』권5, 1764년 6월 18일.

단지설(異端之說)」, 「시문지인(詩文之人)」조와 그 내용과 표현이 거의 일
치한다. 원중거의 기록을 요약하여 삽입한 것이다. 일본의 학술과 문
학에 대한 조엄의 평가는 비록 오랑캐라 하여도 중국으로 나아갈 수
있으니 끝내 버릴 수는 없지만 더러운 풍속을 갑자기 변화시킬 수는
없으니 '구구한 시어'[區區詩語]를 가지고 앞날의 징조로 삼을 수는 없다
는 것이다. 일본 문인들과 직접적인 교류가 없었기에 그 부분에 관해
구체적인 평가를 내릴 수 없었고, 또 적극적인 의미 부여를 하지도 않
았던 것이다.

　한편 본 절에서 사용한 '문아의 발견'이라는 표현은 '동문의식(同文
意識)'이라는 개념과 중첩되면서 조금 다른 개념이다. 『중용』에서 기
원한 '동문(同文)'이라는 말은 공동의 문자로 소통한다는 뜻으로서 중
국 내부의 여러 지역들 사이에, 혹은 동아시아의 여러 나라들 사이에
일찍부터 널리 퍼져 있던 관념이었다. 동문의식은 한자(한문)문화권으
로 분류될 수 있는 지역의 민족·국가들 및 한문을 사용하는 나라에
외교문서를 보내야 하는 나라들에서 시대와 정세에 따라 다양한 양태
로 출현하였다. 즉, 동문의식은 만남의 시점에 선행하여 양국 문사들
이 이미 갖고 있던 개념으로서, 계미통신사 교류를 통해 어느 한 쪽이
새로이 얻은 관념은 아닌 것이다. 일본 문사들이 필담창화집의 서발
에서 양국 문인이 같은 문으로 소통하는 일의 성대함에 대해 칭송한
것 역시 전통적인 동문의식의 발로라고 할 수 있다.

　반면 문아의 발견은 교류의 결과로서 조선 문사들이 획득한 것으로,
깊이 있는 소통이 가능하며 그럴 만한 가치가 있는 교류의 상대를 비
로소 인지했다는 의미이다. 즉, 문아의 발견이라는 것은 훨씬 더 좁은
범위의 인물들 사이에서 형성되는 일종의 동류의식과 관련 있는 것이
다. 또한 이는 순전히 조선 문사들 측에서 획득한 관념으로, 일본 측에

서 보면 오히려 반대의 경향이 나타났다고 할 수 있다. 계미통신사 시기의 일본 문인들은 조선인과의 만남을 통해 오히려 자국 문아의 발전상을 확인하였으며, 조선인의 실력을 깎아내림으로써 자신들의 성취를 더 강조하는 경향이 있었다. 일본인들에게 조선의 문아는 이미 자명한 것이었고 문제가 되는 것은 자신들의 실력이었기 때문이다.

　물론 동문의식은 글자뿐 아니라 공동의 문명에 대한 지향을 의미하기도 한다. 그렇게 보면 그동안의 교류를 통해 고조된 동문의식이 계미사행 시기에 이르러 더 심화된 형태, 즉 일본 역시 조선과 마찬가지로 문치(文治)의 유교국으로 나아가고 있다는 인식으로 발전하게 되었다고 해석할 수 있다.563) 본고에서는 '필담 교류를 통한 문아의 발견'이라는 계기를 통해 전근대 한자(한문)문화권 내의 보편적인 관념이었던 동문의식이 조·일 교류에서 그와 같은 양태로 발현된 것임을 지적한 것이다. 문명의 지표로 기능할 수 있는 여러 요소들 중 특별히 시문 창작 능력 및 그것과 연계된 박식함을 보유한 문인들의 존재가 필담 교류를 통해 발견되고, 조선과 일본을 포함한 동아시아 문명의 구도를 다시금 생각하게 만든 것이다. 문아의 선비, 즉 지역성을 극복하고 중화인의 면모를 지닌 인물들은 이른바 공동의 중화문명이라는 관념을 뒷받침하는 실제적인 재료를 제공해 주었다.

　동문의식 외에 본 절의 논의와 직접적인 관련이 있는 개념으로는

---

563) 이러한 관점에서 계미통신사 교류의 의의를 논한 것이 박상휘의 연구이다. 통신사 사행록을 대상으로 한 이 연구에서는 원중거가 "동문세계의 도래", 즉 "동아시아 나라들이 '도(道)'를 공유한 세계"를 꿈꾸었음을 지적하였다. 이는 구체적으로 "일본을 유교문화권으로 포섭하는 것", "동아시아 세계의 윤리를 일본과 공유하는 것"을 의미하며 그 목표는 일본의 재침 방지와 동아시아의 평화라고 하였다. 박상휘(2015), 「조선후기 일본에 대한 지식의 축적과 사고의 전환-朝鮮使行의 記錄類를 중심으로-」, 서울대 국어국문학과 박사학위논문, 202-203면.

다카하시 히로미(高橋博巳)가 제기한 '동아시아 문예공화국'이 있다. 다카하시 히로미는 성대중, 원중거 등 계미통신사의 조선 문사들이 겐카도와 다이텐 등 일본 문인들과 교류한 후 일본의 문아를 조선에 전달하였고, 그것에 대해 홍대용, 이덕무 등이 글을 남겨 평가한 일에 주목하였다. 이들 북학파 문인들은 이후 중국 문인들과 적극적으로 교유하였는데, 이로써 일본-조선-중국으로 확장되는 동아시아 문예공화국의 면모가 갖추어졌다는 것이다.564) 정민 역시 이러한 18세기 지식인들의 교류를 동아시아 문예공화국 개념으로 묘사하였으며, 19세기의 조·청 교류에 이르러 김정희를 중심으로 학술적 교유의 측면이 심화되었음을 지적하였다.565) 정민은 또한 이와 관련하여 '병세의식(幷世意識)'이라는 개념을 통해 이 시기 동아시아 교류를 검토한 바 있다. 병세의식은 "한 세상을 '더불어' 살아가고 있다는 연대 의식"으로서 "당대성과 동시대성을 중시한 천애지기(天涯知己)의 시간 중심 사유"이며,566) 남옥 일행이 겐카도, 나바 로도 등과, 이언진이 미야세 류몬과 교유한 일 등은 모두 병세의식의 공유라는 의의를 지닌다567)고 하였다.

　문예공화국 혹은 학예공화국이란 것은 다소 비유적인 용어이기는 하지만 당시 조선과 일본, 조선과 중국 지식인 간에 이루어진 교유의

564) 高橋博巳(2009), 『東アジアの文芸共和國-通信使·北學派·蒹葭堂』, 新典社. 한편 高橋博巳(2011), 「洪大容과 李德懋의 프리즘을 통해 본 일본의 文雅 -동아시아 학예공화국으로의 助走-」, 『동아시아문화연구』 49집, 한양대 동아시아문화연구소에서는 '학예공화국(學藝共和國)'이라는 표현을 쓰고 있다.
565) 정민(2014), 『18세기 한중 지식인의 문예공화국-하버드 옌칭도서관에서 만난 후지쓰카 콜렉션』, 문학동네, 711면.
566) 정민(2011b), 「18, 19세기 조선 지식인의 병세의식(幷世意識)」, 『한국문화』 54집, 서울대 규장각 한국학연구원, 183면.
567) 같은 글, 197-199면.

일면을 적절히 묘사하고 있다고 하겠다. 양국의 문인층이 다른 어떤 것이 아닌 상대방의 '문아'—다카하시 히로미의 연구에서는 말 그대로 '시문'이라는 뜻으로 사용하고 있지만—를 중시했다는 점, 그것이 이 시기 동아시아 문화 교류의 특징적인 면모를 보여주고 있다는 점에서 그러하다. 본고에서 문아의 발견을 이 시기 필담 교류의 주된 특성 중의 하나로 본 것 역시 다카하시와 정민의 연구와 그 논점이 크게 다르지 않다. 다만 주의할 점은 이러한 특징이 양국 교류의 전부를 보여주는 것은 아니라는 점이다. 통신사 교류의 정치적·경제적 측면은 차치하고라도 문화 교류에 있어서도 그러하다. 학사·서기를 중심으로 한 필담 교류는 다양한 문화 교류의 한 부분이며, 필담 교류만 놓고 보아도 시문 교환을 통한 우호의 증진이라는 측면 외에 다양한 요소들이 발견되기 때문이다.

이상의 논의를 정리하면 다음과 같다. 계미통신사 필담 교류의 주요한 특성 중 하나는 양국의 문인들이 필담 교류를 통해 동아시아 문명의 구도를 재편하고 있다는 점이다. 일본 문사들은 일본에 고대의 중화문물이 간직되어 있으며 자국의 학술과 문학이 동아시아의 가장 선진적 단계에 도달했다는 것을 증명하려고 하였다. 이들은 무(武)가 아닌 문(文)으로써, 특히 양국 유자들이 공유하고 있던 중화라는 가치 기준과 관련하여 자신들의 우월성을 인정받고자 하였다. 이는 일본 내에 하나의 계층으로 성장한 유자 집단이 동아시아 유교 지식인들의 공동의 언어를 받아들이고 그것을 통해 보편문명의 일원이 되고자 하는 열망을 지녔음을 보여주는 것이다. 그들은 통신사와의 교류를 계기로 하여 자국의 문화와 학술의 가치를 동아시아 문명의 전체 구도 안에 자리매김하고자 하였다. 필담 교류의 과정에서 그러한 시도가 여러 차례 이루어졌으며, 필담창화집의 편집과 출판을 통해 그러한 담론이 유포되었다고 할 수 있다.

한편 조선의 문사들은 일본 문인들과의 필담창화를 통해서 '사귈 만한' 인물을 탐색하고 그들과의 깊이 있는 교유를 기대하였다. 그들은 자신들과 학문적 지향이 다른 여러 인물들과 편견 없이 교유하였으며 그 과정에서 문아의 선비, 즉 박식한 중화의 선비를 발견하였다. 일본에 존재하는 문아의 발견은 곧 일본이라는 지역을 동아시아 공동의 문명권 내로 포섭한다는 인식의 전환으로 이어졌다. 일본에 여전히 신도와 불교, 그리고 '만이(蠻夷)의 풍속'이 만연하고 있는 것은 분명하였다. 그러나 이들에게 더 중요한 것은 문(文)의 가치를 알고 중화를 흠모할 줄 아는 지식층의 존재였다. 일본에 뛰어난 문인이 존재한다는 사실은 이전 시기부터 조금씩 알려져 있었다. 그러나 계미통신사 시기에 이르러 일본 학술과 문학의 성장을 바탕으로 중화인의 면모를 갖춘 인물들이 배출되고 있음을 목도한 것이다.

허남린은 "전근대 동아시아 세계에 있어서는 자기중심성 혹은 우월성의 집단의식이 대외관계의 저변에서 현실을 규정짓는 기본 원리"[568]였음을 지적한 바 있다. 그는 또한 17세기부터 19세기 중엽까지의 조선과 일본의 관계가 "외교적 언설, 무역, 문화 교류, 민족적 집단 인식, 이데올로기 등의 수단과 기제를 통해 전개된 중심 대 주변의 이항구조 위에서 펼쳐진 집단적 싸움과 경쟁이었다 해도 과언이 아니다."[569]고 논하였다. 그런 데다가 근세 일본이 타국에 대하여 자신의 우월성을 주장한 근거는 기본적으로 신국(神國)의 이념이었으며 그것은 무위(武

威)의 정체(政體)를 통해 유지·가동되는 것이었다.570) 계미통신사 필
담집의 서발에서 확인되듯이 이는 유자라고 해서 예외가 아니었다.
이들은 문(文)을 무(武)의 대척점에 위치시킨 원중거와 달리 무와 문을
등치하고 있으며, 과거에는 무력으로 조선을 정벌했듯이 이제는 문으
로 조선 문사들을 굴복시켰다는 논리를 내세우기도 하였다.571)

　이러한 일반적인 원리를 고려하여 계미통신사 필담 교류의 의의를
재고하면 다음과 같다. 조선의 문아와 학술이 일본보다 앞서 있으며
문물제도 역시 중화에 근접하다는 것은 통신사 교류가 시작된 이래로
줄곧 양국 문인들이 공유하고 있던 관념이었다. 이는 계미통신사 시
기에도 마찬가지였다. 그렇기에 조선의 문사들은 자국의 우월함을 애
써 주장할 필요 없이 일본의 학술과 문학을 평가한다는 입장에 설 수
있었던 것이다. 반면 일본의 문인들이 자국의 우월성을 주장하고 조
선의 문학·학술을 폄하한 것은 위와 같은 필요에 의한 것이었다. 시
문창화를 위주로 한 통신사 교류는 기본적으로 조선이 우위에 설 수밖
에 없었다. 그러므로 일본의 문인층이 어느 정도 성장한 시기에 이르
면 그러한 불균형을 순순히 받아들일 이유가 없게 된다.

　일본의 문사들은 여전히 무력에 있어서의 우월감을 버리지 않았으
나 실제 교류 과정에서 그러한 인식을 표출한 적은 없다. 어디까지나
조선 문사들의 기준에 맞추어서 문학과 중화를 논했을 뿐이다. 이러
한 바탕 위에서 양국의 교류가 성립할 수 있었던 것이다. 그 결과 조선
의 문사들은 일본인들을 동아시아 문명의 일원으로 인정하게 되었고,
일본의 유자들은 조선인들과 '문'으로 대등하게 교류함으로써 바로 그

---

570) 같은 글, 239-247면 참조.
571) 구지현(2011a), 82-83면.

보편문명의 중심에 진출했다는 확신을 얻을 수 있었다. 이때의 문명, 혹은 보편문명이란 것은 순전히 유학자의 관점에서 바라본, 그들의 인식 속에 존재하는 관념적인 세계상인 것은 물론이다. 그러나 관념 상의 변화는 또 다른 실제의 관계를 추동할 수 있으며, 나아가 그것이 현실의 세계상의 변화에 일정 정도 영향을 미칠 수 있음도 분명하다. 그런 점에서 계미통신사 필담 교류는 근대 이전 동아시아 문화 교류의 향방을 논하는 데에 중요한 참조점을 제공한다고 할 수 있다.

V. 나가는 말

본고는 현전하는 계미통신사 필담창화집 48종에 수록된 필담을 분석하여 이 시기 교류의 전개 양상을 검토하고, 이를 통해 계미통신사 필담의 동아시아적 의미에 대해 고찰하는 것을 목적으로 하였다.

Ⅰ장에서는 계미통신사 필담 연구의 중요성을 제시한 후, 이 시기 필담창화집의 최신 목록을 제시하고 연구대상의 범위를 확정하였다. 다음으로 Ⅱ장에서는 이 시기 필담의 화제를 예악과 문물제도, 역사와 지리, 언어와 문학, 의학과 의술의 네 개 범주로 분류하고 각 범주에 속하는 대화들에서 발견되는 대화의 양상을 서술하였다. Ⅲ장에서는 계미통신사 학술 교류의 경과와 그 의의에 대해 살펴보았다. 먼저 학술 교류의 과정을 여정에 따라 세 단계로 나누어 각 단계별 특징을 서술한 후, 이어서 학술 토론의 구체적인 내용을 세 가지 쟁점을 중심으로 살펴보았다. 이를 바탕으로 이 시기 학술 교류의 의의를 '일본의 학술에 대한 개방적 자세와 객관적인 평가', '동아시아 공동의 지식장이라는 감각의 형성'의 두 가지로 설명하였다. 마지막 Ⅳ장에서는 이상의 분석을 종합하여 계미통신사 필담의 전체적인 특징과 그 의의를 도출하였다. 동아시아 세계에 대한 지식의 확대, 소통의 코드로서의 중화 표상을 둘러싼 경합, 필담의 속화와 이질적 관점의 혼입, 동아시아 문명 구도의 재편이라는 네 가지 특징을 통해 이 시기 필담이

동아시아 문화 교류의 전체 구도 속에서 어떠한 의미를 가지는지 살펴보았다.

흔히 동아시아 삼국 (혹은 베트남과 유구를 포함하여 5국) 간의 교류를 설명할 때에 이들이 유교, 한자라고 하는 공통의 요소를 갖고 있었기에 그것을 기반으로 용이하게 소통할 수 있었다고 이야기된다. 즉 어떠한 공통점—예컨대 유교, 불교, 한자, 율령제와 같은—을 갖고 있는 동아시아 문명 혹은 동아시아 문화공동체와 같은 실체를 전제한 상태에서 그 공동체 내의 교류에 대하여 논하는 것이다. 그러나 '문화공동체'와 같은 개념은 조심해서 다룰 필요가 있다. 왜냐하면 한 지역/국가를 구성하는 수많은 문화적 요소 중에서 어떠한 요소를 그 공동체의 핵심적인 특질로 볼 것인지, 또 여러 지역 가운데 어느 하나의 지역에서 특히 두드러지는 요소를 전체 공동체의 주된 특징으로 삼는 것이 온당한지 등에 대해서 계속해서 문제가 제기될 수 있기 때문이다. 동아시아 문화공동체 개념 역시 마찬가지의 문제를 안고 있다.[572]

계미통신사 필담 교류에 관한 본고의 분석은 동아시아 문명 혹은

---

572) 존 던컨은 조선의 '근세'에 대한 대안적 접근방식으로 '선진화된 유기적 사회' 모델을 소개하면서 다음과 같이 덧붙였다. "여기서는 현재 사회과학자들 사이에서 매우 인기 있는 논의 주제인 아시아적 가치나 유교자본주의, 유교민주주의를 염두에 둔 것은 아니다. 사실 이 논의들은 한·중·일 그리고 베트남 사이에 초월적인 일종의 동일성이 존재한다고 가정하고, 동아시아를 본질화하여 일부를 이국적인 것으로 치부하며, 또 다른 요소들을 차치하더라도 문화를 특화한다는 점에서 문제가 매우 많다." 존 던컨(2015), 「한국사 연구자의 딜레마」, 미야지마 히로시·배항섭 엮음, 『동아시아는 몇 시인가』, 너머북스, 132-133면. 동아시아 문화공동체라는 개념은 물론 유교자본주의나 유교민주주의와는 논의의 차원이 다르다. 그러나 동아시아 국가들 간에 일종의 선험적인 본질적 공통점이 있음을 암시한다는 점은 동일하다. 많은 연구들이 동아시아 국가들 간의 공통성이 형성된 역사적 과정을 고려한 바탕에서 이 개념을 사용하고 있기는 하지만, 여전히 주의가 필요한 개념이다.

문화공동체 개념을 둘러싼 위와 같은 고민에 대한 하나의 답을 제시해 준다고 생각한다. 왜냐하면 이들의 교류는 서로 다른 지역/문화권의 인물들이 공동의 문화/문명을 공유한다는 인식을 어떻게 형성하게 되는지를 보여주고 있기 때문이다. 양국의 문사들은 소통의 도구로서 한자와 한문, 유교라는 요소를 적극적으로 활용하였고, 그 결과 동아시아 문명을 구성하는 공동의 주체로서 상대를 인식하고 양자를 포함하는 공동의 장에 자신과 상대방의 위치를 설정하고 있다. 또한 유교라는 소통의 도구에서 파생한 '중화'라는 표상을 자신 및 타자 인식의 기초로 삼고 있다. 그들이 공유하고 있다고 전제했던 중화라는 코드는 그들이 속한 문화에 포함되어 있는 유교 이외의 다른 수많은 요소들을 모두 배제한 인식상의 한 영역에 불과하다. 그럼에도 불과하고 이 가상의 코드는 양국 문사 간 교류의 대상과 목적을 결정하면서 교류 자체를 가능하게 만들어주고 있는 것이다.

다시 말해 고정된 실체로서의 문화공동체가 있는 것이 아니라 반복된 시도를 통해 실체화로 나아가는 특정한 담론상의 영역으로서의 문명/문화공동체의 형성이라는 관점에서 동아시아 문화 교류 연구에 접근해야 한다는 뜻이다. 즉 문화공동체라는 것은 교류의 출발이 아니라 그 결과물이라고 할 수 있다. 교류의 주체가 누구인지에 따라서 소통의 언어가 결정되고, 그것으로 인해 문화공동체라는 인식상의 범주가 설정되며 그에 관련한 담론이 파생하는 것이다. 또한 그렇게 생성된 담론은 이후의 교류의 방식을 결정하면서 계속해서 소통의 언어로서 작동하게 된다. 그런 점에서 문화공동체라는 개념을 완전히 공허하거나 일시적인 기호라고 볼 수만은 없다. 왜냐하면 그러한 담론은 지속적인 실행을 통해 특정한 제도, 지식, 인간형 등을 산출하는 동력이 되기 때문이다.

이러한 관점에서 계미통신사 교류의 의의를 재론하면 "조·일 양국의 유자(문인) 간 교류라는 '실행'을 통하여 동아시아 문화공동체 혹은 동아시아의 보편(유교)문명이라는 관념상의 범주를 '창출', 혹은 '확대'해 나가는 과정"이었다고 할 수 있겠다. 물론 이러한 논의는 지극히 일반적인 수준의 규정으로서, 계미통신사 교류만의 고유한 특징인 것은 아니다. 오히려 통신사 교류는 그러한 전체 과정의 일부를 구성한다고 말할 수 있다. 요컨대 문화공동체를 '형성'—때로는 축소나 해체, 변형을 포함하여—해 나가는 이러한 과정은 전근대 동아시아 세계에 존재했던 다양한 제도적 실천들 및 사상의 변천에 대한 종합적인 고찰을 통해서 증명될 수 있는 것이다. 통신사 교류에 대한 필자의 연구 역시 이러한 작업의 일환이다.

통신사 교류를 단지 조·일 양국의 구도 속에서만 보지 말고 동아시아적 시각에서 바라볼 필요성이 있다는 것[573]은 분명한 사실이다. 이는 곧 연행사와도 관련지어 전체적인 시각에서 교류사를 구성하는 작업으로 이어질 것이다. 이와 관련하여 한 가지 덧붙이고 싶은 말이 있다. 현대의 연구자들이 동아시아적 시각으로 이들의 교류를 논하기 훨씬 전에, 이미 당시 교류의 당사자들이 '동아시아 문명 안에서의 관계 맺기', 나아가 '동아시아 문명이라는 공동체의 창출'을 실행하고 있었다는 점이다. 전근대 동아시아에서의 문화 교류란 과연 무엇이었던가에 대해 다시 한 번 곰곰이 생각해 볼 필요가 있다.

573) 하우봉(2016), 「계미통신사행의 문화교류 양상과 특징」, 『진단학보』 126집, 진단학회, 172면.

|부록 1| 계미통신사 필담의 조선 측 참여인물

조선 측 인물들은 한문 문식(文識) 능력의 정도 및 그에 따른 필담 교류 방식의 차이에 따라 세 집단으로 나눌 수 있다. 첫째는 제술관·서기를 비롯한 문인(文人) 계층, 둘째는 양의(良醫)와 의원, 셋째는 사자관(寫字官), 화원(畫員), 역관(譯官), 군관(軍官), 소동(小童) 등 다양한 지위의 인물을 포괄하는 집단이다.

문인 계층으로 지칭할 수 있는 첫 번째 집단은 필담은 물론 즉석에서 시문창화가 가능한 인물군으로, 양반과 중인을 포함하여 문사(文詞)가 가능한 집단을 의미한다. 물론 시문창화 및 필담 교류의 중심은 제술관과 세 서기들이었으며 이들의 필담과 창화가 이 시기 필담창화집에서 대부분의 분량을 차지하고 있다. 세 사신 역시 이 집단에 포함되지만 그들은 태학두(太學頭) 하야시(林) 부자(父子) 외에는 필담을 나누지 않았으며, 전례(前例)가 있는 경우에만 시문창화를 하였다. 이들 외에 시문창화가 가능하고 한문으로 능숙하게 대화를 나눌 수 있었던 인물들이 제술관·서기들과 같은 자리에서, 또는 별도의 자리에서 동일한 방식으로 일본 문사들과 교류하였다. 종사관 반인(伴人) 홍선보(洪善輔), 정사의 친족이었던 조동관(趙東觀)과 조철(趙瞮)[1], 한학(漢學) 압물통사(押物通事) 이언진(李彦瑱)이 여기에 속한다.

---

1) 조철은 이 분류에 속하기는 하지만 창화시가 남아 있지는 않다.

두 번째 집단은 양의와 의원들이다. 계미통신사의 양의는 모암(慕菴) 이좌국(李佐國)이다. 의학필담으로 분류되는 『화한의화』, 『왜한의담』, 『상한필어』, 『양동투어』는 모두 일본 의원과 이좌국의 필담을 위주로 편집된 자료들이다. 의학필담은 시문창화를 중심으로 이루어지는 문인 간 교류와 별도로 진행되면서 통신사 필담 교류의 주요한 부분을 차지하였다. 계미사행 시기에는 이좌국 외에 남두민(南斗旻)과 성호(成灝) 두 사람의 의원이 있었으나 그들이 남긴 필담은 많지 않다. 이들 외에 이민수(李民秀)[2]와 추수(秋水)라는 인물이 의술에 통한다고 하며 일본 의원들과 한두 차례 필담을 나누었다. 간혹 의원들에게 시를 증정하는 일본인도 있었으나, 이좌국은 의학에 대한 이야기를 나누자고 하며 화답을 사양하였다. 이들이 남긴 창화시 몇 수 역시 즉석에서 차운한 것은 아니다.

세 번째 집단은 시문창화는 어렵지만 간단한 한문 필담은 가능한 인물들이다.[3] 여기에는 시를 전혀 쓸 줄 모르는 인물들도 있고 시를

---

2) 이민수(李民秀)는 『왜한의담』에 등장하는 '이민수(李民壽)'를 가리키는데, 사행명단에는 포함되어 있지 않은 인물이다. 이원식(1991a)은 그를 예단직 이수의(李守義)로 추정한 바 있다. 『해사일기』〈사행명단〉의 예단직 이수의의 이름 옆에 '京居醫人李民秀一房'이라는 설명이 붙어 있기 때문이다. 그러나 이 설명은 이수의가 서울 사는 의인 이민수의 아들이며, 일방 소속이라는 뜻이다. 한편 『해사일기』 권1, 1763년 10월 6일 기사에 배 안의 사람 대부분이 뱃멀미를 하였는데 "종일 아무렇지 않은 사람은 나(조엄)와 수역관 최학령(崔鶴齡), 비장 이매(李梅), 의원 이민수(李民秀)와 선장, 도훈도, 격군 등 5~6인뿐"이었다는 기록이 있다. 즉, 〈사행명단〉에는 나와 있지 않으나 이민수도 함께 일본에 갔던 것이다. 그러므로 '李民壽'는 이수의의 아버지인 의원 '李民秀'로 보는 것이 적절하다. 또한 '壽'의 초서체는 '秀'의 해서체와 형태가 비슷하다.

3) 양의와 의원 역시 이 범주에 속하는 것으로 보일 수 있다. 그러나 양의의 경우 일본인들의 끊임없는 질문에 막힘없이 대답할 수 있는 한문 실력을 갖추고 있었으므로 단편적인 대화를 남긴 것이 전부인 사자관이나 소동 등의 인물들과는 비교할 수 없다.

지을 줄은 알지만 즉석에서 화답할 능력은 없는 이들도 포함된다.4)
한학상통사(漢學上通事) 오대령(吳大齡), 사자관 홍성원(洪聖源)·이언우
(李彦佑), 소동 김용택(金龍宅)·오맹직(吳孟直), 차상통사(次上通事) 이명
화(李命和), 화원 김유성(金有聲), 이마(理馬) 장세문(張世文) 등이 여기에
속한다. 이들의 한문 구사력과 작시(作詩) 능력은 인물에 따라 차이가
있다. 그러나 즉석에서 시문창화가 가능한 인물은 없었다. 예컨대 오
대령은 사행록을 저술할 정도의 문필력을 갖추고 있었으나 그가 즉석
에서 창화시를 지었다는 증거는 없다. 한편 이 그룹에 속하는 인물들이
나누는 대화는 각자가 사행에서 맡은 직분과도 관련이 있다. 홍성원과
이언우는 일본 문사에게 일본의 명필에 관해 물었으며, 김유성은 조선
의 화풍에 관해 일본 문사와 대화를 나누기도 하였다.

　필담이나 창화시가 남아 있는 인물들을 이 기준에 따라 분류하면
아래와 같다.

구분	해당 인물	필담 교류의 방식
문인 계층	南玉, 成大中, 元重擧, 金仁謙, 趙東觀, 洪善輔, 李彦瑱, 趙曮, 趙曮, 李仁培, 金相翊	• 즉석에서 시문창화 가능함 • 다양한 주제의 필담 • 학술토론
양의·의원	李佐國, 南斗旻, 成瀬, 李民秀, 秋水(미상)	• 의학필담 • 화답시를 짓기도 하였음
기타 필담가능자	吳大齡, 洪聖源, 李彦佑, 金有聲, 張世文, 李萊山(미상), 吳載熙, 兪達源, 金應錫, 玄泰翼, 崔鶴齡, 李命尹, 李命和, 徐有大, 李海文, 卞琢, 金潤河, 玄啓根, 金相玉, 金龍宅, 劉道弘, 李脫輔(미상), 春風(미상), 吳孟直, 劉塋(미상), 高亭(미상), 卞璞, 金浪翁(미상)	• 다양한 주제의 필담 • 단편적인 대화가 대부분임 • 화답시를 지은 인물도 있음

---

4) 문인 계층 외에 화답시를 남긴 인물들은 다음과 같다. 이좌국, 남두민, 성호, 오대
　령, 홍성원, 이언우, 김유성, 김랑옹(미상), 유도홍, 변박.

계미통신사 필담창화집에 등장하는 조선 측 주요 인물들에 대한 정
보는 아래와 같다. 통신사에 참가한 조선의 문사들은 조선에서와는
다른 호(號)를 사용하였다. 아래 표의 호는 이들이 일본에서 사용한
것이다.

이름	직임	호	자	생몰년
남옥(南玉)	제술관	추월(秋月)	시온(時韞)	1722-1770
성대중(成大中)	정사 서기	용연(龍淵)	사집(士執)	1732-1809
원중거(元重擧)	부사 서기	현천(玄川)	자재(子才)	1719-1790
김인겸(金仁謙)	종사 서기	퇴석(退石)	사안(士安)	1707-1772
조동관(趙東觀)	정사 반인	화산(花山/華山)	성빈(聖賓)	1711-?
홍선보(洪善輔)	종사 반인	묵재(默齋)	성로(聖老)	1715-?
이언진(李彦瑱)	압물통사	운아(雲我)	우상(虞裳)	1740-1766
이좌국(李佐國)	양의	모암(慕菴)	성보(聖甫/聖輔)	1733-?

|부록 2| 일본 인명표

	호칭	名	號	字	생몰년
1	가메야마 노리모토(龜山德基)	德基	南窓	子讓	?-?
2	가메이 난메이(龜井南溟)	魯	南溟	道哉	1743-1814
3	가쓰 겐샤쿠(勝元綽)	元綽	南浦	以寬	?-?
4	가와다 시테쓰(川田資哲)	資哲	惺齋	子明	1720-1793
5	가타야마 홋카이(片山北海)	猷	北海	孝秩	1723-1790
6	간텐주(韓天壽)	天壽	醉晋齋	大年	1727-1795
7	게이간 류호(桂岩龍芳)	龍芳	桂岩·指月	·	?-?
8	고노 조사이(河野恕齋)	子龍	恕齋	伯潛	1743-1779
9	곤도 아쓰시(近藤篤)	篤	西崖	子業	1723-1807
10	구보 주사이(久保盅齋)	泰亨	盅齋	仲通	1730-1785
11	구 사다카네(衢貞謙)	貞謙	茅山	士鳴	?-?
12	구사바 다이로쿠(草場大麓)	安世	大麓	仁甫	1740-1803
13	구시다 기쿠탄(櫛田菊潭)	彧	菊潭	文裁	1720-1772
14	기무라 겐카도(木村蒹葭堂)	弘恭	蒹葭堂	世肅	1736-1802
15	기무라 데이칸(木村貞貫)	貞貫	蓬萊	君恕	1716-1766
16	기타야마 쇼(北山彰)	彰	橘菴	世美	1731-1791
17	기타야마 고(北山皓)	皓	七僧	白甫	1721-1806
18	기타오 슌린(北尾春倫)	春倫	翠栢	中正	1701-?
19	기타오 모테쓰(北尾孟哲)	孟哲	翠霞	弘明/公明	?-?
20	나바 로도(那波魯堂)	師曾	魯堂	喬卿	1727-1789
21	난구 다이슈(南宮大湫)	岳	大湫	喬卿	1728-1778
22	니시하라 아키라(西原彰)	彰	竹溪	士常	?-?
23	니야마 다이호(新山退甫)	退	六足翁	退甫	1723-1775
24	다이라노 슌케이(平俊卿)	俊卿	龍岡	子彦	1751-?
25	다이텐(大典)	梅藏	大典·蕉中	顯常	1719-1801
26	다키 가쿠다이(瀧鶴臺)	長愷	鶴臺	彌八	1709-1773
27	다키 고쿄(瀧高渠)	鴻	高渠	士儀	1745-1792
28	다키 모토노리(多紀元德)	元德·安長	藍溪	仲明	1732-1801
29	덴 쇼산(田勝山)	立松	勝山	士茂	?-?
30	도리야마 스가쿠(鳥山崧岳)	宗成	崧岳	世章	?-1776
31	도미노 요시타네(富野義胤)	義胤	·	仲達	1733-1791
32	도쿠운(德雲)	·	德雲	眠龍	?-?
33	루스 도모노부(留守友信)	友信	括囊	希賢	1705-1765
34	마쓰다이라 군잔(松平君山)	雲·秀雲	君山	士龍	1697-1783

35	마쓰모토 다메요시(松本爲美)	爲美	西湖	子由	1722-800
36	마쓰모토 오키나가(松本興長)	興長	良菴	千里	1730-1784
37	미나모토 분코(源文虎)	文虎	·	子牙	?-?
38	미나모토 세이케이(源正卿)	正卿	滄洲	子相	1737-1802
39	미야세 류몬(宮瀨龍門)	維翰	龍門	文翼	1720-1771
40	사와다 도코(澤田東江)	鱗	來禽堂	文龍	1732-1796
41	사카가미 요시유키(坂上善之) 다무라 세이코(田村西湖)	善之	西湖	元長	1739-1793
42	세키 쇼소(關松窓)	脩齡	松窓	君長	1727-1801
43	슈코(周宏)	·	怡亭	·	?-?
44	스가 도키노리(菅時憲)	時憲	小丘園	習之	?-1783
45	시마무라 아키에(島村秋江)	崑	秋江	漢濯	?-?
46	시미즈 미노루(島津實)	實	丑甫	子篤	?-?
47	시바노 리쓰잔(柴野栗山)	邦彦	栗山	子彦	1736-1807
48	시부이 다이시쓰(澁井太室)	孝德	太室	子章	1720-1788
49	아쿠타가와 단큐(芥川丹丘)	煥	丹丘	彦章	1710-1785
50	아쿠타가와 도리(芥川東里)	元澄	東里	子泉	?-?
51	아키야마 아키라(秋山章)	章	富南	子成	1723-1808
52	야마구치 다다오키(山口忠居)	忠居	安齋	湛玄	?-?
53	야마구치 아쓰미(山口純實)	純實	河陽·西周	正懋	?-?
54	야마기시 조(山岸藏)	藏	文淵	非龍	?-?
55	야마네 난메이(山根南溟)	泰德	南溟	有隣·六郞	1742-1793
56	야마다 세이친(山田正珍)	正珍	圖南	宗俊·玄同	1749-1787
57	야마모토 조메이(山本長明)	長明	芙蓉	多善	?-?
58	오에 겐포(大江玄圃)	資衡	玄圃	稚圭	1729-1794
59	오카다 신센(岡田新川)	宜生	新川	挺之	1737-1799
60	오쿠다 모토쓰구(奧田元繼)	元繼	仙樓·尙齋	志季	1729-1807
61	와치 도코(和智東郊)	棣卿	東郊	子夢	1703-1765
62	와타나베 겐타이(渡邊玄對)	瑛	玄對	廷輝	1749-1822
63	요코타 준타(橫田準大)	準大	東原	君繩	?-?
64	우치야마 릿사이(內山栗齋)	之明	栗齋	勝三	?-?
65	이노우에 시메이(井上四明)	潛	四明	仲龍	1730-1819
66	이도 로케이(井土魯坰)	周道	魯坰	子幹	?-?
67	이마이 쇼안(今井松庵)	敏卿	松庵	子愼	1740-1823
68	이묘 슈케이(維明周奎)	周奎·大奎	豺山	·	1731-1808
69	이시가네 노부아키(石金宣明)	宣明	東園	子誼	1732-1758
70	이시카와 긴코쿠(石川金谷)	貞	金谷	太一	1737-1779

71	이토 간포(伊藤冠峰)	一元	冠峰	吉甫	1717-1787
72	이토 류잔(伊東龍山)	懋	龍山	子惠	?-?
73	인세이(因靜)	因靜	東渡·渡東	獅(子)吼	1725-1791
74	하타 겐코(秦兼虎)	兼虎	嵩山	子熊·熊介	1735-1785
75	호시노 도테이(星野東亭)	貞之	東亭	子元	?-?
76	호소아이 한사이(細合半齋)	離	半齋·斗南	麗王	1727-1803
77	하야시 류탄(林龍潭) 하야시 노부요시(林信愛)	信愛	龍潭	子節	1744-1771
78	하야시 세이케이(林青桂)	利長	青桂	伯養	?-?
79	하야시 호코쿠(林鳳谷) 하야시 노부유키(林信言)	信言	鳳谷	士雅·子恭	1721-1774

참고문헌

•자료

『泱泱餘響』, 『龜井南冥・昭陽全集』第1卷, 葦書房(1975) 수록 영인본.

『藍島唱和集』, 福岡縣立圖書館 櫛田家文書.

『長門癸甲問槎』, 東京都立中央圖書館.

『槎客萍水集』(『甲申槎客萍水集』), 東京都立中央圖書館.

『牛渚唱和』, 九州大學.

『鴻臚摭華』, 西尾市 岩瀨文庫.

『奇事風聞』, 大阪府立中之島圖書館.

『兩好餘話』, 天里大學圖書館.

『觀楓互詠』, 中野三敏.

『鷄壇嚶鳴』, 大阪府立中ノ島圖書館.

『韓客人相筆話』, 국립중앙도서관.

『寶曆甲申朝鮮人贈答錄』(『寶曆贈答錄』), 福井市立圖書館.

『問佩集』, 內閣文庫.

「栗齋鴻臚摭筆」, 『栗齋探勝草(附錄韓客唱和)』, 東京都立中央圖書館.

『萍遇錄』, 靜嘉堂文庫.

『講餘獨覽』, 국립중앙도서관.

『問槎餘響』, 국립중앙도서관.

『殊服同調集』, 東京都立中央圖書館.

『三世唱和』, 『名古屋叢書』第15卷 文學編(二), 名古屋市敎育委員會(1962) 수록 활판본.

『河梁雅契』, 日本國立國會圖書館.

『表海英華』, 刈谷市立圖書館.

『和韓醫話』, 內閣文庫.

『韓人唱和』(『甲申韓人唱和』), 名古屋市 蓬左文庫.

『縞紵集』, 福岡大學圖書館.

『縞紵集』, 九州大學 松濤文庫.

『來觀小華使臣詩集』, 淸見寺.

『靑丘傾蓋集』卷上, 九州大學.

『靑丘傾蓋集』卷下, 東北大學 狩野文庫.

『鴻臚館詩文稿』(『鴻臚館和韓詩文稿』), 九州大學.

『東渡筆談』, 內閣文庫.

『倭韓醫談』, 內閣文庫.

『倭韓醫談』, 東京都立中央圖書館.

『韓館唱和』, 內閣文庫.

『韓館唱和續集』, 內閣文庫.

『韓館唱和別集』, 內閣文庫.

『客館唱和』, 日本國立國會圖書館.

『歌芝照乘』, 內閣文庫.

『桑韓筆語』, 東京都立中央圖書館.

『甲申接槎錄』(『接槎錄』), Harvard-Yenching LIBRARY.

『甲申韓客贈答』, 祐德稻荷神社.

『韓館應酬錄』, 福島縣立圖書館.

『松菴筆語』, 內閣文庫.

「傾蓋唱和錄」, 『加摸西葛杜加國風說考』, 日本國立國會圖書館.

『兩東鬪語』, 內閣文庫.

『傾蓋集』, 九州大學.

『東槎餘談』, 東北大學附屬圖書館.

『賓館唱和集』, 東京大學 史料編纂所.

『品川一燈』, 內閣文庫.

『東游篇』, 日本國立國會圖書館.

『韓客唱和』(『寶曆信使韓客唱和』), 국사편찬위원회.

『和韓雙鳴集』, 九州大學附屬圖書館.

『善隣風雅』, 국립중앙도서관.

『鳴海驛唱和』, 名古屋市 蓬左文庫.

『延享五年韓人唱和集』, 名古屋市 蓬左文庫.

『和韓筆談薰風編』, 국립중앙도서관.

『兩東筆語』, 內閣文庫.

『鴻臚傾蓋集』, 東京都立中央圖書館.

『和韓唱和集』, 東京都立中央圖書館.

『客館璀粲集』, 內閣文庫.

『蓬島遺珠』, 국립중앙도서관.

『藍島鼓吹』, 柳川古文書館傳習館文庫.

『桑韓星槎餘響』, 東京國立博物館.

『桑韓壎篪集』, 국립중앙도서관.

『鷄林唱和集』, 국립중앙도서관.

『兩東唱和錄』, 국립중앙도서관.

『朝鮮客館詩文稿』(『七家唱和集(室集)』), 日本國立國會圖書館.

元重擧, 『乘槎錄』, 고려대 육당문고.

趙曮, 『海槎日記』, 한국고전종합DB.

李景稷, 『扶桑錄』, 한국고전종합DB.

任守幹, 『東槎日記』, 한국고전종합DB.

申維翰, 『海遊錄』, 한국고전종합DB.

李瀷, 『星湖僿說』, 한국고전종합DB.

洪景海, 『隨槎日錄』, 서울대 규장각.

辛基秀·仲尾宏(1993-1994), 『(大系)朝鮮通信使: 善隣と友好の記錄』1-8卷, 東京:明石書店.

吉川幸次郎 外編(1973), 『日本思想大系36: 荻生徂徠』, 岩波書店.

연세대 산학협력단(허경진·김정신·장진엽·탁승규·정민지)(2014), 『통신사기록 조사,
　　번역 및 목록화 연구』, 문화재청.

허경진(2017), 『조선후기 통신사 필담창화집 연구총서7: 인삼 관련 필담집 연구번역』,
　　보고사.

　　　　(2014), 『인삼 관련 필담집 연구번역』, 담배인삼공사 중앙연구원.

• 번역서

남옥 지음·김보경 옮김(2006), 『붓끝으로 부사산 바람을 가르다』(일관기), 소명출판.

성대중 지음·홍학희 옮김(2006), 『부사산 비파호를 날 듯이 건너』(일본록), 소명출판.

원중거 지음·김경숙 옮김(2006), 『조선 후기 지식인, 일본과 만나다』(승사록), 소명출판.

원중거 지음·박재금 옮김(2006), 『와신상담의 마음으로 일본을 기록하다』(화국지), 소
　　명출판.

신유한 씀·김찬순 옮김(2006), 『해유록: 조선 선비 일본을 만나다』, 보리.

다이텐(大典) 지음·진재교 외 역주(2013), 『18세기 일본 지식인 조선을 엿보다: 평우록』,
　　성균관대학교출판부.

김형태 역주(2017), 『兩東鬪語』, 보고사.

진영미 역주(2017), 『長門癸甲問槎 乾上·乾下·坤上』, 보고사.

　　　　역주(2017), 『長門癸甲問槎 坤下·三世唱和·殊服同調集』, 보고사.

김유경 역주(2017), 『甲申槎客萍水集』, 보고사.

강지희 역주(2017), 『韓館唱和』, 보고사.

　　　　역주(2017), 『韓館唱和續集 一·二』, 보고사.

강지희 역주(2017), 『韓館唱和續集 三·韓館唱和別集·韓館應酬錄』, 보고사.

최이호 역주(2017), 『奇事風聞·東渡筆談·南宮先生講餘獨覽』, 보고사.

고운기 역주(2014), 『客館璀粲集·蓬島遺珠·信陽山人韓館唱和稿』, 보고사.

진영미 역주(2014), 『桑韓壎篪 一·二·三·四』, 보고사.

김정신·구지현 역주(2014), 『桑韓壎篪 七·八·十』, 보고사.

강지희 역주(2014), 『善隣風雅·牛窓錄』, 보고사.

최이호 역주(2014), 『長門戊辰問槎·韓客對話贈答』, 보고사.

기태완 역주(2014), 『和韓筆談 薰風編』, 보고사.

고운기 역주(2014), 『桑韓星槎答響·桑韓星槎餘響』, 보고사.

이토 진사이 지음·최경렬 옮김(2013), 『동자문』, 그린비.

• 저서

가즈이 다시로(田代和生) 지음·정성일 옮김(2005), 『왜관: 조선은 왜 일본사람들을 가두
　　었을까?』, 논형.

강재언(2005), 『조선통신사의 일본견문록』, 한길사.

구지현(2011), 『조선후기 통신사 필담창화집 연구총서1: 1763 계미 통신사 사행문학 연구』,
　　보고사.

_____(2006), 『계미통신사 사행문학 연구』, 보고사.

김형태(2011), 『조선후기 통신사 필담창화집 연구총서2: 통신사 의학 관련 필담창화집
　　연구』, 보고사.

나카무라 슌사쿠(中村春作) 지음·김선희 옮김(2010), 『에도 유교와 근대의 知』, 선인.

高橋博巳(2009), 『東アジアの文芸共和國−通信使·北學派·蒹葭堂』, 新典社.

랴오위췬(廖育群) 저, 박현국·김기욱·이병욱 옮김(2007), 『황한의학(皇漢醫學)을 조망
　　하다』, 청홍.

로널드 토비 지음·허은주 옮김(2008), 『일본 근세의 '쇄국'이라는 외교』, 창해.

마루야마 마사오 지음·김석근 옮김(1995), 『日本政治思想史研究』, 통나무.

마르티나 도이힐러 지음·이훈상 옮김(2013), 『한국의 유교화 과정: 신유학은 한국 사회
　　를 어떻게 바꾸었나』, 너머북스.

미야지마 히로시·배항섭 엮음(2015), 『동아시아는 몇 시인가』, 너머북스.

박종천 편(2016), 『조선시대 예교담론과 예제질서』, 소명출판.

와타나베 히로시 지음·박홍규 옮김(2007), 『주자학과 근세일본사회』, 예문서원.

이원식(1991a), 『조선통신사』, 민음사.

이혜순(1996), 『조선 통신사의 문학』, 이화여대출판부.

鄭光·藤本行夫·金文京 共編(2014), 『燕行使와 通信使: 燕行·通信使行에 관한 韓中日
　　三國의 國際 워크숍』, 박문사.

정민(2014), 『18세기 한중 지식인의 문예공화국─하버드 옌칭도서관에서 만난 후지쓰카
　　콜렉션』, 문학동네.
허남린 엮음(2013), 『조선시대 속의 일본』, 경인문화사.
夫馬進(2015), 『朝鮮燕行使と朝鮮通信使』, 名古屋大學出版會.
후마 스스무 지음·하정식 외 옮김(2008), 『연행사와 통신사』, 신서원.

• 논문
강동엽(1995), 「18세기 한·일 문학 교류와 宮瀬龍門」, 『우리문학연구』 10집, 우리문학회.
구지현(2016), 「1748년 조선의 통신사와 동아시아의 지식 유통 양상 ─일본 학파에 따른
　　교류 양상을 중심으로─」, 『열상고전연구』 53집, 열상고전연구회.
　　　　(2015), 「필담창화집에 보이는 퇴계(退溪) 관련 필담의 의미」, 『서강인문논총』 44
　　집, 서강대 인문과학연구소.
　　　　(2014), 「통신사사행(通信使行)에서의 부사산(富士山)시와 일광산(日光山)시의
　　전개양상(展開樣相)」, 『한국한문학연구』 53집, 한국한문학회.
　　　　(2013), 「1748년 조선 양의(良醫)와 일본 관의(官醫)와의 필담 출현과 서적담화
　　양상」, 『열상고전연구』 38집, 열상고전연구회.
　　　　(2011b), 「1763년 필담창화를 통해 본 조선과 일본의 시문창화 인식 변화」, 『동아
　　시아문화연구』 49집, 한양대 동아시아문화연구소.
　　　　(2011a), 「1763년 필담자료를 통해 본 에도에서의 문사 교류 ─『경개집(傾蓋集)』
　　서문에 보이는 인식을 중심으로─」, 『동방학지』 153집, 연세대 국학연구원.
　　　　(2009), 「18세기 필담창화집의 양상과 교류 담당층의 변화」, 『조선통신사연구』
　　9호, 조선통신사학회.
　　　　(2007), 「필담을 통한 한일 문사 교류의 전개 양상─아카마가세키[赤間關]를 중심
　　으로」, 『동방학지』 138집, 연세대 국학연구원.
　　　　(2006학), 「癸未(1763) 通信使 使行文學 硏究」, 연세대 국어국문학과 박사학위논문.
김보경(2009), 「계미사행 조선 문사들의 江戸 체험과 그 의미」, 『한문학보』 20집, 우리한
　　문학회.
김선희(2011), 「전근대 왕인(王仁) 전승의 형성과 수용」, 『일본문화연구』 39집, 동아시아
　　일본학회.
김성준(2011), 「18세기 통신사행을 통한 조선 지식인의 일본 古學 인식」, 『동양한문학연
　　구』 32집, 동양한문학회.
김소희(2015), 「『朝鮮賦』의 한중일 간행과 유통」, 『장서각』 33집, 한국학중앙연구원.
김영주·이시준(2016), 「에도시대 출판물 속 단군신화:『화한삼재도회』와 『에혼조선정벌
　　기』를 중심으로」, 『외국문학연구』 63호, 한국외대 외국문학연구소.

김정신(2010), 「1763년 계미 통신사 원중거의 일본 인식」, 『조선통신사연구』 11호, 조선
　　통신사학회.

김형태(2014b), 「의원필담(醫員筆談)에 구현된 18세기 조일(朝日) 의료 풍속의 토포스
　　(topos)적 특성」, 『배달말』 55집, 경상대 배달말학회.

＿＿＿(2014a), 「의원필담(醫員筆談) 『화한의화(和韓醫話)』를 통한 조일(朝日) 의료 풍속
　　의 고찰」, 『한국민족문화』 52집, 부산대 한국민족문화연구소.

＿＿＿(2013), 「1764년 통신사(通信使) 의원필담(醫員筆談) 『왜한의담(倭韓醫談)』의 특
　　성 및 문화사적 가치」, 『배달말』 53집, 경상대 배달말학회.

＿＿＿(2010), 「筆談을 통한 韓日 醫員 간 소통의 방식 -1763년 癸未使行의 필담을 중심
　　으로-」, 『동양고전연구』 41집, 동양고전학회.

김혜일(2016), 「朝鮮通信使 醫學筆談錄에 대한 考察-醫學 文獻, 理論, 疾患을 중심으로-」,
　　경희대 기초한의과학과 박사학위논문.

김혜일·정창현·장우창·백유상(2015), 「朝鮮通信使 醫學筆談錄 내용 분석: 醫書 관련
　　내용을 중심으로」, 『대한한의학원전학회지』 Vol.28 No.4, 대한한의학원전학회.

김호(2008b), 「朝鮮後期 通信使와 韓日 醫學 交流 – 筆談錄을 중심으로」, 『조선통신사연
　　구』 6호, 조선통신사학회.

＿＿＿(2008a), 「1763년 癸未 通信使와 日本 古學派 儒醫 龜井南冥의 만남 -조선인의 눈에
　　비친 江戶時代 思想界-」, 『조선시대사학보』 47집, 조선시대사학회.

김효진(2014), 「신묘사행의 饗宴과 舞樂-아라이 하쿠세키와 요시무네를 중심으로-」,
　　『열상고전연구』 41집, 열상고전연구회.

中村春作(2005), 「동아시아의 고학(古學)과 오규 소라이(荻生徂徠)」, 『민족문화논총』 31
　　집, 영남대 민족문화연구소.

남성호(2014), 「유학자 오규 소라이(荻生徂徠)의 음악관(音樂觀)-'道'와 '和'의 이해를 위
　　한 시론-」, 『동아시아고대학』 34집, 동아시아고대학회.

＿＿＿(2013), 「근세일본의 아악부흥과 아라이 하쿠세키(新井白石)」, 『동아시아고대학』
　　31집, 동아시아고대학회.

다카하시 마사히코(2011), 「후쿠오카번(福岡藩)과 통신사」, 『동방학지』 153집, 연세대
　　국학연구원.

高橋昌彦(2009), 「朝鮮通信使唱和集目錄稿(二)」, 『福岡大學硏究部論集A: 人文科學編』
　　Vol.9 No.1, 福岡大學硏究推進部.

＿＿＿(2007), 「朝鮮通信使唱和集目錄稿(一)」, 『福岡大學硏究部論集A: 人文科學編』
　　Vol.6 No.8, 福岡大學硏究推進部.

高橋博巳(2011), 「洪大容과 李德懋의 프리즘을 통해 본 일본의 文雅 -동아시아 학예공화
　　국으로의 助走-」, 『동아시아문화연구』 49집, 한양대 동아시아문화연구소.

_____(2007), 「通信使・北學派・蒹葭堂」, 『조선통신사연구』 4호, 조선통신사학회.

박상휘(2015), 「조선후기 일본에 대한 지식의 축적과 사고의 전환–朝鮮使行의 記錄類를 중심으로–」, 서울대 국어국문학과 박사학위논문.

박선희(2011), 「18세기 이후 통신사 복식 연구」, 이화여대 의류직물학과 박사학위논문.

박종천(2015), 「조선 후기 예교(禮敎)적 시선의 변주와 변화」, 『태동고전연구』 35집, 한림대 태동고전연구소.

박희병(2013), 「조선의 일본학 성립–원중거와 이덕무」, 『한국문화』 61집, 서울대 규장각 한국학연구원.

신로사(2004), 「원중거의 『화국지』에 관한 연구: 그의 일본 인식을 중심으로」, 성균관대 한문학과 석사학위논문.

오준호・차웅석(2006), 「18세기 한일 침구학의 교류–조선통신사 의학문답기록을 중심으로–」, 『Korean Journal of Acupuncture』 Vol.23 No.2, 대한경락경혈학회.

와타나베 히로시(2016), 「화이(華夷)와 무위(武威)–'평화' 지속의 어려움에 대하여–」, 『개념과 소통』 17호, 한림대 한림과학원.

이경근(2015), 「무진통신사의 학술・문화 교류 연구 – 홍경해의 『수사일록』을 중심으로」, 『고전문학과 교육』 29집, 한국고전문학교육학회.

_____(2013), 「계미통신사 필담집에 나타난 '완고한 조선'과 '유연한 일본'」, 고일홍 외, 『문명의 교류와 충돌: 문명사의 열여섯 장면』, 한길사.

이기원(2012), 「오타 긴죠의 탈소라이학–고증학적 방법과 복고」, 『일본학연구』 35집, 단국대 일본연구소.

_____(2010), 「소라이학에서 고증학으로–가타야마 겐잔의 고증학적 방법–」, 『일본사상』 19호, 한국일본사상사학회.

이석규(2013), 「조선후기 三年喪制의 확립과 民의 성장」, 『한국사연구』 161호, 한국사연구회.

이원식(1991b), 「朝鮮通信使의 訪日과 文化交流–使行錄과 筆談唱和集을 中心으로–」, 『모산학보』 2집, 동아인문학회.

이주영(2008), 「18세기 조선통신사행의 삼사신・상상관・상관의 복식 고찰」, 『지역과 역사』 23호, 부경역사연구소.

이혜순(2014), 「조선 통신사 교류의 동아시아적 의미–王仁의 한고조 후예설을 중심으로」, 鄭光・藤本行夫・金文京 共編, 『燕行使와 通信使: 燕行・通信使行에 관한 韓中日 三國의 國際 워크숍』, 박문사.

_____(1991), 「18세기 한일문사(韓日文士)의 금강산(金剛山)–부사산(富士山)의 우열 논쟁과 그 의미」, 『한국한문학연구』 14집, 한국한문학회.

이홍식(2011), 「1763 계미통신사행과 한일 관계의 변화 탐색–충돌과 갈등 양상을 중심으로-」, 『동아시아문화연구』 49집, 한양대 동아시아문화연구소.

이효원(2017), 「通信使와 徂徠學派의 교류 양상과 그 의미 -文明과 武威의 착종과 충돌, 그리고 소통의 가능성-」, 『한국문화』 77집, 서울대 규장각 한국학연구원.

임채명(2009b), 「『問槎畸賞』의 性格에 대하여-주로 批評者의 視覺을 중심으로-」, 『열상고전연구』 29집, 열상고전연구회.

_____(2009a), 「『長門癸甲問槎』의 筆談을 통해 본 朝日 文士의 交流 -주로 程朱學과 古文辭學 議論을 중심으로-」, 『일본학연구』 27집, 단국대 일본연구소.

張佳(2015), 「의관(衣冠)과 인정(認定): 여말선초 대명의관(大明衣冠) 사용 경위 고찰」, 『민족문화연구』 69집, 고려대 민족문화연구원.

장진엽(2017), 「계미통신사 필담 연구」, 연세대 국어국문학과 박사학위논문.

_____(2015), 「18세기 필담창화집 속의 언문 관련 기록」, 『온지논총』 44집, 온지학회.

정승혜(2015), 「조선후기 조일 양국의 언어 학습과 문자에 대한 인식」, 『한국실학연구』 29집, 한국실학회.

정민(2011b), 「18, 19세기 조선 지식인의 병세의식(幷世意識)」, 『한국문화』 54집, 서울대 규장각 한국학연구원.

_____(2011a), 「이언진과 일본문사의 왕세정 관련 필담」, 『동아시아문화연구』 49집, 한양대 동아시아문화연구소.

_____(2003), 「『동사여담』에 실린 이언진의 필담 자료와 그 의미」, 『한국한문학연구』 32집, 한국한문학회.

정은영(2014), 「조선후기 통신사행록의 글쓰기 방식과 일본담론 연구」, 부산대 국어국문학과 박사학위논문.

_____(2013), 「『日本錄』에 나타난 對日知識 생성 연구」, 『어문학』 122집, 한국어문학회.

정훈식(2008), 「조선후기 통신사행록 소재 견문록의 전개 양상」, 『한국문학논총』 50집, 한국문학회.

조영심(2016a), 「필담창화집 『홍려필담(鴻臚筆談)』에 대하여-위작과 그 의의를 중심으로」, 『열상고전연구』 49집, 열상고전연구회.

진재교(2014), 「18세기 조선통신사와 지식·정보의 교류」, 『한국한문학연구』 56집, 한국한문학회.

차웅석(2006), 「18세기 조선통신사를 통한 한일의학문화교류」, 『동의생리병리학지』 Vol.20 No.6, 대한동의병리학회.

彭林(2010), 「『주자가례』와 고례」, 『국학연구』 16집, 한국국학진흥원.

하우봉(2016), 「계미통신사행의 문화교류 양상과 특징」, 『진단학보』 126집, 진단학회.

_____(2015b), 「원중거(元重擧)의 한일관계사 인식」, 『한일관계사연구』 50집, 한일관계사학회.

_____(2015a), 「조선시대 왕인에 대한 인식의 전개와 그 의미」, 『전북사학』 47호, 전북사학회.

하우봉(1998), 「조선후기 실학과 일본근세 고학의 비교연구 시론」, 『한일관계사연구』 8집, 한일관계사학회.

한수희(2013), 「『萍遇錄』을 통해 본 朝, 日 學人의 友好와 그 이면」, 『한문학보』 28집, 우리한문학회.

함영대(2011), 「조선후기 韓日學術交流에 대한 一考-그 비대칭성을 중심으로-」, 『한문학보』 24집, 우리한문학회.

함정식·차웅석·유원준·김남일(2007), 「조선통신사 사행원과 기록 연구: 18세기 사행록과 의학문답 기록을 중심으로」, 『한국의사학회지』 Vol.20 No.1, 한국의사학회.

허경진(2014), 「필담과 표류기의 현장에서 편집 및 출판까지의 거리」, 『일본사상』 26집, 한국일본사상사학회.

_____(2010), 「조선 의원의 일본 사행과 의학필담집의 출판 양상」, 『의사학』 제19권 1호(통권 36호), 대한의사학회.

허경진·박순(2009), 『장문계갑문사(長門癸甲問槎)』를 통해 본 한일 문사의 사상적 차이」, 『일어일문학연구』 44집, 대한일어일문학회.

허경진·박은애(2009), 「한학역관 오대령과 이언진의 사행기록」, 『조선통신사연구』 9호, 조선통신사학회.

허남린(2013), 「대일관계에 있어서의 중심과 외연의 이중구조」, 『조선시대 속의 일본』, 경인문화사.

허은주(2012), 「동아시아 관복 제도와 근세 조일의 자의식·상호인식 -조선의 문명교화론과 일본의 문명자립론-」, 『일본학연구』 35집, 단국대 일본연구소.

_____(2010), 「유복(儒服)과 유자 의식-하야시 라잔[林羅山]의 경우-」, 『일본언어문화』 16집, 한국일본언어문화학회.

홍성화(2012), 「通信使行錄에 보이는 古代史 관련 기술 고찰」, 『한일관계사연구』 43집, 한일관계사학회.

찾아보기

장진엽

연세대학교 국어국문학과 졸업
동대학원 석·박사 학위 취득 (한문학 전공)
현 고려대 한자한문연구소 연구교수

연세국학총서 **114**

계미통신사 필담의 동아시아적 의미

2017년 10월 30일 초판 1쇄 펴냄
2018년 9월 28일 초판 2쇄 펴냄

저 자 장진엽
발행인 김흥국
발행처 보고사

책임편집 이경민
표지디자인 손정자

등록 1990년 12월 13일 제6-0429호
주소 경기도 파주시 회동길 337-15 보고사 2층
전화 031-955-9797(대표)
      02-922-5120~1(편집), 02-922-2246(영업)
팩스 02-922-6990
메일 kanapub3@naver.com / bogosabooks@naver.com
http://www.bogosabooks.co.kr

ISBN 979-11-5516-747-2 93810
ⓒ 장진엽, 2017

정가 28,000원